약혼 살인

Älskaren från huvudkontoret

2016 by BOOK21 Co., Ltd.

카밀라 그레베
장편소설

Älskaren från huvudkontoret

서효령 옮김

약혼
살인

arte *NOIR*

에스텔레와 프레드릭을 위해

빙하의 가장 밑을 보기 전까지는 친구와 적을 구별할 수 없다.

−이누이트의 속담

페테르

전화가 왔을 때 나는 어머니의 묘비를 감싼 눈밭 위에 서 있었다. 겨우 무릎 높이에 닿는 거친 화강암 재질의 묘비는 단순했다. 어머니와 나는 자신밖에는 도통 관심을 두지 않는 사람들이 가득한 도시에서 경찰관으로 사는 것이 얼마나 힘든지 한동안 얘기를 나누곤 했다. 아마도 이것이 더 중요한 문제일 테지만, 지금 같은 시대에 이런 삭막한 도시에서 살아가는 것이 얼마나 힘든지에 대해서도 얘기했다.

발을 땅에 굴러 스니커즈에서 눈을 털어내고 묘비에서 몸을 돌렸다. 어머니 무덤에서 그 전화를 받아서는 안 될 것 같았다. 스코그쉬르코고르덴 묘지공원의 구불구불한 언덕이 눈앞에 펼쳐졌다. 키 큰 소나무의 위쪽은 엷은 안개로 둘러싸이고 밑 부분의 짙은 나무 둥치는 느낌표처럼 눈 밖으로 솟아올라 있다. 인생의 덧없음을 강조하기라도 하는 것처럼. 흠뻑 젖은 나무 꼭대기와 묘비에서 물이 뚝뚝 떨어져 내린다. 눈 녹은 물이 사방으로 흐른다. 이제는 정말 부츠를 사야 할 때란 걸 일깨워주려는 듯 얇은 신발 속으로 물이 스며들어 발가락 주위로 모였다. 멀리서 소나무 숲으로 들어가는 어두운 사람 그림자가 얼핏 보였다. 봉헌 촛불에 불을 붙이거나 소나무 가지를 꽂아두려는 것일까.

곧 있으면 크리스마스다.

깨끗이 정리된 오솔길로 걸음을 옮기며 휴대전화 화면을 힐끗 쳐다봤다. 보지 않아도 누군지 이미 알 것 같았다. 가슴이 가라앉으며 쿵쾅댔다. 이 두근거림의 정체를 너무 잘 알기에 착각하려야 할 수 없는 감정.

전화를 받기 전에 마지막으로 어머니의 묘비 쪽으로 몸을 돌렸다. 어색하게 손을 흔들면서 곧 다시 오겠다고 중얼거렸다. 물론 말할 필요는 없다. 내가 항상 돌아오리라는 사실을 어머니는 알고 있을 테니까.

시내로 돌아가는 시커먼 길이 환한 불을 밝힌 채 뻗어 있다. 앞에 가는 차의 정지등이 반짝이며 길을 밝힌다. 갈색으로 변해버린 더러운 눈이 높이 쌓여 있고 땅딸막하고 우중충한 비슷비슷한 건물들은 스톡홀름 거리를 따라 줄지어 서 있다. 크리스마스별 모양 조명은 밤을 밝히는 횃불처럼 간간이 유리창에서 반짝인다. 다시 눈이 내리기 시작했다. 물기 많은 눈이 앞 유리창에 내려앉자 모든 윤곽이 흐릿해지고 바깥 경치를 누그러뜨렸다. 들리는 거라곤 부드럽게 돌아가는 모터 소리와 규칙적으로 획획 움직이는 와이퍼 소리뿐이다.

살인.

그리고 또 다른 살인.

아주 오래전 아직 강력계 신참 형사 시절 살인 현장에 호출되면 언제나 흥분을 느끼곤 했다. 엉켜버린 실타래처럼 죽음은 풀어야 하는 미스터리와 동의어였다. 당시 나는 모든 것을 해결할 수 있고 설명할 수 있다고 생각했다. 에너지와 지구력이 있고 어떤 실을 당겨야 되는지, 어떤 순서로 풀어야 하는지 안다면 당연히 풀 수 있을 거라고. 현실은 복잡하게 엉킨 실타래 같은 거니까.

간단히 말해, 모든 것을 정복할 수 있고 해결할 수 있다.

하지만 이제는 모르겠다. 어쩌면 실타래 자체에 관심을 잃어버렸을 수도 있고 어느 실을 당겨야 하는지 알려주는 직감을 잃어버린 건지도 모른다. 세월이 흐르는 동안 죽음의 의미는 달라졌다. 스코그쉬르코고 르덴 공원의 젖은 땅에서 안식하고 계신 어머니. 같은 공원의 그리 멀지 않은 곳에 누워 있는 아니카 누나. 코스타델솔 해안에서 죽으려고 작정한 것처럼 술을 마셔대다 곧 이곳에 오게 될 게 뻔한 아버지. 범죄 따위는 더 이상 중요한 것 같지 않다.

물론 무슨 일이 일어났는지 알아낼 수는 있다. 누군가 사람을 죽였다. 이런 상상할 수도 없는 일을 말로 옮기고, 그 사건에 관한 중요한 과정을 설명한다. 어쩌면 범인을 찾아내고 최상의 시나리오대로 된다면 범인을 기소할 수 있도록 도와줄 수도 있다. 그래도 변함없는 건 죽은 사람은 여전히 죽어 있다는 사실. 그렇지 않은가? 요즘은 내가 하는 일이 도대체 어떤 의미가 있는지 잘 모르겠다.

로슬락스툴에 이르렀을 때에는 이미 땅거미가 짙게 드리워져 있었다. 오늘은 진짜 빛이라곤 찾아볼 수가 없었다. 그제와 어제처럼 12월의 안개 때문에 내내 알아차리지 못한 오늘이 무채색 속에 지나갔다. 북쪽으로 향하는 E18 고속도로에 진입하자 차들이 많아졌다. 도로 공사 현장 옆에 움푹 팬 곳을 지나면서 차가 흔들리자 백미러에 걸어놓은 리틀 트리 장식이 펄쩍 튀어 올랐다.

대학교 옆을 지날 때 만프레드에게서 또 전화가 왔다. 거물이 관련된 빌어먹을 상황이라며 지체하지 말고 빨리 와주면 좋겠다고 말했다. 나는 시멘트 같은 회색 황혼을 바라보며 말했다. 길에 움푹 팬 곳이 스위스 치즈 구멍보다 많아 더 빨리 운전한다면 고환이 멍들 테니 좀 봐달라고.

만프레드가 익숙한 웃음을 터트렸다. 돼지가 코를 킁킁대며 꿀꿀대는 것 같은 소리. 아마도 그건 부당한 평가일지도 모르겠다. 만프레드는 뚱뚱하다. 그 때문에 그가 웃어대는 모습이 꿀꿀거리는 육감적인 돼지를 연상시키는 것일지도 모르겠다. 어쩌면 만프레드의 웃음소리나 내 웃음소리나 크게 다르지 않을지도 모르지.

어쩌면 우리 둘의 웃음소리는 비슷할 것이다.

만프레드와 나는 10년 넘게 같이 일했다. 해마다 나란히 검시 테이블에 서고, 목격자를 심문하고, 완전히 제정신이 아닌 친척들을 만났다. 매년 우리는 질이 좋지 않은 녀석들과 싸우면서 보다 안전한 세상을 만들려고 최선을 다했다. 하지만 우리가 세상을 안전하게 만들었던가, 정말로? 솔나에 있는 법의학 부서의 냉동 창고에서 잠들어 있는 사람들은 여전히 죽어 있고 그 사실은 결코 바뀌지 않는다. 언제까지나. 우리는 더 이상 사용할 수 없을 정도로 천이 해지고 상상도 할 수 없는 끔찍한 일이 벌어진 후에 마무리를 하는 사회의 청소부에 불과하다.

야네트는 내가 우울증을 앓고 있다고 말한다. 하지만 난 야네트의 말을 그다지 신뢰하지 않는다. 게다가 우울증이 존재한다고 생각하지도 않는다. 이유가 있다. 나는 우울증 자체를 믿지 않는다. 난 이제 막 우리 존재의 참모습을 깨닫고 처음으로 인생을 냉정히 바라보고 있다. 야네트는 그것이 우울증의 전형적인 증상이라고 말한다. 우울증을 앓는 사람들은 자신이 감지하는 고통 외에는 보지 못한다고. 그러면 나는 우울증은 제약 산업에서 만들어낸, 돈을 가장 잘 벌어들이는 발명품이라고 대답한다. 나는 시간도 없고 제약 회사를 터무니없이 부유하게 만들 생각도 없다. 그 후에 야네트가 내 기분에 관해 계속 얘기하려고 하면 그냥 전화를 끊어버린다. 어쨌든 우리가 헤어진 건 15년도 훨씬 전 일이니까. 그녀와 그런 일을 상의할 필요는 없다. 야네트가 내 유일한 아이의 엄마라고 해도 그 사실은 변하지 않는다.

알빈은 생기지 말았어야 할 아이다. 알빈에게 문제가 있어서가 아니라(알빈은 얼굴에 여드름이 나고, 성욕이 왕성하며 컴퓨터 게임을 병적으로 좋아하는 매우 평범한 십 대 남자 아이다) 내가 정말 부모가 될 준비가 되지 않았기 때문이다. 몇 년간 내 정신 상태가 완전히 밑바닥을 헤매던 때가 있었다. 그 시절에 그녀가 고의로 저지른 일이 틀림없다. 결혼 문제에 대한 복수로 피임약을 내던지고 임신을 한 것이다. 아마도 그런 경우일 것이다. 앞으로도 정확한 사정을 절대 알 수 없겠지만. 이제 와서 그 속사정은 중요하지 않다. 알빈은 어찌됐든 세상에 태어났고 지금은 엄마와 편안하게 살고 있다. 우리는 자주는 아니지만 크리스마스와 한여름, 생일 같은 때 가끔씩 만난다. 자주 연락하지 않는 것이 아이에게 최선이다. 자주 본다면 결국 그 애는 내게 실망하게 될 테니까.

가끔 여느 진짜 부모들처럼 지갑 속에 알빈의 사진을 넣고 다녀야 하나 생각할 때가 있다. 파르스타 고등학교를 벗어나는 꿈을 꿔본 적이 없을 것 같은 사진가가 체육관의 세피아 톤의 판넬을 배경으로 서투르게 찍은 사진. 하지만 어느 누구라도, 특히 내 자신을 기만해서는 안 된다는 생각이 들었다. 부모 자격을 얻어야 부모가 될 수 있다. 밤에 기저귀를 갈며 잠을 못 이루고 부모로서 응당 해야 하는 일을 전부 했을 때 얻을 수 있는 자격. 그것은 15년 전 내가 알아채지 못하는 사이에 정자를 기증해, 엄마가 되고 싶다는 야네트의 꿈을 이루게 했던 유전학과는 별 상관이 없다.

멀리서도 그 집을 알아봤다. 하얀 상자 모양의 건물이 상류층이 거주하는 교외 지역 어디에서라도 보이게 도드라져서가 아니라 경찰차가 그 집을 둘러싸고 있었기 때문이다. 눈밭 사이로 푸른빛이 번쩍이고, 범죄 과학 수사관들의 차가 틀림없는 하얀색 밴이 그리 멀지 않은 곳에 주차되어 있었다. 나는 언덕 아래에 주차한 후 그 집을 향해 끝까지 걸어 올라갔다. 제복을 입은 사람들에게 인사를 건네며 경찰 배지를 보여주고 미풍에 살랑살랑 흔들리는 푸른색과 하얀색의 경찰 통제선 아래로 미끄러져 들어갔다.

만프레드 올손은 현관에 서 있었다. 그는 거대한 몸집으로 출입구를 가로막고 서서 손을 들어 인사를 건넸다. 트위드 재킷의 가슴 주머니에는 핑크색 실크 스카프를 꽂아 넣은 채였다. 넉넉한 울 바지는 푸른색 비닐 신발 덮개 속에 단단히 밀어넣었다.

"제기랄, 린드그렌. 오지 않을 거라고 생각했는데."

그와 눈길이 마주쳤다. 붉은 얼굴에 깊숙이 자리한 말린 후추 열매처럼 생긴 만프레드의 작은 두 눈에 장난기가 가득했다. 단정하게 빗은 가늘고 연한 적갈색 머리는 1950년대 영화 속에서나 볼 법한 배우를 연상시켰다. 그는 경찰관이라기보다는 골동품상이나 역사학자, 소믈리에처럼 보였다. 사실 전혀 경찰 같아 보이지 않는다는 사실을 그 자신도 틀림없이 알고 있다. 만프레드가 별나게 과장하는 것을 즐기는 이유가 고지식한 경찰들을 도발하려는 술책이 아닐까 의심스러웠다.

"아까 말했잖아요⋯⋯."

"그래그래. 교통 체증 탓이겠지." 만프레드가 얘기했다.

"끝내주는 포르노를 본다는 게 어떤 건지 알고 있어. 뿌리치기 힘들지."

만프레드의 거친 말은 정교하고 보수적인 옷차림과 극명한 대조를 이룬다. 그는 내게 신발 덮개와 장갑을 건네고 낮은 목소리로 말했다.

"들어봐. 이건 정말 빌어먹을 상황이야⋯⋯. 어서 직접 보라고."

나는 신발에 덮개를 씌우고 비닐장갑을 낀 후에 투명 플라스틱 발판을 밟고 들어갔다. 현관 안쪽에 무작위로 놓아둔 것처럼 보이지만 사실은 과학 수사관들이 현장을 보호하기 위해 깔아놓은 것이다. 이미 익숙하다고 생각했는데도 메스껍게 진동하는 피비린내에 순간적으로 물러설 뻔했다. 심장이 쿵쾅거리는 소리가 점점 강해졌다. 지금까지 온갖 범죄 현장과 시체를 다 봐왔지만 차갑게 식은 벌거벗은 시신이 있는 현장에 오면 여전히 머리카락이 쭈뼛 선다. 얼마나 죽음이 빨리 올 수 있는가를 보여주는 현실일 테니까. 생명은 얼마나 빠르게 소멸될 수 있는가. 한편으로는 반대의 경우도 있다. 참을 수 없을 정도로 고통이 오래 지속되었음을 보여주는 범죄 현장이나 시신도 있다.

나는 흰 작업복을 입은 법의학 수사관에게 고개를 끄덕여 인사를 건네고 현관 주위를 둘러보았다. 별 특색이 없는 매우 소박한 곳이다. 아니면 그저 아주 남성적이랄까? 인테리어에서 소박함과 남성다움은 거의 같은 의미다. 흰 벽에 회색 바닥. 현관 안의 넓은 홀에는 코트, 가방, 신발 같은 흔히 발견되는 개인 소지품의 흔적이 보이지 않았다. 다음 발판으로 이동해서 부엌 안을 들여다봤다. 까만 광택제를 칠해 윤이 나는 부엌 찬장이 보였다. 가정용 데코 잡지에서나 볼 법한 타원형 식탁과 의자가 있었고 벽면에는 칼이 열을 지어 진열되어 있었다. 없어진 것은 없는 것 같다.

만프레드가 내 팔에 자신의 손을 올려놓았다.

"여기 이쪽이야."

나는 계속해서 발판을 이동해 복도 끝으로 갔다. 카메라와 휴대용 컴퓨터 설비를 갖춘 법의학 수사관 옆을 지났다. 발판 밑에 핏자국이 커다랗게 펼쳐져 있다. 아니 이건 거의 피바다 수준이다. 시간이 얼마 지나지 않은 빨갛고 찐득한 피바다가 홀을 모조리 덮고, 벽에서 벽으로, 지하실로 가는 계단 아래까지 덮고 있었다. 이 바다에 크기가 제각각인 발자국이 현관을 향해 수천 개는 나 있다.

"피가 낭자한 지옥이지."

만프레드가 웅얼거리며 놀랄 만큼 민첩하게 앞으로 나갔다. 그럼에도 발판이 그의 무게를 못 이기고 휘었다. 피로 더럽혀진 옷 더미 옆에 번호판이 있었다. 여성의 다리 한쪽과 굽 높은 검정 부츠, 하체를 차례로 보았다. 등을 바닥에 댄 채 누워 있어 여자의 얼굴이 보이지 않았다. 처음에 옷 더미라고 생각했던 것이 사실은 바닥에 놓인 잘린 머리라는 사실을 몇 초 지나서 알아차렸다. 더 정확히는 바닥에서 자라난 것처럼 똑바로 서 있었다.

버섯 같아.

만프레드는 끙 소리를 내며 맥없이 주저앉았다. 나는 섬뜩한 장면을 머릿속으로 받아들이며 몸을 앞으로 숙였다. 받아들이는 것. 중요한 과정이다. 뒷걸음질 치며 두려움에서 눈길을 돌리는 것이 자연스런 반응이지만 강력계 형사로서 나는 그런 반사 작용을 억제하는 법을 꽤 오래전에 배웠다.

여성의 얼굴과 갈색 머리에는 피가 엉겨 붙어 있었다. 시체의 상태에서 정확히 나이를 추측하기는 어렵지만 스물다섯 살 정도로 보인다. 피로 흠뻑 젖은 몸에다 팔뚝에 난 깊은 상처도 얼핏 보였다. 희생자는 검정 치마에 검정 스타킹을 신고 회색 스웨터를 입었다. 피로 흠뻑 젖은 그녀의 몸 밑에 깔린 겨울 코트가 언뜻 보였다.

"제기랄."

만프레드가 고개를 까딱이면서 까칠한 수염을 어루만졌다.

"머리가 잘렸군."

난 고개를 끄덕였다. 그 표현에 덧붙일 말이 없었다. 어떤 일이 일어났는지는 명확했다. 몸에서 머리를 절단하려면 꽤 큰 힘이나 적어도 상당한 노력이 필요하다. 범인에 관해 시사하는 바가 있다. 아직 정확히 알 수는 없지만 분명히 이 짓을 저지른 사람은 불구가 아니다. 살인범은 꽤 힘이 세다. 그렇지 않다면 몹시 자극을 받았거나.

"피해자의 신원은 밝혀졌어요?"

만프레드는 고개를 저었다.

"아니. 하지만 이곳에 누가 사는지는 알지."

"누군데요?"

"예스페르 오레. 클로즈 앤드 모어 사의 CEO."

그 말에 기억이 났다. 스칸디나비아에서 가장 빠르게 성장하고 있는 의류 회사 클로즈 앤드 모어 사의 논란이 많은 CEO. 미디어가 사랑하고 증오하는 남자. 언론들은 그의 경영 방식과 수많은 애정사, 그가 언론을 향해 자주 쏟아내는 정치적으로 부적절한 표현에 대해 연일 부정적인 기사를 즐기듯 쏟아냈다.

만프레드가 깊은 한숨을 쉬며 일어섰다. 나도 그의 뒤를 따라 일어섰다.

"살해 무기는요?" 그에게 물었다.

만프레드는 조용히 현관홀 끝을 가리켰다. 홀 끝에 지하실로 이어지는 계단 옆에 마체테로 보이는 커다란 칼이 놓여 있다. 칼이 제대로 보이진 않았다. 그 옆에 숫자 5가 적힌 작은 번호판이 똑바로 서 있었다.

"그럼 예스페르 오레는 잡았어요?"

"아니. 아무도 행방을 모르는 것 같아."

"그 밖에 우리가 아는 건요?"

"지나가던 이웃이 현관이 열려 있는 것을 보고 들어왔다가 사체를 발견했어. 그 여자와 얘기를 나눠봤는데 지금 병원에 있다는군. 충격으로 심장에 문제가 생긴 것 같아. 어쨌든 쓸 만한 건 보지 못했대. 운 나쁘게도 그 여자가 현관홀에서 상당히 많이 돌아다니는 바람에 발자국이 뒤섞였어. 과학 수사관이 쓸 만한 발자국을 분리해서 뜰 수 있는지 알아보고 있어. 밖에 눈 위에도 핏자국이 있더라고. 범인이 살인을 한 후에 몸을 턴 것 같아."

주위를 둘러봤다. 현관 옆의 바닥은 핏자국이 뒤섞여 있다. 벽에 피가 튄 자국과 피 묻은 손바닥 자국이 찍혀 있다. 마치 잭슨 폴락의 그림 같았다. 누군가 바닥에 빨간색 페인트를 쏟아 붓고 그 안에서 데굴데굴 구르고 난 후 사방에 페인트를 흩뿌린 것처럼.

"꽤 격렬하게 싸운 후에 살인한 것 같아." 만프레드가 계속 설명했다.

"희생자의 팔뚝과 손에 방어하다 생긴 상처가 있어. 검시관의 분석에 따르면 사망 시각은 어제 오후 3시에서 6시 사이야. 희생자는 스물다섯 살 정도의 여성으로 사인은 목에 난 상처일 가능성이 높고, 머리는……. 음, 직접 확인해봐."

만프레드가 입을 다물었다.

"그런데 희생자의 머리 말이에요. 어떻게 이렇게 머리가 똑바로 세워져 있을까요? 우연일까요?"

"검시관과 과학 수사관은 아마도 살인범 소행일 거라더군."

"그렇다면 지독하게 메스꺼운 놈이군요."

만프레드는 고개를 끄덕이고는 작은 갈색 눈으로 내 눈을 똑바로 쳐다봤다. 어떤 이유에서든 자기 말을 그 방에 있는 어느 누구도 듣기를 원하지 않는다는 듯이 목소리를 낮췄다. 이곳에 남아 있는 사람은 과학 수사관들뿐이었다.

"들어봐, 이건 소름끼칠 정도로 비슷해. 지난……."

"하지만 그건 10년 전 사건이었어요."

"아직도 미결 사건이지."

나는 고개를 끄덕였다. 10년 전에 수사했던 쇠데르말름 살인 사건과 비슷하다는 점을 부인할 수 없었다. 스웨덴 범죄 역사상 가장 대대적으로 수사가 이루어졌지만 아직도 해결하지 못했다.

"아까 말했듯이 그건 10년 전이었어요. 그 사건과 연관 있다고 믿을 이유가 없어요……."

만프레드는 손을 휘저으며 내 말을 묵살했다.

"그래, 알아. 아마 자네 말이 맞겠지."

"이곳에 사는 오레라는 남자에 관해 파악한 사실은요?"

"아직은 별로 없네. 신문에서 읽을 수 있는 딱 그 정도지. 하지만 산체스가 조사하고 있어. 오늘 밤까지는 뭐라도 알려주겠다고 약속했어."

"신문에서는 뭐라고 말합니까?"

"음, 그렇고 그런 소문들이지. 언론에서는 그를 노예 감시인이라고 부르더군. 노조는 오레를 싫어해서 회사를 상대로 소송을 몇 차례 제기했어. 듣자 하니 악명 높은 바람둥이라더군. 여자가 끊이질 않았지."

"부인은 없어요? 아이는요?"

"없어. 혼자 산다네."

나는 넓은 부엌을 미끄러지듯 훑어보고 홀을 둘러봤다.

"혼자 사는 데 이런 맨션이 필요할까요?"

만프레드는 어깨를 으쓱했다.

"필요는 상대적인 개념이야. 병원에 실려간 이웃 여자가 가끔 보았는

17

데 그때마다 여자들이 달랐다더군. 여자가 얼마나 많은지 숫자를 세다가 놓쳤대."

우리는 다시 밖으로 나가 신발 덮개와 장갑을 벗었다. 10미터쯤 떨어진 옆문 근처에 불에 탄 건물이 보였다. 헛간처럼 보이는 이 건물은 눈에 반쯤 덮여 있었다.

만프레드는 담배에 불을 붙이고 기침을 하더니 나를 보고 돌아섰다.

"저걸 깜빡했군. 3주 전에 차고에서 화재가 있었대. 보험회사가 지금 조사 중이야."

불에 타고 남은 새카만 기둥이 눈 밖으로 툭 튀어나와 있는 모습을 보니 스코그쉬르코고르덴 묘지공원의 소나무 숲이 생각났다. 눈을 배경으로 윤곽을 드러낸 고요한 어둠이 죽음과 비영구성에 관한 불안감을 자아낸다.

차를 타고 시내로 돌아가면서 다시 야네트를 떠올렸다. 가장 극악무도한 범죄, 최악의 공포에는 언제나 그녀를 떠올리게 하는 무언가가 있다. 이런 범죄처럼 야네트가 내 균형을 깨트리기 때문이라고 생각한다. 그게 아니라면, 원초적 잠재의식 속에서 나는 어쩌면 야네트가 하얀 집의 여자처럼 죽기를 바라는 것일지도 모르겠다. 정말로 그녀를 죽이고 싶은 것은 분명히 아니다. 어찌 되었든 그녀는 알빈의 엄마가 아닌가. 하지만 그녀에 대한 그런 불편한 감정은 있다.

우리가 만나기 전 아내는 몹시 단순했었다.

야네트는 쿵스홀멘의 중앙 경찰서 부근의 카페에서 일했다. 카페에 갈 때마다 우리는 인사를 주고받았다. 가끔 손님이 많지 않을 때면 그녀는 내게 커피를 대접하면서 잠시 같이 앉아 이야기를 나누기도 했다. 금발 머리를 짧게 펑크스타일로 꾸몄는데 앞니 사이에 벌어진 틈이 매력적으로 보이기도 했다. 확신할 수는 없지만 남성용 소변기 속의 파리 그림의 조준점처럼 눈길을 잡아끄는 뭔가가 있었다. 게다가 그녀의 젖가슴은 환상적이었다. 분명히 전에도 관계를 맺던 여성들이 있었다. 사실 꽤 많았다. 하지만 진지한 관계를 이어간 적은 없었다. 내가 만났던 여자들은 그다지 큰 인상을 남기지 않은 채 왔다가 사라졌다. 나 역시 그 여자들의 인생에 큰 인상을 남기지는 않았을 것이다.

하지만 야네트는 달랐다. 그녀는 고집이 셌다. 지긋지긋할 정도로 셌다. 우리는 서너 번 저녁을 함께했고 거의 매번 침대에서 끝을 보았다. 얼마 지나지 않아 그녀는 함께 살자고 나를 들볶기 시작했다. 물론 난 싫다고 했다. 그녀와 함께 살고 싶지 않았다. 야네트의 그칠 줄 모르는 수다는 이미 내 신경을 건드리고 있었다. 나는 점점 더 자주 그녀가 입 닥쳐주기를 바란다는 사실을 발견했다. 하지만 좁은 침대에서 벌거벗고 자는 그녀의 모습은 말로 표현할 수 없을 정도로 아름다웠다. 잔소리보다는 고요와 침묵이 그녀에게 훨씬 잘 어울렸다. 항상 그녀가 침묵해주기를 바랐지만 터무니없는 바람이었다. 여자 친구에게 옷을 벗고 말없이 있으라고 요구할 수는 없지 않은가.

적어도 항상 그런 건 아니었다.

처음에는 함께 여행 가자, 라는 말처럼 사소한 잔소리가 대부분이었다. 그녀는 여행 전단지를 가방에 가득 담아와서 저녁 내내 어디가 제일 좋을지 따져보았다. 마요르카 섬이 좋을까 이비사 섬이 좋을까. 카나리아 군도가 좋을까 감비아가 좋을까. 아니면 로도스가 좋을까 키프로스가 좋을까. 그녀가 고르는 곳은 기후가 제일 좋은 곳일 수도 있고 음식이 가장 맛있는 곳일 수도 있고 가장 흥미로운 쓰레기를 살 수 있는 곳이기도 했다.

그 과정이 끝나면 우리는 여행을 떠났고 여행은 그리 나쁘지 않았다. 마요르카 섬의 동쪽 해안가에 자리한 작은 마을에서는 할 게 그다지 많지 않았다. 야네트는 휴가 대부분의 시간 동안 비키니를 입고 『사냥하는 여자, 에일라』를 읽으면서 보냈다. 이 말은 적어도 그녀가 조용했다는 뜻이다. 거의 벌거벗은 채로.

그리고 우리는 섹스를 했다.

섹스는 환상적이었다. 그 사실을 부인할 수는 없다. 더위 속에 마신 와인과 샹그리아 같은 것들이 전부 도움이 되었을 수도 있다. 그녀는 속박당하지 않으면서 동시에 상처받기 쉬운 동물 같았다. 가끔 잠자리에서 그녀의 행동은 뭔가 상당히 남성적인 면이 있었다. 요구 사항이 많고 안달하며 대단히 이기적인 방법으로 즉시 만족을 얻기를 원했다. 야네트는 자신이 원하는 것을 얻어내는 여자였다. 그 당시 그녀가 원한 건 나, 바로 내 몸이었다. 그리고 어쩌다 보니 충동에 이끌려 그렇게 됐다. 나는 진지하게 그녀와 함께 사는 것을 생각해봤다. 함께 살자는 말도 했던 것 같다. 기억이 나지는 않지만.

사람이 기억하지 못하는 것은 아주 많으니까.

하지만 야네트는 집에 돌아오자마자 같이 아파트를 사는 것에 대해 이야기를 꺼냈다. 나는 함께 살 준비가 되어 있지 않다고 최선을 다해 분명하게 설명했지만, 그녀는 내 말을 들으려 하지 않았다. 평소처럼 그녀는 아파트와 가족이라는 목표에 조준기를 맞췄다. 아무튼 나는 서른세 살이었는데도 왜 그녀와 같은 생각이 들지 않았던 것일까?

야네트는 등 밑 부분에 비둘기 두 마리가 '페테르'라고 적힌 현수막을 물고 있는 문신을 했다. 정확한 이유를 알 수는 없었지만 나는 왠지 불안했다. 영원히 남는 문신이 야네트와 영원히 살아야 한다는 암시 같아 오싹해진 것이라고 추측할 뿐이다.

이 모든 일은 내가 형사로서 새롭게 경력을 쌓아가기 시작하던 때 일어났다. 난 당연히 일 때문에 바빴다. 나는 각각의 사건을 전부 매우 진지하게 받아들였고 실제로 내가 더 나은 세상을 만드는 데 일조하고 있다고 생각했다. 심지어 그 세상이 어떤 모습일지 상상할 수 있다고 믿었다.

더 나은 세상?

15년이 지난 지금, 아무것도 변하지 않는다는 사실을 나는 안다. 시간은 직선의 형태가 아니라 순환하는 원의 형태라는 것을 깨달았다. 허세처럼 들릴 수 있지만 실은 꽤 진부한 얘기다. 시간은 동그랗게 말아놓은 소시지처럼 원이다. 오랜 시간을 들여 생각할 만한 일이 아니다. 세상사가 다 그렇다. 살인 사건이 일어난다. 자신의 일에 한 몸 바치겠다는 낭만적인 직업의식을 가진 신입 경찰관이 있다. 범인을 잡아 감옥에 가두자마자 새로운 범인들이 훨씬 새로운 범죄로 그들의 자리를 대신한다.

절대 끝이 없다.

영원은 소시지 링과 같다. 그리고 야네트는 그 소시지 링을 나와 함께 나누기를 원했다.

야네트와 사귀던 초창기에는 단호했었다고 생각한다. 실제로 그녀의 말도 안 되는 생각들을 난 잘 견뎌냈다. 하지만 시간이 흐르면서 야네트는 내 저항을 무너뜨렸다. 아니, 내가 방어 전략을 바꿨던 것 같다. 나는 갈수록 모호한 태도를 취했다. 그녀가 같이 사는 얘기를 꺼내면 '내년에 함께 살 수도 있다'고 대답했다. 그러고는 그녀가 날 끌고 집을 보러 다닐 때마다 나는 집에서 마음에 안 드는 점을 찾아냈다. 이건 층이 너무 낮고 이건 너무 높고(불이 날 수도 있다!) 이건 시내에서 너무 멀리 떨어졌고 이건 너무 중심가이고(몹시 시끄러웠다!). 어떤 경우든 간에 결점이 있었다.

그렇게 둘러보고 집으로 걸어올 때면 항상 야네트의 표정은 일그러져 있었다. 금발의 긴 앞머리는 커튼처럼 눈을 가렸고 앙 다문 입술은 얇고 핏기가 없었다. 그리고 말 한마디 하지 않고 인도를 응시하며 가방을 마치 방패처럼 가슴 앞에 단단히 부여잡았다.

야네트는 온갖 술책을 알고 있었다. 그녀는 내게 불러일으키는 죄책감이 날 약하게 만들어 다루기 쉬워진다는 사실을 알고 있었다. 가끔 나이가 어린 야네트가 매우 능숙하게 사람을 조종하는 방법을 어디에서 배웠는지 궁금했다.

몇 년 후 만프레드와 함께 일하면서 그에게 몹시 매료되었던 것은 아마도 야네트와의 관계에서 겪었던 혼란스러움 때문이었을 것이다. 용모와 점잖지 못한 언행 사이의 묘한 긴장감 탓에 얼핏 보기에는 코믹한 인상이지만, 만프레드는 내적으로 강인한 사람이었다. 나는 이것을 알아채자마자 감탄했다. 그는 불과 며칠 후에 나를 한쪽으로 데려가 자신의 이혼 사실을 알렸다. 그 일이 업무에 영향을 미칠 수도 있기 때문에 내게 알리는 것이 최선일 것 같다고 설명했다.

당시 사라와 결혼한 상태였던 만프레드는 사라와의 사이에 십 대 자녀 셋을 두고 있었다. 나는 사라가 이혼에 대해 어떻게 생각하는지 그에게 물었다. 만프레드는 이렇게 대답했다. "사라가 어떻게 생각하는지는 중요하지 않아. 난 그러기로 마음먹었으니까." 그 말에 나는 뭔가를 생각하게 됐다. 그는 혼자 결정을 내렸고 사라가 어떻게 생각하든 이혼을 강행할 것이다.

이것을 어떻게 받아들여야 할지 혼란스러웠다.

동시에 걱정이 됐다. 만프레드는 아주 냉철하고 강인하기 때문에 나를 꿰뚫어볼 위험이 있었다. 나약하고 이중적이며 결정을 내리기를 꺼려하는 내 모습을 알아차릴 것이다. 내가 터득해온 자질은 아주 형편없어서 차라리 감추는 게 낫다. 수면 위로 모습을 드러내면 강에 떠다니는 쓰레기처럼 고약한 냄새가 난다.

몇 년 후 실제로 나는 만프레드에게 결혼에 대해 얘기한 적이 있었다. 처음에 그는 내 말을 정말 이해할 수 없다는 듯이 당혹스러워하더니 웃기 시작했다. 둥글고 불그스름한 볼 아래로 눈물이 흐르고 두 턱이 흔들릴 때까지 웃고 또 웃었다. 웃다가 나중에는 거의 바닥에 드러누웠다.

만프레드에 대해 할 얘기는 많지만, 확실히 그는 인생의 밝은 쪽을 본다.

쿵스홀멘에 위치한 경찰서에 도착했을 때는 이미 날이 어두워진 후였다. 폴헴스가탄 거리에 심하게 내리던 진눈깨비가 솜털 같은 눈으로 바뀐 것을 보면 날씨가 추워진 모양이다. 지독하게 보기 흉한 경찰서 건물이 아니라면, 아름답게 보일지도 모르는 거리다. 하지만 실제는 1960년대에 크게 유행했던 후기 산업 사회의 브루탈리즘 건축 양식을 연상시키는 거대한 건물들이 점령하고 있다. 건물 정면의 불빛이 안에서 열심히 일하고 있는 동료들의 실루엣을 보여준다. 범죄와의 싸움은 절대 멈추지 않는다. 크리스마스 전날의 금요일 밤이라고 해도. 젊은 여성이 잔혹하게 살해되었을 때라면 더욱더.

3층으로 향하는 계단에서 산체스와 마주쳤다.

"피곤해 보이시네요." 그녀가 말했다.

그녀는 크림색 실크 블라우스와 검정색 정장 바지를 입고 있었는데 사무실에서 일하는 경찰의 옷차림이다. 검은 머리를 포니테일로 묶는 바람에 목 뒤에 한 문신이 보였다. 똬리를 튼 뱀이 마치 귓불을 물려는 것처럼 뒤쪽에서 왼쪽 귀를 향해 머리를 위로 쳐들고 있다.

"자네도 썩 좋아 보이지는 않는걸." 내가 대꾸했다.

그녀는 매끄러운 거짓 미소를 지었지만 내가 한 말에 나중에 대가를 치르게 되리라는 사실을 바로 알았다.

"예스페르 오레에 관한 정보를 정리해서 만프레드에게 갖다줬어요."

"고마워." 그렇게 말한 후 나는 계속 계단을 올라갔다.

만프레드는 컴퓨터 앞에서 차를 마시고 있다가 내가 들어가자 손을 흔들었다. 책상에는 젊은 부인 아프사네와 곧 한 살이 되는 딸 나야의 사진이 놓여 있다.

"식사는 했어?" 그가 물었다.

"배고프지 않아요. 고맙습니다."

"그래, 그 현장이 식욕을 돋우지는 않지."

나는 피 웅덩이 한가운데 있는 머리를 떠올렸다. 사람들은 서로에게 이상한 짓을 한다. 때로는 아무 이유 없이, 때로는 세대 간 지속되어 온 불화 때문에. 몇 달 전에 봤던 텔레비전 프로그램이 기억났다. 인간은 평화적인 동물인가 아니면 사람을 죽이려 드는 동물인가, 라는 질문에 그 프로그램은 대답하려 애썼다. 질문 자체가 이상하다. 의심할 여지 없이 인간은 이 행성에서 가장 위험한 동물이다. 인간은 계속해서 다른 종뿐 아니라 같은 종도 사냥하고 죽여왔다. 문명이라는 막은 야네트가 즐겨 바르는 화려한 매니큐어처럼 얇은 허울뿐이다.

"예스페르 오레에 관해 뭐라도 알아냈습니까?"

만프레드는 고개를 끄덕이고 두꺼운 손가락으로 앞에 있는 문서를 훑었다.

"예스페르 안드레아스 오레. 마흔다섯 살. 브롬마에서 태어나고 자랐어."

만프레드는 돋보기에 손을 뻗으며 잠시 말을 멈췄다. 그동안 나는 들은 내용을 되새겼다. 마흔다섯 살, 나보다 네 살 어리군. 아마도 이 잔혹한 살인에 대해서는 유죄겠지. 아니면 아직 말하기는 이르지만, 그도 희생되었을 수도 있다. 통계적으로 이 범죄에 연관되었을 확률이 높아. 대개 가장 간단한 설명이 결국 옳은 법이지.

만프레드가 목을 가다듬고 계속 설명했다.

"2년 동안 클로즈 앤드 모어 의류 회사의 CEO였고…… 소위 논란이 많은 인물이지. 평판은 별로 좋지 않아. 냉혹한 사람으로 여겨졌다더군. 아이가 아파 출근하지 않은 사람을 해고한 일이 있었다지. 하여간 노조에 따르면 말이야. 노조는 회사를 상대로 민사 소송을 여러 건 제기했네. 작년 과세 소득으로만 4,378,000크로나(약 63억)를 벌었네. 범죄 기록은 없고 결혼은 한 적도 없어. 언론, 특히 타블로이드지에 자주 실린 건 대개 애정 편력 때문이었지. 산체스가 오레의 부모와 비서에게 연락했는데 지난 몇 시간 동안 오레와 연락이 닿은 사람은 없었어. 금요일에 평소처럼 출근했고 겉으로는 완전히 정상처럼 보였다더군."

만프레드는 '정상'이라는 단어를 말하면서 허공에 따옴표를 그리고는 안경 위로 내 눈을 쳐다봤다.

"사귀는 여자는 있어요?"

"부모 말로는 없대. 비서는 그가 언론에 실리기 시작한 이후로는 사생활에 관해 말을 잘 안 했대. 친구 몇몇의 연락처를 확보했어. 산체스가 그들과 접촉하고 있네."

"화재에 관해서는 별것 없었어요?"

"맞아. 그 화재." 만프레드는 다시 서류 더미를 획획 넘겼다. "예스페르 오레는 차고를 짓는 중이었어. 하지만 그가 소유한 차 두 대와 함께 3주 전에 타버렸어. 듣자 하니 꽤 비싼 차들이라지. 음…… 어디 보자, MG와 포르쉐군. 보험회사에서 방화 여부를 조사하고 있어. 산체스가 보험회사와 얘기 중이야."

창밖을 쳐다봤다. 눈발이 더 심해져서 밖이 잘 보이지 않았다. 만프레드가 내 표정을 살폈다.

"머지않아 나타나겠지. 나는 집에 좀 가야겠네. 나야가 중이염에 걸렸거든."

"또요?"

"그 나이가 어떤지 알잖나."

사실은 모른다고 생각했지만 고개를 끄덕였다. 알빈이 아기였던 건 벌써 오래전이고 그 당시 나는 아들을 거의 보질 못했다. 중이염, 위장염과 같은 모든 것이 날 지나쳐갔다.

"페테르, 예전 수사를 다시 조사해보는 것도 나쁘지 않을 거야. 그냥 무시하기에는 수법이 좀 많이 비슷해. 관련자들과 얘기해볼 수 있을 거야. 어쩌면 그 마녀도 찾아내고. 그 여자 이름이 뭐였더라, 한네?"

나는 천천히 만프레드를 향해 돌아섰다. 그 이름에 기억들이 빠져나와 몸 안의 모든 세포 속으로 퍼져 나가며 내게 어떤 영향을 미쳤는지 드러내지 않도록 조심하면서.

한네.

"아니오." 약간 날카롭게 대답했나? 모르겠다. 더 이상 목소리를 제어할 수 없다. "아뇨. 절대로 그녀에게 연락할 필요 없습니다."

엠마
두 달 전

"젠장, 엄청난 돌덩어리네."

올가는 마른 손가락으로 반지를 채가더니 진짜인지 확인하려는 듯 불에 비춰본다.

"진짜 멋지다." 반지를 다시 돌려주며 그녀가 말했다.

"얼마나 해?"

"선물로 받은 거야. 가격을 어떻게 물어봐?"

"뭐가 어때서?"

"그러면 안 돼."

잠깐 침묵이 흘렀다.

"이제 털어놔봐. 그 왕자님이 누군데?" 마노르가 물었다.

"말 못해……."

"뭐 어때, 이제 약혼한 사이잖아. 비밀이 얼마나 가겠어?" 마노르가 장난스럽게 웃으며 말했다. 마노르의 어깨에는 두껍고 까만 술이 달려 있고 눈에는 아이라인이 까맣게 그려져 있다.

"그럴 만한 사정이 있어." 내가 말을 시작했다.

"우리 이모는 사촌과 결혼했는데 두 사람은 10년 동안 아무한테도 그 사실을 말하지 않았어." 올가가 적절한 예를 들었다. "그 부부에겐 아이가 둘 있고. 복잡하다면 그 정도는 돼야지. 진짜."

"약속할게. 친척은 아니야. 가까운 친척을 사랑하는 건 아니야. 그냥…… 좀 사정이 있어."

"페이스북처럼? 페이스북 복잡하잖아."

올가가 장난스럽게 웃었다.

"어쩌면."

아주 작은 간이 주방이 조용해지고 냉장고가 한숨을 내쉬듯 돌아가기 시작했다. 동료들이 궁금해하는 것을 이해할 수 있다. 나라도 그렇게 반응했을 것이다. 하지만 이건 다르다. 예외적인 상황이다. 다른 사람들, 특히 올가와 마노르에게 말하는 것은 무책임하고 잘못된 일이다. 그렇게 되면 결국 예스페르와 내게 문제가 생길 수 있다.

게다가 난 약속했다.

올가는 식탁 위에 부스러기들을 쓸어 모으고 길고 하얀 인조 손톱으로 부스러기 위에 무늬를 그렸다.

"왜 전부 다 비밀이어야 하는지 이해가 안 돼." 올가가 징징거렸다.

"그 남자가 유부남이라면 그럴 수도 있어. 하지만 너흰 이제 약혼했잖아."

마노르가 손을 들어 제지했다.

"엠마는 말하고 싶지 않은 거야. 그냥 존중하자고."

내가 마노르에게 몸짓으로 고마움을 표시하자 그녀는 미소로 화답하고는 어깨를 장식한 술을 뒤로 넘겼다.

올가는 얇은 입술을 꾹 다물고 눈동자를 굴렸다.

"그러거나 말거나."

다시 조용해졌다. 마노르가 목을 가다듬었다.

"엠마, 엄마 장례식은 어땠어? 잘 치렀어?"

마노르. 마노르는 언제나 아주 친절하고 사려 깊다. 사소하지만 마음을 온화하게 어루만지는 말들을 부드럽고 느릿한 목소리로 조심스럽게 꺼낸다. 나는 반지를 다시 손가락에 밀어넣고 숨을 내쉬었다.

"잘 치렀어. 사람이 많이 온 건 아니야. 그냥 가장 가까운 사람들만 참석했거든."

사실, 작은 예배당에 모인 사람은 겨우 다섯 명에 불과했다. 소박한 나무 장식함에 화환 몇 개가 외롭게 놓였다. 엄마가 찬송가와 기도라면 질색했다는 사실을 알았지만 오르간 연주자는 찬송가를 연주했다. 나는 살아 있을 때와 마찬가지로 죽어서도 전통에 따라야 한다고 생각한다.

"지금은 좀 기분이 어때? 괜찮아?"

마노르는 걱정스러운 표정이었다.

"난 괜찮아."

사실 내가 느끼는 감정이 무엇인지 잘 모르겠다. 하지만 그 감정이 어떤 것이든지 간에 설명하기는 너무 어렵다. 비현실적인 상황처럼 느껴졌다. 엄마가 죽었고, 관 속에 크고 살찐 엄마가 들어가 있다는 사실이 머릿속으로 납득이 되지 않았다. 어떤 사람이 엄마처럼 옷을 입고, 엄마처럼 금발로 염색한 뻣뻣한 머리를 빗고, 그곳에 누워 있는 것 같았다. 그리고 관 뚜껑을 닫고 뚜껑에 못질을 하고, 아니 무엇을 했든지 간에 말이다.

어떤 감정을 느껴야 하는 걸까?

절망과 슬픔? 안도감? 엄마와 내 관계는 조금도 과장하지 않고 복잡

29

했다. 그리고 이모의 말대로 엄마가 풀타임으로 술을 마시기 시작한 마지막 몇 년간 우리는 그리 자주 보지도 못했다.

그리고 예스페르와의 일도 있지. 이 모든 고통을 겪는 와중에 그는 내게 반지를 주며 나와 인생을 함께하고 싶다고 말했다. 손가락에서 반짝이는 다이아몬드를 내려다보았다. 무슨 일이 있어도 아무도 내게서 이 반지를 빼앗아갈 수 없다고 생각했다. 나는 그만한 가치가 있어. 이 정도는 받을 자격이 있어.

문이 쾅 소리를 내며 갑자기 열렸다.

"얼마나 더 얘기해야 됩니까? 매장에서 한꺼번에 자리를 비우면 안 된다고. 여러분이 둘러서서 담배를 피우는 동안……."

"담배 핀 사람 없어요." 올가가 재빨리 끼어들어 말하고는 손으로 길고 숱이 적은 머리를 쓸어내렸다.

그녀가 한 말에 난 놀랐다. 비에르네와의 언쟁은 대개 좋게 끝나지 않는다. 그는 경직되어 길고 가는 몸을 펴고 엉덩이에 낮게 걸쳐 입은 빈티지 바지 주머니 속에 손을 깊숙이 찔러 넣었다. 무게를 카우보이 부츠 앞뒤로 옮기며 턱을 들어 올린 채 올가를 노려보고 있는 그의 주걱턱이 평소보다 더 두드러져 보였다. 그는 물고기처럼 생겼다. 탁한 물에서 먹이를 기다리며 숨어 있는 사악한 물고기. 그가 머리를 뒤로 확 젖히자 들러붙은 까만 머리가 목 밑으로 늘어졌다.

"내가 언제 당신에게 물어봤습니까, 올가?"

"아니요, 하지만……."

"그렇다면, 입 닥치고 새 러시아 손톱에 감탄하며 노닥거리는 대신 청바지에 태그 붙이는 일이나 도와달라고 제안하고 싶군요."

그가 몸을 돌려 문을 쾅 닫고 나갔다.

"좆같아." 올가는 스웨덴에서 10년이나 살았지만 여전히 상황에 잘 들어맞는 욕설을 찾는 데 어려움을 겪고 있다.

"얼른 나가는 게 낫겠다." 마노르가 얘기하더니 일어서서 블라우스를 약간 잡아당겨 반듯하게 펴고 문을 열었다.

집으로 가는 길에 장을 좀 봤다. 예스페르는 고기를 좋아한다. 예스페르와 나는 오늘 밤 축하 파티를 할 예정이기 때문에 안심, 그것도 아주 비싼 유기농 안심을 샀다. 사실 그런 고기를 살 만한 형편은 아니다. 작은 카나페로 만들어 구울 상추와 방울토마토, 셰브르 치즈도 샀다. 술을 파는 상점의 진열대 앞에서 한참 있었다. 차렷 자세를 한 채 내 앞에 진열된 병들을 손으로 쓰다듬었다. 나는 와인을 잘 모르지만 우리는 보통 레드 와인을 마셨다. 그리고 예스페르는 남아프리카 와인을 좋아한다. 그래서 100크로나짜리 피노타주 한 병으로 정했다.

발할라베겐을 걸어 집으로 가는데 날이 어두워졌다. 북쪽에서 차가운 바람이 불어왔고 작고 단단한 빗방울이 내 얼굴을 때렸다. 나는 고개를 숙이고 젖어 있는 검은 인도를 보면서 집으로 서둘러 갔다.

1925년에 지어진 아파트 건물은 스톡홀름 상류층 구역의 펠퇴베르스텐 쇼핑센터 바로 옆에 있다. 이곳에서 살던 이모가 3년 전에 돌아가셨다. 이유를 알 수 없지만 내가 이 아파트를 물려받았는데, 친척들 사이에서 상당히 논란이 되었다. 앙네타 이모와 가깝지 않던 내가 도심에 있는 아파트를 어떻게 물려받을 수 있었을까? 이모에게 어떤 속임수를 썼기에? 완전히 말이 되지 않는 얘기였다. 앙네타 이모는 아이가 없었고 우리는 가끔 만났다. 이모들은 가끔씩 모여 제대로 기능하지 않는 모계 사회를 계속 유지하기로 결정했는데 나도 가끔 이 모임에 참석했다.

잠긴 문을 열고 금속으로 된 문손잡이를 아래로 밀었다. 토스트와 세제의 친숙한 냄새가 훅 밀려왔다. 그리고 다른 냄새도 있었다. 자연스럽고 친숙하지만 정체를 잘 알 수 없는 다소 퀴퀴한 냄새. 가방을 조심스럽게 바닥에 내려놓고 홀의 전등을 켰다. 그리고 젖은 신발을 벗었다. 코트를 옷걸이에 걸고 수건으로 코트에서 빗물을 부드럽게 닦아냈다.

바닥에 편지 두 통이 있었다. 청구서들. 그것들을 집어 들고 부엌으로 가서 청구서와 독촉장을 쌓아놓은 더미에 넣었다. 청구서 꾸러미는 놀랄 정도로 높게 쌓였다. 예스페르에게 이제는 정말 돈에 관해 얘기해야 한다. 오늘 밤은 아니겠지만 곧 해야 될 터다. 더미 속에 청구서를 계속 쌓아둘 수만은 없으니까. 어느 날이고 지불해야 하니까. 시게를 부르며 벽장에서 고양이 사료를 꺼냈다. 고양이는 경첩이 삐걱거리는 소리를 듣자마자 모습을 드러내고 내 종아리에 몸을 비볐다. 나는 몸을 앞으로 숙여 고양이의 까만 털을 어루만지고 잠시 고양이에게 속닥거리다 거실로 갔다.

아파트에는 가구가 간소하게 갖추어져 있다. 칼 말름스텐의 의자는 역시 앙네타 이모에게서 물려받았다. 거실에 있는 식탁과 의자들은 내가 온라인으로 주문했고 침대는 이케아에서 샀다. 구세군에서 발견한 책상도 하나 있다. 책상 위에는 책과 빨간 공책이 널려 있다. 상점에서 일하는 나는 고등학교 졸업 자격증을 따려고 공부하는 중이다. 나는 학교를 중퇴했다. 학교를 계속 다닐 수도 없고, 계속 다닐 의지도 꺾어버린 일을 겪었다. 하지만 학교 다니는 일은 언제나 쉬웠다. 특히 수학이 쉬웠다. 숫자의 세계에는 날 자유롭게 만드는 뭔가가 있다. 애매한 부분이 없고, 주관적인 부분도 없고 해석을 위한 여지도 없다. 계산이 맞거나 틀리거나 두 가지밖에 없다.

남은 인생도 그렇게 단순하기를 바란다.

잠시 우디를 떠올렸다. 목덜미에 포니테일로 단단히 묶은 길고 까만 머리. 손을 볼에 대고 이야기를 듣는 습관. 그는 항상 믿기 힘들 정도로 강렬한 기세로 사람들의 이야기를 들었다. 마치 우리 모두 진실로 중요한 무언가를 말하고 있는 것처럼. 어쩌면 정말 그랬을지도 모른다. 나는 몸을 흠칫 떨었다.

언젠가 우디를 더 이상 생각하지 않게 될 날이 올 거라고 나 자신에게 말했다. 어느 날 그에 관한 기억이 낡은 폴라로이드 사진처럼 희미해지면 그는 존재한 적도 없었다는 듯이 나는 계속 살아갈 것이다.

이 집에는 정말 값나가는 것이 딱 하나 있다. 침실에 걸려 있는 랑나르 산드베리의 그림이다. 노란색과 푸른색 유니폼을 입은 축구 선수들을 나이브 아트 양식으로 그린 그림이다. 나는 이 그림을 무척 좋아한다. 엄마는 종종 그림을 팔아서 돈을 나누면 자기 몫으로 술을 진탕 마실 수 있다며 팔라고 제안했지만, 나는 거부했다. 언제나처럼 벽에 그대로 그림이 걸려 있기를 원했으니까.

앙네타 이모는 내게 약간의 돈도 남겨주었다. 더 정확히 말하자면 10만 크로나(약 1,440만 원)다. 조심스럽게 싸여 있는 100크로나 지폐 묶음을 리넨 옷장에서 찾아냈다. 엄마에게는 이 돈에 대해 전혀 알리지 않았다. 엄마가 이 돈으로 무엇을 할지 너무나 잘 아니까.

창가로 가 밖을 쳐다봤다.

5층 밑에 있는 발할라베겐은 거대한 검정 동맥처럼 뻗어 스톡홀름을 십자로 연결해 리딩에베겐과 도시의 중심에 교통을 공급하는 거대한 도로 순환계의 한 부분이다. 비가 점점 거세졌다. 비가 창문을 때리고 기름진 자국을 길게 남겼다. 밖은 몸이 얼 정도로 추운 게 틀림없다.

그 생각만으로도 몸이 떨렸다.

장 봐온 음식을 풀고 셰브르 치즈를 조각내서 작은 카나페 위에 올렸다. 오븐을 켜고 샐러드를 준비한 후 샤워를 했다. 따뜻한 물이 내 몸을 미끄러지듯 흘러내리는 것을 느꼈다. 뜨거운 증기 속에서 숨을 쉬었다. 그가 좋아하는 비누로 세심하게 몸을 구석구석 씻었다. 가슴을 마사지하자 가슴이 부드럽게 부풀어 올랐다. 샴푸에 손을 뻗어 머리를 감고 구식 욕조에서 빠져나왔다.

욕실이 증기로 가득 찼다. 삐걱 소리를 내는 문을 열고 수건으로 거울을 닦은 후 몸을 앞으로 숙였다. 얼굴이 붓고 상기되었다. 바다에 이리저리 흩어져 있는 수백 개의 작은 섬처럼 창백한 피부에 주근깨가 선명히 두드러졌다. 좀 큰 것도 있고 작은 것도 있다. 어떤 것들은 무리로 섞여 창백하고 불그스름한 피부의 바다에서 불규칙하게 대륙을 형성하고 있다.

나는 적갈색의 긴 머리를 굵은 빗으로 부드럽게 정리하기 시작했다. 가슴을 살펴보았다. 폭이 넓고 내 체격에 비해 너무 크다. 젖꽃판은 옅은 핑크색을 띠고 있다. 창백한 피부에 작고 악랄하게 돌출되어 부스럼처럼 보이기 시작할 때부터 쭉 싫었다. 그래서 그것들을 가리려고 할 수 있는 모든 것을 해봤다. 품이 헐렁한 셔츠를 입고 등을 구부리고 걸었다. 먹기도 많이 먹었다.

예스페르는 내 젖가슴이 좋다고 말했고 나는 그를 믿는다. 그가 내 다리 사이에 자리를 잡고 강아지를 대하듯 내 가슴을 어루만진다. 푹 빠져서 한쪽에 구애를 하고 이어서 다른 쪽에 구애한다. 사랑은 다른 사람에게 자신이 느끼는 감정이 전부가 아니라 사랑하는 사람의 눈 속에서 자신의 모습을 보는 것이라는 생각이 들었다. 예전에는 흠으로만 보였던 곳에서 아름다움을 보게 되는 것이다.

나는 공들여 화장을 했다. 예스페르는 화장을 짙게 하는 것을 좋아하지 않는다. 그렇다고 화장을 전혀 하지 않은 모습을 좋아하는 건 아니다. 단지 화장을 하지 않은 것처럼 보이는 모습을 좋아할 뿐이다. 자연스럽게 보이도록 화장하려면 생각보다 훨씬 시간이 오래 걸린다. 화장을 마치고 손목과 가슴 사이, 목에 전략적으로 향수를 살짝 뿌렸다. 다리 사이에도 약간 뿌렸다. 그리고 속옷을 입지 않은 채 검정 원피스만 입고 욕실 매트에 발의 물기를 조심스럽게 닦고 밖으로 나왔다.

예스페르는 대개 시간을 잘 지킨다. 7시에 카나페를 오븐에 넣어야겠다는 생각이 들었다. 하지만 완성되는 데 몇 분밖에 걸리지 않으니 그가 올 때까지 기다리는 게 낫다. 비는 여전히 세차게 어두운 유리창을 두드리고 있다. 밖에서 들리던 사이렌 소리가 멀어져간다. 테이블 위에 놓인 초에 불을 붙였다. 오래된 유리창에서 새어 들어오는 찬바람 때문에 촛불이 흔들렸다. 방에 그림자들이 살아 있는 것처럼 움직이기 시작했다. 허름한 부엌문과 식탁 쪽으로 흔들렸다. 잠시 방 전체가 흔들리는 느낌이었다. 흔들림이 전염되기라도 한 것처럼 갑자기 가벼운 메스꺼움이 느껴졌다.

눈을 감고 의자에 기대 앉아 마음을 진정시켰다.

그를 생각하자.

예스페르 오레. 물론 텔레비전과 타블로이드지에서 그에 관한 기사를 언뜻 본 적이 있다. 그리고 직장에서 그에 관한 이야기를 할 때도 있다. 우리 회사의 CEO가 사업뿐만 아니라 다른 부분에도 논란이 많다는 사실을 알고 있다. 그는 근본적으로 패션 업계의 나쁜 남자로 알려져 있고 거칠고 뻔뻔한 것으로 유명했다. CEO가 되고 한 달 만에 경영진을 모두 해고하고 자신의 무리를 데려왔다. 곧이어 더 많은 변화가 줄을 이었다. 직원의 20퍼센트를 해고하고 고객들을 상대하는 새로운 지침을 전달했다. 직원의 복장 규정이 한층 엄격해지고 점심시간은 짧아졌으며 휴식 시간도 줄었다.

그가 매장에 왔던 5월의 그날, 처음에는 누구인지 알아보지 못했다. 그의 전체적인 모습은 다소 당혹스러운 데가 있다. 그는 서커스의 원형 무대 한가운데 서서 휘둥그레진 눈으로 관중을 쳐다보는 아이처럼 남성복 코너를 천천히 빙글빙글 돌았다.

나는 가서 도움이 필요한지 물었다. 그게 내 일이었고, 회사가 만든 고용인 지침서에도 그렇게 적혀 있으니까. 그건 예스페르가 생각해낸 아이디어로 노조는 그 지침을 좋아하지 않았다.

그는 여전히 혼란스러운 표정으로 날 향해 돌아섰고 당황해서 손을 가슴 위로 움직이며 셔츠 앞부분에 커다란 오렌지색 얼룩을 가렸다.

"30분 후에 중역 회의가 있어서 새 셔츠가 필요해요." 그는 내 시선을 계속 피하면서 매장 주변을 둘러보았다.

"볼로네즈 스파게티?"

몸이 굳은 그의 그을린 얼굴에서 미소의 기미가 스쳤다. 내 눈을 쳐다보는 순간 나는 그가 누구인지 알아보았다. 그의 존재가 갑자기 굉장히 압도적이고 뚜렷이 느껴져서 나는 무엇을 해야 할지 몰랐다. 다행스럽게도 그가 다시 시선을 돌렸다. 아무 말 없이 그가 나를 혼자 내버려두자 나는 어찌할 바를 몰랐다.

1분, 아니 2분쯤 걸렸을까. 결국 정신이 들었다.

"사이즈가 어떻게 되세요?"

"사이즈?"

그가 다시 나를 쳐다봤을 때 나는 그가 얼마나 피곤한지 알아챘다.

눈 밑에 다크서클이 드리워져 있었고 관자놀이 부분의 머리카락이 제법 희끗희끗했다. 입꼬리를 끌어당겨 슬픈 듯이 찡그린 표정은 거의 적의에 가까워 보였다. 그는 사진에서보다 나이 들어 보였다. 더 나이 들고 더 피곤해 보였다.

"사이즈?"

"네, 손님 분 셔츠 사이즈요."

"아, 미안해요. XL요."

"어떤 색상을 원하세요?"

"모르겠어요. 흰색이나 중간색으로 중역 회의에 어울릴 만한 색이면 좋을 것 같은데."

그는 내게서 등을 돌리고 매장을 응시했다. 나는 자리를 뜨고 적당해 보이는 셔츠 세 벌을 움켜잡았다. 내가 돌아왔을 때 그는 여전히 매장 한가운데에 서 있었다.

"결정을 내릴 수 있도록 도와줄 수 있겠어요?" 그가 물었다.

"물론입니다."

그 질문에는 이상한 점이 전혀 없었다. 고객이 잘 어울리는 옷을 찾도록 도와주는 것은 일의 한 부분이었다. 나는 그가 첫 번째 흰색 셔츠를 입고 밖으로 나올 때까지 탈의실 밖에서 기다렸다.

"어울리는 것 같아요?"

"물론이에요. 완벽하게 어울려요. 하지만 다른 셔츠들도 입어보세요."

탈의실로 가는 스윙 도어가 소리 없이 다시 닫혔다. 2분 후에 그는 푸른 바탕에 흰 줄무늬에 버튼다운 컬러의 두 번째 셔츠를 입고 나왔다.

“흠.”

“별로인가?”

다소 걱정스러워 하는 표정에 나는 하마터면 웃음을 터트릴 뻔했다.

“아뇨. 다만 중역 회의에는 맞지 않을 것 같아요. 좀 더…… 격식 있는 옷을 입으셔야 할 것 같아요.”

그는 마치 내가 어떤 변덕을 부리든 복종할 준비가 되어 있는 것처럼 고개를 끄덕이고는 다시 탈의실로 들어갔다.

“세 번째 옷도 입어봐야 할까요?” 그가 안쪽에서 말했다.

“당연히 입어보셔야죠.”

나는 이 모든 상황을 즐기기 시작했다. 신분을 숨기고 매장에 잠입한 CEO와 재미있는 게임을 하는 것 같았다. 국민들과 어울리기 위해 거지처럼 차려입은 동화 속 왕 같다. 탈의실 문이 열리고 옅은 푸른색 셔츠를 입은 그가 밖으로 나왔다.

“완벽해요. 이 셔츠를 선택하세요.” 나는 선언했다. “이 셔츠는 진지하면서도 하얀색 셔츠처럼 따분해 보이지 않아요.”

“그렇다면…… 우리가 이 매장에서 따분한 옷을 팔고 있다는 거군요?”

눈에 새로운 빛을 띤 채 그가 전과 완전히 달라진 표정으로 나를 쳐다봤다.

“글쎄요, 고객들이 따분한 옷을 입어야 할 때도 있죠.”

“터치다운.”

그가 미소 짓고 탈의실로 가려다 중간에 멈춰 섰다.

“당신 방식이 마음에 드는군. 이름이 뭐요?”

“엠마. 엠마 보만.”

그는 고개를 끄덕이고 다른 말은 하지 않고 탈의실로 사라졌다.

내가 셔츠 가격을 금전등록기에 입력했을 때 내 인생을 영원히 바꾸게 되는 일이 일어났다.

예스페르는 필사적으로 지갑을 찾기 시작했다. 점점 더 당황해하는 눈치였다.

"이해할 수 없군. 분명히 여기에……." 그는 주머니를 뒤지다 고개를 젓고 체념했다.

"제기랄." 그는 입을 벌리지 않은 채 들리지 않을 정도로 중얼거렸다.

"나중에 와서 지불하셔도 괜찮아요. 손님이 누구인지 알고 있으니까요."

"절대로 그럴 수 없소. 그러면 금전등록기가 맞지 않을 테니. 정말 당신에게 문제를 일으키고 싶지 않아요."

"손님이 저를 속이려고 하면 경찰을 보내 손님을 쫓게 할 거예요."

그 농담이 그를 살려준 듯했다. 나는 그의 이마 끝에 땀방울이 맺히는 모습을 볼 수 있었다. 땀방울은 아주 강한 인조 전등 불빛에 크리스탈처럼 반짝거렸다.

"제기랄." 그는 되풀이했다. 그건 마치 이 곤란한 상황에 관해 내 조언을 바란다는 듯이 약간은 질문처럼 들렸다.

나는 몸을 앞으로 숙이고 부드럽게 내 손을 그의 팔 위에 올려놓았다.

"이봐요. 손님에게 돈을 빌려줄게요. 여기 제 전화번호를 드릴게요. 손님이 가능한 때 다시 와서 지불하세요."

그 일은 그렇게 일어났다.

그는 안도하며 내 전화번호를 가져갔다. 가게 밖으로 나가면서 허공에 내 쪽지를 흔들었다. 마치 내가 그에게 일종의 학위라도 준 것처럼.

그리고 나를 향해 미소 지었다.

텔레비전 위에 걸려 있는 시계를 힐긋 보았다. 7시 20분. 그는 어디에 있을까? 시간을 잘못 알고 있는지도 모른다. 아마 7시가 아니라 8시에 오기로 했다고 생각했을지도.

하지만 뭔가 느껴진다. 나는 예스페르만큼 시간을 잘 지키는 사람을 본 적이 없다. 그는 항상 신선한 꽃을 가지고 정각에 도착했다. 요컨대 그는 완벽한 신사다. 불손하고 거만하게 보이기도 하고, 처음에는 거의 인정사정없어 보이기도 하지만, 사실 그는 감정적이고 인정이 많고 아이처럼 장난기가 많다.

그리고 시간을 잘 지킨다.

내가 마실 와인 한 잔을 따르고 뉴스를 켰다. 프랑스 농부들이 EU의 보조금 정책 변경에 항의하기 위해 파리의 도시 외곽 순환 도로에 감자 수십 톤을 버렸다. 토네이도가 오늘 오후 살라를 덮쳐서 새로 지은 학교에 심각한 피해를 일으켰다. 중국 과학자들은 전립선암을 일으키는 유전자를 찾아냈다. 다시 텔레비전을 껐다. 조바심이 나 휴대전화를 만지작거렸다. 예스페르를 방해하고 싶지 않다. 하지만 그가 뭔가 오해하고 있는 건 아닐까 걱정이 된다. 시간, 장소, 날짜?

그에게 오고 있는지 묻는 짧은 문자를 보냈다. 너무 집요해 보이지 않기를 바라면서.

예스페르 오레. 올가와 마노르가 알았더라면.

엄마가 알았더라면.

뱃속에 뭔가가 꼬인다. 엄마 생각은 하지 말자.

하지만 너무 늦었다. 이미 작은 거실에 있는 엄마의 존재를 느낄 수 있다. 맥주와 땀이 뒤섞인 냄새가 난다. 소파에 주저앉아 텔레비전 앞에서 크게 코를 골고 있는 엄마의 창백한 살이 소파 위로 흘러넘친다. 반쯤 빈 맥주 캔을 무릎 사이에 단단하게 끼고 있다.

엄마는 항상 맥주보다 더 강한 술은 절대 마시지 않는다고 유난을 떨었다. 레나 이모는 맥주만 마시는 알코올 중독자가 가장 비극적이고, 수준이 낮은 중독자라고 말했다. 발 한쪽은 무덤으로 향한 채 다른 발 한쪽은 냉장고를 채우려고 식료품점으로 가고 있다는 것이다.

하지만 가장 슬픈 점은 엄마가 항상 그런 건 아니었다는 사실이다. 아주 오래전이지만 달랐던 때도 있었다. 아직도 그때를 분명히 기억한다. 한때는 죽음보다 삶이 더 가까웠던 존재였다. 그런 사람이 사라져 내가 슬퍼하고 있는지 궁금할 때가 있다.

어렸을 적의 기억 하나.

나는 내 방의 좁은 침대에 엄마와 앉아 있다. 손가락 자국과 손자국, 심지어 발자국이 가득한 벽은 무척이나 지저분했다. "넌 어떻게 원숭이처럼 벽을 올라갈 수 있는 거니?" 엄마는 젖은 천으로 자국을 문질러 없애려고 할 때마다 연극조로 말하고 한숨을 내쉬었다. 밖은 이미 어두워졌다. 누군가 마당에서 눈을 치우고 있다. 삽이 눈 속을 뚫고 땅밑의 자갈에 부딪치면서 나는 날카로운 소리가 들렸다. 추운 집 안에서 엄마와 나는 둘 다 긴팔 잠옷과 양말을 신고 있었다. 어린 곰 세 마리에 관한 책이 엄마의 무릎에 놓여 있다.

"계속해!" 내가 말했다.

"좋아. 하지만 약간 길어." 엄마는 하품을 하며 모서리 한쪽을 테이프로 붙인 페이지를 넘겼다. 엄마는 진지한 표정으로 내용을 쳐다봤다.

"내 침대에서 누가 잤어?" 나는 검지로 낱말을 따라가며 읽었다.

나는 일곱 살이었고 초등학교 1학년이었다. 나는 학교에 들어가기 전에 읽기를 배웠다. 어떻게 배웠는지는 잘 기억이 나지 않는다. 어떤 아이들은 그저 읽는 법을 익히고 스스로 암호를 해독하는 것이 아닐까 추측할 뿐이다. 어쨌든 선생님은 엄마에게 전화를 해서 내가 반 친구들보다 읽기를 잘한다고 몹시 기뻐하며 말했다. '읽기는 모든 학습의 토대'이기 때문에 앞으로 내게 유리한 상황이 될 거라는 의미였다.

"그럼 다음 줄은?"

"어린 곰이 큰 곰을 쳐다봤다. 그리고 고개를 저…… 저었다." 내가 읽었다.

엄마는 집중하며 고개를 끄덕였다. 복잡한 수학 문제를 곰곰이 생각하고 있는 것처럼 보였다. 바로 그 순간 침실 문을 약하게 두드리는 소리가 났다. 아빠가 안을 살짝 들여다봤다. 손에는 담배 한 갑과 책을 한 권 들고 있었다. 아빠의 반쯤 긴 머리가 부드럽게 물결치며 얼굴로 드리워졌다. 아빠의 긴 머리와 편안한 스타일 때문에 약간 록 스타처럼 보인다는 생각을 항상 했다. 아빠는 다른 엄마나 아빠들과는 다르게 멋졌다. 그래서 엄마보다는 아빠가 학교에 데려다주기를 바라곤 했다.

"그냥 잘 자라고." 아빠가 말하고 방으로 들어왔다. 아빠는 걸어 들어와 침대 너머로 몸을 숙이고 내 볼에 키스했다. 아빠의 까칠한 수염 때문에 따끔했고 담배 연기 냄새가 진동했다.

"아빠도 잘 자." 인사를 하고, 다시 나가는 아빠를 따라 시선을 옮겼다. 아빠의 마른 등과 머리 모양이 합해져서, 아니 머리 모양은 그렇지 않다 해도 팔을 독특하게 움직이며 걷는 모습이 아빠를 마치 십 대처럼 보이게 만들었다.

나는 엄마를 다시 쳐다봤다. 엄마는 아빠와는 정반대였다. 엄마는 덩치가 크고 바다 속에 사는 동물처럼 몸 가운데가 두꺼웠다. 바다사자나 고래처럼. 탈색된 머리는 사방으로 뻗쳐 있고 숨을 깊게 들이마시고 내쉴 때마다 가슴이 플란넬 잠옷을 밀어젖히고 나올 것처럼 위협적이었다.

"이제 엄마가 읽을 차례야." 내가 말했다.

엄마는 잠시 주저하다가 검지로 천천히 글을 따라 움직였다.

"난 아……."

"아니야." 내가 채웠다.

엄마는 고개를 끄덕이고 다시 시도했다.

"난 아니야. 내 침대에서…… 자지 않았어. 어…… 어린 고…… 고……."

"곰." 내가 말했다. 엄마는 주먹을 꽉 움켜쥐었다.

"제길, 곰. 어려운 단어야."

"곧 쉽다고 생각하게 될 거야." 나는 진지하게 얘기했다. 엄마는 날 쳐다봤다. 엄마의 눈이 갑자기 빛나더니 내 손을 꼭 잡았다.

"정말 그렇게 생각해?"

"당연하지. 우리 반 애들도 다 읽을 수 있는걸."

그 애들의 엄마와 아빠도 모두 읽을 수 있다는 사실은 엄마에게 말하지 않았다. 비록 나는 일곱 살밖에 안 됐지만, 그 말이 엄마를 슬프게 할 거라는 사실을 알았다. 나는 엄마의 비밀을 알고 있는 유일한 사람이었다. 심지어 엄마나 아빠의 동료들조차 엄마의 부끄러운 비밀에 관해 알지 못했다.

"아침에 계속 연습할 수 있어." 엄마는 내게 말하고 볼에 키스했다.

"그리고 아빠한텐 아무 말 하지 마. 우리가……."

"약속할게."

엄마는 불을 끄고 방을 나갔다. 나는 침대에 누웠다. 따뜻하고 부드러운 느낌이 내 안으로 퍼졌다. 내가 사랑받고 있을 뿐 아니라 필요한 존재라는 느낌이었다.

엄마가 아직도 살아 있다면 어땠을까? 예스페르와 함께 있는 내 모습을 엄마가 볼 수 있다면 어땠을까? 엄마는 뭐라고 생각했을까? 왠지 엄마는 이목이 집중되기 쉬운 우리 관계를 좋아하지 않았을 것 같다. 입술을 오므리고 실망하고 자기 연민에 빠진 표정으로 날 쳐다보며 내가 엄마에게 더 이상 관심이 없다고 중얼거릴 것이다. 하지만 난 아무것도 엄마를 돕지 않았으니 당연하다. 엄마가 다른 무엇을 기대할 수 있을까. 그러고 나서 엄마는 집에 아직도 살아 있는 쭈그렁 할망구 뢰프베리의 딸 얘기를 시작할 것이다. 비록 그녀는 서른 살이지만 나이 많은 엄마를 보살피고 있다고.

나는 시계를 슬쩍 쳐다보았다. 9시 30분이다. 가슴속에 막연한 불안감이 엄습했다. 그것이 무엇인지 말로 표현하기 전에 이미 알고 있었다. 두려움이다.

예스페르에게 무슨 일이 일어난 것이다. 밖은 어둡고 바람이 불고 길은 그동안 내린 비가 얼어붙어 얼음판으로 변했어. 잠깐 그런 생각을 하다가 식탁 위에 있는 전화기를 들었다. 망설였다. 그에게 전화하는 것이 이렇게나 어렵다니 이상하다. 어떤 점에서는 내가 그를 원하는 것보다 그가 나를 얼마나 더 원하는지에 따라 내 가치가 결정되는 것 같다. 아니면 최소한 내가 그를 원하는 만큼 그가 나를 원하거나. 절망적인 여자들만이 남자를 성가시게 한다. 그리고 절망적인 여자들은 사랑하기 어렵다.

어쨌거나 결국 전화를 했다.

전화는 바로 음성 사서함으로 넘어갔다. 틀림없이 휴대전화를 꺼둔 것이다. 나는 와인 잔을 비우고 담요를 내 몸 위로 끌어올리고 눈을 감았다.

예스페르가 내게 전화한 것은 일주일 후였다. 빌린 돈을 갚겠다고 얘기하고 점심에도 날 초대했다.

우리는 토요일에 그가 쇠데르말름에서 임시로 머물던 숙소와 가까운 장소에서 만났다. 레스토랑은 붐비고 시끄러웠다. 처음에는 그를 거의 알아보지 못했다. 그는 청바지와 티셔츠를 입고 있었는데 그날 매장에서 양복을 입었을 때보다 훨씬 젊어 보였다. 그의 태도는 완전히 달랐다. 다소 어색하고 혼란스러워하는 표정은 없었고, 등을 쭉 편 곧은 자세였다. 그는 미소를 지으며 자신감 넘치는 태도로 날 쳐다봤다.

"엠마." 그가 내 이름을 부르며 볼에 키스했다.

당황스러웠다. 지금까지 볼에 키스해준 사람은 아무도 없었다. 엄마도 해주지 않았으니까.

특히 우리 엄마.

"안녕하세요." 내가 말했다.

그는 상체를 뒤로 젖히고 나를 응시했다. 숨 막힐 것 같은 침묵에 나는 자신감을 잃고 당황해서 무슨 말이라도 해야 할 것 같았다.

"중역 회의는 어땠어요?"

"잘했죠."

그가 미소 지으며 말했다. 그는 다소 욕심 많아 보이고 거의 굶주려 보이는 눈빛으로 먹잇감을 발견한 것처럼 날 쳐다봤다. 갑자기 이 모든

45

상황이 불편해졌다.

"왜 날 점심에 초대한 거죠?"

그 순간 예상 밖의 질문이 튀어나왔다. 그의 행동에 나는 너무 혼란스러웠다. 내가 볼 수 있는 유일한 출구는 지독할 만큼의 솔직함이었다.

"당신이 궁금해졌으니까." 그는 내게서 시선을 떼지 않고 주저 없이 대답했다.

나는 시선을 무릎 쪽으로 두고 이 점심을 위해 특별히 산 새 청바지를 살펴보았다. 정말 어리석었다. 마치 예스페르 오레가 내 옷에 관심을 갖기라도 할 것처럼. 나는 가게 점원일 뿐이다.

"당신이 나를 동등하게 대했기 때문에 당신에게 호기심이 생겼소."

그가 분명히 말했다.

나는 그의 눈을 쳐다봤다. 잠시 동안 그의 눈빛에 숨겨진 무언가를 얼핏 본 것 같았다. 고통, 아니면 넌더리였다. 마치 쓴 것을 한 입 먹은 것처럼.

"동등하게라고요?"

그는 천천히 고개를 끄덕였다. 바에서 무리가 고함치는 소리가 들렸다. 나는 고개를 돌려 그들이 무엇을 보는지 쳐다봤다. 벽에 고정된 텔레비전은 아스널이 맨유를 상대로 막 골을 집어넣는 장면을 보여주었다. 예스페르는 테이블 위로 몸을 앞으로 숙여 얼굴을 내 얼굴에 가까이 댔다. 아주 가까워서 그가 내뱉는 숨결에서 애프터쉐이브와 맥주 냄새를 맡을 수 있었다. 다시 내 안에 불편함이 퍼졌다.

"당신이…… 당신이 내 자리에 있다면," 그는 고쳐 말했다. "당신 주위에 평범하게 행동하는 사람이 거의 없소. 대부분의 사람들이 당신을 지나치게 존중하지. 어떤 사람들은 감히 내게 말을 걸지도 못해. 자신이 진짜 생각하고 느끼는 점을 말하는 사람은 거의 없소. 피곤한 일이야. 그리고 외롭지. 내가 말하는 의미를 당신이 안다면 말이야. 하지만 당신은 당신의 생각을 말했소. 그리고 나를 평범한 사람처럼 대했지."

나는 어깨를 으쓱했다.

"그랬잖소?"

그는 웃더니 맥주를 한 모금 마셨다. 햇볕에 그을린 팔은 금색 털로 덮여 있다.

"미쳤다고 할 수 있겠지. 하지만 나는 당신과 뭔가 연결되어 있다고 느꼈어. 당신이 솔직하다면……."

"네?"

"당신도 외로움을 느끼는 사람이 아닌가? 이상하지? 주변 사람들과는 다르지 않소? 관찰자랄까?"

나는 천천히 고개를 끄덕였다. 그의 말이 맞다. 언제나 내 자신이 다르다고 느꼈다. 어렸을 때부터 쭉. 항상 내가 내 삶에서 조연을 연기하고 있는 것 같은 이상한 기분이 들었다. 비눗방울 속에 앉아 있는 나를 밖에서 바라본다. 문제는 대관절 예스페르 오레가 매장에서 함께 있던 10분 동안 어떻게 그것을 알 수 있었는지 하는 것이다.

낙담한 탄식 소리가 바에서 들렸다.

"골대를 맞췄군." 예스페르가 말했다.

"어떻게…… 그걸 알았죠?"

"뭐?"

그는 내가 축구 경기를 물어본다고 생각했는지 당황해서 텔레비전 화면을 응시했다.

"나에 대해서 말이에요. 내게 셔츠를 샀을 뿐인데 지금 당신은 우리가 비슷한 종류의 사람이라고 말하고 있어요. 우리가 외롭다고요. 당신은 나에 대해 아무것도 몰라요. 내가 누구인지, 내가 어디에서 왔는지, 내 삶에서 원하는 것이 무엇인지, 하지만 당신은……. 이 모든 것에 대해 얘기하고 있어요. 당신은 무엇 때문에 책처럼 나를 읽을 수 있다고 생각하게 된 거죠?"

그는 맥주를 들어 건배하고 내게 윙크했다.

"말했듯이 당신이 나를 동등하게 대한 것이 맘에 드오. 그리고 당신은 두려움이 없지, 나처럼."

레스토랑을 나올 때 다리가 후들거렸다. 볼은 뜨거웠고 손에는 땀이 흥건했다. 어떤 감정이 더 강렬한지 알 수 없었다. 직장에서 아주 잠깐 같이 보낸 후에 그가 나를 묘사한 데 대한 짜증인지, 아니면 이미 느끼고 있던 끌림인지. 그리고 무엇보다 그가 정말 옳은지 궁금했다. 우리가 비슷한 사람들일까? 계층과 나이, 직업 같은 모든 장벽을 뚫고 나갈 수 있는 즉각적인 일체감 같은 연결이 있을까?

4시가 막 지났을 무렵 나는 슬루센역을 향해 달리고 있었다. 그날 오후는 따뜻해서 탱크탑만 입고 있었다. 그런데도 땀이 내 가슴 사이로 흘러내렸고, 예트가탄까지 절반 정도 왔을 때 멈추고 숨을 돌려야 했다. 사람들이 내 옆을 지나갔다. 보행자와 쇼핑하는 사람들, 구걸하는 사람들, 베일로 얼굴을 가리고 모스크로 가는 여인들. 마치 범람하는 강의 한가운데 있는 것 같았다. 갑자기 조종 능력을 잃고 사람들의 바다 속에 까닥거리는 길 잃은 보트 같았다.

전철 문에 도착했을 때 출입구에서 익숙한 실루엣을 보았다. 예스페르 오레였다. 왠지 그는 내가 어디로 가는지 예측하고 내 앞, 그곳에 서 있는 것 같았다.

그가 내 손을 잡았다.

"이리 와요." 그것이 그가 말한 전부였다.

그는 나를 옆으로 잡아당겼고 나는 저항할 수 없었다. 싸울 수 없었다. 무기력한 감정이 감각을 마비시키고 있었다. 하지만 묘하게 해방되는 느낌이었다. 책임감과 죄책감에서 풀려나는 기분이었다. 나는 그를 따라갔다. 눈을 감고 그가 사람의 바다 속에서 날 이끌게 했다.

잠에서 깨니 새벽 3시였다. 안락의자에 반쯤 엎드린, 기묘한 자세였다. 일어나자 목이 뻐근하고 아팠다. 어둠이 유리창 밖에 시커먼 벽을 만들었고 바람은 더 강해졌다. 창가의 갈라진 틈에서 바람 새는 쌕쌕 소리가 났고 발목 주위에 찬 공기가 느껴졌다.

왠지 아빠와 내가 발견한 곤충이 생각났다. 내가 열 살이나 열한 살 때였을 것이다. 눈에 띄게 토실토실한 옅은 초록색 애벌레는 털 달린 구미베어처럼 둥글고 배가 반쯤 투명했다. 배에서 꼬리까지 달린 여러 개의 작은 다리는 작은 바늘 같았다. 애벌레가 반점이 있는 내 손을 지나 팔 위로 기어가면서 간질였다.

"애벌레가 물어요?" 내가 물었다.

아빠는 고개를 저었다.

"아니, 몸 뒤쪽에 작고 뻬죽뻬죽한 것이 항문이란다. 전혀 해롭지 않아."

애벌레는 계속 기어 다녔다. 나는 창문을 뚫고 들어오는 먼지투성이 광선이 애벌레의 작은 초록색 몸을 비출 수 있도록 내 팔의 아래쪽을 위로 돌렸다. 갑자기 애벌레 몸이 거의 투명해졌다. 완벽하게 광이 나는 보석의 원석이 내 손목에 달려 반짝이는 것 같았다.

"어디서 찾았니?" 아빠가 물었다.

"그네 옆 덤불 속에서요."

아빠가 고개를 끄덕였다.

"애벌레는 나뭇잎을 먹는단다. 하나 가져와봐. 가서 애벌레가 먹을 것을 가져오자."

우리는 엄마를 깨우지 않으려고 거실을 살금살금 지나갔다. 현관 문을 탁 닫고 아빠는 고갯짓으로 따라오라고 했다. 작은 마당을 둘러싸는 건물에는 키 큰 콘크리트 몸체와 빈약하지만 푸른 화초가 있다. 해가 아직 지붕 위로 올라가지 못해 마당은 그늘 속에 있다. 사람도 없다. 그네는 버려진 채로 금속 막대에 매달려 있고, 텅 빈 모래사장은 곧 일어날 아이들을 기다리고 있다. 부서진 플라스틱 삽들은 옆 자갈길에 여기저기 널려 있다. 저 멀리서 중동 음악이 연주되고 아이가 빽빽거린다. 초여름의 대기 속에 커피향이 맴돌았다.

"여기예요." 나는 가지가 들쭉날쭉 나와 있는 덤불을 가리키며 말했다.

아빠는 아무 말 없이 이슬에 젖은 잔가지 몇 개를 꺾고 나서 진지한 표정으로 날 쳐다봤다.

"이제 애벌레를 위해 작은 둥지를 만들자."

우리는 덤불에서 가져온 가지들을 유리병에 넣었다. 그러고 나서 나갈 때처럼 조용히 아파트로 다시 미끄러져 들어왔다. 복도 안은 어두웠고 희미하게 엄마의 담배 냄새가 났다. 옆 침실에서 엄마의 코 고는 소리가 들렸다. 아빠는 수납장을 뒤지고 있었다. 연장통이 달가닥거렸다. 다시 홀로 돌아온 아빠 손에 작고 날카로운 물체가 들려 있었다.

"이건 송곳이야." 아빠는 속삭이며 송곳을 금속 뚜껑 속에 여러 차례 밀어넣어 병의 초록색 서식자를 위해 작은 숨구멍을 만들었다. 애벌레는 새 집을 받아들인 것 같았다. 보아하니 애벌레는 살아가는 데 많

50

은 것이 필요하지 않았다. 애벌레가 바로 가시가 난 잔가지 하나에 편안해하는 것을 보면 나뭇가지와 잎사귀 몇 개면 충분했다.

"이제 무슨 일이 생겨요?"

"놀라운 일." 아빠는 햇볕에 그을린 이마에서 땀을 닦아내며 말했다. "정말 놀라운 일일 거야. 하지만 기다릴 줄 알아야 된단다. 넌 인내심이 있지?"

휴대전화로 손을 뻗었다. 부재중 전화는 없다. 문자도 없다. 예스페르는 아무런 설명 없이 우리의 약혼 기념 식사에 오지 않았다. 화를 내야 할까? 아니면 걱정을 해야 할까? 다리에 깁스를 하고 병원 응급실에 누워 있는 것이 아니라면 호되게 나무라야 마땅하다고 결정했다.

담요로 어깨를 감싸고 느릿느릿 부엌으로 갔다. 샐러드와 카나페, 와인을 냉장고에 넣었다. 그 후 시계를 큰 소리로 부르고 침대로 갔다.

회청색 아침 햇살이 얇은 커튼을 통해 방 안으로 스며든다. 냉기를 느낀 내 몸이 온기를 찾으려고 이불 아래로 기어 내려갔다. 내 발에 작은 공처럼 몸을 만 시계가 일어나 자기 발을 핥았다. 몇 초 동안 내 마음에는 기분 좋은 온기와 창문에 후두둑 떨어지는 희미한 빗방울 소리 외에 아무것도 없었다.

그리고 기억이 났다.

예스페르는 결국 어제 오지 않았다. 어떤 이유에서건 그는 자신의 약혼 기념 저녁 식사에 오지 않았다. 가슴이 깊이 파인 검정 드레스만 입은 채 나는 부엌에서 카나페가 가득 담긴 접시를 앞에 두고 홀로 있었다.

휴대전화는 바닥에 있다. 여전히 부재중 전화는 없다. 문자 메시지도 없다.

침대에서 일어나 바로 앉았다. 추운 방에 바람이 새어 들어왔다. 나는 두툼한 이불로 몸을 단단하게 감쌌지만 창가로 가자 갈라진 틈에서 스며들어오는 추운 공기를 여전히 느낄 수 있었다.

창밖으로 발할라베겐 앞으로 천천히 기어가는 아침의 교통량을 보았다. 개미보다 조금 커 보이는 작은 사람들은 전철을 향해 길을 가고 있다. 거실로 나가 뉴스를 틀었다. 사고나 범죄가 일어났다면, 뉴스에서 아마 언급할 것이다. 초록색 안락의자에 주저앉자 속이 메스꺼웠다. 내가 어제 얼마나 마셨지? 뭐라도 먹어야 할 것 같다.

부엌으로 가서 냉장고 문을 열었다.

카나페가 접시에 단정하게 줄 지어 있다. 두 개를 집어 거실로 돌아와 텔레비전을 켰다. 하지만 화면은 캄캄했고 신호가 없다는 간략한 노란색 문구만 나왔다. 카나페 하나를 입속으로 밀어넣고 다시 부엌으로 갔다. 무슨 일이 일어난 건지 꽤 확신했다. 나는 조심스럽게 식탁에 청구서 더미를 옮기고, 두 번째 카나페를 입속에 떠밀어 넣은 후에 봉투를 찢어 열기 시작했다. 공공 기업체와 휴대전화 공급업체, 통신 판매 회사에서 온 독촉장을 차례로 빼냈다.

이 모든 일은 어느 정도 예스페르의 잘못이다. 한 달 전에 그에게 돈을 약간 빌려준 후로 나는 청구서를 지불하는 대신 쌓아놓기만 했다. 내 월급으로는 충분하지 않았다. (월급이 충분했던 적은 없었지만.) 하지만 전에는 항상 꺼내 쓸 수 있는 비상금이 조금 있었다.

마지막 봉투를 열었다. 케이블 회사에서 온 안내문으로 10일 내에 요금을 지불하지 않으면 텔레비전과 고속 데이터 통신망의 사용을 끊겠다고 위협하는 내용이었다.

이 안내문은 2주 전에 온 것이다.

봉투를 옆으로 던지고 청구서 더미를 집었다. 무엇을 해야 할지 정말 몰라서 잠시 주저하다가 그것들을 비어 있는 빵 보관통에 넣었다. 뚜껑을 닫을 때 삐걱 소리가 났다.

전철에서 휴대전화로 뉴스를 읽었다. 링케뷔 지역에서는 살인 사건이 일어났고, 말뫼에서는 폭동이 발생했다. 하지만 예스페르 오레에 관한 소식은 없었다. 밤새 일어났을 수 있는 교통사고 관련 뉴스 역시 없었다.

전철 차량은 사람으로 꽉 찼다. 가득 메운 사람들 몸에서 나온 열과 냄새 때문에 다시 메스꺼워졌다. 어쩔 수 없이 외스테르말름스토리 역에서 내려 재킷을 벗고 잠시 벤치에 앉아 쉬어야 했다. 손으로 얼굴을 감쌌다. 출근하던 사람들이 당혹스러운, 심지어 걱정스러운 시선으로 날 쳐다보는 것이 얼핏 보였다. 하지만 멈춰서 내 상태를 물어보는 사람은 아무도 없었다. 나는 그 사실에 안도했다.

내가 생각할 수 있는 것, 알고 싶은 것은 단 한 가지. 예스페르는 도대체 어디에 있고 어째서 어젯밤에 나타나지 않은 걸까?

한네

불행은 인생에 너무 많은 걸 기대할 때 생긴다고 주장하는 사람들은 틀렸다. 나는 특별히 기대한 적이 없고, 행복이나 돈, 성공 따위를 기대한 적도 없다. 그럼에도 불구하고 지금 나는 말로 표현할 수 없고, 어떤 말로도 정의할 수 없는 실망으로 가득 차 있다. 실망이 나보다 큰지도 모르겠다. 내 안에 실망이 있는 것이 아니라 실망 안에 내가 살고 있는 것 같다.

마치 내가 갇혀 있는 집처럼.

이렇게 되기까지 어느 정도는 물론 내가 더 이상 내 육체를 믿을 수 없게 되었다는 사실이 크게 작용했다.

지적 능력과 기억력은 찾기 힘든 부스러기로 작게 산산조각 나고 세분화되어 더 이상 의미 있는 전체로 연결되지 못한다.

조리대에 있는 알약 상자를 살펴봤다. 작은 흰색 알약과 노란색 알약이 요일이 표시되어 나뉜 칸막이에 담겨 있다. 알약 중에 과연 효과가 있는 것이 있기는 한지 의문이 든다.

마지막으로 받았던 진료 상담 때 의사는 병이 어떻게 진행될지 확실하게 말할 수 있는 게 없다고 얘기했다. 병은 빠르게 진행될 수도 있고 느리게 진행될 수도 있다. 망각과 혼란 상태로 빠지는 데 몇 달이 걸릴 수도 있고 몇 년이 걸릴 수도 있다. 약이 들을지, 듣지 않을지 역시 예측할 수 없지만 이 병으로 고통받는 내가 비교적 젊은 나이(고작 쉰아홉 살이다)라는 사실은 병이 공격적으로 진행될 수도 있다는 것을 암시한다.

병이 어떻게 공격적으로 진전될 수 있는지 의사가 마지막 부분을 설명할 때 나는 준비했던 질문을 적은 노트를 내려놓았다. 더 이상 듣고 싶지 않았다.

모르는 게 더 나을 때도 있는 법이니까.

벽장에서 개 사료를 꺼내자 바로 침실에서 후다닥 달려오는 소리가 들렸다. 프리다가 까만 눈으로 나를 올려다보며 내 앞에 서 있다. 고개를 약간 앞으로 굽히고 주의를 기울이는 눈으로 애원하고 있다. 환심을 사려는 것이라는 생각이 들었다. 어째서? 내가 밥을 주지 않은 적이 있었니?

문득 어쩌면 프리다에게 밥 주는 것을 잊었을 수도 있다는 사실을 깨달았다. 나는 항상 여러 가지를 잊고, 잊었다는 사실조차 깨닫지 못한다. 아늑한 부엌을 둘러봤다. 수납장은 내 자신에게 뭔가를 상기시키려고 적어놓은 작고 노란색 포스트잇 메모로 빼곡하다. 오베는 이 메모를 싫어한다. 아마도 내게 상처를 주는 병을 싫어하기 때문일 것이다. 하지만 이 병이 그에게 더 상처를 주기 때문에 싫어하는 게 아닌가 하는 의심이 든다. 완벽한 가정과 아름답고 지적인 아내, 밤늦게까지 계속되는 친구들과의 사교 모임 등 그가 인생에서 가꿔온 이미지와 성과들을 위협하는 내 병이 싫은 것이다. 그는 부엌이 이 모양이라 누군가를 집으로 초대하지 않는 것이 좋겠다고 넌지시 말했다. 그가 내심 내 병을 부끄러워한다는 사실을 안다. 이렇게 수치스러운 모습으로 자신을 제어하지 못한다는 것은 수치스러운 일일 테지.

거실로 갔다. 푹신하고 매력적인 쿠션, 고래 뼈에 조각한 골동품 촛대, 바닥에서 천장까지 닿는 책장 등 잘 정리되어 있는 생활을 확인한다. 세계 각지에서 가져온 가면과 작은 조각상이 『차가운 천국: 그린란드의 7계절』, 『이누이트족의 예술』, 『에스키모의 에세이, 지구의 지붕에서 온 이야기』 등 가보지 못한 여행이라는 증거를 제시하는 책 사이사이에 흩어져 있다.

오베는 나처럼 그린란드와 이누이트족에 매료되지 않았다. 사람이 지내기 힘든 기후의 미개한 극 대륙이 뭐가 그렇게 흥미로운지 이해하지 못한다. 그곳에서는 골프를 칠 수 없고 음식은 똥 맛(오베의 표현에 의하면)인데, 심지어 거금을 지불해야 먹을 수 있다. 나는 지금까지 품어왔던 그린란드를 보겠다는 희망을 포기했다고 생각한다. 내가 감히 그와 같은 여행을 혼자서 갈 수 있을지 자신이 없다. 내가 어디를 가든 잠복한 병이 날 기다리고 있는 지금은 아니다. 바다가 세드나를 집어삼킨 전설처럼 나를 집어삼키려고 기다리고 있다.

아름답지만 허영심이 강한 이누이트 처녀 세드나는 폭풍우를 알리는 새의 부인이 되려고 아버지에게서 도망쳤다. 폭풍우를 알리는 새는 세드나에게 기막히게 좋은 나라로 데려가주겠다고 약속했다. 그 나라에서는 절대 배고프지 않고, 제일 좋은 가죽으로 만든 천막의 가장 부드러운 곰 가죽 위에서 자게 될 것이라고 약속했다. 하지만 소녀가 도착해서 본 것은 오래된 생선 껍질로 만들어져 춥고 바람이 숭숭 통하는 천막이었다. 잘 곳이라고는 딱딱하고 낡은 바다코끼리 가죽밖에 없었으며 먹을 것이라고는 날생선 조각뿐이었다.

봄에 딸을 방문한 아버지는 폭풍우를 알리는 새의 나라에서 탈진한 채 풀이 죽은 딸의 모습을 보았다. 아버지는 사위를 죽이고 세드나를 집으로 데려가려고 카약에 태웠다.

그러나 새들이 앙갚음했다. 그들은 거대한 폭풍을 일으켰다. 새들을 달래려면 어쩔 수 없이 바다에 딸을 제물로 바쳐야 했다. 아버지는 딸을 배 밖의 얼음 바다로 던졌고, 딸이 배에서 손을 떼려 하지 않자 손가락을 하나씩 잘라냈다. 손가락을 모두 바다에 던지자, 손가락은 고래나 물개로 변했다. 마침내 바다가 세드나를 삼키고 그녀는 바다의 여신이 되었다.

세드나에 관한 고대 전설은 물론 이누이트의 어린 소녀들에게 허영과 아버지에 대한 불복종의 대가를 경고한다. 하지만 가차 없는 폭풍우에 관한 이야기이기도 하다. 폭풍우를 제어할 수 없는 우리는 비명횡사하지 않으려면 달래야 한다.

식탁에는 먹을 음식이 있고 매일 밤 돌아갈 따뜻한 침대가 있다. 하지만 항상 나를 삼키려고 기다리는 병도 있다. 그 병은 날 공허함과 기억이 전혀 없는 생활의 여주인으로 만들려고 기다리고 있다.

오베는 친구들에게 내 병을 알려야 한다고 생각하지 않는다. 아직은. 그는 짜증날 정도로 자주 그 말을 되풀이한다. 하지만 항상 내가 있는 곳에서 날 돌보겠다고 덧붙인다. 항상 당신이 해왔던 것처럼 말이지, 나는 그렇게 생각하지만 입 밖에 그 말을 꺼내지는 않는다. 사실 거기에는 사연이 있다. 오베는 항상 나를 돌봐왔다. 내가 열아홉 살이고 그가 스물아홉 살 때 처음 만난 이후 쭉 그는 나를 돌보았다. 고속도로에서 차가 고장 나면 날 데리러 왔고, 내 청구서를 대신 내주었으며, 파티에서 진탕 취했을 때도 데리러 와줬다. 심지어 내가 진지하게 그에게 반항하려는 시도로 바람을 피울 때에도 낯선 사람의 침대에서 다정하게 날 끄집어냈다. 그러고 난 후 그는 언제나 이해심을 보여주었다. 이해심 있지만 윗사람인 척 행동했다. 그는 내게 감각을 잃게 하고 진정시키는 약을 주었다. 내 기분이 좋지 않다는 것을 알고 있다면서, 하지만 동료나 지인의 팔에 뛰어든다고 문제는 사라지지는 않는다고 설명했다. 나는 내게 무엇이 좋은지 알지 못하지만, 어쨌거나 그는 나를 사랑한다.

수년간 질릴 정도로 보살핌을 받고 나니 숨이 막힐 것 같은 기분이 들었다. 정말 그의 앞에서는 숨을 쉬지 못할 것 같았다. 그가 너무 많은 공간을 차지해서 그 방에 내 몫의 산소가 남아 있지 않은 것처럼. 가끔 그에게 그런 얘기를 하면 그는 내가 그토록 미숙하고 무책임하지 않았다면 자신이 강제적인 방식으로 행동할 필요가 없었을 거라고 설명했다. 그를 이렇게 만든 것은 나였다.

내 잘못이다. 또.

어느새 나는 그의 말이 부분적으로 옳다고 생각하게 되었다. 하지만 전부 옳은 것은 아니다. 병적인 그의 통제욕구는 내 인생의 모든 영역에 끼어든다. 내가 먹는 음식과 어울리는 사람들, 그리고 물론 내가 하는 생각까지.

10년 전 나는 거의 그를 떠날 뻔했다. 그날 모든 것이 엉망이 되지 않았다면, 나는 지금 오베와 살고 있지 않을 것이다. 하지만 그렇게 생각해선 안 된다. 그런 생각을 하다가는 미쳐버리고 말 것이다. 인생의 많은 부분이 기대와는 달라졌지만 괴로움에 이유는 없는 법이다. 실망은 잡초와 같다. 그래서 잡초가 강해지는 것을 허용하지 않으려고 거부하면서 실망과 맞서 싸운다. 지난 10년간 연구에 헌신해온 내 일과 생기지 않는 아이를 대신해 내게 가족이 되어준 친구들처럼 긍정적인 것을 모두 움켜잡으려고 애를 쓴다.

바닥에 밥그릇을 놓고 프리다가 허겁지겁 밥을 먹는 모습을 지켜봤다. 개로 사는 삶이 결국 더 나을 게 없겠구나. 그 후 물건을 챙겼다. 노트에 '이케아 커피, 오후 2시, 구닐라가 가구 고르는 것 도와주기'라고 적었다. 목적지를 잊어버릴 경우에 대비해 간단히 적어놓은 메시지다. 아직은 상태가 그리 나쁘지는 않다. 어디로 가는지 기억하고 여전히 차를 운전할 수 있다. 하지만 그 메모를 보고 오베에게 도움을 요청해야 할 날이 올까 봐 몹시 두렵다.

주말 동안 기온이 영하로 떨어져서 다운 코트를 입고 따뜻한 부츠를 신었다. 그리고 문에 자물쇠 두 개를 채우고(그렇다, 아직 이런 것도 기억한다) 차가 주차되어 있는 파르가탄으로 갔다. 스트란드베겐으로 이어지는 언덕에 있었다. 눈이 10센티미터 정도 쌓여 있어 잠시 앞 유리를 덮은 눈을 치우고 나서야 운전을 할 수 있었다.

어둡고 두터운 구름이 뉘브로비켄 하늘을 놀라울 정도로 가득 덮고 있고, 약한 물결이 치는 수면은 거의 검정색에 가까워 보였다. 일기 예보에서 눈이 더 온다고 했으니 가능한 한 빨리 출발하는 것이 좋겠다고 결정하고 차에 시동을 걸고 북쪽으로 향했다. 5시까지는 돌아와야 했다. 오베와 나는 헤드비그 엘레오노라 교회에서 개최하는 크리스마스 공연에 갈 예정이다.

교양을 쌓는 것은 오베에게 매우 중요하다. 음악과 연극, 책은 그에게 단순히 취미가 아니다. 그것들은 우리가 친구와 나누는 대화 주제의 대부분을 차지한다. 문화생활에 대한 최신 정보를 계속 업데이트하지 않으면, 사교 모임에서 당황스러운 상황을 만나 결국은 침묵을 지키게 될 것이다.

오베가 지나칠 정도로 행동을 통제한다는 사실을 보여주는 증거가 더 있다. 그는 사람들이 모였을 때 토론할 주제를 자신이 결정하려고 한다. 가끔 나는 전혀 다른 얘기를 하고 싶다는 충동을 억누르지 못할 때가 있다. 오베를 당황시키고 모두가 집으로 돌아간 후에 내게 소리 지르게 만들 시시껄렁한 주제. 이를테면 에센셜 오일로 얼굴을 마사지하는 방법이나 옷과 보석, 해변에서의 휴가 같은 것. 그중 가장 상상도 할 수 없는 것은 짐짓 심각한 척하며 『그레이의 50가지 그림자』를 재미있게 읽었다고 얘기하는 것이다.

바르카르뷔 부근에서 빠져나가면서 내가 오베를 싫어하는 이유를 전부 모아보았다.

독선적임
자기중심적임
자기도취에 빠져 있음
지배적임
나쁜 냄새

구닐라는 이미 카페의 한 테이블에 앉아 있었다. 의자 뒤에 작은 모피 재킷을 걸어놓고 손톱을 연구하듯 세심하게 들여다보고 있었다. 중간 길이의 붉은 기가 도는 금발 머리는 완벽하게 드라이되어 있고 폴로 셔츠는 알파벳 T처럼 날씬한 그녀의 체격에 잘 맞았다.

오베가 구닐라를 좋아하지 않는 데는 여러 가지 이유가 있다. 우선 오베가 무척 경멸하는 얄팍한 부류의 사람이라는 것이다. 손톱에 매니큐어를 칠하고 화장을 하고 값비싼 옷을 사는 그런 사람들. 그리고 그 녀가 우리 집에 왔을 때 전혀 웃기지도 않은 일에 너무 크게, 너무 오래 웃는다는 것이다. 하지만 가장 중요한 이유는 그녀가 결혼하고 25년 후 에 남편을 떠났다는 것이다. 갑자기 남편이 싫증났기 때문이다. 결혼은 그저 그렇게 끝나지 않는다. 어쨌든 오베의 세계에서는.

여자인 경우가 아니라면 말이다.

그녀는 날 오랫동안 따뜻하게 안아주었다. 그녀에게선 값비싼 향수 냄새가 났다.

"여기 앉아 있어. 뭐 좀 사올게." 그녀가 말했다.

나는 고개를 끄덕이고 반대쪽 의자에 털썩 주저앉았다. 무거운 겨울 코트를 벗으며 주위를 둘러보았다. 이케아의 카페가 어찌나 사람들로 붐비는지 놀라울 정도였다. 젖은 울, 사프란 빵, 땀, 음식 냄새 같은 것 들이 났다. 여기저기서 사람들이 웃는 소리가 들렸고 근처 테이블에서 낮은 목소리로 대화하는 소리가 들렸다.

구닐라가 빨간 플라스틱 쟁반에 사프란 빵 몇 개와 컵 두 개를 가지 고 돌아왔다. 그것들의 강한 향은 착각할 수가 없다.

"멀드 와인이에요(와인에 설탕, 레몬 껍질, 향신료 등을 넣어 데운 와인—옮긴이)? 알코올 들어가지 않은 거예요?"

그녀는 활짝 웃으며 예쁜 얼굴을 갸우뚱했다.

"아니, 오늘은 우리를 대접해줘야 한다고 생각했어. 내가 아파트를 산 것을 축하하자고."

"하지만 저, 운전해야 해요."

"아주 조금이야. 여기에 얼마 동안은 있을 거잖아?"

나는 고개를 저었다.

"재밌네요. 축하하자고요? 이케아에서?"

"왜 안 돼?"

"이케아 카페에서 축하하는 것보다 더 비극적인 게 있어요?"

구닐라는 뜨거운 음료를 한 모금 마시고 주위를 둘러봤다. 우리 주위의 테이블에 앉아 있는 사람들을 관찰하고 있다. 그녀의 반짝이는 눈이 조용히 앉아 각자 어린이용 미트볼을 먹고 있는 나이 든 커플에 멈췄다.

"더 안 좋은 것도 생각할 수 있어. 몸은 어때?"

구닐라는 오베 이외에 내 병을 아는 유일한 사람이다. 사실 나는 오베에게 말하기 전에 그녀에게 먼저 알렸다. 그것은 내가 실제로 남편보다 그녀와 더 가깝다는 의미일 것이다. 나는 그렇게 생각한다.

"괜찮아요."

"의사는 뭐라고 해?"

"항상 비슷하죠."

고개를 끄덕인 그녀의 표정이 돌연 몹시 심각해진 것 같았다. 내 손을 가져가 부드럽게 쥐었다. 내 안으로 흘러들어오는 그녀의 따뜻함을 느낄 수 있었다.

"도움이 필요하면 내게 말할 거지, 그렇지?"

"어떤 도움도 원하지 않아요."

"그게 바로 말해야 하는 이유야."

그녀의 얼굴 표정이 너무 심각해서 절로 웃음이 나왔다.

"당신은 어때요. 연애는 어때요?" 내가 물었다.

구닐라는 미소 지으며 고양이처럼 몸을 쭉 폈다. 테이블에 멀드 와인 잔을 내려놓고 막 비밀을 폭로하려는 것처럼 몸을 앞으로 숙이고 속삭이듯 말했다.

"물론 환상적이지. 그리고 우리는 정말 믿을 수 없을 정도로…… 서로에게 끌려. 천박해질 정도로 곧잘 흥분해. 우리 나이에 그게 허용될까?"

"오, 제발요. 내가 어떤 거에 흥분하는지 짐작도 못할걸요."

오베와 나는 더 이상 섹스를 하지 않는다. 하지만 구닐라에게 그 이야기를 하고 싶지는 않다. 그녀가 그것에 관해 어떤 견해가 있어서가 아니라 내가 욕정을 느끼지 못하는 사람과 산다는 사실이 아주 끔찍한 비극이라고 생각하기 때문이다. 약한 사람들만이 좋지 않은 관계 속에 그대로 머무른다. 그리고 난 구닐라의 눈에서만큼은 약한 사람으로 비치고 싶지 않다.

지갑 속에서 휴대전화가 윙윙거리는 소리가 들렸다. 휴대전화를 집어 화면을 슬쩍 봤다. 모르는 번호다.

"전화 받아. 난 화장실에 가야겠다." 구닐라가 말했다.

구닐라가 일어서서 다리를 약간 절며 멀어지자 전화기를 들었다. 그녀는 좌골 신경통으로 고통받고 있는데 나는 그녀가 인정하고 싶어 하는 정도보다 더 고통스러운 게 아닐까 의심한다.

전화를 걸어온 남자의 목소리는 부드럽고 성량이 풍부했다. 그는 자신을 만프레드 올손이라고 소개하고 국립경찰청의 형사라고 설명했다. 경찰에게 연락을 받은 건 아주 오랜만이다. 5, 6년 전에 경찰과 함께 일하는 것을 중단하고 연구에만 전념하기로 결정한 후 자문 일을 그만두었다. 아니, 사실 오베가 날 위해 그렇게 결정했다. 그는 내가 일을 너무 많이 한다고 생각했고 그 때문에 내가 무례해지고 성격이 나빠진다고 말했다.

게다가 우리는 그 돈이 필요하지 않았다.

"우리 10년 전쯤에 함께 일했었죠." 만프레드 올손이 말했다. "하지만 어쩌면 기억하지 못할 수도 있겠네요."

만프레드 올손은 기억나지 않는다. 하지만 나는 무엇을 기억한다거나 기억하지 못한다는 말을 절대 하고 싶지 않다. 그래서 아무 말도 하지 않았다.

"쇠데르말름에서 벌어진 살인 사건 수사에 참여했었죠. 이곳 스톡홀름에서요." 그가 계속 설명했다. "젊은 남자가 목이 잘렸어요. 머리는……."

"기억해요. 경찰은 그 사건으로 아무도 체포하지 못했어요. 맞죠?" 내가 말했다.

치매일까 아닐까. 남자의 머리가 바닥에 어떻게 놓였는지 내 기억 속에 아로새겨져 있다. 그 살인이 아주 난폭했기 때문일 수도 있고 우리 모두 범인을 찾기 위해 정말 열심히 일했기 때문일 수도 있다. 내가 전화를 받았을 때 수사는 이미 몇 달째 진행 중이었다. 그 당시 국립경찰청에는 범죄 프로파일러가 없었다. 그래서 수사 팀을 도와 범인의 심리 프로파일을 만들기 위해 내가 자문으로 고용되었다.

처음에 나는 행동주의 심리학자였지만 몇 해가 지나면서 점점 더 특정 범죄의 심리학적 모형에 연구 초점을 맞추었다. 경찰 업무에 우연히 관여하게 된 후 7년 동안 그들을 위해 정기적으로 일했다.

"그래요, 맞아요. 우리는 범인을 잡지 못했죠. 그리고 지금 비슷한 살인 사건이 발생했어요. 무시무시할 정도로 비슷하죠. 우리가 만나서 커피라도 한잔 할 수 있는지 궁금하군요. 그 문제에 대해 당신이 아주 흥미로운 견해를 가졌던 걸 기억해요."

구닐라가 돌아왔다. 그녀는 내 맞은편에 앉아서 남은 멀드 와인을 단숨에 비워버렸다.

"난 더 이상 경찰과 일하지 않아요." 내가 말했다.

"압니다. 자문을 해달라는 것이 아닙니다. 그냥 커피 한잔 하면서 살인 사건에 대해 당신의 지혜를 빌리고 싶은 것뿐이에요. 시간이 있다면요."

침묵이 이어졌고 구닐라가 눈썹을 찡긋 올렸다.

"생각해볼게요." 내가 말했다.

"내 전화번호 알려줄게요." 그가 말했다.

집에 돌아왔을 때 오베는 마치 나를 기다리고 있었던 것처럼 홀에서 있었다. 숱이 줄어들고 있는 회색 머리는 빈 부분을 가리려고 옆으로 빗어져 있다. 볼록한 배는 셔츠를 내밀고 있고, 막 조깅에서 돌아온 것처럼 얼굴은 시뻘겋고, 피부는 땀으로 번들거렸다. 그가 시계에 의미 있는 시선을 던졌다(이 시계는 비싸면서도 과시하는 것도 아닐, 주변에 딱 적절한 메시지를 전한다).

"아직 10분 남았어요." 내가 말했다.

오베는 한마디 말도 없이 몸을 돌려 침실을 향해 갔다. 1분 후에 그는 그 카디건을 입고 돌아올 것이다. 나는 이케아에서 산 작은 초와 냅킨을 바닥에 내려놓고 관심을 끌려고 내 다리 주위를 뛰어다니는 프리다에게 반응을 보였다. 양가죽을 닮은 프리다의 구불구불한 검은 털 속에 손을 집어넣고 훑었다.

오베는 겨자색 카디건을 입고 홀로 다시 돌아왔다. 보기 싫은 옷이다. 코트를 입고 부츠를 신은 그가 내 눈을 처다본다.

"지금 출발해야 늦지 않을 거야."

카프텐스가탄은 미경작 지대다. 우리는 어둠 속을 뚫고 아르실레리가탄을 향해 가는 중이다. 잘 다져진 길로 걸어가 부츠에 눈이 들어가지 않게 하려고 애를 썼지만 소용이 없었다.

"오늘 국립경찰청에서 전화가 왔어요." 내가 말했다.

"응." 오베는 감정을 드러내지 않는 중립적인 목소리로 대답했다. 항상 그렇다. 오베는 스팀 엔진 같아서 압력이 고조될 때까지 감정을 억누른다. 그 후 폭발한다.

"날 만나고 싶대요."

"그래."

우리는 교회를 향해 언덕을 오르기 시작했고, 우리가 가끔 점심을 먹는 군사박물관의 식당을 지났다.

"내가 10년 전에 관여했던 수사와 유사한 살인 사건이 발생했대요."

"농담이겠지, 한네. 농담이라고 말해."

"무슨 뜻이에요?" 나는 천진스레 물었다.

그가 계단 중간에 멈췄다. 여전히 내 눈을 쳐다보지 않았다.

대신 그는 앞쪽의 눈밭에 솟아올라 있는, 조명이 잘 설치된 교회가 있는 방향을 응시한다. 교회 첨탑은 영원을 향해 까만 밤하늘을 가리킨다. 오베가 주먹을 쥐고 있는 모습이 보였다. 그가 얼마나 화났는지 잘 안다. 다소 낯선 그의 모습에 흥분되고 원시적이고 짓궂은 즐거움이 가득 밀려온다. 자제하는 부모님에게서 반응을 이끌어내는 데 드디어 성공한 십 대처럼.

그가 몸을 돌린다. 내 팔을 가볍게 잡았다. 그의 몸짓에는 감지하기 힘든 뭔가가 있다. 인내와 독점욕의 신호다. 그것은 나를 분노하게 만든다.

"뭐라고요?" 내가 말했다. "무슨 뜻이에요?"

"그것이 정말 적절하다고 생각해?"

그가 이제 목소리를 낮춘다. 나는 그가 다시 자신을 제어하려고 싸우고 있다는 것을 안다. 내가 제어하지 못할 때만큼이나 오베는 자신이 제어를 잃는 것을 혐오한다.

"뭐가 적절하지 않은데요?"

"너무 많은 일을 맡는 거잖아. 당신…… 상태에?"

"상태라고요? 내가 임신이라도 한 것처럼 말하는군요."

"그게 사실이라면 차라리 얼마나 좋겠어."

"그리고 누가 내가 경찰과 일할 거라고 말했어요?"

"오 주여, 경찰이 전화하면 항상 어떻게 되는지 알잖아."

"그래서 내가 일하지 말아야 하는 이유가 뭐예요?"

그는 나를 내려다보면서 내가 아주 싫어하는 모습으로 턱을 들어 올리고 깊게 숨을 내쉬었다.

"내가 그렇게 얘기했으니까. 당신은 그런 일을 맡을 정도로 건강하지 않아. 그리고 당신의 가장 가까운 가족으로서 나는 당신에게 그 사실을 말해줘야 할 사람이라고."

통렬하게 쏘아붙이거나 그를 때리기라도 하거나 최소한 몸을 돌려 프리다가 있는 집으로 돌아가야 한다는 사실을 안다. 집에 돌아가 벽난로에 불을 붙이고 내 자신을 위해 와인을 한 잔 따른다. 하지만 대신 나는 아무 말도 하지 않았고 우리는 조용히 어둠을 뚫고 교회를 향해 계속 걸었다.

엠마
두 달 전

"그래서 어젯밤 어땠어?"

올가는 호기심을 띤 부드러운 시선으로 날 바라봤다. 그녀는 계산대 옆에 있는 기다란 판매대에 진열된 청바지를 접으며 푸른색 눈으로 나를 쳐다보았다.

뭐라고 대답해야 할지 모르겠다. 내 안의 한쪽에서는 좋았다고, 음식은 맛있었고 우리는 밤새 환상적인 섹스를 나누었다고 말하고 싶었다. 그리고 다른 한쪽은 진실을 말하고 싶었다. 하지만 난 그 결과를 결코 감당하지 못할 것이다.

"그 사람 안 왔어."

"안 왔다고?"

올가는 청바지를 접지도 않고 그대로 내려놓은 채 더 조심스러운 태도로 날 쳐다봤다.

"응, 안 왔어. 연락도 안 되었는데 무슨 일이 생긴 건지 모르겠어."

"전화도 없었다고?"

"응."

불편한 침묵이 이어졌다. 올가는 힘겹게 그 상황을 이해하려고 애쓰고 있고, 내게 뭐라고 말해야 할지 정말 모르는 것 같았다.

"하지만 그 사람, 늦거나 오지 않을 때면 보통 전화하지 않았어?"

나는 잠깐 망설였다.

"그 사람은 한 번도 늦은 적이 없어. 날 만나러 오지 못한 적도 없었고."

이제 막 문을 연 매장 안에는 아직 고객이 없었지만, 갑자기 그 공간이 비좁게 느껴졌다. 밝은 인공조명 때문에 눈이 아파왔고 머리 뒤편이 욱신거렸다.

청바지 매대에 기댄 나는 눈꺼풀 안쪽에 뜨겁게 차오르는 눈물을 느꼈다.

"무슨 일이 일어난 거면 어쩌지?"

올가의 목소리는 거의 속삭임이라 할 정도로 낮았다. 그런 눈썹 사이로 희미하게 주름이 생겼다. 나는 아무 말도 할 수 없었다. 대신 고개를 끄덕였다.

"오늘 전화해봤어?"

"어, 방금. 문 열기 직전에."

그녀는 더 이상 아무 말도 하지 않고 다시 청바지를 접으며 매장 주위를 훑어보았다.

"저쪽에 비에르네가 오고 있어." 그녀가 날 보지 않고 속삭였다.

나는 가장 가까이에 있는 청바지를 잡고 접기 시작했다. 바지를 접어서 쌓여 있는 더미 위에 올려놓았지만 너무 늦었다.

"당신 둘, 또 붙어 있는 거야? 엠마, 계산대를 맡아!"

비에르네는 머리를 잘랐다. 목 부근의 까만 머리가 사라졌고, 한쪽 눈 위로 머리를 길게 빗어내려 덮었다. 새로운 헤어스타일에 조끼를 입고 안짱다리를 한 모습이 서부 영화 〈러키 루크〉를 떠올렸다. 거만하고

69

나이든 러키 루크.

그에게 아무 말도 하지 않고 몸을 돌려 계산대로 갔다. 엄마를 떠올렸다. 엄마와 이모, 그리고 더 이상 존재하지 않는 다른 모든 것을 떠올렸다. 아름다운 그 기억들이 안개 속의 연기처럼 덧없이 사라지고 비에르네와 청바지, 끈 달린 샌들 더미가 그 자리를 대신한다면 얼마나 끔찍한 일일까.

베르타베겐에 있는 앙네타 이모의 작은 아파트에서 사람들이 까르륵 웃고 데굴데굴 굴렀다. 갓 끓인 커피향이 엄마가 태우는 담배 연기와 뒤섞여 공기 중에 머물렀다. 막 담배를 끊은 크리스티나 이모는 한숨을 내쉬며 엄마가 그다지 도움을 주지 않는다고 지적했다. 나는 이모가 화가 났는지 궁금했지만 그 후 이모는 허스키한 웃음을 터뜨렸다. 이모의 말은 일종의 농담이라고 판단했다.

이모들은 항상 매달 첫째 주 토요일에 모여 같이 점심을 먹었다. 오직 여자 형제들과 나만 초대받은, 시끄럽고 칼로리가 풍부한 자리였다.

목소리들이 낮아져 소곤거리다 이따금씩 킥킥거리느라 중단되었다. 딱히 귀를 기울이지 않아도 레나 이모의 새 남자 친구, 크리스티나 이모의 어리석은 남편, 상태가 좋지 않은 엄마의 허리 등, 엄마와 이모들이 나누는 이야기를 들을 수 있었다.

엄마는 여자 형제 중 막내였다. 제멋대로고 버릇도 없었지만 가족에게는 사랑스런 아기였는데 고작 열여덟 살에 나를 임신해 할머니와 할아버지를 경악시켰다. 방은 웃음소리가 넘쳐나고 원초적인 기쁨과 즐거움의 물결이 일렁였다. 앙네타 이모가 코웃음 치는 소리가 기침 소리처럼 들렸다. 그때 접시가 덜거덕거리는 소리가 들렸다.

나는 침실의 나무 바닥에서 다리를 꼰 상태로 꼼짝 않고 앉아 있었다. 애벌레가 들어 있는 유리병은 내 무릎에 가만히 놓여 있다. 나뭇잎은 오래전에 시들어 하나씩 병의 바닥으로 떨어졌다. 벌거벗은 가지들은 이제 가시 달린 철사 뭉치처럼 보인다. 옅은 초록색 애벌레는 더 이상 보이지 않았다. 아빠가 무슨 일이 생겼는지 설명해주었다. 유리병 안에서 가지 하나에 매달려 작고 부드러운 고치가 되는 경이로운 일이 일어나고 있었다. 애벌레는 변신하는 중이었다. 인내심을 가지고 기다리면, 그리고 운이 좋으면, 애벌레가 고치에서 부화해 완전히 다른 동물로 변신하는 모습을 볼 수 있을 것이다.

약간 걱정되는 부분이 있었다. 애벌레가 새로운 동물로 부화하는 모습을 지켜보기를 아주 간절히 바라지만 문제는 변신이 언제 일어날지 모른다는 것이다. 그래서 나는 항상 병을 갖고 다녔다. 일어나서 맨 처음 하는 일과 자기 전에 마지막으로 하는 일은 고치를 세심하게 살펴보고 어떤 변화가 있었는지 확인하는 일이었다.

나는 아빠에게 왜 애벌레는 그 모습 그대로 있을 수 없는지, 실을 짜서 윤이 나는 회갈색 껍질 속에 들어가는 과정을 잊어버릴 수 없는지 물어봤다. 아빠는 슬프게 고개를 저으며 말했다.

"그건 선택할 수 있는 문제가 아니란다, 얘야. 애벌레는 변하든지 죽든지 해야 해. 그게 자연의 이치란다."

나는 오랫동안 아빠의 말을 생각하며 그런 선택을 해야 할 입장이 되면 어떤 기분일까 상상해보려고 애썼다. 변하든지 죽든지. 하지만 아무리 노력해봐도 애벌레의 입장에서 생각할 수는 없었다.

병에서 고개를 들어 올려다보니 앙네타 이모의 좁은 침대가 바로 보였다. 이모가 오랫동안 아무와도 침대를 나눠 쓰지 않았다고 레나 이모는 계단을 올라가며 엄마에게 속삭였다. 어른들은 항상 아이들이 자신들의 이야기를 듣지 못한다고 생각한다. 아니면 들었더라도 이해하지 못한다고 생각하거나. 물론 둘 다 사실이 아니다. 나는 이모들의 비밀을 우연히 들을 때마다 흥미가 없는 척, 아이답게 이해하지 못하는 척 표정을 짓느라 무척 노력해야 했다.

축구 선수들이 그려진 작은 그림이 침대 위에 걸려 있다. 나는 이 그림이 뭐가 그렇게 특별한지, 어떤 점 때문에 이모들이 그림 앞에 둥그렇게 둘러서서 담배를 피우며 열정적이고 조용한 목소리로 감탄하는지 이해할 수 없었다. 이모들을 슬프게 할까 봐 말하지는 않았지만, 그림은 사실 꽤 보기 싫었다. 그림 속 인물들은 윤곽이 뚜렷하지 않아 서로에게 흘러들어가는 것처럼 보였다. 화가는 선수들을 사실적으로 재현해내지 못했다. 어쩌면 내가 더 잘 그릴 수 있을 것 같았다. 하지만 그 모든 것들에도 불구하고 난 꽤 괜찮은 매너를 가졌기 때문에 그런 말을 하지는 않았다.

"예쁜이, 왜 바닥에 앉아 있니?"

문에서 나타난 앙네타 이모가 내 옆에 쪼그려 앉았다. 이모의 두꺼운 다리는 가까이서 보니 훨씬 두꺼워 보였고 무릎까지 오는 양말은 어울리지 않게 종아리 부분에서 잘려 있다.

"그러지 말고 의자에 앉지 그러니? 아니면 내 침대나."

내가 대답 없이 고개를 내젓자 앙네타 이모는 조용히 한숨을 내쉬었다.

"그래, 좋을 대로 하렴. 그건 그렇고 병 속에는 뭐가 들어 있는 거니?"

"고치예요. 애벌레가 변신하려고 만든 거예요."

"아. 고치가 정확히 어디에 있는데?"

나는 이모에게 고치를 가리켰다. 이모는 병을 살며시 들었다. 그리고 작고 푸른 눈이 두꺼운 눈꺼풀 아래로 사라질 정도로 눈을 가늘게 뜨고 병을 위로 잡고 불에 비춰보았다.

"잘 안 보일 거예요."

"그게 중요한 점이야. 그러지 않았으면 새들이 먹어치웠을 거야. 새는 애벌레를 좋아하거든."

이모는 진지하게 날 쳐다보며 고개를 끄덕였다.

"말 되네요. 한 번도 그렇게 생각해본 적이 없어요."

가까이서 본 앙네타 이모는 나이보다 늙어 보였다. 볼은 목으로 늘어지고, 쪼그려 앉은 이모의 무릎에는 무거운 가슴이 걸쳐져 있었다.

"자연에서는 누구나 할 수 있는 한 빠르게 서로를 먹어치우지."

앙네타 이모는 굳은살이 박인 손으로 내 머리를 쓰다듬었다.

"꼬마 엠마." 이모는 초콜릿처럼 부드러운 목소리로 말했다. 이모의 목소리는 왠지 질문처럼 들렸다. 말로 하지 않은 질문에 내가 어떻게든 대답할 수 있을 것처럼. 이모가 건넨 병을 나는 바닥에 살며시 내려놓았다.

"집에서 지내기 어떠니, 엠마?"

앙네타 이모가 갑자기 걱정스러운 목소리로 물었다. 내가 잘 알지 못하는 압박 같은 것이 목소리에서 느껴졌다.

"뭐가요?"

이모는 잠시 말을 멈추고 방 건너편을 봤다. 부엌에서 낮게 중얼거리는 소리가 들려왔다. 웃음소리가 들리지 않는다는 건 누군가의 남편에 관해 이야기하고 있다는 분명한 신호였다. 엄마의 여자 형제들의 남편은 모두 형편없거나 어리석었다. 그래서 결혼을 건너뛴 앙네타 이모는 사실 가장 행운아라 할 수 있다.

"엄마하고 아빠가 와인과 맥주를 너무 많이 마시지, 엠마?"

그 질문에 정말 어떻게 대답해야 할지 몰랐다. 분명히 그 낱말의 뜻은 이해했지만, 너무 많이 마신다는 건 무슨 뜻일까? 얼마나 많이 마셔야 너무 많이 마시는 걸까? 아침이면 항상 싱크대와 거실에 맥주 캔이 있다. 하지만 그 정도면 많은 걸까? 아니면 너무 많은 걸까? 다른 엄마와 아빠들은 저녁에 와인과 맥주를 몇 병이나 마실까? 이런 부분은 내가 정말 몰랐던 것이다. 그래서 솔직하게 대답했다.

"몰라요."

앙네타 이모는 또 한숨을 쉬더니 힘겹게 일어섰다. 마치 무릎이 힘줄과 피부, 뼈와 혈액이 아니라 마른 자작나무로 만들어진 것처럼 무릎에서 삐걱거리며 부서지는 소리가 났다.

"이크." 약한 트림을 삼키면서 이모가 말했다. "나와서 우리랑 시나몬 번을 먹지 않을래, 엠마?"

"나중에요. 어쩌면요."

앙네타 이모가 부엌으로 돌아가자 중얼거림이 속삭임으로 바뀌었다. 그것은 보통 흥미로운 얘기를 하고 있다는 의미다. 나는 병을 들고 몰래 전실로 가서 바닥에 누웠다. 엄마와 이모들이 나누는 대화를 군데군데 간신히 알아들을 수 있었다. 첫소리 나는 앙네타 이모의 목소리가 들렸다.

"저 아이는 달라."

그 뒤에 약간 커진 엄마의 목소리가 들렸다.

"다르다는 게 꼭 나쁜 건 아니야."

이모들은 한마디도 하지 않았다.

앙네타 이모의 침실로 다시 기어들어간 바로 그때 병 속에서 뭔가가 내 눈을 사로잡았다. 전과 똑같이 고치가 가지에 매달려 있었지만 뭔가가 일어났다. 고치 껍질이 홈이 난 유리나 더러워진 얼음처럼 반투명해지기 시작했다. 그리고 윤이 나는 껍질 안쪽에서 떨리는 움직임을 감지했다.

변신이 시작되었다.

계산대에 서 있는 남자가 활짝 웃으며 내게 손을 내밀었다.

"안데르스 옌손입니다. 기자죠."

나는 주저하다가 그가 내민 손을 잡고 조심스럽게 웃었다.

"엠마예요."

그의 눈동자는 연한 푸른색이었고 숱이 적은 머리카락은 개가 눈에 오줌을 눈 것 같은 색이었다. 지저분한 녹색 군용 파카와 청바지를 입은 그는 삼십 대로 보였다.

"무엇을 도와드릴까요?" 그가 손을 놓으려는 기미를 보이지 않아 내가 물었다.

그 남자는 활짝 웃었다.

"전 이곳의 근무 환경에 관해 글을 쓰고 있습니다. 직원들은 기자와 이야기하는 것이 금지되어 있다고 들었습니다. 사실입니까?"

"금지되어 있다고요? 아니, 저는 잘 모르겠는데요……."

"그리고 휴식 시간이라고는 화장실 가는 시간만 간신히 허용된다던데요." 주저하는 내 목소리를 듣더니 그가 대답을 유도하려고 다시 물었다.

물론 그의 말에 일리가 있다. 언론에서 발빠르게 지적한 것처럼, 확실히 회사는 예스페르가 일을 시작한 이후 힘든 시기를 겪고 있다. 하지만 그 얘기를 할 수는 없다. 예스페르와의 관계를 고려한다면 더더욱.

"별로 이야기하고 싶지 않습니다." 볼이 벌게지는 것을 느끼며 내가 말했다.

"어디 다른 장소에서 만나서 얘기해도 됩니다. 그게 더 편하다면 말이죠." 그가 몸을 앞으로 숙이며 말했다. 물기가 많은 두 눈이 내게 고정되었다. "익명으로 나갈 거예요. 아무도 모를 겁니다."

"거절하겠습니다."

형체 하나가 옆쪽에서 다가오는 모습이 얼핏 보였다.

"말하고 싶지 않다고 이야기했잖습니까. 이해가 안 됩니까?"

녹색 파카를 입은 기자는 몸을 최대한 쭉 폈다.

비에르네는 이제 내 옆에 서 있다. 그가 화났다는 사실을 알 수 있었다. 그는 주먹을 꽉 쥐고 턱을 단단히 악물었다. 부자연스런 몸짓으로 앞머리를 한쪽 귀 뒤로 넘기고 턱을 내밀며 얘기했다. "당신이 여기에 와서 내 직원들을 괴롭힌 게 벌써 두 번째죠. 지금 당장 나가지 않으면 경찰을 부르겠소. 내 말이 무슨 뜻인지 알겠어요?"

"나는 권리가 있……."

"이봐, 여자가 말하는 것 못 들었어? 내가 설명해줘야 하나? 그녀는 당신과 얘기하고 싶어 하지 않는다고."

비에르네가 씩씩거리며 말을 내뱉을 때마다 입에서 작은 침방울이 날아갔다. 말을 마치고 그가 몸을 돌려 일하던 곳으로 돌아가기 시작했다. 그리고 사라지기 전에 어깨너머로 내게 소리쳤다.

"잘했어, 엠마."

나는 기자를 다시 쳐다봤다. 활짝 웃던 웃음이 사라진 그의 얼굴은 전혀 표정이 없었다. 그는 재킷 주머니에 손을 넣어 뭔가를 이리저리 찾

76

은 후 그것을 계산대 위에 놓고 검지로 천천히 내 쪽으로 밀었다. 명함이었다. 그의 밝은 색 눈이 다시 내 눈을 쳐다봤다.

"받아요. 마음 바뀌면 전화해요."

그러고 나서 그는 떠났다.

나는 몸을 앞으로 숙여 조심스럽게 명함을 집어 살피고 주머니 속에 밀어넣었다.

예스페르 오레. 크고 따뜻한 손. 부드럽고 약간 주름진 얼굴. 군데군데 회색으로 세어버린 갈색 수염으로 덮인 강인한 턱. 그는 굶주린 사람이 빵집의 유리창 밖에서 페이스트리를 보는 것처럼 굶주린 눈빛으로 나를 쳐다봤다.

어쨌거나 그가 내 안에서 본 것은 무엇일까? 내 눈에 보이는 나는 따분한 직업을 갖고 특별한 일 없이 살아가는 평범한 사람일 뿐이다. 그는 왜 나와 이렇게 많은 시간을 보낼까? 왜 몇 시간 동안 내 팔에 누워 손으로 내 몸 이곳저곳을 어루만지는 걸까? 이전에 생각해보지 못했던 나의 부분을 그는 어떻게 찾아내는 걸까?

내 아파트에서 몇 주 전에 그를 만났던 일이 기억난다.

"우린 아주 비슷해, 엠마." 그가 중얼거렸다. "어떨 때는 당신 마음까지도 읽을 수 있다는 기분이 들어. 내 말, 이해하겠어?"

사실 잘 모르겠다. 그와 나 사이에 텔레파시 같은 친밀감이 느껴지지도 않고 나는 그가 무슨 생각을 하는지도 전혀 모르겠다. 나는 예스페르를 사랑한다. 하지만 우리가 연결되어 있다며 그가 지껄이기 시작하면 나는 그가 무슨 말을 하는지 도통 모르겠다.

하지만 나는 그에게 내 속마음을 말하지 않는다.

"나는 정말 행운아야." 내 몸 위에서 그가 무거운 몸을 들어 올리며 속삭였다. 그는 무릎으로 내 다리를 벌리고 자신을 가깝게, 더 가깝게 밀착시켰다.

"나는 세상에서 제일 행운아야."

내가 준비되기도 전에 그가 내 안으로 들어왔다. 내 목에 키스를 하고 그의 손가락은 내 젖무덤을 어루만진다.

"사랑해, 엠마. 난 당신 같은 사람을 만나본 적이 없어."

나는 이 마법 같은 순간을 망치고 싶지 않아 계속 아무 말도 하지 않는다. 가능한 한 오랫동안 이런 감정 속에 있고 싶다. 타올랐다. 그는 거칠어진다. 그 순간들이 즐겁지는 않지만 왠지 여전히 마법 같다.

사랑받는다는 것. 날 원한다는 것. 마치 빵집 유리창에서 바라보는 라즈베리 페이스트리 같다.

그가 내 안에서 좀 더 격렬하게 움직이며 내 팔을 단단히 움켜잡았다. 땀방울이 눈물처럼 내 볼에 흘렀다. 그가 끙끙대며 말했다. 아파하는 것처럼 들렸다.

"엠마."

그의 목소리가 질문처럼, 아니 요청같이 들렸다.

"네?" 내가 대답했다.

그가 동작을 멈추고 거칠게 숨을 몰아쉬었다. 내게 키스했다.

"엠마, 날 위해 뭐든 해줄 수 있어?"

"네, 그럴게요." 내가 말했다.

예스페르 오레를 위해 무엇이든 할 수 있을까? 그 질문은 이론에 불과하다. 그는 계약 상대에게 지불할 돈을 빌렸을 때를 제외하고 절대 내게 무엇을 해달라고 요청한 적이 없다. 그리고 사실, 그가 돈을 가져가야 한다고 주장했던 사람은 나였다. 그가 은행에 가기보다는 나와 함께 있어주기를 원했던 것은 나였다.

그가 내 눈꺼풀에 해주던 키스를 기억한다.

"자기, 당신도 내가 계속 있고 싶어 한다는 것을 알 거야. 하지만 오늘 계약 상대에게 돈을 지불하기로 약속했어. 현금으로. 그런데 지금 10만 크로나가 없어서 불행히도 은행에 가야만 해."

섹스 점심.

이 말은 올가의 표현이다. 내가 집에 가서 애인과 점심을 먹는다고 하면 그녀는 크게 웃는다. 올가는 직설적이다. 솔직담백하고 도발적이다. 그녀는 자신의 생각을 말하고 그것을 부끄러워하지 않는다.

예스페르는 팔뚝으로 몸을 지탱하며 일으켜 세웠다.

"나 가야 해, 엠마."

"내가 빌려줄 수 있어요." 내가 제안했다.

"당신이?"

그는 놀란 듯했지만 내 제안을 무시하려는 것 같았다. 그는 일어나서 창가 쪽으로 걸어가 가랑이를 긁으며 밖을 내다봤다.

"집에 돈이 있어요."

그는 재밌어 하며 내 쪽으로 돌아섰다.

"집에 10만 크로나를 갖고 있다고? 여기 이 아파트에?"

그는 손으로 방 주위에 곡선을 그리며 가리켰다.

나는 고개를 끄덕였다.

"리넨 옷장에 돈이 있어요." 나는 침대에서 벗어나 킥킥대며 말했다. 그리고 티셔츠를 입었다. 예스페르가 옷을 입지 않은 나를 보는 게 껄끄러워서 그런 건 아니었다. 그냥 습관 때문이랄까. 환한 대낮에 가슴을 보이는 건 불편했다. 어느 누구에게도.

예스페르라 하더라도.

나를 따라 옷장에 온 그는, 내가 식탁보가 든 바구니를 치우고 빨간 크리스마스 태피스트리를 조심스럽게 풀러 지폐 뭉치를 꺼내는 걸 조용히 지켜봤다. 태피스트리에는 크로스스티치로 '크리스마스 시즌이다'라는 수가 놓아졌다.

"당신 완전히 미친 거 아냐? 집에, 그것도 리넨 옷장에 10만 크로나를 갖고 있다고?"

"네. 그런데요?"

"왜 돈을 은행에 맡기지 않는 거야? 평범한 사람들처럼."

"그게 어째서요?"

"강도가 들거나…… 그러면 어쩌려고. 매트리스 아래나 리넨 옷장에 돈을 보관하는 건 나이 많은 여자들이나 하는 행동이라고."

나는 정확히 그런 늙은 여인에게 이 아파트를 물려받았다는 사실을 그에게 일깨워주었다. 그는 부드럽게 웃으며 어깨를 으쓱했다.

"좋아. 곧 갚을게. 곧."

그러고 나서 내 목에 키스하며 뒤에서 날 안은 채 손으로 천천히 내 가슴을 어루만졌다.

"다시 하고 싶어졌어, 부자 계집 같으니라고."

페테르

만프레드는 아무렇지도 않은 것처럼 시체 위로 몸을 숙였다. 그의 시선이 가슴에서 복부까지 절개되었던 부분을 깔끔하게 꿰매놓은 자국에서 팔뚝에 난 깊은 상처까지 훑었다.

"그러니까 꽤 저항을 했군요?"

검시관이 고개를 끄덕였다. 사십 대인 파티마 알리는 파키스탄에서 태어나 미국에서 교육을 받았다. 나는 전에 그녀와 몇 차례 함께 일을 한 적이 있다. 대부분의 검시관처럼 그녀는 터무니없을 정도로 정확하고 지나치게 확실한 용어로 말하는 것을 두려워한다. 하지만 나는 그녀를 신뢰한다. 그녀는 뭔가를 놓치는 법이 없으니까. 그리고 그녀의 커다랗고 까만 눈과 섬세한 손을 움츠러들게 만드는 것은 아무것도 없어 보인다.

"머리 뒤쪽과 얼굴에 충돌로 생긴 상처가 있고 팔뚝과 손바닥에 총 열여덟 군데의 자상이 있어요. 대부분 오른쪽에 있죠. 오른쪽에서 공격받았다는 것을 시사하죠."

파티마는 앞으로 숙여 팔에 가장 깊게 베인 상처의 가장자리를 펼쳐보이며 붉은 살을 가리켰다.

"여기를 보세요." 그녀가 말했다. "상처들이 이쪽 방향으로 가장 깊어요. 따라서 가해자는 오른손잡이일 확률이 높아요. 아마 이렇게 찔렀을 거예요."

그녀가 푸른색 실리콘 장갑으로 감싼 자신의 손을 들어 만프레드에게 내미는 동작을 취하자 만프레드는 본능적으로 뒤로 물러섰다.

"얼마나 오랫동안 싸웠는지 알 수 있어요?" 내가 물었다.

파티마는 단호하게 고개를 저었다.

"확실하게 말할 수는 없어요. 하지만 이 부상은 직접적인 사인이 아니에요. 그녀는 목에 난 상처 때문에 죽었어요."

나는 몸을 앞으로 숙여 스테인리스스틸 계측기에 놓인 여자의 머리를 봤다. 갈색 머리카락이 말라버린 피로 엉겨 있다. 모양이 예쁜 눈썹. 그리고 그 밑에는 형체를 알아볼 수 없는 피부와 조직 덩어리가 있다.

"그럼 목에 난 상처가?" 내가 물었다.

파티마는 고개를 끄덕이고 팔 뒤쪽으로 이마를 훔쳤다. 밝은 전등 불빛이 눈을 자극했는지 그녀는 눈을 깜박였다.

"여러 차례 찔렸고 목구멍까지 잘렸어요. 한 번만으로도 충분히 죽일 수 있었을 거예요. 하지만 가해자는 몸에서 머리를 제거하려고 결심한 것 같아요. 세 번째와 네 번째 척추 사이가 절단됐어요. 그렇게 하려면 상당한 힘이 필요했을 거예요. 아니면 완강했거나요."

"어느 정도의 힘이?" 만프레드가 묻고는 머리 위로 역시 몸을 숙였다.

"말하기 힘들어요."

"여자나 약한 사람이 가해자일 수도 있을까요?"

파티마는 이맛살을 찌푸리며 비닐 앞치마 앞으로 팔짱을 끼었다.

"여자가 약하다고 누가 그러던가요?"

만프레드가 약간 안절부절못했다.

"내 말은 그런 뜻이 아니었어요."

"알아요, 무슨 뜻인지." 파티마는 재빨리 말하고 의미심장하게 한숨을 내쉬었다. "네, 여자도 할 수 있을 거예요. 나이 많은 사람이나 어리고 힘센 남자도요. 찾아내는 건 당신들 몫이죠."

"그밖에 다른 건요?" 내가 물었다.

파티마는 고개를 살짝 끄덕이고 창백한 시체를 내려다봤다.

"희생자는 스물다섯 살에서 서른 살 정도로 키는 172센티미터에 몸무게는 60킬로그램이에요. 다시 말해서 신체 성분은 평범해요. 건강하고 튼튼했어요."

부검실에서 나는 냄새 때문에 속이 메스꺼워지기 시작했다. 이곳에서 시간을 보내면서 단련되었다고 생각하고 싶지만 절대로 익숙해지지 않는 냄새가 있다. 정확히 나쁘다기보다는 일주일이 지난 꽃과 날고기가 섞인 냄새에 가깝다. 이곳에서 벗어나고 싶다는 충동을 느꼈다. 바깥의 차갑고 신선한 공기가 갑자기 그리웠다.

"한 가지 더 있어요." 파티마가 웅얼거리듯 말했다. "피해자는 출산을 했거나 적어도 임신한 적이 있어요."

"아이 한 명이오?" 만프레드가 물었다.

"그건 알 수 없어요." 파티마는 대답을 하고 찰싹 소리를 내며 장갑을 벗었다. "이제 다 됐나요?"

만프레드가 운전하는 차는 쿵스홀멘으로 다시 돌아가고 있다. 빽빽하게 늘어선 차들 위로 눈발이 흩날린다. 3시 정도밖에 안 됐다고 생각했는데 어두워지기 시작했다.

"예쁜 여자야." 만프레드가 말하며 라디오를 켰다.

"파티마요?"

"아니, 머리 없는 여자."

"너무 심하게 충격을 받아서 정신에 문제가 생겼군요."

"내가? 예전에 자네는 어떻고. 그 여자는 분명히 아름다웠을 거야. 내 말은, 멋진 몸이라는 거지. 가슴하며······."

나는 창밖을 바라보며 그의 말을 곰곰이 생각했다.

"그 여자에 관해 알아낸 거 있어요?" 내가 물었다.

"아니."

"오레와는 아직 연락이 닿지 않아요?"

"어. 듣자 하니 어제 출근을 안 했다더군."

"그럼 오늘은요?"

"아직 몰라. 산체스가 알아보고 있어. 하지만 이제 스웨덴 경찰의 절반이 그를 찾고 있으니 오랫동안 우리를 피할 수는 없을 거야."

"그럼 법의학 1차 보고서는요?"

"자네 책상 위에 있네. 침입한 흔적이 없으니 누군가 자발적으로 범인을 안으로 들였거나 그 집에 살던 사람이었을 거야. 다시 말해서 오레가 그랬다는 거지. 바닥에서 소변을 찾았네. 그리고 손자국과 발자국도 아주 많아. 하지만 그 이웃이 현장 주위를 우라지게도 터벅터벅 걸어 다녔기 때문에 그중에서 뭘 찾아낼지 장담하기는 힘들어. 그리고 다양한 종류의 섬유가 굉장히 많이 발견되었지만 주목할 만한 단서는 없어. 그건 그렇고 살인 무기는 마체테라네. 국립연구소로 보냈으니 뭔가 찾아내면 알려줄 거야. 그리고 그 뒤는 녀석 린블라드가 왔다더군. 핏자국을 조사할 거야. 사건 과정을 재구성하는 일을 도울 거라네."

한동안 침묵이 감돌았다. 만프레드는 손가락으로 음악에 박자를 맞춰서 핸들을 두드리고 있다. 스트레스를 받고 있는 느낌이었다. 그의 수염은 평소보다 길었고 눈은 피곤해 보였다.

"나야는 좀 괜찮아졌어요?" 내가 물었다.

그는 날 힐끗 보더니 손으로 카멜 얼스터 코트를 쓸었다.

"밤새 끔찍한 비명 소리가 계속됐지. 아프사네는 미치기 직전이었어. 가르치는 학생 하나가 논문 발표를 하기도 해서 일찍 일어나야 했거든. 그런데 이렇게 고통스런 상황에서 결혼 얘기를 꺼내는 거야. 여자들은 도대체 왜 그러는 거야?"

나는 그 질문에 대답하지 않았다. 나는 결혼 문제 때문에 일어났던 일을 너무나 잘 기억하고 있다.

야네트와 함께 지내는 동안 그녀가 거의 1년 동안 결혼 문제로 잔소리를 늘어놓자 참을 수 없는 지경이 되었다. 그리고 솔직히 말해서 어떻게 그렇게 된 건지 정말 모르지만, 왠지 그녀는 내가 결혼하자고 말했다는 인상을 받은 것 같았다. 처음에 우유부단하게 얼버무리기보다는 사실을 바로잡았어야 했다. 하지만 나는 그녀를 실망시키고 싶지 않다고(아니 감히 실망시킬 수 없다고) 생각했다.

그래서 그녀가 자기 뜻대로 하도록 내버려두었다.

이후 몇 달 동안 그녀는 꽃꽂이와 식사 메뉴, 손님 목록을 정하는 일에 매달렸다. 집에 케이크를 가져와 맛을 보고 커다란 종이에 좌석 배열을 그려보고 대형 휴대용 카세트 라디오로 결혼 입장 음악을 틀었다.

그리고 다이어트를 했다.

그녀가 걱정되기 시작할 정도였다. 보아하니 그녀는 특별한 드레스에 몸을 맞추기 위해 새 모이만큼 먹고 있었다. 결혼식 날까지 나는 그 드레스를 절대 볼 수 없었는데, 그게 매우 중요한 모양이었다.

야네트가 그러는 동안 나는 일로 도망쳤다. 텐스타에서 벌어진 주차장 종업원의 살인 사건을 수사하고 있었다. 승진한 직후였기 때문에 내 자신을 증명해야 할 필요가 있는 특히 중요한 사건이었다. 야네트를 매우 이해심이 있는 사람이라고 말할 수는 없다. 그녀는 날 이해하려 하기보다는 내게 훨씬 많은 시간과 헌신을 요구했다. 우리는 교회를 찾고, 신혼여행을 예약하고 (그녀가 작성한) 서약을 연습해야 했다.

어느 날 저녁 그녀는 손에 봉투 꾸러미를 들고 왔다. 그녀는 무척이나 흥분한 것처럼 보였다. 아주 비싼 것을 샀을 때나 집에 가져온 전단에서 축제를 발견했을 때에나 볼 수 있는 모습이었다. 그녀의 눈이 반짝거렸고 탈색한 짧은 머리는 똑바로 서 있었다.

그녀는 초대장이 준비되었다며 초대장을 건네면서 내게 부쳐줄 수 있는지 물었다. 정확히 뭐라고 대답했는지 기억나지 않는다. 아마 나중에 얘기하자고 말했을 것이다. 하지만 언제나 그렇듯, 그녀는 내 말을 듣지 않았다.

그날 저녁 늦게 나는 안락의자에 앉아 내 무릎에 놓인 초대장들을 보며 대관절 그것들로 무엇을 해야 하는지 궁금해 했다. 분명 초대장 발송을 해야 한다. 그건 세상에서 제일 쉬운 일이었다. 바로 교차로까지 내려가서 노란 우체통에 밀어넣었다면 이후 몇 주 동안 그 빌어먹을 것들에 대해 더 이상 생각할 필요가 없었을 것이다. 하지만 난 할 수 없었다. 내 자신이 선택하지 않았던 부부생활을 위해 그렇게 결단력 있는 조치를 취할 만큼, 나는 확정적인 어떤 행동도 할 준비가 되어 있지 않았다. 잠시 야네트와 대화를 해야겠다는 충동이 들었다. 결혼에 관한 모든 것이 오줌을 지릴 정도로 무섭다고, 그래서 정말 연기하고 싶다고 말하는 것이다. 하지만 그 얘기를 하러 침실로 들어갔을 때 그녀는 이미 잠들어 있었다. 그래서 초대장을 책상 서랍에 집어넣고 나중에 대화를 해야겠다고 결정했다.

그 후 일은 우연히 일어났다. 서랍 속에 넣어둔 초대장을 완전히 잊어버렸다고는 말할 수 없다. 오히려 그 주제를 다시 꺼낼 힘이 없었다는 것이 더 옳다. 내가 야네트에게 말하려고 결심할 때마다 뭔가가 방해했다. 그녀가 너무 화가 났다거나 스트레스를 받았다거나 얘기하고 싶지 않아 했다. 그녀는 그런 식이었다. 퉁명스럽거나 짜증을 내거나. 왜 그러는지 정말 이해할 수 없을 때가 많았다.

당시를 다시 떠올릴 때마다 내 행동을 정당화하려 한다는 사실을 알아차렸다. 심지어 내 자신에게도. 하지만 정말 변명의 여지가 없다. 내가 했던 행동은 어리석고 미성숙했다. 나는 절대 상상도 못했던 방법, 정말 의도하지 않았던 방법으로 야네트에게 상처를 주었다.

그녀를 상처 주고 싶은 건 절대 아니었다. 그저 그녀가 날 혼자 내버려두기를 원했을 뿐이다.

어느 쪽이었든 결혼식이 다가오고 있었다. 3주나 4주쯤 남았던 것 같다. 어느 날 저녁 그녀가 침대의 내 옆에 앉았다. 머리를 올리기 위해 기르고 있는 그녀의 머리카락 가닥이 슬픈 얼굴 주위로 흘러내렸고 그녀의 가슴은 놀랄 만큼 야위고 저 아래로 처졌다.

"오겠다고 연락한 사람이 아직 아무도 없어." 그녀가 말했다. 그리고 얼굴을 내 쪽으로 돌렸다. "이상하지 않아?"

다음날 아침까지 기소 검사에게 가야 했기 때문에 나는 경찰 수사 계획서를 읽고 있었다. 그래서 바로 그녀와 그 문제를 논의할 시간이 없었다. 하지만 그때 마음이 상했던 기억이 난다. 심지어 창피한 기분도 들었다.

"우편물이 분실된 걸까?" 그녀가 조용히 물었다.

구부정한 자세와 평소와는 다른 단조로운 그녀의 목소리에 뭔가 느껴지는 바가 있었다. 그것은 내 배신의 정도를 깨닫게 했다.

나는 진심으로 기분이 좋지 않았다.

하지만 여전히 그녀에게 말할 상황이 아니었다. 그때는 정말로 아니었다. 나는 다음날 아침 그녀와 얘기해야겠다고 결정했다. 하지만 그런 일은 일어나지 않았다. 나도 내가 나빴다는 것을 안다. 하지만 일이 터지고 나서야 뭐가 옳은지 알게 되기 마련이다.

그날 밤 내가 자는 동안 야네트는 아파트를 뒤지기 시작했다. 마치 그녀에게 빌어먹을 육감이 있어서 무슨 일이 있었는지 감지한 것 같았다. 나는 이전에도 들은 적 없고 이후에도 들어본 적 없는 아주 끔찍한 비명 소리에 잠이 깼다. 처음에는 누군가 집에 침입해 그녀를 강간하고 때려죽이고 있다고 생각했다. 침대에서 뛰쳐나가다가 의자에 발을 채여 커피 테이블 위로 쓰러졌다. 턱에 깊게 베인 상처가 났다. 피가 흐르는 얼굴로 나는 계속 아파트를 살펴보았다. 마침내 책상 앞에서 그녀를 찾았다. 초대장 봉투들이 죽은 나뭇잎처럼 바닥에 흩어져 있었다. 그녀가 공중으로 던진 것 같았다. 그녀는 비명을 질렀다. 지르고 또 질렀다. 난 그녀를 팔 안에 가두고 아이를 흔들듯 그녀를 흔들었다. 그리고 그녀를 진정시키려고 손으로 입을 막았을 때 그녀가 날 물었다.

무척 아팠지만 한편으로는 안도감 비슷한 감정을 느꼈던 것 같다. 그녀의 입속에 내 손이 있는 한 그녀는 더 이상 비명을 지를 수 없을 테니까.

만프레드와 산체스, 나는 3층의 주방 오른편에 있는 작은 회의실에 앉아 있다. 이 방은 이 건물의 다른 모든 회의실과 똑같이 생겼다. 하얀 벽, 푸른색 시트의 금색 나무 의자, 그리고 하얀 합판으로 만들어진 책상. 창가에는 크리스마스 기분을 돋우려고 군나르가 집에서 가져다놓은 촛대가 있고, 벽에는 심폐소생술 방법이 그려진 빛이 바랜 포스터가 걸려 있다.

우리는 수사팀과 경찰 수사의 리더인, 새로 부임한 기소 검사 비에른 한손과 내일 있을 회의를 준비해야 했다. 아직 그를 만난 적이 없는 내게 산체스는 그가 영리하지만 어리석은 짓만 하고 자신을 과대평가한다고 했다.

만프레드가 커피 주전자를 가져오고 산체스는 세븐일레븐에서 사온 사프란 번을 버터 칼로 잘랐다. 범죄 현장 사진이 온 책상에 널려 있다. 나는 번에 손을 뻗으며 절단된 머리를 보지 않으려 노력했다.

유르스홀름에 있는 예스페르 오레의 집에서 살해된 여인이 발견되고 이틀이 지났다. 그리고 우리는 아직도 그녀가 누구인지 모른다. 어딘가에 그녀가 사랑하는 사람들이 딸이나 여자 형제, 엄마가 살해되었다는 사실을 알지 못한 채 삶에 관해 계속 얘기를 하고 있을 것이다.

살인범은 어딘가에서 도주 중이다.

산체스가 상황을 요약했다.

"예스페르 오레는 금요일 직장에서 마지막으로 목격됐어요. 동료들에 따르면 꽤 정상적이었고 평소 모습과 다른 점은 전혀 없었다고 합니다. 집에 간다면서 4시 반에 사무실을 떠났답니다. 주말 동안 뭘 할지에 대해서 아무에게도 말하지 않았지만 수요일까지 휴가를 냈어요. 여행 계획이 있었을지도 몰라요. 휴대전화와 지갑은 집 안에서 발견되었습니다. 신용카드도 전부 지갑에 있었고 지난주 이후 은행 계좌에서 현금이 인출된 적은 없습니다. 과학 수사관이 현관 전실과 밖의 눈밭에서 피 묻은 발자국을 떴는데 크기가 270밀리미터예요. 그가 살인을 하고 집을 실제로 떠났다는 의미일 수 있어요. 수사관들은 이웃과 신원 불명 희생자의 발자국도 찾았죠. 게다가 아직 확인되지 않은 자국도 여러 개 발견되었습니다. 마체테의 지문 분석은 아직 끝나지 않았지만 국립연구소는 무기에 지문이 있다고 확인했습니다.”

“오레는 어떤 사람이었지?” 만프레드가 질문을 던지고는 후루룩 소리를 내며 커피를 마셨다.

“경영 관리팀의 동료들에게는 상당히 인기가 있었던 것 같아요. 하지만 본사의 다른 직원들은 그가 꽤 가혹하다고 생각한 것 같습니다. 많은 사람들이 실제로 그를 두려워했어요.” 산체스가 계속 말했다. “하지만 회사의 그 층에 있는 다른 곳에서는 너무 강한 탓에 그를 싫어했어요. 노조는 그를 증오했죠. 하지만 이미 그건 다 알고 계시죠. 부모님은 두 분 다 교사로 일하다 은퇴하고 예스페르 오레가 자랐던 브롬마의 집에서 계속 살고 있어요. 그들은 예스페르가 활동적이고 튼튼하고 행복하다고 설명하더군요. 그들이 아는 심리적 문제는 없다고 했어요. 몇 년 동안 싱글이었지만 그분들 표현으로는 ‘애정 생활에 적극적’이었다고 합니다.”

“대체 무슨 뜻이야?” 만프레드가 물었다.

산체스는 테이블 위로 몸을 숙이고 만프레드의 눈을 보았다. 번의 마지막 조각은 그녀의 입속으로 사라졌다.

“만프레드 선배처럼 오레가 침대에서 굉장히 많은 즐거움을 얻고 있었다는 뜻이에요.”

“그건 별로 특별할 게 없군.” 내가 끼어들었고 산체스는 킥킥대다 입에서 번의 파편들을 짧은 검정 치마 위로 흘렀다.

이 대화가 만프레드에겐 그다지 즐겁지 않은 것 같았다. 그는 체크무늬 재킷을 벗어 의자 뒤쪽에 과장된 몸짓으로 걸쳐놓고 우리를 주목시키려는 듯이 커다란 주먹으로 책상을 가볍게 내려쳤다.

"우리가 좀 힘을 모은다면, 아마도 오늘 중에 이곳에서 벗어날 수 있겠지. 산체스, 그래서 자네 이론은 뭐야?"

이 책상에서 가장 지위가 낮은 경찰이니 산체스가 가장 먼저 질문을 받는 건 당연했다. 그게 운영 방법이다. 오래되고 경험 많은 수사관들이 어린 수사관을 가르치는 방법이다. 그런 과정이 계속 순환된다. 산체스는 똑바로 앉아서 갑자기 진지해진 것 같았다. 그녀는 하얀 책상 위에 두 손을 움켜잡았다.

"꽤 분명하죠, 그렇지 않아요? 예스페르 오레는 그의 여자 중 하나와 집에 있다가 뭔가 틀어진 거죠. 싸움이 일어났고 싸움은 여자를 죽이며 끝났어요. 여자를 살해하고 그는 현장에서 도망쳤고요."

"왜 휴대전화나 지갑을 가져가지 않은 거지?" 만프레드가 질문을 던지고 자신의 분홍색 셔츠에 붙은, 보이지 않을 정도로 작은 부스러기를 털었다.

"휴대전화와 지갑은 거실에 있었으니까요. 그는 범죄 현장에서 너무 돌아다니고 싶지 않았던 거예요." 산체스가 의견을 제시했다. "아니면 잊어버렸거나 생각해야 될 다른 문제들이 많았겠죠."

"난 살인 자체에 의구심이 들어요." 내가 바닥에서 자란 것처럼 보이는 머리 사진을 가리키며 말했다. "왜 이렇게 잔혹한 거죠? 여자를 죽이는 것만으로는 충분하지 않았을까요? 왜 참수까지 해야 했던 걸까요?"

산체스는 눈살을 찌푸렸다.

"정말 지독하게 화가 났던 게 틀림없어요. 실제로는 그녀를 미워했던 거죠. 저는 머리의 위치 역시 뭔가 특별한 의미가 있을지 궁금해요. 머리는 누가 들어오든 간에 들어오는 사람을 향해 문을 바라보고 있는 것 같아요. 그것에 대해 생각해본 적 있으세요? 저는 범인이 뭔가를 말하고 싶었던 건 아닐까 생각해요."

"예를 들면?" 만프레드가 물었다.

우리는 다시 사진을 살펴봤다. 여자의 눈은 감겨 있었고 피 묻은 머리카락들이 얼굴 위를 덮고 있다.

산체스가 약하게 몸을 흠칫 떨었다.

"모르겠어요. 여길 봐! 날 기만하거나 거짓말을 하면 이렇게 되는 거야. 그가 생각하는 그녀의 잘못이 뭐든 간에요."

만프레드의 휴대전화가 울리자 그는 전화를 집어 들었다. 상대방의 얘기를 듣던 만프레드가 대답했다.

"3층 소회의실에 있어요. 그분을 이곳까지 안내해줄 수 있어요? 좋아요. 물론. 알았어요."

그 후 그는 범죄 현장에서 나온 사진들을 모아 사진이 보이지 않게 뒤집고는 옆에 깔끔하게 쌓아놓았다. 깊게 숨을 내쉬고 의자 뒤로 몸을 기댔다.

"손님이 있어." 그가 말했다. "10년 전에 일어났던 살인 사건과 이 사건이 아주 비슷하다고 얘기했던 거 기억하지? 실례를 무릅쓰고 그때 수사에 참여했던 한 사람을 초대했지. 꼭 연결점이 있어서가 아니라 범인에 대해 좀 더 이해할 수 있도록 그 여자가 도울 수 있다고 생각했기 때문이야."

그때 문을 두드리는 소리가 들렸다. 나는 바로 몸속의 열이 모조리 사라져 차가워지는 것을 느꼈다. 몸이 얼어붙은 기분이 들었고 가슴은 쿵쾅댔다. 방이 줄어들고 천장이 기울어지기 시작했다. 마치 천장이 안쪽으로, 내 위로 무너지는 것 같았다.

문이 열리고 그곳에 그녀가 서 있었다. 잘 맞지 않아 부해 보이는 검정 코트를 입고 부츠를 신은 모습이 남극 탐험에 나서도 끄떡없을 만큼 두꺼워 보였다. 하지만 옷은 그녀가 잘 아는 분야가 전혀 아니었다. 숱이 많은 연한 갈색 머리는 이제 회색빛으로 많이 세었고 안경을 낀 모습이 다소 근엄해 보였다. 그 외에는 똑같았다. 그녀는 10년 전 모습, 정확히 그대로였다. 그것이 가능할 수 있는지 모르겠지만, 그녀는 훨씬 아름다웠다. 눈가 주위에 잔주름과 전보다 다소 여윈 얼굴에 있는 뭔가가 그녀의 모습을 연약해 보이게 만들었다. 마치 시간은 그녀를 조금 더 연약하고 가냘프게만 만들었을 뿐 그다지 영향을 미치지 못한 것 같았다.

"한네 라예를린드-셴 씨입니다." 만프레드가 그녀를 소개했다.

엠마
두 달 전

매장에서 일하다 보면 특수한 형태의 탈진을 경험하게 된다. 밝은 인공조명과 항상 흘러나오는 배경음악은 이상한 최면 효과가 있다. 바쁜 표정을 하고 매장 주위를 천천히 돌아다니지만 사실은 졸고 있을 때가 종종 있다고 맹세할 수 있다. 시간 전체가 기억에서 삭제된 듯 그냥 사라질 때도 있다. 점심을 먹고 돌아와 옷들을 모으다 보면 그날이 어디로 갔는지 모르는 사이에 닫을 시간이 됐다는 사실을 깨닫는다.

밖에는 사람들이 손에 우산을 들고 젖은 코트를 입고 지나간다. 마노르는 여름 컬렉션 셔츠에 세일 표지를 놓고 있다. 그녀는 천천히 음악에 맞춰 움직인다. 그녀의 길고 까만 머리는 어깨와 등 위로 드리워져 그녀가 입은 빨간 튜닉 전체에 검은 강이 흐르고 있다. 스키니진을 입은 다리는 작고 미묘한 댄스 스텝을 밟고 있다. 올가는 어디에도 보이지 않는다. 밖에서 담배를 피우고 있거나, 어쩌면 일찍 점심을 먹으러 갔을지도 모르겠다.

예스페르에게서 아직도 한마디 소식도 듣지 못했다.

그는 사라져버린 상태고 그에게 무슨 일이 일어났는지는 여전히 수수께끼다. 그가 심각한 사고를 당했다는 뉴스를 듣게 될 거라고 생각했다.

일 때문에 오지 못했다면 내게 말했을 테니까. 그렇지 않은가?

전에 그는 나를 바람맞힌 적이 없었다.

매장이 비었다. 하얀 조명에 눈을 깜박인다. 눈이 건조하게 느껴졌다. 스피커에서는 한 시간 전과 같은 음악이 쏟아져 나온다. 마케팅 부서가 한 달에 한 번 업데이트하는 음악 목록이 매일 똑같이 연주된다.

반복되는 음악 때문에 미칠 것 같지 않니? 한번은 엄마가 내게 물었다. 진실은 음악에 익숙해진다는 것이다. 결국엔 더 이상 음악을 듣지도 않는다. 생각 없이 매장을 돌아다니며 잠과 일을 동시에 할 수 있게 된다. 물 위에 떠다니는 나뭇잎처럼 멜로디에 휩쓸리지 않고 음 위로 떠다니며, 더 높은 지적 기능들은 전부 꺼진다.

"매장에서 일하는 거 좋아?" 예스페르와 처음 저녁을 먹던 날 그가 물었다.

뭐라고 대답해야 할지 몰라서 약간 꼼지락거렸다. 수없이 지나치기만 하고 한 번도 들어간 적 없었던, 스투레플란의 레스토랑에 우리가 막 앉은 참이었다. 나는 어쩌면 거짓말을 하는 편이 낫겠다고 결정했다. 그때는 그를 거의 알지 못했고 기본적으로 상사인 사람에게 비밀을 털어놓는 게 무슨 소용일까 싶었다.

"물론 좋아요." 내가 말했다.

"완전히 확신하는 목소리는 아닌 것 같은데"

하늘을 찌를 듯 굽이 높은 샌들을 신은 여종업원이 메뉴를 가지고 왔다. 그녀는 우리 옆에 쪼그리고 앉아서 음료 주문을 받았다. 치마가 너무 짧아서 얇게 비치는 팬티스타킹 너머로 팬티가 얼핏 보였다. 이런 주제의 대화가 편하게 느껴지지 않았기 때문에 방해를 받은 것이 오히려 다행스러웠다.

"뭘 마시겠어?"

"당신이 마시는 기요."

눈썹을 추켜올린 그가 잠시 날 바라보다 종업원에게 두 잔을 주문했다. 그 후 넥타이를 느슨하게 풀고 한숨을 내쉬며 의자에 깊숙이 몸을 파묻었다.

"난 가끔 내 일이 정말 싫을 때가 있어." 그가 창밖을 보며 단호하게 말했다. 낮아진 초여름 햇살이 밖의 젖은 인도에 기다랗게 황금빛 줄을 그렸다.

"정말이오? 상상도 못했어요."

"왜? 단지 내가…… 권위 있는 위치에 있기 때문이겠지. 중요한 일이지. 적어도 표면상으로는."

그는 갑자기 피곤해 보였다. 피곤하고 냉소적이고 전혀 고위급 임원 같지 않았다.

"아뇨, 난…… 난 몰랐어요."

"사람들은 그렇게 생각해. 내 일이 우라지게 멋지고 재밌을 거라고. 당신도 알겠지만 그건 근거 없는 믿음이야. 전혀 그렇지 않아."

"그러면 정말은 어떤데요?"

음료수가 나왔다. 잔을 내 입가로 들어 올릴 때 긴장해서 손이 떨리는 것을 알아챘다. 두 손으로 잡았지만 액체는 여전히 밖으로 튀었다. 손가락이 음료수에 젖어 끈적거렸다. 칵테일 잔에 달라붙었다. 냅킨으로 닦아내려고 했지만 오히려 작은 종잇조각이 내 손에 달라붙었다. 예스페르는 전혀 알아차리지 못한 것 같았다. 그는 자기 성찰이라도 하듯, 거의 무관심한 모습으로 웃고 있었다.

"솔직하게?" 그가 말했다.

"솔직하게."

그는 음료수를 한 모금 마시고 날 향해 몸을 숙였다. 그의 두 눈 속에 내가 알지 못하는 이상한 표정이 반짝거렸다. 그의 눈가에 아주 미세한 주름들이 있었다. 나보다 몇 살이나 많을까? 사십 대가 틀림없다. 그렇다면 열다섯 살? 스무 살?

"외롭지." 그가 말했다.

"외롭다고요?"

"당신은 내 말을 믿지 못할 거야. 그렇지? 장담하지. 텔레비전이나 신문에 나오는 것보다, 세상의 이목을 끄는 것보다 더 외로운 것은 없어. 거물이 된다는 것. 모든 사람이 당신을 알지만 당신은 누구도 알지 못해. 모든 사람이 당신의 친구가 되고 싶어 하지만, 당신은 어느 누구도 믿을 수 없어. 진심은 없지. 이해해?"

"이해해요."

그가 미소를 지었다. 기쁨이 없는 찡그린 표정은 부자연스러울 정도로 하얀 이를 드러냈다. 그런데 그는 이에 뭘 한 거지? 미백을 한 건가?

"당신이 이해한다는 걸 알아. 우리는 비슷한 사람이니까. 엠마, 우리는 같은 걸 느끼지."

나는 다시 뭔가 옳지 않은 그런 이상한 기분이 됐다. 그는 내 안에서 내게 없는 자질들을 보았다. 그는 나를 내가 아닌, 특별한 존재라고 결정한 것 같다. 내 안으로 뭔가 다른 감정이 스며들고 있다. 두려움이다. 내가 정말로 어떤 사람인지 그가 알게 되면, 실제의 나를 알게 된다면 실망하지 않을까? 이 권력자에게 나는 단지 자신을 즐겁게 하는 놀이일 뿐인데 내가 흥분하고 있는 것일까? 그가 나중에 오래된 장난감처럼 날 버린다면?

"개인으로서는 어때요? 다른 가족은 없어요?" 내가 물었다.

이 질문은 적어도 부분적으로 수사의문문이었다. 예스페르에게 부인이나 자식이 없다는 걸 잘 알고 있었다. 최근 몇 년간 여자 친구들이 왔다가 사라졌다.

글을 읽을 수 있는 사람이라면 모두가 그 사실을 알고 있다. 사실 읽을 필요조차 없다. 타블로이드지의 표지 사진만 봐도 충분했으니까.

예스페르의 미소가 아주 약간 흐릿해졌다.

"그런 질문은 절대 통하지 않아." 그가 무뚝뚝하게 말했다. "우리 메뉴를 볼까?"

음식을 주문했다.

창문 밖에 커플 하나가 저녁 햇살 속에서 키스하고 있었다. 나는 어디를 봐야 할지 당황스러웠다. 끈적거리는 손에 달라붙은 작은 종잇조각들을 떼어내려 했지만 허사였다.

"그러면 당신은, 가족이 있나?" 그가 물었다.

"저요?"

그가 미소 지었다.

"그래, 당신 엠마."

나는 볼이 붉어지는 것을 느끼며 더 빠르게 정신을 가다듬지 못한 내 자신에게 악담을 퍼부었다.

"남자 친구가 있는지 물어보는 거라면 그 대답은 '아니요'예요. 가족을 물어보는 거라면…… 엄마가 계세요."

"아, 어머니를 자주 보나? 가까운 사이야?"

"우리는 1년에 몇 번 만나요. 특별히 가깝다고는 말할 수 없다고 생각해요."

"그렇군."

그에게 속마음을 털어놓고 싶다는 충동과 욕구를 갑작스레 느꼈다. 나는 보통 엄마 얘기를 하지 않지만 어떤 이유에선지 예스페르와 있는 이 순간이 적절하다고 느껴졌다.

"엄마는 알코올 중독이었어요." 내가 말했다.

그가 몸을 앞으로 숙이며 짙은 시선으로 나를 바라보면서 끈적거리는 내 손을 꼭 쥐었다.

"오, 미안해. 몰랐어."

나는 테이블을 내려다보며 고개를 끄덕였다. 갑자기 어떤 말도 할 수 없었고 그의 눈을 쳐다볼 수 없었다.

"어머니가 오랫동안 알코올 문제가 있으셨나?"

"내가 기억할 수 있을 때부터였어요."

나는 돌이켜봤다. 엄마가 술을 마시지 않을 때가 있었던가? 기억이 잘 나지 않는다. 하지만 내가 어렸을 때 엄마는 행복했고 에너지가 가득했다. 우리는 잘 시간이 훨씬 지나 밤늦게 밖에 몰래 나가 맨발로 눈밭에서 서로를 쫓아다니곤 했다. 한번은 엄마가 취했을 때 애완동물 가게에 가서 강아지 한 마리를 샀다. 그곳으로 가는 동안 나는 몸을 심하게 떠는 엄마를 부축해야 했다. 돈이 떨어지면 우리는 식료품 가게에서 함께 물건을 훔쳤다.

그 모든 일들이 있었지만 좋은 기억들이었다.

"아버지는 어떤 분이셨지?" 예스페르가 물었다.

"아빠는 내가 중학교 다닐 때 돌아가셨어요."

"아버지를 자주 생각해?"

"가끔요. 아빠 꿈을 꿔요."

그는 정확히 이해했다는 듯이 고개를 끄덕였다.

"새아버지는?"

마음속에 셴트 모습이 떠올랐다. 즉각 몸서리가 쳐졌다.

엄마는 그와 몇 년을 함께 지냈다. 술 마시는 것 외에 그들에게 어떤 공통점이 있는지 도무지 알 수 없었다.

"알코올 중독인 부모 밑에서 자라는 건 힘들지."

예스페르의 손이 내 손을 덮었다. 햇살 같은 온기가 그에게서 내게로 흘러왔다.

"그건…… 외로웠어요."

"그것 보라고." 의기양양하게 말하면서 그는 내 손을 더 꼭 쥐었다.

"뭐라고요?"

"당신 역시 외로웠다고. 내가 말했던 것처럼. 난 알고 있었어."

퇴근해서 집으로 돌아오는 길에 나는 슬루센 역에서 내렸다. 차가운 바람이 불어와 나뭇잎과 담배 꽁초를 예트가탄으로 밀어냈다. 축축하던 땅은 살얼음이 되어 가로등 밑에서 반짝였다. 획베리스가탄에서 왼쪽으로 꺾었을 때 미끄러워서 거의 넘어질 뻔했다. 싸구려 식당과 카페에서 희미한 음식 냄새가 흘러나왔다. 남자 두 명이 계단에서 담배를 나눠 피우고 있다. 그들은 마치 은밀한 무언가를 내가 방해하고 있다는 듯이 날 쳐다봤다. 그들의 눈빛은 거의 위협에 가까웠다. 나는 가죽 재킷을 단단히 여미고 얼어붙은 땅에 시선을 고정한 채 할 수 있는 한 빠르게 그들을 지나쳤다.

그리고 나서 카펠그렌드의 아파트 건물 앞에 섰다. 즉시 그 아파트를 알아보았다. 밖에는 시들어 말라버린 장미 덤불이 있고 문에는 컬러 판유리가 끼워져 있다. 내가 막 문을 열려고 했을 때 나이 든 남자가 개와 함께 나왔다. 그는 내게 인사를 건네고 문을 잡아주었다. 나는 답으로 고개를 끄덕였다.

나는 그가 누군지 모른다.

문에는 이름이 없었다. 예스페르가 직접 썼던 '광고지 사절'이라고 적힌 작은 표지판만 있었다. 내가 제대로 찾아왔다는 증거다. 나는 언제나 그가 문에 자신의 이름을 걸고 싶어 하지 않는 것을 이상하다고 생각했지만 그는 익명성이 더 좋다고 말했다. 참견하기 좋아하는 이웃과 기자들을 피하기 위해서다. 초인종을 눌렀다. 아무 일도 일어나지 않았다. 잠시 기다렸다가 다시 눌렀다. 어쩌면 너무 오랫동안 누르고 있었는지도 모른다. 초인종이 문에서 성난 듯이 울렸다. 안쪽 어디에선가 계단을 내려오는 소리가 들렸고 문이 확 열렸다.

"무슨 일이죠?"

그 남자는 소매 없는 상의와 운동복 바지를 입고 한 손에는 맥주 캔을 들고 있었다. 팔은 문신으로 덮였고 긴 머리는 목 뒤에서 포니테일로 묶여 있었다. 하지만 내가 놀란 것은 다른 것 때문이었다. 현관 안에 놓인 가구는 이전에 예스페르가 갖고 있던 가구와 완전히 달랐다. 빨간색 의자와 작은 탁자가 사라졌다. 대신 그림들이 벽에 기대 세워져 있고 구석에는 코트가 쌓여 있다. 예스페르의 어머니가 직접 짠 양탄자 역시 사라졌다.

"실례합니다. 여기에 예스페르 있나요?"

"예스페르? 어떤 예스페르를 말하는 겁니까?"

그 남자는 펑 소리를 내며 맥주 캔을 땄다. 마개가 부러지며 쉭 소리가 났다. 그는 맥주를 입에 털어넣고 내게 향한 시선을 유지한 채 벌컥 벌컥 마셨다.

"여기에 사는 사람이오. 예스페르 오레."

"그런 사람 얘기는 들어본 적 없어요. 이곳에 사는 유일한 사람이 나요. 엉뚱한 주소를 갖고 있었던 게 틀림없어요."

문을 잡아당겨 닫으려고 한 그보다 내 동작이 더 빨랐다. 나는 문틈으로 발을 밀어넣었다.

"잠깐만요. 1층에 아파트는 여기뿐이죠?"

"맞아요."

"당신이 이사 오기 전에 이곳에 예스페르가 살았다는 것 아세요?"

"전혀 몰라요. 한 달 동안 나 혼자 여기 살았어요. 그리고 곧 이사 갈 겁니다. 여기를 허물 예정이니까요. 벽에 문제가 좀 있어요. 실례하지만 이제 할 일이 있어요."

나는 뒷걸음질 치며 사과했다. 맥주를 갖고 있던 남자는 다른 말 없이 문을 닫았다.

내가 살고 있는 아파트를 서성거렸다. 삐걱거리는 나무 바닥을 이리저리 왔다 갔다 했다. 밖은 어둠이 빽빽이 내렸다. 안쪽에서 누군가 창문을 벽돌로 막아놓은 것 같았다. 바람은 집을 흔들 정도로 강하게 집 주위를 윙윙거렸고, 창문은 그런 가혹한 대접에 반항하며 돌풍에 덜거덕거렸다.

내 아파트는 안에서 이리저리 걸어 다닐 만하다. 문득 직장에 있을 때와 똑같이 행동하고 있다는 생각이 들었다. 목적 없이 주위를 빙빙 돌았다. 그렇게 하면 생각을 정리하는 데 도움이 될 것 같았다.

전화도 없고 메시지도 없어.

심지어 우편물이 오는 걸 계속 지켜보기까지 했다. 하지만 광고지나 청구서뿐이었다. 편지를 열 힘도 없어서 그것들을 빵을 보관하는 낡은 보관 용기에 놓인 다른 청구서 위에 올려놓았다.

녹색 안락의자 하나에 푹 주저앉았다. 약혼반지를 비틀면서. 반지가 크게 느껴졌고 약간 피부가 쓸렸다. 조심스럽게 반지를 빼서 높이 들어 전등불에 비춰보았다. 새긴 글자는 없다. 우리는 나중에 새기기로 동의했다. 이 돌덩어리는 터무니없이 크다.

사실 살면서 이렇게 큰 다이아몬드를 본 적이 없다. 반지 가격을 물었던 올가가 떠올랐다. 가격을 물어보는 것은 에티켓이 아니라 해도 충분히 물어볼 수 있는 질문이다. 이런 반지는 얼마나 할까? 예스페르는 내가 가격표를 보지 못하게 매우 조심했다. 그리고 나는 보석 가게의 해진 벨벳 소파에 앉아서 내가 〈귀여운 여인〉의 주인공 같다고 낭만적인 생각을 했다.

적어도 5만은 될 것이다. 보석이 이보다 작은 다른 반지의 가격을 생각하면 이 반지는 적어도 5만은 될 것이 틀림없다. 그 생각에 아찔했다. 나는 그렇게 많은 돈을 아주 완전히 불필요한 물건에 써본 적이 없다. 그리고 내 가족의 어느 누구 역시 이런 것을 가졌을 것이라고 생각하지 않는다. 물론 이모를 제외하고 말이다.

나는 손가락에 거금을 끼우고 주위를 걸었다. 하지만 그것을 내게 준 남자는 연기처럼 사라졌다. 왜 누군가를 사랑한다고 말하고 그들에게 값비싼 약혼반지를 쥐여주고 그다음에 사라지는 거지? 사고, 갑작스런 질병, 긴급한 출장, 휴대전화 분실 외에 다른 설명이 있을까? 그가 고의로 그럴 수 있을까? 무슨 일이 일어났는지 전혀 모른 채 걱정하면서 집에서 얌전히 기다리는 것이 그에게 병적인 즐거움을 주는 걸까?

나는 그런 생각을 떨쳐버렸다.

당연히 그는 돌아올 것이다. 단지 그게 언제인지 모를 뿐이다.

이를 닦고 침대로 기어들어갔다. 피부에 차가운 시트가 느껴졌다. 머릿속으로 떼 지어 몰려드는 생각들이 내 자신과 논쟁을 벌이는데도 거의 즉시 잠에 빠져들었다.

한 남자가 내 침대 옆에 움직이지 않는 돌처럼 서서 한마디 말도 없이 날 쳐다보는 꿈을 꾼다. 창문으로 달빛이 들어오고 그의 얼굴을 쳐다보려고 눈에 힘을 주었지만 볼 수 없었다. 그는 은회색 빛의 배경 속에 검은 윤곽뿐이었다. 내가 더 이상 알지 못하는 남자의 실루엣. 아마도 내가 모르는 누군가일 것이다. 그와 얘기를 하고 싶었고 그에게 설명을 듣고 싶었지만 내가 입을 열려 했을 때 내 몸이 마비되었다는 사실을 깨달았다. 비명을 지르려고 했지만 입술 사이에서는 아무 소리도 나오지 않았다.

그리고 그는 사라졌다.

흐릿한 아침 햇살이 유리창을 통해 스며들었다. 나는 침대에서 손으로 빛바랜 벽지를 짚고 서 있다. 생각을 정리하고 어떤 일이 벌어진 건지 알아내려고 애썼다.

랑나르 산드베리의 그림이 사라졌다.

그림이 걸려 있던 직사각형 모양의 벽지가 다른 부분보다 밝다. 못은 벽에 그대로 있다. 말도 안 되는 생각이라는 것을 알지만 나는 침대를 끌어내고 그 뒤에 그림이 떨어졌는지 살폈다. 거기에는 먼지 뭉치와 주류 판매점의 오래된 영수증만 있을 뿐 아무것도 없었다.

침대에서 바닥으로 다시 내려가 천천히 스스로에게 질문을 던졌다. 자는 동안 누군가 이곳에 들어와서 그림을 가져간 것일까, 아니면 어제 집에 왔을 때부터 그림은 이미 없었던 것일까? 어젯밤 무엇에 반응했는지 기억하려고 애썼지만 기억이 나지 않았다. 다른 때와 똑같은 저녁이었다. 내 유일한 동반자 시계와 집에서 외로운 저녁을 보내는 동안 시꺼먼 유리창 밖으로 가을 돌풍이 거세게 몰아쳤었다.

그 그림은 내가 가진 물건 중 유일하게 소중하고 값나가는 물건이었다. 그리고 내가 가진 돈은 전부 예스페르에게 빌려줬다. 이제 어떻게 해야 되지? 청구서는 녹이 슨 빵 보관 용기 속에 곰팡내 나는 빵 조각처럼 차곡차곡 쌓여 있다. 정확하게 월급날까지 일주일밖에 안 남았지만 그 돈으로는 오래 버티지 못할 것이다.

누군가 아파트에 들어와 그림을 훔쳐갔다면 어떻게 되는 거지. 그리고 누군가 밤사이에 침입해서 자고 있는 내 몸 위로 몸을 기울여 벽에서 그림을 들어 올린 거라면. 무슨 일이 일어나려는지 내가 의식하지 못하고 누워 있는 동안 내 숨소리를 들어가며.

갑자기 그 꿈이 기억났다. 달빛 속 실루엣. 내가 움직일 수 없고 비명을 지를 수 없다는 사실을 깨달았을 때 몸을 마비시키던 공포.

뱃속에서 욕지기가 치밀었다. 나는 비틀거리며 화장실로 가서 무너져 내리듯 무릎을 꿇고 쓰고 노란 액체를 토해냈다. 일어서려고 애쓰자마자 더 올라왔다. 나는 차가운 욕실 바닥에 쓰러져 불가사리처럼 팔과 다리를 대자로 벌린 채 등을 대고 누웠다.

천장에 먼지가 기다랗게 매달려 있다. 먼지는 환풍기에서 나오는 공기에 약하게 흔들렸다. 건물 어딘가에서 누군가 화장실 물 내리는 소리가 들렸다. 쏴, 하는 소리가 나더니 벽을 따라 설치된 파이프 속에서 속삭였다. 마치 외국어로 말을 거는 것 같았다.

시계가 다가왔다. 놀란 것 같았다. 그리고 아마도 내가 바닥에서 무엇을 하고 있는지 궁금해 하는 것 같다. 그 후 시계는 몸을 돌려 공중으로 꼬리를 세우고 밖으로 나갔다.

나는 생각했다. 네가 말을 할 수만 있다면 좋을 텐데. 그렇다면 내가 자는 동안 무슨 일이 있었던 건지 말해줄 수 있잖니.

한네

내가 경찰서 입구에 서 있게 된 것은 오베 탓이다. 지난 밤 헤드비그 엘레오노라 교회에서 공연이 끝난 후, 우리는 지독하게 싸웠다. 광기가 폭발한 그런 싸움이었다. 아니, 그는 제정신을 잃었다. 부엌은 포스트잇으로 가득하고, 식료품 상점에서 자신이 사오라고 했던 빵은 기억조차 못하면서 (딩켈밀과 호박씨로 만든 빵이었다. 난 기억했지만 다른 빵을 사서 그를 짜증나게 만들었다) 경찰과 만나 일 얘기를 하겠다는 생각을 했다는 것 자체가 얼마나 무책임하고 어린 애 같은 행동인지 그가 설명했다.

나는 그 빌어먹을 빵은 당신이 직접 사라고 얘기하고 싶었지만, 물론 하지 않았다. 대신 프리다를 데리고 손님방으로 가 좁은 침대에서 잤다. 오베에게 싫다고 말하는 것이 왜 그렇게 어려운지, 어째서 그가 이런 식으로 날 대하게 내버려두는지 알아내려고 애썼다.

그럴싸한 대답을 전혀 찾을 수 없었다.

다음 날 아침 오베가 출근한 후 형사에게 전화를 걸었다. 잠시 들려 얘기를 나눌 수 있다면 더 이상 행복할 게 없겠다면서 그다음 날 가도 괜찮을지 물었다.

그는 더할 나위 없이 좋다며 환영한다고 말했다.

3층의 회의실로 날 안내해준 젊은 여성은 날씨 얘기를 재잘거렸다. 그녀는 눈을 뚫고 이곳에 오는 것이 힘들지 않았는지 물었다. 나는 전철이 잘 다니고 바깥에서도 자도 될 정도로 옷이 매우 따뜻하다고 공손히 대답했다.

그녀는 헐렁한 내 코트를 힐끗 보더니 안쓰럽게 웃었다.

우리는 문에 도착했다. 여자가 문을 노크하고 몇 초 후에 문이 열렸다. 무엇을 기대했는지 모르지만 이것은 아니었다.

방의 가운데 창가 옆에 그가 앉아 있다.

페테르.

갑자기 피가 모조리 다리 쪽으로 세차게 흐르는 것 같았다. 마치 어떤 신기한 방법으로 공기가 유리창의 갈라진 틈을 통해 밖으로 빨려 나가고 방 안은 진공 상태가 돼버린 것 같았다. 손가락 끝이 따끔거리고 심장이 마구 뛰었다. 밖으로 나오고 싶어 하는 것처럼, 마치 푸른색 의자에 앉아 있는, 겉보기에는 순진해 보이는 중년 남자를 벗어나고 싶어 하는 것처럼.

그의 모습은 내가 기억하는 그대로였다. 어쩌면 좀 더 피곤해 보이고 배 주위가 약간 둥글어진 것도 같다. 세어가는 연한 색의 짧은 머리와 움푹 들어간 녹색 눈. 1960년대 마피아 영화에 나오는 무언가를 연상시키는 날카로운 갈고리 모양의 코. 여자 손처럼 아주 섬세하고 가느다란 손.

나는 저 손이 무엇을 할 수 있는지 잘 알아.

그 생각이 불쑥 튀어나와 날 아프게 했다. 나는 몸을 돌려 그곳에서 달아나려는 충동과 한 번 더 싸워야 했다. 내 몸은 완전히 다른 것을 원하고 있었지만 내 자신을 강제로 진정시켰다.

"안녕하세요." 내가 말했다.

"잘 오셨어요." 핑크색 셔츠에 노란 손수건을 꽂고, 활기차고 상기되어 보이는 남자가 말했다.

그는 익살스러워 보였다. 경찰서라는 기관의 회색빛 내부에 어울리지 않았다. 오베가 활동하는 어느 사냥 단체에서 설명할 수 없는 이유로 오래전에 연락이 끊어진 친구가 이곳에 나타나 서성이는 것 같았다.

삼십 대 정도로 보이는 까만 머리의 여자가 다가와 자신을 소개했다. 나는 웃으며 그녀가 내민 손을 잡았지만 그녀의 말을 알아듣지는 못했다. 그러더니 그가 내 앞에 서 있다. 그의 몸, 그가 움직이는 모습은 여전히 소년 같은 데가 있다. 멀대 같은 모습은 정말 전혀 없어지지 않았다. 그가 손을 내밀자 나는 그가 이 상황을 얼마나 불편해하는지 확실하게 알 수 있었다.

그가 내민 손을 잡았지만 그의 녹색 눈을 쳐다보지 않았다. 하지만 내 반응이 아주 뚜렷하고, 매우 육체적이어서, 두려웠다. 어떤 사람이 내 배를 세게 찬 것 같은 느낌이었다. 그 순간이 끝나고 우리는 서로의 손을 놓았다. 어깨에 걸친 코트를 벗어 의자에 미끄러뜨리듯 슬며시 놓고, 젊은 여자가 내게 커피를 주겠다고 했을 때 괜찮다고 말했다. 컵을 안정되게 잡을 수 있을까. 내 손을 믿을 수 없다. 곁눈질로 페테르를 흘낏 쳐다봤다. 그는 창밖을 보는 것 같았다.

나는 하얀 책상을 내려다봤다. 윤이 나는 표면에 작게 긁힌 자국들이 교차되어 나 있다.

"이미 얘기했지만, 와주셔서 정말 고맙습니다." 몸집이 큰 남자가 말했다.

"미구엘 칼데론 살인 사건 수사 때문에 10년 전에 잠깐 만났었죠."

나는 그를 마주 보고 고개를 끄덕였다. 그는 두꺼운 폴더를 꺼내 보고서와 사진들을 꺼내기 시작했다. 노란색 서류와 모서리가 접힌 사진들을 책상 위에 늘어놓았다.

몸을 앞으로 기울여 흑백 사진들을 자세히 살폈다. 그때의 기억들이 억제되지 않고 솟구쳤다. 시체안치소의 냄새, 몸에서 1미터 정도 떨어진 곳에 놓인 젊은 남자의 머리. 의도적으로 목을 몸에 걸쳐놓고 문을 향해 돌려놓았었다. 테이프로 고정된 희생자의 뜬 눈은 몇 달 동안 꿈에 나타났다.

"미구엘 칼데론, 25세, 임시직으로 다양한 직업을 전전했습니다." 몸집이 큰 경찰관이 부드러운 목소리로 계속 설명했다. 나는 그제야 만프레드라는 이름이 기억났다.

"10년 전 8월 15일, 싱켄스담 부근 호른스브루크스가탄에 있는 자신의 아파트에서 죽어 있는 것을 여자 형제 루시아가 발견했습니다. 그녀는 일주일 동안 그와 연락이 닿지 않아 걱정하던 중이었죠. 그의 아파트 열쇠를 가지고 있었기 때문에 안으로 들어갔는데 현관 전실 바닥에 살해되어 있는 그를 발견했어요. 칼처럼 생긴 물건으로 목 주위에 여러 차례 구타당한 것이 사인이었고, 무기는 발견되지 않았습니다. 머리가 몸에서 잘려 바닥에 놓여 있었고 눈을 뜬 채 눈꺼풀에 테이프가 붙여져 있었죠. 방에 들어온 사람들이 모두 희생자의 시선을 마주치기를 살인범은 바란 것 같습니다."

나는 그 사진에 집중하며 고개를 끄덕였고 심장이 천천히 진정되는 것을 느꼈다. 산소가 다시 돌아온 것을 느꼈다. 10년 전 발생했던 잔혹한 살인 사건이 이렇게 머리를 잘 식혀주다니 얼마나 이상한 일인가. 그는 내게서 겨우 몇 십 센티미터밖에 떨어지지 않은 곳에 앉아 있지만,

그러지 않은 것처럼 가장할 수 있을지도 모른다. 충분히 애쓰면 그가 사라졌다고 상상할 수 있을지도 모른다.

대신 난 죽음에 집중했다.

만프레드 올손은 책상에 서류 더미를 쾅 소리를 내며 내려놓고 계속 설명했다.

"그 수사는 스웨덴 역사상 가장 대대적인 수사였어요. 아마 가장 대규모였을 겁니다. 물론 올로프 팔메 피살을 제외하고요. 우리는 목격자와 지인 수백 명을 심문하고 연결하고 굉장히 많은 사람들에게서 샘플을 채집했어요. 맞아요, 우리는 문밖에서 담배꽁초를 발견했어요. 그래서 용의자의 DNA를 확보했죠. 그 사건은 텔레비전에서도 광범위하게 다루어졌어요. 심지어 그 사건에 관해 책을 쓴 기자도 있었는데 그는 칼데론이 스웨덴 정보국의 허가를 받고 스웨덴에 거주하는 정치적 망명자를 뒤쫓던 칠레인 암살범의 희생자였다고 주장했죠. 물론 전부 기억하고 있겠죠, 한네?"

나는 고개를 끄덕였다.

"그리고 이제 이겁니다." 만프레드 올손은 책상에 새것으로 보이는 사진들을 천천히 추가하며 계속 말을 이었다. "일요일 밤, 젊은 여성이 유르스홀름의 교외에서 살해된 채 발견됐습니다. 사인은 칼데론과 똑같이 목에 수없이 가해진 구타였어요. 머리는 몸에서 잘려 현관을 향해 바닥에 세워놓았죠."

"눈꺼풀은 테이프로 붙이고 열려 있었나요?"

내가 감히 이 질문을 했다는 사실에, 그리고 실제 말로 할 수 있었다는 사실에 거의 깜짝 놀랐다.

까만 머리의 여자가 고개를 저었다.

"아니요. 테이프는 없었어요. 그리고 현장에서 이 사건에 사용된 살인 무기도 찾았어요. 마체테였죠. 분석을 위해 국립연구소로 보냈어요."

페테르를 힐끗 보지 않을 수 없었다. 창백해 보이는 그는 가슴 앞에서 팔짱을 끼고 있었다. 표가 날 정도로 화가 나 보이는 그를 보면서 난 왠지 승리감을 느꼈다. 작고 비열하지만 즐거운 승리.

만프레드 올손은 말을 계속했다. "당시 당신은 살인범에 대해 흥미로운 이론을 많이 제시했죠. 동일범일 수 있다고 믿는지 당신 견해를 묻고 싶군요."

앞에 펼쳐진 죽음과 혼돈의 사진들을 살펴보며 평소처럼 일종의 슬픔을 느꼈다. 또한 동시에 서로를 죽이려는 인간의 억누를 수 없는 충동에 매료되었다. 그리고 그밖에도 얼얼하게 하는 무언가, 아마도 사건에 몰두하려는 열망이 모든 각도에서 옴죽거렸다. 천천히 범인의 이미지를 그리면서 그 혹은 그녀를 살과 피로 만들어진 사람으로 변화시켰다.

나는 연구를 사랑하지만 경찰과의 작업에는 완전히 다른 종류의 만족감을 주는 무언가가 있다. 나는 이론을 연구하는 데 시간을 보낸다. 지식을 실제에 적용하는 일은 엄청나게 멋지다. 갑자기 이 일을 얼마나 그리워해왔는지 깨달았다.

"여러분이 상상하는 것처럼, 수사 내용을 좀 더 면밀히 보지 않고서는 사실 확실하게 말씀드릴 수 없어요." 내가 말했다. "하지만 제가 받은 첫인상은…… 희생자는 남자와 여자로 명확히 다르고 범죄 현장도 그래요. 그리고 새로운 사건에서는 살해 무기가 범죄 현장에 남겨졌다는 점 역시 칼데론 사건과 달라요. 그럼에도 불구하고, 전 살인 구성의 유사성이 무시할 수 없을 정도로 크다고 말하고 싶어요. 여러분은 분명히 이 부분을 더 주의 깊게 봐야 해요. 하지만 이미 분명히 그것을 느낀 거겠죠?

그렇지 않으면 내게 이곳에 와달라고 요청하지 않았을 테니까요."

몸집이 큰 경찰관이 고개를 끄덕였다.

"누가 이런 짓을 했을까요? 미치광이?" 까만 머리의 여자가 물었다.

나는 희미하게 미소 지었다. '미치광이'라는 말은 우리 사회에서 잘못 사용될 때가 너무 많다.

"그건 미치광이를 무슨 뜻으로 말하느냐에 따라 달라요. 물론 이런 유형의 범죄를 저지르려면 어떤 뜻으론 틀림없이 미친 사람이라고 주장할 수 있죠. 하지만 우리가 심각하게 정신적으로 병이 든 범인을 다루고 있다면, 그는 자신을 돌볼 수 없을 거고, 또한 자신의 자취를 감추거나 숨을 수도 없을 거예요. 아마 그렇다면 여러분이 이미 그를 체포했겠죠."

"'그'라고 하셨어요?"

여자 경찰이 몸을 앞으로 숙이고 내 눈을 쳐다봤다.

"네, 살인자는 압도적인 차이로 남자가 많아요. 특히 이렇게 폭력적인 살인은요. 하지만 물론 여성일 가능성을 배제할 수는 없어요. 우리는 이곳에서 가능성을 얘기하고 있어요. 그것은 정확한 과학이 아니죠."

"그러면 머리를 잘라서 바닥에 놓는 것은 어떤 의미인가요?" 그녀가 물었다.

나는 어깨를 으쓱했다.

"글쎄요. 우리는 그게 희생자를 비하하는 방식일지 모른다고 추측했던 걸로 기억해요. 범인은 아마도 칼데론을 알았을 거예요. 그리고 그에게 깊은 증오를 품었어요. 세상에 그것을 보여주고 싶을 만큼 강했죠. 참수라는 행위 자체는 격렬한 분노를 암시해요. 역사적으로, 참수는 가장 중죄를 지었을 때 내리는 처벌로 수천 년 동안 전 세계적으로 행해졌어요. 사형이라는 용어는 실제로 머리라는 의미를 가진 라틴어에서 유래됐죠. 그리고 아직도 사형 제도가 허용된 곳이 있어요. 일례로 사우디아라비아가 있죠. 스웨덴에서는 마지막 참수가 1900년에 있었지만 유럽의 많은 나라에서 20세기까지 참수가 많이 있었어요. 예를 들어 1933년에서 1945년까지 독일과 오스트리아에서는 15,000명 이상 참수됐죠. 많은 유럽 국가에서 참수는 교수형이나 화형보다는 명예롭게 여겨졌고 귀족이나 군인 전용 처형 방법이었어요. 하지만 중국 같은 일부 문화에서는 불명예로 여겨졌죠. 켈트 족은 적의 머리를 자르고 자신의 말에 매달기도 했어요. 전투가 끝난 후 머리에 방부 처리를 해서 보존을 하고 나중에 전시할 수 있었죠. 켈트 족이 야만인이라고 생각했던 로마인들은 이들의 이런 태도에 대해 화를 냈어요. 하지만 켈트 족에게 적의 머리를 자르는 것은 자연스러운 일이었어요. 머리는 그 자체가 생명, 즉 영혼을 상징했으니까요.”

회의실은 조용해졌고 나는 내 강의가 이 냉담한 경찰관들에게 충격을 주었을지도 모른다는 사실을 깨달았다.

“희생자들 사이에 어떤 연결고리가 있나요?” 내가 물었다.

“우리가 아는 한 아무것도 없어요. 하지만 더 조사하고 있어요.” 만프레드 올손이 말했다.

“사실 지난 일요일 살인 사건의 용의자가 있긴 해요. 그래서 그가 칼데론과 어떤 관계가 있을지 조사하고 있죠.”

나는 여자의 잘린 목 사진을 다시 보았다. 무엇이 다른 인간에게 그런 짓을 하게 할 수 있을지 상상하면서. 어떤 메커니즘이 인간에게 심어져 실행되어야 그런 범죄를 저지를 수 있을까.

“이 여자는 누구예요?” 내가 손가락으로 사진을 부드럽게 밀며 물었다.

회의실은 조용했다. 창밖에는 눈이 계속 내리고 있다. 크고 부드러운 눈송이가 강한 바람에 펄럭이며 바깥의 모든 것이 흐릿해졌다.

"모릅니다." 페테르가 갑자기 말하면서 처음으로 내 시선을 마주 봤다.

그가 시선을 내리기 전에 그의 눈 속에서 고통을 느꼈다. 몸집이 큰 경찰관이 다음과 같이 말을 재빨리 덧붙인 것을 보면 다른 사람들은 우리 사이에 존재하는 긴장을 알아차리지 못한 것 같았다.

"당신이 이 사건의 수사를 돕는 일에 관심이 있는지 궁금해요. 물론 자문 형태로요. 하루 종일은 아니고 몇 시간 정도면 될 거예요. 당신에게 시간과 뜻이 있다면요."

한트베르카르가탄을 따라 시청을 향해 걸을 때 스톡홀름은 희뿌옇게 눈에 휩싸였다. 눈송이가 내 얼굴에 마구 부딪힐 뿐 사방이 조용했다. 전철을 타면 더 빠르겠지만 나는 내 인생에 다시 영향을 미치는 페테르를 몰아내고 내 머리를 깨끗이 해야 했다. 차들은 심하게 내리는 눈 때문에 천천히 굴러가고 있었다. 나는 뽀드득 소리를 들으면서 이리저리 방향을 바꾸며 시내를 향해 천천히 걸었다.

페테르 린드그렌.

그와 더 일찍 마주치지 않았던 게 정말 이상하다. 나는 그 후에도 경찰과 꽤 오래 같이 일했다. 가끔 아무 일도 없었다는 듯이 경찰서 어디엔가 앉아서 사건 수사를 하는 그를 생각하곤 했다. 그 당시 그런 생각을 하다 보면 몹시 흥분해서 숨을 쉬기 힘들 정도였다. 하지만 그것이 바로 인생이 흘러가는 모습이다. 사람은 언제나 서로를 배신하고 우리가 좋아하든 말든 인생은 계속된다. 인생은 우리가 뭘 원하는지 신경 쓰지 않는다.

시청의 붉은 탑이 눈안개에 가려졌다. 눈안개가 마치 하늘까지, 그리고 하늘을 넘어 우주의 암흑 속으로, 그리고 영원 속으로 계속되는 것 같았다. 내 기억이 병에 아주 영향을 받게 되는 어느 날, 그도 사라지게 되리라고 생각한다. 이렇게 눈안개로 가려지는 도시처럼 기억이 희미해질 것이다.

그렇게 되기를 바란다.

그렇지 않다면, 최악의 경우에는 그 반대가 될 것이다. 다른 모든 기억이 사라지고 그와 그의 몸, 그가 했던 말들만 남을 것이다.

스톡홀름 북쪽, 메르스타에서 벌어진 두 명의 매춘부 살인 사건 수사에 자문을 하면서 우리는 만났다. 처음에 그는 그다지 강한 인상을 주지 못했다. 그는 단지 우연히 마주치는 수많은 경찰관 중 한 명이었다. 그가 다소 약하다고 생각했는지도 모르겠다. 그에게는 뭔가 불안정한 부분이 있었다. 육체적인 감각에서가 아니라 자신을 설명하던 방식이 어쩐지 자신이 없고 우회적이었다. 그가 이상한 경찰이라고 생각했었다. 경찰관은 직선적이고 확실하고 자신만만한 경향이 있는 법인데.

그러다 엘리베이터에서 사건이 일어났다.

경찰서 보수 작업을 하던 사람들이 페테르와 내가 엘리베이터를 타고 1층과 2층 사이를 지날 때 전력용 케이블을 톱으로 잘랐다. 즉시 캄캄해지고 엘리베이터가 멈췄다. 몇 초 후에 발 높이에 푸르스름한 불이 들어왔다. 짐작컨대 일종의 비상등인 것 같았다. 우리는 작은 벽에 설치된 비상전화 너머로 당황한 경비원과 한참을 얘기하다가 구조하러 사람들이 올 때까지 꽤 오랜 시간이 걸린다는 사실을 들었다. 거기 앉아서 기다리는 일 말고는 할 게 없었다.

세 시간 이상을 앉아 있어야 소방대원이 구조하러 온다는 사실을 알게 되었다. 그 세 시간 동안 나는 페테르를 알게 됐다.

처음에는 이런저런 얘기를 했다. 사실 대부분은 일에 관한 얘기였다. 우리가 수사 중인 사건에 관한 것인데 겉으로 보기에는 필요한 것을 전부 가졌던 평범한 십 대 두 소녀의 인생이 어떻게 매춘부로 끝이 나게 되었는가 하는 거였다. 그러다 대화가 좀 더 개인적인 영역으로 옮아갔다. 나는 그에게 오베와의 관계를 얘기했다. 페테르와 함께 있을 때 내가 얼마나 솔직해졌는지 놀라던 것을 기억한다. 나는 그에게 친구한테도 말하지 않을, 오베와 나에 관한 사실들을 얘기했다. 그의 태도에는 인생에서 중요한 일들을 겪은 사람들에게만 보이는, 온화하지만 끊임없이 머뭇거리는 뭔가가 있었다. 그 때문에 나는 그를 가장 사적인 공간으로 들어오게 했다.

아마도 페테르 역시 감히 가장 어둡고, 가장 금지된 생각들을 내게 털어놓았기 때문일 것이다.

그는 내게 십 대에 죽은 누나와 끝나버린 연애사에 관해 얘기했다. 그리고 거의 만나지 않는 다섯 살짜리 아들과 자신이 원하지 않는 사람이 되어버린 데 대한 슬픔을 얘기했다. 자신이 특별히 좋은 사람은 아니라는 섬뜩한 자각을 갖고 있는 것처럼 느껴졌다. 그는 정확히 "나는 훌륭한 남자가 아니에요."라고 자신을 설명했다. 마치 자동차나 아파트 얘기를 하듯 태연하게. 그리고 진지하게 자신이 없는 편이 아들 알빈에게 더 낫다고 믿었다.

나는 누구나 단점을 가지고 있지만 아이에게는 완벽하지 않더라도 아빠가 필요하다고 설명하려 애썼다. 특히 어린 남자 아이에게는. 사실은 부모가 자녀에게 모습을 보이는 것이 훨씬 중요한데도 우리 사회는 완벽한 부모가 되어야 한다는 믿음으로 우리를 속인다.

어쨌거나 내가 뭘 알 수 있겠는가? 내게는 아이가 없었다.

그는 자신이 가진 유일한 재능이 경찰관 노릇이라고 확신했고 그래서 경찰을 계속하겠다고 결정했다고 말했다. 어쩌면 그의 말을 경고로 받아들여야 했지만, 대신에 호기심이 생겼다. 다소 무너진 사람을 만났을 때처럼 나는 크게 벌어진 그의 상처들을 치유해주고 싶다는 충동을 느꼈다.

마치 내가 페테르를 고칠 수 있기라도 한 것처럼.

2주 후 일이 끝나고 나는 그의 집에 함께 갔다. 어떻게 그럴 수 있었는지 정말 모르지만 그냥 그렇게 됐다. 파르스타에 있는 그의 좁은 침대에서 우리는 밤새 사랑을 나눴다. 나는 마법 같다고 생각했었다. 그는 내 안에서 수년 동안 잠들어 있던 뭔가를 깨웠다. 완전한 유대감 같은 기분이었다. 육체적으로, 정서적으로, 그리고 물론 거의 영적으로.

그 생각을 하자 몸서리가 쳐졌다. 10년이 지난 지금, 눈보라가 치고 있는 이곳에서 그 기억은 지독히 진부하게 느껴졌다. 인생이 사실 우리가 상상했던 대로 되지 않는다는 사실에 대한 쓰라림 외에 우리에게 정말 공통적인 것이 무엇이었을까? 우리를 서로의 팔로 밀어냈던 것은 외로움이었다. 우리는 어떻게 함께 인생을 일구려고 했을까? 그는 나보다 열 살이나 어리고 나는 결혼한 상태였다. 누구도 부인할 수 없는 확실한 유부녀였다. 우리는 배경, 흥미, 판단 기준이 같지 않았다.

그렇지만.

밤새도록, 온종일 그의 두 팔은 탐욕스럽게 내 몸을 더듬어 찾았다. 우리는 그의 침대에서, 근무 중인 차에서, 직장의 화장실에서 사랑을 나눴다. 우리는 십 대 같았다. 같은 방에 앉기만 하면 서로를 바라보고 얼굴을 붉히며 킥킥댔다. 동료들은 서로 의미 있는 시선을 교환하며 고개를 절레절레 저었다.

베르셸리 공원에서 멈췄다. 눈보라 속에서 왕립극장의 윤곽을 알아보려 애썼다. 얼굴을 위로 향하고 입을 열었다. 혀 위로 눈송이가 내려앉았다. 그때마다 나는 하늘을 맛보고 있었다.

물론 오베는 내가 사랑에 빠졌다는 사실을 알아차렸다. 그와 같은 일들은 설사 자신은 그렇게 생각하지 않더라도 그냥 알 수 있는 법이니까. 하지만 오베는 그것을 언급하지 않았다. 그때는 아니었다.

1년 정도 지났을 때 페테르와 나는 실제 커플이 되었고 함께 살자는 얘기가 나오기 시작했다. 이제 인정하지만, 나는 실제로 온갖 잘못된 이유로 의구심을 가졌다. 내가 열 살 어린 경찰 때문에 남편을 떠나 교외에 적응하는 것을 사람들이 어떻게 생각할지 너무 많이 생각했었다. 나는 모든 것을 가졌다. 아름다운 집과 직업에서의 성공, 그리고 모든 사람이 존경하는 한 남자.

물론 나를 제외하고.

하지만 페테르는 고집이 셌다. 그는 나를 원한다고 설명했다. 설사 우리가 절대 아이를 가지지 못하더라도, 그리고 분명히 우리의 사랑에 큰 대가를 지불해야 하더라도 말이다. 그는 날 사랑하고 나 없이는 살 수 없기 때문에 나를 원했다.

블라블라블라.

말은 그저 말일 뿐이다. 아니면 그 순간 그는 정말 그렇게 느꼈는지도 모른다. 그렇다. 분명히 그랬을 것이다.

어쨌거나 결국 그는 날 설득하는 데 성공했고 나는 오베를 떠나기로 결심했다. 나는 집에 가서 필요한 짐을 챙겼고 페테르는 오후 5시에 날 데리러 오겠다고 약속했다.

가방을 싸면서 사탕을 훔치는 아이처럼 흥분되는 한편으론 죄책감을 느꼈다. 아파트를 막 떠나려고 했을 때 오베가 집에 돌아왔다. 오베는 보통 6시 전에는 집에 오지 않기 때문에 집을 떠나기 전에 오베가 돌아오는 건 계획의 일부가 아니었다. 나는 그에게 다른 사람을 만났고 그를 떠나겠다고 상황을 설명했다. 그를 사랑하지 않으며 우리 결혼이 감옥처럼 느껴진다는 얘기도 했다. 오베는 화를 내기 시작하면서 내가 후회하게 될 것이며 자기에게 날 데리러 오라고 애걸하면서 집으로 기어들어오게 될 거라고, 그건 시간문제일 뿐이라고 소리를 질렀다. 나는 대답하지 않고 심지어 현관 문을 닫지도 않고 그를 떠났다. 아파트 입구로 내려가는 내내 위에서 그의 고함 소리가 들렸다. 뭐라 하는지 알아듣지 못하게 되고도 오랫동안 그의 성난 목소리가 계단에서 메아리쳤다.

밖은 어두웠고 이슬비가 조금씩 아스팔트에 내렸다. 나는 가방을 입구의 층층대에 놓고 그 옆에 앉았다. 갑자기 감각을 마비시키는 피로감에 녹초가 되었다. 마치 누군가 날 땅 밑으로 잡아당겨서 두 다리가 더이상 내 몸을 지탱할 수 없을 정도로 느껴졌다. 그 정도로 피곤했다.

그래서 거기에 앉았다.

시계 바늘은 5시를 지나고 5시 30분을 지났다. 6시가 되기 15분 전에 나는 페테르에게 어디에 있는지 물어보려고 전화했지만 그는 받지 않았다. 6시 30분에 그가 오지 않을 거라는 사실을 깨달았다. 하지만 움직일 힘이 없어서 돌층계를 떠날 수 없었다. 비는 그쳤고 바다 냄새를 품은 차가운 바람과 배기가스가 얇은 재킷을 뚫고 들어왔고 심장 주위에서 마음껏 머물렀다. 몸 안쪽에서부터 으스스해졌다.

9시에 오베가 아래로 내려와 날 데려갈 때 내 팔 윗부분을 세게 움켜잡아 아픔을 느꼈지만 저항할 수 없었다. 나는 한마디 말도 없이 아파트로 따라갔다.

일주일 후 편지가 왔다. 페테르는 자신이 상처를 주게 될 거라며 나와 살 수 없다고 설명했다. 그게 페테르다. 사람들에게 상처를 주는 남자. 그는 우리가 더 이상 만나지 않는 게 나를 비롯해 모든 사람에게 최선이라고 설명했다.

나는 스트란드베겐에 있는 스벤스크트 텐 상점에 도착해 눈에 덮인 유리창에 얼굴을 바짝 대고 안을 들여다봤다. 거의 우리 아파트처럼 보였다. 에스닉한 느낌의 화려하고 속물적인 우아함. 과시적이진 않지만 고급스럽고, 심각해 보이지 않으면서 세련된 느낌. 거리에는 트램이 지나가고 있었다. 나는 의식 속에서 페테르를 몰아내려고 애쓰며 눈을 감았다. 눈보라가 몰아치는 이곳에 있으려고 노력하면서, 나는 여전히 사랑하지 않는 남자가 있는 집으로 돌아간다. 내 유일한 구원인 망각과 함께.

페테르

살인 사건 수사는 인생과 같다. 시작과 중간, 끝이 있다. 그리고 꼭 인생처럼 어느 지점에 서 있을 때 수사가 종료될지 알 수 없다. 겨우 시작되자마자 끝날 때도 있고 영원히 계속되어 자연적인 죽음으로 끝나거나 포기해야 끝날 때도 있다.

유일한 차이점은 수사는 인생과는 다르게 불쾌한 사건의 끝에 다가간다는 것이다. 하지만 때때로 인생은 살인 사건과 다르지 않을까 하는 의문이 들기도 한다.

그 점이 이 직업이 갖고 있는 매력, 즉 예측할 수 없고 통제할 수 없는 우연의 요소라고 생각했었다. 하지만 이제 그것마저 다른 것들과 똑같이 일상이 되었다.

취조실에서 우리 앞에 앉아 있는 여자의 이름은 안야 스타프다. 일요일 예스페르 오레의 집에서 벌어진 사건을 좀 더 제대로 파악하는 데 그녀가 도움이 될 수 있을지, 아닐지는 잘 모르겠다. 그러나 분명한 건 오레의 친구들에 따르면 그녀는 지난 1년간 오레와 가장 많이 시간을 보낸 여자 중 한 명이라는 것이다.

그녀는 거의 검정색에 가까운 짙은 머리를 옛날의 핀업걸을 연상시키는 스타일로 꾸몄다. 창백한 피부에는 진한 화장을 했다. 아이라인을 두껍게 그리고 짙은 빨간색 립스틱을 발랐다. 가슴을 강조하는 도트 무늬 원피스와 작은 카디건을 입고 검정색 부츠를 신은 그녀는 경찰서의 취조실에서 이상할 정도로 차분했다.

만프레드는 그녀에게 물을 따라주고 녹음기를 작동시킨 후 지난 금요일 예스페르 오레의 집에서 벌어진 살인 사건에 대해 심문을 받는 거라고 설명했다. 그녀는 진지하게 고개를 끄덕이며 카디건에 붙은 작고 광택이 나는 자개 단추 하나를 만지작거렸다.

"재킷이 멋지네요." 만프레드가 입은 겨자색 울 재킷을 향해 고개를 끄덕이며 그녀가 말했다.

만프레드는 평정심을 유지했지만 가볍게 손으로 오른쪽 옷깃을 쓰다듬었다.

"감사합니다. 최선을 다하고 있죠." 그가 웅얼거렸다. "예스페르 오레를 언제 어떻게 알게 되었는지 말씀해주시겠습니까?"

그녀는 기억해내려고 애쓰는 것처럼 눈을 들어 천장 쪽을 쳐다보았다.

"클럽에서 만났어요. 제가 일했던 베르시고였죠. 그가 가끔 왔었는데 언젠가 얘기를 나누기 시작했어요. 그 후에 가끔 같이 어울렸고요. 저녁을 먹을 때도 있고 밤을 같이 보낼 때도 있었죠."

"그게 언제였죠?"

그녀가 잠시 말을 멈췄다.

"1년 전이었을 거예요. 하지만 몇 달 동안 그를 보지 못했어요."

"그럼 클럽 베르시고는 어떤 곳입니까?"

"글쎄요, 그냥 일반적인 클럽이에요. 고객 대부분 다양한 페티시나 동성애 문화에 관심이 있고 파티를 좋아하긴 하지만요. 하지만 모두가

123

변태 성향을 갖고 있는 건 아니에요. 그래도 그곳에 들어가려면 제대로 차려입어야 하긴 해요. 할머니 팬티와 크룩스 신발은 통하지 않아요."

그녀는 마지막 말을 하면서 코를 약간 찡그렸다. 마치 할머니 팬티가 그녀가 상상할 수 있는 가장 역겨운 것이라는 듯이. 어떤 면에서는 외설적이다.

"그럼 예스페르는 그…… 변태 성향이었습니까?"

나는 오랫동안 모든 부류의 사람들을 취조해왔음에도 불구하고 눈에 띄게 평정심을 잃은 만프레드를 보고 웃지 않을 수 없었다. 아마도 그를 불편하게 한 것은 페티시 때문이 아니라 젊고 아름다운 그녀가 무엇보다 자신이 좋아하는 재킷을 칭찬했다는 사실 때문일 것이다.

"예스페르는 정말 그런 변태는 아니에요. 그저 호기심으로 약간 한계를 시험해보는 거라고 생각해요. 스릴 추구자라고나 할까요. 하지만 기본적으로는 아주 순한 남자예요."

"다정하고 순하다는 말은 동료들이 그를 설명하는 데 사용한 단어는 아니군요."

여자는 한숨을 내쉬었다.

"음…… 전 직장에서 그 사람이 어떤 모습인지는 몰라요. 단지 우리가 만났을 때 그가 어떻게 행동했는지 알 뿐이죠."

"그러면 그때 그는 어땠나요?"

다시 그녀의 눈은 천장에서 서성거렸다.

"글쎄요. 행복하고, 멋지고. 어떨 땐 내내 집요하게 휴대전화를 확인한다던지 하는 식으로 약간 스트레스를 받는 것처럼 보였어요. 하지만 언제나 대응할 수 있게 하는 것, 그게 그 사람 일의 일부라고 생각했어요. 그를 안됐다고 생각하기도 했죠. 물론 그는 저와 함께 있는 모습을 시내 근처에서 정말로 보이고 싶어 하지 않았어요. 아마 타블로이드지가 항상 그를 따라다녔기 때문이었을 거예요. 맞아요, 전 정말 그가 안됐다고 생각했어요."

그녀는 말이 없었다. 그녀의 강렬한 푸른 눈이 날 쳐다봤다.

"그렇다면 그를 주로 어디에서 만났습니까?" 만프레드가 물었다.

"말씀드린 것처럼 클럽이나 미솜마르크란센에 있는 제 아파트에서요."

"얼마나 오랫동안 사귀었나요? 1년 전에 만났고 몇 달 동안 그를 본 적 없다고 말씀하셨죠."

그 여자가 부드럽게 웃었다.

"세상에. 우린 사귄 건 아니에요. 그냥 만나서 같이 시간을 보내고 섹스를 했을 뿐이에요. 아시겠지만."

만프레드가 몰랐다는 듯한 표정을 지었다.

"아무 조건 없이 섹스를 했다고요?"

"그게 최고죠. 그렇게 생각하지 않으세요?"

만프레드가 마지못해 동의의 뜻으로 고개를 주억거렸다.

"예스페르 오레가 섹스를 하면서 폭력적이었던 때는 없었습니까? 당신을 겁먹게 하는 일은 없었어요?"

"겁먹게 한다고요?" 그녀가 웃었다. "아뇨, 말씀드렸던 것처럼 그는 다정했어요. 약간 거칠긴 했죠. 거친 걸 좋아했거든요. 하지만 저도 마찬가지여서 그게 문제는 아니었어요."

"거칠다고요? 사디즘, 마조히즘처럼요?"

"그런 건 아니었어요. 그는 단지…… 아시겠지만. 절 꽉 잡고 쑤셔넣는 걸 좋아했죠."

그녀는 예스페르 오레가 어떤 식으로 거칠었는지를 정확하게 설명하는 것이 중요한 일이라도 되는 것처럼 이제 열정적이었다. 그녀는 그에 대한 어떤 오해도 생기지 않기를 바라는 것처럼 진술했다.

"그의 집에서 만난 적은 있습니까?"

그녀는 고개를 저었다.

"전혀요. 그 사람은 교외에 살아요."

"그러면 섹스를 하지 않을 때는 어떤 얘기를 했죠?"

"거의 모든 것에 대해서요. 정치, 스포츠. 그 사람은 운동에 정말 관심이 많았어요. 그가 운동도 많이 했다고 생각했어요. 나이에 비해 아주 탄탄했거든요. 자신을 잘 챙기는 건 분명했어요. 클럽에서 땅콩이나 칩 같은 건 절대 먹지 않았죠. 대개는 얼음과 레몬을 넣은 물을 마셨고요."

"좋아요. 그래서 진짜 건전한 부류의 남자였다고요?"

그녀는 미간을 찌푸리며 뒤로 기댔다. 이 대화가 진행되는 방식이 마음에 들지 않는 것처럼 가슴에 팔짱을 꼈다.

"네. 사실이에요." 그녀가 말했다.

만프레드가 막 안야를 밖으로 배웅하려고 했을 때 그녀가 몸을 돌렸고 내 시선과 마주쳤다.

"음, 한 가지 더 있어요."

"네?" 내가 말했다.

"그 사람 가끔 제 속옷을 훔쳐갔어요."

"속옷을 훔쳤다고요?"

"네. 란제리를 좋아하는 것 같았어요. 정말 아주 비싼 게 아니라면 전 신경 쓰지 않았어요. 그 사람이 벌어들이는 돈을 생각하면 새 걸 제게 사줄 수도 있잖아요. 그렇게 생각하지 않으세요?"

예스페르 오레의 친구가 떠난 후에 만프레드와 나는 다시 3층으로 올라갔다. 만프레드는 숨을 약간 헐떡였다. 계단 때문인 것 같았지만 그에게 몸무게를 줄이라고 잔소리하지는 않았다. 그는 성인이고 22킬로그램 더 나가는 것이 건강에 얼마나 안 좋은지는 알 거라고 생각했다.

"글쎄 무슨 이런 일이 다 있어. 성도착자라니." 그가 말했다.

"라텍스 란제리를 입은 여자들과 섹스를 하거나 잠자리에서 거칠게 구는 게 불법은 아니죠."

"하지만 속옷을 훔친 건 불법이지."

"정말 우라지게 멋진 생각이네요! 절도로 그를 잡아오죠."

만프레드가 소리 없이 활짝 웃었다. 재킷을 벗고 이마에서 땀을 닦았다.

"경찰 병력의 절반이 오레를 찾으러 나가 있네. 그 친구를 데려오기 위해 핑계는 필요 없어."

만프레드는 듣고 있는 것처럼 보이지 않았다.

"번지르르한 표면 아래 얼마나 다른 사람이 있는지, 날 즐겁게 하는 일은 절대 끝이 없군." 그가 말했다.

나는 고개를 끄덕였지만, 흥미로운 성생활보다 더 안 좋은 것을 감춰야 하는 사람도 있다고 생각했다. 이를테면 표면 밑에 아무것도 없는 사람이 있다. 빈 우유 곽처럼 안이 텅 빈 사람도 있다.

나처럼.

"겉으로는 존경받고 근면한 CEO지만 사실은 진짜 관계를 두려워하는 란제리 변태라니. 책임지기를 두려워하고 인생을 두려워하고." 만프레드는 자신이 마치 권위 있는 의사라도 되어 불치명 진단을 내리는 것처럼 말했다.

만프레드가 사라진 후에도 한참 동안 책상에 앉아 어두워진 스톡홀름의 하늘을 쳐다봤다. 칙칙한 회색빛에서 짙은 검정빛으로 변해가고 있다. 한바탕 부는 바람에 눈송이들이 외롭게 소용돌이쳤다. 길 건너에 있는 건물들의 창문 너머를 밝히는 따뜻한 노란색 불은 평범하고 책임감 있는 사람들이(그게 뭘 의미하든지 간에) 집에서 저녁을 준비하는 모습이나 텔레비전 앞에 앉아 있는 모습을 드러냈다.

한네의 모습이 마음속에 휙 떠올랐다. 회의실에 들어와 내 눈을 쳐다보지 않으면서 내 손을 잡고 흔들던 모습. 그녀는 내 눈이 아닌 내 머리 옆쪽의 벽을 보는 것 같았다. 우리가 손을 잡고 접촉하던 순간 당연히 뭔가 느껴졌다. 아마도 이뤄지지 않았던 일에 대한 슬픔 같은 느낌이었다. 아니면 내가 왜 그렇게 행동했는지를 설명하고 확실히 정리하고 싶다는 어리석은 바람, 당시에는 감히 말하지 못했던 모든 것을 말하고 싶다는 바람.

마치 그렇게 하면 뭐라도 나아지게 할 수 있을 것처럼.

예스페르 오레가 책임을 두려워했다는 만프레드의 말을 떠올렸다. 어머니가 오늘 이곳의 내 반대편에 앉아 있다면 어머니는 아마도 내가 책임을 두려워한다고 말했을 것이다. 사람과의 관계, 돈에 관한 책임감 등 어떠한 책임감이든. 그렇다. 빌어먹을 이 행성 전체에 대한 책임까지도.

나는 어머니가 맞은편 의자에 앉아 있는 모습을 상상했다. 등 뒤로 모아 굵게 땋아 내린 길고 까만 머리와 몸에 비해 다소 넓은 엉덩이. 야위고 햇볕에 그을린 얼굴에는 너무 큰 1980년대 스타일의 안경을 끼고 있었다.

"울라 마르가레타 린드그렌. 당신 아들 페테르 에른스트 린드그렌에 관해 진술을 해달라고 요청했습니다. 그래요, 바로 저 말이에요."

"꼭 해야 할까?"

"오래 걸리지 않을 겁니다."

"음, 그렇다면 좋아. 하지만 좀 더 빠르게 진행할 수 있을까? 난 하루 종일 있을 수는 없어."

잠시 중단됐다. 어머니는 머리카락을 만지작거리며 내게 피할 수 없는 단호한 표정을 지었다.

"당신은 절 책임감 있는 사람이라고 설명하십니까?"

깊은 한숨.

"내가 언제나 널 사랑했다는 걸 알지, 페테르. 너는 친절한 마음을 가지고 있어, 정말로 그래. 누구도 그 점을 부인할 수 없어. 하지만 넌 책임감이 있었던 적은 단 한순간도 없었어. 그냥 네가 어떻게 살고 있는 지를 보렴. 아주 대충 살지. 환경에 나쁜 플라스틱 용기에 든 음식을 먹고 재활용도 하지 않아. 넌 아들을 만나지 않지. 불쌍한 야네트는 혼자 그 짐을 감당해야 했어. 글쎄 난 너희들이 함께 살아야 한다고 말하진 않겠다. 성인들은 그런 종류의 일은 스스로 결정해야지. 그리고 완전히 솔직히 사실 너희들이 사이좋게 지낼 수 있다고 생각하지 않아. 하지만 제길, 너는 도울 수 있었어. 알빈은 너의 살과 피를 받은 아이야. 그런데 너는 경찰이면서도 네 주변에 관심을 보이지 않아. 거의 신문도 읽지 않고. 시리아와 가자 지구에서 아이들은 파리처럼 죽어가는데 넌 좋지 않은 영화를 보고 일하는 데만 신경 쓸 뿐이지. 그건 아주…… 부끄러운 일이야, 페테르. 그게 내가 말하고 싶은 전부란다. 나는 젊었을 때 행동 주의자였단다. 내가 믿는 것을 위해 행동했지. 직업도 있고 아이가 둘이나 있었지만 말이다. 너도 나와 함께 집회에 갔었잖니. 그게 이상한 일은 아니야. 나는 너 역시 왜 그렇게 하지 못하는지 이해가 안 된단다.

이제 기회를 잡아. 네 인생을 살아가는 사람은 너야. 네가 그 사실을 알기 전에 인생이 끝날 거야."

나는 일어서서 창가로 가서 차갑고 검은 창틀에 이마를 갖다 댔다. 눈을 감으니 어릴 적 기억이 떠올랐다.

어머니는 베트남 전쟁 반대 운동에 열성적으로 참여했다. 그래픽 디자이너였던 어머니는 베트남 뉴스 단신의 레이아웃을 만들고 다양한 포스터와 전단지 제작을 도왔다. 가끔 안니카 누나와 나는 단체가 모였던 크로노베리스 공원 안에 있는 작은 집에서 플래카드를 색칠하거나 신문을 만드는 일을 도왔다. 내 기억에 아버지는 우리가 함께 가는 것을 몹시 못마땅해 했다. 우리가 베트남 문제나 그와 관련된 정치적 이슈를 이해하기에 너무 어리다고 생각했기 때문이다. 하지만 우리는 가게 해달라고 간청했고 결국 아버지는 항복했다. 어머니의 볼에 키스를 하면서 우리를 잘 보살피고 최악의 반제국주의 선전에서 보호하라고 충고했다.

나는 그때 그 모임을 정말 좋아했다.

그곳에는 언제나 다른 아이들이 있었고 분위기는 유쾌하고 자유로웠다. 모두가 열심히 일했지만 아무도 서두르지 않았다. 아이들은 그곳에서 마음껏 뛰어다녔지만 그 무엇도 아이들을 방해하지 않았다.

나는 아주 어렸기 때문에 가장 쉬운 일을 배정받았다. 흰 배경에 빨간색으로 '미국은 인도차이나에서 꺼져라'와 같은 문구를 적은 표지판에 글자를 색칠하는 일을 주로 맡았다. 나보다 나이가 많은 안니카 누나가 미국의 로켓을 그리는 걸 질투하기도 했다.

작업이 끝나면 어른들은 와인을 마시고 기타를 연주하거나 인도차이나의 상황에 관해 토론했다. 나는 다른 아이들과 놀았다. 그리고 바닥에서 어머니의 다리 앞에 누워 잠들곤 했다.

　때때로 자유가수단(1962년 미국 조지아 주 알바니에서 노래로 시민의 권리를 지역사회에 알리려고 만들어진 그룹으로 세계 각지에서 공연했다—옮긴이)은 우리를 위해 노래를 불러주었고 작업으로 시작된 일상적인 저녁은 서서히 소란한 파티로 빠져들어 요란하게 끝났다.

　때때로 코듀로이 재킷을 입고 짧은 구레나룻이 있는 마른 젊은 남자 하나가 어머니와 아주 가까이 앉아서 어머니에게 담배를 주었다. 그는 뿔테 안경을 코에서 밀어 올리며 스웨덴의 베트남 위원회나 친절하지만 극도로 순진해 빠진 급진 반전주의자에 대해 분개한 표정으로 얘기하곤 했다. 그런 남자들은 어머니에게 팔을 두르고 어머니의 길고 까만 머리를 만지기도 했다. 하지만 어머니는 항상 미소 지으며 몸을 약간 빼냈다. 난 비록 어렸지만 어쩐지 그것이 자신을 지키고 변함없는 태도를 의미한다는 것을 알았다. 어머니는 이따금 아버지를 아주 형편없는 '반동분자'라고 불렀지만 기본적으로 아버지에게 속해 있었다.

　그러던 어느 날 베트남 전쟁이 끝났다. 자유의 전사들은 승리했고 제국주의자들은 미국 집으로 돌아가 햄버거를 먹고 코카콜라를 마셨다. 정글과 논, 보호받지 못하는 아이들에게 더 이상 소이탄(사람이나 시가지, 밀림, 군사시설 등을 불태우기 위한 탄환류—옮긴이)이 떨어지지 않았다. 네이팜(알루미늄, 비누, 팜유, 휘발유 등을 섞어 젤리 모양으로 만든 네이팜을 연료로 하는 유지 소이탄—옮긴이)은 버터를 자르는 뜨거운 칼처럼 더 이상 쉽게 살과 뼈를 잘라내지 못했다.

　그리고 어쨌든 전쟁이 끝났으니 행복해해야 한다는 것을 이미 알고 있었다. 어머니는 잘된 일이며 내가 책임감 있게 행동했고 전쟁을 멈추는 데 도움이 되었다는 사실을 자랑스러워해야 한다고 말했지만 나는 왠지 슬픔과 공허함을 느꼈다.

　더 이상 집회는 없었고 시위도 없었다. 색칠할 플래카드도 없었다.

　나는 어서 다른 전쟁을 가져와달라고 신에게 기도했지만 큰 희망을 품지는 않았다. 어머니가 오래전에 신은 가난한 사람들을 계속 그 위치에 머물게 하려고 자본주의자가 꾸며낸 것이라고 말해주었기 때문이다.

　뒤를 돌아보았다. 어머니는 사라졌고 내 반대쪽 의자에서 바로 스코그쉬르코고르덴 묘지공원의 차가운 땅속으로 들어갔다. 바깥 복도에서 동료들이 사무실을 떠나는 소리가 들렸다. 웃음소리가 간간이 끼어드는 대화가 점점 멀어지다 사라졌다.

　이제 집에 갈 시간이다.

　텔레비전을 켜고 인생의 하룻밤을 또 흘려보낸다. 아무런 목표 없이.

엠마
두 달 전

"어머 너 아프니?"

올가의 목소리는 무심하게 들렸다. 수화기 너머에서 진절머리 나는 매장의 음악 소리가 들려왔고, 갑자기 오늘 일하러 갈 필요가 없다는 생각에 안도감이 느껴졌다.

"심각한 건 아냐. 뭘 잘못 먹은 것 같아. 아마 내일은 출근할 거야. 비에르네에게 얘기해줄 수 있어?"

침묵.

"물론이지."

나는 그녀가 내 앞에 있는 것처럼 그녀의 모습을 떠올릴 수 있다. 그녀는 전화기를 어깨와 볼 사이에 끼운 채 오로지 손톱에만 관심을 쏟는다. 손톱을 불빛에 비추어보고 부서지거나 흠집이 난 곳은 없는지, 희미하게 빛나는 라인석이 광택을 유지하는지 확인하고 있을 것이다.

"그럼 내일 봐." 내가 인사말을 건넸지만 이미 그녀는 전화를 끊었다.

이제 예스페르가 전화를 받으리라고 기대하지 않는다. 그러면서도 다시 전화를 걸었다. 그의 목소리를 듣고 싶은 마음이 컸지만 녹음 메시지에도 연결되지 않았다. 대신 이 번호는 더 이상 없는 번호라는 안내

음성이 나왔다.

나는 다른 방법을 시도하기로 했다. 본사 전화번호를 검색하고 떨리는 손가락으로 번호를 눌렀다. 전화를 받은 여자에게 예스페르 오레와 통화하고 싶다고 말하자 아무런 질문도 하지 않고 연결해줘서 좀 놀랐다. 회사의 CEO에게 연락하기가 정말 이렇게 쉬운 건가? 그저 누구라도 교환원에게 전화하면 연결될 수 있는 거였나?

하지만 당연히 전화를 받은 사람은 예스페르가 아니었다.

예스페르의 비서가 전화를 받아 자신을 소개했다. 그리고 정체를 알 수 없는 억양으로 무슨 용건인지 물었다. 나는 개인적인 용건으로 예스페르와 통화하고 싶다고 설명했다. 그녀는 예스페르가 내게 전화를 할 수 있도록 내 이름과 전화번호를 물었다. 나는 주저했다. 바로 이것이 예스페르가 사무실로 전화하지 말라고 분명히 요청했던 이유였을까? 비서나 교환원이 내 이름을 받지 못하도록?

나는 그 질문에 대답하지 않고 그녀에게 날 바로 연결해줄 수 없는지 물었다. 그러자 그녀는 정중하게 예스페르는 회의 중이라고 대답했다.

"그런데 그 사람 괜찮은가요?"

정적이 흘렀다.

"무슨 말씀이세요?" 질문하는 그녀의 목소리에 의혹의 기미가 섞여 있다는 생각이 들었다.

"그냥 며칠 전에 그 사람이 저한테…… 전화를 하겠다고 약속했어요. 그런데 연락이 안 되어서 무슨 일이 일어난 건 아닌지 걱정이 돼서요."

"괜찮으세요. 성함과 전화번호를 남겨주시면 사장님이 회의에서 나오셨을 때 전화드리라고 말씀드리겠습니다." 그녀가 유쾌하면서 전문적인 목소리로 말했다.

나는 연락처를 남기는 대신에 다시 전화하겠다고 말했고 그녀도 알겠다고 대답했다. 전화를 끊고 부엌의 테이블에 계속 앉아 있었다. 테이블 위쪽에 걸린 시계의 초침 소리가 매우 커서 마치 초침이 내 머릿속에 들어 있는 것 같은 기분이 들었다.

어째서 예스페르는 날 계속 피하는 걸까? 갑자기 겁이 나서 약혼을 후회하는 것일까? 그게 아니라면 단지 나를 고통스럽게 만들어 즐거움을 얻는 사디스트, 정말 못된 자식인 걸까?

다른 설명이 있을 수 있을까? 가족이 죽고 직장에 큰일이 생긴 것 같은, 결정을 철회할 수밖에 없는 어떤 일이 일어난 것일까? 하지만 뭐가 그렇게 심각해서 전화 한 통, 문자 메시지 한 통을 보내지 못하는 것일까?

3주 전이었다. 내 집의 거실 바닥에 우리는 벌거벗은 채 누워 있었다. 세피아 톤의 저녁 햇빛이 블라인드를 통해 스며들어왔다. 우리 몸 위에 빛과 그림자가 부드럽게 격자무늬를 만들었다. 창문이 약간 열려 있어서 커튼이 찬 공기에 약간 부풀어 올랐다.

예스페르는 담배를 피웠다. 자주 있는 일은 아니지만 우리가 와인을 몇 잔 마시거나 사랑을 나눈 직후면 가끔 담배를 피웠다. 그는 커다란 손을 내 배 위에 놓고 천장을 올려다보면서 손가락으로 땀에 젖은 내 피부에 작은 원을 그렸다.

"무슨 일이야?" 그가 물었다.

"엄마가 편찮으셨는데 돌아가셨어요."

예스페르가 깊게 숨을 들이마셨다.

"그래, 그렇군. 하지만 어쩌다 돌아가셨지?"

"췌장염이었어요. 의사들은 엄마가 술을 너무 많이 드셨기 때문이라고 했어요."

"안됐군."

"그렇기도 하고 아니기도 해요. 가끔 난 엄마가 실제로 자신을 책망하는 건 아닐까, 하는 생각을 했어요. 엄마가 술을 마셨던 건 누구의 잘못도 아니었어요."

예스페르가 나를 향해 고개를 돌렸다. 내 눈을 처다봤다.

"내가 생각하는 건 어머니가 아니야. 당신이지."

"나요?"

그는 웃으며 내가 어리석은 걸 물었다는 듯이 고개를 약간 저었다.

"그래, 당신."

"난 아무 문제없어요."

잠시 침묵이 흘렀다. 멀리서 사이렌 소리가 요란하게 들려왔다. 부엌에서 냉장고가 한숨을 내쉬듯 돌아가기 시작했다.

"장례식에 못 가서 유감이야." 잠시 후 그가 계속 생각하다 내뱉듯이 말했다.

"난 괜찮아요."

"어느 누구도 어머니 장례식에 혼자 가는 일은 없어야 해."

나는 대답하지 않았다. 뭐라고 말할 수 있을까? 물론 그가 옳다. 지금까지 우리는 몇 달 동안 연애해왔고 우리 관계를 비밀로 유지하기가 점점 어려워지고 있었다.

"앞으로도 우리는 이럴까요?"

그는 바닥에 놓인 와인 잔에 담배를 비벼 끄고 내 쪽으로 몸을 돌린 채 팔꿈치로 몸을 지탱하고 내게 부드럽게 키스했다. 담뱃재와 와인 맛이 느껴지는 키스였다. 나는 고개를 돌렸고, 그는 이런 내 행동을 자신의 숨결 때문이라기보다는 우리 상황에 대한 항의라고 해석한 게 틀림없었다.

"물론 항상 이렇지는 않을 거야."

"그렇게 되려면 얼마나 오래 걸릴까요?"

그는 바닥에 등을 대고 누우면서 깊은 한숨을 내쉬었다. 확실히 좌절감을 느끼는 듯했다.

"이 얘기를 우리 천 번은 했을 거야. 타블로이드지가 날 어떻게 쫓아다니고 있는지 당신도 알잖아. 바로 어제만 해도 우리 회사 고용인의 계약 조건에 대해 기사를 쓰면서 '노예 계약'이라는 용어를 사용한 기자가 둘이나 있었지. 언론이 이 냄새를 맡는다면 무슨 일이 일어날지 잘 알 거야. 나는 해고당하겠지. 우리는 상황이 진정될 때까지 기다려야 해."

"그러면 정확히 언제 상황이 진정될까요?"

"내가 대체 그걸 어떻게 알겠어? 하이에나들이 주목할 다른 회사를 찾아내면 곧 그렇게 되겠지. 그건 그렇고 당신은 다른 일자리를 찾기 시작해야 해. 당신이 회사에 안 다니는 편이 나을 거야."

그는 앞으로 몸을 숙이고 담요를 끌어올려 우리 위로 펼쳤다.

"춥군." 그가 언급했다. "창문을 닫을까?"

"너무 힘들어요. 모두가 당신이 누구인지 궁금해 하고 있어요. 그리고 난 아무 말도 할 수 없죠. 좀…… 사춘기 같아요."

그가 나를 향해 고개를 돌렸다. 찬바람이 잦아들었다. 그의 입꼬리가 올라갔다.

"사춘기?"

"그래요. 내가 빌어먹을 십 대 같다고요. 비밀 남자 친구를 둔."

그가 웃었다. 내 목에 키스를 한 그의 입술이 배로, 점점 밑으로 내려갔다.

"내가 당신의 비밀 남자 친구?"

"내 생각엔 그래요."

"그럼 당신은? 내 귀여운 꽃등심?"

나는 킥킥 웃었다. 그의 혀가 내 젖가슴을 지나 배꼽 주위를 뱅글뱅글 돌며 파고들었다. 마치 내 몸에 보이지 않는 요리가 있어 먹는 것처럼 말이다. 그 후에도 계속 밑으로 내려가 내 허벅지 안쪽을 따라 움직였다. 나는 얼어붙었다. 내 자신의 몸이 거북하게 인식됐다. 모든 구멍들, 냄새들, 소리들. 그는 내가 긴장한 걸 느낀 게 틀림없다. 그가 머리를 약간 들어 내 눈을 쳐다봤기 때문이다.

"긴장 풀어, 엠마. 당신은 긴장 푸는 법을 배워야 해."

그는 침대에서뿐 아니라 항상 긴장을 풀라고 말했다. 난 정말 노력했지만 그에게는 날 경계하게 만드는 뭔가가 있었다. 우리 관계 전반에 걸쳐 뭔가가 있었다. 진실이라고 믿기에는 너무 좋은 뭔가. 나와 예스페르 오레. 불쌍한 여직원이 나이 들고 부유하고 성공한 남자를 만난다.

어쨌든 그는 내게서 무엇을 보았을까? 왜 그는 스무 살이나 어린 직원과 관계를 시작하겠다고 결심했을까?

그가 옳을지도 모른다. 어쩌면 이것은 내 낮은 자존감의 문제다. 나라고 그에게 매력적이지 않으란 법 있을까? 나는 우리 관계를 받아들이기가 왜 그렇게 힘들었을까? 왜 그렇게 그의 사랑을 믿기 어려웠을까?

"긴장하지 마. 엠마." 그가 다시 얘기했다. "난 당신을 원하고 당신은 사랑받을 만해. 어떻게 해야 당신이 이해할 수 있을까? 당신이 믿게 하려면 내가 어떻게 해야 될까?"

그날 밤 우리는 바닥에서 잠이 들었다.

잠에서 깼을 때 주위는 어두워져 있었다. 등이 아팠다. 내 옆 양탄자를 더듬었지만 예스페르는 없었다. 천천히 일어섰다. 발을 질질 끌면서 침실로 가는데 몸이 뻐근하고 좋지 않았다. 바닥은 차가웠고 창문은 여전히 열려 있었다.

그러고 나서 그를 보았다.

그는 어둠 속에 미동도 없이 서 있었다. 그의 두 눈은 내 침대 위에 걸려 있는 랑나르 산드베리 그림에 고정되어 있었다. 머리는 막 일어난 듯 헝클어져 이마에 낮게 드리워져 있었다. 그는 어깨에 담요를 두르고 있다.

"당신을 사랑하는 것 같아, 엠마." 그가 중얼거렸다.

침대에 앉아 노트북을 작동시키려고 애썼지만 인터넷이 연결되지 않았다. 인터넷 요금을 내지 않아서 그럴 수도 있다는 사실을 깨닫기까지 한참 걸렸다. 이제 텔레비전도 나오지 않고 인터넷도 되지 않는다. 모두 예스페르의 잘못이다.

나는 칼라베겐에 있는 카페에 가기로 결정했다. 그곳에서는 와이파이 연결을 할 수 있다. 메스꺼움은 약간 가라앉았고 오늘 들어 처음으로 어렴풋하게 배고픔이 느껴졌다. 청바지를 입다가 주머니 속에서 뭔가 느껴졌다. 명함이었다. 명함을 보자 매장에 찾아왔던 기자가 생각났다. 잠깐 망설이다가 부엌으로 가 빵 보관 용기를 열고 명함을 미지불 청구서 더미 맨 위에 놓았다.

반쯤 들어 있는 라테를 가지고 구석 자리에 앉았다. 멀지 않은 곳에

레게머리를 한 젊은 남자가 무릎에 맥북을 놓고 앉아 있다. 다른 쪽 구석에는 여자 둘이 국가 기밀이라도 토론하는 것처럼 서로 속삭이고 있다. 카페는 어둑했다. 거의 캄캄할 정도였다. 나는 커다란 창밖으로 가을비가 내리는 풍경을 보았다. 나무는 노란색과 주황색, 갈색의 색조로 타올랐다. 이따금씩 나뭇잎이 하나씩 나무에서 떨어져 천천히 아래 풀밭에 내려앉았다.

나는 예스페르에 관한 기사들을 대강 훑어보았다. 기사에서 그는 '패션킹'과 '노예 관리인'이라고 불렸다. 그때 경제 잡지에서 기사를 하나 발견했다. '실제 예스페르 오레는 누구인가?' 나는 그 기사를 읽었다. 예스페르는 브롬마에서 태어났고 부모님은 두 분 다 교사였다. 그는 웁살라 대학교에서 비즈니스를 전공했지만 2년 다니다 학교를 그만두었다. 글쓴이는 이후의 행적에 대해 많은 의문을 제기하고 있다. '만족스럽게' 설명되지 않고 이력서에 뚫린 수년간의 구멍.

계속 기사를 읽었다. 기자는 그가 범죄자들과 연관되어 있다고 주장하면서 예스페르의 사회적 인맥 지도를 그리며 즐거워했다. 친한 친구 둘은 경제 관련 범죄로 유죄 판결을 받았고 또 다른 친구는 마약 소지로 유죄 판결을 받았다. 나는 그들 중 누구도 알지 못한다. 예스페르가 내게 말했던 적이 없다.

기사 대신 사진을 검색했다.

정장을 입은 예스페르. 운동복을 입은 예스페르. 턱시도를 입은 예스페르. 셔츠 소매를 접어 올리고 무대에서 화면 속 숫자를 가리키고 있는 예스페르.

예스페르가 클로즈업된 다른 사진이 있다. 입가에 미소를 띠고 있지만 이마에 깊은 찡그림이 있는 걸 보면 그가 불편해한다는 것을 난 안다.

그는 사진 찍히는 것을 좋아하지 않는다. 신문과 텔레비전에서 자신을 보는 것을 얼마나 싫어하는지 여러 번 대화를 나누었다.

다른 사진들도 있었다. 금발 여인에게 팔을 두른 예스페르. 그녀는 몸을 뒤로 젖히고 웃고 있다. 그녀가 입은 드레스는 가슴이 아주 깊이 파여 있다. 그는 피곤해 보였다. 구겨진 셔츠에 목의 단추는 풀어헤친 모습이었다. 바지는 마치 누군가 와인 한 잔을 쏟은 것처럼 크게 얼룩져 있다. 나는 계속 사진을 찾았다. 여자들과 찍힌 예스페르의 사진들이 더 있었는데 항상 다른 여자였다. 그의 옆에 같은 여자가 서 있는 사진은 하나도 없다.

눈을 감고 몸을 소파 깊숙이 밀어넣고 명료하게 생각하려고 애썼다. 지난번에 우리가 함께 있을 때 어떤 징후가 있었던가? 그가 내게 싫증났다는 걸 드러낼 만한 뭔가가 있었나? 어떤 것도 생각해낼 수 없었다. 모든 게 평소와 같았다. 평소처럼 똑같이 사랑했다. 우리는 만나서 맛있는 저녁을 먹고 섹스를 했다. 내 좁은 침대에서 몇 시간 동안 킥킥댔다. 미래, 우리가 진짜로 함께하게 되면 갖게 될 미래에 관해 얘기를 나눴다.

우리가 더 이상 남의 눈을 피해 다닐 필요가 없어졌을 때.

그 후 최근의 만남 중 하나를 떠올렸다. 우리는 카펠그렌드에 있는 그의 아파트에 있었다. 나는 벽을 바라보며 침대에 누워 있었고 그는 샤워를 하고 엉덩이에 타월을 두른 채 나와 내 옆에 앉아 내 머리를 쓰다듬었다.

"날 사랑해?"

이상한 질문이었다. 전에 그는 내가 그를 사랑하는지 물어본 적이 없다. 우리는 실제로 그 단어를 자주 사용하지 않았는데, 아마도 그 말이 무섭게 느껴질 정도로 너무 구속적이고 거창하기 때문이었다.

"네." 내가 대답했다.

"이 상황이 분명히 얼마나 힘들지 이해해. 항상 몰래 다녀야 하고."

그가 침대 속으로 기어들어와 자신의 몸으로 날 감싸며 뒤에서 내 몸을 안았다. 나는 막 샤워를 마친 물기 있는 몸에서 온기를 느꼈고 그가 뱉는 숨결에서 비누와 애프터쉐이브 냄새를 맡았다. 난 눈을 감았다.

"날 기다리겠다고 약속해. 포기하지 않겠다고."

"약속해요."

"다른 사람을 만나지 않겠다고 약속해."

"바보 같군요. 당신 말고 아무도 없다는 거 알잖아요."

내 몸을 잡고 있는 그의 손에 힘이 더 들어갔다.

"날 만나기 전에는 어땠지?"

나는 혼란스러웠다.

"무슨 뜻이에요? 전이라뇨?"

"우리가 만나기 전에. 만났던 사람이 있었나?"

예스페르를 만나기 전.

예스페르와 만나기 전의 내 삶을 떠올렸다. 텔레비전 앞에서 고양이와 함께 보내던 외로운 밤과 끝없이 반복되던 매장에서의 낮. 누군가를 위한 냉동 저녁들. 말할 만한 게 아무것도 없다. 부끄러워할 것도, 숨겨야 할 것도 없다.

"틀림없이 날 만나기 전에 누군가 있었겠지?" 그가 물었다.

처음에는 대답하지 않았다. 전에 만났던 사람이 있었지만 지금은 그에 관해 얘기하고 싶지 않았다.

"당연하죠."

"누군데?"

"당신도 알 거예요. 내가 당신에게 말했었던 남자. 우디."

"당신 기술 선생?"

나는 고개를 끄덕이며 눈을 감았다. 오랜 시간이 흘렀는데도 눈을 감자마자 그 모든 기억이 다시 떠올랐다. 길고 추웠던 복도, 교내 식당에서 들리던 달가닥 소리, 목공 작업을 하는 방에서 나던 톱밥의 탄내. 나는 작업대에 누워 있다. 청바지에 플란넬 셔츠를 입고 앞에 서 있는 우디는 무릎을 꿇고 있다. 그가 내 안에 들어올 때 짓던 엄숙한 표정의 얼굴.

나는 그에게 미쳐 있었다. 그리고 집의 모든 상황이 혼란스러웠다. 나는 몹시 상처받기 쉬운 상태였다. 이제서야 겨우 그 당시 내가 얼마나 약한 상태였는지 깨달았다. 그는 그 점을 이용했다. 나는 길을 잃은 9학년이었고 그가 날 유혹했다.

"그걸 생각하면 몹시 화가 나." 예스페르가 중얼거렸다.

"그만해요. 아주 오래전이었어요."

"그와 작업실에서 섹스를 했지."

"그래요, 하지만……."

갑자기 숨을 쉬기 힘들 정도로 아주 고통스럽게 그가 날 움켜잡았다.

"놔줘요. 아파요."

"좋았어?"

"뭐라고요?"

"톱밥 속에서 빌어먹을 그 자식과 섹스를 했다고? 당신, 좋았냐고?"

예스페르는 바이스가 사물을 꽉 조이듯 날 안았다. 나는 움직일 수 없었다. 하지만 나는 그가 단단해지고 있다는 걸 느꼈다.

"당신 정상이 아니군요." 내가 말했다.

그는 수건을 걷어내고 몸을 더 가깝게 밀착했다. 그때 휴대전화가 울렸고 잠시 잡은 손이 헐거워졌지만 나는 여전히 꼼짝하지 않고 그대로 누워 있었다. 움직일 수 없었다.

"그걸 좋아했군." 그가 속삭였다. "맞지?"

나는 대답하지 않았다.

카페에서 나와 비를 맞으며 집으로 걸어갔다. 바람이 불기 시작하자 나뭇잎들이 더 이상 조용히 있지를 못하고 바람에 휩싸여 춤을 추다 거리의 한가운데 풀밭에 내려앉았다. 예스페르는 왜 그렇게 내 과거를 질투했을까? 그가 질투할 만한 어떤 관계도 없었는데 왜 질투했을까? 나야말로 질투할 이유가 있는 사람이었음에도 불구하고 그는 그곳에 누워 날 비난했다.

그리고 우디 얘기를 했을 때 왜 그는 성적으로 흥분했을까? 마치 우디에 대한 얘기가 성적인 흥미를 불러일으킨 것 같았다.

속이 다시 메스꺼워졌다. 이해되지 않는다. 이해되지 않는 것이 아주 많다.

칼라플란을 가로질렀다. 분수에 물이 없었다. 나뭇잎과 쓰레기 더미가 구석에 쌓여 있다. 부근에 사람들이 없었다.

집에 도착했을 때 뭔가 다른 냄새가 내 주의를 끌었다. 공기 중에 희미하게 젖은 울과 비누 냄새가 났다. 마치 방금 누군가 다른 곳으로 가는 중에 방을 가로질러 지나간 것 같았다. 나는 방을 걸으며 세세히 살폈지만 달라 보이는 건 없었다. 모든 게 내가 떠날 때 그대로였다. 아무것도 사라지지 않았다. 내 몸무게가 가해질 때마다 오래된 나무 바닥이 삐걱거렸다.

나는 침실로 들어가 그림이 걸려 있었던 침대 위의 밝은 직사각형 자리를 응시했다. 환하게 빛나면서 떨리는 것처럼 보였는데, 마치 내게 뭔가 말해주려고 잠깐 더러워진 노란색 벽지에서 떠나 나를 향해 다가오는 것 같았다. 부엌 쪽에서는 시계가 상태가 안 좋은 건조된 고양이밥 오늘치 식사를 오도독 먹는 소리가 들려왔다. 시계가 먹는 거라곤 그것밖에 없다.

전부 정상인 것처럼 보였다. 불편하게 느꼈던 건 냄새뿐이다.

내일은 출근을 해야 한다고 생각하며 침대에 앉아 있다. 어떻게 하든 일을 해야 한다고 생각했다. 난 이미 이번 달에 5일이나 결근했고 더 결근한다면 비에르네가 격노할 것이다. 결근을 하면 간이 주방에 걸려 있는 달력에 성난 빨간 스티커로 표시된다. 직원들 모두 동료가 아프거나 아이가 아파 집에 며칠 있었는지 알 수 있다. 이는 노조를 분노하게 했던 또 다른 전략이었다. 언론에서는 아주 많은 지면을 할애해 예스페르가 '노예를 몰아붙이는' 방법에 대해 쓰고 있다.

나는 손을 벽 위로 옮겼다. 노래지고 허름해진 벽지는 내게 다른 인생의 또 다른 벽을 생각나게 했다.

저녁이었다. 침대에 누워 한때는 하얀색이었지만 지금은 담배 연기와 기름, 먼지로 고색창연하게 얼룩진 벽을 바라보았다. 이쑤시개나 작은 가지처럼 날카로운 물체가 있으면 더러워진 노란색 표면에 글씨를 새길 수도 있을 것이다.

얼마나 노력했든 잠이 오지 않았다. 한 가지 이유는 창을 투과해서 들어오는 초여름의 담청색 빛이 감은 눈꺼풀조차 뚫고 들어오는 것 같았기 때문이고, 또 다른 이유는 부엌에서 들려오는 엄마와 아빠의 성난 목소리 때문이었다.

엄마와 아빠는 싸우고 있었다.

이번에는 뭐 때문에 싸울까. 알지 못했지만 그건 중요하지 않았다. 이유가 뭐든 엄마와 아빠는 거의 매일 밤 싸웠으니까. 싸움을 시작하기 전에 잠드는 게 묘책이었다. 그러면 다음날 아침까지 잘 수 있었다. 엄마와 아빠는 제대로 자지 못해서 피곤해도 항상 아침이면 다시 좋아졌다.

이후 엄마와 아빠는 목소리는 낮아지다 결국 들리지 않았다. 나는 숨을 죽였다. 몇 초 후 누군가 노래를 하는 것 같은 소리가 또렷하게 들렸다. 소리는 높아졌다 낮아지며 울부짖음으로 변해 오랫동안 계속됐다.

엄마가 울고 있다.

우는 건 언제나 엄마였다. 아빠는 울지 않았다. 나는 아빠가 울 수 있는 사람인지조차 몰랐다. 아빠들은 울지 않는 건가?

날카로운 비명 소리에 이어 둔탁하게 쿵 소리가 났다. 갑자기 진짜 걱정이 되었다. 둘 중 누군가 쓰러져서 다친 건가? 가구가 쓰러졌나? 나는 침대에서 뛰어나와 안에 고치가 들어 있는 병을 들고 문을 향해 걷기 시작했다. 리놀륨 바닥이 미끄러웠고 발밑이 차가웠다. 전실에 들어갔을 때 들리는 소리라곤 낮게 흐느끼는 엄마의 울음소리와 부엌에서 똑딱이는 시계 소리뿐이었다.

아빠는 바닥에서 손에 얼굴을 파묻고 있었고 엄마는 나무 의자에 앉아서 울고 있었다. 어떤 까닭인지 나는 아빠의 침묵과 등을 구부린 낯선 자세가 엄마의 눈물보다 훨씬 걱정됐다. 아빠들은 저렇게 앉아서는 안 된다. 손에 얼굴을 묻은 채 쪼그라들고 체념해서 조용히 그렇게.

그때 아빠가 약간 움직였다. 내 쪽으로 불과 몇 센티미터 비틀었고, 왠지 아빠가 손 사이로 날 발견한 것 같았다. 아빠는 단조로운 목소리로 말했다.

"엠마, 예쁜아. 침대로 가야지. 지금 자야 될 시간이잖니."

엄마가 의자에서 벌떡 일어났다. 엄마의 눈은 사나웠는데, 엄마와 아빠가 오랫동안 부엌에 앉아 있다가 밤이 늦어지면 유일하게 남게 되는 야생의 표정이었다. 엄마를 보니 어떤 동물이 생각났다. 우리 안에 설치된 덫에 걸려서 행복하지 않은, 그리고 아주 위험한 야생 동물이었다.

"못된 애 같으니라고." 엄마가 소리를 질렀다. "또 엿듣는 거니, 이 괴물아."

아빠가 일어나 엄마와 내 사이에 섰다.

"그만해." 아빠가 웅얼거렸다. "애 잘못이 아니잖아."

"네가 엿듣고 있다는 거 알고 있어." 엄마가 불분명한 발음으로 말했다. "뭘 할 거지? 앙네타 이모한테 전화해서 고자질하려고? 허?"

"아니요." 내가 말했지만 엄마는 내 말을 듣지 않았다. 대신 엄마는 테이블을 잡고 몸을 지탱하며 날 향해 비틀비틀 걸어오기 시작했다. 엄마는 테이블 윗면을 단단히 움켜잡고 한 발 한 발 내딛었다. 엄마의 몸은 이상하게 비틀거렸다 엄마가 아빠를 밀치며 지나가다 의자를 쓰러뜨렸다.

"애를 내버려둬." 아빠가 말했다.

"더 이상 엿듣지 못하게 가르쳐야겠어." 엄마가 불분명한 발음으로 말했다.

엄마는 아빠를 힘으로 밀치고 날 향해 손을 뻗었다. 하지만 내가 좀 더 빠르게 옆으로 옮겨 섰다. 엄마는 의도했던 대로 날 붙잡지 못하고 바닥으로 곤두박질쳤다.

"제기랄!" 엄마는 중얼거리면서 엉덩이로 기어갔다. 가느다란 핏줄기가 한쪽 콧구멍에서 입으로 흘러내렸다. "엠마, 너 무슨 짓을 했는지 알아? 응?"

엄마는 천천히 일어섰다.

"하지만 난 하지 않……."

전광석화처럼 찰싹 소리가 나더니 엄마가 다시 넘어졌다. 가느다란 핏줄기가 급류, 아니 바다가 될까 봐 두려워 나는 꼼짝도 할 수 없었다.

"입 다물어."

엄마의 몸이 약간 흔들거렸다. 엄마의 머리는 아침에 처음 일어날 때 모습처럼 위로 잔뜩 뻗쳐 있었다. 아빠는 다시 주저앉아서 모든 장면을 차단하려는 듯 손으로 얼굴을 감쌌다. 나는 아빠가 일어서서 엄마에게 멈추라고 말해주기를, 내 잘못이 아니라고 설명해주기를 바랐다. 그리고 이미 아침이기를, 엄마아빠가 피곤하고 그래서 다시 친절해지기를 바랐다. 내게 돈을 주며 두통이 있으니 가서 아침을 사먹으라고 하기를 바랐다. 나는 내가 다른 사람이기를, 여기가 아닌 다른 곳에 있기를 바랐다. 그저 엄마가 아니기를, 이곳만 아니기를. 지금만 아니기를 바랐다.

엄마가 고치가 들어 있는 병을 잡았다.

"그 빌어먹을 병을 내놔." 엄마가 으르렁거리듯 말했다. "넌 어디든 그걸 갖고 다니지. 틀림없이 중요한 거라고 생각했겠지. 어쩌면 엄마보다 더 중요하다고. 맞지?"

나는 대답하지 않았다.

"뭐가 중요한지 내가 가르쳐주겠어." 엄마가 부엌의 창가로 비틀거리며 걸어가 문을 열고 병을 밖으로 던졌다.

곧바로 병이 아래 아스팔트에 부딪혀 산산이 부서지는 소리가 들렸다.

"안 돼!" 내가 비명을 질렀다. "안 돼, 안 돼, 안 돼!"

"돼!" 엄마가 말했다. "그래. 무엇이 진짜 중요한지 너한테 가르쳐야해. 그건 빌어먹을 병이었어. 알겠어? 죽은 거라고."

나는 더 이상 듣지 않았다. 대신 현관으로 달려가 문을 열고 아래층으로 내려가서 마당으로 나갔다. 유리 조각들이 검은 아스팔트에 펼쳐져 별처럼 반짝였다. 발이 베이지 않도록 애쓰면서 발끝으로 조심스럽게 걸어갔다. 그리고 차고 축축한 땅을 손으로 더듬었다. 내가 그곳에서 발견한 것은 마른 잎들 몇 개뿐이었다.

"엠마, 여기."

나는 뒤로 돌았다. 아빠가 내 옆에 쪼그려 앉아서 내게 손을 쭉 뻗었다. 아빠의 손바닥에 가시 달린 가지들이 있었다. 고치는 여전히 가지에 매달려 있다. 고치가 달빛을 받아 빛을 발하는 것 같았다.

"정말 목소리가 심각하게 아픈 것 같았어."

올가는 무거운 귀걸이가 달가닥거릴 정도로 고개를 가로저었다. 우리는 청바지 매대 옆에 서서 청바지를 접었다. 비에르네가 보이지 않았지만 우리 모두 그가 매장 어딘가에 있다는 사실을 알고 있다. 사바나의 초원에 나와 있는 것과 약간 비슷하다. 알겠지만 포식자가 그곳 어딘가에 있다.

"내가 어떻게 해야 돼?"

올가는 그 상황이 말하기조차 너무 기괴하다는 듯이 고개를 천천히 저었다. 그러고 나서 골반 밑으로 조금 내려갔던 빈티지 청바지를 추어올렸다.

"너한테 프러포즈를 하고, 그 후에 떠났다고? 그 남자가 누구야? 이제 말해줄 수 있잖아. 안 그래?"

물론 올가에게 예스페르라고 말해줄 수 있었지만 왠지 망설여졌다. 그녀에게 말한다면 곧 모두가 알게 된다. 그렇게 되면 예스페르뿐만 아니라 나 역시 문제가 될 수 있다는 의미다. 비에르네가 본사에서 일하는 내 연인을 알게 된다면 뭐라고 말할까?

"그 사람은…… 대단할 게 없는 사람이야. 그냥 타블로이드지에서 가끔 볼 수 있는 그런 사람. 그건 중요하지 않아. 그가 관계를 끝내기 원한다 해도 난 여전히 돈을 돌려받기를 원해."

올가는 대답을 하지 않고 작은 진열대에서 바닥으로 막 떨어지고 있는 청바지로 손을 뻗었다. 그녀는 청바지가 바닥에 닿기 직전에 바지를 잡았다.

"무슨 돈?" 그녀가 무관심한 목소리로 말하는 것을 듣자 어쩌면 내가 빌려준 돈에 대해 말하지 않았을 수 있다는 생각이 들었다.

"그 사람이 어떤 계약자한테 지불한다고 나한테서 10만 크로나를 빌려갔어."

"너 미쳤어? 그 남자한테 10만 크로나를 줬다고?"

"그런데?"

나는 어깨를 으쓱했다.

"이리 와." 올가가 내 팔을 잡고 직원용 휴게실로 날 잡아끌었다. 갑자기 심각한 표정의 비에르네가 우리 앞에 서 있었다. 그는 엉덩이에 손을 짚고 불편할 정도로 우리와 가까이 서 있었다. 그가 기르고 있는 턱수염이 보였다. 불그레하고 까칠한 수염이 좁은 주걱턱을 덮고 있다.

"그런데 어디 가려는 겁니까?"

"잠깐 쉬려고요." 올가는 그 이상 설명을 하지 않고 입술이 얇게 일자가 될 정도로 꼭 다물었다.

바로 그때 마노르가 직원용 휴게실에서 나왔다. 그녀는 목 뒤로 길고 까만 머리를 당겨 매듭짓듯 묶었다.

"계산대 봐줄 수 있어?" 올가가 빛의 속도로 물었다.

"그럼."

마노르는 궁금하다는 표정으로 우리를 쳐다봤지만 비에르네는 그녀의 대답에 만족한 듯 몸을 돌려 남성복 코너로 걸어갔다. 올가는 직원용 휴게실 쪽으로 날 잡아당기고 간이 주방의 흰 의자 하나에 밀어 앉혔다.

"빌어먹을 개자식." 내가 웅얼거리듯 말했다. "링엔점에서 여직원 한 명 해고한 거 알아? 세 살짜리 아이가 아파서 휴가를 많이 냈다고 말이야. 한 달에 열흘 정도 결근을 했대. 하지만 일거리가 부족하다고 핑계를 대서 노조는 아무것도 할 수 없었대."

하지만 올가는 듣고 있지 않았다. 대신 그녀는 구석 선반에 놓인 잡지 더미를 대충 훑어봤다.

"그래서 그 남자를 잡으려는 노력은 하고 있어?" 그녀는 두께가 2.5센티미터 정도 되는 잡지를 집어 무릎에 놓으면서 조용히 말했다.

"전화해보고 문자도 보내고, 다 해봤는데 대답이 없어."

"집에 가봤어?"

나는 카펠그렌드에 갔던 걸 기억했다. 머리를 포니테일로 묶은 남자, 그가 반항적으로 맥주 캔을 땄을 때 났던 딸깍 소리와 쉬익 소리, 내가 모르는 가구.

올가는 책장을 휙휙 넘기던 것을 멈췄다. 그녀는 진심으로 걱정하면서 날 쳐다보고 있다.

"얼마 전 저녁 때 그의 집에 갔었어."

"그런데?"

"다른 사람이 거기 살고 있었어. 그 사람이 쓰던 가구는 없어졌고."

그녀는 더 이상 아무 말 하지 않고 관심을 잡지 더미에 쏟았다.

"뭐하는 거야?"

"뭘 좀 찾고 있어. 어쨌든, 넌 왜 그 남자한테 돈을 빌려준 거야?"

"왜냐하면…… 모르겠어. 집에 우연히 돈이 있었고 그 사람은 계약 상대에게 지불할 돈이 필요했으니까."

"10만 크로나를 집에 갖고 있었다고?"

"그래."

"미안하지만, 그건 미친 짓이야. 그 남자가 너한테 훔쳐간 거 또 없어?"

"아니." 난 대답했지만 침대 바로 위에 걸려 있었던 랑나르 산드베리의 그림이 생각났다. 예스페르는 내가 그 그림을 갖고 있다는 것을 아는 유일한 사람이었다. 물론 예스페르 외에 엄마가 있었지만 엄마는 돌아가셨으니까.

"이거야." 올가가 글보다는 유명인의 사진이 더 많아 보이는 잡지를 획획 넘기다 중얼거렸다. "여기 있다."

그녀는 한 장 한 장 읽으면서 좀 더 천천히 페이지를 넘겼다.

그러다 멈췄다. 그녀의 손이 '당신은 사이코패스와 살고 있습니까?'라는 기사에 멈추었다.

"제기랄, 네 남자는 사이코패스가 분명해." 그녀가 중얼거리며 얇은 검지로 점자를 만지듯 글을 따라 훑었다.

"기사에 뭐라고 쓰여 있는데?"

그녀는 목을 약간 가다듬고 긴 손톱으로 잡지를 두드렸다.

"사이코패스는 처음에는 매력적이지만 곧 교활하고 이기적으로 변한대.

공감 능력이 부족해서 네 감정이나 욕구에 관심을 보이지 않아. 주저 없이 속이고 기만하지. 사이코패스는 훔치고 거짓말하면서 후회나 가책을 느끼지 않는대."

나는 궁금했다. 에스페르는 따뜻하고 사랑스럽고 이해심이 있는 사람이었다. 하지만 그가 실제로 날 찬 거라면. 그가 그림을 훔쳐갔다면. 내게 돈을 돌려줄 마음이 없다면. 그렇다면 올가가 옳다.

"어떻게 해야 된다고 쓰여 있어?"

올가는 고개를 끄덕이고 입을 조용히 움직여 마지막 문단을 읽었다.

"할 수 있는 한 그에게서 멀리 떨어져야 한다. 왜냐하면 그는 변하지 않을 테니까. 사이코패스는 변하지 않는대. 기사에 그렇게 나와 있어."

올가는 날 향해 몸을 숙이고 손을 내 팔에 얹은 채 아무 말도 하지 않았지만 크고 옅은 색의 눈 속에 걱정의 빛을 담고 날 쳐다봤다. 나는 눈물이 나올 것 같았다. 하지만 여전히 절망보다는 알고 싶다는 욕구가 내 안에서 더 강하게 샘솟았다.

"이해가 안 돼." 난 웅얼거렸다. "그는 돈이 아주 많아. 그리고…… 유명해. 그런 그가 내게 10만 크로나를 사기 치려고 모든 위험을 감수하겠어?"

"어쩌면 돈 때문이 아닐 거야." 올가가 주저하며 말했다.

"무슨 뜻이야?"

"그는 네게 굴욕감을 주고 싶었던 건지도 몰라. 널 엿 먹게 하려고 한 거지. 알겠어?"

나는 집의 욕실 거울 앞에 서 있다. 젖은 긴 적갈색 머리가 어깨에 드리워져 있다. 내 가슴, 혐오스런 젖통은 전보다 더 커졌고 아주 부드러웠다.

천천히 몸을 앞으로 구부려 거울에 서린 김을 닦아내고 그 속에 비친 내 모습을 샅샅이 살폈다. 차가운 형광등 밑에서 화장을 하지 않은 얼굴에 주근깨가 특히 눈에 더 잘 들어왔다. 난 초록색 수건으로 몸을 단단히 두르고 전실로 갔다. 현관 밑바닥에 우편물이 세 통 더 놓여 있었다.

하나는 은행에서 보냈고 다른 하나는 채권자가, 나머지 한 통은 봉투 겉면에 보내는 사람 이름이 없었다. 나는 우편물들을 부엌으로 가져가 열어보지도 않고 빵 보관 용기에 넣었다. 이제 그 통은 너무 꽉 차서 닫지도 못할 지경이었다.

물론 이 상황이 지속될 수 없다는 걸 알고 있다. 언젠가는 청구서를 지불해야 한다. 하지만 어떻게 요금을 지불해야 할지 모르겠다. 은행에 저축해놓은 돈도 없고 팔 주식이나 뮤추얼 펀드도 없다. 돈을 빌려줄 친구도 없다.

그리고 내게는 더 이상 가족이 없다.

예스페르를 내 가족이라고 생각했다. 이상하게 들리지만 그는 나와 가장 가까운 사람이다. 나는 우리가 함께 보냈던 지난 저녁을 기억한다. 우리는 미친 듯이 싸웠다. 그건 일상이었다. 이런 식으로 얼마나 오랫동안 지내야 할까? 나는 사람들 사이로 나가 영화를 보고, 레스토랑에 가기를 원했다. 그는 스트레스를 받고 짜증을 냈는데, 보아하니 회사에서 형편없는 하루를 보낸 것 같았다. 우리는 빗속을 걸었고 나는 이제 진절머리 난다고 생각했다. 이제 확실히 기억한다.

스톡홀름 전역에 내리던 이슬비로 예트가탄은 빛나는 검정색 거울로 변했다. 가로등과 가게 앞쪽에서 나오는 빛들을 반사한 거리는 보석처럼 반짝였다. 나는 우산이 있었지만 그와 같이 쓰지 않았다. 예스페르는 신경 쓰지 않는 것 같았다. 그는 내 옆에서 걸으며 분개한 목소리와 성난 몸짓으로 말하고 있었다.

"……내 잘못이라고 할 수 없어. 그렇지? 난 당신에게 다른 직업을 구해야 한다고 한 달도 더 전에 말했어. 그렇지? 아니, 그게 뭐가 그렇게 짜증나게 어려운 거지? 왜 항상 모든 걸 내가 신경 써야 하는 거야?"

우리는 획베리스가탄에서 방향을 바꿨다. 그의 몸짓에서, 그의 온몸에서 화가 났다는 사실을 표현하고 있었다. 우리는 서로 아무 말도 하지 않고 카펠그렌드에 있는 그의 아파트 입구까지 도착했다.

"난 데이트를 하고 싶어요." 문의 차가운 청동 손잡이를 잡으며 말했다. "이건 결혼한 사람과 함께 사는 것 같아요. 데이트를 원한다고요. 당신이 언제 나를 인정할지 알고 싶어요."

우리는 안쪽 계단으로 들어갔고 예스페르는 열쇠를 꺼내 현관을 더듬었다.

"당신을 인정하다니 무슨 뜻이야? 당신은 UN에서 인정을 받아야 하는 빌어먹을 아프리카의 나라가 아니잖아? 그리고 당신도 알겠지만 나한테 다른 여자는 없어. 우리 관계를 사람들에게 얘기하기까지 얼마나 오래 기다려야 하는가에 관한 문제일 뿐이지."

현관 전실은 어두웠지만 어느 누구도 불을 켤 생각을 하지 않았다. 나는 부츠를 내던져버리고 재킷을 바닥 구석으로 던졌다.

"그렇다면 언제 할 생각인데요? 당신은 그저 모든 걸 회피하죠. 거짓말하고 회피하고."

"당신 완전히 돌아버린 거야? 난 당신한테 한 번도 거짓말을 한 적이 없어. 한 번도."

이제 그는 고함을 지르고 있었다. 그는 재킷을 벽으로 던졌다. 재킷은 작은 탁자에 내려앉으며 그의 어머니가 1970년대 언젠가 만들었다고 하는 꽃병을 쓰러뜨렸다. 꽃병은 바닥으로 떨어져 부서졌다.

"했어요, 당신은 내게 거짓말했어요. 그리고 날 이용했죠."

"당신을 이용했다고? 어떻게?"

그의 목소리가 갑자기 냉정해지고 거들먹거리는 투로 변했다.

"모든 게 항상 당신 방식대로죠. 당신이 원할 때 와서 원하는 것을 가질 수 있다고 생각해요. 내 몸, 내 감정. 당신은 그것들이 당신 거라고 생각해요."

이제 그는 조금도 움직이지 않고 서 있었다. 그의 두 눈은 창을 응시하고 있다. 건너편 집에서 나오는 네온사인 불빛이 그의 까만 머리에 푸른색과 분홍색 줄을 길게 그렸다. 나는 그의 이마에 맺힌 작은 빗방울을 볼 수 있었다.

"맞긴 하지만, 난 그러지 않았는데?" 그는 마치 세상에서 가장 명확한 사실을 얘기하는 것처럼 조용히 말했다. 그의 대답이 내 허를 찔렀다. 난 처음에는 아무 말도 대답할 수 없었다.

"무슨 뜻이죠?" 결국 나 자신만 겨우 들을 수 있을 만큼 아주 작은 목소리로 물었다.

그가 날 보고 섰는데 그의 얼굴은 갑자기 유령처럼 공허해 보였다. 그저 껍질만 있는 것 같았다. 감정이 없고 사람이 살지 않는 껍질.

"내 말은 엠마 당신은 내 것이라는 거야."

그가 내게 걸어와 우리는 어두운 방에서 서로를 마주 보고 섰다. 멀리서 들리던 사이렌 소리가 점점 크게 들렸다. 그렇지 않았다면, 소리라고는 아무것도 없었을 것이다. 그는 나를 가깝게 당겨 안았지만 그의 포옹은 뭔가 이상했다. 실제 따뜻함이라고는 전혀 없는 뻣뻣하고 부자연스런 밀착이었다. 그가 자신의 소유권을 표시하고 있다고 생각했다. 이것은 사랑이 아닌 다른 무언가, 아마도 힘일 것이다.

"미안해." 그가 내 귀에 중얼거렸다. "물론 당신이 옳아. 이대로 계속 갈 수는 없어."

그는 잡은 손을 풀고 주머니 속에서 뭔가를 찾는 것 같았다.

"사랑해, 엠마. 무슨 일이 일어나든 그건 절대 잊지 말아. 당신, 잊지 않겠다고 약속해줄 수 있어?"

난 갑자기 불편하게 느껴졌다.

"무슨 뜻이에요? 무슨 일이 일어난다는 거죠?"

그는 내 질문을 무시했다.

"당신이 이걸 받아줬으면 좋겠어."

그는 손을 밖으로 꺼냈다. 그의 손바닥에서 뭔가 반짝였다. 나는 천천히 손을 뻗어 차가운 금속 광택이 나는 작은 물체를 망설이다가 쥐었다.

반지였다.

반지를 빛에 비춰보았다. 인상적인 돌덩어리, 크고 화려한 다이아몬드가 있는 백금 반지. 반지는 아무 일도 없다는 듯이 반짝이며 빛났다.

구역질이 다시 올라왔다. 나는 침대에 앉았다. 벽 위쪽에 그림이 없어진 방은 이상할 정도로 허전해 보였다. 모든 게 빙빙 도는 것 같았고 비율이 뒤틀려 보였다. 천천히 창문이 높고 좁고 기다란 자국으로 변했다. 천장이 위험하게 기울어졌다.

갑자기 시계가 나타나 작고 부드러운 몸을 내 다리에 대고 부비는 걸 보면 시계는 내 몸이 좋지 않다는 걸 알아차린 것 같았다. 손으로 머리를 감싸고 몸을 앞으로 숙이자 가슴이 너무 아파서 바로 다시 일어서야 했다.

그리고 갑자기 이해가 됐다.

깊은 숲의 중간 지점에서 며칠을 걸어 아주 높은 산의 정상에 올라가는 것과 같았다. 울창한 나무 때문에 어두워진 숲이 갑자기 밝은 빛이 쏟아지면서 시야가 깨끗해졌다. 뱃속에서 발로 뻥 차듯 그 자각이 날 차서 숨조차 쉬기 힘들었다.

속에서 고동치는 두려움에 휴대전화를 꺼내 달력을 찾아 날짜를 세기 시작했다. 한 번, 두 번 셌다. 그리고 다시 셌다. 여전히 나는 그 사실을 받아들일 수 없다. 너무나 기괴했다.

하지만 달리 설명할 수 있는 게 없다.

난 임신한 것이다.

한네

뚱뚱하고 혈색 좋은 경찰, 만프레드가 회의를 시작했다. 그는 일어서서 하얀 칠판으로 느릿느릿 걸어가 검지로 구식 뿔테 안경을 코 위로 밀어 올렸다. 책상 주위에 경찰 수사팀의 지휘관인 금발의 젊은 검사 비에른 한손과 강력계 부서의 팀장 그레게르 세브스탐이 앉았다. 산체스 역시 내 뒤에 앉은 페테르와 마찬가지로 여기에 있었다. 오늘은 그가 맞은편이 아니라 그곳에 앉아 있다는 사실에 감사했다. 회의 내내 그를 쳐다볼 수 있을지 자신이 없었다.

나는 작은 공책에 조심스럽게 참석한 모든 사람의 이름과 직책, 용모를 기록했다. 그저 보조 안전 예방책이었다. 이름은 특히 기억하기 어려웠다.

업무량이 너무 과중하지 않다면 수사에 참여하기로 동의했다. 병을 앓으면서도 이 일을 해낼 수 있다는 내 생각은 순진해 빠졌을지도 모르지만 나는 내 자신에게 괜찮을 거라고 계속 얘기했다. 사실 그렇게 혼란스럽지 않다. 아직까지는. 오작동하는 부분은 주로 단기 기억이고 마지막 진료에서 의사가 물었던 수상과 왕의 이름 같은 몇몇 단어들이 그냥 사라지는 경향이 있다.

나는 기억을 거미줄이라고 상상하는 걸 좋아하는데 내 거미줄은 여기저기에 구멍이 나 있다. 작고 못생겼던 구멍들이 시간이 지나면서 점점 커지고 많아진다. 누군가 내 거미줄에 마음대로 담뱃불로 구멍을 내는 것 같다. 지금까지는 구멍들을 메우고 주위 사람들에게 숨길 수 있었다. 하지만 결국 병이 거미줄을 먹어치우고 어떤 기억 조각이 남든지 결국에는 오로지 얇은 실 몇 가닥만 남아 뭉칠 것이다.

가끔 그때 내게 무엇이 남을지 궁금하다. 사람은 축적된 경험과 생각, 기억으로 구성된다. 만일 그런 것들이 사라진다면, 나는 누구인가? 다른 누군가인가? 다른 무언가인가?

만프레드 올손이 목을 가다듬고 벽에 기대섰다.

"이 사건에 대한 새로운 사실부터 살펴보겠습니다. 지금까지 예스페르의 동료 아홉 명, 친구 다섯 명, 어머니와 아버지, 전 여자 친구 두 명을 심문했습니다. 그들 중 금요일 이후에 예스페르 오레에게서 소식을 들은 사람은 아무도 없습니다. 그리고 휴가 기간에 그가 어디를 가려고 했는지, 또는 지금 어디에 있는지 아무도 알지 못합니다. 드러나고 있는 그림은 오레가 스포츠와 여자 말고는 관심사가 극히 적은, 매우 야심 있고 투지가 넘치는 남자라는 것입니다. 언론에서는 오레가 범죄와 연결되어 있다고 얘기하지만 그 주장을 뒷받침할 만한 증거를 발견하지 못했습니다. 그의 지인 중에 마약 관련 경범죄로 유죄 판결을 받은 사람이 있습니다. 그리고 이웃들을 탐문했는데 의문의 그날 저녁에 주목할 만한 걸 본 사람은 아무도 없습니다. 오레의 실종을 공개하고 파악한 정보 중 뭔가 의미 있는 결과로 이어진 건 없습니다. 이메일과 문자 메시지도 조사했지만 특별한 건 없었습니다. 하지만 그렇다고 반드시 아무 의미가 없는 것은 아닙니다. 우리가 모르는 개인 휴대전화가 있을 수도 있겠죠. 지금 그 가능성을 조사하고 있습니다. 어제부터 출국금지 조치를 취하고 모든 출입국 관리소에 통지된 상태이기 때문에 오레는 스웨덴을 떠날 수 없습니다. 그리고 돈을 인출하려 하는 순간 즉시 통보될 겁니다. 불행히도 그것이 현재 우리가 예스페르 오레에 취할 수 있는 조치 전부입니다. 국립과학수사연구소와 얘기했는데, 오레의 전실에서 발견된 마체테는 동아프리카에서 사용되는 칼로 일반적인 마체테보다 칼날이 넓고 끝이 더 각이 졌다고 합니다."

만프레드는 하얀 칠판에 마체테 사진을 걸고 무기의 손잡이를 가리키며 말했다.

"손잡이는 흑단으로 조각되었습니다. 흑단 손잡이는 다소 특이한 것으로 아마도 상당히 오래됐을 거라고 합니다. 특수 경매에서 비슷한 표본을 찾을 수 있습니다. 손잡이에서는 지문이 발견되지 않았습니다. 살해 후에 범인이 닦아낸 것 같습니다. 하지만 칼날에서는 예스페르 오레의 지문이 발견됐죠."

산체스가 낮게 휘파람 소리를 냈다.

"그를 잡았군요." 그녀가 말했다.

"그렇지는 않아. 그가 마체테를 만졌다는 사실만 입증할 수 있을 뿐이지 그 외에 다른 건 없어. 국립연구소와 과학 수사관들은 희생자의 구타 자국과 10년 전 있었던 미구엘 칼데론의 구타 자국을 비교하는 중인데 내일이나 늦어도 모레까지는 보고서를 주겠다고 약속했습니다. 전실에서 발견된 혈액은 희생자의 피였습니다. 하지만 소변은 남자의 것이었죠. 국립연구소는 아직 완전한 DNA 프로파일을 얻어내지 못했지만 현재 작업 중입니다. 그리고 여러분도 아시겠지만 혈액과 조직보다 소변에서 DNA를 얻기가 더 어렵습니다."

"그래서 소변이 남자의 것이다, 그게 무슨 의미죠?" 산체스가 물었다.

"남자가 전실에서 오줌을 쌌다는 거지." 만프레드가 대답했다.

억누른 킥킥대는 소리가 방 여기저기에서 들렸다.

"그래요. 그렇죠. 하지만 왜요?"

"우리가 알아내야지." 만프레드가 말했다.

"칼데론 사건 때 범죄 현장에서 소변이 발견됐었던가요?" 내가 물었다.

만프레드는 고개를 젓고 계속 말했다.

"아뇨. 오레의 집을 살살이 조사했던 수사관과도 얘기해봤습니다. 주목할 만한 것은 전혀 발견되지 않았어요. 지하실에 있는 세탁실 수납장에 숨겨둔 여성들의 속옷을 담아놓은 바구니 외에는 말이죠. 이전에 페테르와 저는 안야 스타프를 심문했습니다. 심문 결과, 오레가 여성들이 입었던 란제리를 수집했다고 결론내릴 수 있습니다. 그는 그것에서 성적 흥분을 얻었던 것 같습니다."

여기저기서 웃음소리가 났다. 강력계 팀장 그레게르 세브스탐이 책상 주위를 엄숙하게 쳐다보자 웃음소리는 빠르게 사라졌다.

"그들이 다른 것도 찾았습니다." 만프레드가 계속했다. "피가 묻어 있는 팬티로 오레의 침대 헤드 뒤쪽에 밀어넣어져 있었습니다."

"생리 혈인가요?" 산체스가 제안했다.

만프레드는 고개를 저었다.

"팬티에 묻은 핏자국은 오래된 것입니다. 팬티가 발견된 위치로 보아 과학 수사관들은 누군가 상처의 출혈을 막기 위해 팬티를 사용했다고 생각합니다. 이를테면 팬티로 팔이나 손 주위를 감싼 거죠. 아직 확실하지 않지만 수사와 관련이 있다면, 말씀드렸듯이 이것이 유일하게 주목할 만한 단서였습니다.

만프레드는 가죽 장정을 댄 서류 묶음을 획획 넘기며 계속했다.

"아, 한 가지 더 있습니다. 페테르가 오레의 차고에서 발생한 화재를 조사하고 있는 보험사와 얘기를 했습니다. 그들 말로는 십중팔구 방화였을 거라고 합니다. 재를 화학적으로 분석했는데 가솔린의 흔적이 발견됐습니다. 지역 경찰도 수사를 하고 있고 그들과도 연락하고 있습니다. 지금까지 용의자는 없습니다. 보험사는 보험금을 오레에게 지급할 예정이라고 뜻을 비췄습니다."

"오레의 재정 상태는 어떤가?" 그레게르 세브스탐이 강한 남부 억양으로 물었다.

"재정 상태는 좋습니다." 내 뒤에서 페테르가 대답했다.

나는 몸을 돌리지 않고 결국 다시 이곳에 온 결정이 아주 현명한 짓은 아니었다는 생각을 했다. 하지만 10년 전에 내 인생을 파괴한 남자와의 몇 차례 만남쯤은 헤쳐 나갈 수 있을 만큼 강하다고 스스로에게 납득시켰다. 과거에 맞서는 것이 두려워 열정을 멀리한다면 그가 이기게 놔두는 것이다. 미래가 얼마 남지 않았기 때문에 우선순위를 매기는 것이 중요하다.

"오레는 연간 수입이 4백만이 넘습니다." 페테르가 계속했다. "거기다 약 3백만 상당 가치의 주식을 보유하고 있습니다. 그리고 우리가 찾을 수 있는 빚은 없었습니다."

그레게르 세브스탐이 자리에서 꼼지락거렸다. "어떻게 예스페르 오레 같은 남자가 연기 속으로 사라질 수 있지?"

만프레드가 목을 가다듬었다. "전 인원이 그를 찾고 있습니다."

"이번 사건은 느낌이 정말 안 좋군." 그레게르 세브스탐이 말을 마치고 일어서면서 주름진 정장 바지의 주머니 속에 손을 넣었다. "우리가 갖고 있는 단서가 거의 없어. 흑단 손잡이의 오래된 마체테와 피가 묻은 속옷으로는 이 사건을 풀지 못해. 3일이 지났고 기자들은 멈추지 않고 전화를 걸어오네. 그리고 우리는 희생자의 이름조차 모르고 예스페르 오레가 어디에 있는지도 몰라. 나는 당신들이 알아낸 겨우 이 정보 가지고 경찰국장을 만나 바보처럼 보일 계획은 없다고."

"내일 클로즈 앤드 모어 사의 내부 감사인과 만날 예정입니다." 만프레드가 말했다.

"듣자 하니 그들이 오레에 관해 감사를 시작했다고 합니다. 소문으로는 마흔다섯 살 생일 파티 비용을 회사 돈으로 지불했다고 합니다. 아마도 그것이 어딘가로 이어지겠죠."

그레게르 세브스탐의 표정은 심각했고 피곤해 보였다. 그는 만프레드의 대답에 짜증난 것처럼 눈을 굴렸다.

"그 친구가 설령 회사 돈을 횡령했다 해도 살인 사건 수사에 도움이 되지는 못해. 그것 말고 할 수 있는 일이 없나? 좀 더 근본적인 것 말이야. 언론에 가서 도움을 요청해?"

"예스페르 오레가 실종 상태고 그의 집에서 한 여자의 시체가 발견되었다는 내용은 이미 공개됐습니다." 만프레드가 입을 열었다.

그레게르 세브스탐이 짜증을 내며 손을 휘저었다.

"그래, 알아. 내 말은 그 뜻이 아니잖나. 희생자의 사진을 내보낼 수 있겠지? 그럼 적어도 그녀의 신원 확인은 되겠지."

"시신이 심각하게 훼손된 상태라…… 우리는 보통……." 만프레드가 말했다.

"난 우리가 보통 어떻게 하는지는 전혀 신경 쓰지 않네. 우리는 지금 다음 단계로 넘어가야 한다고. 한 가지만 지나치게 생각하면서 그 친구가 왜 오래된 속옷 냄새를 맡는 것을 좋아했는지 곰곰이 생각하면서 그냥 앉아 있을 수만은 없어."

"얼굴 이미지를 재건해달라고 요청할 수 있어요."

산체스가 제안했다. "…… 훼손되고 잘린 머리를 공표하는 게 민감한 문제만 아니라면요."

그레게르가 지친 표정으로 그녀를 쳐다봤다.

"오랜 시간 동안 자네가 말한 것 중 가장 낫군, 산체스. 당장 하라고!"

나는 벽난로 앞 커다란 가죽 안락의자에 앉아 미구엘 칼데론의 경찰 수사 보고서를 읽고 있다. 장작이 탁탁 소리를 내며 타고 있고 내 옆에 낮은 대리석 커피 테이블에서는 초가 타고 있다. 내가 오래전에 공동으로 작성했던 보고서를 읽으니 기분이 이상했다. 아주 오래전, 그리고 여전히, 새롭게 달라진 건 별로 없다는 생각이 들었다. 나는 같은 아파트에서 같은 남자와 산다. 개만 달라졌다.

내 발치에서 양탄자에 몸을 동그랗게 말고 있는 프리다를 내려다봤다. 프리다가 검은 몸을 떨다가 발을 공기 중에서 갑자기 확 움직인다. 꿈속에서 폭력적인 사냥이라도 하는 모양이다.

보고서를 다시 읽기 시작했다. 그 당시 희생자의 눈꺼풀이 테이프로 붙여져 떠 있다고 메모했던 기억이 났다. 나는 불에서 내 몸으로 전해지는 열을 느끼며 눈을 감고 생각했다. 어째서 이미 죽은 희생자의 눈꺼풀을 테이프로 뜨게 한 걸까. 검시관은 피해자가 죽고 그렇게 되었을 가능성이 가장 높다고 결론을 내렸다. 눈꺼풀은 죽은 후에 테이프로 고정된 것이다. 그 이론은 테이프 밑에 생긴 핏자국으로 지지되었다.

살인자는 희생자의 눈꺼풀을 열고 아파트로 들어오는 다음 사람이 죽은 남자와 시선을 마주칠 수 있도록 머리를 놓았다. 어째서? 살인자는 칼데론을 발견할 사람이 누구인지 알았던 걸까? 그 사람에게 주는 메시지였을까? 그렇지 않다면 단지 희생자를 모욕하고 싶었던 것뿐일까? 적의 머리를 말에 매달고 트로피처럼 가지고 집에 돌아왔던 켈트족처럼.

자물쇠에서 열쇠가 돌아가는 소리가 들렸다. 더 이상 생각을 계속할 수 없었다. 프리다는 잠깐 몸을 굽혔다가 위로 튀어 올라 꼬리를 흔들며 전실로 달려갔다. 오베가 보고서를 보게 되면 분노할 것이다. 보고서를 숨겨야 한다고 생각했지만 그럴 수 없었다. 대신 나는 보고서를 무릎에 올려놓고 계속 앉아 있었다.

머리는 헝클어지고 볼은 추위로 시뻘게진 그가 출입구에 서 있다. 진홍색 스웨터는 배 위에 걸쳐져 있다. 태도를 보니 짜증이 난 것 같았다. 가끔 그는 집에 돌아오자마자 성질을 부릴 때가 있다. 대개는 직장에서 누군가와 싸웠기 때문인데, 무능한 동료나 그를 불쾌하게 만든 환자에 대한 불만을 한동안 분출하곤 했다.

"나 왔어." 그가 말했다.

"왔어요?"

그는 계속 출입구에서 어디로 가야 할지 모르는 사람처럼 무게를 한 발 한 발 옮겼다.

"오늘 어땠어?"

"좋았어요. 당신은요?" 내가 말했다.

그는 어깨를 으쓱했다.

"글쎄 뭐라고 말해야 될까? 주립병원은 가장 똑똑한 녀석들을 불러 모은 건 결코 아니더군. 정신분열병 환자와 양극성 장애 환자의 차이를 구별하지 못하는 외국인 의사들을 전부 가르치느라 죽을 것같이 피곤해. 게다가 스웨덴어를 지독히도 못해서 제대로 된 보고서를 쓰지도 못하더군."

"힘들었던 것 같네요."

그가 뭐라고 웅얼거렸지만 확실히 알아들을 수 없었다. 그가 이따금씩 목 뒤에서 내는 소리 중 하나였다. 그와 몇 년을 함께 살면서 지금에서야 그 소리들을 알아들을 수 있게 됐다. 아기들이 비명을 지를 때 아기가 뭘 원하는지 본능적으로 이해하는 부모처럼.

"그건 그렇고 내일 쓸 와인 샀소?"

"아뇨, 전…… 다른 어떤……."

내 목소리가 잦아들었다. 와인 사는 일을 잊은 건 아니다. 단지 경찰서에서 너무 바빴을 뿐이다. 하지만 그 상황을 잘 설명할 수 없었다.

그는 약하게 한숨을 내쉬고 몸을 돌리기 시작했지만 반쯤 돌다 멈췄다.

"어쨌든 뭘 읽고 있어?"

나는 손으로 보고서를 가렸지만 너무 늦었다. 그는 이미 내 머뭇거림을 알아차렸고 내 두 손이 본능적으로 무릎에 있는 것을 가리려고 하는 모습을 보았다.

"특별한 건 아니에요." 그렇게 말했지만 그가 벌써 오고 있었다.

그는 바로 내 앞에서 멈춰 벽난로를 등지고 섰다. 거대하고 어두운 윤곽이 앞에 있었다. 그는 몸을 숙여 내 손을 단호히 치웠다.

"이 빌어먹을 건 뭐지?"

담배 연기와 땀, 그리고 뭐라고 꼭 집어 말할 수 없는, 데친 양배추를 연상시키는 냄새가 섞인 그의 체취가 날 압도했다.

"그건…… 경찰 수사 보고서예요."

"그건 나도 알아." 그가 한 옥타브는 높은 목소리로 대답했다.

"난 당신이 우리 집, 이곳에서 도대체 그것으로 뭘 하고 있는지 궁금할 뿐이야. 다시 경찰을 위해 어떤 일도 맡지 않겠다고 말했잖아."

"아뇨, 난 그렇게 말하지 않았어요. 당신이 그렇게 말했죠."

그는 한 동작으로 보고서를 움켜잡아 방 건너편으로 던졌다. 프리다가 꼬리를 다리 사이에 감추고 전실로 달려가는 모습이 얼핏 보였다.

"젠장, 한네. 이미 이 문제에 대해 상의했고 그 일은 적절하지 않다고 결정했잖아. 당신은 일을 할 수 있을 만큼 상태가 좋지 않다고. 그런데 당신은 날 배신하고 어쨌거나 하려고 하겠지."

그가 가르치려는 듯 엄숙하게 말하는 동안 그의 악취에 휩싸인 내 안에서 뭔가가 터졌다. 하중을 견디게 만든 벽이 무너지면서 집 전체가 허물어지듯 부서졌다. 속에서 천 번의 작은 폭발이 일어나며 그동안 쌓아왔던 모든 화가 치밀었고 분출될 곳을 찾아야 했다.

나는 의자에서 솟구쳐 일어나 주먹으로 그의 거대한 몸을 치기 시작했다. 실질적인 충격은 없었다. 말로 잘 표현할 수 없는 절망과 체념에서 비롯된 주먹질이 목적 없이 방향을 잃었기 때문이다. 그럼에도 내 행동은 그를 놀라게 한 모양이었다.

"이 나쁜 자식아." 내가 비명을 질렀다. "우린 절대 그런 결정을 한 적 없어. 내가 일을 할 수 없다고 당신이 말했고 당신이 결정했지. 늘 그렇듯이. 당신, 당신, 당신. 당신이 내게 뭘 하라고 얘기하는 것이 정말 신물이 나."

그는 위에서 내 팔을 꽉 붙잡고 가뒀다.

"진정해. 당신 완전히 미쳤어? 이런 것이 당신 병의 일부지. 이해 못하겠어? 공격성, 우울증. 병 때문이야."

오베가 내 변덕스러움을 병 탓으로 돌리는 건 전혀 새로운 일이 아니다. 여러 차례 그는 내게 항우울제를 먹으라고 얘기했다. 나는 따뜻하고 모든 걸 수용하게 만드는 약이 병 자체보다 더 무서웠다.

"빌어먹을 병 탓 하지 말아요. 이건 병이 문제가 아니라고요. 이건 나에 관한 문제예요. 절대 끝나지 않는 당신의 구박과 통제에 내가 얼마나 신물이 났는지가 문제죠."

나는 입을 다물었다. 우리는 벽난로 앞에 서 있었다. 모든 것이 정지했다. 장작이 타는 소리와 내 심장이 격하게 뛰는 소리만 들렸다. 그가 잡고 있는 팔이 너무 고통스러웠다.

"놔요!" 내가 말했다.

그는 내 팔을 놓고, 내가 보고서를 모아 침실로 급히 가는 동안 거실 한가운데에 계속 서 있었다.

"한네, 허니 무슨 일이야?"

"나, 그 사람 곁을 떠났어요." 내가 대답하며 옆에 무거운 여행 가방을 계단의 돌바닥 위에 내려놓았다.

"오, 어서 들어와."

구닐라가 내 여행 가방을 들었다.

"이크. 안에 뭐가 들어 있는 거야?"

"허리 조심하세요. 책이에요. 그린란드에 관한 책이요. 유일하게 가장 중요한 것들이죠."

구닐라는 천천히 고개를 저었다.

날 앞질러 구닐라 집의 밝은 복도를 내달리는 프리다 뒤를 따라갔다. 발을 바닥에 쿵쿵 굴러 신발에서 눈을 털어내고 코트를 벗어 색깔이 화려한 옷걸이 하나에 걸고 거실로 들어갔다. 그리고 구닐라의 하얀 소파에 깊숙이 몸을 파묻었다.

"전부 말해봐!" 그녀의 재촉에 그동안 있었던 일을 다 얘기했다. 경찰과의 만남과 페테르. 10년 된 미해결 사건과 연관된 사건의 발생, 그리고 내게 남은 시간에 뭔가 의미 있는 일을 하고 싶고 연구를 하면서 얻은 모든 지식을 사용하고 싶은 열망을 모조리 얘기했다. 그리고 오베가 어떤지, 그의 통제욕과 자기도취가 어떤지, 그리고 심지어 그의 냄새가 얼마나 역겨운지에 대해서도 설명했다. 난 몇 달 동안 화로 부글부글 끓다가 산불처럼 확 타오른 후에 공허해지고 기진맥진해졌다고 설명했다. 어떻게 이 감정적인 상처와 화상에 더 이상 대처할 수 없게 되었는지 말이다.

"그럼, 그리고 바로 집을 나온 거야?" 내가 말을 마치자 이것이 그녀가 던진 질문의 전부였다.

내가 기다렸던 질문은 나중에 우리가 와인을 여러 잔 마시고 구닐라의 지독한 냄새가 나는 치즈를 약간 먹은 후에야 나왔다.

"한 달 후, 아니면 1년 후에 자기 몸이 어떻게 될지 모르는 이때, 바로 지금 오베를 떠나는 게 현명하다고 생각하는 거야?"

짧은 침묵 후에 난 그녀의 눈을 바라보고 대답했다.

"그게 아주 중요한 이유예요. 남은 시간을 오베와 보내고 싶지 않아요."

다음날 아침, 몇 주 만에 처음으로 태양이 빛나고 있었고 녹은 눈이 창틀로 쿵 소리를 내며 떨어졌다. 그것이 징조처럼 느껴져 의기양양함과 안도감이 내 안에서 부풀어 올랐다. 이 모든 고통을 겪고 있는 가운데 밀려왔다 휩쓸려가는 파도 소리를 듣는 것처럼 마음이 진정되었다.

지금부터는 상황이 나아지기만 할 거라고 생각하면서 이누이트의 언어와 문화에 관한 루이-자크 도헤의 책을 집어 책장을 아무 데나 휙휙 넘겼다.

창틀 바깥 쪽 지붕에서 눈이 쿵 소리를 내며 땅에 떨어졌다.

이누이트 언어에 눈을 표현하는 단어가 아주 많다는 것은 서구 문명이 원시 인종과 자연과 그들의 공생 관계에 대해 갖는 낭만적인 열정에서 만들어진 신화다. 분명히 이누이트는 눈을 표현하는 단어를 하나 이상 갖고 있지만, 그건 우리 역시 마찬가지다. 더욱이 이누이트의 언어는 '하나'가 아니다. 더 정확히 말하면 북극과 알래스카, 캐나다, 시베리아, 그린란드에서 사용되는 언어와 방언은 많다.

하지만 늘 그렇듯이, 인간들은 현실을 좀 더 감당할 수 있게 만들려고 사물들을 단순화하려는 경향이 있다. 실제로 우리는 경찰서에서도 같은 일을 한다. 단순화하고, 이해하려고 노력하고, 연결고리를 찾고, 복잡한 수사 자료에서 패턴을 찾는다. 그리고 같은 실수를 하기도 한다. 특징을 사람에게 부여하고 모델을 적용해 사건을 설명한다. 그렇게 하는 게 우리의 세계관에 들어맞기 때문이다.

다시, 칼데론 살인 사건을 생각한다. 우리가 놓친 게 있었던가? 우리의 예상이 사건을 보는 시야에 영향을 미쳤던가?

방문을 소심하게 두드리는 구닐라의 노크 소리에 생각이 중단됐다.

"아침 먹을래?" 그녀가 물었다.

"네, 제발요. 배고파 죽을 지경이에요." 정말 아침을 먹고 싶다는 욕구를 실감하며 말했다.

몇 달 만에 처음으로 진심으로 배고픔을 느꼈다.

엠마
한 달 전

　출근길에 전철에 앉아 어떤 일이 일어났는지를 이해하려 애쓰고 있다. 예스페르의 아이, 우리 아이가 내 안에서 자라고 있다. 어둡고 비밀스런 장소에서 꼬리와 아가미를 가진 작은 올챙이가 막 인간의 형태를 취하려 하고 있었다.

　상상도 할 수 없는 일이었다.

　임신했다는 사실을 정말 알아채지 못했었다. 더 이상 예스페르와 나만의 관계가 아니다. 이제 아이를 지킬지 아닐지를 결정해야 한다. 더이상 예스페르를 놓아줄지 새로운 관계로 넘어갈지를 선택할 수 없다. 상황이 바뀌었고 그가 세기의 멍청한 자식인지 아닌지에 상관없이 내가 그의 아이를 기대하고 있다는 사실을 그는 알아야 할 권리가 있다.

　그가 어디 있는지 찾아내서 직접 얼굴을 보고 무슨 일이 일어났는지 알려줘야 한다.

　내가 출근했을 때 마노르와 올가는 둘 다 직원용 휴게실에 앉아 커피를 마시고 있었다. 매장 문을 열기까지 20분 정도 남았다. 비에르네는 어디에도 보이지 않으니 지금 커피를 마시는 편이 나았다.

　"커피?" 마노르가 물었다.

"응, 부탁해."

나는 재킷을 벗어버리고 테이블 주위 하얀 의자 하나에 앉았다. 마노르는 내 앞에 커피 한 잔을 조용히 내려놓았다. 그녀가 몸을 앞으로 숙이자 그녀의 머리카락이 테이블 위로 흘러내렸다. 얼마나 아름다운지, 많은 사람들이 부러워할 머리라는 생각이 들었다.

"비에르네는 어디 있어?" 내가 물었다.

"전혀 모르겠어." 올가가 말했다. "지각하나 보지."

"늦는다고? 하지만 보통 아주 일찍 왔는데. 아픈 거 아닐까?" 내가 물었다.

"아닐걸." 마노르가 웅얼거렸다. "그는 6개월 동안 벌점이 단 1점도 없었어."

잠시 침묵이 우리를 감쌌다. 나는 뜨거운 커피를 홀짝이며 생각에 몰두하면서 메스꺼움을 잊으려 노력했다. 내 몸속 깊숙이 어딘가에 있는 밀항자를 생각하지 않으려 최선을 다했다.

"넌 이번 달에 10점이야." 올가가 날 쳐다보며 말했다. 그녀의 목소리에는 눈치나 연민이 없었다. 마치 고객에게 속옷 한 벌 가격을 말하듯 객관적으로 그 사실을 지적했다.

"딱히 문제는 되지 않을 거라고 확신해." 마노르가 말하면서 내 손을 가볍게 만졌다.

"당연히 문제가 될 거야. 너무 자주 결근하면 널 해고할 거라고." 올가가 말했다.

"난 아팠어." 내가 말했다.

"그건 중요하지 않아." 올가가 세상에서 가장 명확한 사실을 아주 어린아이 또는 아주 어리석은 아이에게 설명하듯 계속 말했다. 그녀의 손톱들이 스스로 도약하고 싶어 하는 것처럼 드럼 치듯 테이블을 툭툭 두드렸다. 손톱은 손이 치명적인 무기라는 생각이 들 정도로 길었다.

"네 일에 신경 써야 돼. 그리고 아프더라도 가끔은 출근하고. 더 열심히 해야 돼." 올가가 모든 단어를 강조하며 말했다.

"그리고 모든 관계에 신중해야 돼. 때때로 화해하려면 하기 싫은 일도 해야 되고. 난 알렉스가 행복하기만 하다면 그가 집에 있을 때 오럴섹스를 해줄 거야."

"에이 그건 아냐." 마노르가 항의했다. "그건 같다고 할 수 없지."

"아냐, 맞아. 집에서나 직장에서나 모두 노력해야 한다는 거야."

마노르는 분명히 짜증이 난 것 같았다. 그녀는 일어서서 자신의 커피잔을 싱크대에 탕 소리를 내며 내려놓았다. 갈색 액체가 밖으로 튀었다.

"넌 이상해. 그거 알아? 여긴 러시아가 아니야." 그녀가 발끈 성을 내며 쏘아붙이고 간이 주방을 떠났다. 그녀가 뿌린 향수의 무거운 향이 주방에 맴돌았다.

"쟤는 왜 저렇게 화를 내는 거야?" 올가가 중얼거렸다.

"모르겠어."

"무슬림이라서 그럴지도 몰라."

"어쩌면."

우리는 잠시 이것을 곰곰이 생각했다. 전화가 울렸지만 마노르가 재빠르게 계산대에서 전화를 받은 게 틀림없었다. 그녀가 매장에서 누군가와 이야기하는 소리가 들려왔기 때문이다.

"너 마노르한테 사과할 거야?" 내가 물었다.

"사과? 뭐 때문에? 막고 나간 건 쟤야."

"막은 게 아니라 막 나갔다고 말하려던 거 아니야?"

174

"뭐든지 간에. 쟤는 자기가 특별하다고 생각해. 대학에서 공부했다고 말이지."

올가가 입을 꾹 다물고 가슴 앞에서 팔짱을 끼었다.

밖에서 다가오는 걸음 소리가 들렸다. 마노르가 다시 문에 나타났다. 그녀의 태도에서 뭔가 일이 있음을 알 수 있었다.

"비에르네 일로 온 전화였어." 그녀가 숨이 가쁜 목소리로 말했다.

"버스에 치였대. 죽거나 그러지는 않겠지만 한동안 출근을 못한대. 적어도 한 달은."

올가와 나는 둘 다 아무 말도 하지 못했다. 우리 모두 비에르네를 싫어했지만 아무도 그가 다치기를 바라지는 않았다. 대형 버스 밑에 깔린 그의 야윈 몸을 생각하니 다시 메스꺼워졌다.

"불쌍한 비에르네." 올가가 속삭였다.

"그래, 불쌍한 비에르네." 마노르가 말했다.

"이제 어떻게 해?" 내가 물었다.

"우리끼리 매장을 운영해야 돼." 마노르가 말하며 몸을 약간 쭉 폈다.

"회사에서 다른 통지가 있을 때까지 나한테 매장을 맡으라고 했어."

나는 그들이 매장 책임자로 마노르를 선택한 건지, 아니면 그녀가 전화를 우연히 받았기 때문에 그녀에게 요청한 건지 궁금했다.

"아, 그리고 한 가지 더 있어." 마노르가 말했다. "우리의 친애하는 CEO의 기사가 또 나왔어. 기자가 우리에게 접촉하려고 할 경우 어떤 언급도 해서는 안 돼. 질문은 모두 본사로 전달해야 되고."

"또 말썽을 일으킨 거야?" 올가가 간교하게 미소 지었다.

마노르가 어깨를 으쓱했다.

"몰라."

하지만 올가는 포기하지 않았다.

"인사과에 있는 네 친구 말이야. 그녀가 그를 조사하고 있지. 그렇지?"

"내 친구는 인사과에서 일하지 않아. 경리과에서 일하지. 하지만 맞아. 예스페르 오레가 자기 생일 파티 비용을 회사에서 지불하게 한 일에 대해 뭔가를 조사하는 것 같아. 하지만 난 잘 몰라."

점심 메뉴는 1회용으로 포장된 샐러드였다. 새우는 바다에서 산 적이 있기나 한지 상상하기 힘들 정도로 아무 맛도 나지 않고 곤죽이었다. 오히려 밀가루와 생선으로 만들어진 죽 같았다.

나는 직원용 휴게실의 작은 책상에 놓인 컴퓨터 앞에 앉아 있다. 내 왼쪽으로 간이 주방이 있다. 테이블에는 잡지와 새우 몇 마리가 외롭게 들어 있는 플라스틱 그릇이 널려 있다.

냅킨으로 손을 닦고 키보드를 내 쪽으로 잡아당긴 후 예스페르 오레를 검색했다. 몇 초도 안 되어 '예스페르 오레, 성희롱으로 고발되다'라는 기사가 떴다. 나는 잡지의 웹사이트에서 기사를 클릭하고 스크롤을 내렸다. 몇 년 동안 '예스페르와 가까이서 일했던' 한 여자가 그를 성희롱으로 고발했다. 기사에는 그녀가 누구인지, 어떤 일을 했는지 나와 있지 않았지만, 틀림없이 본사 직원일 것이라고 결론을 내렸다. 그들이 함께 일했기 때문이다. 아마도 비서나 마케팅 부서의 직원이었겠지. 예스페르와 회사는 그 문제에 관해 어떤 언급도 하지 않았지만, '믿을 만한 소식통'은 내부 감사가 시작되었다고 주장했다.

나는 궁금했다. 어떤 이유에선지 그 기사를 보고도 속상하지 않았다. 예스페르는 자주 자신이 얼마나 취약한지, 주위 사람들이 어떻게 두 그룹으로 나뉘는지 얘기했었다. 언제나 그의 곁에 가까이 머물려고 열심히 노력하는 예스맨과 틈만 나면 그를 파괴하기 위해 최선을 다하는 사람들. 그리고 종종 예스맨들은 원하는 반응을 얻지 못할 경우 천천히 파괴 공작원으로 변하기도 한다.

나는 이 여자가 파괴 공작원이라고 추측했다. 예스페르는 이제 만만한 대상이다. 기차는 역을 떠났다. 이것은 주목을 끌기 쉬운 방법이고, 아마도 오랜 시간 동안 느꼈던 부당함에 대한 복수일 것이다. 예스페르가 옳았다. 정상의 위치에 있다는 것은 힘들다. 정상의 위치에 노출되면 아무도 믿을 수 없다.

그럼에도 불구하고. 내가 틀렸을 가능성이 항상 있다.

어쨌거나 나는 예스페르를 얼마나 잘 아는가?

다시 기사를 보고 밑에 적힌 이름이 내 눈을 사로잡았다. 안데르스 옌손. 익숙하게 들렸다. 그 이름을 전에 어디서 들었을까?

기억이 났다. 이곳에서 일하는 것에 대해 인터뷰하기를 원한다며 내게 명함을 줬던 기자였다. 그 명함은 지금 다른 청구서들과 함께 넘치는 빵 보관 용기에 있다.

마노르가 방에 들어와 반대쪽 의자에 앉았다.

"뭐해?"

나는 재빨리 컴퓨터를 껐다.

"별거 아니야. 집에서는 인터넷이 안 돼서."

그녀는 느릿하게 고개를 끄덕였다.

"그건 그렇고 너 괜찮아?" 내가 말했다. "조금 전에 약간 화가 난 것처럼 보였어."

마노르는 한숨을 쉬고 눈을 이리저리 굴렸다.

"그냥 올가가 여자에 대해 지독하게 끔찍한 생각을 갖고 있어서. 그게 짜증났어. 너도 올가가 1800년대에서 바로 왔다고 생각하지. 맞지?"

나는 궁금했다. 올가는 다르다. 사실 전에는 여성에 대한 올가의 태도가 둔감하다고만 생각했다. 그녀의 표현은 가끔 의도치 않게 찰싹 때리는 것 그 이상은 아니라고 생각했다.

"생각해본 적 없어." 내가 말했다.

"음, 난 있어." 마노르가 말했다.

"그건 그렇고 오늘 좀 일찍 퇴근해도 괜찮을까?" 내가 물었다.

그녀는 날 탐색하듯 쳐다보면서 다리를 꼬았다.

"물론이지. 괜찮아. 어쨌든 내가 닫아야겠지. 지금 내가…… 책임을, 아니 뭐든 간에 말이야."

그녀의 찡그린 표정은 짜증스러우면서도 동시에 웃겨 보였다.

"고마워." 내가 말했다. "볼일이 좀 있어."

마노르와 내가 매장을 닫고 있을 때 금발에 체격이 좋은 여자가 아주 작은 코트를 입고 지나갔다. 나는 즉각 엄마를 떠올리기 시작했다. 어느 날 우리는 침대에 누워 있었다. 엄마와 나뿐이었다. 주로 엄마와 아빠가 지쳐 있고 오랫동안 화를 낸 후에 발생하는, 친밀함과 사랑을 느낄 수 있는 매우 드물지만 소중한 순간이었다.

엄마는 진지한 얼굴로 내 머리를 쓰다듬었다.

"사랑하는 아기 엠마."

나는 대답을 하지 않고, 그저 눈을 꼭 감고 담요의 온기와 엄마의 애정이 날 감싸게 했다.

"미안해. 음…… 그러니까…… 가끔 엄마가 너무 성질을 부리고 인색하게 굴지." 엄마가 갑자기 말을 꺼냈다. 나는 눈을 뜨고 엄마의 눈을 처다봤다. 벽장 높은 곳에 보관하던 작고 하얀 알약 한 알이 필요한 것처럼 엄마는 다시 고통스러워 보였다.

"그건 중요하지 않아요." 내가 대답했다. 엄마는 안정을 취했다.

"그건 그냥…… 가끔 너무 스트레스를 받아서…… 그리고 너무 피곤해. 그리고 그때 엄만…… 흥분하게 돼."

나는 사람이 가방이나 병을 바닥에 떨어뜨리는 것과 같은 식으로 흥분할 수 있다고 생각했다. 하지만 떨어뜨렸다면 어째서 다시 주울 수 없을까? 하지만 난 그 말은 하지 않았다. 이 섬세하고 완벽한 순간을 망가뜨리고 싶지 않았기 때문이다. 나는 이 순간을 지켜내는 것이 내 책임이라는 것을 깨달았다.

"괜찮아요."

"아냐, 사실 그건 괜찮지 않아. 단지 네가 그걸 알아주기만을 바랄 뿐이야. 엄마가 화를 낸다면 엄마 잘못이지. 그건 잘못되고 어리석은 일이야. 그리고 엄마는 어른이니까 성질을 좀 더 잘 조절할 수 있어야 해."

이제 엄마의 목소리에는 눈물이 배어 있었다. 난 절대 엄마가 우는 것을 원하지 않았다. 갑자기 엄마를 슬픔에서 벗어나게 하는 것이 세상에서 가중 중요한 임무처럼 느껴졌다. 엄마는 한번 울기 시작하면, 멈추지를 못하기 때문이다. 결국 그날은 망치게 되고 모든 게 내 잘못인 것처럼 느껴진다.

"난 엄마가 화났다고 생각하지 않아요. 엄마는 좋은 사람이라고 생각해요."

"오, 너는 엄마의 작은 천사구나." 엄마가 웅얼거리며 내 입에 입맞춰주었다. 시큼한 커피와 오래된 우유 맛이 났지만 나는 옆으로 비키지 않고 엄마가 내게 제대로 키스할 수 있도록 움직이지 않고 가만히 조심스럽게 누워 있었다. 바로 그 순간 밖에서 전화가 울렸다.

"곧 돌아올게." 엄마는 웅얼거렸다. 그리고 엄마는 일어서서 핑크색 실내복을 커다란 몸에 둘렀다.

밖에는 태양이 빛나고 있고 주변 건물에서 나온 아이들이 학교에 가는 중이었다. 나는 며칠 동안 기침을 했다. 엄마는 내가 집에 있어야 한다고 주장해서 아빠를 화나게 했다. 아빠는 아기처럼 행동하지 말아야 한다고 생각했다. 열도 없는데 기침 때문에 침대에 누워 있는 것은 분명히 아기처럼 행동하는 것이었다.

나는 집에서 혼자 엄마와 보내던 그날들이 즐거웠다. 엄마가 기분이 좋고 기운이 있는, 얼마 안 되는 시간을 나와 함께 보냈다. 저녁에 엄마는 항상 아빠와 부엌에 앉아 맥주를 마셨고 아침이 되면 항상 휴식을 취해야 할 정도로 피곤하고 고단해했다.

"아뇨, 저희 집은 애완동물을 키우지 않아요. 왜죠?"

나는 엄마가 전실에서 하는 말소리를 확실하게 들을 수 있었다. 엄마의 목소리는 약간 날카롭게 들렸는데 누군가 엄마를 화나게 하고 있다는 의미였다. 엄마가 화를 내는 평범한 저녁, 맥주 캔과 접시가 부엌 건너편 아빠에게 날아다니기 직전에 내는 목소리가 들렸다.

"이해할 수 없군요. 다른 아이들과 사이가 좋지 못하다니, 무슨 뜻이에요? 내 딸은 다른 아이들과 노는 데 아무런 문제도 없어요. 이웃에 친구도 많다고요."

다시 침묵이 이어졌다.

"그 말을 믿을 수 없어요. 딸한테 물어보겠지만 난 딸이 학교에서도 친구가 많다는 인상을 받았어요."

나는 일어서서 문 가까이로 갔다. 갑자기 가슴이 조여와서 기침도 할 수 없을 지경이었다.

"특별한 관심이라고요? 분명 농담이겠죠. 그리고 아이가 동물과 시간을 보내면 어째서 나아진다는 거죠? 전혀 말도 안 되는 소리예요. 말의 털을 손질해주거나 강아지를 만지는 게 어떻게 부끄럼을 덜 타게 한다는 거죠? 맞아요. 그건 수줍음이지 다른 건 아니에요. 왜냐하면⋯⋯."

나는 문을 닫고 다시 침대로 돌아갔다.

창밖에는 초여름의 활기가 느껴졌다. 나무와 덤불은 초록색 색조로 눈이 부셨고 화단에는 다년생 식물이 우아하고 특별한 꽃을 피웠다. 그네 옆에 로즈힙 덤불 속에 핑크색 꽃들이 점점이 피어 있었다. 꽃들은 곧 효과가 끝내주는 가려운 가루가 가득 들어 있는 단단한 열매로 변할 것이다.

나는 침대에 누워 엄마가 빨리 얘기를 끝내기를 바랐다. 엄마가 다시 침대로 기어들어와 부드럽고 다정하게 나를 대해주기를 바랐다.

다시 엄마가 날 아기처럼 대해주기를 간절히 원했다.

가슴은 여전히 이상하게 꽉 조였다. 누군가 줄넘기로 내 몸을 여러 번 감은 것처럼.

그때 뭔가를 봤다. 침대 옆 바닥에서 뭔가가 움직였다. 조심스럽게 유리병을 들어올렸다. 헐벗고 툭 튀어나온 가지 중 하나에 커다란 푸른색 나비가 앉아 있었다. 나비의 실제 몸체는 검정색으로 둥글고 약간 털이 있었다. 강렬한 코발트색 날개 가장자리에 검정 무늬가 있다. 나비는 우아하게 위아래로 날갯짓을 했다. 마치 작은 고치 속에서 아주 긴 시간을 보내고 다시 움직이는 방법을 배우려는 몸짓 같았다.

세르옐스 광장에서 함가탄으로 걸어 내려갈 때 날이 어두워졌다. 우산은 내 몸의 일부만 막아줄 뿐이고 돌풍이 우산 밑으로 비를 휘몰아쳤다. 거리는 이상할 정도로 텅 비어 있고 급하게 지나가는 보행자들만 이따금 씩 암흑 속을 지나갔다. 레게링스가탄에 도착하니 5시였다. 거대한 클로즈 앤드 모어 매장은 유람선처럼 화려하게 번쩍였고, 창문 한쪽에서는 더 낫고 흥미진진한 삶을 약속한다는 메시지를 외치고 있다. 머리가 젖은 여자 몇 명이 선반 사이를 목적 없이 서성이며 옷들을 살피고 있다.

나는 왼쪽으로 꺾어서 놀란스가탄 쪽으로 100미터가량 더 갔다. 길 건너에 클로즈 앤드 모어 사의 입구가 보였다. 나무문이 거의 야광처럼 흐릿하게 빛났다.

내 옆에 어떤 건물의 출입구가 있었다. 비를 피할 수 있게 되어 반갑 게 어둠 속으로 미끄러져 들어갔다. 이곳에서 모습을 보이지 않으면서 기다릴 수 있다. 문제는 거리의 건너편 문에서 누가 나오고 들어가는지 를 알아볼 수 있느냐 하는 것이다. 거리가 제법 멀었고 어두웠다.

장갑을 끼고 기다릴 준비를 했다. 5분쯤 지났을까 그 문이 열리고 내 나이 또래로 보이는 여자 둘이 나왔다. 그들은 큰 소리로 웃으며 각자 우산을 쓰고 길을 건넜다. 바람 때문에 우산 하나가 뒤집혔다. 웃음소 리가 훨씬 높아졌다. 나는 그들이 어둠 속에 웅크리며 있는 날 보지 못 했다고 꽤 확신했다.

여러 차례 이렇게 생각하고 있는 나 자신을 발견했다. '나는 미쳐가 는 걸까?'

나는 예스페르를 감시하며 빗속에 서 있다. 스토커처럼. 한 달 전에 누군가 이런 짓을 한다고 말했다면, 난 그 사람이 미쳤다고 생각했을 것이다.

하지만 상황을 고려했을 때 이것 말고는 어떤 일을 할 수 있을지 모르겠다. 그에게 얘기해야 한다. 문득 내가 예스페르를 잘 알지 못한다는 사실을 깨달았다. 채워야 할 공백이 끝이 없다. 구멍은 아주 많고 기댈 고체 부분은 몹시 작다. 내가 그를 알았던 적이 있기나 했는지 궁금해졌다.

그 후 한 시간 정도 비가 조금도 수그러들지 않고 내렸다. 정기적으로 반대쪽 문이 열리고 사람들이 나왔고 어둠 속으로 사라졌다. 내 쪽을 쳐다본 사람은 한 명도 없었다. 마치 내가 실제로 투명인간이 되었거나 지면의 바위로 변해버린 것 같았다.

지붕 아래 서 있었는데도 빗방울이 때때로 들이쳤다. 머리선과 목, 손목을 따라 물이 흘렀다. 나는 몸을 데우려고 어둠 속에서 두 팔을 철썩 때려가며 조금씩 걸었다.

정확히 6시 10분에 그가 나왔다.

바로 그를 알아보았다. 그는 양복 위에 검정색 코트를 입고 있는데, 길을 급히 건널 때 단추를 잠그지 않은 코트가 바람에 펄럭거렸다. 갑자기 움직일 수가 없었다. 마치 내 몸이 더 이상 내게 복종하지 않는 것 같았다. 비에 젖은 길거리에 단단히 얼어서 말을 듣지 않는 고기 덩어리로 변한 것 같았다.

생각해보면 우리가 마지막으로 만나고 고작 일주일 정도 지났을 뿐이다. 그러나 몇 달처럼 느껴졌다. 그 모든 전화와 문자 메시지, 그리고 비가 내리는 지금, 내 앞에 내가 사랑한 남자, 그의 환영이 있다.

그때 날 움켜잡고 있던 마비가 풀렸다. 나는 열려 있는 문 밖으로 몇 걸음 걸어 나가 급하게 그를 뒤쫓기 시작했다. 비가 내 얼굴을 후려쳤지만 멈추어 우산을 펼 시간도 없었다. 어둠 속에 그를 잃을 위험을 감수할 생각을 하지 못했다.

그의 걸음걸이는 자신만만했고 빗속에서 춤을 추는 것처럼 왠지 우아했다. 그때 레게링스가탄의 검은 아스팔트가 그를 삼켰고 그의 모습이 갑자기 사라졌다. 걸음을 재촉해서 그가 사라졌던 곳에 도착하니 주차장으로 들어가는 입구가 보였다.

당연하다.

왜 그 생각을 못했을까? 당연히 그는 자신의 차를 몰고 출근한다. 이제 어떻게 그를 따라갈 수 있을까?

주위를 둘러봤다. 자동차나 택시는 보이지 않았다. 20미터쯤 전방에 열려 있는 문을 발견했다. 건물 안쪽에서 헤드라이트가 보였다. 그는 검정색 렉서스를 몬다. 잠시 동안 주자창의 불빛에 그의 실루엣이 드러났다. 그 후 그는 차를 몰고 밖으로 나와 스투레플란을 향해 어둠 속으로 사라졌다.

더 이상 비가 오는 것을 신경 쓰지 않게 되었고 심지어 느끼지도 못했다. 함가탄을 따라 뉘브로플란으로 걸었다. 서둘러 걷는다면 15분 후면 집에 도착할 것이다. 하지만 그게 뭐가 중요한가? 집에 가봤자 날 기다리는 사람은 없고 집에 가서 해야 할 일도 없다.

스톡홀름 왕립공원은 조용하고 사람이 없었다. 갑작스럽게 길을 건너 공원에 가서 거대한 나무 밑에 눕고 싶다는 충동을 느꼈다. 젖은 풀밭이 날 받아들이면 감각이 완전히 없어질 것이다. 식물과 자갈, 젖은 가을 낙엽과 하나가 될 것이다. 그리고 사라진다. 잊힌다. 어쩌면 죽을지도 모른다.

그때 우디가 떠올랐다.

모든 상황이 드러난 지금 그를 생각하지 않을 수 없었다. 처음 언뜻 보기에 그의 외모는 평범했다. 어깨 정도 오는 까만 머리에 언제나 너무 크고 낡은 청바지와 격자 무늬 셔츠를 입었다. 물론 나이도 많았다.

적어도 스물다섯 살은 되었다.

그 학기에 우디에 대해 말이 많았다. 수업에 들어오는 여학생들은 모두 그에 관해 떠들어댔다. 내가 그들 중 하나였다고는 말할 수 없다. 나는 소셜 게임에 실제로 참여하지 않으며 지켜보기만 하는 아웃사이더였다. 약간 수줍음을 탔거나, 어쩌면 그냥 흥미가 없었던 것 같다.

어쩌면 잘못 기억하는 것일지도.

그해 가을 우리는 가족이나 친구에게 선물로 줄 수 있는 버터 칼과 그릇들, 그리고 그다지 필요하지 않은 물건들을 만들었다. 나는 제대로 된 버터 칼을 만들 수 없었다. 처음에는 모양이 어설프고 너무 컸다. 그래서 모양을 다듬으려고 할 때마다 점점 줄어들어 내 버터 칼은 작은 드럼채를 닮아갔다.

"완전히 사라지지 않도록 조심해." 우디가 내게 윙크를 하며 말했다.

나는 뭐라고 대답해야 할지 몰랐지만 내 얼굴이 빨개지는 것을 알 수 있었다. 그 사람 잘생겼다고 생각해? 엘런이 그날 일찍이 내게 물었다. 내가 진심으로 대답했는지는 기억나지 않는다. 실제로 그런 식으로 그를 생각해본 적이 없었기 때문이다. 비록 다른 선생님들보다는 다소 젊고 덜 따분하더라도 그는 선생님 중 한 명일 뿐이었다.

하지만 그렇다 해도 나이가 아주 많다.

"내가 나중에 도와주마." 우디가 나무의 상처 난 면을 엄지로 훑으면서 책상으로 톱밥을 약간 밀어내며 말했다. 그가 날 쳐다보는 것을 느꼈지만 감히 그의 눈을 쳐다볼 수 없어서 그저 조용히 고개를 끄덕였다.

아빠가 어두운 구덩이 속으로 떨어진 것은 같은 해였다. 아빠 눈에만 보이는 구덩이는 어떤 이유인지 다시 밖으로 나올 수 없을 만큼 깊고 깊었다. 무력감과 두려움에 갇혀버린 아빠는 카펠그렌드의 우리 아파트에서 자진해서 고립되어 여생을 보냈다. 사람들은 우울증이라고 했다. 부엌 창문 밖에서는 봄이 깨어났지만 아빠는 침대에 누워 점점 더 피곤해했고 해초 벽지만 응시했다. 마치 그 길쭉한 해초들이 어떤 대답을 해주는 것 같았다. 엄마는 아빠와 얘기해보려고 시도했다. 엄마와 아빠는 침실에서 오랫동안 웅얼거리듯 대화를 나눴다. 무슨 얘기를 하는지 엿들으려고 애써봤지만 성공한 적이 없었다. 하지만 대화 내용이 무엇이든 간에 낮은 목소리로 속삭이는 모습 자체가 충분히 끔찍했다.

아빠의 상태가 나빠지는 만큼 맥주 캔과 와인 병들이 부엌에서 사라졌다. 내가 집에 도착했을 때 엄마가 저녁을 요리하는 일도 일어났다. 얇게 저민 토마토와 양파를 넣은 미트볼이나 소시지가 들어갔다. 나는 엄마가 소꿉놀이를 하는 것을 보는 게 익숙하지 않았고, 그래서 긴장됐다. 엄마의 작은 프로젝트는 종종 재앙으로 끝이 났다. 커튼을 꿰매려고 시도했을 때처럼. 커튼을 대칭으로 만들려다 실패한 엄마는 커튼 천을 길게 갈가리 찢어서 창문 밖으로 던져버렸다. 그 긴 천은 몇 달 동안 덤불에서 펄럭였고 그 조각들을 보면 절대 커튼이 아니라 위험하게 폭발하는 엄마의 성미가 떠올랐다. 엄마는 아빠의 정강이에 재봉틀을 던져서 크고 시퍼런 멍이 들게 했다.

내가 만든 버터 칼을 다시 쳐다봤다. 한숨이 나왔다.

"그게 뭐야?" 엘린이 내 위태로운 시선을 보며 물었다.

"못생겼어."

엘린은 대답하지 않았다. 대신 그녀가 만들고 있는 매끈하고 작은 나무 상자로 돌아갔다. 작업 시간에 엘린이 만든 것은 모두 훌륭했다. 마치 엘린의 두 손은 신비로운 지식을 갖고 있어서 나무나 천, 종이 등을 만지게 되면 무엇을 해야 되는지 직관적으로 알고 있는 것 같았다. 내 손과는 달랐다. 내 손은 내가 말하는 대로 하기를 거부했다. 그래서 내 두 손은 만지는 걸 족족 파괴했다. 그렇지 않더라도 최소한 그렇게 느껴졌다.

엘린은 후바부바 풍선껌으로 풍선을 크게 불면서 잘 보이지도 않는 고르지 않은 부분을 매끄럽게 하기 위해 이미 완벽한 뚜껑 위에서 사포를 부드럽게 움직였다. 우리 앞 테이블에 앉아 있던 마리에가 의자를 뒤로 기대 엘린 쪽으로 몸을 돌렸다.

"너 미케가 여는 파티에 갈 거야?"

엘린이 어깨를 으쓱했다.

"아직 결정 못했어. 페트라가 그날 밤 파티를 열거든."

"페트라는 괴짜야."

엘린은 뒤틀린 미소를 발사했다.

"그리고 미케는 한심하지."

마리에는 금요일 밤에 있을 파티에 대한 엘린의 분석에 즐거워하며 웃고는 긴 머리를 획 젖히고 몸을 돌렸다. 그 둘이 얘기하는 동안 나는 모양이 이상한 내 버터 칼을 내려다보았다. 아무도 내게 어떤 파티에 가고 싶은지 물어본 적이 없었다. 하지만 나를 괴롭히지도 않았다. 반의 어느 누구도 내게 못되게 굴지 않았다. 전반적으로 나는 그들의 관심 밖에 있는 듯했다. 차라리 내가 교실의 의자 중 하나인 편이 더 나을 정도였다.

그러한 상황을 어떻게 느껴야 하는지 정말 몰랐다. 배척당하고 모욕을 당했다고 느끼며 슬퍼해야 했는지도 모른다. 하지만 사실 그 게임에 참여하지 않아도 돼서 좋다고 생각했다. 미케의 파티에 가서 술에 취해

화단에 토하거나 욕실에서 의식을 잃을 필요가 없었으니까. 남자 친구에 관해 끝나지 않은 불평을 늘어놓는 마리에의 이야기를 듣고 싶지도 않았고 매점 밖에서 엘린과 어울리고 싶지도 않았다. 차라리 집에서 텔레비전을 보는 편이 좋았다.

종이 울렸다.

교실이 비기 시작하자 우디는 내게 남으라는 신호를 보냈다.

"넌 말을 많이 하지 않는구나." 그가 말했다.

그 물음에 어떻게 대답해야 할지 몰랐다. 버터 칼을 잡은 손에 힘이 들어갔고 손이 땀으로 축축해지는 것을 느꼈다. 내 볼이 상기되었다.

"넌 예뻐. 너도 알지?"

우디는 의자 하나를 빼서 내 옆에 앉았다. 우리 얼굴이 가까워지도록 그가 몸을 앞으로 기울였다.

"고맙습니다." 내가 말했다.

그의 시선을 마주본 건 이번이 처음이었다. 그의 두 눈은 사이가 가까웠고 따뜻한 갈색에 까만 긴 속눈썹으로 테를 둘렀다. 숱이 많은 까만 머리 여기저기에 희끗한 새치가 불쑥 튀어나와 있었다. 그렇지 않았다면 울창했을 숲 속에 죽은 나무가 군데군데 있는 것 같았다.

"미안하구나. 강요하는 것처럼 보이고 싶진 않지만 너한테 물어보고 싶은 게 있어서."

그는 말을 멈추고 빙그레 웃고는 천천히 고개를 저었다. 마치 당황한 것처럼. 바깥 복도에서 웃음소리와 발걸음 소리가 점차 조용해졌다.

"네?"

그가 눈을 감았다.

"남자 친구 있니, 엠마?"

아파트에 도착하고 집으로 올라가는 계단에서 요리하는 음식 냄새와 담배 냄새 같은 친숙한 냄새를 맡자 이상하게 마음이 진정됐다. 나는 두 손을 봤다. 두 손은 젖었고 창백했지만 떨림은 멈췄다. 어두운 바깥 어딘가에 예스페르 오레가 커다란 검정 렉서스를 주차하고 그가 집이라고 부르는 곳으로 들어간다. 생각하지 않으려고 애썼지만 그가 소파 어딘가에 앉아, 어쩌면 손에 와인 한 잔을 들고 앉아 있을지도 모른다고 생각하자 가슴이 아팠다.

계단을 올라갈 때 내 부츠가 닳은 돌계단에 젖은 자국을 남겼다. 예스페르가 뭔가를 숨기고 있다는 사실은 분명해졌다. 우리는 왜 항상 그의 임시 숙소나 내 아파트에서만 만났을까? 우리가 함께 있는 모습을 보이지 않는 것이 어째서 그렇게 중요했던 것일까? 그저 그의 직업 때문이 아니었다. 그렇지 않나?

나는 집의 문 앞에 서 있다. 5층까지 올라오느라 숨이 가쁘다. 내 몸은 마침내 따뜻해지면서 안정되기 시작했다.

자물쇠에 열쇠를 넣자마자 뭔가 잘못됐다는 것을 깨달았다. 문은 잠겨 있지 않았다. 문을 열자 아파트 안쪽에서 쾅 소리가 났다. 나는 집을 나갈 때 항상 문을 잠그고 나 외에는 아무도 아파트 열쇠를 가지고 있지 않다. 예스페르조차도.

주위를 둘러봤다. 뒤쪽의 실내 계단은 어둡고 조용했다. 누군가 아래 어둠 속에 숨어 있다면 그들을 볼 수 없다. 그 생각을 하자 간이 쪼그라들었다.

조심스럽게 현관을 삐걱 소리를 내며 열었다. 전실은 조용하고 비어 있다. 누군가 이곳에 있다는 징후는 없다. 손을 뻗어 스위치를 더듬어 찾았다. 몇 초 후 전실이 빛에 휩싸이자 조심스럽게 안으로 걸음을 옮겼다.

아무것도 건드려진 것 같진 않았지만 뭔가 다른 점을 느꼈다. 차가운 공기의 흐름이 아파트를 통과해 내 발목을 살금살금 지나갔다. 현관을 닫자 공기 흐름이 한 번 더 커졌지만 차가웠다. 너무 차가워서 어디가 열려 있는지 궁금했다. 신발을 벗지 않고 거실 안으로 들어가 머리 위 전등을 켰다. 모든 게 평소처럼 보였다. 날렵한 녹색 말름스텐 안락의자, 물리 교과서가 쌓여 있는 작은 책상. 지난주 동안에는 학교를 생각할 겨를이 없었다. 한동안 나는 물리 교과서도 빵 보관 용기에 넣어서 보이지 않는 건가 궁금했었다.

부엌을 향해 계속 걸어갔을 때 뭔가 잘못됐다는 사실을 깨달았다. 빗소리와 도시의 소음을 너무 또렷하게 들을 수 있었다. 내가 다시 폭풍 바깥에 서 있는 것 같았다. 나는 불을 켜고 문 안에 들어섰다.

창문이 열려 있다.

나는 거의 그 창문을 열지 않는다. 그런데도 불구하고 그 밤을 아파트로 초대하며 활짝 열려 있다. 창문을 닫으려고 걸어갔지만 창문을 닫으려 했을 때 떠오른 게 있다.

시계.

시계의 이름을 부르고 모든 방을 샅샅이 뒤졌다. 침대와 소파 아래, 닫힌 옷장 속, 모자 선반 위, 욕조 안. 시계는 어디에도 보이지 않았다. 시계는 숨는 습관이 없었기 때문에 점점 더 시계가 창문 밖으로 사라졌다는 확신이 들었다.

부엌으로 다시 돌아가 혹시 출근할 때 문 잠그는 것을 잊었는지를 떠올리려고 애써보았지만 그날 아침 기억은 텅 비었고 단 하나의 이미지도 떠올릴 수 없었다. 불과 몇 시간 전인데도 아주 먼 옛날 같다는 생각이 들었다.

용기를 낼 수 있는 만큼 멀리 부엌 창문 밖으로 몸을 빼내고 시게 이름을 외쳤다. 비가 내 목을 채찍질했다. 5층 아래에 있는 정원은 그저 어두운 직사각형이었다. 나무와 덤불이 바람에 춤을 췄지만 시게는 보이지 않았다. 나는 재빨리 코트를 입고 현관을 열어 반쯤 달리다시피 계단을 내려가 정원으로 나갔다.

나뭇잎들이 썩어가는 냄새와 젖은 땅 냄새가 지독했다. 조약돌 위를 걸어 내 부엌 창문 바로 아래라고 추측되는 곳으로 가서 고개를 뒤로 젖히고 눈을 가늘게 뜨고 빗속을 바라봤다. 한참 위에 열린 창문이 얼핏 보였다. 적어도 10미터, 어쩌면 더 높은 곳에서 떨어진 것이다.

고양이는 그 높이에서 살아남을 수 있었을까?

조약돌 위에는 아무것도 없었다. 나는 쪼그려 앉았다. 돌이 거의 말라 있는 벽에 가까이 가니 짙은 얼룩이 있다. 부드럽게 그것을 만져보고 나서 손가락을 확인했다.

나는 거리를 향한 벽을 따라 나 있는 피의 희미한 흔적을 찾았다. 어디로 이어졌는지 확인하려고 계속 웅크리면서 핏자국을 따라갔지만 핏자국은 비에 씻겨 없어졌다.

벽과 건물 사이에 좁지만 고양이가 발할라베겐으로 슬쩍 나가기에는 충분히 큰 구멍이 있다. 몸을 앞으로 숙이고 빗속을 응시했지만 어둠 속에 지나가는 무관심한 차 외에는 아무것도 보지 못했다.

페테르

요 며칠간 엄청나게 힘들었다. 한편으로는 수사가 정체된 상태였기 때문이고 또 한편으로는 회의에 한네가 참석한다는 사실이 불러일으킨 긴장감 때문이다. 그녀는 아무 말도 하지 않고 앉아 있다. 물론 그녀는 사건을 연구하며 자신의 일을 하고 있다. 하지만 난 괴로웠다. 그리고 그녀의 눈 속에는 비난하는 무언가가 있었다.

때때로 설명하기 힘든 기분이 들 때가 있다. 그녀는 내가 먼저 행동하기를 기대하는 것 같았다. 그녀에게 말을 걸기를 기대하는 것 같았다. 아마도 내가 왜 그렇게 행동했는지 설명하기를. 그렇지 않다면 단지 양심의 가책이 농간을 부리고 있는 것일까?

그것이 인생이라고 생각했다. 엉덩이에 난 종기처럼 간지럽고 따끔거린다. 그리고 고통을 끝내는 유일한 방법은 종기를 없애는 것뿐이다.

하지만 나는 아직 거기에 이르지 않았다.

차가 멈추고 모리세이 음악이 조용해졌다.

"음, 린드그렌. 잠들었나?"

만프레드를 향해 미안하다는 듯이 웃자 그가 NK 백화점의 주차장에 막 도착한 차에서 서둘러 내렸다.

"그저 자네를 두고 가지 않으려고."

"물론이죠. 난 괜찮아요."

우리는 주차장의 계단을 내려가 함가탄으로 나갔다.

크리스마스 쇼핑이 한창이라 보도는 사람들로 가득했다. 지붕과 창틱마다 눈 녹은 물이 떨어졌고 눈은 거의 다 사라졌다. 건물 전면 여기저기에 작고 더러운 더미만 쌓여 있을 뿐이다. 하늘은 파랬고 공기는 새로 널어놓은 빨래처럼 축축하면서도 깨끗하고 상쾌했다. 길을 건널 때 우리 앞쪽 길에서 노니는 햇빛이 키 큰 건물 사이로 쏟아져 내렸다. 나는 밝은 햇살에 눈을 찡그리며 클로즈 앤드 모어 본사 건물의 입구를 찾았다.

아그니에스카 린덴이 안내 데스크에서 우리를 맞이했다. 그녀는 사십 대로 적절한 진청색 정장을 입었다. 다소 숱이 적은 단발의 금발 머리는 단정했고 통통한 볼은 발그레했다. 건강해 보이는 그녀는 오래전 고등학교 시절 시르카 체육 선생님을 연상시켰다. 시르카 선생님은 매일 아침 공복에 달리기 후 얼음처럼 차가운 물로 샤워하는 것을 옹호하곤 했다.

"반갑습니다." 인사를 건네며 우리와 악수를 한 그녀가 잠깐 날 쳐다보더니 벽에 아주 큰 패션 포스터가 가득 붙어 있는 복도를 가리켰다.

"봄 컬렉션입니다." 그녀는 중얼거리며 레게링스가탄으로 창문이 난 작은 방으로 우리를 안내했다.

우리는 그녀의 책상 맞은편에 손님용 검정 의자에 앉은 후 공책을 꺼냈다. 아그니에스카의 책상은 아무것도 없이 깨끗했고 펜은 책상의 회색 플라스틱으로 만들어진 작은 정리함에 단정하게 놓여 있었다. 그녀는 두 손을 움켜잡더니 미소를 지었다.

"그럼, 무엇을 도와드릴까요? 예스페르 때문에 오신 것 같은데요? 듣자 하니 기자들이 쉬지 않고 전화를 걸어온다더군요."

만프레드가 고개를 끄덕였다.

"우리는 예스페르 오레의 집에서 벌어진 살인 사건을 수사하고 있습니다. 당신이 그를 조사하고 있다고 들었습니다. 그 조사 내용을 말씀해주실 수 있습니까?"

"물론이죠. 6월에 예스페르는 파티를 계획했어요. 그의 마흔다섯 번째 생일 파티와 선택된 고위 경영진과 소매업자를 위한 공식 만찬을 겸하는 파티였습니다. 비용의 절반은 회사가, 나머지 절반은 예스페르가 부담했죠. 9월에 우리는 예스페르가 지위를 남용해서 사적인 생일 파티 비용을 회사가 부담하게 했다고 주장하는 익명의 컴플레인을 받았습니다. 저는 이곳에서 내부 감사관으로 일하고 있고 제 업무는 이런 종류의 사건들을 조사해서 이사회에 보고하는 일을 포함하기 때문에 제가 조사했죠."

"그래서 어떻게 결론을 내리셨습니까?" 내가 물었다.

"원하신다면 제 메모의 사본을 드릴 수 있어요. 결론을 요약하자면 회사가 비용 일부를 지불한 것은 합리적이었다는 것입니다. 초대된 손님의 아주 많은 수가 직접적이든 간접적이든 사업과 연관되어 있었으니까요."

"그렇다면 예스페르는 잘못이 없었다는 건가요?" 만프레드가 물었다.

아그니에스카 린덴은 신중하게 미소 지으며 손으로 깨끗한 책상을 쓸었다.

"그렇기도 하고 아니기도 합니다. 예스페르가 파티를 열기 전에 회계 부서가 파티를 운영하도록 했다면 더 좋았겠지요. 게다가 그는 청구서 지불을 자신이 인가했습니다. 당연히 그건 허용될 수 없고 규정에 어긋나는 일이에요."

"이사회는 그에 대해 뭐라고 생각했습니까?" 만프레드가 물었다.

"모르겠어요. 이사회 회의 내용을 공유받는 권한은 제게 없어요. 하지만 그들이 화를 냈다고 들었어요. 예스페르는 지난 해 수많은 논란의 중심에 있었죠. 형사님들도 신문에서 보셨겠죠. 그리고 이제 이건……. 그는 별 걱정을 하지 않는 것 같지만 전 이에 대해 뭐라고 판단하지는 않겠습니다."

만프레드가 고개를 끄덕이며 물었다.

"논란이 많았다고 말씀하셨는데요. 파티 외에 다른 문제들이 있었습니까?"

아그니에스카는 몸을 쭉 펴고 한숨을 내쉬었다.

"네. 글쎄요, 어차피 그 일도 알아내시겠죠. 마케팅 부서의 프로젝트 매니저 한 명이 예스페르를 성희롱으로 고소했습니다. 정말 자세한 내용은 알지 못합니다만, 소문을 들었습니다."

"그녀의 이름을 알 수 있을까요?" 내가 물었다.

"물론이에요. 이름은 데니세 셰홀름이고 그녀는 현재 병가 중입니다. 연락처를 알려드리죠."

우리가 레게링스가탄으로 나왔을 무렵 해는 구름 뒤로 사라졌고 하늘은 어두워졌다.

"빌어먹을." 만프레드가 말했다. "난 정말 단서를 좀 더 얻게 될 거라고 생각했어."

"음, 데니세라는 여자와 얘기해봐야겠어요. 어째서 오레의 다른 동료들은 그녀에 대해 아무런 얘기도 하지 않았을까요?"

만프레드가 어깨를 으쓱하더니 주차장으로 가는 문을 열고 내가 지나가기를 기다렸다. 난 그의 육중한 몸을 간신히 지나갔다.

"아마 감히 말할 수 없었겠죠. 어쨌거나 오레는 그들의 상사니까." 내 질문에 스스로 크게 대답했다.

만프레드는 이에 대한 반응으로 코를 흥얼거렸다.

우리는 한동안 아무 말 없이 앉아 있었다. 경찰서로 돌아가는 길은 차들이 많아 길이 막혔다. 클라라베리스 고가 다리에서 천천히 전진하는 동안 만프레드가 날 다소 이상하게 쳐다본다는 사실을 알아차렸다. 걱정스러운 그의 눈빛이 신경 쓰였다.

"다 괜찮지?" 결국 그가 물었다.

"물론이죠." 내가 대답했다.

그는 더 이상 말이 없었다. 대신 다시 음악을 틀었다. 이것이 내가 만프레드를 인정하는 또 다른 점이다. 그는 아주 쓸데없이 깊게 (물론 일과 관계된 이외의) 감정을 파고들려고 하지 않는다. 항상 무슨 생각을 하냐고 묻고 '정말 아무것도 아니야' 같은 솔직한 대답에 절대 만족하지 않는 여자들과는 다르다. 설사 경찰이라 해도 산체스조차 그렇다. 나는 그녀에게 괜찮다고 천 번은 얘기했지만 그녀는 항상 내 기분이 어떤지를 물어본다.

유전적 요인 때문이 아닐까 생각한다.

경찰서에 도착한 후 난 작은 회의실에 앉아 칼데론 사건을 다시 읽었다. 기술 보고서에서 발췌한 심문과 범죄 현장의 혈흔 분석, 섬유질, 신발 자국, 사진들을 갈피갈피 읽었다.

밖은 어두워지기 시작했고 바람 소리는 더 세졌다. 작고 단단한 눈송이가 창문에 부딪혔다.

비록 보이지 않는 실이 칼데론에서 오레의 집에 있는 신원 불명의 여자까지 시간과 공간을 연결하는 것 같았지만, 아직 우리는 희생자들 사이에 어떤 연결고리도 찾아내지 못했다. 칼데론의 머리 사진을 그 여자의 머리 사진 옆에 놓자 유사성을 무시할 수 없었다. 정말 다른 범인 두 명이 그렇게 똑같은 범죄를 저지를 수 있을까? 정말 그런 가능성이 있을까?

문을 두드리는 소리가 들려 위를 올려다보자 한네가 그곳에 서 있었다.

"오, 미안해요." 그녀가 말하며 몸을 돌렸다.

그녀가 슬픈 강아지처럼 보였기 때문에 일어난 순수한 충동이었지만 난 그녀에게 들어오라고 말했다. 내 말에 그녀는 살며시 문을 닫으며 들어와 맞은편 의자 하나에 털썩 앉았다.

"뭐 하고 있어요?" 그녀가 물었다.

나는 회의실 책상 절반에 흩어져 있는 보고서를 내려다봤다. 아주 많은 것을 이야기하면서 아주 적게 설명하는 폭력적인 죽음을 찍은 사진과 보고서를 내려다봤다.

"사건 보고서를 읽고 있어요."

"아."

그녀는 약간 혼란스러운 듯 보였다. 그녀는 머리가 단정한지 확인하려는 것처럼 손으로 머리를 빗었다. (머리는 단정하지 않았다. 숱 많은 회갈색 머리가 사방으로 뻗쳐 있어 스톡홀름 군도의 황량한 바위에서도 잘 사는 날카로운 가시가 있는 식물을 생각나게 했다.)

"난 줄곧 생각했어요." 그녀가 말을 시작했다.

"네?"

"아마도 우리가 얘기를 해야 하는 게 아닐까 하고요. 함께 일할 거라

197

면 말이죠."

"좋아요. 뭐에 대해서요?"

그녀가 내 눈을 쳐다보았다. 그러더니 내가 아주 잘 아는 그녀의 아름다운 회색 눈에 갑자기 슬픔이 차올랐다. 그리고 내가 다시 무엇을 하려고 했는지 깨달았다. 비록 원한 건 아니지만 그녀를 상처 주는 일이다.

"들어봐요. 미안해요." 내가 말했다. "그러려고 한 게 아녜요. 물론 우리는 얘기할 수 있죠."

그녀는 안정되게 숨을 내쉬며 앙증맞은 손을 무릎에 올려놓았다.

"당신은 정말 나쁜 놈이야. 페테르, 당신도 그 사실을 알죠?"

나는 고개를 끄덕였다.

"그건 내 의도가 아니에요. 절대 당신을 상처 주려고 한 건 아니었어요. 한네, 날 믿어요. 당신은 내가 절대 상처 주고 싶지 않은 사람이에요."

"그렇지만 당신은 내게 상처를 줬죠. 그리고 아무 일도 없었던 것처럼 가장하면서 계속 상처를 주고 있어요. 알고 있어요?"

나는 책상을 내려다봤다. 머릿속에서 소용돌이치고 있는 생각과 말들을 정리하려고 했지만 허사였다. 그녀에게 그것을 설명할 방법을 찾았지만 허사였다. 말이 쉽게 나오지 않았다. 마치 머리와 입 사이에 연결이 끊어진 것 같았다. 그 말들은 결국 어지럽게 뒤섞여 내 상상과는 완전히 다른 방식으로 나왔다.

"그건 정말…… 설명하기 힘들어요. 그게 내가 말할 수 있는 전부예요. 그것이 당신에게 최선이라고 생각했어요."

말을 하자마자 창피함을 느꼈다. 이렇게 어리석은 말이라니. 새로운 인생을 앞두고 버림받은 여자에게 끔찍하게 당혹스러운 설명이라니. 하지만 한네는 별 반응을 보이지 않았다. 대신 창밖의 도시 위에 내린 땅거미와 두꺼운 눈과 비가 섞여 유리창에 내리는 풍경을 응시했다.

나는 그녀의 얼굴을 만지고, 제멋대로 뻗친 숱 많은 머리를 손으로 쓸어내리고 싶다는 충동이 일었다. 무척 유혹적인 생각이라 내 자신을 억눌러야 했다. 불편한 의자에서 강제로 꼼짝 못하도록 해야 했다.

"가끔 그 일을 후회해요?" 그녀가 너무 조용한 목소리로 물어서 간신히 그녀의 말을 알아들었다.

"매일이요." 나는 생각할 겨를도 없이 대답했고 바로 그것이 진실이라는 사실을 깨달았다.

한네가 떠난 후에도 나는 누군가를 처음으로 배신했던 일이 어떻게 시작되었는지를 궁금해 하며 혼자 회의실에 남아 있었다. 하지만 이미 그 답을 알고 있다.

안니카. 내 누나. 집을 떠나 뢴셰르 섬에서 보냈던 그해 여름이었다. 그 여름은 다른 여름과 똑같이 시작됐지만 우리 가족의 삶을 영원히 바꿔놓은 재난으로 끝났다.

나는 달라뢰의 피서용 별장 부근에 있는 부두를 향해 계단을 내려갔다. 바위에서 작은 보물을 찾고 있었던 것 같다. 집 옆에서 발견한 좌파당 배지를 쥐고 있었다. 아마도 이웃의 아이들이 물가로 내려와 부두에서 바더 마인호프단(1970–1980년대 당시 서독 사회를 뒤흔든 극좌파 무장단체로 적군파라고도 함—옮긴이) 놀이를 할 수 있기를 바랐던 것 같다.

파도가 바위에 철썩 부딪혔고 머리카락이 바닷바람에 얼굴 위로 나부꼈고 팔에 소름이 돋았다. 희미하게 나는 담배 연기 냄새를 알아차리고 잠시 놀랐다. 아버지는 집 뒤에 있었다. 그때 나보다 세 살 많은 안니카 누나가 비키니를 입고 부두의 우측 절벽에 앉아 있는 것을 보았다.

누나가 담배를 피우고 있었다.

누나는 한 발은 느긋하게 앞으로 펼친 채 담배를 잡고 있는 손을 올려놓을 수 있도록 다른 다리를 세웠다. 빛나는 피부는 벌겋게 탔고 금발 머리는 그러모아 정수리에서 말아 올려져 있다. 끝이 뾰족한 가슴은 아주 작은 삼각형 비키니에 가려져 있다.

바로 그 순간 누나 얼굴이 내 쪽을 향하더니 내 시선과 마주쳤고 곧 약한 소리를 냈다. 그건 말이 아니라 작은 칭얼거림에 가까웠다.

나는 완전히 정지한 채 서 있었다. 당연히 이것은 폭탄이었다. 안나카 누나는 몰래 바위에서 담배를 피우고 있었다. 그것은 충격적인 정보였고 모든 정보를 합친 만큼 값졌다. 이것으로 이득을 취하거나 다른 비밀과 맞바꿀 수도 있고 보복으로 털어놓거나 아마도 민감한 시기에 아주 약간 힌트를 흘릴 수도 있었다.

떨어져 있는 거리에서도 누나의 두 눈에 떠오른 공포를 볼 수 있었다.

"넌 그러지 않을 거야."

누나의 목소리는 조용했고 표면상으로는 통제되고 있었지만 난 그 속에서 공포를 느낄 수 있었다.

누나를 지배할 수 있다는 그런 특권. 그런 일은 자주 일어나지 않았다.

누나가 수건으로 어깨를 감싼 채 일어섰다. 이제 더 가까워져 난 누나가 소름 돋아 있고 아주 작은 비키니 상의 안에서 젖꼭지가 확실하게 도드라져 있다는 걸 볼 수 있었다.

"넌 말하지 않을 거야." 누나는 반복해서 말했다. "이건 우리만의 비밀이야. 알았지? 그리고 비밀은 책임이지. 책임질 수 있어?"

하지만 나는 웃을 수밖에 없었다. 그리고 웃을수록 내가 더 강하게 느껴졌다. 마치 전체 상황이 의기양양한 무모함과 마약 같은 힘으로 나를 채우는 것 같았다. 그리고 처음부터 그럴 계획은 아니었지만, 나는 집으로 가서 계단을 다시 뛰어 올라갔다. 처음에는 천천히, 하지만 점점 빨라졌다.

안니카 누나는 여전히 입에 담배를 물고 내 뒤에 있었다. 나는 곧 부서질 것 같은 나무 계단을 올라오는 누나의 소리를 들을 수 있었다.

"이 멍청하고 버릇없는 자식, 이리 와!"

하지만 난 달렸다. 내가 할 수 있는 일이 하나 있다면 빠르게 달리는 것이었다. 내 두 다리는 바위와 계단을 드럼 스틱처럼 두드렸다. 내 발가락 사이의 얇고 섬세한 피부를 뚫는 헤더와 솔잎 위를 달렸다.

안니카 누나는 숨 가쁘게 달려 나를 쫓아왔다. 속수무책으로.

정말 말하려고 한 것은 아니었지만 어쩐 일인지 그곳에 올라가자 현관에 어머니가 서 있었다. 어머니는 난간에 넓은 엉덩이를 기대고 헤아리기 어려운 표정으로 바다를 가만히 바라보고 있었다. 얼굴에서 약간 기름기 도는 까만 머리카락을 젖히고 귀 뒤로 넘겨 꽂았다.

"누나가 절벽에서 담배 피고 있어요!" 나는 식식거리며 말했다.

어머니는 믿을 수 없다는 표정으로 멍하니 날 쳐다봤다.

"뭐라고 하는 거야?"

"누나가 담배를 피우고 있다고요. 절벽에서."

그때 누나가 내게 달려들었다. 누나의 근육질 팔이 날 조용히 시키려고 내 머리를 찾았다. 내 얼굴은 강제로 마른 분홍색 헤더 꽃 위로 파묻혔다. 지면을 덮고 있는 가시들을 향해.

"입 다물어. 건방진 새끼야."

누나는 어린 여자애치고 힘이 셌다. 날 단단히, 아주 단단히 붙잡고 움직이지 못하게 했다. 아주 가까워서 누나의 땀 냄새까지 맡을 수 있었다.

"누나가…… 담배를……."

"당장 그만둬."

어머니의 목소리는 날카로웠다. 순식간에 어머니는 우리 옆에 와서 안니카 누나를 팔로 거칠게 움켜잡고 내게서 멀리 떨어뜨렸다. 그 후 어머니는 깊은 숨을 내쉬고 누나의 뺨을 때렸다.

어머니의 반응에 난 충격에 빠졌다. 언제나 무척 친절하고 이해심이 많았던 어머니가 실제로 우리 중 누군가를 때릴 만큼 화를 낼 수 있다는 사실을 이해할 수 없었다.

안니카 누나는 고개를 숙이고 어머니가 방금 때린 뺨에 손을 댄 채 꼼짝 않고 서 있었다.

"감히 그런 짓을!" 어머니와 누나의 시선이 마주쳤을 때 어머니의 목소리에서 쇳소리가 났다.

"그런 식으로 행동하면…… 엄마가 얼마나 기분이 안 좋을지 너도 잘 알잖니."

"엄마가 내 인생을 망치고 있어요."

안니카 누나의 목소리는 가늘고 불안정했다. 나는 누나의 붉어진 뺨을 쳐다보았다.

"과장하지 마." 어머니가 코웃음을 치며 말했다.

안니카 누나는 울기 시작했다. 흐느끼다 몸을 떨자 수건이 어깨에서 바위 위로 떨어졌다.

"닥쳐. 닥치라고. 너희 둘 다!" 어머니가 소리쳤다. "네 잘못이야. 전부 다 네 잘못이라고. 너희들은 모두 미쳤어. 난 너희들이 싫어!"

그리고 갑자기 아버지가 그곳에 서 있었다. 아버지 등 뒤로 태양이 후광처럼 아버지 머리에서 빛났다.

"안니카, 이리 오렴. 내 말 들리지?" 아버지의 목소리는 평온하게 들렸지만, 그것은 아버지가 정말로 화가 났을 때 나는 소리였다.

그리고 어머니는 가슴을 움켜잡았다. 어머니가 화가 났을 때 항상 하는 행동이다.

안니카 누나는 몸을 떨면서 짧게 단 한 번의 포효 소리를 내고 일어서서 몸을 돌려 부두를 향해 다시 달려갔다.

아버지는 어깨를 으쓱했다.

"안니카는 진정될 거야." 아버지는 한숨을 쉬며 라디오를 향해 돌아갔다. 나는 누나가 부두 근처로 내려가는 모습을 지켜보면서 아버지를 따라 테라스로 갔다. 그때 누나를 봤다. 누나는 계속 걸어가면서 몸을 숙인다. 그리고…… 뭐지? 비키니를 벗고 있다. 어째서?

안니카 누나는 비키니를 썩어가는 부두에 던지고 돌아보지 않고 물속으로 뛰어들었다.

아름다운 다이빙이었다. 표면에 잔물결을 남기지 않은 멋진 다이빙이었다. 물론 집에서 보이지도 않을 거긴 하지만.

누나는 다시 수면으로 올라왔다. 이제 부두에서 멀리 떨어져 있다. 의도적으로 바깥쪽으로 수영하고 있었다. 부두에서 멀어지고 있다. 륀셰르에서 멀어지고 있다. 그리고 정확히 언제인지는 말할 수 없지만 갑자기 어떤 생각이 슬금슬금 떠올랐다. 뭔가 잘못됐다는 느낌에 숨이 막혔다. 어쩌면 누나가 보트 너머로 수영했기 때문이었고 어쩌면 누나의 헤엄에 대한 투지나 힘 때문이었다. 어쩌면 공기가 갑자기 더 차게 느껴졌기 때문일지도 모른다.

"아빠!"

하지만 아버지는 내게 손을 들고는 라디오 볼륨을 높였다.

"아빠!"

아버지가 피곤한 표정으로 날 쳐다보며 큰 손으로 주름진 이마에서 땀을 닦았다.

"뭔데?"

나는 대답을 하지 않고, 그저 만과 해협을 향해 밖으로 곧장 수영하고 있는 안니카 누나를 가리켰다.

아버지는 천천히 일어서서 눈에 그늘을 만들어 햇볕을 가렸다.

"도대체 뭐야."

몇 초 후 아버지는 라디오를 나무 테라스 위에 떨어뜨리고 계단을 급히 달려 내려갔다.

엉성한 나무 구조물은 아버지의 몸무게로 가운데가 처졌다.

그러더니 아버지가 아래 부두에 있었다.

아버지가 누나에게 뭐라고 소리쳤지만, 누나는 그 목소리에 반응하지 않고 그저 차가운 물속으로 계속해서 바깥쪽으로 헤엄쳐 나갔다. 누나의 머리가 파도 속에 아래위로 움직였다.

그 순간 얼핏 뭔가가 다가오는 것이 보였다. 우퇴에서 오르뇌를 거쳐 달라뢰를 지나다니는 페리였다. 매일 오후 같은 곳을 운행한다. 아버지는 새로 생긴 페리를 칭찬하며 우리의 튼튼한 일꾼이라고 부르곤 했다. 페리에는 냉장실이 설치되어 있어 신선한 농산물을 군도의 작은 가게에 가져다주었다.

아버지가 그 위험성을 알고 있었는지 궁금해 했던 기억이 난다. 아버지는 여전히 누나를 향해 소리치며 부두에 서 있었다. 그리고 결정을 내렸다. 보트의 밧줄을 풀고 뛰어 올라탔다.

장면이 아주 느려졌다. 안니카 누나는 느리게 헤엄쳤고 아버지는 훨씬 더 느리게 노를 젓는 것처럼 보였다. 반면에 페리는 만을 따라 날쌔게 물결을 가르며 나아갔다. 갑자기 어깨를 꽉 붙잡는 손을 느끼고 돌아봤다. 어머니였다.

"세상에. 우라질 계집애. 지금 뭐 하고 있는 거야?"

아버지는 안니카 누나에 가까워졌지만 아직도 적어도 30미터는 떨어져 있었다. 나는 곧 닥칠 위험에 다시 숨을 쉴 수 없었다. 약간 메스꺼움을 느꼈고 속에서 냉기가 느껴졌다.

"쟤는 왜 저러고 있는 거야?" 어머니는 지금 당장 안니카 누나가 부두에서 우아하게 물에 뛰어들어 해협으로 헤엄쳐 나가게 만든 인과관계를 밝히는 것이 중요한 듯 물었다.

"넌 끝까지 계속 헤엄치지 못해……."

이제 아버지가 노를 젓던 보트에 서 있었다. 아버지는 공기 중에 노를 흔들며 다가오는 페리에 위험을 알렸다. 몇 초 후 페리에서 길게 경적 소리가 울렸다.

적어도 그들은 아버지를 본 것이다.

그러나 페리는 속도를 줄이지 않고 똑바로 앞으로 계속 나아갔고 처음에 슬로모션으로 보였던 장면이 갑자기 빨라졌다. 아버지는 작은 보트에 여전히 서 있었다. 이제 아버지는 머리를 숙이고 노는 옆에 매달려 있다. 페리는 물살을 가르며 나아갔다.

시간이 멈췄다.

그 마지막 순간이 몹시 고통스럽게 영원히 내 기억 속에 각인되었다. 페리는 다른 굉음을 냈다. 안니카 누나의 머리가 하얀 선체 뒤 또는 아래 어딘가로 사라졌다. 부두에 몰려든 어두운 윤곽의 승객들이 난간에 기대어 그 드라마를 목격했다. 태양은 구름 뒤로 숨었다. 어머니는 물 컵을 바위에 떨어뜨렸다. 좌파당 배지가 내 손바닥으로 깊숙이, 더 깊숙이 파고들었다.

그리고 침묵이 흘렀다. 마치 시간 자체가 멈춘 것 같은 정적이었다. 그리고 왜 그런지는 모르겠지만 나는 이미 알고 있었다.

안니카 누나가 사라졌다는 사실을.

엠마
한 달 전

눈을 뜬 상태로 침대에 누워 밖에서 부는 폭풍 소리를 듣고 있다. 몸 위에 아무리 담요를 쌓아도 따뜻해지지 않았다. 추위가 날 손아귀에 넣은 것 같았다. 무단 점유자처럼 내 몸에 이사 와서 떠나기를 거부했다.

상처를 입은 시계가 어딘가에 숨어 있을지도 모른다고 생각하며 오랜 시간을 찾아다녔다. 동물은 항상 그러니까. 그렇던가? 하지만 고양이는 어디에서도 발견되지 않았다. 마치 지워지고 흔적도 없이 녹아버려서 마당의 덤불 아래 시꺼멓고 기름진 땅에 삼켜진 것 같았다. 아니면 더 안 좋게 어리석은 집고양이처럼 발할라베겐의 자동차 사이로 사라졌을지도.

이 일의 배후에 예스페르가 있을까? 그는 내 돈과 그림, 그리고 이제 내게 남은 의미 있는 것 중 유일했던 시계마저 가져갔다. 이제 그가 내게서 훔쳐갈 수 있는 것은 더 이상 없다는 생각이 든다.

추워서 몸이 떨렸다. 손가락은 여전히 감각이 없다. 손에 마당을 뒤질 때 가시덤불에 긁힌 작은 상처들이 가득했다. 입에서는 철과 비슷한 맛이 났고 눈에 눈물이 차올랐다. 그러는 동안, 낯선 노곤함이 내 안에 뿌리를 내렸다. 잃을 게 없다는 것이 바로 이런 느낌일까? 이런 감정의 중심에, 말하자면 허리케인의 눈 같은 일종의 평화가 있다. 최악의 상황이 이미 벌어졌다는 사실에서 비롯되는 놀랄 만한 자신감이다. 그건 예전에 실제로 겪었던, 이미 알고 있는 감정이라고 생각한다. 최근에 일어났던 일들이 불편하게 우디와 있었던 일을 연상시켰다. 예스페르는 내가 이 모든 시간들을 잊으려고 아주 열심히 싸웠던, 과거의 깊은 수렁을 다시 열었다.

마침내 오늘 밤 잠들 수 없다는 사실을 깨달았다. 나는 일어나서 가장 두꺼운 스웨터를 입고 두꺼운 양말을 신고 책상에 앉았다. 교과서들을 옆으로 조심스럽게 밀어내고 맨 위 서랍에서 종이 몇 장을 꺼내 쓰기 시작했다.

내 기분이 어떤지, 비록 그는 아무런 설명도 없이 사라졌지만 그를 여전히 사랑한다고, 하지만 어떤 일이 생겨서 우리는 만나야 한다고 설명했다.

잠시 생각하다가 계속 써내려갔다. 아기를 가졌다고, 낳을지 말지 아직 결정하지 못했다고 썼다. 그에게 아빠의 역할을 해주기를 기대하지 않지만, 조언을 해줄 사람이 정말 필요하고 그 역시 일어난 일에 어느 정도 책임을 져야 한다고 썼다.

편지에 회사 주소를 쓰고 그의 이름과 '본인 외 개봉 금지'라는 문구를 모두 썼다. 그 후 침대에 다시 누웠다. 이불을 머리 위로 끌어올리자 우디의 기억이 다시 떠올랐다.

아빠가 죽고 열흘이 지났다. 작고 먼지투성이인 가구가 넘치는 아파트에서 엄마와 열흘을 보내고 마침내 학교로 돌아갔다. 나는 정말 내 감정이 무엇인지 몰랐다. 마치 가을바람에 나부끼는 종이학처럼 모든 감정들이 내 속에서 쿵쾅거리며 아직 진정되지 못한 것 같았다.

나는 그것에 관해 생각하려고 애썼다. 아빠가 절대로 다시 돌아오지 않는다는 사실을 이해하려고 애썼지만 이해할 수 없었다. 내 머리로 이해하기에 너무 거대했다. 물론 아빠가 사라졌다는 사실은 알았지만 언젠가 다시 돌아올 것만 같은 느낌이었다. 아마도 겨울에. 아니면 내 생일에.

죽음. 묻힘. 사라짐. 영원히.

죽음을 상상할 수 없었던 것이 차라리 다행이었는지도 모른다.

엄마는 대부분의 시간을 욕실 바닥에서 보냈다. 나는 음식을 가지고 엄마에게 갔고 엄마는 아무 말 하지 않고 고분고분 먹었다. 동물원의 동물처럼.

앙네타 이모는 거의 매일 들렀다. 이모는 날 꽉 안았다. 내 머리가 이모의 거대한 가슴 사이의 틈에 걸릴 정도로 아주 꽉 안아주었다. 이모는 내가 괜찮은지를 물었다. 나는 항상 괜찮다고 대답했다. 앙네타 이모는 걱정을 너무 많이 하는 경향이 있었다. 그게 사실이 아니라 해도 적어도 엄마는 그렇게 말하곤 했었다. 앙네타 이모는 만들어서 가져온 고형식 가정 요리를 1인분씩 나누어 포장한 후 작은 냉동고에 넣고 엄마를 보러 욕실로 조용히 들어갔다. 엄마와 이모는 욕실의 차가운 타일 바닥에 앉아서 담배를 피우며 몇 시간 동안 얘기를 나눴다. 앙네타 이모는 엄마에게 상황이 진정될 때까지 몇 주간 자신이 나를 맡아서 같이 보낼 수 있는지 여러 차례 물었다. 하지만 엄마는 환경이 바뀌는 것이 내게 좋지 않다는 생각을 바꾸려 하지 않았다. 엄마는 앙네타 이모에게 내가 얼마나 예민한지 아주 잘 알고 있다고 말했다.

엄마의 말이 무슨 뜻인지 절대 이해하지 못했다. 나는 언제나 내 자신이 반대라고 생각했다. 나는 예민하지 않았다. 사실 내게는 무딘 부분이 있었다. 다른 사람들이 날 어떻게 생각하는지 신경 쓰지 않아서 그런 문제로 우리 반의 여자애들이나 남자애들과도 많은 시간을 보낼 필요가 없었다.

둔감함. 어쩌면 심지어 무관심. 그것이 아마도 나 자신을 설명하는 방법이다.

"엠마, 나하고 창고에 갈 수 있니?"

충분히 악의 없이 들리는 질문이라 교실에 있는 누구도 그 말에 반응하지 않았다. 스테페와 로브는 단두대 모형에 깊게 몰두하고 있다. 작업 시간에 만든 또 다른 형편없는 모형이었다. 옆에는 목공 접착제가 놓여 있는데, 난 그 애들이 수업 마지막에 그걸 훔치려는 것이 아닌지 의심했다. 여자애들은 가식적으로 킥킥대며 작업대 주위에 서 있었다. 오직 엘린만 날 쳐다봤다. 그녀는 내가 일어섰을 때 말로 헤아릴 수 없는 표정으로 오랫동안 날 쳐다봤다.

"그럴게요." 내가 말했다.

"좋아."

우디는 내 팔을 만지고는 앞장서서 창고 문을 향해 갔다. 나는 휘청거리는 다리로 일어서서 그를 따라갔다. 그는 걷는 모습이 특이했다. 흔들흔들하는 걸음이었다. '왜?' 엘린이 내게 몸짓으로 물었지만 난 우디가 왜 창고에서 내 도움이 필요한지 전혀 모른다는 듯이 그저 어깨를 으쓱했다.

열쇠가 덜커덕 돌아가는 소리가 그의 휘파람 소리와 섞였다. 그는 오늘 기분이 좋아 보였다. 창고 문이 미끄러지며 삐걱거렸다. 그는 팔을 펼쳐서 내게 먼저 들어가라고 손짓을 했다. 그 몸짓은 창고로 급히 날

들여보내려는 것처럼 어딘가 초조해 보이기도 했다. 마치 중요한 무언가가 안에서 기다리고 있는 것처럼.

잠시 난 주저했다.

우디와 복잡한 창고 안에 들어간다면, 다시는 결코 전과 같지 않으리라는 것을 어렴풋이 알았다. 그곳에서 다른 사람이 되어 걸어 나올 때는 세상이 변하고 예전의 엠마는 사라질 것이다. 어쩌면 거기서 멈추고 몸을 돌려 점점 작아져가는 내 버터 칼로 돌아갔어야 했다. 하지만 호기심이 너무 강했다. 다른 곳, 새로운 엠마에 대한 열망이 내 두려움을 이겼다.

쾅 소리를 내며 문이 휙 닫혔다. 우디는 문을 잠그고 천천히 내게 걸어왔다. 나는 무슨 일이 일어날지 확신하지 못한 채, 널빤지와 벽의 고리에 단정하게 걸려 있는 도구를 둘러보며 서 있었다. 신선한 나무 냄새를 맡으며 가슴 앞에 팔짱을 꼈다.

우디는 나만 바라봤고, 잠시 동안 나는 마비시키는 두려움에 압도당했다. 무슨 일이 일어날 것인가에 관한 것이 아니라 그 상황을 다룰 수 없는 내가 무능력하게 느껴졌기 때문이다. 나는 더 많은 경험을 하기를 바랐다. 더 멋져지기를 바랐다.

그는 두 손을 내 어깨에 대고 부드럽고 천천히 자신을 향해 날 잡아당겼다.

그가 내게 키스하고 더 가까이 날 잡아당겼을 때에도 난 저항하지 않았다. 그와의 키스는 전에 했던 키스와 달랐다. 그의 혀는 미끈거리고 다소 거칠었고 내 입안에서 물고기가 버둥거리는 것 같았다. 그리고 키스하는 내내 내가 어떻게 하기를 기대하는지 알 수가 없었다. 내가 그에게 다시 키스해야 할까, 그의 혀와 씨름을 하면서? 그가 자신을 내 몸에 누르는 만큼 세게 내 몸으로 그를 눌러야 하는 걸까?

"엠마." 그가 웅얼거렸다.

하지만 그것이 그가 말한 선부였다. 그는 두 손으로 내 셔츠 속을 더듬거렸다. 내 등을 따라, 내 가슴 위로. 가슴을 거칠게 잡았다가 마사지하듯 주물렀다. 그 후 치마를 추어올리고는 내 몸을 살펴보고 내 팬티 속으로 들어섰다. 내 허벅지를 더듬었다. 그는 내 안에 손가락 하나를 넣고, 이후 두 개를 넣었다. 선을 그어야 한다면 어디에서 그어야 할지 모른 채 나는 흥분으로 몸을 꼼지락거렸다. 하지만 이미 내 저항은 산산조각이 났다. 우리가 이미 모든 금기를 깼다는 것을 알고 있었다. 이제 다시 돌아가는 것은 불가능했다.

그는 날 자기 앞으로 밀었다. 나는 그의 움직임에 굴복하며 뒤로 물러났다. 그가 날 이끄는 대로 움직이다 뒤쪽에 작은 작업대에 부딪혔다. 내 엉덩이를 단단히 잡은 채 그는 날 작업대 위로 들어 올렸고 벨트를 더듬거리며 바지 단추를 풀고는 몸을 내게 밀착했다.

"누가 오면……."

"쉿." 그가 손을 들어 내 입을 막았다. 그 후 다시 내게 키스했다. 그의 혀가 내 입안으로 밀려들어와 뭔가를 찾는 듯이 주변을 휘저었다.

나는 머리를 뒤로 뺐다.

"전 모르겠어요……."

"엠마." 그가 말하고는 자신을 내 안으로 밀어넣었다.

예스페르. 우디. 예스페르. 우디. 두 남자의 이름과 얼굴이 함께 흘러가는 것 같았다. 장소들, 육체들, 말, 그리고 약속들이 영국의 단 과자처럼 섞였다. 우디의 몸에 예스페르의 얼굴. 카펠그렌드의 임시 숙소의 목공실에서의 톱밥. 반 친구들의 시선이 여전히 내 등에 박혀 있다. 심지어 오늘도.

2시 30분이 되었다. 나는 마음을 결정했다. 내일 예스페르가 어디에서 사는지 알아낼 것이다. 그에 맞서야 한다. 더 이상 기다리며 참을 수 없다. 나는 침대 협탁에 놓인 휴대전화에 손을 뻗어 올가의 번호를 찾았다.

내일 퇴근 후에 차를 빌릴 수 있을까? 메시지를 보냈다.

오늘 아침 지하철에 뭔가 문제가 생겼다. 지하철은 역 사이를 믿을 수 없을 정도로 느리게 움직였고 열차 안은 사람들의 짜증이 폭발하기 일보 직전이었다. 비에 흠뻑 젖은 통근자들이 짜증을 내며 서성였고, 휴대전화를 밖으로 꺼내 뭔가 잘못됐고 원인은 무엇인지 모른다며 동료들에게 오늘 늦을 거라는 문자를 보냈다.

결국 열차 승무원은 기술적인 문제로 열차가 마지막 역에 도착하기까지 오랜 시간이 걸릴 것이라고 공지했다.

운이 좋게도 자리를 잡았다. 땀과 젖은 울 냄새가 메스꺼움을 되살리지 않는다면 한동안 그냥 자리에 앉아서 아무것도 하지 않아도 될 것이다. 창밖에서 검정색 터널 벽이 천천히 지나갔다. 빌어먹을 바위의 윤곽들이 유리창에 비친 피곤한 내 얼굴 뒤로 어렴풋이 나타났다. 내 머리는 주근깨의 볼 위로 흘러내렸고 내 눈은 날 다시 응시하는 어두운 구멍이었다.

십 대 소녀 둘이 속삭이며 대화를 하고 있다. 킥킥대며 속삭이는 그들의 소리가 점점 커졌다. 그들은 늦는 것은 전혀 걱정하지 않는 것 같았다. 그들이 내게서 몇 미터 떨어져 있는 데도 담배 연기 냄새를 맡을 수 있었다. 갑자기 내 자신의 청소년기가 대단히 먼 일처럼 느껴진다는 생각이 떠올랐다. 내가 그들의 나이였던 때가 사실은 오래전이 아니었지만 마치 영겁처럼 느껴졌다.

중학교 때였다. 우리 반의 여학생들 사이에서 먹느냐 먹히느냐의 계급과 힘의 투쟁이 있었다. 어쩐 일인지 난 그 싸움에서 피할 수 있었는데, 아마도 내가 다르다는 사실을 모두가 이미 알고 있었기 때문일 것이다. 콘크리트 블록 벽과 긴 복도. 아이들이 뒤에서 담배를 피던 장소. 밖에 일렬로 주차되어 있는 모페드(보조 기관을 장치한 자전거 또는 배기량 50cc 이하의 초경량 오토바이로 제2차 세계 대전 후 유럽에서 생산됨—옮긴이).

우디.

그가 왜 나를 선택했는지 절대 이해할 수 없었다. 우리 반에는 나보다 예쁘고 멋진 여자애들이 아주 많았다. 자신감이 넘치는 그 애들은 머리카락을 휙 움직이며 그가 선반(회전하는 공작물을 절삭공구로 깎아 원하는 모양으로 만드는 공작 기계—옮긴이)으로 그들을 도울 때 가슴을 한껏 내밀며 그를 향해 도발적으로 행동했다. 나는 대체로 구석에 조용히 앉아 있었다. 내가 화가 나서 반항한다고 생각하는 선생님들이 많았다. 엄마를 비롯한 다른 사람들은 내가 부끄러움을 탄다고 말했다.

우디가 교실에서 가슴을 내민, 예쁘고 사랑스러운 여자아이를 찾고 있지 않다는 사실을 내가 깨달은 것은 찰나였다. 그가 날 선택한 이유는 정확히 내가 다르고 다소 약했기 때문이다. 내 생각에 그는 포식자가 부상을 입은 먹잇감을 찾을 때처럼 내게서 효과적으로 냄새를 맡았던 것 같다. 아빠가 죽은 직후에 내게 접근한 것은 분명히 우연이 아니었다. 그는 내 슬픔과 연약함을 탐지했던 게 틀림없다. 그는 원하는 것을 얻기 위해 그것을 이용하기로 결정했다.

예스페르, 우디, 우디, 예스페르.

욕지기가 돌아왔다. 이번에는 더 강했다. 내 몸은 안에서 어떤 일이 벌어지고 있는지를 일깨웠다. 예스페르와 나는 아이에 대해 얘기를 나눈 적이 없지만, 어떤 이유에서건 나는 아이가 패키지의 한 부분이라고 가정했다. 우리가 공유하는 미래, 우리가 계획을 세웠던 미래에는 좋은 교외 지역의 집과 아이 둘이 있었다.

얼마나 바보 같은 생각이었는지.

우리가 유르고르덴 공원으로 피크닉을 갔던 8월의 그 밤을 기억한다. 예스페르는 힘든 하루를 보냈다. 특히 경제 잡지의 악명 높은 기자가 본사의 안내 데스크에 모습을 드러내 인터뷰를 요구한 일 때문에 그는 마음이 상한 상태였다.

"그래서 어떻게 했어요?" 내가 물었다.

그는 내가 그런 질문을 했다는 것을 이해할 수 없다는 듯이 놀란 표정을 짓고는 내 플라스틱 컵에 와인을 좀 더 따라주었다. 그는 햇볕에 탔는 데도 평소보다 좀 더 피곤해 보였다. 그의 얇은 피부가 광대뼈와 턱 위에서 늘어진 것처럼 보였고 눈 주위의 주름들은 날카로운 칼로 조각을 한 것처럼 깊게 홈이 파인 듯 보였다.

"그놈의 우라질 인터뷰를 해줬지."

"하지만 그는…… 그런 식으로 행동을 했는데, 왜 그랬어요?"

"당신은 그들을 이길 수 없어. 당신은 완전히 힘이 없지. 내가 인터뷰를 하지 않았다면, 그 자식은 그 일로 유난을 떨었을 거야. 날 응징하려 했겠지. 당신도 알다시피 그게 전부야. 그래서 우리가 함께 있는 모습을 보이고 싶어 하지 않은 거야. 고용인과 관계를 가진다며 언론에서 좋아라 하면서 내가 엉망진창이 될 때까지 씹어대겠지."

그는 담뱃갑에서 담배 하나를 꺼내 털더니 입에 물었다. 이것은 그가 평소보다 스트레스를 받고 있고 불만스럽다는 분명한 신호였다.

우리는 로센달 가든으로 이어지는 길 부근에 있는 커다란 떡갈나무 아래 풀밭에 담요를 깔고 앉아 있었다. 날씨가 좋았는데도 거기 있는 사람이라곤 거의 우리밖에 없었다. 이따금씩 사이클을 타는 사람들이나 개를 데리고 나온 사람들이 지나갔다. 동쪽에 우듬지 위로 하늘이 어두워지기 시작했다.

예스페르는 담배에 불을 붙이고 깊게 숨을 들이마시더니 콜록댔다.

"그러면 안 돼요." 내가 중얼거렸다.

"제발."

"미안해요. 난 그냥 싫……."

그가 손을 들었다.

"그래. 내 잘못이야. 당신은 선의를 가지고 있지. 당신한테 괜히 화풀이를 했어. 미안해, 엠마."

우리는 잠시 침묵했다. 멀리서 새가 노래하고 있었다. 지면에서 습기가 올라와 얇은 담요가 젖었고 난 갑자기 냉기를 느꼈다.

"괜찮아요." 내가 말했다.

그가 내 손을 꽉 잡고, 날 그의 시선에 가두었다.

"확실해?"

"뭐가요?"

"당신이 날 용서한다는 거."

내 손목을 잡은 그의 손아귀에 힘이 더 들어갔다. 그가 내 손목을 약간 비틀었다. 채찍에 맞은 것처럼 예기치 않은 고통이 찾아왔다. 고통은 내 어깨 쪽으로 퍼졌고 손가락은 감각이 없어졌다.

"놔요. 아파요."

그는 바로 내 손을 놓고 당황한 것처럼 웃었다.

"이크." 그는 마치 정말로 내 팔을 빠뜨릴 뻔했다기보다는 물 잔을 넘어뜨린 것처럼 말했다.

나는 팔을 문지르며 한숨을 쉬었다.

"당신은 항상 그렇게 빌어먹게 거칠어야 해요?"

"날 용서해줘. 제발."

"당신을 용서해요. 모든 것을."

내가 그 말을 하자, 그는 즉시 안도한 것처럼 행복한 표정을 지었다. 그러나 그의 눈 속에는 짓궂은 뭔가가 얼핏 보였다. 그는 엉덩이를 일으키고는 청바지를 털었다.

"이리 와봐." 그가 속삭였다.

"왜요?"

그는 내게 손짓하고 목을 길게 빼더니 주위를 둘러봤다.

"당신에게 보여주고 싶은 게 있어."

차가운 담요에서 가만히 일어서자 몸이 쑤셨다. 우리를 둘러싼 모든 것이 어두워지기 시작했다. 우리가 알아차리지도 못하는 사이에 8월의 황혼이 슬금슬금 다가왔다. 축축한 땅 냄새가 공기 중에 무겁게 드리워졌다. 그는 내 손을 잡고 큰 떡갈나무 뒤쪽 숲 속으로 날 끌었다.

"뭐……?"

그는 대답하지 않고 그저 내 쪽으로 몸을 돌리고 내 얼굴을 잡고 키스했다. 내 볼 위에 닿은 그의 손바닥은 얼음처럼 차가웠다. 나도 그에게 키스했고 팔을 그의 허리에 둘렀다. 내가 그를 향해 몸을 기울였을 때 가지 하나가 부러졌다. 우리는 깜짝 놀랐고 그러다 킥킥댔다. 멀리 어디선가 군도를 향해 출항하는 보트 소리가 들렸다.

그는 얼음같이 찬 손을 내 셔츠 안에 넣고 천천히 원을 그리며 내 등을 애무했고, 그 후 내 허리 밴드로, 청바지 속으로, 엉덩이로 옮겨갔다.

"여기 숲 속에서 당신과 하고 싶어."

"사람들이 볼 수 있어요."

"그렇게 얌전한 척하지 마."

내가 약간 터무니없는 그의 행동에 그와 같은 열정을 보이지 않자 그의 목소리가 약간 화난 것처럼 들렸다. 여전히 내 엉덩이에 있는 그의 손은 두 개의 얼음 팩 같았다. 그 후 그는 손을 움직여 내 바지의 단추를 풀기 시작하며 내게 다시 키스했다. 그의 혀 역시 차가웠고 화이트 와인과 담배 연기 같은 맛이 났다. 나는 그를 가볍게 흔들어 내게서 밀어냈다.

"조심해야 돼요. 이번 주에 피임약 먹는 걸 여러 차례 잊었어요."

그가 어깨를 으쓱했다.

"그게 중요해?"

"물론 중요하죠. 임신하면 어떻게 해요?"

그는 뒤로 약간 몸을 젖혀서 내 눈을 쳐다볼 수 있었다. 어둑한 저녁 빛에 고대 떡갈나무의 껍질과 그의 이목구비가 거의 구별되지 않을 정도로 섞여 흘러갔다.

"그게 내 말이야. 엠마. 그게 문제가 되나?"

한네

오늘 아침, 내 평정심을 완전히 무너뜨리는 일이 두 가지 발생했다. 첫 번째는 가슴이 마구 뛰고 식은땀을 흘리며 일어난 일이다. 보통 오베와 내 사교 모임에서 와인을 너무 마셨을 때에만 일어나는 일이었다. 그리고 일어났을 때 내가 어디에 있는지 알 수 없었다. 구닐라의 손님방을 갑자기 알아보지 못하게 된 것 같았다. 하얀 벽, 화려한 색의 베개들, 방치되어 창가 위로 몸을 구부린 제라늄, 모든 게 낯설었다. 그리고 잠시 동안 자유낙하 상태인 것처럼 느껴졌다. 말 그대로 두려움이 날 아찔하게 만들었다. 내 기억이 날 저버렸다는 사실을 완벽하게 이해했다.

내가 어디에 있는지를 기억하기까지 1-2분 정도 걸렸다. 하지만 그 시간 동안 나는 두려움에 빠져 흐느꼈다. 그 소리에 구닐라가 부엌에서 급히 달려와 날 위로했다.

내가 왜 우는지 얘기하지 않았다. 그녀를 겁주고 싶지 않았다. 그리고 어쩌면 그런 일이 생긴 것은 병 때문이 아니라 단지 스트레스 때문일 수도 있다. 그녀 역시 묻지 않았다. 어쩌면 그녀는 내가 오베를 떠나 슬퍼서라고 생각했을지도 모른다.

두 번째로는 프리다를 데리고 산책을 하러 나갔을 때 구닐라의 현관 밖에 오베가 서 있었던 일이다. 내가 밖에 발을 딛자마자 그는 주차된 차 뒤에서 뛰어나와 자신과 함께 집으로 돌아가야 한다고 소리 지르기 시작했다. 그는 내가 스스로를 돌볼 수 없기 때문에 법에 따라 강제적인 정신 치료를 받기 위해 수감되어야 한다고 확신했다. (물론 그건 말도 안 된다. 나는 집에 도착하자마자 상세히 검색해봤다.)

일하러 가는 중이던 구닐라가 다시 날 도와주러 왔다. 우리가 그곳에서 싸우는 동안, 의심 반 놀라움 반의 표정을 짓던 그녀는 오직 그녀만 할 수 있는 방법으로 눈썹을 치켜 올리며 오베를 마주 보고 팔짱을 낀 채 다리를 넓게 벌리고 서 있었다.

코믹할 정도로 우스운 장면이었다. 구닐라는 높은 굽의 부츠를 신었음에도 불구하고 오베보다 머리 둘 정도는 더 작았다. 그러나 여전히 당당한 위용을 조용히 뿜어내며 눈에 띄게 그의 화를 돋웠다.

"오베, 여기서 뭐하는 거지?" 그녀가 천천히 느릿느릿 물었다.

"한네를 집으로 데려가려고 왔습니다. 한네는 자신에게 가장 좋은 것이 무엇인지 이해하지 못해요."

"한네가?"

구닐라는 내 눈을 쳐다보며 계속 얘기했다.

"한네, 자기한테 최선책이 무엇인지 알고 있지?"

분한 마음에 할 말을 잃어버린 나는 고개만 끄덕였다.

"그렇다면," 구닐라가 계속 말을 이었다. "그렇다면 내 생각에는 이제 집으로 가는 것이 최선이겠는데, 오베."

"나는 어디도 가지 않을 겁니다."

구닐라가 크게 한숨을 지었다.

"음, 그렇다면 경찰을 불러야겠군."

"이 일에 참견하지 마세요." 오베가 위협적으로 말했다. "이건 가족 일이에요."

"제기랄, 오베. 포기해. 한네는 당신과 살고 싶어 하지 않아. 아주 지독할 정도로 진절머리가 나서 내가 자네 이름을 언급할 때마다 한네는 뭔가를 부수고 싶어 하지. 한네를 두고 떠나. 그녀에게 시간을 좀 주라고. 아마도 그러면 돌아갈 거야."

"이미 말했지만," 오베가 되풀이했다. "이건 가족 문제예요."

구닐라는 손가방에서 휴대전화를 꺼내 진이 빠진 표정으로 우리 둘을 쳐다봤다.

"이제 경찰한테 전화할 거야."

오베는 날 향해 두 걸음 다가와 프리다의 목줄을 움켜잡고 갑자기 몸을 돌렸다.

"못된 년들." 그가 투덜거렸다. "당신은 적어도 프리다를 방치하지는 못할 거야. 지켜보겠어. 내게 오게 될 테니까."

그러고 나서 그는 프리다를 데리고 길 저쪽으로 사라졌다. 프리다가 언덕을 내려가는 내내 불안한 눈빛으로 날 쳐다봤다.

이것으로 끝이었다.

눈물이 또 흘렀다. 구닐라는 그날 아침 두 번째로 서투르게 날 위로하려고 애썼다.

"한네. 자기는 이 일을 해결할 거야." 그녀가 말했다. "그저 아이가 없다는 사실에 감사해. 아이가 있었다면 정말 복잡해졌을 거야."

그 말을 듣자 내게 온 적 없는 아이가 생각났고 그 때문에 난 더 울었다.

하지만 구닐라에게 말할 수는 없었다. 대신 그녀의 아파트로 다시 올라가 샤워를 하고 신경 써서 화장을 했다. 얼굴은 붉게 부어올랐고 턱 밑, 팔, 그 밖에 나이가 악영향을 미친 곳들의 피부가 평소보다 축 처져 보였다. 객관적으로 내 몸이 실제로 역겹게 흉해지고 있다는 사실에 주목했다. 여성의 완숙함(그것을 무엇이라고 부르고 싶든지 간에 나는 '완숙'이라는 말을 좋아하지 않는다. 그것은 썩어가는 과일을 떠올리니까)은 매력적이지 않다. 그것은 그저 끔찍하게 매력적이지 않기 때문에 화장으로 가리고 옷을 가능한 한 많이 껴입어 가리는 편이 낫다.

그렇다면. 쉰아홉 살에 조기발생치매에 걸렸고, 최근에 남편과 갈라섰고, 설상가상으로 무기력하고 축 늘어진 팔뚝을 갖고 있는 내가 있다. 그러한 사실이 잘 인식되기 시작하면서 나는 물건들을 싸서 상대적으로 안전한 우리 아파트를 떠난 게 정말 옳은 일을 한 건지 의문이 들었다. 동시에 오베와 함께하는 삶이 선택 사항이 아니라는 참담한 확신을 갖고 있었다. 미래가 설사 예측 불가능하고 겁나는 것이라 해도, 여전히 그에게 돌아가는 것은 불가능하다고 느껴지기 때문이었다.

이런 상황에서 그냥 소파에 누워 이불을 머리 위까지 뒤집어쓰기는 쉬웠지만 난 그러지 않았다. 오베를 괴롭히기 위해서다. 나는 기필코 그의 보살핌 없이 스스로 할 수 있다는 걸 증명해내리라 결심했다. 한 번 더 그를 참을 수 없는 모든 이유를 떠올렸다.

독선적임
자기중심적임
자기도취
지배적
나쁜 냄새

그 후 나는 일하러 갔다.

경찰서의 밝은 건물에 들어갔을 때 처음 본 사람이 페테르였다. 그는 컴퓨터 앞에 앉아 있었다. 긴 몸을 불편한 자세로 구부린 채 화면에 뜬 뭔가를 보고 있는 것 같았다. 그는 나를 보자, 벌떡 일어서더니 우리가 가장 친한 친구라도 되는 것처럼 날 향해 달려와 내 팔을 움켜잡았다. 마치 그 전날 밤 잠깐 나눴던 대화가, 그가 내 인생을 망쳐버린 남자라는 사실을 없애버리기라도 한 것처럼.

그의 손은 따뜻했고 건조했다. 그리고 그의 손이 내 팔뚝에 있다는 사실이 이상하게 기분 좋게 느껴졌다.

그것이 마치 세상에서 가장 자연스러운 일인 것처럼.

"이리 와봐요." 그가 말했다. "막 예스페르 오레의 직원과 얘기하려던 참이었어요. 그를 성추행으로 고소한 사람이죠. 나와 함께 갑시다!"

"좋아요." 그 외에는 내가 할 수 있는 일이 없었기 때문에 좋다고 대답했다.

데니세 세홀름은 스물여덟 살이고 MBA 학위를 갖고 있다. 나는 그녀가 너무 어려 보여서 신분증을 지참하지 않고서 술을 살 수 있을지 궁금했다. 하지만 그건 내가 나이를 먹었다는 증거일 뿐이다. 그리고 내가 갖고 있는 판단 기준조차 해를 거듭할수록 알아차리지 못하는 사이에 천천히 이동하고 있다는 것을 보여주는 또 다른 예다. 내가 그녀와 같은 나이였을 때 오베와 결혼하고 이미 몇 년이 지났을 때였다는 사실을 떠올려야 했다.

따라서 그때는 아이라 할 수 없다.

취조실에서 그녀는 다소 정신이 없어 보이지만 어떻게든 모습을 드러냈다. 헐렁한 스웨터에 찢어진 청바지를 입고 화장은 하지 않은 그녀의 큰 갈색 눈에는 두려움이 가득했다. 전혀 이상한 일은 아니다. 그것은 그녀가 최고 권력자를 성추행으로 고소하면서 많은 어려움을 겪었다는 의미일 것이다.

페테르 또한 그녀의 두려움을 알아챈 것 같았다. 그는 그녀에게 어떤 일로도 고발되지 않았고 단지 오레의 집에서 발생한 살인 사건과 이후 그의 실종과 관련된 얘기를 하고 싶을 뿐이라고 설명해줬다.

그녀는 조용히 고개를 끄덕이고 바지에 걸려 있는 헐거운 실을 만지작거렸다.

"클로즈 앤드 모어 사에서 얼마나 일하셨습니까?" 페테르가 물었다.

"1년이오."

"어떤 일을 하셨죠?"

"저는 마케팅 부서에서 프로젝트 매니저였…… 매니저예요. 다양한 광고 캠페인을 맡고 있죠. 이를테면 지금 텔레비전에서 방영되는 크리스마스 캠페인을 맡고 있죠. 제가 병가를 내기 전까지요."

그녀의 시선은 감히 어디에도 착륙할 수 없어 문제를 겪는 새처럼 페테르와 나 사이를 왔다 갔다 하며 방황했다.

"그럼 언제 예스페르 오레를 알았죠?"

"거의 일을 시작하자마자였어요. 본사에는 직원이 그렇게 많지는 않아요. 그는 항상 마케팅 부서에 들러서 우리가 무엇을 하고 있는지 둘러봤어요. 전 그가 멋지다고 생각했어요. 아시겠지만 여유 있고요. 하지만 그가 얼마나 형편없는 사람인지 말이 많았어요. 그가 여기저기에서 사람들을 어떻게 해고했는지에 관해서요."

"그 후 어떤 일이 일어났죠?"

데니세는 바닥을 내려다보면서 숱이 적은 갈색 머리가 그녀의 얼굴 앞으로 흘러내렸다.

"그 사람은 저한테 함께 파티에 가고 싶은지를 물었어요. 봄이었죠."

"좋습니다. 어떤 파티였죠?"

"글쎄요. 파티에 관해 자세히 얘기하지 않았지만 그 사람이 토요일 밤 스투레플란으로 절 데리러 오기로 했어요. 그리고 절 데리러 왔죠. 하지만 파티에 가지 않고 자기 집으로 데려갔어요. 그곳에 다른 사람들은 없었어요. 오직 그와 저뿐이었죠. 어쨌든…… 우리는 그가 사온 바닷가재 요리와 샴페인으로 저녁을 먹었어요. 그가 저하고만 저녁을 먹기를 원했다는 사실이 아주 인상적이었어요. 제 말은 예스페르 오레는 원하면 누구라도 데이트할 수 있다는……."

그녀의 목소리가 점점 잦아들었고 그녀가 천천히 고개를 저었다.

"전 아주 바보같이 순진했어요." 그녀는 계속 이야기했다. "우리가 식사를 끝내자마자 그는 저와 자고 싶어 했어요. 물론."

"그 후에 당신은 뭘 했죠?"

데니세는 질문을 잘 이해하지 못한 것처럼 다소 혼란스러워 보였다.

"섹스를 했어요. 그 후에도 가끔 관계를 가졌고요. 하지만 그 사람이 저와는 실제 관계를 원하지 않는다는 사실을 꽤 빨리 깨달았어요. 그래서 두 달 후에 그 사람과 헤어졌어요. 아니 당신이 뭐라고 부르고 싶든지 간에요. 우리는 정말 사귀었던 적은 없어요."

"예스페르는 어떻게 반응했습니까?"

"몹시 화를 냈어요. 언제 끝낼지는 자기가 결정한다고 말했죠. 그 사람을 제대로 이해하지 못했던 게 후회돼요."

데니세는 만지작거리던 바지의 실을 아주 세게 잡아당겼고 실은 작게 퐁 소리를 내며 끊어졌다.

"그 후에 당신은 어떻게 했죠?"

그녀는 고개를 가로젓고 조용히 웃었다.

"전 그를 상대로 이길 수 없었다는 걸 알았어야 했어요. 동조하는 척했어야 했죠. 하지만 전 화를 냈고 그에게 지옥에나 가라고 하면서 제가 누구와 언제 잘지는 제가 결정한다고 말했어요. 그는 아무 말도 하지 않고 떠났죠. 그 후에 직장에서 그는 저한테 못되게 굴기 시작했어요. 회의에서 대답할 수 없는 질문들을 하고, 제가 하는 모든 제안을 폄하했죠. 제가 괜찮은 프로젝트를 맡지 못하게 했고요. 절 응징한 거라고 생각해요. 하지만 진짜 서커스가 시작된 것은 제가 인사과에 가서 컴플레인을 한 후였어요. 전 그가 참석한 가운데 인사과 담당자에게 질문을 받았어요. 당신들도 상상할 수 있을 거예요. 그곳에 앉아서 그가 듣는 가운데 우리…… 관계를 얘기하는 것은 즐거운 일이 아니었죠. 너무 끔찍해서 결국 병가를 냈어요."

"그 일이 언제였습니까?"

"전 병가를……." 데니세는 손가락을 꼽으며 계산했다. "8주, 아니 내일이면 9주 되겠네요."

페테르는 고개를 끄덕이고 공책에 메모를 했다.

"질문이 다소 이상하게 들릴 수도 있습니다만, 그가 잠자리에서 거칠었습니까?"

데니세는 당황한 표정으로 가슴 앞에서 팔짱을 꼈다.

"아뇨. 특별히 그렇지는 않았어요."

"그가 당신 속옷을 훔친 적이 있습니까?"

"속옷을 훔친다고요?"

"네, 그가 당신의 속옷을 가져간 적이 있습니까?"

"제가 아는 한 아니에요."

"병가를 낸 후에 그가 연락을 한 적이 있습니까?"

그녀는 고개를 저었다.

"단 한마디도 없었어요."

"그가 회사의 다른 여직원에게도 이런 짓을 했는지 알고 있나요?"

"아뇨. 하지만 그렇다 해도 놀라지 않을 거예요. 역겨운 자식이니까요."

"그가 이 시기 동안 다른 여자를 만나고 있었다는 사실을 알고 계세요?"

"아뇨. 하지만 말했듯이 그는 역겨운 자식이에요."

데니세가 건물 밖으로 나갈 때 나는 의식할 새도 없이 그녀의 팔에 손을 얹고 그녀의 눈을 들여다봤다.

"당신은 잘못된 일을 하지 않았어요. 그 사실을 알고 있죠?" 내가 말했다. "그는 당신을 이용했어요. 지위를 이용해서 그렇게 할 수 있었기 때문이죠."

그녀는 한참 동안 날 쳐다보더니 어깨를 으쓱했다.

"아마도요. 하지만 전 여전히 인사과에 간 일을 후회해요. 그는 결국 절 싫증냈을 테니까요."

그녀는 머리를 숙이고 서둘러 밖으로 나갔다.

"형편없는 멍청한 자식." 그녀가 안개 속으로 사라지자 페테르에게 내뱉었다.

페테르는 약하게 어깨를 으쓱하고 날 쳐다봤다. 그리고 난 생각하지 않을 수 없었다. 당신처럼 말이야. 페테르. 당신처럼 진짜 멍청한 녀석이라고.

페테르는 내가 무엇을 생각하고 있는지 거의 감지한 것 같았다. 그가 갑자기 의식하는 것처럼 보였다. 그는 딴 데를 보면서 엘리베이터를 향해 걸어가며 중얼거렸다.

"지난번에 확인했을 때 그건 불법이 아니었어요."

세 시간 후 구닐라의 아파트로 다시 걸어가고 있을 때 날은 이미 어두워지고 있었다. 옷이 찢길 듯 바람이 차가웠고 기온이 내려갔다. 젖었던 길은 이제 단단하게 얼어붙어 미끄러웠다. 나는 미끄러지지 않도록 천천히 걸어야 했다.

벌써 프리다가 그립다. 하지만 어떻게 다시 데려올 수 있을지 모르겠다. 경찰에 알릴 수는 없다. 프리다는 오베의 개이기도 하니까. 자신이 이미 소유하고 있는 것을 훔칠 수는 없다. 그렇지 않은가?

오베는 특별히 프리다를 좋아한 적은 없었다. 그는 프리다가 너무 많이 짖고 안 좋은 냄새가 난다고 (마치 자신은 아니라는 듯이) 생각했다. 프리다를 보호하려고 데려간 것이 아니다. 날 상처 주려는 것뿐이다. 그의 섹스 노예가 되고 싶지 않았다는 이유로 예스페르가 그 불쌍한 여인을 벌주려고 했던 것처럼.

결국은 힘이다. 언제나 힘과 관련이 있다.

나는 신문 잡지 가판대를 지날 때마다 멈춰 서서 헤드라인을 읽었다. '누가 패션 업계의 왕을 죽였는가'라는 굵은 헤드라인 밑에 오레의 집에서 살해당한 여인의 그림이 전 도시의 신문 1면에 나왔다.

그녀가 누구인지 지금 알아내지 못한다면, 앞으로도 그럴지도 모르겠다.

슬루센에 도착했을 때 또다시 눈이 내리기 시작했다. 작고 단단한 눈송이들이 내 얼굴을 때려 따갑게 했다. 휴대전화가 울렸다. 나는 직관적으로 바람을 등지고 전화를 받으려고 꺼냈다.

페테르였다.

"한네." 그가 말했다. "방금 국립연구소와 얘기했어요. 오레의 집에서 사용된 마체테는 칼데론 살인 사건에서 사용된 무기와 같대요. 두 희생자의 척추에서 마체테와 연관된 흔적을 발견했어요. 그 흔적이 마체테의 날과 정확히 일치해요. 당신은 이게 뭘 의미하는지 알죠. 그렇죠?"

엠마
한 달 전

"하지만 어째서 네 고양이를 죽인 거지? 난 이해가 안 돼."

올가는 찡그리며 라인석으로 장식된 무거운 목걸이를 비틀었다. 나는 텅 빈 부티크를 바라보며 잠시 곰곰이 생각에 잠겼다. 스피커에서 음악이 나오고 있다. 마노르는 어디에도 보이지 않았다. 그녀는 아마도 중대하고 새로운 관리 업무로 바쁜 것 같았다.

"네가 전에 얘기했던 대로라면, 그리고 그가 사이코패스라면, 아마도 그는 어떤 식으로든 날 해치기를 바란 거야. 그는 내 인생을 망가뜨리는 데서 기쁨을 얻는 거지."

올가는 의심스럽다는 표정을 지었다. 예측했던 대로 그녀는 예스페르가 실제 사디스트라기보다는 돈이나 섹스를 찾고 있다고 믿는 편이 더 쉽다고 생각했다. 그리고 난 어느 정도는 그녀를 이해한다. 나 역시 그가 내 인생을 망침으로써 무언가를 얻는다는 것을 한동안 믿지 못했으니까. 하지만 그의 행동에 대해 그 외에 다른 설명은 찾을 수 없었다.

"하지만 고양이, 고양이가 어떤 상관이 있겠어?"

"시게는 내게 중요한 존재야. 그가 시게에게 상처를 주었다면, 내게도 상처를 주는 게 되는 거지. 맞지?"

"그렇다면야." 올가는 말을 시작하면서 내게 갈아 끼울 새 영수증 종이를 건넸다. "그렇다면 그는 정말 미친 거지."

"내 말이 그 말이야."

"그 사람한테 연락했어? 전에도 이런 짓을 했을까? 어쩌면 감옥이나 정신병원에 있을지도 몰라."

거의 터무니없는 생각이었다. 그런데 바로 내 머릿속에 그 광경이 그려졌다. 우리 둘이 일하는 회사의 CEO, 예스페르 오레가 구속복을 입고 병원에 갇혀 있다. 아니면 만화 속 인물처럼 줄무늬 죄수복을 입고 두꺼운 쇠창살 뒤에 서 있다.

"어쩌면 사람을 죽였을지도 몰라." 올가는 텅 빈 방에서 누군가 자기 말을 들을 수도 있다고 걱정하는 것처럼 속삭였다.

나는 아무 말 없이 그녀의 눈을 쳐다봤다. 그녀는 후회의 빛을 보였다.

"미안해, 친구야. 당연히 그는 아무도 죽이지 않았을 거야. 내 말은 네가 알고 있다고 생각하지만 사실은 그 사람을 전혀 모를 수도 있다는 것뿐이야."

"어쩌면 네 말이 맞아." 나는 그녀가 자신이 얼마나 옳은 말을 했는지 모를 거라고 생각하면서 말했다.

"넌 뭐 할 거야? 경찰에 알릴 거야?"

나는 몸을 돌려 금전등록기를 닫고 영수증 테이프를 약간 밖으로 끄집어냈다.

"먼저 그 사람하고 이야기를 나누고 싶어."

"그를 찾아볼 거니?"

나는 고개를 끄덕이고 매장을 살폈다. 십 대 소년 둘이 청바지 매대 모서리에서 얼쩡거리고 있었다. 둘은 날 한참 동안 쳐다봤다. 난 그 애들이 물건을 훔치려 한다는 느낌을 받았다. 자신의 얼굴을 제어하는 법을 아직 배우지 못하고 가게 물건 절도가 팀 스포츠라도 되는 것처럼 떼를 지어 다니며 거의 예외 없이 훔치는 아이들이 분명했다.

"네가 뭘 하려는지 알고 있어." 올가가 갑자기 열정적이면서 동시에 다소 음흉한 표정을 지으며 말했다. "복수를 하려는 거지. 힘을 되찾아오는 거야. 난 그거 잘해. 항상 주도권을 갖고 있지. 자화자찬을 가지려는 건 아니지만, 그건 사실이야."

"하다." 그녀가 말하려는 것은 이런 뜻이었을 것이다.

"뭐라고?"

올가는 혼란스러워하는 것 같았다.

"자화자찬을 한다고 말해야 해."

"누가 상관이나 한대? 낱말 연습은 나중에 하자고. 침착해. 그리고 멍청한 자식에게서 네 것을 돌려받아. 그가 어디 있는지 찾아내고 그에게 가서 대답하라고 해. 그가 도망가지 못하게 해. 누가 책임자인지 그에게 보여줘!"

청바지 매대 옆에 있던 남자애들이 출구 쪽으로 움직이기 시작했다. 그중 하나가 의심스럽게 큰 운동 가방을 갖고 있었다. 올가 역시 그들을 봤지만 그 아이들에 대해 무언가를 하고 싶어 하는 것 같지 않았다.

"그래서, 너는 내가 복수를 해야 된다고 생각해?"

그녀는 고개를 끄덕였다. 바로 그 순간 남자 하나가 문을 통과해 들어오더니 계산대로 향했다. 그는 마치 자신이 원하는 것을 정확히 알고 있다는 듯이 결의에 찬 표정이었다. 그것은 주로 나이 든 남자들에게서 보이는 모습이다. 그들은 산책하듯이 매장을 둘러보는 일이 거의 없었다. 대신에 우리에게 곧장 와서 양말이나 셔츠, 속옷을 요구한다. 그다음 각각 다섯 묶음씩 사고 돈을 지불한다. 그리고 즉시 매장을 떠난다.

"어서 오세요! 무엇을 도와드릴까요?" 올가가 라인석 목걸이를 한 바퀴 더 돌리면서 규정에 따라 물으며 기계적으로 미소 지었다.

"난 엠마 보만을 찾고 있소." 그녀의 미소에 답하지 않고 그 남자가 말했다.

"여기에 앉을까요?"

남자의 얼굴에는 표정이 없었다. 그는 붉은 빛이 도는 아주 짧은 금발에 매우 마르고 날렵해 보이는 몸을 가졌지만 볼만큼은 통통했다. 그는 가방에서 기름 얼룩이 있는 오래된 가죽 서류 가방을 들어 올리고 종이 뭉치를 꺼냈다.

그리고 자신을 동부 지역을 담당하는 인사과 책임자인 스벤 올손이라고 소개했다. 그가 자신의 이름을 말하는 순간 나는 무슨 일인지 알 수 있었다.

"엠마, 당신은 우리와 3년 동안 같이 일했죠."

나는 고개를 끄덕였다. 그가 질문을 하고 있는 것인지, 아니면 서류 더미에서 적힌 사실을 소리내어 읽고 있는 것인지 갑자기 확신이 들지 않았다. 그는 뿔테 안경을 집어 들었다. 작은 푸른색 손수건을 꺼내 말없이 안경을 꼼꼼히 광이 날 정도로 닦았다.

"커피 드시겠어요?" 내가 물었다. 그 외 무슨 말을 해야 할지 몰랐기 때문이다.

"고맙습니다. 그러죠." 그가 안경에서 눈을 떼지 않으며 대답했다.

순식간에 구석에 있는 시계의 똑딱 소리가 귀청이 터질 듯이 크게 들렸고 커피 향이 너무 강하게 느껴져서 내 자신을 방어할 수 없었다.

나는 커피 한 잔을 그의 앞에 놓고 내 자신의 무기력함에 압도당해 반대쪽 의자에 주저앉았다.

진심으로 이 순간이 오리라고 생각해본 적이 없었다. 이런 일은 내가 아닌 다른 사람에게나 일어날 법한 일이었다. 미수금 처리 대행 회사에서 온 편지가 쌓이기 시작하고 결근 표시가 벽에 걸린 출근 용지를 채우기 시작했던 최근을 제외하고 나는 항상 잘해왔고 규정을 따랐다.

"우리는 심각한 경제적 도전에 직면하고 있습니다." 그가 말하며 안경을 썼다. 처음으로 그가 내 눈을 쳐다봤다. 옅은 회색빛을 띤 그의 눈에 감정이라고는 전혀 보이지 않았다. 그는 본사에 있는 직원이 보낸, 중요한 임무를 맡은 정중한 관료였다. 그가 느릿하게 안경 닦는 천을 서류 가방에 넣고 계속 얘기했다.

"일거리가 부족합니다. 우리는 돌아오는 달에 매장 두 곳을 어쩔 수 없이 철수할 예정입니다."

무슨 말을 해야 할지 몰랐다. 나는 그저 고개를 끄덕였다. 그는 침묵에 빠져들었다. 갑자기 피곤을 느끼는 것 같았다. 어쩌면 실제로 피곤했는지도 모른다. 그는 실제 생활에서 괜찮은 사람일지도 모른다.

"일거리가 부족하다고요?" 나는 마치 그를 돕기를 원하는 것처럼 말했다.

그가 다시 내 눈을 쳐다봤다. 여전히 어떤 감정도 보이지 않았다.

"그렇습니다. 일감이 부족하죠. 감사합니다. 엠마, 비에른 프란센에 따르면 당신은 이곳에서 일을 잘해왔어요. 하지만 불행히도 경영진은 장기적인 생존을 위해 인건비를 절감하기로 결정했습니다."

"이해합니다."

"이건 개인적인 문제가 아니에요, 엠마. 단순히 새로운 경제 상황을 다루는 것에 관한 문제입니다."

그가 내 이름을 그만 좀 불렀으면 좋겠다. 나는 그를 알지 못하고 그에게 엠마가 되고 싶지도 않다.

"물론입니다." 내가 말했다.

"그저 경제학이죠."

"이해합니다. 그렇다면 이 일은 전혀 관계가……." 내가 벽에 걸려 있는 결근 보고서를 가리켰다. 성난 빨간 벌점이 창백한 피부에 돋아난 끔찍한 뾰루지처럼 빛나고 있었다.

그가 미팅을 하는 동안 처음으로 웃었다. 창백하고, 슬픔에 가까운 미소였다.

"모든 사람이 아플 권리가 있죠." 그가 말했다. "아니면 아픈 아이와 함께 집에 있을 권리도 있고요. 그것이 해고 사유는 아닙니다. 그런 것들은 단지 악의적인 소문일 뿐이에요. 당신도 언론이 우리에 관해 어떻게 쓰는지 알 겁니다."

그는 후루룩 소리를 내며 커피를 마셨고 나는 그가 데기를 바라고 있다는 것을 깨달았다. 하지만 실현될 수 없는 바람이었다. 기계에서 만들어진 그 커피는 기껏해야 미지근할 뿐이었다. 비에르네가 성질을 내면서 기계를 발로 찬 이후 1년 동안 늘 그런 식이었다.

그 후 그 남자는 테이블에 팔 안에 붙잡고 있던 종이 더미를 내려놓고 그것을 한 손가락으로 천천히 내 쪽으로 밀었다.

"이제 실질적인 문제에 관해 더 얘기를 해야 합니다, 엠마."

"저 사람은 누구야?" 마노르가 물으며, 짧은 붉은 머리와 만화책에서 연재 중인 틴틴의 성인 버전처럼 생긴 뿔테 안경을 쓴 우스운 남자의 뒷모습을 유심히 보았다.

"인사과에서 나온 사람이야. 그런데 올가는 어디 있어?"

나는 막 나눈 대화에 관해, 해고 규정을 요약해놓은 서류 더미에 관해 얘기하고 싶지 않았다. 내 업무는 즉시 종료되며, 두 달 치 임금을 받게 되고 출입카드는 선불로 지불된 봉투에 넣어 본사에 보내야 한다는 것이었다.

"올가?" 마노르가 멍하니 말했다.

"응, 올가 어디에 있어?"

"모르겠는데." 그녀는 어깨를 으쓱했다. "아마도 화장품이나 속옷, 「여성혐오에 관한 짧은 이야기」를 검색하고 있겠지."

"뭐라고?"

마노르는 내 질문을 일축했다.

"아무것도 아니야."

"마지막으로 봤을 때 올가는 사실 책을 읽고 있었어." 내가 말했다. 그리고 인사과 직원이 떠난 직후에 손에 책을 들고 부엌의 테이블에 있던 올가를 떠올렸다.

마노르가 잘 다듬어진 눈썹을 치켜 올렸다.

"아마 슈퍼마켓에서 찾아낸 그저 그런 책이겠지."

마노르의 노골적인 경멸이 난 불편했다.

"아마도 완벽하게 정상적인 좋은 책일 거야." 내가 말했다.

"농담해? 좋은 책이 그 애의 얼굴에 펼쳐진 채로 놓인다고 해도 그걸 알아보지 못할 거야."

마노르는 금전등록기 옆에 진열된 머리핀과 목걸이 사이에서 상품을 집어 들었다. 흐트러져 엉망으로 걸려 있는 것들을 바로잡고 나서 감정을 자제한 목소리로 마노르가 물었다.

"그래서 본사에서 온 그 사람은 무슨 일인데?"

잠시 난 주저했다.

"특별한 건 아니었어. 그냥 비에르네가 아픈 지금 우리가 잘해 나가고 있는지 궁금하다고."

"그래서 넌 뭐라고 했어?"

"사실을 말했어. 그가 없어도 잘하고 있다고."

나는 올가의 차에 앉아 있다. 차의 지붕에 후두둑 빗방울이 떨어지고 비좁은 차는 눅눅했다. 바깥을 보려면 주기적으로 앞유리를 닦아야 했다.

막 6시가 지났다. 나는 이곳에 한 시간이 약간 넘게 서 있었다. 불운하게도 그는 오늘 사무실에 나오지 않았을지도 모른다. 어쩌면 출장을 갔거나 어딘가에서 회의를 하고 있을지도 모르고.

세제 맛이 나는 레몬 향 미네랄워터를 한 모금 마시며 본사에서 일하는 붉은 머리의 남자를 떠올렸다. 유행에 뒤떨어진 그의 안경과 허름한 서류 가방. 그가 패션 기업에서 일하는 사람인지 절대 아무도 추측할 수 없을 것이다.

이것 역시 예스페르의 작품일까? 그의 사악한 계획에서 나온 퍼즐의 또 다른 조각인가? 만일 그렇다면, 아주 훌륭했다. 왜냐하면 그는 실제 내 삶에서 중요한, 그 밖에 무언가를 내게서 빼앗아가는 것이기 때문이다. 내 직업. 나는 전에, 의기소침해져 있을 때, 그가 이미 내가 애정을 갖고 있는 모든 것을 가져갔다고 생각했었다. 어쩌면 너무 당연해서 미처 생각하지 못했던, 빼앗아갈 다른 뭔가가 더 있을지도 모른다. 내 집?

내 건강?

내 인생?

그 생각에 어깨가 으쓱했다.

나는 카펠그렌드에 위치한 아파트를 생각했다. 스페인의 라이더처럼 전실을 따라 단정하게 배열된 전실의 래그 러그(낡은 천 조각을 엮거나 짜서 만든 깔개로 넝마 러그라고 부르기도 함—옮긴이)와 붉은 나무로 만든 의자를 떠올렸다. 마음속에 길고 화려한 양탄자에 나체로 누워 있는 예스페르가 보였다. 양탄자의 노란색 꽃무늬에 둘러싸여서 마치 해바라기 밭에 누워 있는 것 같다. 그의 몸은 편안하고 얼굴은 아이처럼 부드럽다. 입은 약간 벌어져 있고 가슴이 위아래로 움직인다. 빗속에서 나는 차에 앉아 있지만 동시에 카펠그렌드의 아파트에서 예스페르를 보며 서 있다. 아주 순진한 표정으로 그곳에 누워 있는 이 남자, 이 사내 아이, 이 인간이 왜 날 해치고 싶어 하는지 이해하려고 애쓰면서.

남자 하나가 급히 길을 건너 내 차에서 몇 미터 앞을 지나갔다. 나는 몸을 숙여 더 잘 보기 위해 앞유리에서 습기를 닦아냈다. 예스페르가 아니었다. 그 남자는 너무 작았고 또한 금발이었다. 빠른 걸음으로 걸어가는 그가 어둠 속으로 사라졌다.

내가 막 예스페르를 본 것처럼, 지금 나 자신을 볼 수 있다면, 난 무엇을 보게 될까? 애인의 사무실 밖 어둠 속에서 애인에게 몰래 다가가는 미친 여자일까? 난 정말 미쳐가고 있는 것일까?

그의 최종 목표는 내게서 온전한 정신을 빼앗는 것인가? 궁극적인 유린, 사람을 미치게 만드는 것.

다시 메스꺼워진 나는 역겨운 미네랄워터를 한 모금 마셨다.

이것이 그가 신중하게 감독하고 있는 연극이라면, 그렇다면 그는 내가 여기에 있다는 것을 알고 있을까? 그는 이미 다음 단계를 생각해냈을까? 그의 뒤를 쫓는다면 진실을 알아낼 수 있을까? 아니면 그가 내게 보여주길 원하는 실제의 한 부분만을 찾게 될까?

질문은 끝이 없다. 질문에 대한 모든 대답은 새로운 질문으로 이어진다. 그것은 거울에 비친 거울을 들여다보는 것과 같다. 또 다른 거울에 비친 거울. 어떤 일이 왜 벌어지고 있는지를 이해하려고 할 뿐인데 머리가 핑 돈다. 그리고 심지어 가장 시급한 문제들, 아기와 청구서, 본사에서 온 붉은 머리의 남자가 휙 채간, 잃어버린 직업 같은 급한 문제들을 어떻게 해결해야 할지 생각조차 못하겠다.

올가가 옳을지도 모른다. 어쩌면 복수를 해야 하는 것일까?

어쩌면 그게 정확히 그가 원하는 바일까?

모든 것이 비현실적으로 느껴지며 기운이 빠졌다. 마치 내가 영화 속에 있는 것 같았다. 내 자신의 행동을 내가 통제한다고 생각하지만 실제로는 누군가가 이미 내가 무엇을 할지를 결정해놓은 것 같다. 자유낙하 중이라 내 자신의 삶을 지배할 수 없는 그런 상황. 내 손가락에서 빛나는 반지를 봤다. 그리고 생각했다. 이 반지가 내가 미치지 않았다는 실제 증거라고.

그때 그를 보았다.

그는 빗속에 몸을 웅크리고 있었다. 어둠 속에서 이곳에 서 있었던 지난번과 똑같이 그의 코트가 찢어진 돛처럼 펄럭였다. 그의 걸음걸이는 활기차고 단호했다. 차 밖으로 뛰어나가 그에게 대체 뭘 하려는 것인지 물으려는 충동이 일었지만, 뭔가가 날 막았다. 나는 그가 무엇을 숨기고 있는지 알고 싶었고 어디에 사는지 보고 싶었다.

그에게 완전히 취약한 내 자신을 드러내기 전에 더 많은 것을 알고 싶었다.

몇 분 뒤, 검정색의 큰 SUV가 주차장 밖으로 나왔다. 나는 차에 시동을 걸고 너무 가까이 다가가지 않도록 조심하면서 그를 따라갔다. 하나 걸러 빨간 불에 걸릴 때마다 엔진이 꺼졌다. 나는 수동 운전에 익숙하지 않았다. 마침내 찾아낸 그를 놓칠까 두려워서 욕을 하며 다시 시동을 걸었다.

로슬락스툴에서 교통량이 상당히 증가했다. 어둠 속에 집으로 돌아가는 자동차의 바다에서 나는 예스페르 바로 뒤에 멈춰 섰다. 그는 북쪽으로 가는 E18을 선택했고 유르스홀름에서 고속도로를 빠져나갔다. 그가 속도를 줄이자 나도 속도를 줄이면서 우리 사이의 거리는 늘어났다. 다른 차는 보이지 않았다. 우리는 한껏 꾸민 공원처럼 생긴 잔디밭이 있는 대형 빌라를 지났다. 식료품점과 서점, 잎이 떨어져 거의 없는 나무가 있는 작은 광장을 지났다. 다시 그런 기분이 들었다. 영화 속에서 황량한 풍경 속을 이동하여 어떤 결말로 가고 있는 기분. 하지만 어떤 종류의 영화일까. 드라마? 아니면 스릴러? 비극?

우리는 바닷가에 도착했다. 실크 조각처럼 검고 빛나는 바다가 그 밤에 내 앞에 펼쳐져 있었다. 우회전을 하는 예스페르를 따라갔다. 내 호기심이 깨어나고 어떤 결말에 다가가고 있다는 기분이 더 강해졌다. 우리는 한동안 바닷가를 따라 운전했다. 이곳의 빌라들은 훨씬 커져서 거의 성과 같았다. 난 이곳이 보통 사람들이 정말 사는 집인지, 아니면 회사나 어쩌면 대사관에서 사용하는 집인지 궁금했다.

그가 속력을 줄이는 것을 알아차리지 못해 하마터면 그의 검은 차를 들이받을 뻔했다. 그가 우측의 좁은 거리로 들어서자 나는 몇 초 정도 기다리다가 따라갔다. 좁은 길에는 회양목, 주목, 편백나무 등 상록수

울타리가 줄 지어 서 있다. 좁은 인도에는 젖은 나뭇잎이 쌓여 있다. 이곳의 집들은 더 작아서 보통의 집들처럼 보였다. 나는 헤드라이트를 끄고 그의 뒤에서 천천히 따라갔다. 다시 방향을 바꾸는 그를 계속 따라갔다. 우리의 작은 게임에 난 즐거워지기 시작했다. 이전에는 이처럼 누군가를 미행해본 적이 한 번도 없었다.

그는 가장 현대식으로 보이는 하얀 집 앞에서 멈췄다. 창에서 흘러나오는 따뜻한 불빛이 바깥의 잔디와 젖은 나뭇잎을 금빛으로 물들였다. 나는 엔진을 끄고 기다렸다. 그가 검은 서류 가방을 꺼내고 연철로 만들어진 문까지 걸어가 손을 들어 문을 여는 모습을 지켜봤다. 하지만 그때 그가 멈추고 한 걸음 뒤로 물러서더니 내가 있는 방향으로 보도에서 몇 미터 걸어왔다.

처음에는 그가 날 발견하지 않을까 걱정했지만, 곧 그가 어디로 가는지 알 수 있었다.

담장 옆에 젖은 나무가 쌓여 있었다. 녹색 방수포가 나무 더미 중 하나를 덮었다. 예스페르는 널빤지 위에 올라 서서 최근에 지어진 건물로 넘어갔다. 아마도 출입구의 오른쪽으로 차고 같았다.

아직 페인트칠은 되지 않았고 문이 있어야 하는 자리에는 비닐이 바람에 펄럭이고 있다. 그는 엉덩이를 바닥에 대고 앉아 외장용 자재에서 뭔가를 검사하고 있었다. 그러더니 일어서서 다시 집으로 돌아갔다.

바로 어떤 생각이 떠올랐다. 지금 내가 잃어버린 돈을 보고 있는 것일까? 나는 어둠 속 내 앞에 있는 그 건물의 값을 치른 것일까? 내가 모은 돈 전부가 그의 큰 검정 차를 위한 차고로 모양을 바꾼 것일까?

그다음 그는 현관 밖에 서 있었다. 그가 문을 직접 열지 않고 초인종을 눌렀을 때 나는 갑자기 확신을 잃었다. 그는 이곳에 사는 것일까, 누군가를 방문하러 온 것일까? 그가 열쇠를 꺼내 문의 열쇠 구멍에 끼워 넣는 것과 동시에 문이 열렸다. 출입구에 한 여자가 서 있다. 어두운 갈색 머리에 키가 크고 아름다운 여자였다. 비록 상당히 멀리 떨어져 있었지만 확실히 볼 수 있었다. 마치 그녀의 전체 자세가 그녀의 가치를 표현하는 것처럼 그녀는 아름다운 여자만이 가질 수 있는 자신만만한 카리스마를 갖고 있다.

그 여자가 몸을 앞으로 숙이자 예스페르가 그녀에게 키스했다. 친구와 가족끼리 가볍게 볼에 하는 키스가 아니라 길고 친밀한 키스였다.

난 더 이상 볼 수 없었다. 차 지붕에 비가 거세게 몰아치면서 그 집은 점차 사라지고 조용해졌다. 고맙게도 사방이 어둠에 싸여 조용해졌다.

나는 어둠 속을 뚫고 달리고 있다. 누군가 비명을 지르고 있다. 길고, 고통스러운 포효였다. 몇 초 후 비명을 지르는 사람이 바로 나라는 사실을 깨달았다. 나뭇가지가 내 얼굴을 채찍처럼 때리고 얼음처럼 찬물이 목으로 흘러내렸다. 난데없이 정원용 의자가 내 앞에 불쑥 튀어나왔다. 옆으로 걸음을 내딛었지만 의자에 부딪혔고, 의자는 쾅 소리를 내며 엎어졌다. 속도를 높였다. 사냥당하는 동물 같다는 느낌이 들었다. 내가 왜 어두운 이곳에 있는지 기억할 수 없었고, 그저 살기 위해 끔찍한 무언가, 내 존재 전체를 위협하는 무언가로부터 멀어지려고 달리고 있다는 것만 알았다.

부츠가 진흙 속에 빠져서 미끄러졌지만 다시 균형을 찾고 앞이 보이지 않는 사람처럼 두 팔을 앞으로 뻗으면서 계속 앞으로 달렸다.

암흑 속에서 담장이 나왔다. 특별히 높지 않은 고작 1미터 정도의 담이었다. 올라가겠다는 생각을 할 새도 없이 내 자신을 위로 던져 담장을 뛰어넘었다. 하지만 뭔가에 걸려 꼼짝도 못하게 됐다. 재킷이 담장에 걸려 거꾸로 곤두박질쳐 떨어지면서 옆구리를 세게 부딪혔다. 고통은 상상할 수 없을 정도로 컸다. 숨을 쉴 수 없었고 생각할 수도 없었다. 그리고 모든 것이 까매졌다.

뭔가가 내 볼을 만진다. 눈을 뜨고 생각해내려고 애쓰다 기억이 났다. 어두웠다. 난 누군가의 잔디밭에 누워 있었다. 고작 몇 미터 떨어진 내 앞에 모래 놀이통이 있다. 바구니와 삽들, 그리고 작은 노란색 트럭들이 숲의 버섯처럼 모래와 풀 위에 흩어져 있다.

얼마나 오랫동안 이곳에 있었을까? 일어서려고 했지만 중간에서 좀처럼 일어날 수가 없었다. 배 전체에 경련이 일어나 아픔이 느껴졌다. 몸을 구부려 공처럼 말았지만 배의 고통이 수그러들지 않았다. 왼쪽 편을 재빠르게 살펴봤다. 9시가 막 지나고 있었다. 이곳에 한 시간 동안 있었던 게 틀림없었다.

엉덩이를 들어 올리자 추위가 느껴지고 몸이 떨렸다. 손으로 얼굴을 더듬어 진흙과 나뭇가지를 볼에서 털어냈다. 상황을 이해하려고 애썼다.

천천히 그러나 가차 없이 기억들이 다시 떠올랐다. 나는 유르스홀름의 예스페르 오레의 집 근처 어딘가에 있다. 그가 어두운 갈색 머리의 아름다운 여자와 같이 사는 것으로 보이는 그 집. 상상할 수 있었던 정도보다 나는 훨씬 더 기만당했다. 나는 두 가지 면에서 모두 배신당하고 더럽혀졌다. 돈과 사랑 모두 강탈당했다. 내가 사랑했던 사람에게서.

예스페르에게 다른 사람이 있다. 어쩌면 우리가 데이트할 때도 그랬을지도 모른다. 그것이 우리 관계를 비밀로 하고 싶었던 분명한 이유였다. 그것이 카펠그렌드에 있는 작은 아파트나 내 집에서만 만났던 아주 중요한 이유였다.

하지만 난 여전히 이해할 수 없었다. 그가 섹스 같은 작은 모험만을 바란 거였다면 왜 내게 프러포즈한 것일까?

어째서 시계와 돈, 그림을 가져갔을까? 그리고 왜 날 해고했을까?

날 괴롭힌 다른 이유가 있다. 올가가 했던 말이 기억났다.

네 남자는 사이코패스야.

그는 내게 굴욕감을 주고 싶었던 것일까? 날 파괴하고 싶었던 것일까? 그가 다른 여자 친구와 얼마나 행복한지를 내게 보이는 것도 계획의 일부였을까?

담장에서 입구를 찾아 밀고 나갔다. 담장으로 다시 올라갈 수 있을지 확신할 수 없었기 때문에 역시 괜찮은 선택이었다. 배의 고통 때문에 쭈그려 앉아야 했고 그렇게 몸을 구부린 채로 1미터 정도를 걸어야 했다. 내 앞의 암흑 속에서 쓰러진 정원 의자를 발견했고 나는 제대로 된 방향으로 나가고 있다는 것을 알았다.

그 길에 닿기 직전에 노란 집을 지났다. 창문 너머에 여자 하나와 아이 둘이 텔레비전 앞의 소파에 앉아 있는 모습이 보였다. 그들은 팝콘을 먹고 있었고 행복해 보였다. 행복과 성공.

나와는 전혀 상관없는 것들.

자동차 문은 잠겨 있지 않았고 열쇠는 그대로 꽂혀 있었다. 나는 운전석에 몸을 파묻고 앉아 문을 닫았다. 진흙이 묻고 부어오른 내 얼굴은 내가 보기에도 무서웠다. 미친 여자 같았다. 위험해 보였다. 스카프로 얼굴을 닦아내려 했지만 진흙을 더 퍼지게 할 뿐이었다.

천천히 차를 운전해서 시내로 돌아왔다. 배의 고통을 악화시킬까 봐 두려워 급제동이나 급가속은 하지 않았다. 나는 주차를 하고 비를 맞으며 집으로 걸어가는 동안 어떤 이웃과도 마주치지 않게 해달라고 신에게 기도했다. 내 모습이 왜 이런지 설명할 힘이 없었다. 다행히도 아무도 만나지 않았다. 내가 살고 있는 건물의 케케묵은 냄새는 여전했다. 계단은 어둡고 조용했다. 차라리 사람이 살지 않는 유령의 집이라고 해도 괜찮을 뻔했다.

엘리베이터가 끼익 소리를 내며 5층에서 멈추었다. 엘리베이터에서 내려 집의 잠긴 문을 열고 따뜻한 곳으로 들어갔다. 코트의 단추를 만지작거리며 코트를 벗으려 애쓰다 바닥에 떨어뜨렸다. 습관처럼 시계를 찾아 주변을 두리번거리다 시계가 사라졌다는 사실이 떠올랐다. 부츠를 벗고 욕실로 터벅터벅 걸어갔다. 청바지는 젖고 진흙투성이였지만 바지를 벗었을 때 다른 것이 내 눈을 잡아챘다. 가랑이에 큰 얼룩. 더 잘 보려고 몸을 앞으로 숙였다. 하지만 이미 어떤 일이 일어났는지 알고 있었다.

피였다.

아기를 잃은 것이다.

페테르

　수사를 하다 보면 종종 그렇듯이, 하루하루 초점이 바뀌며 수사의 방향이 달라졌다. 국립연구소가 예스페르 오레의 집에서 발견된 신원 미상의 희생자와 미구엘 칼데론, 두 희생자가 마체테로 연결되었다는 사실을 밝혀냈다는 소식으로 경찰서에는 폭탄이 떨어진 것 같았다. 움직임은 전처럼 부산했지만, 체념이 어느 정도 사라지고 기대로 대체되었다. 오레의 집에서 찍어온 사진과 지도, 오레의 동료와 지인의 사진으로 도배된 회의실의 한쪽 보드는 이제 오래전 사건에서 가져온 비슷한 사진이 있는 또 다른 보드와 연결되었다.

　산체스는 보아하니 밤의 절반을 칼데론 사건을 자세히 조사하며 보낸 것 같았고 이미 칼데론과 오레 사이에 연결 부분이 있는지 찾고 있었다. 나는 그들 사이에 접촉점을 찾아내기 어려울 거라는 회의적인 생각을 했다. 표면적으로 그들의 삶은 전혀 관계가 없었기 때문이다.

　10년 전 9월에 스물다섯 살의 칼데론은 쇠데르말름의 임대 아파트에서 죽은 채로 발견되었다. 그는 특이한 직업을 많이 갖고 있었다. 요리사로, 사설 간병인으로, 신문 배달원으로, 대리 간호병으로 일했고, 여가 시간에는 가라테를 연구하고 재즈 밴드에서 베이스를 연주했다. 여자 친구는 없었는데 그의 누나는 그가 게이가 아닐까 생각했다고 넌지시 말했다. 그는 살해되기 5년 전에 폭행과 절도로 유죄 판결을 받았지만, 경찰 수사에 따르면, 살해당했을 당시 범죄와 연결되어 있다고 의심할 만한 증거는 전혀 없었다. 또한 그가 오레와 같은 장소에서 어울렸다는 증거도 없다. 산드함과 베르비에, 마르비야나 스투레플란 주위의 나이트클럽처럼.

오레가 여전히 실종 상태라는 사실은 점점 그가 신원 불명의 여인을 살해했다는 견해에 힘을 실어주었고, 따라서 칼데론의 생명도 끝냈다는 견해까지 제시한다. 하지만 절도한 팬티 몇 장과 사업에서의 무자비함은 증거로 충분하지 않다. 우리는 그들 사이에 연결고리를 찾아야 한다. 연결점이 있다면 우리는 그것을 찾아낼 것이다. 설사 그들의 인생의 비참한 구석구석까지 샅샅이 조사해야 할지라도 말이다.

이맘때쯤 권태와 체념이라는 친숙한 감정이 슬그머니 내게 다가오기 시작했다. 나는 이 느릿느릿한 살인 사건 수사에 지쳐가고 있다. 만일 누군가 내게 10년 전에 물었다면, 나는 이 사건이 숙련된 수사관이 몰두할 수 있는 가장 흥미롭고 도전적인 임무라고 말했겠지만, 지금 내가 느낄 수 있는 건 온몸을 무기력하게 만드는 피로감뿐이다. 내가 지금 가장 원하는 것은 맥주 여섯 개들이 세트를 사서 집에 가 소파에 쓰러져 운동 경기를 보는 것이다. 경찰이 아닌 사람이 한 사람의 일생을 그려내는 데 얼마나 많은 일을 해야 되는지 이해할 수 있다고 생각하지 않는다. 그림이 좀 더 명확해지고 본질적 요점이 나오기 시작하기까지 얼마나 많은 시간을 들여 심문하고 연구하고 서류 작업을 해야 되는지 말이다.

그리고 한네가 있다.

비록 말을 많이 하지는 않았지만 어떤 면에서 우리가 대화를 나눌 기회가 있었다는 것은 괜찮았다. 하지만 그 이후에도 우리 사이는 달라지지 않았다. 정확히 꼬집어 말할 수는 없지만 확실히 느꼈다. 그녀가 있는 곳에는 거의 이명처럼 깊고 떨리는 목소리가 반드시 존재한다. 그리고 나는 지금 그것을 없앨 방법을 빌어먹게도 전혀 모른다.

그녀가 주름진 셔츠를 입고, 회색빛으로 변해가는 머리를 대충 포니테일로 올려 묶고 책상에 앉아 있을 때 나도 모르게 그녀를 바라보곤 한다. 때로는 우리가 다시 함께 금지된 장소로 도망치고 있다는 생각을 할 때도 있다. 어제 그녀의 팔뚝에 손을 올렸을 때, 난 그동안 만나왔던 여자 중에 그녀가 가장 아름답다고 생각하기도 했다. 그리고 진심으로 내 얘기를 할 수 있었던 유일한 사람이라고.

왜인지는 모르겠지만, 누군가에게, 특히 여자들에게 나는 중요한 얘기 하는 것을 끔찍이도 어려워한다. 어쩌면 야네트가 항상 주장한 것처럼 누군가를 내 안에 들이는 것을 두려워하는지도 모르겠다. 그렇지 않다면 내가 기본적으로 재미없는 사람이라 말할 것이 많지 않은지도 모르겠다.

하지만 한네와 함께 있으면, 항상 얘기할 것이 있었다. 우리는 사귈 당시에 침대에 몇 시간 동안이나 누워 정치나 사랑, 또는 스웨덴에서만 존재하는 특별한 치즈 슬라이서 같은 시시껄렁한 이야기를 나누었다. 그리고 가끔 그녀는 내게 그린란드와, 그곳에서 수천 년 동안 자연과 완벽하게 균형을 이루며 살아가는 이누이트 족 얘기를 해주었다. 그녀는 떠다니는 얼음과 사냥하는 물개 사이를 카약을 타고 여행하는 꿈을 꿨다.

듣자 하니 이누이트 족에게는 특별한 혼인 의식이 없다. 그들은 그냥 모이는 것이 전부다. 우리는 이누이트 족의 관점에서 보면 우리가 결혼했다고 여겨질지도 모른다며 농담을 하곤 했다.

그녀가 아주 긍정적이고 예상과는 달리 나이에 비해 아주 짓궂다고 생각했었다.

나보다 열 살 많았다.

사실 나이는 전혀 문제가 되지 않았다. 내가 그렇게 그녀에게 말했을 때 그녀는 날 믿지 않는 것처럼 보였지만 말이다. 대신에 그녀는 우리가 절대로 아기를 가질 수 없고, 그녀가 나보다 훨씬 먼저 나이가 든다는 사실을 염두에 두어야 한다고 말했다. 나는 정말 나이 많은 여인과 함께 있기를 원했을까?

그렇다. 난 그랬다. 그리고 그렇다고 말도 했다.

그런데도 불구하고 우리 관계를 이룰 수 없었다. 나는 그날 밤 길거리에서 날 기다리던 그녀를 떠났다. 무릎 사이에 보드카 술병을 끼고 차 열쇠를 꽉 움켜잡은 채 침대에 얼어붙은 듯 앉아 있었다. 극도로 겁에 질려 식은땀으로 덮인 채. 그리고 그녀가 전화했을 때 난 전화를 받을 수조차 없었다. 그 빌어먹을 전화기를 집어서 그녀에게 상황이 어떤지를 말할 수 없었다. 그녀에게 난 헌신할 준비가 되지 않았다고 말할 수 없었다.

헌신할 준비가 되지 않았다.

그나저나 그렇게 끔찍한 표현이라니. 내 안에서 날 괴롭히고 비틀고 고동치는 것에 대한 말로 표현할 수 없는 변변찮은 변명. 규정지을 수 없는 괴물과 두려움.

두려움. 간단히 말해 난 두려웠다.

그저 내가 그렇다는 것을 말할 수 있기를 바랐다. 간단한 단어로, 날 초조하게 만드는 완곡한 용어 없이 설명할 수 있기를 원했다.

그랬다면 아마 내 인생은 오늘 달랐을 것이다.

만프레드가 내 책상에 모습을 드러냈고 날 보며 얼굴을 찌푸렸다.

"린드그렌, 자네 꼴이 말이 아니군."

"고맙군요. 정말 고마워요. 그리고 당신은 여우를 사냥하러 가겠군요. 알 만하네요."

그는 활짝 웃으며 체크무늬 조끼를 매만졌다. 평소처럼 그는 나무랄데 없이 차려입었다. 경찰서 3층에 쓰리피스 정장을 입고 가슴 주머니에 실크 손수건을 꽂은, 살아 있는 시대착오적인 사람이었다.

"난 내가 할 수 있는 일을 하지."

"새로운 소식은 있어요?" 내가 물었다.

"희생자의 얼굴 그림을 보고 들어온 정보가 수천 개는 되네. 베리달 팀이 우리를 도와 정보를 분류하고 있지. 하지만 오레는 여전히 흔적도 없이 실종 상태라네. 아, 다른 게 있어. 뫼르뷔 쇼핑센터에서 유리 끼우는 일을 하는 남자 하나가 전화를 걸어왔어. 듣자 하니 최근에 오레의 집에서 지하실 유리창을 고쳤다더군. 오레는 침입을 당한 적은 있었지만 없어진 것은 없다고 말했대. 아마도 그래서 경찰에 알리지 않았겠지."

"그걸 조사해야겠군요. 산체스에게 그 남자를 만나보라고 하죠." 내가 말했다.

"저런, 산체스가 없으면 우리가 무엇을 할 수 있겠나?"

만프레드는 오른 팔을 머리 위로 극적으로 들어 올리며 오페라 가수처럼 심한 비브라토로 노래하듯 그녀의 이름을 불렀다.

산체스가 자신의 책상에서 우리에게 시선을 던지긴 했지만 어떤 말도 하지 않았다.

나는 8시경 경찰서를 떠났다. 비록 중요한 사건 수사가 한창 진행 중이었지만, 기꺼이 초과근무를 할 수 있는 시간에는 한계가 있다. 일에 자신의 삶을 희생한다 해도 아무도 경찰에게 감사하지 않는다.

내가 사는 아파트 건물 밖에 주차를 했을 때 뭔가 잘못됐다는 이상한 기분이 들었다. 실내 계단에 불이 켜져 있고 누군가 아파트를 떠나면서 꼼꼼하게 닫지 않은 것처럼 출입구가 약간 열려 있었다. 집에 오는 길에 사온 피자를 꺼내고 안으로 들어가 계단을 올라가기 시작했다.

아파트 건물은 1950년대에 지어졌는데, 벽은 지나치게 밝은 피스타치오 색으로 칠해져 있고 바닥은 작은 검정색과 흰색 돌들을 무작위로 시멘트에 뿌려놓은 것처럼 반점 무늬가 있다. 층마다 세 집의 현관이 있고 의무적으로 설치된 쓰레기 운반 장치가 있다. 3년 전에 다리를 다쳐서 목발을 짚고 높게 뛰어 올라가야 하는 상황을 만나기 전까지는 가장 높은 층에 사는 것이 이점으로 보였다.

모자가 달린 아주 얇은 셔츠를 입고 청바지를 골반에 낮게 걸쳐 입은 알빈이 집의 현관 앞에서 손에 스케이트보드를 들고 앉아 있었다. 다른 손에는 찢어진 비닐 식료품 봉지를 들고 있었다. 숱이 적은 금발 머리는 얼굴을 가렸는데 야네트를 닮은 귀가 약간 돌출되어 보였다.

"안녕." 알빈이 말했다.

"안녕." 내가 말했다. "여기서 뭐하는 거니?"

"엄마하고 싸웠어요. 아빠 집에서 자도 돼요?"

나는 당황했다. 알빈은 내 집에서 잔 적이 한 번도 없다.

"글쎄, 모르겠구나. 엄마에게 전화를 걸어봐야겠구나." 내가 열쇠를 꺼내 문을 열면서 말했다. 안쪽 바닥에 빨아야 할 세탁물이 쌓여 있었다. 오늘 밤 세탁하려 했던 속옷과 티셔츠였다. 나는 그대로 문을 닫았다.

"절 들여보내주지 않을 거예요?"

알빈은 서서 내 눈을 들여다봤다. 혼란스럽고 걱정스러운 표정이었다. 당연하게도 아버지를 믿을 수 있을지 확신하지 못하는 표정이었다.

"물론 아니지. 그냥 좀…… 지지분하단다."

"어떻든 괜찮아요."

"그래, 당연하지."

문을 열고 안으로 들어갔다. 알빈의 호리호리한 형체가 그림자처럼 날 지나 거실로 들어가더니 소파에 주저앉았다.

"알빈." 내가 말했다. "널 봐서 좋구나. 하지만 네가 여기서 자는 게 좋은 생각인지는 모르겠다."

"어째서요?"

"왜냐하면……."

"뭔데요?"

"여기엔 네가 잘 침대가 없어."

"전 여기서 잘 수 있어요." 알빈이 소파를 툭툭 치며 얘기했다. 그러고는 누워 스니커즈를 벗더니 발을 팔걸이에 올려놓았다. 아이가 얼마나 말랐는지 눈에 들어왔고 제대로 먹고 다니는지 물어봐야 하나 순간 고민했다. 부모가 물어볼 만한 질문이 아닌가?

"난 내일 일찍 일어나야 한단다. 시기가 좋지 못하구나." 잠시 고민하던 질문 대신 이렇게 말했다.

"그래서 뭐요? 전 아빠가 나갈 때 이곳에 그냥 있으면 돼요. 엄마는 완전히 미쳤어요. 집에 갈 수 없어요."

"게다가 난 오늘 밤에도 일해야 해."

"귀찮게 하지 않을게요."

나는 어떻게 해야 될지 몰라서 방을 이리저리 서성였다. 그러다 피자를 커피 테이블에 내려놓았다.

"엄마는? 네가 여기 있는 거 알고 있니?"

알빈은 더 이상 질문을 감당할 수 없다는 듯 팔로 눈을 가렸다.

"아뇨."

"그럼 틀림없이 엄마가 무척 걱정하고 있겠구나. 전화를 해야겠다."

한 시간 후에 야네트가 나타났다. 그녀는 오래전에 봤을 때보다 기분이 나아 보였고 쾌활하기까지 했다. 네일 아티스트가 되려고 공부하는 게 재미있는 모양이었다. 그녀는 핫 핑크 색상을 새로 칠한 긴 손톱을 보여주었다. 나는 그렇게 생각하지는 않았지만 보기 좋다고 말해주었다.

야네트와 알빈은 한동안 서로 속삭이며 얘기를 나눴다. 그 후 그녀가 아이를 꼭 안아주는 모습을 보며 둘이 화해했다고 생각했다.

그녀를 오라고 설득하는 건 어렵지 않았다. 오늘뿐만 아니라 언제라도 이곳에는 알빈이 잘 방이 없다고 설명했을 뿐이다. 그녀는 놀라지도 화를 내지도 않았다. 그녀는 왜 그랬을까? 전에도 내 인생에 알빈을 위한 공간을 가졌던 적이 없었던 건 똑같은데 말이다.

나는 창가에 서서 그들이 작고 빨간 폭스바겐 골프로 향하는 모습을 지켜봤다. 알빈이 차에 타기 직전에 고개를 돌려 내 쪽을 쳐다봤다. 정말로 왜 그랬는지 모르겠지만 나는 커튼 뒤로 물러나 내 모습을 숨기고 차 소리가 멀어질 때까지 눈을 꼭 감았다.

알빈이 더 어렸을 때 가끔 정말로 알빈과 시간을 함께 보내려고 생각했던 적이 있다. 아마도 놀이공원에 가거나 축구 경기에 데려가려고 했던 것 같다. 하지만 알빈과 함께 있는 모습을 상상하자마자 내 안에서 뭔가가 뭉쳐졌다. 알빈과 함께 있을 때 어떻게 행동해야 할지 몰랐다.

그 애가 나이가 들어서 잘 이해하게 될 때까지 기다리는 게 낫겠다고 내 자신을 설득했다. 적어도 성인과 얘기하는 법은 알고 있으니 말이다.

하지만 한 해 한 해 지나가면서 점점 더 어려워졌다. 아주 오랜 시간이 흐른 후에 잘 알지 못하는 아들과 시간을 보내려면 어떻게 시작할 수 있을까? 대관절 낯선 이에게 무슨 말을 해야 하는가? 그 낯선 이는 내 살과 피를 받았지만 어렸을 때 곁에 있어주지 않았기 때문에 날 싫어할지도 모르는데? 심지어 축구는 더 이상 선택 사항으로 여겨지지도 않는다. 우리가 핏줄이라는 강제적인 느낌으로 친구인 척하면서 손에는 맥주를 들고 같이 서 있게 될까? 그렇지 않으면 감정을 주체하지 못하고 흐느껴 울면서 내가 왜 내 인생에 아이를 원하지 않았는지 설명해야 할까?

물론 알빈과 함께한 축구 경기는 없었다.

다음날 아침 만프레드와 예스페르 오레의 집으로 차를 몰았다. 정문에서 현관까지 짧은 거리를 걸어갔을 때 오레의 집은 여전히 강한 바람에 펄럭이며 바스락거리는 경찰 통제선이 사람들의 출입을 차단하고 있었다. 만프레드는 과학 수사관에게 받아온 물품 중에서 맞는 열쇠를 찾아 문을 열고 들어가 전실의 전등을 켰다.

피는 사라지니 평범한 복도처럼 보였다. 아주 주의 깊게 봐야만 바닥의 타일 사이와 몰딩과 벽 사이의 솔기에서 적갈색의 희미한 흔적을 알아볼 수 있다. 죽음은 사물에 스며드는 경향이 있다. 죽음은 한 번 방문했던 장소를 놓아주려 하지 않는다. 죽음은 벽과 바닥에 길을 파서 덧없음이라는 눈에 띄는 흔적을 남기며 절대 씻겨 사라지지 않는다. 그래서 대부분의 사람들은 실제로 이런 일이 일어나면 집을 개조하기로 선택한다.

"뭘 찾아야 되죠?" 내가 물었다.

"지독히도 단서가 너무 없어. 수사관들이 놓쳤을지도 모르는 것, 아무것이나."

우리는 체계적으로 집을 뒤지기 시작했다. 방에서 방으로 이동하고, 사진을 찍어가며, 옷과 그릇, 오래된 약들을 뒤적거렸다. 우리는 우리 목적에 맞는 사진을 찍는다. 공식적인 범죄 현장 사진은 이미 수사관들이 찍었다.

깨끗하게 정돈된 집이었다. 살균된 곳에 가까운 그 집에 개인 소지품은 거의 없었다. 오레와 몇몇 여자들이 해안가에서 찍은 사진이 유일하게 거실의 선반에 세워져 있었다.

만프레드는 사진을 보며 고개를 끄덕였다.

"그 사진은 보고서에 있어. 사진을 찍을 필요 없네."

"유리가 왜 깨져 있죠?" 내가 물으며 손가락으로 여전히 사진틀에 낀 조각들을 훑었다.

만프레드는 어깨를 으쓱했다.

"모르겠는데."

"어쩌면 사진 속 여자 중 하나가 희생자일지도 모르겠네요."

"아마도. 말하기는 불가능하지만 사진이 너무 흐릿하군."

집을 수색하는 동안 여느 때처럼 기묘한 불안에 휩싸였다. 마치 내가 불법 침입자라도 된 것 같았다. 꼭 필요한 일이라는 사실을 안다 해도 누군가의 오래된 속옷과 식료품류를 뒤지다 보면 남의 불행을 이용해

먹는 사람이 된 것처럼 느껴진다.

만프레드는 책장을 조사했다. 책 몇 권과 장식품 약간, 그리고 여러 권의 경제 잡지. 그는 책 한 무더기를 들어 올리고 선반에 몸을 기댔다.

"린드그렌! 책 뒤에서 내가 뭘 찾았는지 한번 봐."

만프레드는 손에 DVD를 들고 있었다. 묶인 채 주차장에 등을 대고 누워 다리를 벌리고 있는 벌거벗은 여자가 나온 표지가 보였다. 손에 채찍을 쥔 남자 하나가 그녀 옆에 등을 보이며 서 있다.

"젠장……."

"그 사람한테 정신적 장애가 있다고 내가 말했었지." 만프레드가 웅얼거리듯 말했다.

"그걸 집에 가져가려고요?"

그가 날 향해 뒤틀린 미소를 지었다.

"사실을 말하자면, 아프사네가 내 물건을 정리하다 이걸 발견하게 되면 날 거세하려고 들 거야. 대신 자네가 가져가겠나? 자네는 뭔가 기분을 돋울 게 필요해 보이는데."

"물론이죠. 폭력적인 포르노는 언제나 기분을 좋게 만들어주죠."

우리는 그 영화를 다시 제자리에 놓고 부엌으로 갔다. 광이 나는 검은 수납장과 스테인리스스틸 조리대는 솔나에 있는 부검실을 생각나게 했다. 싱크대와 샤워기처럼 생긴 조정 가능한 분사구가 달린 수도꼭지조차 법의학 시설처럼 느껴졌다.

"절대 아늑하진 않군." 만프레드가 얼굴을 찡그리며 말했다.

그의 말에 동의했지만 그렇게 오랫동안 함께 일하면서도 그가 내 아파트를 본 적이 없다는 사실에 감사했다. 그가 내 집을 보고 얼마나 우울해할지 충분히 예상할 수 있다. 만프레드와 아프사네는 세기가 바뀔 무렵 지어진 멋진 아파트에 살고 있는데, 벽에는 타일로 된 벽난로와 예술 작품이 걸려 있다. 그들은 커튼과 쿠션, 화려한 카펫, 책, 그리고 나는 절대 얻어낼 수 없었던 물건들을 전부 갖고 있다. 부엌 수납장은 파이 모양 틀, 아기 젖병, 아이스크림 제조기, 주서기 등으로 꽉 차 있다. 전실의 거울에 걸린 다양한 행사의 초대장들은 그들이 얼마나 인기인인지 외치고 있다.

"지하실도 확인해야 될까?" 만프레드가 묻고는 대답을 기다리지 않고 전실을 향해 걸어가기 시작했다. 그를 따라 계단을 내려가는 내 몸무게에 계단이 삐걱거렸다.

흰 곰팡이와 세제 냄새가 약하게 났다. 보일러실에서 윙윙거리는 소리가 새어나왔다. 어떤 이유에선지, 어지럽고 맥이 빠지며 갑자기 앉고 싶다는 충동이 일었다. 하지만 나는 고분고분하게 만프레드를 따라 세탁실로 갔다. 그는 전등을 켜고 수납장을 열었다. 수사관들이 찾아낸, 수납장에 숨겨져 있던 여자들의 속옷 바구니 옆에 수건과 시트가 단정하게 접혀 있었다. 만프레드는 조심스럽게 속옷들을 세탁기 옆에 있는 조리대에 비웠다. 검은 레이스와 붉은 실크, 장미와 반짝이는 라인석. 이곳에 예스페르의 사냥 트로피가 있다.

"보게나." 만프레드가 가랑이 부분에 진주가 바느질된 아주 작은 팬티를 잡으며 말했다. "이건 끔찍이도 불편해 보이는군. 이…… 진주 목걸이가 자네의…… 엉덩이에 있다고 상상할 수 있나? 자네의 볼기짝이나 그 비슷한 것 사이에?"

난 대답하지 않았다. 나는 그와 비슷한 속옷을 입은 한녀를 본 적이 없었고 아마 앞으로도 보지 못하리라고 생각했다.

우리는 속옷을 다시 바구니에 넣고 더러운 빨래가 담겨 있는 바구니

257

로 갔다. 똑같은 흰색 셔츠와 속옷들이 수건과 체육복과 함께 쑤셔넣
어져 있었다. 나는 청바지를 꺼내 앞으로 내밀었다. 청바지에는 의심스
럽다고 할 만한 이상한 얼룩이나 손상이 전혀 없이 정상적으로 보였다.
청바지를 막 내려놓았을 때 뒷주머니에 뭔가 들어 있는 것처럼 보였다.
누군가 현금이나 영수증을 넣고 깜박한 것처럼 뭔가 작게 불룩 튀어나
와 있었다.

　끄집어내 펼치니 손으로 쓴 메모였다. 일반적인 종이의 절반 정도 크
기로 필체는 부드럽고 약간 뒤로 기울어졌다. 거의 아이가 쓴 것 같았다.

예스페르,

난 당신이 내게 설명해야 할 게 있다고 생각하기 때문에 이 편지를
써요. 사랑이 끝날 수 있다는 것을 알아요. 정말 그래요. 하지만 우
리의 약혼을 축하하려던 밤에 아무런 설명 없이 나를 내팽개친 건
괜찮지 않아요. 그러고 나서 당신에게 연락하려고 할 때 당신은 내
가 존재하지 않는 것처럼 행동했죠. 내 기분이 어떨 거라고 생각했나
요? 내게 상처를 주고 싶었던 거라면, 확실히 성공했어요.
당신이 모르는 사실은 내가 우리 아이를 임신했다는 거예요. 그래서
당신이 날 어떻게 생각하는지에 상관없이 우리는 아기에 관해 얘기
를 나눠야 해요. 당신이 아빠 노릇을 할 거라고 기대하지는 않지만
당신과 그 상황을 상의해야 해요. 적어도 당신이 그 정도는 해야 된
다고 생각해요.

　　　　　　　　　　　　　　　　　　　　　　　　　　　　－엠마

엠마
한 달 전

나는 여전히 배가 아픈 상태에서 침대에 누워 우디를 생각하고 있다. 엘린이 우리와 마주쳤던 그날을 생각한다.

우디와 나는 창고에 서 있었고 내가 우디에게 물었다.

"선생님은 지금이 실제가 아니라고 느꼈던 적 있어요? 예를 들면, 인생이 그냥 영화같이 느껴진다거나?"

"이상한 질문이구나. 무슨 뜻이지?"

우디는 벽에 있는 고리에 망치를 걸었다. 바깥의 복도는 텅 비어 있다. 12시 30분이었고 다른 학생들은 모두 교내 식당이나 학교 운동장에 있었다.

"전 그냥 가끔 인생이 비현실적으로 느껴져요. 선생님은 그렇게 느낀 적 없어요?"

"없는데."

그는 오랫동안 탐색하는 표정으로 날 살폈다.

"어쩌면 아빠가 돌아가신 지 얼마 안 돼서 그럴 수도 있겠구나." 그가 좀 더 부드럽게 말했다.

나는 대답하지 않았다. 아빠를 생각하고 싶지 않았다. 우리에게 왔다가 가버린 아빠를, 또는 아빠가 사라진 후에 욕실 바닥에서 자고 있는 엄마를 생각하고 싶지 않았다.

우디는 빗자루를 꺼내 조용히 바닥을 쓸기 시작했다. 그가 몸을 앞으로 숙이자 열쇠고리가 약하게 짤그락거렸다. 나는 한 걸음 뒤로 물러서 가능한 적은 공간을 차지하려고 최선을 다하며 벽에 기대섰다. 어깨뼈에 차가운 콘크리트가 느껴졌다. 바닥을 쓸고 나서 그는 빗자루를 벽에 세워두고 뒤로 작업대에 기대며 날 보고 약하게 어깨를 으쓱했다.

"좀 더 편해질 거야."

"그걸 어떻게 알아요? 다들 그렇게 얘기하지만 그 사람들은 어떻게 아는 거죠?"

우디는 청바지에서 톱밥을 약간 털어냈다.

"난 알아. 우리 아버지는 내가 네 나이였을 때 돌아가셨단다. 아버지는 독재 정부에서 살아남았지만 스웨덴에 도착했을 때 심장마비로 돌아가셨지. 바보 같은 일이야, 그렇지?"

나는 뭐라고 말을 해야 될지 몰랐다.

"난 내가 아주 강하다고 생각했어." 그가 계속 말을 이었다. "내가 상황을 처리할 수 있다고 생각했지만 결국 상황이 정말 안 좋아졌지. 나는 얘기를 나눌 누군가가 있었으면 하고 바랐단다. 내 말을 들어주고 이해해주는 누군가 있었으면 했지."

"어떻게 됐어요?"

우디는 손이 깨끗한지를 확인하고 싶다는 듯이 두 손을 살피며 쳐다봤다. 한쪽 엄지에 막 아물기 시작한 흉하고 깊은 상처의 흔적이 보였다. 다른 손의 새끼손가락에는 더러운 반창고가 붙어 있었다.

"내가 망쳐버렸지."

"어떻게요?"

"나쁜 사람들과 어울렸어. 그리고 내 미래를 파괴하다시피 했지. 그 손상을 수리…… 하는 데 오랜 시간이 걸렸단다."

"누군가를 다치게 했나요?"

그는 내가 어리석은 질문을 한 것처럼 짧게 웃으며 대답했다. 손으로 자신의 까만 머리를 쓸었다.

"주로 내 자신을 다치게 했지. 하지만 엠마, 넌 그런 일이 없을 거야. 너는…… 착한 여자애니까. 이해하겠니? 너는 좋은 이웃과 살고 있고 네게 관심을 갖는 가족과 친구들이 있어. 넌 괜찮을 거야."

실망감이 파도처럼 밀려왔다. 나는 착한 여자애가 되고 싶지 않았다. 나는 좀 더 중요하고 당당하고, 그보다 위험한 사람이 되고 싶었다. 나는 대단한 사람이 되고 싶었다. 창고에서 그와 보냈던 마지막 순간 같기를 원했다. 그의 입에서 내 이름이 불리고, 그의 손이 내 맨살에 닿아 있던 그 순간처럼.

나는 그를 향해 조심스럽게 한 걸음 내디뎠다.

"엠마?" 그는 당황한 표정이었다.

나는 또 한 걸음 다가가 팔을 그에게 두르고 따뜻한 몸에 매달렸다. 그의 몸에선 담배 연기와 땀이 섞인 냄새가 났다. 그는 완전히 굳은 상태로 서 있더니 한 손을 내 어깨에 올려놓고 말 잘 듣는 개를 쓰다듬듯이 부드럽게 토닥거렸다.

"엠마, 괜찮을 거야. 약속해."

그의 말이 날 도발했다. 내가 괜찮을 거라는 말을 원했다고 누가 말했을까? 나는 상체를 뒤로 젖혔지만, 아주 약간이었기 때문에 그의 표정을 볼 수 있었고, 그의 시선을 끌 수 있었다. 확신하지는 못했지만 그가 겁에 질려 보인다고 생각했고, 그의 두 눈에서 뭔가 물음이나 걱정의 빛을 얼핏 보았다.

그래서 나는 발끝으로 서서 몸을 앞으로 숙여 그에게 키스했다. 그의 입술은 단단하면서 작았고 전혀 지난번처럼 느껴지지 않았다. 그는 뒤로 펄쩍 물러났고 몸 전체를 떨며 날 강제로 밀어냈다.

"엠마, 뭐……?"

밖에서 긁히는 소리와 작게 쾅 하는 소리가 났다. 뒤를 돌아보았을 때 문에 서 있는 그림자 하나를 보았다.

엘린이었다. 엘린은 마치 수영장에서 물에 뛰어들 준비를 하고 균형을 잡고 있는 것처럼 몸을 앞으로 숙이고 있었다. 그녀의 입은 반쯤 열려 있고 손에는 소다 음료 캔 하나가 들려 있었다.

"엘린." 우디가 불렀다. "들어오렴. 너와 이야기하고 싶구나."

엘린은 움직이지 않았지만 소다 음료가 손에서 천천히 미끄러졌다. 캔이 바닥에 닿아서 음료가 리놀륨 바닥 여기저기로 뿜어져 나오기까지 영원처럼 느껴졌다.

"엘린." 그가 다시 외쳤지만 엘린은 이미 몸을 돌려 밖으로 달리기 시작했다. 그녀의 낡은 가죽 재킷과 빨간색 니트 모자가 문을 지나 사라졌고 달리는 발자국 소리도 점차 사라졌다.

3시에 일어나 진통제를 먹었다. 배가 쑤셨고 계속 피를 흘리고 있다. 결국 인사불성에 가까운 상태가 되었다. 나는 꿈을 꾸고 있는 건지 아니면 일어날 시간이 될 때까지 그냥 누워 있었던 건지 알 수 없었다.

배는 이제 나아졌다. 훨씬 나아졌다. 아마도 감각이 없어져 천천히 돌이 되어가는 느낌이었다. 차갑고 단단하고 세상이 날 어떻게 위협하더라도 무관심한 돌. 창문은 까맣고 방은 얼어붙을 것처럼 추웠다. 침대에 계속 머물고 싶다는 유혹을 느꼈지만 일어나 내가 처한 상황에서 뭔가를 해야 한다는 것을 알았다. 나는 더 이상 예스페르의 게임에 볼모가 될 수 없다.

비록 더 이상 출근하고 싶지 않았지만, 올가에게 차를 돌려줘야 하기 때문이라고 스스로를 납득시키며 출근하기로 결정했다.

"안녕."

그녀는 읽고 있는 타블로이드지에서 눈을 떼지 않고 날 맞았다. 나는 그녀의 맞은편 의자에 미끄러지듯 앉았다.

"안녕."

올가는 한 손으로 천천히 페이지를 펄럭이며 넘겼다. 다른 손에는 불을 붙이지 않은 담배가 들려 있었다. 나는 차 열쇠를 꺼내 신문의 한가운데에 올려놓았다.

"차를 빌려줘서 고마워."

"이 유러비전은 제정신이 아냐."

나는 대답하지 않았다.

"같이 갈래?"

그녀가 담배를 치켜들었다.

나는 어깨를 으쓱했다.

"물론이지."

우리는 간이 주방 뒤쪽 쓰레기장으로 이어지는 복도로 걸어갔다. 그곳에서는 담배를 피우지 못하게 되어 있지만 그래도 모두가 피웠다. 납작하게 접은 마분지 상자 꾸러미들이 벽을 따라 가득 놓여 있고, 손수레가 덧문에 기대 있다.

"하나 줄까?"

올가는 주머니에서 담뱃갑을 꺼냈다. 나는 고개를 서었다.

"괜찮아, 고마워."

그녀가 담배에 불을 붙이면서 대리석처럼 크고 빛나는 눈으로 날 쳐다봤다. 그리고 몸을 앞으로 숙이고 손가락으로 내 볼을 쓰다듬었다.

"세상에, 엠마. 무슨 일이야?"

"덤불에서 넘어졌어."

그녀는 믿지 않는 표정이었다.

"그 남자가 그랬어? 네 남자 친구? 그 남자가 널 때린 거야? 그런 거라면 경찰에 신고해야 해."

"아무도 날 때리지 않았어. 하지만 어제 난 그를 미행했어. 이제 난 그가 어디에서 사는지 알아. 난……."

눈물이 차오르는 것을 느끼며 잠깐 주저했다. 올가가 내 팔을 부드럽게 잡자 그녀의 긴 손톱이 카디건을 통해 느껴졌다.

"엠마, 무슨 일이 있었던 거야? 말해봐. 말하면 기분이 나아질 거야."

"그는…… 그는 유르스홀름에 있는 큰 집에 살고 있고 다른 여자가 있었어. 처음부터 날 속였던 거야. 그는 일 때문에 우리 관계를 아무에게도 말하면 안 된다고 얘기했었어. 자기 직업 때문에 우리가 함께 있는 모습을 절대로 보여서는 안 된다고 말했어. 하지만 실제로는 그게 아니었던 거야. 그는 이미 여자 친구가 있었어. 너 믿을 수 있어? 그건 정말 아주…… 역겨워. 그걸 보고 난 네가 했던 말을 생각했어. 어쩌면 그가 사이코패스여서 날 해치려고 애쓰고 있다고. 하지만 이제 난 무엇을 해야 될지 모르겠어. 그가 내 인생을 망쳤는데도 난 뭘 해야 될지 모르겠어."

올가는 한숨을 내쉬고 콘크리트 벽에 등을 대고 서서 천장에 그대로 노출된 전구를 응시했다. 우리가 서 있는 땅의 깊은 곳에서 우르르 하고 전철이 지나가는 소리가 들렸다. 축축한 콘크리트와 몰드 냄새가 콧구멍 안에 달라붙었다.

"엠마." 그녀가 느릿하게 담배 연기를 내뿜으며 말했다. 길쭉한 연기가 천장으로 올라가 흩어지다 결국 사라졌다. "넌 그를 놔줘야 해. 너는…… 집착하고 있어. 그가 원하는 게 그거라면 그는 성공한 거야."

"그를 놔주라고?"

"그래. 너도 알잖아. 계속 앞으로 나아가야 해. 네가 완전히 자신을 막다른 구석으로 비누칠하기 전에."

"내 자신을 막다른 구석으로 몰기 전에."

올가는 내 말을 무시했다.

"그를 잊어. 다른 사람과 데이트하고. 그는 그럴 가치가 없는 사람이야. 너는 계속 나아가야 해."

"난 그럴 수 없어."

내 목소리는 가늘고 약했다. 쾅 소리가 들리고 차가운 공기가 휙 불어와 내 발목을 살그머니 지나쳐갔다. 누군가 오고 있다. 올가는 벽에 담배를 비벼 끄며 이미 그곳에 나 있는 수백 개의 자국에 이어 검은 자국을 하나 더했다.

"어째서?"

그녀의 목소리는 비난조였다.

"왜냐하면…… 그는 날 차기만 한 게 아니니까. 내 돈과 고양이를 가져갔고, 그리고……."

"그가 네 고양이를 가져간 게 확실해?"

"아니, 하지만……."

"돈을 빌려줄 때 계약서 같은 거 썼어?"

"물론 안 썼지. 남자 친구한테 빌려주는 데 계약서를 어떻게 써."

"그렇다면 넌 절대 증명하지 못할 거야. 그러니 어느 누구도 아닌 네 자신을 탓해야 해."

갑자기 올가에게 짜증이 났다. 그녀는 너무 무신경하고, 연민이라고는 조금도 없었다. 그녀는 내 짜증을 알아차리지 못하고 대신 깊은 생각에 잠긴 것 같았다. 바깥쪽 복도에서 발걸음 소리가 다가오고 있다. 그때 그녀의 얼굴이 환해졌다.

"어쩌면 넌 그를 추적할 수 있어."

"그를 추적한다고?"

"그래, 법정에서."

"네 말은 고소하라는 거야? 뭣 때문에?"

"넌 찾아낼 거야."

문이 열리고 마노르가 안을 살짝 들여다봤다. 그녀는 검은 머리를 동그랗게 말아 머리에 고정했고 눈에는 두껍게 라인을 그렸다. 그녀의 모습은 게이샤를 연상시켰다.

"여기서 담배 피우면 안 되는 거 알지?"

"너는 우리를 고자질하겠지." 올가가 웅얼거렸다.

"이봐. 나만 남겨두고 너희 둘이 한꺼번에 매장을 비우면 안 돼."

그녀는 대답을 기다리지 않고 몸을 돌렸고 무거운 강철 문이 한숨을 쉬듯 소리를 내며 미끄러져 닫혔다.

"꼭 비에르네 같아." 올가는 콧방귀를 끼며 말했다.

"그렇다면 당신 아버지에게는 무슨 일이 있었던 거지?"

예스페르와 나는 탄토 공원의 남쪽 바닷가를 따라 걷고 있었다. 우리가 함께 밖으로 나온 드문 경우였다. 몹시 숨이 막힐 듯 더웠고 태양이 너무 매혹적이라 우리는 그날 오후 카펠그렌드의 작은 아파트 안에만 머물 수가 없었다.

"돌아가셨어요."

"그래, 알고 있어. 하지만 무슨 일이었지? 그때 몇 살이었어?"

"열다섯 살이었어요."

"예민한 나이로군."

나는 기억을 떠올렸다. 실제로 열두 살이나 열여덟 살보다 열다섯 살이기에 더 힘들었던가? 그게 아니면 예의상 공감을 보여주려고 말한 것뿐일까?

"어쩌면요."

"아버지는 편찮으셨나?"

예스페르는 우리가 지나던 길에 늘어서 있는 작은 오두막집 중 한 집 옆에 멈춰 섰다. 다양한 색의 제라늄과 자기로 만든 동물들이 작은 정원을 채우고 있다. 작은 개가 나타나 우리에게 달려오더니 큰 소리로 짖기 시작했다.

"아빠는 목을 매달아 자살했어요."

"세상에, 엠마 왜 전에 내게 말하지 않았어?"

"물어보지 않았잖아요."

"중요한 건 얘기했어야지."

그가 나를 가까이 당겨 꽉 안아주었다.

"그게 무슨 차이가 있어요?" 나는 그의 목에 대고 중얼거렸다.

"아니, 물론 그건 아니지만 내가 당신을 도와줄 수도 있었겠지. 어떤 지원을 해줄 수도 있고."

"지원이오?"

비꼬는 것처럼 들리게 할 의도는 아니었지만, 사실은 그랬다. 우리가 함께 보이는 것조차 원하지 않던 그가 갑자기 아주 열렬하게 날 지원해 주려 한다는 생각이 우스웠다. 예스페르는 내가 비꼬는 걸 알아채지 못한 것 같았다. 대신 그는 내게 가볍게 키스하고 손을 뻗었다.

"이리 와."

우리는 말없이 바닷가를 따라 걸었다. 스톡홀름 사람들이 사방에서 맨살을 드러내고 걷거나 자전거를 타거나 카누를 타고 있었다. 멀리 떨어지지 않은 곳에서 아시아 사람 둘이 낚시를 하고 있다. 부두 근처의 잔잔한 물에서 낚시찌가 살짝 까딱거리는데도 그들은 별 관심을 보이지 않았다. 그들 역시 휴가 중인 것 같다.

예스페르가 내 손에 깍지를 끼었다. 손을 너무 세게 쥐어서 손마디가 아팠지만, 나는 사라져가고 있는 가족을 생각하며 아무 말도 하지 않았다. 아빠와 엄마, 아파트와 그곳에 있던 파손된 가구, 버려진 수건, 양탄자 조각들, 빈 병, 뚜껑이 있거나 없는 다양한 크기의 유리병 등 우리가 가지고 있던 모든 것들을 생각했다. 우리는 어째서 그렇게 많은 물건들을 가지고 있었을까? 그것들을 도대체 누가 모았을까? 아빠가 돌아가신 후 나아진 점이 있었는지 기억이 없는 걸 보면 틀림없이 엄마였을 것이다. 별것도 아닌 이유로 싸웠던 일들도 떠올랐다. 설거지라든지, 밤 11시의 통금 시간, 치즈 덩어리를 올바르게 자르는 방법, 그리고 안정을 위해, 다시 인간처럼 느끼기 위해 엄마에게 왜 맥주가 필요했던 것인지 등등.

이제 아무것도 남지 않았다. 잃어버린 시간에 관한 단편적인 기억과 죽고 시들어가는 사람들에 관한 단편적인 기억들뿐. 그리고 장소와 물건에 관한 기억. 꿈과 약속, 계획, 사랑, 슬픔에 관한 기억뿐.

"아버지는 왜 자살하신 건데?"

"잘 몰라요. 아빠는 술을 많이 마셨어요. 엄마도 마찬가지고요. 하지만 그게 이유였는지는 모르겠어요. 정말 이상해요. 내 기억들 속에 구멍이 있는 것처럼 정말 기억이 없어요. 몇 년이 그냥 연기처럼 사라졌죠."

"기억이란 게 원래 그런 거 아닌가? 우리는 잊으니까."

"그래요?"

그는 대답하지 않았다. 우리는 작은 부두에 도착했다. 암묵적으로 동의한 것처럼 우리는 가장자리를 따라 걸었고 살짝 타르 냄새가 나는 썩어가는 나무 위에 앉았다. 우리의 발밑에서 불과 몇 센티미터 떨어진 곳, 미풍에 넘실되는 물위에 태양이 춤을 추고 있다. 아이들이 까꿍 놀이를 하듯 우거진 녹색 나뭇잎 사이로 해협의 건너편 오르스타의 아파트 건물들이 살짝 보였다.

"원하지 않으면 대답하지 않아도 돼. 누가 아버지를 발견했지?"

나는 부두의 거친 나무에 팔꿈치를 대고 몸을 뒤로 젖혔다. 똑바로 하늘을 응시하며 누웠다. 작은 엽서의 그림처럼 완벽한 흰 구름이 천천히 우리 위를 떠다녔다. 갈매기들이 그들의 방식으로 새된 소리를 지르며 물위 상공을 선회했다.

"엄마가 아빠를 발견했어요. 아빠는 거실에서 목을 매달았죠. 엄마는 부엌칼을 가져와서 줄을 잘라 내렸어요. 내가 집에 왔을 때 아빠는 목에 밧줄을 건 채 거실의 양탄자에 누워 있었어요."

"당신도 아버지를 봤어?"

"네."

"이런 제길. 엠마, 당신은 내게 말했어야 했어."

나는 대답을 하지 않았지만 눈을 감자 내 앞에 이모가 만들었던 노란 해바라기 무늬 양탄자에 옆으로 누워 있는 아빠가 보였다. 파란색 비닐 끈이 아빠의 목을 사슬처럼 둘러싸고 있다. 아빠는 얼굴색이 이상했고 반쯤 열린 입에서 혀가 밀려 나와 있었다. 엄마는 아빠 옆에 쪼그려 앉아 몸을 앞뒤로 흔들며 조리에 맞지 않는 말을 중얼거리고 있다.

예스페르는 내 옆에 몸을 눕히고 햇빛을 받으며 눈을 감고 손을 내 가슴 위에 올려놓았다.

"불쌍한 엠마." 그가 웅얼거렸다. "내가 당신을 보살펴줄게."

그리고 바로 그때, 내 얼굴에 태양이 내리쬐고 스톡홀름의 완벽하고 기가 막힌 아름다움에 둘러싸인 그 순간, 나는 그를 믿었다.

진심으로 그의 말을 믿었다.

"모자하고 스카프 잊지 마."

마노르가 계산대 옆 선반을 가리켰다. 나는 대답하지 않고 고개만 끄덕였다. 온종일 나는 마노르나 올가가 내게 해고당했다는 사실을 일깨우면서 집에 가라고 얘기해주기를 기다렸다.

하지만 둘 다 아무 말 하지 않았고 시간이 지나가면서 내가 해고되었다는 사실을 그들이 모르고 있다고 점점 더 확신했다. 인사과와 직원 사이에 연락이 없었던 모양이다. 이상하게도 내가 원하는 만큼 내 자신의 비눗방울 안에 머무를 수 있고 내 일자리가 언제 종료될지를 결정하는 것은 내게 달려 있다는 기분이 들었다.

나는 천천히 모자와 벙어리장갑이 진열된 매대를 계산대에서 입구

쪽으로 끌어당기기 시작했다. 옷과 장신구를 계속해서 다시 배치하는 일은 지친다. 그렇게 하면 확실히 더 많이 팔게는 되겠지만, 매장의 한 쪽 끝에서 다른 쪽 끝으로 산더미처럼 많은 청바지를 옮기는 것은 정말 이지 아무 소용없다고 느껴지는 몇 안 되는 일 가운데 하나다.

올가가 나를 도와줬다. 그녀는 스카프를 붙잡고 모자와 벙어리장갑 옆에 놓았다. 나는 본사에서 내려온 지침서를 보고 그 후에 우리 매장 의 지침서를 봤다.

"이제 맞는 장소에 있는 것 같아."

올가가 배치도에 손을 뻗었다.

"어디 봐."

"이건 이렇게 있어야 해." 그녀가 얘기하며 모자의 위치를 약간 옮겼다.

종종 본사는 기습적인 현장 조사를 벌이곤 했다. 그들은 간판이 어 떻게 설치되어 있는지에서부터 직원 화장실이 깨끗한지까지 모든 것을 확인했다. 만족하지 못할 경우, 매장은 벌점을 받고 이는 직원의 보너스 에 영향을 주게 된다. 그리고 우리가 바로 그 직원이다. 본사의 경영진 을 어떻게 생각하는지에 상관없이, 그들의 통제 방법이 꽤 효과적이라 는 사실은 인정해야 한다.

"올가, 네가 말했던 복수 있잖아. 내가 해야 된다고 생각해?"

올가는 팔짱을 끼고 얼굴을 찡그렸다.

"모르겠어. 그를 만나봐. 만나서 혼내줘."

"하지만 그가 내 말을 듣지 않으면?"

올가는 바닥에 떨어진 벙어리장갑을 집었다. 날 다시 쳐다보는 그녀 의 얼굴에서 짜증을 읽을 수 있었다.

"내가 어떻게 알겠어?"

날카로운 그녀의 목소리에 난 놀랐다.

"아니, 그렇지. 하지만 네가 제안했잖아. 난 네게 좋은 생각이 있을지도 모른다고 생각했어."

그녀는 대답하지 않았다. 빨간색 가죽 장갑을 거느라 바쁜 척했다. 계산대에서 마노르가 고객에게 얘기하면서 부드럽게 웃는 소리가 들렸다. 나는 아주 잠깐 주저했지만 그래도 물었다.

"그가 내 돈 10만 크로나를 가져갔어. 내가 그것을…… 훔쳐올 권리가 있는 거 아닐까?"

올가는 몸을 꿈틀댔지만 날 쳐다보지는 않았다.

"왜 아니겠어?"

나는 매대가 구르지 않도록 바퀴를 잠그고 옷과 모자를 다시 배열하고 좁은 금속 진열 막대에 단정하게 걸려 있는지 확인했다.

"그는 개를 키우는 것 같아." 내가 말했다. "그 개를 가져와서 멀리 떨어진 숲 속 어딘가에 버리고 올까?"

올가는 몸이 굳어져 결국 날 쳐다봤다. 그녀의 눈에는 역겨워하는 빛이 가득 차 있었다.

"왜 그의 개를 데려오려고 하는 거야? 토할 것 같아."

"하지만 그가 내 고양이를 가져갔잖아."

"그가 가져갔는지 넌 모르잖아. 고양이는 그냥 도망쳤을지도 몰라."

난 고양이를 데려간 게 그라는 것을 알고 있다. 하지만 그 문제를 두고 올가와 논쟁할 힘이 없었다. 그녀는 자기가 원하는 대로 어떻게든 생각할 수 있다.

향수 냄새를 확 풍기며 마노르가 내 옆에 불쑥 나타났다. 그녀는 손을 살며시 내 어깨에 올려놓았다.

"너희 무슨 얘기하고 있어?"

"아, 특별한 건 아니야." 올가는 거짓말을 하고 그녀에게 본사의 배치도를 건넸다.

"그거 맞아?"

마노르가 배치도와 진열된 상품을 조용히 검사했다.

"아주 좋아." 마노르가 말하는 동안 올가는 몸을 돌려 하늘같이 높은 굽의 구두를 신고 간이 주방을 향해 떠났다.

어떤 복수가 공정한지는 상관없다. 중요한 건 내가 무언가를 해야 된다는 것이다. 아무것도 하지 않는다면 난 망가질 것이다. 내 몸 전체가 그 사실을 알고 있다.

하지만 예스페르 오레와 같은 남자에게 내가 무엇을 할 수 있을까? 성공과 돈, 여자, 모든 것을 가진 남자 예스페르. 눈에는 눈, 이에는 이, 동일하게 보복하는 것이 논리적이다. 그가 내 집에 몰래 들어와 내 물건과 반려동물을 훔쳐갔다. 그는 내게서 직업과 돈, 아기를 빼앗아갔다. 하지만 어쩌면 올가가 옳을지도 모른다. 내가 정말 그에게 같은 짓을 할수 있을까?

할 수 있을까?

모자를 조정하다가 손가락에서 반짝이는 반지를 보고 갑자기 무엇을 해야 되는지 정확히 깨달았다.

시계와 보석, 은으로 만들어진 물건이 바닥에서 천장까지 상점을 뒤덮었다. 방은 어둑했지만 내 앞 카운터에 밝은 램프 여러 개가 놓여 있다. 내 뒤에는 해진 와인색 가죽 소파가 있다. 빨간 코트를 입은 까만 머리의 여자가 소파 가운데에 앉아 무릎 위에 가방을 올려놓고 있다.

내가 몸을 돌리자 그녀는 눈길을 피했다.

나는 카운터 뒤에 있는 여자 쪽으로 다시 몸을 돌렸다. 육십 대 정도로 보이는 그녀는 짧은 금발 머리에 스웨터 세트와 모직 주름치마를 입고 있다. 그녀는 1950년대 뉴스 영화에 나온 여자나 전당포에서 부업을 하는 나이든 도리스 데이처럼 보였다. 그녀는 반지를 들어 올려 작은 현미경처럼 생긴 확대경으로 검사하고 있다.

"아주 좋네요." 그녀가 말했다. "사랑스런 보석이에요."

"우린 헤어졌어요." 내가 그녀에게 말했다.

그녀는 확대경에서 시선을 들어 올려 거의 알아차릴 수 없을 정도로 손을 들었다. 마치 반지를 파는 이유는 말할 필요가 없다고 강조하며 그 말들을 다시 내 입으로 넣기를 원하는 것처럼. 이곳에서 그런 사연은 의미가 없다.

"이곳에는 약혼반지가 많이 있어요." 그녀는 웅얼거리듯 말하면서 확대경으로 돌아갔다. 그녀가 몸을 앞으로 숙이자 그녀의 머리가 너무 가까워져서 그녀의 이마선에 잡초처럼 자라고 있는 새치가 보였다. 반지에서 시선을 떼지 않은 채 그녀는 계속 말했다.

"이 반지로 2만 크로나(한화 280만 원 정도) 받을 수 있어요."

"더는 안 돼요? 그보다 훨씬 비싼 반지인데요."

갑자기 피곤해 보이는 그녀가 확대경을 안경 카운터에 올려놓았다. 그러고 나서 반지를 작은 푸른색 벨벳 쿠션에 놓았다.

"우린 그 이상 줄 수 없어요. 죄송합니다."

잠시 동안 침묵이 우리를 감쌌다. 나는 한 번 더 주위를 둘러봤다. 한쪽 벽에는 깁슨 기타가 걸려 있었다. 나는 그 기타가 판매용인지 궁금했다. 그리고 오른쪽 선반에는 약혼반지로 보이는 금반지 꾸러미가 있었다. 수백 개의 깨진 꿈들이 유리 상자 아래에 진열되어 있다. 가죽 소파의 여자는 아직도 그곳에 있었다. 그녀는 다시 시선을 피했다.

"좋아요." 내가 말했다.

도리스 데이는 신중하게 고개를 끄덕이고 한 손으로 머리를 맸다.

"그럼 전당표를 드릴게요. 정보를 적으셔야 해요." 그녀가 신청서를 꺼내 내 앞에 내밀며 어떤 네모 칸들에 V 표시를 했다. "여기와 여기, 또 여기에 정보를 기입하세요. 그리고 신분증이 필요합니다."

나는 정보를 적어 그녀에게 주면서 생각했다. 아니야, 이곳에 온 게 창피하지 않아. 이렇게 끔찍하게 엉망진창이 돼버린 건 내 잘못이 아니 잖아. 그런 상태에서 내 자신을 꺼내기 위해 결국 뭔가를 하고 있다는 것은 부끄러운 일이 아니야. 갑자기 창피할 게 하나도 없다는 이 사실을 강조하는 것이 중요하게 느껴졌다.

"좋아요, 이제 청구서를 지불할 수 있어요. 전화를 돌려받을 수도 있고, 케이블도 당연하죠. 그리고 임대료, 거의 잊고 있었네요. 그들이 절 내쫓았으면 어쩔 뻔했어요? 끔찍했겠죠."

도리스 데이는 대답을 하지 않고 그저 고개만 끄덕이고 고개를 숙였다. 내 추측에 그녀는 모든 것을 들었다. 소파에 앉은 여자는 얼굴이 빨개졌다. 그녀는 비닐봉지를 갖고 도망치고 싶어 하는 듯이 보였다.

"안녕히 계세요." 난 그녀에게 말했다. "그 물건으로 많이 받기를 바라요." 그녀는 대답 없이 무릎에 놓인 가방을 꽉 움켜쥐었다.

275

한네

구닐라는 날 태우고 파르가탄으로 갔다. 아직 오후 4시였지만 날은 이미 어두워졌고 길은 미끄러워 위험했다. 그녀는 카프텐스가탄에 주차하고 시동을 껐다. 그리고 내게 몸을 돌렸다. 그녀의 금발 머리가 가로등 불빛을 받아 머리 주위에 후광처럼 빛났다.

"내가 함께 가길 원해?"

나는 곰곰이 생각했다.

"네, 제발요. 싫지 않다면요. 오베는 이 시간에 보통 집에 없지만, 결코 모를……."

"물론이지. 가서 프리다를 데려오자."

우리는 문까지 얼마 안 되는 거리를 걸었다.

낯설었다. 집을 나온 지 고작 며칠밖에 지나지 않았지만 그 건물은 이미 어떤 면에서 바뀐 것처럼 느껴졌다. 더 이상 내 집이기를 정말 바라지 않아서 그런지 전보다 어둡고 덜 쾌적했다. 마치 계약이 끝나서 날 밖으로 차 내버린 것 같았다. 하지만 사실은 그 반대라고 생각했다. 파르가탄을 떠난 건 나였다. 비밀번호를 입력하자 문이 윙윙거리며 천천히 열렸다.

엘리베이터에 올라탄 후 가방에서 열쇠를 찾아 뒤졌고 마침내 열쇠를 잡았을 때 손가락이 떨리는 게 느껴졌다. 구닐라가 엘리베이터 문을 열었을 때 열쇠를 바닥에 떨어뜨렸다. 열쇠를 주은 그녀는 내가 열이 있는지 알고 싶은 것처럼 망설이며 손을 내 볼에 올려놓았다.

"오, 자기 지금 떨고 있어."

"그냥……."

그녀는 신속하게 고개를 끄덕이고 내 팔을 잡고 문으로 이끌었다. 그녀가 열쇠로 문을 열었다. 프리다가 즉시 달려나와 내 다리 주위를 펄쩍펄쩍 뛰었다. 나는 쪼그려 앉아 프리다의 까만 털에 얼굴을 묻고 눈물이 흐르게 놔뒀다. 프리다는 내 얼굴을 혀로 핥으며 작게 낑낑거렸다.

이 모든 게 조건이 없는 개의 사랑이라고 생각했다. 나는 이 사랑을 받기 위해 무엇을 했을까? 그런데 왜 인간의 사랑은 언제나 굴복하고 적응하기를 요구하는 것일까? 우리는 서로를 소유하지 않고서는 왜 서로를 사랑할 수 없을까?

우리는 전실로 가서 불을 켰다. 그곳은 정확히 똑같았다. 내 옷과 구두가 전실의 고리에 단정하게 걸려 있다. 약간의 우편물은 거울 아래 책상에 놓여 있다. 구닐라가 앞으로 가서 우편물을 천천히 살펴보고 내것이라고 생각되는 몇 통을 가져왔다.

나는 부엌을 조사했다. 내가 써놓은 노란색 작은 포스트잇 메모들은 여전히 부엌 수납장에 붙어 있었다. 창문에서 새들어오는 바람에 약간 펄럭이면서.

기억 상기 메모.

부엌에서 시계가 똑딱거리는 소리가 성가실 정도로 커서 귀청이 찢어지는 듯했다. 몸을 돌려 거실로 향했다. 눈으로 책장을 훑어보았다.

잠깐 생각을 하고 할보르센이 지난 세기 초반에 그린란드로 이주하고 쓴 회고록과 대학에 들어갔을 때 아빠가 내게 주신 이누이트에 관한 수필집을 집어 들었다. 그러고 나서 다른 물건들을 둘러봤다. 마스크와 조각상, 그리고 그 외의 것들. 하지만 우리가 그것들을 왜 갖게 됐는지를 생각하자 거의 토할 정도로 역겹게 느껴졌다. 그중 하나도 구닐라의 집으로 가져갈 수 없다.

"책은 충분히 갖고 있지 않아? 대신 옷을 좀 가져가는 게 어때?" 구닐라가 물었다.

나는 고개를 가로저었다.

"어쨌든 새로 사야 돼요."

우리는 침묵에 빠졌고 부엌 시계에서 들리는 소리가 한 번 더 내 머릿속으로 들어와 관자놀이 사이에서 흩어지면서 내 의식에 작고 확실히 고통스러운 구멍을 뚫었다. 갑자기 방 전체가 좌우로 흔들리는 것처럼 틀어지는 것을 느꼈고 곧 속이 메스꺼워졌다. 몇 걸음 앞으로 구닐라에게 걸어가 그녀의 손을 잡았다.

그녀의 표정은 걱정스러워 보였다. 눈썹 사이에 깊은 주름을 지으며 그녀는 내 손을 꼭 잡았다.

"세면도구는? 필요한 거 있어?"

나는 고개를 저었다.

"없어요." 나는 말했다. "이곳에서는 아무것도 필요하지 않아요."

구닐라의 아파트로 돌아와서 내가 짐을 정리하는 동안 구닐라는 내게 차를 끓여줬다. 그녀는 새 연인과 함께 24시간 크루즈 여행을 떠날 것이다. 그녀에게 다시 젊음을 느끼게 해준 남자.

그녀의 전남편은 수년간 하지 못했던 방식으로 성적인 흥분을 일으킨 남자.

프리다는 소파의 담요 위에서 자고 있다. 다행히도 인간의 문제는 감지하지 못한다. 구닐라가 부드럽게 노래를 부른다. 어떤 노래인지 알아들을 수 없었지만, 아늑했다. 아주 오래전의 뭔가를 생각나게 했다. 내가 잊고 있었던 시간, 또는 생각하기에 너무 고통스러워서 묻어두었던 시간.

다시 미친 듯이 행복해지는 상상을 해본다. 비록 아이들이 성장하고 은퇴할 나이에 가까워졌을지라도, 사랑을 하고 성적인 흥분을 얻고 열정적이고 행복한 모습이다. 크루즈 여행에 가서 맛있는 음식을 먹으며 습관이나 충성심으로, 또는 그저 굴복으로 섹스하는 것이 아니라 성욕 때문에 실제로 구애하고 싶은 사람과 섹스를 한다.

오베와 내게도 그랬던 적이 있었던가? 우리 모두 어렸던 그때.

하지만 사실은 우리가 만났을 때에도 나만 어렸었다. 열아홉 살. 그는 거의 서른 살로 이미 한 차례 결혼 경험이 있었고, 레지던트 과정을 마친 상태였다. 나는 이 부모에서 저 부모로 옮겨 다니며 한 종류의 굴복에서 다른 굴복으로 이동하고 다녔다는 사실을 부인할 수 없다.

하지만 우리에게 확실히 열정이 있었던가?

기억해내려고 애썼다. 하지만 오베와의 관계를 생각할 때면 늘 사라진 부분이 너무 많고, 불안정한 내 기억 구조에 구멍이 너무 많아서 그당시 정말로 어떻게 느꼈는지를 떠올릴 수 없다. 아마도 이 모든 일들 때문일 것이다. 부엌의 문들에 붙여놓은 내 메모를 보면서 오베의 얼굴에 나타났던 수치심, 그의 몸과 사교 모임에서도 입겠다고 고집했던 보기 싫은 카디건에서 나는 약하지만 감지할 수 있는 데친 양배추 같은 냄새, 그가 철학이나 연극을 주제로 거만하게 늘어놓는 헛소리로 다른 손님을 조용하게 만들던 모습. 심지어 그는 자신이 말하고 있는 내용이 무슨 말인지 잘 모를 때도 있었다.

"괜찮겠어?" 구닐라가 주말여행 가방을 전실 아래쪽에 놓고 모피 재킷을 입으며 물었다.

"물론이죠."

"그럼 내가 필요하면 전화할 거지?"

나는 전실로 가서 그녀를 오랫동안 안아주었다. 그녀의 향수 냄새를 들이마시고 코트의 부드러운 옷깃에 아주 잠깐 볼을 댔다.

"좋은 시간 보내세요." 내 말이 진심으로 들리길 바라며 말했다.

그녀는 약간 머뭇거리며 날 봐주었다. 그녀가 손을 들어 작게 흔들고 희미하게 웃음을 보인 후 가방을 들고 떠났다.

유리잔에 물을 따르고 약을 먹었다. 흰색 두 알과 노란색 한 알. 그리고 생각했다. 나는 도시의 반대쪽에 있는 오베와 멀리 떨어진 이곳 구닐라의 부엌에서 인생의 추가 시간을 살아가고 있다.

인생은 이상하다. 나이가 든다고 조금도 덜해지지 않는다. 하지만 그 이상함에 익숙해지고 받아들이는 법을 배운다. 인생은 절대 자신이 기대하는 것처럼 흘러가지 않는다는 사실에 자신을 조화시키는 것이 비결이다.

밤 9시 20분, 폭풍이 부엌의 유리창을 세차게 때렸다. 건물 주위에 씽씽 바람이 불었다. 하지만 안은 따뜻하고 아늑했다. 방 안에는 꽃무늬 쿠션과 주름진 화려한 커튼(구닐라의 남편이 전부 혐오했던 것들이다)이 가득했다. 예른은 건축업자였다. 하지만 자신을 건축가라고 자처했다. 그들의 집은 의학 연구소처럼 흰색 바탕에 다양한 회색 색조로 미니멀리스틱하고 중성적으로 꾸며졌다. 구닐라가 화려한 쿠션이나 직접 그림을 그린 도자기로 엄격한 집을 밝게 하려고 시도할 때마다 예른의 무자비한 거절이 뒤를 따랐다.

까만 창문 밖을 내다보며 구닐라가 이 폭풍 가운데 발트 해에서 어떻게 지내고 있을지 궁금했다.

오늘 오베는 문자 메시지를 세 번 보냈다. 첫 번째 메시지는 어제 구닐라의 아파트 밖에서 했던 거친 행동을 사과하는 내용이었다. 그는 나를 사랑하며, 프리다는 잘 보살피고 있다고 설명했다. 그리고 그들 둘 다 날 그리워한다고 했다. 두 번째 메시지는 보다 다급했다. 프리다가 사라진 사실을 알고 자신에게 '적어도 경고했어야 한다'고 했다. 나는 둔탁하고 위협적인 저음의 음악처럼 짧은 메시지 사이에서 나에 대한 지배권을 잃은 데 대한 그의 불만을 감지할 수 있었다.

한 시간 전에 온 세 번째 메시지는 간신히 억누른 분노로 가득 차 있었다. '우리가 무엇을 선택할지 상의하기 위해 KB에서 저녁 8시에 만나. 당신이 나올 거라고 생각해. 오베.'

바에서 손에 샤블리 한 잔을 들고 있을 그를 상상할 수 있었다. 한쪽 끝에는 새치가 튀어나와 있고 내가 나타나지 않아 분노하고 있을 오베.

휴대전화가 울리자 나는 전화기를 집었다. 그의 메시지를 읽으니 맥이 빠질 뿐이었다.

'내게 어떤 지원도 기대하지 마. 마지막으로 난 당신을 참고 견뎠어. 당신의 행동은 용납할 수 없어. 당신은 이제 혼자야.'

종이가 널린 부엌 식탁을 내려다봤다. 나는 칼데론 살인 사건의 보고서를 목적 없이 여기저기 훑어보았다. 절단된 머리와 테이프로 고정된 눈을 한 번 더 봤다. 내가 쓴 글을 읽었다.

머리는 입구에서 알아볼 수 있게 의도적으로 배치해놓았고 눈꺼풀은 테이프로 고정해 눈을 뜨게 했다. 잠재적 방문객이 강제로 희생자의 시선과 마주치게 하기 위한 것이다. 이런 행동에 대하여 가능한 이유는…….

내 마음 깊은 곳 어디선가 생각 하나가 만들어지다가 아주 모호한 상태로 흩어졌다. 예스페르 오레의 집에 관한 수사관의 보고서에 손을 뻗어 철저하게 조사했다. 내 시선이 전실 바닥에서 찾은 물건 목록에서 멈췄다. 그 목록에는 죽은 여자의 머리 옆에서 발견된 부러진 성냥개비 두 개가 있었다.

나는 휴대전화에 손을 뻗어 페테르의 번호로 전화를 걸었다. 그는 마치 폭풍 속에서 내 전화를 기다리기라도 한 것처럼 거의 바로 받았다.

"한네?" 그가 말했다.

"뭔가 찾았어요."

"뭘 찾았다고요?"

"그래요, 오레의 집에 관한 수사관의 보고서에서요."

침묵. 전화기 너머로 음악 소리가 들렸다.

"아, 좋아요. 내일 아침에 살펴볼까요? 난 집에 가는 길이에요."

"내 생각에 중요한 것 같아요."

또다시 침묵.

"지금 어디 있어요?"

15분 후에 초인종이 울렸다. 페테르의 머리와 매부리코에 눈이 쌓여 있었다. 앞으로 고개를 숙여 눈을 털어주고 싶은 충동이 일었다. 마지막 순간에 내 자신을 억눌렀다.

"들어와요."

그는 신발을 벗고 내 옷이 걸려 있는 옆 고리에 재킷을 걸었다. 밝은 전실을 흘낏 둘러보았다. 그의 얇은 볼은 추위에 빨갛게 얼었고 금발 눈썹에서는 물방울이 반짝였다.

"아파트가 멋지네요. 당신 거예요?"

나는 고개를 저었다.

"아뇨. 지금 친구하고 같이 지내고 있어요."

그를 부엌으로 안내하고 의자 하나를 향해 손짓했다.

"앉아요. 차 한잔 하겠어요?"

"아뇨, 괜찮아요. 고마워요."

나는 그의 옆에 앉아서 오레의 집에 관한 수사관의 보고서를 휙휙 넘겼다.

"이웃이오." 내가 말했다. "그 여자가 희생자를 만졌어요?"

페테르는 혼란스러운 표정이었다.

"그 나이 든 여자요? 희생자를 발견했던 사람이오?"

"그래요."

페테르는 손으로 머리를 넘기며 천장을 올려다봤다.

"네. 그랬어요. 내 기억이 맞는다면, 그 여자는 그녀가 진짜 죽은 게 맞는지 확인했다고 말했어요. 어떤 의심이 있을까 싶긴 하지만요."

"그래서 그녀가 머리를 만졌나요?"

"만졌을 수도 있어요. 맞아요."

"그녀가 머리를 옮겼어요?"

그가 내 눈을 다시 쳐다봤다. 그의 초록색 눈은 마치 울었던 것처럼 또는 파티에서 지나치게 논 것처럼 핏발이 서 있었다. 나는 후자로 마음이 기울었다.

"그 여자가 머리를 움직였냐고요? 아니, 그렇게 생각하지는 않아요. 만졌을 수는 있겠죠."

"그러면 뭔가…… 범죄 현장에서 옮겨졌을지도 몰라요."

"물론이죠. 그녀가 현장 주위를 터벅터벅 걸어 다녔으니까."

"보고서 여기에……." 나는 내 주의를 끌었던 단락을 찾아 손가락으로 글을 따라 짚으며 계속 말했다. "보고서 여기에, 부러진 성냥개비 두 개가 머리 옆 바닥에서 발견되었다."

페테르는 몸을 앞으로 숙여 보고서를 읽었다.

"예. 성냥 두 개비, 1크로나 동전, 담배 라이터와 샤넬 립글로스. 아마도 희생자의 주머니에 있다가 싸우는 동안 바닥에 쏟아진 물건들이겠죠."

"그 성냥들이 우연히 있게 된 게 아니라면 어떨까요?" 내가 말했다.

"무슨 뜻이에요?"

"살인범이 성냥을 희생자의 눈에 넣어서 눈을 뜨게 했다면요?"

페테르가 수사관의 현장 그림을 검토했다.

"성냥은 여기에서 발견됐어요." 내가 현장 그림을 가리키며 말했다.

"머리에 인접해서요. 살인범이 성냥을 희생자의 눈에 넣었다면, 이웃 여자가 머리를 움직였을 때 성냥이 바닥에 떨어졌을 수도 있어요."

페테르는 한숨을 쉬고 손으로 이마를 짚었다.

"그래서 당신 말은 범인이 칼데론의 사건처럼 희생자의 눈을 뜨게 하려고 했는지도 모른다는 거죠?"

"바로 그거예요."

"그래서 문을 열고 들어온 사람이 희생자의 시선을 마주칠 수밖에 없게요."

"그게 내가 생각한 또 다른 점이에요. 그 반대라면 어떨까요?"

"그 반대라고요?"

"그래요. 강제로 봐야 될 '사람은 희생자였다면요."

"하지만 희생자는 죽었어요."

"글쎄, 물론 그렇죠. 하지만 상징적으로 생각해봐요. 가해자는 살인을 하고 희생자를 훼손했어요. 하지만 그 정도로 충분하지 않았죠. 살인을 한 후에 자신이 떠나는 모습을 지켜볼 수 있도록 테이프나 버팀대로 희생자의 눈을 열려고 한 거예요. 궁극적인 굴욕이죠. 나는 네 생명을 빼앗았고 아무 일도 없었다는 듯이 떠나. 그리고 난 내가 그렇게 하는 것을 네가 강제로 보게 할 거야."

페테르는 의심스러운 표정이었다.

"차이가 뭡니까?" 그가 결국 물었다.

"음, 아주 큰 차이가 있죠. 다음 방문객이 희생자의 시선과 마주치도록 눈을 계속 뜨게 하는 것은 외부 세계를 겨냥하거나 방문객을 대상으로 하는 공격적인 행위예요. 희생자에게 범인이 떠나는 모습을 강제로 지켜보도록 눈을 뜨게 하는 것은 희생자를 겨냥한 행위죠. 궁극적인 복수예요. 어떤 이유에선지, 그가 떠나는 모습을 희생자에게 보게 하는 것이 살인자에게 중요했던 거죠. 희생자로부터의 일종의 해방이라고 할 수 있어요."

"그러면 실제적으로 그것은 어떤 의미죠?"

"희생자와 범인이 가까운 관계였을 가능성이 높아요."

"어떤 종류의 관계요?"

"몰라요. 아마도 애정 문제겠죠."

우리는 몇 시간 후에도 사건 이야기를 나누며 여전히 구닐라의 부엌에 앉아 있다. 페테르는 내 이론을 완전히 확신하지는 않았다. 그는 범인이 성냥을 희생자의 눈에 의도적으로 놓았다는 점은 믿은 것 같았지만, 반복해서 설명했는데도, 다른 누구도 아닌 희생자가 강제로 봐야만 하는 것이 왜 그렇게 중요한지는 이해하지 못하는 것 같았다.

잠시 후에 우리는 다른 이야기를 하기 시작했다. 머뭇거리며 날씨와 경찰서의 동료에 관해 대화를 나눴다. 정치에 대해, 그리고 도시가 지난 10년간 어떻게 변했는지 얘기했다. 우리의 삶에 대한 조심스런 질문들, 우리가 밤에 이곳 부엌에 앉아 있다는 이상한 사실은 우리 둘 다 꺼내지 않았다. 아주 많은 해가 지난 후 우리는 실제로, 다시 현실에 관해 서로 이야기하고 있었다.

나는 앞으로 절대로 갖지 못할 것에 대해 슬퍼해도 좋다고 내 자신에게 허용했다. 그리고 우리가 함께할 수 없었던 생활에 대해서도.

그가 가야겠다고 말했다. 신원이 확인되지 않은 여자에 대해 들어온 정보를 모두 조사하려면 일찍 일어나야 한다. 그가 자리에서 일어서서 전실로 가 재킷을 입을 때 그의 멀대 같은 몸에는 침착하지 못한 구석이 있었다. 그는 몸을 앞으로 숙여 겨울에 신기에는 너무 얇은 스니커즈를 신었다.

그는 항상 너무 얇게 입고 다닌다. 날씨에 상관없이 그가 입고 다니던 오래된 검정 가죽 재킷이 떠올랐다. 결국 그 재킷은 아주 해져서 말 그대로 다 망가졌다. 그에게 더 따뜻한 재킷을 사주어야 했는지도 모르지만, 연인이 아닌 사람에게 그럴 수는 없었다. 그런 보살핌은 남편을 위한 것이니까.

"그럼, 내일 보는 겁니까?" 그가 말했다.

"네, 내일 봐요." 내가 말했다.

그때 우리는 구닐라의 전실에서 마주 보고 서 있었다. 사실 불편할 정도로 너무 가까웠다. 아주 가까워서 훅 풍기는 그의 체취와 땀과 담배 냄새까지 맡을 수 있었다. 그의 얼굴에서 나무의 나이테처럼 시간의 흐름을 표시하는 주름을 보았다.

그가 몸을 앞으로 약간 내 쪽으로 기울였기 때문에 순간적으로 나는 그가 내게 키스하기를 원한다고 생각했다. 하지만 그때 그는 손을 내밀었다.

나는 빨리 그 손을 잡았다. 한동안 그 감정이 다시 돌아왔다. 그의 배신에 느꼈던 분노와 슬픔의 절망적인 느낌. 그리고 화. 그의 손을 잡는 순간 내 몸은 오래전 그 당시 어땠는지 여전히 기억하고 있었다.

그리고 그는 떠났다. 오로지 그가 내게 악수를 했다는 사실밖에 생각나는 게 없었다. 한때 아주 가까웠던 사람에게 하는 작별 인사치고 얼마나 이상한 방법인가. 일반적인 사람들이 하는 것처럼 나를 안아줄 수도 없었을까?

그는 내 손을 잡고 악수를 했다.

엄마
한 달 전

엄마가 나비를 죽였던 그날 밤을 생각하고 있다.

그날 저녁은 처음부터 여러 가지가 평소 저녁과 달랐다. 먼저, 부엌에서 엄마가 자기 그릇을 쾅쾅 내려놓는 소리가 들렸다. 접시와 유리잔이 서로 부딪치며 쨍그랑 소리가 났다. 그리고 와인 잔 소리가 났다. 나는 분명히 와인 잔의 소리를 들을 수 있었다. 와인 잔의 소리는 물 잔과는 다르다. 더 깊고 둥글며 좀 더 불길하다.

닭과 신선한 허브 냄새가 아파트 전체에 퍼졌다.

그런 것들이 모두 불길한 정도를 더했다. 보통 날 저녁은 그저 단조로웠지만 와인과 화려한 음식이 있는 저녁은 전혀 예측할 수 없었다. 엄마가 소파에서 텔레비전을 보는 동안 아빠가 잠들면 최상의 시나리오겠지만, 팽팽한 논의는 논쟁으로 바뀌고, 마지막은 자기 그릇들이 날아가 바닥과 벽에 부딪혀 부서지게 될 가능성이 더 높았다.

한번은 이웃이 신고를 해서 경찰이 문을 두드린 적도 있었다. 나는 몹시 창피해서 침대 밑에 숨었지만 창피해야 할 두 사람, 엄마와 아빠는 경찰의 방문에도 전혀 흔들리지 않는 것처럼 보였다. 엄마와 아빠는 거의 술 취하지 않았다고 보일 만큼 충분히 침착성을 되찾았다. 낮고 후회가 가득한 목소리로 진정하겠다고, 그리고 조용히 하겠다고 맹세했다. 그렇다. 부모님은 싸웠다. 다소 시끄러웠지만 그런 일은 다시 일어나지 않을 것이다. 하지만 아니었다. 그들은 최소한 술을 그렇게 많이는 마시지 않았다. 기껏해야 와인 한두 잔이었으니까.

"엠마, 이제 와서 먹으렴." 엄마가 부엌에서 불렀다.

나는 유리병과 푸른 나비를 가져갔다. 아빠는 이미 식탁에 와인 한 잔과 맥주 한 병을 두고 앉아 있었다. 엄마는 스토브 옆에 서서 앞치마를 두르고 큰 빨간색 솥을 휘젓고 있었다. 엄마는 텔레비전에서 보는, 정말 엄마처럼 보였다. 그래서 더 긴장됐다. 이렇게 꾸며진 가정생활은 항상 안 좋게 끝나니까.

"앉아." 엄마가 웅얼거리며 의자 하나를 가리켰다.

엄마 목소리가 화가 나고 짜증난 것처럼 들려서 안심하며 자리에 앉았다. 어쩌면 결국 모든 게 정상인가? 나는 유리병을 살며시 식탁에 내려놓았다. 밥을 먹으면서도 나비를 볼 수 있었다. 커다란 푸른색 나비는 부화한 지 하루밖에 안 돼서 아무것도 하지 않았지만 나뭇가지에 앉아서 이따금씩 짙푸른 빛을 띤 완벽한 날개를 부드럽게 움직이곤 했다.

"나비를 어떻게 할지 결정했니?" 아빠가 물었다.

나는 고개를 저었다. 엄마와 아빠는 내가 나비를 놓아줘야 한다고 말했다. 나비가 자연으로 돌아가 자유롭게 살 수 있도록 말이다. 그 이유를 이해했지만, 검정색의 작은 몸체나 화장지처럼 넓은 날개를 다시 볼 수 없다고 생각하니 내 안에서 뭔가가 죄어드는 것 같았다. 나비를 놓아주라고 하는 것은 걸음마를 배우는 아기에게 가장 좋아하는 인형을 포기하라고 요구하는 것과 같았다. 하지만 내가 더 이상 어린아이가 아니라는 점이 분명히 문제였다. 나비를 갖고 싶다는 마음을 내려놓고 옳은 일을 해야 했다. 그렇지 않으면 결국 나비를 죽이고 말 것이다. 아니면 죽을 때까지 기다리든지. 나비를 바늘로 벽에 꽂아놓으면 내가 원하는 만큼 오랫동안 간직할 수는 있다. 하지만 그 작은 몸에 긴 바늘을 찌른다는 생각은 너무 야만적이어서 메스껍게 느껴졌다.

"어떻게 해야 될지 모르겠어요."

아빠는 한 입에 맥주잔을 비웠다.

"빨리 결정하는 게 좋을 거야. 나비는 병 속에서 오래 살 수 없을 테니까."

나는 몸을 앞으로 숙여 병을 가만히 들여다보았다. 내 숨에 유리가 뿌옇게 되어 안이 잘 보이지 않았다. 나비는 유리병 속에 떠 있는 흩어진 푸른색 구름으로 변했다.

"넌 식탁에 병을 놓아야만 하니?" 엄마가 날카로운 어조로 말했다. 분명히 엄마가 화를 낼 때면 나오는 목소리였다. 동시에 엄마는 식탁에 치킨 스튜를 탁 소리가 날 정도로 아주 세게 내려놓았다. 그 바람에 뜨거운 국물이 넘쳐흘렀다.

"그게 무슨 상관이야?"

아빠는 콧방귀를 뀌며 와인 잔을 비웠다. 엄마는 두 번째 와인을 열었다. 심지어 코르크 마개가 열리는 퐁 소리까지 불만스럽고 분개하는 소리처럼 들렸다.

"곤충이에요."

"병 속에 있잖아." 아빠가 말했다.

"난 저녁 식사를 하는 식탁에 곤충이 있는 걸 원하지 않아요."

"이봐, 그냥 내버려둬." 아빠가 말했다.

엄마는 그릇과 칼을 움켜잡고 싱크대에 넣었다. 그것들은 덜커덕, 쨍

그랑 소리를 냈다. 바깥에서는 푸른 8월의 땅거미가 스톡홀름 전역에 내려앉았다. 반쯤 열린 유리창을 통해 따뜻한 저녁 공기가 방으로 흘러 들어왔다. 축축한 땅 냄새와 개똥 냄새가 났다.

"제발 엠마, 병을 네 방에 갖다 두렴." 엄마가 말했다.

나는 엄마 말을 따라야 될지 안 따라도 괜찮을지 알아내려고 애쓰며 아빠를 쳐다봤다.

"그냥 식탁에 둬." 아빠는 음산하고 잘 알아들을 수 없는 목소리로 얘기했다. 나는 아빠가 날 쳐다보고 있었지만 엄마에게 바로 얘기하고 있다는 느낌을 받았다.

식탁에 앉은 엄마는 입을 일자로 다물고 관자놀이 한쪽을 문질렀다. 손가락이 닿는 엄마의 피부는 마치 얇은 판지로 만들어진 것처럼 주름 졌다. 아빠는 한마디도 하지 않고 저녁을 먹었다. 나는 숨을 멈추고 숫자를 셌다. 공기를 많이 들이마실 경우, 50을 셀 때까지는 숨을 멈출 수 있었다. 드라간은 2분 30초 동안 숨을 멈출 수 있었고 특수 교육을 받는 마리에는 기절할 때까지 숨을 참을 수 있었지만 엘린은 마리에가 뇌성마비를 앓고 있기 때문이라고 말했다.

"뭐하고 있니?" 엄마가 포크를 내려놓고 날 노려보면서 물었다.

"아무것도 아녜요. 그냥……."

"당장 그만둬. 너한테 어떤…… 틱이 있는 것처럼 보이잖니."

나는 틱이 무엇인지 몰랐지만 감히 물어볼 용기도 없었다. 엄마는 아빠를 향해 몸을 돌렸는데 볼이 상기되어 있었다. 엄마는 무릎에 놓인 왼손 주먹을 움켜쥐고 있었다. 마치 작고 귀중한 것을 잡고 있는 것처럼 말이다.

"오늘 집세 냈어요?"

아빠는 포크로 치킨 스튜를 저으면서 대답하지 않았다.

"약속했잖아요." 엄마는 속삭였다. "왜 당신을 믿었는지 모르겠어요. 당신은 정상이 아니고 분명치가 않죠. 그…… 얘처럼 말이에요."

나는 맑은 장국에 치킨 몇 조각이 외롭게 헤엄치는 내 접시를 내려다보았다. 내가 원한다면 지금 엄마를 정말 화나게 할 수 있었다. 엄마가 청구서를 잘 읽을 수는 없지만, 직접 집세를 낼 수 있었다는 사실을 상기시키기만 하면 됐다. 하지만 물론 난 아무 말도 하지 않았다.

"엠마를 이 일에 끌어들이지 마." 아빠가 웅얼거렸다.

"당신하고 엠마는 완전히 똑같아요. 똑같이 희망이 없어요." 엄마가 분명히 말했다.

"그거 알아. 당신 진짜 비열한 년처럼 행동하고 있어."

아빠는 마치 오랫동안 기다려온 진실을 전달하는 것처럼 의기양양하면서 후련한 목소리였다.

"비열한 년." 아빠는 글자마다 강조하며 다시 말했다.

"당신 조심하는 게 좋을 거예요." 엄마가 소리쳤다. "난 이런 취급을 받을 필요가 없어요. 당신도 알죠. 나를 원하고 가지려는 남자가 많이 있다고요. 많은 후보자들이……."

"후보자? 당신 꿈속에서나 그렇겠지. 바가지를 긁는 것 말고는 할 줄 아는 거라고는 없고 젖통이 무릎까지 처진 술 취한 년을 누가 원하겠어?"

"적당히 해요, 젠장. 당신이 좋아하지 않는다면, 난 떠나겠어요. 그리고 진심이에요."

"당신은 항상 그렇게 말했지."

"엠마, 네 방으로 가 있어." 엄마가 말했다.

나는 일어서서 급히 방을 나갔다.

"빌어먹을 곤충 가져가야지." 그녀가 덧붙여 얘기했다.

내가 몸을 돌렸을 때 엄마는 병을 막 부엌의 반대편으로 던졌다. 병은 내 머리 위로 높게 포물선을 그리며 날아갔고, 난 병을 잡으려고 했지만 기회가 없었다. 병은 부엌 벽에 부딪혀 박살이 났다.

나는 무릎을 꿇고 주저앉았다.

유리 조각들이 바닥에 흩어졌다. 오래되고 마른 가지로 만든 둥지가 벽 옆에 떨어져 있고 그 옆에 나비가 있었다. 한쪽 날개가 두 조각으로 갈라졌고 몸통은 이상하리만치 평평하게 보였다. 나는 손가락을 뻗어서 나비를 부드럽게 만졌다.

푸른 나비는 죽었다.

집으로 걸어갈 때 비가 내렸다. 칼라베겐 산책길에서 자라는 나무들은 마치 하늘에 닿으려는 듯 벌거벗은 가지를 위로 뻗었다. 젖은 나뭇잎들이 땅에 두껍게 쌓여 있다. 시계가 여기 어딘가에 있지 않을까 궁금했다. 마당에는 없었다. 그건 확실했다. 마당을 여러 차례 샅샅이 뒤졌는데 고양이의 흔적은 없었다. 발할라베겐에서도 역시 찾을 수 없었다. 시계는 스톡홀름의 거리와 골목으로 이루어진, 비에 흠뻑 젖은 미로 속으로 사라졌을까? 부상을 당하고 집으로 가는 길을 찾지 못해 어딘가에 누워 있지 않을까? 누군가 시계를 데려가지 않았을까?

그렇게 생각하지 않는다.

예스페르가 시계를 죽였을 것이다. 잠시 멈추어 눈을 감은 채 얼굴을 위로 들고 비를 맞았다. 내 앞에 어떤 장면을 보려고 애쓴다. 예스페르가 커다란 두 손으로 시계의 목 주위를 에워싸고 시계를 창문 밖으로 던져버린다.

하지만 난 볼 수 없었다.

나는 그런 이미지를 떠올릴 수 없었다. 보이는 것은 예스페르가 화려한 양탄자에서 평화롭게 자고 있는 모습뿐이다. 해바라기 밭에 누워 있는 그의 가슴은 숨을 내쉴 때마다 위아래로 움직이고 입은 반쯤 열려 있다.

계속해서 집을 향해 걸었다. 내 앞쪽에 있는 칼라플란은 어두워 사람이 보이지 않는다. 텅 빈 분수 밑바닥에 나뭇잎들이 차 있다. 그 가장자리에 누워 볼을 젖은 나뭇잎에 기대고 싶었다. 하지만 날 멈추게 하는 뭔가가 있다. 대담하고 유능하고 가차 없는 뭔가가 내 안에서 활기를 띠었다. 아마도 내가 전당포에 반지를 맡기고, 그래서 시간을 얼마간 벌었기 때문일 것이다. 어쩌면 내 배의 고통이 사라졌기 때문일 것이다.

그렇지 않다면 아마도 내가 충분히 당했기 때문일 것이다.

전철역 입구를 지나갈 때 내 뒤에서 누군가의 기척이 들렸다. 작게 쿵 하는 소리였는데 책이나 밀가루 봉지를 땅에 떨어뜨린 소리 같았다. 돌아봤지만 나무의 어두운 그림자에 가려 아무것도 알아볼 수 없었다. 무슨 이유에선지, 난 겁이 나지 않았다. 그냥 화가 났다. 그가 어둠 속에 서서 날 기다리는 것이라고 확신했다. 그리고 그 점에 그냥 화가 났다.

"이봐요?" 내가 소리쳤지만 아무 일도 일어나지 않았다. 들을 수 있는 소리라곤 끝없이 내리는 빗소리와 멀리 사라져가는 차 소리뿐이었다. 작은 골목에 있는 어느 건물의 유리창이 열려 있었다. 음악과 목소리들이 어둠 속으로 흘러나왔다.

몸을 돌려 그림자들을 향해 걸었다. 가로등 불빛에 거의 눈이 멀 뻔했던 나는 비에 젖은 아스팔트를 응시하며 내려다봤다.

"나와, 겁쟁이. 난 당신이 거기에 있다는 걸 알아."

그때였다. 그림자 하나가 어둠 속에서 떨어져 나와 발할라베겐 방향의 골목으로 미끄러지듯 들어갔다. 아파트 건물의 벽 사이에 누군가 달려가는 소리가 메아리치다 점차 사라졌다.

두 다리에 갑자기 기력이 빠지고 감각이 없어졌다. 나는 굽이 높은 부츠를 내려다보며 이미 사라져버린 그림자를 따라잡기 힘들다는 사실을 깨달았다.

"우라질 겁쟁이. 널 잡을 거야." 내가 고함을 질렀다.

포기하기로 막 결정했을 때 내 어깨에 닿는 손 하나를 느꼈다. 몸을 돌리자 우비를 입은 나이 든 여인이 날 걱정스럽게 보고 있었다. 그녀의 닥스훈트 두 마리 역시 심중을 알 수 없는 얼굴을 하고 날 바라보고 있었다.

"이봐요, 강도를 당한 거예요?"

"아니에요, 그냥⋯⋯."

"경찰을 부를까요?"

그녀의 눈은 커피 잔 받침 접시처럼 컸다. 나는 이 일이 아주 오랜만에, 어쩌면 몇 년 만에 그녀에게 일어난 가장 흥미로운 일이라는 것을 감지했다. 닥스훈트 한 마리가 낮게 으르렁거렸다.

"아니에요." 내가 말했다. "아무 일도 아니에요. 제가 알아서 할 수 있어요."

페테르

브렝퀴르카가탄으로 가는 내내 부끄러웠다. 잘 알지 못하는 사람들한테 하는 것처럼 도대체 왜 악수를 한 걸까? 하지만 한네에게는 그렇게 끔찍이도 자신 없게 만드는 뭔가가 있다. 그녀가 그 사실을 알고 있을지, 알고 있다면 야네트가 그랬던 것처럼 그것을 이점으로 이용할지 궁금했다.

여자는 믿을 수 없다.

여자는 남자보다 똑똑하지는 않지만 남자를 이해하는 데 많은 에너지를 쏟는다. 그리고 그 결과 우리 남자들은 계속해서 불리한 위치를 자초하게 된다.

호른스가탄에 불법으로 주차되어 있는 차에 시동을 걸려고 열쇠를 꽂았을 때 갑자기 반신반의 상태가 됐다. 다시 되돌아가서 사과를 해야 하는 걸지도 모른다. 하지만 무엇에 대해 사과를 할 것인가? 사실 전혀 다른 걸 하고 싶었지만 악수를 해서 미안하다고? 10년 전 그날 저녁에 모습을 드러내지 않아서? 아니면 그 이후 지나간 10년 동안 그녀에게 연락하지 않아서?

갑자기 사과할 게 많아졌다.

나는 차에 앉아 시동을 켜고 잠시 생각을 했다. 마음을 바꾸려 하기 전에 전화기를 꺼내 만프레드의 번호를 눌렀다.

신호음이 일곱 번 울리고 나서야 그가 전화를 받았다.

"제길, 린드그렌. 거의 자정이 다 됐어. 중요한 일이어야 할 거야."

"좋은 저녁이네요, 선생님."

만프레드는 생각보다 화를 내지 않았다. 사실 전혀 화를 내지 않았다. 하지만 어린아이를 둔 아빠가 어떻게 행동할지는 모르는 법이다. 그들은 다른 남자들이 거시기를 방어하는 것과 같은 강도로 그들의 잠을 방어한다. 하지만 내가 뭘 알겠는가, 내 인생에서 기저귀 한 번 갈아본 적이 없었는데.

"지금 검시관 보고서 갖고 있어요?"

"어떤 보고서?"

"오레의 집에서 발견된 여자의 부검 보고서요."

그는 크게 한숨을 내쉬었다.

"그래. 컴퓨터에 있지, 잠깐만 기다리게."

그는 몇 분 후에 다시 돌아왔다. 배경음으로 아기가 우는 소리가 들렸다. 귀를 째는 울음소리가 고장 난 화재경보기처럼 리드미컬하게 커지다 작아지기를 반복했다.

"깨운 거면 미안해요." 내가 말했다.

"전화하기 전에 생각했어야지." 그가 중얼거렸다. "도대체 뭘 알고 싶은 거야?"

"희생자의 눈 안이나 주위에 어떤 표시나 상처가 있었어요? 이를테면 눈꺼풀 같은 데요."

전화의 반대편에서 침묵이 이어지자 나는 호른스가탄 저쪽을 건너다봤다. 밤의 방랑자들이 바람을 거슬러 쇠데르말름스토리 광장을 향해 사라졌다. 마리아토리에트 광장에서 어떤 남자가 개를 데리고 바람과 싸우고 있다. 호른스툴 방향으로 차 한 대가 외롭게 미끄러져갔다.

"눈이라고 했나? 그래. 사실이네. 대충대충 하는 보로스가 아니라 파티마 알리가 부검을 했다는 사실을 정말 다행이라고 생각하게나. 그녀는…… 위쪽 눈꺼풀 안쪽 각각에 작게 구멍이 난 상처가 두 개 있고, 오른쪽 눈 아래에 18밀리미터 길이의 작은 상처가 있다고 했어. 그 상처들은 지름이 1-2밀리미터 사이였고 피부를 관통하지는 않았네. 다른 말로 표면에 난 상처라는 거지. 그녀는 그 상처가 어떻게 난 건지 짐작할 수 없다고 했어. 왜? 어쨌든 이게 뭔데?"

한네가 문을 열기까지 시간이 좀 걸렸다. 그녀는 운동복 바지와 빛바랜 티셔츠를 입고 한 손에는 칫솔을 들고 있었다. 그녀의 눈은 약간 놀란 듯했고 어쩌면 약간 겁을 먹은 듯했는데, 전혀 이상한 일은 아니다. 한밤중에 찾아와서 문을 두드리는 낯선 남자를 경계해야 할 테니까.

그리고 찾아온 이가 낯선 사람이 아니라면 훨씬 수상쩍다.

"당신 말이 맞았어요." 내가 말했다.

그녀는 대답을 하지 않고 천천히 한 걸음 뒤로 물러서 날 따뜻한 아파트 안으로 들여보내주었다.

일어나니 7시였다. 어둠 속에 한네가 고르게 숨을 쉬는 소리와 침대 옆에 히터가 윙윙거리는 소리만 들렸다. 나는 그녀에게 더 가까이 다가가 내 몸을 부드럽게 그녀의 피부에 밀착시켜 온기를 공유했다. 그녀의 마른 엉덩이에 손을 올리고 시나몬 향이 나는 그녀의 체취와 땀이 섞인 냄새를 들이마셨다. 굉장히 완벽하고 몹시 순수한 순간이다. 폭풍우가 지나간 후에 샘물이나 바다 옆의 절벽에서 맡는 깨끗하고 시원한 가을 공기 같다. 내 기억을 저장하는 꼬부랑길에 잔뜩 집어넣은 헛소리들 바로 옆에 영원히 보관하고픈 빛나는 순간이다. 그리고 내 자신을 알기에 내가 그것을 망쳐버리게 될까 봐 몹시 두렵다. 내가 항상 아름답고 깨끗한 것을 더럽히고 파괴하는 방식으로 다시 더럽힐까 봐.

사랑과 아름다움은 순간이다.

빌어먹을 기억은 영원하다. 이렇게 행복했던 작고 분명한 순간들은 종종 불현듯 나타나고, 그런 일이 일어났을 때 할 수 있는 일이 아무것도 없다.

그래서 나는 따뜻한 담요 아래에 꼼짝 않고 누워 할 수 있는 한 조용히 숨을 쉬고 있다. 구불구불한 그녀의 음모 부근 가랑이의 부드러운 살갗을 만지면서.

그녀가 실제로 내 것이었던 그때, 그녀의 몸과 믿음 모두를 가졌을 때 나는 절대로 이렇게 조심스럽지 않았다. 나는 이것이 또한 삶에서 배운 교훈이라고 생각한다. 잃기 전에는 가졌다는 것을 인지하지 못하는 것 말이다. 진부한 표현이라는 걸 알지만 사실이다. 다른 것들만큼이나 신뢰할 만한 통화처럼 열망은 우리가 잃어버린 것의 가치를 잴 수 있는 뛰어난 수단이다.

7시 30분에 침대 밖으로 기어나와 옷을 입고 메모를 썼다. 그리고 메모를 부엌 식탁 위에 올려놓았다. 8시까지 경찰서에 가야 된다고 설명하고 나중에 보자고 썼다. 그리고 잠깐 '사랑하는'이라고 적어야 할지, 또는 어제 고마웠다고 써야 할지 신중하게 생각했다. 하지만 정말 이유를 모르겠지만 결국 쓰지 않기로 결정했다.

산체스와 만프레드는 이미 출근해 있었다. 증거물들을 붙여놓은 보드 앞에 앉아 있는 그들의 손에 커피 한 잔씩 들려 있었다. 만프레드는 피곤해 보였는데, 우리가 이야기를 나눈 후에 잠 못 잔 게 아닌지 궁금했다. 1분 후 일반 대중에게 들어온 정보를 분류하는 작업을 도와주고 있는 수사관 베리달이 합류했다. 그는 한 손에는 서류 무더기를 들고 다른 손에는 담뱃갑을 쥐고 있었다.

만프레드가 힘들게 의자에서 일어나 헐떡거렸다.

"아마도 자네가 시작하는 게 좋겠네." 그가 날 가리키며 말했다.

"어젯밤에 뭔가를 발견했지, 그렇지?"

나는 고개를 끄덕이고 그들에게 성냥과, 희생자의 눈 주위에 난 작은 상처들, 그리고 살인자는 목격자에게 희생자를 보게 하려는 게 아니라 희생자가 강제로 보게 하기를 원했다는 한네의 이론을 얘기했다.

"흥미롭네요." 산체스는 실제로도 진지한 표정을 지었다. 평소의 비꼬던 모습은 보이지 않았다.

"그 마녀가 뭔가 알 거라 그랬지." 만프레드가 웅얼거렸다.

"제가 그 이론을 정확하게 이해했다면 살인 동기가 일종의 복수였다는 거죠?"

산체스가 물었다.

"나도 그렇게 이해했어." 내가 말했다. "하지만 그녀의 생각이 어떤지 본인에게 설명을 듣는 게 가장 좋겠지."

"언제 오는지 알아요?" 산체스가 물었다.

나는 어깨를 으쓱했다.

"모르겠는데."

"좋아." 베리달이 입을 열었다. 베리달은 오십 대로 자신의 대머리를 부끄러워하는 것 같았다. 그는 실내에서도 야구 모자를 비롯해 어떤 모자든 쓰고 있겠다고 주장했다. 오늘은 검정색의 헐렁한 니트 비니를 쓰고 있다. 그가 계속 말했다. "희생자 얼굴이 신문과 텔레비전 방송국에 도배되다시피 한 이후 입수한 정보를 어느 정도 조사했네. 수백 통의 전화를 받았고 80퍼센트 정도의 대다수 정보에서 지명된 사람을 추적하고 연락이 닿은 사람들을 제외할 수 있었지. 그렇게 해서 열여덟 명이 남았네. 우리는 열여덟 명을 특히 희생자와의 신체적 유사성의 관점에서 관심 그룹과 관심이 덜한 두 그룹으로 나눴어. 앞으로 며칠간 그들을 계속 조사할 예정이지."

누군가 복도를 걸어오는 발걸음 소리가 들렸다. 한네가 들어와 코트를 벗고 내 눈을 쳐다보지 않고 산체스 옆에 있는 의자에 앉았다. 나는 그녀를 쳐다보지 않을 수 없었다. 예쁜 얼굴, 샤워를 하고 곧바로 온 듯 어깨 위로 흘러내린 촉촉한 머리, 그리고 보풀이 뭉치고 몸에 너무 큰 스웨터. 그 모습에 배가 꽉 조여왔다.

"그럼 관심이 가는 후보자는 몇 명인가요?" 산체스가 물었다.

"세 명이네." 베리달이 증거를 붙이는 보드에 흐릿한 사진 세 장을 붙이고 첫 번째 사진을 가리켰다. "빌헬미나 안드렌, 스물두 살, 스톡홀름 거주, 2주 전 단데뤼드 병원의 140부서에서 도망쳤고 이후 소식이 없어. 정신분열증을 앓고 있고 강제 정신치료를 받고 있지. 하지만 친척 말에 따르면 절대 폭력적이지는 않다네. 과대망상이 있는데, 듣자 하니 새와 의사소통을 할 수 있다고 믿는다고 하더군. 이전에도 사라진 적이 있고 대부분 친구들과 어울려 놀던 공원에서 발견됐었지."

"새라고?" 만프레드가 물었다.

"맞아. 문제는 그녀가 우리의 희생자가 되기에 약간 작다는 거지. 하지만 계속 그녀를 조사할 거야. 다음은 안엘리카 벤네르린드, 스물여섯 살이고 브룸마의 유치원 교사. 살인이 일어났던 날 다섯 살짜리 딸과 휴가를 떠났고 그 이후 소식이 없다네. 그녀의 부모님은 그녀가 오두막 집을 빌렸지만 어딘지는 모른다고 말하고 있어. 휴대전화가 터지지 않는 곳에 있거나 그저 체크인하지 않은 것일 수도 있지. 하지만 그녀는 희생자와 용모가 꽤 흡사해. 불행히도 시신 상태가 너무 좋지 않아 부모가 딸이 맞는지 확인을 할 수는 없네. 그래서 치과 기록을 기다려야 해."

"그럼 세 번째는요?" 산체스가 물었다.

베리달은 쓰고 있는 우스꽝스러운 모자를 조정하고 마지막 사진을 가리켰다.

"엠마 보만, 스물다섯 살. 몇 주 전까지 예스페르 오레가 CEO로 있는 클로즈 앤드 모어 사의 판매원으로 일했네. 하지만 직원이 2천여 명이나 되니까 그 사실이 반드시 어떤 의미가 있다고는 할 수 없지. 그녀는 중앙 스톡홀름의 베르타베겐에서 혼자 살고 있네. 어머니와 아버지는 둘 다 죽었고 이모가 3일 전에 실종 신고를 했어. 신문 헤드라인의 희생자 얼굴을 보고 다시 연락해왔지. 그녀에게 일주일 정도 연락을 하려고 했지만 되지 않았다면서. 하지만 그림 속 여자와 실제로 닮지는 않았다고 했네. 예를 들어 엠마는 머리가 훨씬 길지. 하지만 머리를 잘랐을 수도 있기 때문에 그녀 역시 계속 조사할 거야. 세 명 모두 치과 기록을 요청해놓은 상태고 운이 좋다면 오늘 늦게라도 결과를 받게 되겠지. 그 기록을 토대로 법치학자가 그중 누가 우리 희생자와 일치하는지 꽤 빠르게 밝혀낼 수 있을 거고."

"엠마라." 만프레드가 말했다.

"그 편지를 썼던 여자 같군요." 내가 말하며 지금은 보드에 다른 사진과 서류 옆에 함께 걸려 있는, 손으로 쓴 메모를 쳐다봤다.

"뭐라고?" 베리달이 당혹스러운 표정으로 물었다.

"오레의 집에서 편지를 찾아냈습니다." 내가 말했다. "오레와 관계를 가졌고 임신했던 엠마라는 여자가 쓴 편지였죠."

베리달이 천천히 고개를 끄덕였다.

"좋아. 최근에 쓰였던가?"

"모릅니다. 봉투는 찾지 못했어요. 그냥 편지만 있었죠. 편지는 오레의 청바지 주머니 안에 있었어요."

"실종된 여자 엠마 보만의 필적과 편지의 필적을 비교할 수 있을까?" 만프레드가 물었다.

"물론이죠." 내가 말했다. "하지만 아마도 치과 기록이 더 빠르겠죠."

산체스가 책상에 자신의 공책을 올려놓고 말했다.

"부검의인 파티마 알리는 희생자가 출산을 했거나 임신을 했었다고 했어요. 안엘리카 벤네르린드는 아이가 있죠. 다른 여자들은 어떤가요?"

"안엘리카만 아이가 있지." 만프레드가 말했다. "하지만 물론 다른 두 명도 임신했었을지 모르지. 만일 엠마 보만이 편지를 쓴 엠마라면 그녀 역시 임신했고."

잠시 침묵이 흐르다 만프레드가 계속 말했다.

"음, 유리 끼우는 일을 했던 남자와 얘기를 해봤다네. 그는 2주 전에 예스페르 오레의 집 서쪽 편에 있는 지하실 유리창 하나를 갈아 끼웠지. 오레가 그에게 불법 침입이 있었지만 훔쳐간 건 없었다고 말했다더군. 남자가 말한 내용 중에 그보다 흥미로운 내용은 없었네. 오레가 다소 거만해 보이고 스트레스를 받고 있는 것처럼 보인다고 생각했지만 그게 불법이라 할 수는 없지."

나는 곁눈질로 한네가 항상 갖고 다니는 공책에 메모를 하는 모습을 보았다. 그녀는 안 본 몇 년간 근면해진 모양이었다. 그녀는 듣고 있는 단어 하나라도 놓치지 않으려고 간절히 바라듯이 계속 메모를 했다. 그 모습은 약간 이상했다. 10년 전 우리가 사귀었을 때 나는 그녀가 부주의하고 체계적이지 않다고 인식했었다. 거의 보헤미안 같았다. 그녀는 뭔가를 쓰는 법이 없었지만 어쨌든 모든 것을 기억하는 것처럼 보였다.

산체스가 일어서서 그녀의 실크 블라우스를 팽팽하게 잡아당겼다.

"지역 경찰서에서도 전화를 받았습니다. 그들은 오레의 차고에서 발생했던 화재 사건을 수사하고 있죠. 그 범죄는 건물이 주택가에 위치해 있기 때문에 2급 방화죄로 분류되었습니다. 보험회사에서도 화재가 방화였다고 판정했습니다. 국립연구소는 현장에서 가솔린 흔적을 찾았습니다. 차고에는 타버린 가솔린 깡통이 많이 있었어요. 듣자 하니 오레는 그날 저녁 집에 없었습니다. 발트 해의 매장 매니저를 만나러 리가에 갔었죠. 그가 보험사의 돈을 원했다 해도 자기가 직접 불을 지를 수는 없었어요."

"누군가를 고용했을 수도 있지." 내가 의견을 제시했다.

산체스가 고개를 끄덕이고 몸을 쭉 펴는 바람에 실크 블라우스가 다시 위로 올라가 타투를 한 평평한 배가 보였다.

"물론이죠. 하지만 오레에게 그 돈이 필요했다는 것을 제시할 만한 단서들이 없습니다. 게다가, 새 목격자의 증언이 나왔는데 여자 하나가 길에 서서 화재를 지켜보고 있었다고 진술했습니다. 목격자는 그 여자의 생김새를 설명할 수는 없지만 여자인 건 분명했고, 차고가 불에 타는 걸 지켜보다가 떠났다고 확신한답니다."

"행인이었을까?" 만프레드가 물었다.

"가능합니다. 그렇지 않으면 오레의 차고에 불을 지른 사람이겠죠. 현재로선 알 수 없습니다. 우리가 아는 건 한 여자가 그곳에 서서 한동안 차고 화재를 지켜봤다는 것뿐이죠. 이웃의 표현을 빌리자면 빌어먹을 모닥불이라도 되는 것처럼이요."

엠마
3주 전

"의사와 진료 약속이 있어서 4시에 나가야 해. 미안한데 시간을 바꿀 수 없어." 애써 걱정스러운 말투로 말했다.

마노르는 잘 정리된 눈썹을 찡긋 올리며 천천히 고개를 끄덕였다. 마치 내 말을 곰곰이 생각하는 것 같았다.

"물론이지. 하지만 벌점을 받게 될 거야."

그녀는 고개로 달력을 가리켰다.

"알아, 하지만 그래도 가야 돼."

손에 차 한 잔을 들고 테이블에 앉아 있던 올가는 눈을 부라렸다. 마노르가 즉각 그녀에게 몸을 돌렸다.

"나 봤어."

"뭘 봐?" 쏘아붙이는 올가가 옅은 푸른색 눈을 휘둥그레 뜨고 염색한 머리가 한쪽 어깨에 떨어지도록 고개를 옆쪽으로 곧추세운 채 천진스레 마노르를 쳐다보았다.

"그만해. 난 바보가 아니야. 내가 너라면 좀 더 협조하는 태도를 보일 거야. 너는……."

마노르는 달력으로 몸을 돌려 손가락으로 천천히 올가의 이름이 적

흰 선을 이동하며 숫자를 셌다. "이번 달에 벌점 5점이야." 그녀가 만족스럽게 말하고, 몸을 돌려 말없이 직원용 휴게실 밖으로 나갔다. 그녀의 걸음걸이가 스피커 밖으로 흘러나오는 친숙한 음악과 섞이며 사라졌다.

"쟤는 아침으로 뭘 먹었다니?" 올가가 손톱을 씹으며 중얼거렸다.

"조심해." 내가 말했다. "세상에서 가장 재미있는 직업은 아니지만 일이라고."

그녀가 어깨를 으쓱했다.

"그래서 뭐 어쨌다고? 내가 원하면 언제라도 알렉세이의 청소 회사에서 일할 수 있어. 그는 언제나 도움을 필요로 하거든."

"넌 페리 청소하는 일을 하고 싶어?"

올가가 꼼지락거렸다.

"매일 나이프와 포크로 마노르의 똥을 먹는 것보다 낫지."

"이것 봐. 이건 괜찮은 직업이야. 교육받은 거 있어? 이 일 말고 직업 경력은? 만일 여기서 해고를 당한다면 내일 당장 다른 직업을 구할 수 있을지 진지하게 생각해봤어?"

반대쪽 의자에 털썩 앉은 올가는 갑자기 실제보다 더 나이 들어 보였다.

"글쎄, 넌 작은 못된 년이야."

"왜 이래. 난 못된 년이 되지 않을 거야. 단지 너를 도와주려는 것뿐이야. 나는 마노르가 어두운 편으로 갔다는 이유만으로 네가 직업을 잃지 않았으면 좋겠어. 그럴 가치가 없어. 그러지 말고 약간 전략적으로 해봐. 마노르가 그런 말을 하면 그냥 무시해. 그냥 좀 넘어가고 네 본심을 숨기라고. 그렇게 빌어먹게 잘난 체하지 말고."

"너처럼?"

속삭이듯 작은 목소리였지만, 나는 그녀의 목소리 안에 깃든 날카로움을 알아차렸다.

"내가 이거랑 도대체 무슨 상관인데?"

"너와 그 남자처럼. 넌 계속 그 남자 문제에 집착하고 결코 멈추지 않았잖아. 너도 내 생각을 알지. 때로는 그냥 넘기는 것이 그렇게 쉽지 않아. 너 그거 알아? 나는 더 이상 너와 그 남자의 일을 듣고 싶지 않아. 그건 이젠 재미가 없거든. 다른 사람한테나 너의 그 지루한 생활을 떠벌여서 괴롭히라고."

아무 말도 할 수 없을 정도로 놀랐다. 예스페르는 내 인생을 강탈해 갔다. 불과 며칠 전에 나는 아기까지 잃었는데, 이 작은 동유럽의 비열한 계집애가 그것이 더 이상 재미있지 않다고 말하고 있다. 그녀는 날 어떻게 생각하는 걸까?

"그건 같은 문제가 아냐." 내가 말했다.

"넌 그에게 집착하고 있어. 아무것도 하지 않고 그 남자 얘기만 하잖아. 사랑은 끝났어. 받아들이라고. 취미를 가져. 친구들과 어울리고. 따분하게 굴지 마."

올가가 일어서며 고양이처럼 몸을 쭉 폈다.

"난 담배를 피워야겠어."

그러고 나서 그녀는 돌아보지 않고 쓰레기장을 향해 복도로 사라졌다.

렌터카 회사에 도착하니 4시였다. 직원들은 전부 열여덟 살이 채 안 된 소년으로 보였고 같은 농구팀의 멤버일 것 같았다. 그들은 키가 크고 흐느적거리듯 움직이고 수염이 없었다.

"그냥 차 한 대를 빌리고 싶어요." 나는 이름표에 세안이라고 쓰인 직원에게 설명했다. "큰 차는 필요 없어요. 그냥 트렁크만 널찍하면 돼요."

"스테이션왜건이 괜찮겠네요." 그가 손으로 여드름이 난 턱을 만지며 제안했다.

"좋아요."

그에게 신용카드와 운전면허증을 건네자, 그는 렌트 조건을 확인해주었다. 차는 빌린 다음 날 저녁 6시까지 반납해야 한다. 연료 탱크는 가득 채워놓아야 하고 자동차 열쇠는 우편함에 넣어둔다. "다른 질문이 있습니까?"

나는 고개를 저었다.

"그럼 즐거운 여행 하세요."

"여행을 간다고 누가 그래요?"

"아, 좋습니다. 그럼, 조심해서 운전하십시오."

"그럴게요." 나는 미소 지으려 애쓰며 말했다. "6호 차라고 하셨죠?"

그는 더 이상 아무 말 없이 고개를 끄덕였고 내가 영업장을 떠날 때 이미 다음 고객을 응대하기 시작했다.

페인트를 파는 가게는 사람들로 붐볐다.

"요즘 날씨가 끔찍하네요." 로덴 코트를 입고 닥스훈트를 묶은 개 줄을 잡고 있는 뚱뚱한 여인이 말했다.

그녀는 예스페르가 칼라플란 근처에서 그림자 속에 숨어 날 스토킹하던 날 밤에 만났던 여인과 아주 비슷해 보인다. 같은 사람이 아니라면 이 인근에 사는 나이 든 여자들은 모두 닥스훈트를 기르는 건가? 로덴 코트와 닥스훈트, 트위드 모자. 그들 전부 국가 연금을 받아 사는 것처럼 보였다. 그들 대부분.

나는 고른 깡통들을 계산대에 올려놓았다. 무거운 것을 들어 올리느라 손바닥이 따끔거리고 근육이 떨렸다. 계산대에 서 있는 남자가 의심스러운 표정으로 깡통들을 살폈다. 그 후 내가 미치지 않았는지 확인하고 싶어 하는 것처럼 다시 날 쳐다봤다.

"이보다 작은 크기도 있어요." 그가 주저하며 말했다. "1리터짜리 병도 있죠."

"난 이걸 원해요. 감사합니다."

그는 어깨를 으쓱하며 너무 많이 사는 것은 내 문제라고 결정했다. 가게 문이 다시 열리고 닥스훈트가 짖었다.

"그럼 그러시죠."

그는 바코드를 스캔하기 위해 캔을 옆으로 약간 기울이며 내게 고개를 끄덕였다.

"얼마나 살 건가요?"

나는 발 사이 바닥에 놓인 두 개의 깡통을 내려다보았다.

"전부 네 개요." 내가 말했다.

나는 조심스럽게 운전하고 있다. 기온이 영하로 내려갔다. 그곳으로 가는 빛나는 검은 길이 너무 미끄러울까 봐 걱정이 됐다. 이상하게도 그 집으로 가는 길을 다시 찾는 건 어렵지 않았다. 상류층이 거주하는 이 교외 지역의 구불구불한 길이 모조리 척수에 각인되기라도 한 것처럼 마치 내 몸이 그 길을 기억하는 것 같았다. 생각할 필요도 없이 그저 내 몸이 이끄는 대로 따라갔다.

커다란 차가 정돈된 진입로에 주차되어 있다. 대궐 같은 집들이 깔끔하게 손질된 잔디 위에 높이 솟아 있다. 그 후 집들이 다시 작아지기 시작했다. 목적지에 거의 다 왔음을 알 수 있었다.

어둠 속에서 앞쪽에 위치한 예스페르의 집을 보고 있다. 실내에는 불빛이 전혀 없었고 밖에 주차되어 있는 차도 없었다. 방수포로 덮인 나무 널빤지가 여전히 새로 지어진 차고 옆쪽 보도 위에 있었다.

너무 가까이 가지 않도록 약간 떨어진 곳에 조심해서 주차했다.

깡통들의 무게 때문에 두 번을 왔다 갔다 해야 했다. 예스페르 집의 대문을 향해 가면서 주위를 둘러보았지만 생명체가 있다는 징후는 없었다. 주변의 집들에 불이 켜져 있지만 사람은 보이지 않았다.

나는 대문 옆에 지어진 새 건물을 살펴보았다. 지난번에 이곳에 왔을 때 비닐로 가렸던, 크게 벌어진 구멍은 이제 진짜 문으로 교체되었지만 문의 왼쪽에 있는 작은 창문이 떡하니 열려 있다. 나는 까치발을 들고 몸을 앞으로 숙여 안을 들여다봤다. 몇 초 지나자 어둠에 적응이 되었다. 차고 안에는 차 두 대가 주차되어 있었다. 빨간색 소형 스포츠카와 오래된 모델의 포르쉐였다. 그렇다면 빈티지 카를 좋아한다는 거군. 나와 공유하지 않았던 또 다른 비밀.

창가에서 물러나서 첫 번째 깡통의 뚜껑을 열고 내용물을 벽을 따라 부었다. 내용물이 조금 비워지자 깡통이 가벼워지면서 좀 더 다루기 쉬워졌다. 내가 할 수 있는 한 액체를 벽 위로 높이 끼얹으려고 노력했다. 그러고 나서 남아 있는 깡통 세 개로 똑같은 행동을 반복했다. 얼마나 많이 필요할까? 페인트 가게의 직원에게 정확히 조언을 구할 수 없었다.

힘이 드는 작업이었다. 두꺼운 재킷 속에서 땀이 났다. 비가 약하게 내리기 시작했다. 소리가 나지 않을 정도로 거의 감지할 수 없는 작은 방울이었지만 습기가 내 얼굴과 손을 적시기 시작했다.

작업을 마치고 빈 깡통을 하나씩 작은 창문을 통해 밀어넣자, 깡통들은 소리를 내며 차고 바닥에 떨어졌다. 나는 뒤로 물러서 자동차 열쇠가 잘 있는지 확인했다. 이곳에서 꼼짝 못하게 갇히거나 차를 두고 도망쳐야 되는 일만큼은 원하지 않았다.

그러고 나서 성냥을 꺼내 비와 바람에서 불씨를 보호하려고 몸을 앞으로 숙인 채 불을 켰다. 불꽃이 어둠 속에서 깜박였다.

이건 네가 훔쳐간 돈 대신이야, 나쁜 새끼.

그날 밤 두 번이나 샤워를 했는데도 피부와 머리에 밴 연기 냄새가 씻겨 나가지 않았다. 하지만 오랜만에 숙면을 취했다. 잠에서 깼을 때에도 내 망막에서 화염 이미지가 활활 타고 있었다. 나는 화염이 가을밤을 어떻게 밝혔는지, 멀리 떨어져 있는데도 열기가 얼마나 내 피부를 그슬렸는지 기억했다. 어쩐지 깨끗하게 청소하는 것처럼 느껴졌다. 그런 기분이 화재 때문이었는지, 아니면 그가 내게서 강탈해간 것을 돌려받았다는 사실 때문이었는지는 알 수 없었다.

일어나 샤워를 또 하고 옷을 입고 머리를 만지고 화장을 하면서 콘플레이크를 약간 먹었다. 그저 상상이었을지도 모르지만 어쩐지 내가 좀 더 초롱초롱해 보인다고 생각했다. 더 강해 보였다. 어쩌면 진짜일지도 모른다. 거울 속에서 날 물끄러미 바라보고 있는 여자는 다른 사람 같았다. 어제 어떤 본질적인 면에서 나를 바꿔놓았는지도 모르겠다.

집을 떠나기 전에 빵 보관 용기의 청구서 더미에서 기자의 명함을 찾아내 주머니에 넣었다. 그에게 전화를 할 때가 되었다고 결정했다.

전철역으로 가면서 다르게 느껴지는 게 또 있다는 사실을 깨달았다. 처음에는 무엇인지 정확하게 표현할 수 없었지만, 한순간 알 수 있었다.

몇 주 만에 처음으로 태양이 빛나고 있었다. 나는 멈춰 서서 눈을 감고 하늘로 얼굴을 향했다. 태양의 열기와 빛에 날 흠뻑 담갔다. 피부가 뜨거워지고 눈꺼풀이 타오를 때까지 그렇게 서 있었다. 어쨌든 산다는 것이 그렇게 나쁘지만은 않다고 생각하면서.

어떤 이유에선지 죽기 전날 밤의 아빠 모습이 떠올랐다. 어두운 방에서 아빠는 미동도 없이 침대에 누워 있었다. 걱정스러운 모습으로 엄마는 밖에서 서성거렸다. 아빠를 아주 많이 증오하는 것처럼 보였던 엄마가, 아빠가 아프다고 왜 그렇게 걱정하는지 이해할 수 없었다. 엄마 마음속에는 화나 걱정, 이 두 가지 상태만 존재하는데 지금 엄마는 몹시 걱정하는 상태였다.

엄마는 아침 대부분의 시간을 이모들과 전화 통화를 하면서 보냈다. 나는 물리 숙제를 하면서 엄마가 아빠의 건강 상태에 대해 속삭이는 긴 대화를 들었다. 엄마의 과장된 흐느낌 속에 '완전히 소극적'과 '살 의지를 잃었어' 같은 말들이 들렸고, 돈이 떨어졌다거나 엄마가 하는 일이 지루하다거나, 상사가 이기적이라는 둥의 일상적인 대화가 이어졌다. 대화는 항상 엄마가 더 나은 대우를 받아야 한다는 주장으로 끝이 났다. 그 말에 아무 논쟁이 없는 걸 보면 이모들도 그 주장에 동의하는 것 같았다.

엄마는 무슨 뜻으로 '더 나은 대우를 받아야 한다'고 말했을까? 엄마는 자기 인생에 만족하지 못하는 걸까? 엄마는 다른 걸 원했던 것일까? 다른 아파트, 다른 남편? 어쩌면 다른 아이? 엄마가 원하는 건 더 나은 사람에게 주어지는, 그런 사람이 얻을 수 있는 걸까? 엄마는 정말 아빠와 나보다 더 낫다고 할 수 있을까? 그리고 내가 그렇게 나쁘다면, 나는 무엇을 받게 될까?

침대에 누운 아빠 옆에 조심스럽게 앉았다. 어둑한 방에서는 땀 냄새와 담배 냄새, 그리고 오래된 비듬을 떠올리게 하는 다른 냄새들이 났다. 전에 엘린과 몰래 담배를 피다가 아빠에게 들켰던 일을 걱정하지 않아도 된다는 사실을 깨달았다.

나는 아빠가 왜 블라인드를 계속 내리라고 하는지, 왜 하루 종일 어둠 속에 있기를 원하는지 이해할 수 없었다. 최대한 조심해서 살짝 앉으려고 했는데도 침대에 앉자 침대가 축 처졌다.

"꼬맹이 엠마." 아빠가 웅얼거리며 내 쪽으로 몸을 돌렸다.

그리고 아빠가 내 손을 잡았다. 그것이 전부였다. 그리고 아무 말도 하지 않았다. 꼼짝하지 않고 숨을 내쉴 때마다 아빠는 고통스러운 듯 숨을 심하게 몰아쉬며 누워 있었다. 어떻게 해야 아빠를 행복하게 할 수 있을지 잠시 생각했다. 보통 때는 함께 뭘 하러 가자고 했었다. 산책을 하러 가자거나 음식을 만들자는 제안 같은 것 말이다. 하지만 이번에는 그 정도로 통하지 않으리라는 기분이 들었다.

"아빠 이제 좀 괜찮아요?" 내가 물었다.

"그래." 걱정스러운 정적이 오래 이어지다가 아빠가 대답했다. 아빠 목소리조차 평소 때와 다르게 들렸다. 깡통 속에서 나오는 소리처럼 울리고 단조로웠다.

"꼬맹이 엠마." 아빠가 다시 한 번 날 부르며 내 손을 더 세게 눌렀다.

"아빠가 널 얼마나 사랑하는지 알아주기만 하면 좋겠구나. 넌 멋진 여자애야."

나는 뭐라고 대답해야 될지 몰랐다. 그 상황이 불편했다. 그렇게 약한 아빠의 모습을 본 적이 없었다. 내가 봐온 아빠는 피곤해서 무관심하거나 화를 내며 난동을 부리거나 심지어 술에 취해 난폭할 수는 있지만 약하지는 않았다. 내가 걸음마를 배우던 때부터 내 우상이었던 남자는 약하지 않았다. 그만큼 단순하다.

"제발, 아빠……."

"엠마." 아빠가 내 말을 중단시켰다. "어렸을 때 병 속에 키웠던 애벌레를 기억하렴."

"네?"

이 말을 하는 아빠가 어디를 보고 있는 건지 궁금했다.

"엄마가 병을 박살내게 만들어서 정말 미안하구나. 난 그날 밤 어떻게 될지 알았으면서도 엄마를 막지 못했어."

"그만하세요. 그건 그냥 장난감 같은 곤충이었어요. 게다가 아주 오래전 일이잖아요."

"그래, 엄마는 곤충이라고 불렀지. 하지만 그건 단순한 나비 이상이었어. 네가 여름 내내 연구했던 특별 프로젝트였지. 그 당시 네가 유일하게 관심을 갖던 것이었어. 그런데도 아니, 어쩌면 그 때문에 엄마는 그것을 파괴했을 거야. 그리고 난 그 일이 일어나도록 그냥 내버려뒀고. 그래서 난 똑같이 죄책감이 드는구나."

어둠 속에 흐느끼는 소리처럼 들린다고 생각했지만 확실하지는 않았다.

"나비가 얼마나 아름다웠는지 기억하니?" 아빠가 계속 이야기했다.

"평범한 애벌레에서 아름다운 나비로 탈바꿈하던 것을 기억해주었으면 좋겠구나. 아주 푸르러서 빛이 날 만큼 아름다운 나비였지. 기억하니?"

아빠는 어두워서 날 볼 수 없었겠지만 나는 고개를 끄덕였다. 이 대화를 하며 난 목이 멨고 더 이상 내 목소리가 나올지 믿을 수 없었다.

"네가 알았으면 좋겠구나. 엠마, 넌 어린 애벌레와 똑같아. 언젠가 너 역시 아름다운 나비로 변할 거야. 그걸 절대 잊지 말거라. 사람들이 너에 대해 뭐라고 떠드는지는 중요하지 않단다. 내게 그걸 약속해줘."

"오, 아빠." 나는 그 상황이 갑자기 아주 우스꽝스럽게 느껴져서 깔깔대며 웃었다. 마치 내가 멜로드라마 속에 빠진 것 같았다. "그런 말 하지 마세요. 나, 겁이 나요. 네?"

아빠는 아무 말도 하지 않았다. 방에서는 아빠의 고통스런 숨소리만 들려왔다.

"누군가 네가 다르다고 얘기한다면, 그 나비를 떠올리거라. 다르다는 게 나쁘다는 의미는 아니야. 다르다는 건 더 낫다는 뜻일 수도 있지. 그걸 절대 잊지 않겠다고 약속해다오."

"물론이에요, 하지만……."

울컥했다. 아빠는 전에 내게 이런 이야기를 한 적이 없었다. 난 이런 일에 준비되지 못했었다. 특별한 만찬을 하거나 해안가를 따라 즉흥적인 산책을 한다 해도 이 문제를 해결하지는 못할 것이다.

"저는 아빠가 전처럼…… 했으면 좋겠어요." 나는 '건강'이라는 말을 하지 않으려고 애쓰면서 속삭였다. 건강이라는 말을 하게 되면 아빠가 지금 아프다는 뜻이 되고, 나나 엄마가 아닌 아빠에게 말할 만한 것은 아니었기 때문이다. 우리가 아빠에 관해 얘기할 때는 그 말을 사용했지만 아빠에게 말할 때는 절대 그 말을 사용하지 않았다.

"모든 게 뭐같이 돼버렸어." 아빠는 농담을 하듯이 예기치 않게 즐거운 목소리로 말했다. "완전히 뭐 같아."

그리고 그것이 다음 날 엄마가 목을 맨 아빠를 발견하기 전에 내가 들은 아빠의 마지막 말이었다.

한네

　나는 행동과학에 관심을 갖기 훨씬 전에 사회인류학을 연구했었다. 프란츠 보아스와 브로니슬라브 말리노프스키를 힘들게 읽고 북부 그린란드에서 1년 동안 진행되는 현장 연구를 수행하기를 꿈꿨다. 아마도 어렸을 때 오래된 다큐멘터리 〈북극의 나누크〉를 봤기 때문인지도 모른다. 하지만 이 다큐멘터리는 1970년대에 만들어졌다. 행동주의 인류학에 관심이 높아지면서 지정학적인 중요성이 떨어지는 토착민의 생생한 삶에 대한 관심은 줄어들었다.

　에스키모는 더 이상 '관심 대상'이 아니었다.

　나는 인류학에 계속 관심을 갖고 있었는데도 말이다. 어쩌면 오베가 여행 후 토착민에게 받은 작은 선물을 종종 가져오는 이유도 이 때문일 것이다.

　아니, 그렇게 생각했다.

　오베는 1980년대에 마이애미에서 의학 컨퍼런스를 마치고 내게 멕시코 서부의 후이촐 족이 만든 그물로 짠 가면을 가져다주었다. 또 한번은 남아프리카에서 정신의학 컨퍼런스에 참석하고 호사 족이 만든 골동품 담배 쌈지를 가져다주었다. 이 외에도 그런 일이 종종 있었고,

결국 책장은 오베의 기념품으로 거의 가득 찼다.

그런 선물들이 전적으로 다른 무언가에 대한 보상이었다는 사실을 깨닫기까지 족히 10년이 걸렸다. 내가 그를 어떻게 잡았는지는 확실히 기억하지 못한다. 한밤중에 전화가 종종 걸려왔고 내가 받으면 상대방은 대답을 하지 않았던 것 같다. 겉면에 '본인 외 개봉 금지'라고 적힌 편지가 왔었던 것도 같다. 하지만 대체로 에블린 때문이었다.

사십 대의 미국인 에블린은 오베의 치료사였는데 그 자체는 놀랍지 않았다. 우리 사회적 모임에는 모든 사람에게 적어도 한 명의 치료사가 있었다. 일주일에 여러 차례 정신 분석가를 방문하는 것은 완벽하게 정상으로 여겨졌다. 나는 심지어 그것이 어느 정도는 지위의 상징이라고도 생각했다. 그래서 오베는 여가의 상당 시간을 에블린의 긴 의자에 앉아 어린 시절 얘기를 하면서 보냈다.

그는 집에 오면 종종 지쳐 보였던 걸로 기억한다. 땀에 젖은 상태로 얼이 빠져 있었고 눈빛은 멍해서 거실에 있는 소파에 주저앉은 채 혼자 있게 해달라고 요구했다. 그런 경우에 나는 항상 좀 더 특별히 다정하게 대했는데, 그가 어려운 주제를 상담했을 거라고 추측했기 때문이다. 그의 아버지의 병일 수도 있고, 어머니의 진통제와 신경안정제 중독이었을 수도 있다.

하지만 12월의 어느 저녁에 우리가 결혼한 지 10년 정도 됐던 그때, 그를 잡았다. 내 기억에 난 그날 자다가 추워서 깼다. 당시 라디에이터는 그다지 잘 작동되지 않았고 이불은 떨어져 있었다. 나는 오베가 옆에 누워 있지 않다는 사실을 깨닫고 그가 뭘 하고 있는지 보러 방을 나갔다. 부엌에서 속삭이는 대화 소리가 들려왔고, 어떤 이유에선지 나는 아주 조용히 나 자신을 드러내지 않은 채 살금살금 가까이 갔다.

그는 영어로 말하고 있었다. 그리고 그것은 일에 관한 대화가 아니었다. 전화를 받는 상대방이 에블린이고 그들의 관계가 내가 믿어왔던 종류가 전혀 아니라는 사실을 알아내는 데 그리 오래 걸리지 않았다.

바로 부엌에 들어가 그의 귀에서 전화기를 거칠게 떼어내고 그를 때릴까, 아니면 바닥에 뭔가를 집어던질까 곰곰이 생각했다. 대신 나는 몸을 돌려 침실로 돌아와 이불을 머리 위까지 끌어당겨 덮고 이루 말로 표현할 수 없을 정도로 강한 경멸에 휩싸였다. 그냥 침실로 돌아온 것은 내가 느꼈던 감정이 슬픔이나 화, 질투가 아니라 경멸이었기 때문이다. 그가 에블린이나 다른 누군가에 대해 내게 절대 얘기하지 않고 지속적으로 내 무분별한 행동을 비난해왔다는 사실, 역겨운 그의 위선을 받아들일 수 없었다.

그렇다. 나 역시 외도를 한 적이 있었다. 그것도 한 번 이상이었다. 특히 우리 관계가 시작되던 무렵이었다. 하지만 그때는 다른 시대였다. '열린' 관계를 갖던 사람도 있었고 일부다처제를 실천하던 사람도 있었고 그 밖에 여러 사람들이 있었다. 그리고 나는 내 애정 생활에 대해 거짓말하거나 숨긴 적이 없다. 때때로 나는 술을 진탕 마시는 파티 후에 다른 남자와 잠자리도 가지곤 했는데 오베의 반응은 언제나 같았다. 날 집으로 데려왔다. 필요하다면 날 운반해왔고 날 설득했다. 날 통행금지 시간을 어기거나 상점에서 물건을 훔치다 잡힌 아이처럼 대했다. 그리고 날 도덕적으로 불리한 위치로 몰아가는 한편, 자기는 에블린의 치료 소파에서 일주일에 세 번을 에블린과 자곤 했던 것이다.

그때부터 그를 미워하기 시작했다고 생각한다.

페테르를 만났을 때 나는 내가 정말 사랑에 빠졌다는 사실을 부인할 이유가 없다고 느꼈다. 왜 부인해야 하는가? 오베는 미국 암캐와 사랑에 빠졌는데.

어떤 면에서, 페테르 같은 남자와 관계를 시작하는 게 반란처럼 느껴졌다. 그는 지식인이 아니었고, 교외의 아주 작은 아파트에 살았고 운동 경기를 보는 것을 좋아했다. 요컨대 그는 우리 친구들이 약간의 겸손함으로 '평범한 조(평균 남자를 뜻함—옮긴이)'라고 언급할 만한 남자였다. 그의 꿈은 다음 휴가나 새 차 이상을 벗어나지 않았다. 그는 체호프가 보드카의 브랜드 이름이라고 생각할 만한 사람이었다.

나는 정말 페테르의 배경에 대해 많이 알지는 못한다. 그는 어머니가 정치에 적극적이었고 반전 운동에 참여했다고 말했다. 그리고 아이였을 때 어머니를 따라 집회와 시위에 참석하곤 했다고 말했다. 그렇다면 그가 내 친구들과 아주 잘 어울릴 수 있겠다고 생각하곤 했지만 그런 배경에도 불구하고 그는 정치에 전혀 관심이 없었다. 그런 일은 종종 일어난다고 생각한다. 우리는 의도적으로 부모가 살았던 인생과는 다른 인생을 선택하는 것이다.

어쨌든 오베의 한껏 과장된 자부심은 내가 그를 떠나는 것을 심각하게 생각하고 있다는 사실을 깨달았을 때 심각한 타격을 입었다. 심지어 페테르가 그날 밤 내 운명을 파르가탄의 보도에 두고 떠난 후에도 말이다.

그러나 그날 밤 절정에 달했던 오베에 대한 내 모든 불만은 결국 체념과 일종의 수동성으로 변했다. 내가 페테르에게 했던 것처럼 또 다른 남자를 믿는 법을 배우고 다시 사랑에 빠지는 일은 상상도 할 수 없는 것처럼 보였다. 다시 실망하게 될 테니까.

더 나은 대안이 없었기 때문에 나는 머물렀다. 그것이 인생이 흘러가는 방식이다.

그리고 이제 그가 내 인생에 다시 살금살금 들어오고 있다.

페테르.

지난 15년간 내게 의미 있었던 유일한 남자. 자존감이 낮고 헌신을 병적으로 두려워하는 초췌한 경찰. 불과 몇 시간 전에 그는 침대에 나와 함께 누워 있었다. 내 위에, 그리고 내 안에. 그리고 언제 그를 다시 보게 될까 하는 생각뿐이다.

어쩌면 나는 구닐라로 변해가는 것 같다. 구닐라가 했던 말을 생각하고 기억한다.

우리는 정말 믿을 수 없을 정도로…… 서로에게 육체적으로 끌려. 얼마나 흥분하는지 말하자면 천박해질 정도야. 우리 나이에 그래도 될까?

우리가 다시 시작하는 것은 물론 불가능하다. 다시 남겨질까 봐 두렵기도 하고 나는 불치병에 점점 더 깊이 빠져들고 있다. 망각과 쇠퇴라는 어두운 터널로 들어가고 있다. 마치 내가 산의 갈라진 틈 속으로 막 들어가려고 하는 동굴 탐험가처럼 느껴졌다. 기반암 안에서의 길은 좁아지고 또 좁아지기만 하다가 나는 밖으로 나오지 못하고 결국은 단단히 갇히게 되리라는 것을 안다.

그리고 그곳에선 페테르조차 날 도울 수 없다.

경찰서에 도착했을 때, 그의 동료들은 죽은 여자의 얼굴을 공개해 받은 정보를 분류하고 있었다. 나는 아무도 오레의 집에서 발견된 희생자와 일치하지 않기를 바라면서 젊은 여자의 사진들을 훑어보았다. 하지만 물론 누군가는 맞아야만 한다. 그것을 피할 방법은 없다. 비록 사후일지라도 이름과 개인의 역사를 다시 갖게 되기를 기다리며 법의학 부서의 냉동고에 누워 있다.

나는 페테르를 쳐다보지 않으려 했다. 지난밤 있었던 일을 후회해서가 아니라 단지 무슨 말을 해야 할지, 어떻게 해야 할지 정말 몰랐기 때문이다. 이런 상황에 빠진 내 자신을 발견한 건 오랜만이었다. 십 대처럼. "그래서 어제 우린, 만났어. 좋아했고, 섹스를 했지. 하지만 내가 그를 좋아하는 만큼 그가 날 좋아하는지, 아니면 우리가 다시 섹스를 하게 될지, 아니 그게 뭐든 정말 모르겠어."

실제로 우스운 일이었다. 아마도 수년간 내게 일어났던 일중 가장 재미있는 일이었을 것이다.

어쨌거나 섹스를 한 게 얼마나 됐지? 정확히는 모르겠지만 5년은 된 것 같다. 나는 늘 머리가 아프다고 오베에게 말했었다. 그게 좋은 변명이어서가 아니라, 내가 더 이상 그와 자고 싶지 않다는 것을 그에게 확실히 전할 수 있는 아주 끔찍한 변명이었기 때문이다.

그리고 그 변명은 먹혔다.

어쨌든 결국 그는 그런 식으로 날 만지지 않게 되었다. 매일 저녁 그저 조용히 잠자리에 들었고 내게 키스조차 하지 않고 불을 껐다. 나는 그것이 벌의 의미였다는 것을 안다. 하지만 난 그냥 괜찮았다. 그를 떠나는 것을 심각하게 고려하지 않는다 해도 이미 그에게 넌더리가 났다.

그러고 나서 병이 찾아왔다. 이름을 잊는 것부터 시작됐다. 우리가 몇 년 동안 교제해온 친구의 이름을 잊기도 하고 아니면 훨씬 더 흔한 장소 이름을 잊기도 했다.

순스발, 소데르함, 솔레프테오.

외레브로, 외르켈룽아, 예뤼테.

아르보가, 아비스코, 아르비카.

대체 누가 그 모든 이름을 알 수 있을까? 증상이 거기에서 멈췄다면,

오베는 아무것도 알아차리지 못하지 않았을까 하는 의구심이 든다. 하지만 그 이후 나는 약속을 잊었다. 친구에게 다시 전화하겠다고 약속하고 나서 그대로 잊었고 신용카드와 휴대전화를 잃어버리기 시작했다.

하루는 식료품 상점 밖에 있는 프리다를 잊어버린 채 그냥 집에 돌아왔고 프리다를 어디에 두고 왔는지 기억할 수 없었다. 공포에 질린 나는 오베에게 전화를 했고 일주일 후 그는 강제로 날 의사에게 데려갔다. 내게 소견서를 써준 의사는 기억진료소로 가라고 했다.

기억진료소.

그 낱말이 머릿속에 오래 머물렀다. 그것은 크리스티나 룽의 희곡이나 커트 보네거트의 책처럼 아주 시적이면서 동시에 우스꽝스러웠다.

진료소 자체는 특별히 시적이거나 우스꽝스럽지는 않았다. 주로 검사와 질문이 많았고, 몇 달 후에 그 의사는 내가 초기 치매라는 결론에 도달했다. 하지만 어떤 형태의 치매인지는 말할 수 없다고 했다. 얼마나 빨리 진행될지, 약이 내게 도움이 될지 안 될지도 알 수 없다고 했다.

나는 책상에 앉아 있는 동료들을 쳐다봤다. 자신의 동료에게 '경도인지장애(동일 연령에 비해 인지기능, 특히 기억력이 떨어져 있는 상태—옮긴이)'가 있다는 사실을 알게 되면 그들이 어떻게 생각할지 궁금했다. 자문료로 시간당 900크로나를 받는 숙련된 행동주의 심리학자가 거대한 망각 상태로 빠져들고 있다는 사실을 알게 된다면 어떻게 생각할까. 나는 몇 달 후에 바나나와 바톤을 구별하지 못할 수도 있다.

만일 그들이 그 사실을 안다면, 그들은 내게 무고한 사람 중 살인자를 지적해달라고 요청하지 않을 것이다.

만프레드가 내게 다가왔다. 평소와 마찬가지로 공작새처럼 스타일리시한 그가 내 의자 옆에 쪼그려 앉았다.

"성냥에 대한 의견은 굉장히 좋았어요." 그가 말했다.

"고맙습니다."

"그렇다면 살인자와 희생자가 서로 알고 있었다고 생각합니까?"

"살인 구도에 근거한다면 그래요. 난 그 둘이 어떤 관계가 있었다고 생각해요. 그리고 살인자는 희생자에게 복수를 하려고 했고요. 벌하려는 거죠."

"그럼 그들은 어떤 관계였다고 추측하십니까?"

"틀림없이 강력한 감정이 연관되어 있을 거예요. 증오의 반대쪽에 다른 뭔가가 있었던 게 틀림없어요. 똑같이 강력한 뭔가요. 증오는 외부와 단절된 상태에서 발생하지 않아요."

"예를 들면?"

나는 잠시 생각했다.

"사랑이오."

점심을 먹을 때 오베에게서 문자 메시지를 받았다. 그는 자신의 행동과 협박을 사과하고 싶다고 했다. 잘하겠다고, 날 사랑한다고, 나 없이 살 수 있다는 생각은 하지 않는다고.

그것은 분명히 사실이다. 하지만 나는 대답하지 않았다. 대신 샐러드 하나를 사서 회의실에 산체스와 만프레드와 앉았다. 그들은 정보를 분류하며 수사관에게 막 보고하는 참이었다. 이곳에 내가 꼭 있어야 되는 건 아니었다. 구닐라의 아파트 소파에서 책을 읽어도 됐지만 그러고 싶지 않았다.

레게머리가 허리까지 오는 나이가 어린 수사관 시모네는 고개를 한쪽으로 곧추세우고 말했다.

"단데뤼드 병원의 정신병동을 탈출했던 빌헬미나 안드렌을 수사선상에서 제외할 수 있어요. 개를 데리고 나왔던 어떤 사람이 오늘 아침 솔나 해협 근처에서 동사한 그녀를 발견했습니다. 부모가 시신을 확인했습니다. 그녀의 신원은 확실합니다."

"불쌍한 녀석." 만프레드가 웅얼거리며 붉은 수염을 쓰다듬었다.

시모네가 고개를 끄덕이며 계속 말했다.

"남은 사람은 안옐리카 벤네르린드와 엠마 보만뿐이에요. 치과 기록이 솔나로 전달되었으니까 늦어도 내일까지는 답이 올 거예요."

"오늘밤 들을 거라고 생각했는데." 만프레드가 말했다.

"법치학자가 셰브데에 있어서 스톡홀름까지 오는 데 시간이 걸린대요." 시모네가 말했다.

그 순간 문이 열리고 페테르가 들어왔다. 그의 볼은 붉었고 가죽 재킷에는 눈이 쌓여 있었다. 그는 번거롭게 재킷을 벗거나 앉지 않았다. 대신 만프레드와 날 가리켰다.

"같이 가요. 2주 전에 엠마 보만을 만났다는 경찰이 왔어요. 그녀와 예스페르 오레가 관계를 가졌었다고 합니다."

엠마
3주 전

"요금을 몇 가지 낼 게 있어서. 잠깐 사무실 컴퓨터를 써도 될까?"

마노르는 어깨를 으쓱하고는, 검지로 립글로스를 약간 발랐다. 오늘 그녀는 잘 어울리는 배기 룩 청바지를 입었다. 청바지를 위험하게 골반 아래에 걸쳐 입어 레이스 팬티 가장자리가 보였다.

"당연하지."

나는 그녀가 반대하지 않아 놀랐다. 매장 문을 막 열었는데 왜 지금 당장 컴퓨터를 사용해야 하는지 설명하려고 준비해놓은 변명들이 몇 개 더 있었다. 하지만 마노르는 그저 달콤하게 웃고는 매장으로 사라졌다. 그녀와 올가가 멀리서 이야기하는 소리가 들렸다. 그들은 웃고 있는 것 같았다. 난 잠시 멈춘 채 생각했다.

다르게 느껴졌다. 모든 것이 다르게 느껴졌다. 매장은 한층 더 밝아진 것 같았다. 올가와 마노르는 분위기가 나아졌다. 심지어 밖에 햇살도 있었다. 하지만 사실은 내가 내 인생에서 힘을 되찾은 것을 제외하고는 아무것도 바뀌지 않았다.

어쩌면 그것이 내게 필요한 전부였을까?

어떤 모델이 가장 좋을지 얼마나 큰 전압이 필요할지 몰라서 조사하는 데 약간의 시간이 걸렸지만, 생각했던 것보다 어렵지 않게 온라인에서 원하는 것을 찾아냈다. 20분 후에 나는 휴대전화처럼 생긴 소형 장치를 주문했다. 웹사이트는 24시간 내 배송을 보증했지만 3일 안에 도착하기만 하면 상관없다. 그러고 나서 바지 주머니에서 명함을 꺼냈다.

안데르스 옌손, 프리랜서 기자.

전화를 걸기 전에 문을 아주 조금 열고 매장을 엿보았다. 올가는 계산대에서 고객을 돕고 있고 마노르는 음악에 맞춰 몸을 약간 흔들면서 청바지를 접고 있다.

안데르스 옌손은 벨이 세 번 울린 후에 전화를 받았다. 처음엔 날 기억하지 못하는 것 같아서 내가 설명했다. 그가 매장에 왔을 때 날 만났고, 그때는 별로 말하고 싶어 하지 않았지만 지금은 기꺼이 인터뷰하겠다고 했다. 그는 한동안 말이 없었다. 흥분한 그는 가능한 한 빨리 날 만나고 싶다고 했다. 어쩌면 오늘이라도?

너무 쉽다고 생각했다. 일이 너무 쉬웠다.

우리가 걸어가고 있는 복도의 유리창 밖으로 초록색 여름이 폭발하고 있었다. 발걸음 소리가 콘크리트 벽 사이에서 탁구공처럼 튀기며 메아리쳤다. 나는 최선을 다해 빨리 따라갔지만 그는 너무 빠르게 걸었다. 커다란 유리문을 뚫고 더러운 갈색 바닥을 비추는 태양이 흘러들어오는 출입구를 향해 우리는 서둘러 갔다.

"엠마, 우리가 만날 수 없다는 것 알지. 이해하고 있지?"

그는 내게 몸을 돌렸고 우리는 과학실 밖에 서 있었다. 칙칙한 벽은 복도가 점점 좁아지면서 더 가까워지는 것처럼 보였고 숨을 쉬는 데 문제가 생기기 시작했다. 천장이 불길하게 기울어지고 있다. 하얀 천장 이곳저곳에 검은 얼룩이 있었다.

우디는 내 이마에 손을 얹었다. 이마를 부드럽게 두드렸다. 이런 행동에 다시 내가 어린아이가 된 것처럼 느껴졌다. 그는 자신의 행동이 어떻게 느껴질지, 그 간단한 몸짓이 얼마나 품위를 손상시키고 파괴적인지 이해하지 못했을까?

내 볼이 수치심으로 뜨거워졌다. 하지만 또 다른 감정도 있었다. 격렬한 분노였다. 그는 날 이용했고 갖고 놀았다. 빨고, 핥고, 들어오고, 키스하고, 애무하고, 그리고 그 외의 모든 것들. 하지만 그 후 더 이상 날 원하지 않았고, 나와 관계를 끊었다. 그는 자신이 원한 것을 가졌고, 그것으로 충분했다.

그리고 이곳에 내가 있다.

"만날 수 없다니 무슨 뜻이죠?" 나는 말을 하자마자 즉시 후회했다. 난 절대로 그에게 집요하게 매달리는 어린아이처럼 보이고 싶지는 않았다.

그는 멍하니 날 쳐다보고 마치 내게 나쁜 냄새가 난다는 것을 갑자기 알게 된 것처럼 뒷걸음질 쳤다.

"전에는 전혀 문제되지 않았잖아요." 내가 덧붙였다.

"이해할 수가 없구나." 종이 울리고 모든 문이 복도로 열리자 그가 말했다. 그리고 그는 정말 걱정하는 것처럼 보였다. 진짜 그랬다.

육체의 강을 이룬 십 대 학생들이 교실 밖으로 쏟아져 나와 우리를 급히 지나갔다. 그러나 그의 시선은 단호하게 내게 머물렀다.

"엠마, 널 돕고 싶지만 그런 방법은 아니야."

그리고 그 순간, 난 무너졌다.

복도가 내 주위로 붕괴됐고 얼룩진 천장이 부서졌다. 나는 죽었다. 콘크리트 먼지 구름 속에서 소멸되었다. 내 몸은 으스러졌다. 고통이 모든 세포를 할퀴고 두드렸다. 날 이루는 원자들은 갈기갈기 찢어지고 소멸되었다. 사라졌다. 오직 고동치는 고통과 수치심만 남았다.

루트셍아탄에서 노랗게 물든 단풍잎 더미 속을 터벅터벅 걸었다. 깊은 눈 속을 걷는 것 같은 기분이었다. 초목이 썩어가는 냄새에 콧속이 따끔거렸다. 바람에 나뭇잎 몇 개가 내 위에서 제비처럼 소용돌이쳤다. 그 장면에 최면이 걸린 것처럼 나는 눈을 나뭇잎에 고정시킨 채 길거리 가운데 멈춰 섰다.

인생이 아주 아름다울 수 있다는 사실을 잊고 있었다. 아주 완벽할 수 있다는 사실을 잊고 있었다.

약속한 그대로 발할라베겐의 빵집 밖에 서 있는 그를 바로 알아보았다. 그는 전과 같은 오래된 파카를 입고 있다. 바람에 숱이 적은 그의 노란 머리가 아주 우스꽝스럽게 펄럭여서 그걸 쳐다보지 않으려 애를 써야 했다. 우리는 인사를 나누고 온기 속으로 들어갔다. 그곳은 평소처럼 비좁고 어두웠다. 벽을 따라 좌석이 약간 있었다. 우리는 각자 커피와 카르다몬 번 빵을 갖고 자리에 앉았다.

"그래서 직장에서는 어떻습니까?"

악의 없는 목소리로 그가 물었다. 마치 오래된 친구 둘이 커피 한 잔씩 들고 지난 몇 달간 어떻게 지냈는지 얘기하는 것 같았다.

"괜찮아요."

"정말이오?"

그는 옅은 눈썹을 들어 올렸다. 놀란 표정이었다. 하지만 나는 해고되었다는 사실을 말하지 않기로 결정했다. 그것은 복수의 기미일 것이다.

내가 어떻게 하는지 당신이 했던 것과 어디 비교해봐요, 예스페르.

"아니 뭐, 그게 우리에게 어떤 의미인지 당신은 알겠죠."

그는 한입에 카르다몬 번 절반을 삼키며 고개를 끄덕였다.

"끔찍하죠."

그는 생각하는 것이 얼마나 공포스러운지 강조하려는 듯 글자 하나하나에 강세를 주어 말했다.

"으흠흠."

"그런 데서 어떻게 해나가고 있죠?"

"일이니까요. 난 돈이 필요해요."

"자본주의 만세." 그가 웅얼거리듯 말했고 그의 표현이 갑자기 쓰라리게 느껴졌다.

"선택의 여지가 없어요."

그는 천천히 고개를 끄덕였다.

"이해합니다. 그것이 당신이 아주 용감하게 오늘 이곳에 나온 이유겠죠. 말하고 싶은 것이 무엇입니까?"

그는 갑자기 아주 호기심에 차 보였다. 걱정스러워하는 표현은 사라졌다. 나는 판매대 뒤의 여자가 내 목소리를 듣지 못하도록 목소리를 낮추고 작은 테이블 위로 몸을 숙였다.

"예스페르 오레. 그에 대해 아는 것이 있어요."

"듣고 있습니다." 그가 대답을 하고 훨씬 가깝게 몸을 숙이는 바람에 너무 가까워져서 그의 입 가장자리에 묻은 설탕 가루까지 볼 수 있었고 그의 숨결에서 커피 향도 맡을 수 있었다.

나는 걱정스러운 얼굴을 하려고 애쓰며 내 의자에서 약간 움츠러들었다.

"하지만 이 모든 얘기를 하는 게 옳은지 정말 모르겠네요."

그는 옅은 색 눈을 크게 뜨고 내 팔을 가볍게 만졌다.

"당신의 충성심은 감탄스럽지만 현재 동료들을 생각해보세요. 그는 생각하지 않을 테니 당신이 그들에 대해 생각해야죠. 예스페르 오레가 신경 쓰는 것은 돈밖에 없어요. 그는 당신들 중 어느 누구에게도 관심을 가지지 않죠. 그 사실을 절대 잊지 마세요. 예스페르 오레는 엠마, 당신을 전혀 신경 쓰지 않아요."

나는 한숨을 쉬고 천천히 고개를 끄덕였다. 그는 자신이 얼마나 옳은 말을 했는지 모른다.

"좋아요. 말할게요. 어쨌든 모든 사람이 그 얘기를 하고 있어요. 어제 그의 집이 불에 타 무너졌죠. 어쩌면 차고일지도 모르겠네요. 듣자 하니 경찰은 그가 불을 질렀다고 생각한다죠."

그가 나를 향해 몸을 숙였을 때 눈가가 씰룩거렸다. 그의 눈 속에서 뭔가가 갑자기 활기를 띠었다. 이제 그는 아주 활기차고 번 빵은 잊어버린 듯 보였다. 번을 접시에 내려놓고 옆으로 밀어두었다. 나는 가볍게 팔을 비틀어 여전히 내 팔뚝을 잡고 있는 그의 손을 떼어냈다.

"미안해요." 그는 내 팔을 잡고 있었다는 사실을 깨닫고 중얼거리듯 말했다.

"그가 왜 그런 짓을 했는지 아십니까?"

나는 어깨를 으쓱하고 순진무구한 표정으로 보이기를 바라며 그를 쳐다봤다.

"모르겠는데요. 하지만 차고에는 값비싼 차들이 가득했다더군요."

"그렇다면 보험 관련 일이라는 건가요?"

나는 천천히 고개를 저었다.

"전 몰라요. 스스로 그런 짓을 저질렀다니 좀 기이하게 들려요. 특히 그곳에 차가 있었다면요."

그는 너그럽게 미소 지었다. 나는 그가 내 순진무구한 행동에 넘어간 것을 깨달았다. 완전히 넘어갔다.

"이 사실을 확인해줄 수 있는 사람이 있는지 아십니까?"

"아뇨. 하지만 경찰은 분명히 그 화재에 대해 알고 있겠죠?"

그가 조용히 고개를 끄덕였다.

"엠마, 이건 중요합니다. 예스페르에 대해 다른 뭔가를 알고 있다면 지금 내게 말을 해야 합니다."

"무슨 뜻이죠?"

"거 뭐, 그에게 어떤 다른 문제가 있습니까?"

나는 기억을 구석구석 탐색하면서 열심히 생각하는 것처럼 보이려고 애썼다. 그리고 고개를 끄덕였다.

"글쎄요, 조사를 받고 있다는 것 같아요."

"조사라고요?"

"네, 재무부서에서 그를 조사하고 있어요."

"이유를 알고 계세요?"

나는 머리를 한쪽으로 기울였다. 눈을 크게 뜨고 손가락으로 긴 머리카락을 배배 꼬았다.

"그가 자기 생일 파티 비용을 회사 돈으로 지불했다고 하더군요. 하지만 아마 그냥 헛소리겠죠. 제 말은, 그는 그 비용을 지불할 능력이 확실히 있다는 거예요."

그날 밤 나 자신에게 한턱내는 기분으로 와인과 포장 피자를 샀다. 초에 불을 붙이고(우리의 약혼 기념 저녁 식사 때 불을 붙였던 그 초였다) 음악도 틀었다. 그러자 갑자기 모든 게 쉽게 느껴졌다. 내가 처리할 수 있는 일이 더 많아졌다. 지금 내게 확실한 임무가 있다. 정의를 구현하는 것. 내가 일종의 도구가 된 것 같았다. 그 임무에는 자유롭게 해주는 뭔가가 있다. 자기 자신이 자유로워지는 것보다 훨씬 크고 더 중요한 것에 굴복하게 하는 뭔가. 오직 한 가지 목표를 위해 살아간다는 것은 내가 더 이상 뭔가를 결정할 필요가 없다는 것을 의미한다. 앞으로 갈 길은 이미 계획되어 있다.

너무 많이 마시면 안 된다는 생각을 했다. 숙취 상태로 느려지고 어리석은 행동을 할 위험을 감수할 수 없다. 지금은 아니다. 임무를 달성하려면 매시간, 매분, 심지어 매초가 중요하다.

규율, 규제, 자제력.

정의.

두 잔을 마신 후에 와인 병에 코르크 마개를 다시 닫았다. 부엌 싱크대 위로 몸을 숙여 수도에서 나오는 차가운 물을 마셨다. 내 머리가 싱크대 속으로 흘러내렸다. 머리카락이 머리 위의 불빛을 받아 반짝였다. 이렇게 아름다운 머리라니!

욕실로 갔다. 거울 속 내 자신과 마주쳤는데 숨을 못 쉴 지경이었다. 내 머리는 빛나고, 피부는 아주 창백해서 일렁거릴 정도였다. 그리고 봤다. 난 아름답다. 진정으로 아름답다. 거울에서 자신을 볼 때마다 왜 내가 뚱뚱하고 매력이 없고 어린애 같다고 생각했을까? 나는 왜 내 자신을 확실하게 본 적이 없었을까? 예스페르가 내게 그 사실을 수없이 얘기했지만 난 절대 그를 믿지 않았다. 하지만 지금 나는 내 자신에게서 그것을 볼 수 있다.

나는 강하고 아름답다. 그리고 어느 누구도 필요하지 않다. 예스페르조차도. 특히 예스페르는 아니다.

지하철이 지연 운행되고 있지만 거의 알아차리지 못했다. 나는 플랫폼에 앉아서 신문에 코를 묻은 채 한 글자라도 놓칠까 봐 염려하는 것처럼 검지로 글을 따라가며 집중했다. '방화와 불신 행위로 의심받는 논란의 CEO' 기사를 읽었다. 기사는 기자가 권력 남용이라고 믿는 사례가 회사에서 많이 발견되어왔다고 설명했다. '패션 킹을 둘러싼 논쟁이 심화되고 있다'면서, 주주와 이사회가 얼마나 오랫동안 예스페르 오레에게 책임을 계속 맡기도록 허용할지 추측하는 결론으로 기사를 끝맺었다. 기사 옆에는 회사의 주가가 최근 몇 달간 얼마나 곤두박질쳤는지 보여주는 그래프가 있다. 기사의 마지막에는 내가 어제 만났던, 입가에 부스러기를 묻히고 내 이야기를 아주 골똘히 듣던 남자의 작은 사진이 있었다.

일이 너무 쉽다. 그는 내가 말한 것을 전부 믿기를 아주 간절하게 바라며 먹어치웠다. 그게 아니라면?

우주의 균형?

결국에는 더 높은 종류의 힘이 작용하는 것이다.

광장을 건너가는 내 발걸음이 한결 가벼워졌다. 따뜻한 산들바람이 내 머리를 어루만지는 것 같았다. 내 머리 위에서 서로를 추격하고 있고 구름 사이로 푸른 하늘이 얼핏 보였다. 매장 밖에는 부랑자들이 벌써 강력한 뭔가가 들어 있는 그날의 첫 병을 함께 나누며 제 자리에 있었다. 그들은 자기 인생을 통제하지 못하고, 일어서서 강력하게 맞서기보다는 자신의 운명에 항복한 사람들로 보였다. 예스페르에게 복수를 하지 않았다면, 나 역시 짓밟히고 으스러져 그중 하나가 되었을지도 모른다. 바람을 맞은 나뭇잎이 목적 없이 소용돌이치듯 인간은 목표나 목적 없이 서로를 망가뜨린다.

매장에 도착했을 때 올가는 밖에 서서 담배를 피우고 있었다. 그녀가 입에서 담배를 이리저리 옮기는 모습과 그녀의 자세가 어딘지 이상했다. 변덕스러우면서 뻣뻣한 구석이 있었고 긴장한 듯 보였다. 그녀는 담배를 피울 때면 출입구 밖이 아니라 항상 뒤쪽 쓰레기장으로 갔다. 본사에서 내려온 지침서에 따르면, 우리는 매장 밖에 서서 담배를 피워서는 안 된다. 분명히 좋아 보이지 않았다.

그녀는 나를 보자 머리 위로 팔을 흔들었다. 그녀가 담뱃재를 털자 바람은 즉시 담뱃재를, 추레한 재킷을 입고 보드카를 마시며 지나가던 남자와 광장 중앙에 있는 작동하지 않는 분수를 향해 실어 날랐다.

"안녕." 내가 말했다.

"경찰이 왔어." 그녀는 옅은 푸른색 눈을 크게 뜨고 내게 들으라는 듯이 속삭였다. 바람이 숱이 없는 그녀의 머리를 들어 올려 까만 뿌리 부분을 드러냈다.

"경찰?"

"너와 얘기하고 싶어 해."

"나하고?"

"응. 너."

"뭣 때문에?"

"몰라. 넌 알 거라고 생각했는데."

나는 무심해 보이려고 애쓰며 어깨를 으쓱했지만, 매장에 들어갈 때 맥박이 고동치기 시작했고 땀 한 방울이 견갑골 사이에 흘러내렸다. 나는 올가의 시선이 등에 박히는 것을 느낄 수 있었다. 그것은 나를 기다리며 밖에 서 있어야 하는 신경질 때문이 아니라 안달하는 호기심 때문이라는 것을 막 깨달았다.

그들은 마노르와 계산대에 서 있었다. 둘 다 사십 대로 보이는 남자 한 명과 여자 한 명으로 사복을 입고 있었다. 그들은 고객으로 보일 만큼 평범해 보였다. 남자는 키가 작고 다부진 체격에 세어가는 금발 머리를 아주 짧게 자른 모습이었다. 그는 액션 영화에 나오는 악당처럼 잘생겼고 초췌했다. 여자는 키가 크고 말랐으며 몸이 좀 굽었다. 그녀의 머리는 연한 갈색에 가까운 잿빛이 도는 금발로 길고 추레했다. 그녀가 몸을 돌려 판단하는 시선으로 날 살피면서 머리를 어깨에서 들어 올렸다.

"엠마 보만?" 그녀가 내 이름을 부르며, 뼈마디가 앙상한 손을 뻗어 놀랄 만큼 세게 내 손을 꽉 잡았다. "전 헬레나 베리이고 경찰입니다. 물어보고 싶은 게 있어서 왔습니다."

그녀의 동료가 내 옆으로 슬금슬금 다가섰고 나는 그가 다가오는지도 알아차리지 못했다.

"욘뉘 라팔라이넨입니다." 그가 말했다. 그 후 직함도, 다른 설명도, 아무 말도 없었다.

욘뉘의 어깨 뒤로 마노르가 얼핏 보였다. 까맣고 큰 그녀의 눈이 이게 무슨 일인지 궁금해 하고 있었다. 나는 그녀에게 천천히 고개를 저었다. 아니, 난 그들이 무엇을 원하는지 몰라.

"우리와 함께 경찰서로 가서 질문에 대답해주셨으면 합니다." 마른 여자가 무표정한 시선으로 날 쳐다보며 말했다. 벌써 그녀의 이름을 잊어버렸다. 지금 내 의식에는 그녀의 이름을 위한 공간이 없다. 구석구석까지 사용 중이라서. 지난주에 있었던 이벤트를 정리하기 위해 필사적으로 노력하고 있다. 중요한 순간들을 전부 되짚어본다. 그날 밤 누군가 예스페르의 차고 밖에서 나를 본 걸까? 페인트 가게의 남자가 경찰에

336

연락했을까? 올가가 뭔가 말했을까? 하지만 그녀는 내가 한 일을 모른다. 그녀는 예스페르가 내게 한 짓만을 안다. 그녀에게 전부 말하지 않았기 때문에 그조차도 잘 모른다.

"그래야 되나요?" 내가 물었다.

"네, 하지만 오래 걸리진 않을 겁니다." 남자가 무뚝뚝하게 말했다.

나는 다시 마노르를 쳐다봤다. 그녀는 아무 말 하지 않았지만 고개를 끄덕였다. 내가 그들이 말하는 대로 해야 되는 것을 걱정하는 듯했다.

흰 가구가 있는 작고 하얀 방에서 머리가 헝클어진 그 여자 경찰이 내 반대편에 앉았다. 우리 사이에 놓인 책상에 노트북 외에는 아무것도 없었다. 바로 가까이에서 본 그녀는 더 나이 들어 보였다. 입꼬리에서 턱까지 깊은 주름이 있었고 머리의 뿌리에는 새치가 있었다.

남자는 여자 옆에 조용히 앉아 있다. 그는 숱이 적은 머리카락이 모두 제자리에 있는지 확인하고 싶은 것처럼 짧은 머리를 매만지며 창밖을 응시했다. 나는 그의 시선을 따라갔다. 가을의 약한 햇빛이 광장과 텅 빈 분수 위로 쏟아졌다. 죽은 잎들이 작은 회오리바람에 실려 보도 위를 날아다녔다.

"이걸 알아보시겠습니까?" 여자 경찰은 질문을 하며 갈색 봉투를 열었다. 흰 책상에 뭔가가 떨어졌다. 금속 단추처럼 보이는 작은 물체가 들어 있는 아주 작은 비닐 봉투가 탕 소리를 내며 책상에 착륙했다. 나는 그 봉투를 집어 들고 손으로 무게를 가늠하며 열었다.

반지였다.

내 약혼반지.

"네." 내가 말했다. "제 약혼반지예요."

337

"확실합니까?" 그 남자가 물었다.

내가 고개를 끄덕였다.

"거의 확실해요. 반지에 이름을 새기진 않았지만 제 반지처럼 보이네요. 맞아요."

"반지를 언제 마지막으로 봤습니까?" 그가 물으며 의자를 뒤로 젖히자 남자의 몸무게에 반항하듯이 의자는 삐걱 소리를 냈다.

"제가 스토르가탄에 있는 전당포에 맡겼을 때요. 돈이 필요했거든요."

내 맞은편에 앉은 남자와 여자는 빠르게 시선을 교환했다.

"반지를 언제 어디서 샀죠?" 책상 위로 몸을 숙이며 그 여자가 물었다.

"이미 말했지만 그건 약혼반지예요. 제가 사지 않았어요. 받은 거죠."

"좋아요. 정확하게 이해했습니다. 그 반지를 언제 어디서 받았죠? 그리고 누구에게서 받았습니까?"

나는 한숨을 쉬었다. 그들이 뭘 이해했다는 건지 모르겠다. 창밖을 내다봤다. 갑자기 손에 술을 한 병 들고 지저분한 누비 재킷을 입고 밖의 공원 벤치에 앉아 있었으면 하고 바랐다. 오늘 아침 매장 밖에 있던 부랑자처럼. 어떤 것도 이보다는 나을 것이다.

"남자 친구, 아니 약혼자에게서 받았어요. 2주 전에요. 하지만 그러고 나서 우리는 헤어졌어요. 나는 돈이 필요해서 반지를 전당포에 맡겼고요. 그게 불법은 아니잖아요. 그렇죠?"

그 남자는 고개를 끄덕였다.

"물론입니다. 그게 불법은 아니죠. 하지만 이 반지는 딱 2주 전쯤에 리네가탄에 있는 보석상에서 도난을 당했죠. 그 사실에 대해 알고 있는 거 있습니까?"

"도난당했다고요?"

"네. 상점에서 도난당한 반지예요. 전당포 주인은 습득한 모든 물건을 우리가 만든 도난 목록과 일일이 확인하죠. 그래서 반지가 꽤 빨리 확인되었습니다. 그리고 전당포에는 당신의 개인 정보가 있었고요. 그래서 지금 우리가 여기 있는 겁니다."

차가운 감각이 내 몸속에 퍼져 나가기 시작했다. 발부터 가슴까지, 그리고 머리로 서서히 올라가 내 몸 전체를 단단히 붙잡았다. 예스페르는 그 반지를 훔쳤을까? 그렇다면, 어째서? 단순히 내게 돈을 쓰고 싶지 않았던 것일까, 아니면 이 또한 내가 예견할 수 없었던 역겨운 계획 중 한 부분일까?

책상 위로 몸을 기울여 시선을 내게 고정한 그녀는 전보다 훨씬 더 험악해 보였다. 나는 그녀의 윗입술에 아주, 아주 작은 털들을 볼 수 있었다. 그녀에게 뒤로 물러나 더 이상 가까이 다가오지 말라고 얘기하고 싶었다. 그녀가 내게 가까이 다가올 때마다 배 속의 덩어리가 커졌다. 모든 상황이 너무 노골적이었다. 나는 거리가 필요했다. 공간이 필요했다. 이 거슬리는 가까움을 참을 수 없다.

"엠마, 우리는 당신이 이 반지를 상점에서 훔쳤다고 생각합니다."

입에 모래가 가득 찬 것처럼 너무 말라서 대답할 수가 없었다. 혀로 입천장을 문질렀다. 내가 할 수 있는 건 고개를 젓는 일뿐이었다. 핀니스라는 성을 가진 남자는 깊은 한숨을 내쉬었다. 그는 일을 하면서 상상할 수 있는 모든 변명을 들어온 것 같다. 그가 날 믿지 않는다는 생각이 들었다. 둘 다 날 믿지 않는다.

"엠마, 이걸 봐요."

그가 책상 위에 있던 컴퓨터를 내 쪽으로 돌려주자, 화면에 거친 흑백 영상 이미지가 보였다. 처음에는 어디에서 찍은 장면인지 몰랐지만 얼마 후에 보석상의 내부를 알아보았다. 오른쪽 구석에 하얀 글씨로 작게 날짜와 시간이 표시되어 있다. 여자 경찰이 플레이 버튼을 누르자 이미지가 움직이기 시작했다. 여자 점원이 카메라를 등지고 서서 말하고 있었다. 작은 상자를 가리키고 들어 올리는 그녀의 움직임은 덜커덕거렸다. 그 후 그녀는 의자가 두 개 딸린 작은 테이블을 가리켰고 그중 하나에 카메라를 등진 채 앉았다. 고객인 다른 사람이 그녀를 뒤따라 다른 의자에 앉았고 장갑과 모자를 벗었다.

나였다. 고객은 나였다.

내가 점원의 맞은편에 앉아 있다.

그러고 나서 내가 반지들을 만지는 장면이었다. 반지를 번갈아 끼고 있다. 나는 그 상황을 즐기는 것처럼 웃는 것 같았다.

"내가 반지를 껴보고 있네요." 내가 말했다. "예스페르와 내가 반지를 껴보고 있어요."

"우리도 보고 있습니다." 그 남자가 대답했다. "하지만 화면에는 상점에 당신밖에 보이지 않는데요."

난 이해가 되지 않았다. 그건 말이 안 된다.

"잠깐만요, 멈춰요." 내가 말했다.

그가 어깨를 으쓱했다. 비디오를 멈췄다.

"우린 이 비디오를 여러 차례 조사했어요."

"몇 초만 감아보세요."

그는 내가 말한 대로 했고 다시 비디오를 시작했다.

"저기요." 내가 말했다. "멈춰요."

내 뒤에서 화면 중앙으로 움직이는 거친 음영이 보였다.

"저기 그가 있어요." 내가 말했다. "그예요."

두 경찰관은 서로 쳐다보았다. 무표정한 시선을 오랫동안 교환했다. 그 여자가 말하기 시작했을 때 그녀의 목소리에서 피로를 감지할 수 있었다.

"당신은 상점에 누군가가 당신과 함께 있었다고 주장하는 거죠?"

"물론이죠. 혼자서 약혼반지를 껴볼 수는 없잖아요."

"그러면 이 다른 사람이……."

"예스페르 오레. 내 약혼자예요."

"그 예스페르 오레 말입니까?"

"네, 그 예스페르 오레예요."

페테르

한네와 만프레드는 나를 따라 작은 회의실로 와서 헬레나 베리에게 인사를 건넸다. 그녀는 자신을 소개하고 그들에게 외스테르말름 경찰서에서 일한다고 소개했다. 그녀의 마른 몸과 날카로운 이목구비, 숱이 적고 연한 갈색 머리는 어딘가 낯익은 데가 있었다. 우리가 전에 만난 적이 있었는지 궁금했지만 그녀는 날 알아보지 못하는 것 같았다.

가끔 내가 보이는 모습에 사람들이 날 알아보지 못하게 만드는 뭔가가 있는지 궁금할 때가 있다. 어쩌면 내가 너무 평범하게 생겨서 만나는 사람들에게 별 인상을 남기지 못하는 것인지도 모른다. 일주일 동안 버스의 맞은편에 앉아 가도 기억하지 못하는 그런 사람들 중 하나처럼 말이다. 이 건물에서 누구나 아는 만프레드는 그런 경우가 아니겠지만, 난 그가 그렇게 옷을 차려입는 이유가 그 때문이 아닐까 생각한다.

한네와 만프레드는 헬레나 옆에 앉았고 나는 반대편에 앉았다. 나는 한네를 힐끔 보았다. 그녀는 항상 똑같아 보였다. 무릎에 공책을 올려놓은 채 차분하고 침착하다. 그녀의 얼굴 표정에는 아무런 감정이 없어 보인다. 어제 친밀했던 흔적은 남아 있지 않다. 그녀는 날 기억하지 못하는 그런 사람들, 버스에 같이 탔던 승객이었을 수도 있다.

야네트는 가끔 그랬다. 마치 내가 그곳에 없는 것처럼 날 무시했다. 주로 그녀가 어떤 일로 날 벌주고 싶을 때, 예를 들어 그녀의 생일을 잊었거나 집을 보러 가는 일에 주말 전체를 쓰고 싶지 않아 할 때 그랬다.

하지만 한네는 야네트가 아니다.

사실 야네트와 한네는 두 사람이 다를 수 있는 만큼 다르다. 한네의 행동과 야네트의 행동을 비교할 이유는 정말 없다. 적어도 내가 실제로 한네가 무엇을 생각하고 있는지 이해하고 싶은 게 아니라면 말이다.

나는 엠마 보만을 심문했던 일을 우리에게 얘기해주러 이곳에 온 지역 경찰관 헬레나 베리를 향해 몸을 돌렸다.

"와주셔서 감사합니다." 내가 말했다.

그녀는 어깨를 으쓱하고는 씁쓸하게 웃었다.

"당연하죠. 제가 좀 더 일찍 정보들을 종합해서 추측했더라면 좋았을 테죠. 하지만 어떤지 아시죠. 우린 아주 많은 사람들을 만납니다. 정신 나간 사람들도 수없이……."

나는 고개를 끄덕였다. 이 책상에 있는 모두가 지역 경찰관의 일이 어떤지 정확하게 안다. 우리 모두 그곳에 있었다. 한네만 빼고.

"계속해서 말씀해주세요." 내가 말했다. "이 수사에 참여하고 있는 한네와 만프레드는 당신이 엠마 보만을 심문했던 일에 대해 아무것도 모릅니다."

"좋습니다." 헬레나는 생각에 잠겨 고개를 끄덕이고 나서 계속 말했다. "2주 좀 더 전에 중앙 스톡홀름에 있는 전당포에서 연락을 받았어요. 어떤 사람이 상당히 값나가는 다이아몬드 반지를 가져왔다더군요. 약혼반지였어요. 그리고 그들이 도난 물품 목록과 비교했을 때 그 반지가 몇 주 전에 리네가탄에 있는 보석상에서 도난당한 반지라는 사실을 발견했죠. 칼라플란과 보석상 바로 옆에 있는 베르타베겐에 사는 엠마 보만이 그 반지를 전당포에 맡겼더군요. 동료 욘뉘 라팔라이넨과 저는 2주 전에 엠마 보만을 심문했는데, 심문하면서 우리는 도난 당시 보석상에 그녀의 모습이 찍힌 감시카메라 테이프를 보여줬어요."

"그녀가 뭐라고 하던가요?" 내가 물었다.

"상점에 있기는 했지만 혼자가 아니었다고 말했어요. 약혼반지를 보려고 남자 친구인 예스페르 오레와 함께 그 상점에 갔다더군요. 그러고 나서 그녀는 반지를 훔치지도 사지도 않았다고 말했어요. 오레가 나중에 그 반지를 자신에게 줬다고요."

"그녀가 그 말을 증명했습니까?"

헬레나는 약간 어깨를 으쓱했다.

"사실 그렇지 않았어요. 그녀는 감시카메라 비디오에서 얼핏 보이는 사람을 가리키면서 오레라고 주장했어요. 하지만 그 말이 사실인지 아닌지 판단하는 건 불가능했죠. 화면의 화질이 형편없었고 그녀가 가리킨 사람은 고작 가장자리 이미지만 보였으니까요. 어쨌든 우리는 그녀가 제시한 정보를 확인하려고 오레에게 전화를 걸었죠. 그는 그녀에 대해 전혀 들어보지 못했고 그녀를 위해 반지를 산 적도 없었다고 분명히 말했어요. 그는 우리에게 항상 별난 사람들이 자신을 고발한다고 했죠. 공인이 된 것이 끔찍하게 신물이 난다고요. 그래서…… 전 그게 전부라고 판단했어요. 우리 업무량은 엄청났고, 그래서 수사는 더 이상 진전되지 못했어요. 하지만 텔레비전에서 살해된 여자의 얼굴을 보고 오레가 실종되었다는 얘기를 들었을 때 당신에게 연락하는 게 좋겠다고 생각했죠. 보고 싶어 할 것 같아서 심문 보고서와 감시카메라 비디오 장면을 이메일로 보냈어요."

나는 죽은 여자의 그림을 꺼냈다. 그것을 책상에 놓고 손으로 평평하게 했다.

"이걸 본 건가요?"

"틀림없어요." 그녀가 찡그리며 말했다. "부인할 수가 없군요. 목이 잘렸다는 게 사실인가요?"

나는 고개를 끄덕였다.

"세상에. 병적인 사람들이 있군요. 그래요. 전 그 그림을 보고 둘이 많이 닮아 보인다고 생각하지는 않았어요. 제 기억이 맞는다면 엠마 보만은 머리가 더 길었어요. 하지만 그녀가 머리를 잘랐을지 누가 알겠어요?"

헬레나 베리가 떠난 후에 우리는 책상에 앉아 있었다. 산체스는 수사가 커다란 진전을 보일 때마다 자신만의 방식으로 흥분했다. 그녀는 손가락으로 책상을 두드리며 물었다.

"그래서, 어떻게 생각하세요?"

만프레드가 목을 가다듬고 안경을 벗었다.

"물론 예스페르 오레가 엠마 보만과 관계를 가졌지만 인정하고 싶어 하지 않는다는 게 논리적인 결론이겠지. 그렇지? 그녀는 아마도 그에게 맞서려고 그 집에 찾아갔을 거고. 그러다 그가 그녀를 죽이고 도망쳤다고 상상할 수 있겠지."

한네는 몸을 앞으로 숙이고 만프레드의 눈을 마주보았다.

"하지만 다른 남자는 어떤가요?"

"다른 남자라뇨?"

한네는 갑자기 혼란스러운 표정이었고 볼이 빨갛게 상기되었다.

"살해당한 남자…… 10년 전에. 그때 확실히 어땠죠? 기억이 안 나네요…… 그 사람 이름이 뭐였죠? 그 중국 남자요."

"중국인이오?" 산체스가 물었다.

"네, 당신도 알잖아요. 그 사람…… 머리가 없었던 다른 남자요."

"칼데론 말씀하시는 거예요?" 산체스가 말했다.

한네는 숨을 내쉬었지만, 분명히 당황했다. 한 손으로 머리카락을 잡아당기고 빠르게 눈을 깜박였다. 거의 울 것처럼.

"정확해요. 칼데론."

"그 남자는 중국인이 아니었어요. 칠레 사람이었죠."

"미안해요. 잘못 말했어요. 하지만 예스페르 오레가 왜 그를 죽이고 목을 잘랐을까요?"

"모르죠." 만프레드가 말했다. "아직은요. 하지만 오레의 과거를 충분히 오랫동안 파헤치면 어딘가 이어지는 부분이 있을 거예요."

나는 산체스를 향해 몸을 돌리고 그녀의 강아지 같은 에너지를 모두 이용해야겠다고 결정했다. 나는 경찰관으로 일하던 초기에 내 안에 있던 에너지를 잘 인지했지만 몇 년 지나자 잘 느낄 수 없었다.

"엠마 보만의 부모님은 모두 돌아가셨어요." 내가 말했다. "하지만 이모가 실종 신고를 했죠. 산체스, 이모에게 연락해서 엠마와 오레와의 관계에 대해 알고 있는 게 있는지 조사해보겠어? 그리고 클로즈 앤드 모어 사의 동료들과도 얘기해보고. 그녀가 이모와 얼마나 가까운지 모르겠지만."

산체스는 고개를 끄덕이고 뒤따르는 만프레드와 함께 떠났다. 나 혼자만 한네에게 내버려두고.

"우리 산책할까요?" 내가 말했다.

우리는 광장을 따라 바다 쪽으로 눈을 맞으며 걸었다. 바람이 얇은 재킷 안으로 살짝 들어왔고 새로 내린 눈이 발목을 따라 기어올라 아직도 겨울 부츠를 사지 않았다는 사실을 차갑게 일깨웠다. 한네는 내 옆에서 특정한 모양이 없는 코트를 입고 두꺼운 부츠를 신고 그림자처럼 조용히 걸었다. 바다까지 간 우리는 시청을 향해 왼쪽으로 꺾었다. 눈안개가 바다를 덮고 쇠데르말름의 건물의 윤곽을 흐릿하게 만들며 해협 위를 빙그르르 돌았다.

"당신 괜찮아요?" 내가 물었다.

한네는 고개를 내 쪽으로 돌리고 헤아리기 어려운 시선으로 날 쳐다봤다.

"내가 왜 안 좋을 것 같아요?"

그녀의 목소리에는 나와 거리를 두고 싶어 하는 것처럼 속마음을 드러내지 않으려는 뭔가가 있다.

"난 어제 있었던…… 일을 생각하고 있어요."

그녀는 멈추고 바람을 등지고 서서 모자를 추어올렸다. 슬픈 표정으로 날 바라봤다. 눈송이가 그녀의 볼에 닿아 녹았다. 손을 뻗어 닦아주고 싶었지만 허용되지 않는다는 것을 알았다. 그녀는 내게 절대로 그런 일을 하게 허락해주지 않았다.

"어제 있었던 일……." 그녀가 말하기 시작했다. "멋졌어요. 좋았죠. 하지만 페테르. 난 당신에게 완전히 솔직해야 해요. 우리 사이에 다시는 어떤 것도 있을 수 없어요. 정말 안 돼요. 당신이 원한다면 다시 데이트를 할 수는 있겠지만, 우리는 절대 함께 있을 수는 없어요. 이해해요?"

어떤 이유에선지, 그녀의 말이 절망스러우리만치 실망스러웠다. 왜 그런지 정말 이유를 알 수는 없었지만 말이다. 무엇을 기대했던 것일까? 우리가 하룻밤을 다시 보낸 후 커플이 되기를? 내가 10년 전에 했던 짓이 용서받을 수 있고 잊힐 수 있다고?

"이유를 물어봐도 될까요?"

그녀는 몸을 돌려 잔교를 향해 걷기 시작했다. 멈춰 서서 바다 건너를 바라본다. 나는 따라가서 그녀 옆에 섰다. 크고 까만 새들이 물위에서 빙빙 돌았다. 갈까마귀나 까마귀 종류인 것 같다.

"새들이 추울까요?" 그녀가 물었다.

"굉장히 추울 거라고 장담해요." 내가 말했다.

"난 아파요." 그녀가 말하고 날 향해 돌아섰다. "진짜예요. 그리고 난 그걸 당신의 문제로 만들 수는 없어요. 그건 옳지 않아요."

그녀가 아프다고 말했을 때 어머니가 생각났다. 열이 있는 데도 실크 스카프로 머리를 단단히 싸매고 두꺼운 스웨터를 입고 테라스에서 오래된 정원용 의자에 앉아 담배를 피우던 어머니 모습이 떠올랐다.

내 어머니였던 마른 여자에 대한 기억이나 어쨌거나 어머니를 기억나게 한 이미지는 내 안의 뭔가를 부드럽게 만들었다. 그리고 비누와 담배 연기, 그 밖의 냄새들이 다시 돌아왔다. 소독약과 벌어진 상처 등 병을 떠올리게 하는 냄새. 내가 잘 아는 냄새. 병원 복도, 지저분한 시트, 비닐로 포장되어 있는, 삶은 감자와 수분을 흡수해 축축해진 치즈가 들어간 샌드위치.

의료 기관의 냄새.

"암이에요?" 내가 물었다.

왜인지 몰랐지만 그 말이 그냥 튀어나왔다.

한네가 웃었다.

"아뇨." 그녀가 말했다. "왜 내가 암에 걸렸다고 생각해요?"

"모르겠어요. 많은 사람들이…… 그렇잖아요."

그녀는 내 이상한 표현에 관해 아무 말도 하지 않았다. 대신 입가에 미소를 띠고 기묘한 표정으로 날 쳐다봤다.

나는 다시 야네트를 떠올렸다. 몇 년 전에 그녀는 가슴에 종양이 있다고 확신했다. 울면서 전화로 자신이 죽으면 알빈을 돌봐달라고 부탁했다. 그 당시 나는 걱정조차 하지 않았다. 내 아이의 엄마가 생명을 위협하는 질병과 싸운다는 생각에도 난 전혀 흔들리지 않았다.

대체 그게 내게 어떤 의미인지 궁금했다.

"그래서 무슨 병인데요?" 내가 물었다.

"말하고 싶지 않아요." 한네가 대답하고 몸을 돌렸다. 눈보라 속으로 사라져 경찰서를 향해 아주 찬찬히 걸어가는 그녀를 나는 감히 따라갈 수 없었다.

경찰서에 막 도착할 때쯤 전화가 울렸다. 야네트였다. 평소보다 훨씬 고압적인 그녀의 목소리에 바로 어떤 일이 있었음을 알 수 있었다.

"당신, 알빈과 얘기해봐야 해요." 그녀는 단숨에 내뱉었다.

나는 바람을 피하려고 지붕이 있는 입구로 걸어갔다.

"무슨 얘기를?"

"뭐냐면…… 알빈이 학교를 빠지기 시작했어요. 그리고 당신 알죠, 스코고스의 끔찍한 패거리하고 어울리고 있어요. 당신한테 전에 얘기했었던 애들이요."

나는 눈을 막아주는 통로에 발을 디디고 손을 목에 가져다 차가운 피부를 데웠다. 손가락이 고드름처럼 느껴졌다.

"좋아. 스코고스 애들과 어울리고 있다고. 그런데 어째서 내가 알빈과 얘기를 해야 되는 거지?"

말을 하자마자 내 말이 어떻게 들릴지 알았고 난 후회했다. 그녀를 무시하려는 의도가 아니었지만 항상 이렇게 되고 만다. 야네트는 알빈에게 문제가 생기자마자 내게 전화를 한다. 우리는 알빈이 태어나기도 훨씬 전에, 그녀가 내 바람과 달리 그 애를 갖게 됐을 때부터 그녀 혼자서 아이를 키우겠다고 합의했음에도 말이다.

"당신은 경찰이잖아요. 당신 알잖아요. 마약과 그런 종류의 것들. 그리고 욱하는 남자 아이들에게 어떤 일이 일어나는지도 알잖아요. 그리고…… 그 애 아빠고요." 그녀는 마치 금지된 단어를 말하는 것처럼 빠르고 거의 들리지 않는 목소리로 덧붙였다.

나는 무례하지 않으면서 그녀를 이해시킬 방법을 찾아내려고 노력하며 눈이 오는 밖을 내다봤다. 어떤 논거가 그녀의 잔소리를 멈추게 할 수 있을지 궁금해 하면서.

"난 알빈이 괜찮을 거라고 확신해." 내가 말했다. 좀 너무 힘이 없었는지도 모르겠다.

"괜찮지 않다고요." 그녀가 소리쳤다. "언제나 이런 식이죠. 당신은 알빈에 대해 어떤 책임도 지려 하지 않아요. 당신은 절대로 날 돕는 법이 없죠. 심지어 내가 당신에게 부탁을 했을 때도요. 당신에게 이런 일들을 부탁하는 게 얼마나 끔찍하게 어려운지 알기나 해요? 전화기를 들고 빌어먹을 번호를 누르기 전에 내가 얼마나 오랫동안 망설이는지 알아요? 당신 이해해요?"

몹시 당혹스러웠다. 우리가 15년도 전에 했던 합의를 그녀에게 상기시켜주기에는 아마도 적당한 때가 아니라고 결정했다.

"알았어." 내가 대답하며 다른 손을 목에 가져가 데웠다.

"좋아요. 언제요?"

"언제라니 무슨 뜻이야? 어쨌든 오늘은 안 돼. 살인 사건 수사가 한창이야."

"그럼 내일?"

"내일…… 아니. 내일은 시간이 없어. 아마도 다음주."

"페테르, 당신 그거 알아요? 이게 늘 일어나는 몹시 빌어먹을 일이에요. 당신에게 왜 전화를 했는지도 모르겠어요. 빌어먹을 당신 일이나 하면서 지옥에나 가버려요. 알빈과 나는 절대 당신을 보고 싶지 않을 거예요. 내 말 알아들었어요! 지옥에나 가라고요!"

눈이 내리는 풍경을 보면서 한동안 그곳에 서 있었다. 눈을 맞으며 내 머리 위에서 날고 있는 까만 새들을 보고 있었다. 스코그쉬르코고르덴 묘지공원에서 지면 2미터 아래에 누워 쉬고 있는 어머니와 누나가 춥지 않을까 궁금했다. 마침내 한네를 되찾은 지금 그녀를 잃는 게 얼마나 끔찍하게 불공평한 일인지 생각했다. 글쎄, 물론 안다. 내가 그녀를 되찾은 것은 아니라는 것을, 엄밀히 따지면 아니라는 것을. 하지만 그래도 왠지 그렇게 느껴졌다.

알빈과 야네트처럼 현재 살아 있는 데도, 내가 잃어버린 사람들을 생각했다. 내가 밀어내고 거짓말하고 도망쳤던 모든 사람들. 그리고 한참 동안 곰곰이 생각하다가 내게 이것이 마땅하다는 사실을 깨달았다. 공정한 벌이다. 한네는 절대 내 사람이 되지 않을 것이다.

엠마
2주 전

터무니없었다. 여태껏 초콜릿 캔디 하나 훔쳐본 적 없었는데, 지금 난 값비싼 보석을 훔쳤다고 고발되었다. 발을 테이블에 올리고 초록색 안락의자에 앉아 있다. 그리고 갑자기 내가 시계를 얼마나 그리워하는지 깨달았다. 진정, 시계는 고양이에 불과했지만 내 동반자였고 어쨌든 그 존재가 이 아파트를 집으로 바꿔놓았다. 시계가 없으니 아파트가 아주 공허하고 텅 비고 춥게 느껴졌다. 새 고양이를 데려와야 할지도 모르지만 왠지 그래서는 안 될 것처럼 느껴진다. 꽤 오랫동안 시계를 애도한 후에 새로운 반려동물을 집으로 데려와야 할 것이다.

물리 교과서는 먼지를 뒤집어쓰고 손길이 닿지 않은 채 놓여 있다. 예스페르 때문에 몇 주 동안 공부를 하지 못했다. 그는 내가 고등학교 졸업장을 따는 것을 아주 불안해했다. 그리고 내가 원한다면 대학에 가는 것 역시 마찬가지다. 나는 눈을 감고 몸을 뒤로 기댔다.

기억을 떠올리려 했다.

"하지만 왜 고등학교를 그만둔 거지?"
"세상에, 지금 그 얘기를 꼭 해야 해요?"

예스페르는 내게서 빠져나와 옆으로 굴러 침대에서 내 옆에 드러누웠다. 그러고 나서 베개 하나를 접어 올려 머리를 지탱했다. 그는 재밌어 했고, 거의 약이 오른 듯한 표정이었다. 그의 몸무게가 사라지자 숨쉬기가 한결 수월해졌다. 나는 깊게 숨을 들이마시고 그의 눈을 들여다봤다.

"그 얘기를 하고 싶지 않은 거구나, 응?"

"솔직히 그 얘기를 하는 데 전혀 문제가 없어요. 하지만 아주 낭만적인 얘기는 아니잖아요, 그렇죠?"

"하지만 난 알고 싶어. 당신을 사랑하니까 당신이 과거에 왜, 어떤 행동들을 했는지 이해하고 싶어."

"우리가 서로에 대해 모든 걸 알아야만 하나요?"

"물론 아니지."

잠시 아주 심각해 보이는 그의 모습에 겁이 날 정도였다. 마치 그가 갑자기 시선을 마음속으로, 즉 내부의 어둡고 음울한 비밀을 향해 돌린 것 같았다. 그 후 심각하던 순간이 사라지고 평소와 같은 모습을 보였다. 어떤 설명을 하지 않고서는 이 상황을 빠져나갈 수 없다는 사실을 깨닫고 나는 한숨을 쉬었다.

"왜 학교를 그만둔 거지?" 그가 음절 하나하나마다 강세를 주며 다시 물었다.

"그만두지 않았어요. 시작하지도 않았죠. 아빠가 돌아가셨을 때……."

정적.

"그래?"

그가 내 위로 몸을 숙이며 왼손으로 내 가슴을 부드럽게 둥근 모양으로 모아 쥐며 키스했다. 나는 그의 몸에서 뿜어져 나오는 습한 온기를 느낄 수 있었다.

"기본적으로 내 생활이 엉망진창이었어요. 먼저 아빠가 돌아가셨고, 그 후에 9학년 봄에 기술 선생님이던 우디와의 그 일이 벌어졌죠. 그 후에 난 그냥 학교를 계속 다닐 수 없었어요. 그래서 그해 여름, 학교를 떠났고 6개월 동안 쉬었어요. 그리고 일하기 시작했죠."

그는 마치 데기라도 한 것처럼 별안간 내 가슴을 놓았다.

"그렇다면 이 모든 게 그 빌어먹을 우디 탓이로군?"

"모르겠어요. 난 우리 모두의 잘못이었다고 생각해요."

그가 건조하게 웃었다.

"오, 제발. 당신은 아이였을 뿐이고 그는 성인이었어. 그가 당신에게 한 짓은 병적이고 역겹고…… 혐오스럽지. 빌어먹을 소아 성애자."

"하지만 나도 동의했어요."

갑자기 화가 나 보이는 예스페르가 일어나 앉았다. 그리고 담요로 엉덩이를 둘렀다.

"이렇게 시간이 흘렀는데 아직도 예전에 벌어졌던 일에 대해 자책하고 있는 건 아니지?"

"이 얘기는 하고 싶지 않아요."

그는 한숨을 내쉬었다.

"미안해. 난 그가 당신을 어떻게 이용했는지 생각하니까 그냥 지독하게 화가 났어. 당신은 그가 돌봐야 하는 약자였는데 그는 당신을 더럽혔어."

"이봐요. 그건 정확히 말해 성폭행이 아니었어요."

"그걸 당신이 뭐라고 부르든 간에 잘못된 일이었고 그는 그걸 알고 있어야 했어."

"그럼 당신의 경우는 뭐라고 부를 건데요?"

그의 몸이 굳었다.

"당신이 무슨 말을 하는지 잘 이해가 안 되는데."

"음, 나는 당신의 아랫사람이에요, 맞죠? 당신은 내가 일하는 회사의 CEO죠. 하지만 당신은 나와 섹스를 하는 데 아무 문제가 없잖아요."

"그건 같다고 할 수 없지. 우리는 둘 다 성인이고 서로 사랑하는 거야. 우리 중 한 사람이 다른 사람을 이용하는 게 아니라고. 이건 아마…… 모르겠군. 그건 내 전문이 아니야."

그의 말은 설득력 있게 들렸지만 난 내가 민감한 곳을 건드렸다는 것을 탐지했다. 그가 내게서 몇 센티미터 떨어져 침대 옆 협탁에 놓인 담배를 손으로 더듬었다.

"예스페르, 이제 솔직해져요. 당신은 우리 관계가 동등한 두 사람 사이에 존재하는 완벽하게 정상적인 관계라고 생각해요?"

그는 대답하지 않았다.

나는 완전히 차려입고 침대에 누워 천장을 응시하고 있다. 한쪽 구석에 자리 잡은 거미줄이 창가에서 들어오는 찬바람에 펄럭였다. 방의 한쪽 구석에서 다른 쪽 구석으로 천장을 가로질러 길게 금이 가 있었다. 언젠가 이 아파트를 보수해야 한다는 사실을 깨달았다. 하지만 그 비용을 어떻게 지불하겠는가?

예스페르의 잘못이다.

이 모든 게 예스페르의 잘못이다. 다시 맥이 빠졌다. 예스페르의 차고를 불태우면서 느꼈던 흥분과 에너지는 사라졌다. 다시 깊은 블랙홀에 빠지는 기분이다. 그리고 스톡홀름에는 비가 계속 내리고 있다. 하늘마저 울고 있다.

나는 갑자기 예스페르에 맞서야 한다는 강렬한 욕구에 단단히 사로잡혔다. 그를 궁지에 몰아넣고 그가 왜 이런 짓을 했는지 말하게 해야 한다. 그렇게 한다면, 그리고 동등한 사람으로 그를 만날 수 있을 만큼 강하다면, 어쩌면 나는 내 인생에 대한 통제권을 다시 얻고 내 존엄성을 되찾을 수 있다.

그렇게 되어야 한다고 생각했다. 우디에게는 통했었다.

교장실에는 방이 두 개 있었다. 닳아서 해진 플러시 천을 씌운 안락의자 두 개가 마련된 작은 대기실이 있고 불투명 유리문 뒤쪽에 또 다른 방이 있었다. 나는 대기실의 의자 하나에 앉고 엄마가 다른 의자에 앉았다. 우리 앞에 자작나무 베니어판으로 만든 커피 테이블에는 신문들이 쌓여 있었다. 나는 〈오늘의 학교, 교육학 학술지〉를 여기저기 훑어봤다. 재밌는 내용은 없었다. 불투명 유리의 반대쪽에서 어떤 움직임을 볼 수 있었지만 누가 그곳에 있는지 알아내기는 불가능했다.

엄마는 수레국화의 푸른색 새 지갑을 만지작거리며 화났다는 것을 표시하는 쉭쉭 소리를 냈다.

"이게 어떤 상황인지 어째서 말하지 않는지 이해가 안 돼. 난 해야 될 일이 있고 여기에 하루 종일 앉아 있을 수만은 없어. 아주 중요한 일이 아니라면 말이지. 전화로도 교장 선생님과 얘기를 많이 나눴어. 아주 중요한 일이어야 할 거야. 난 직업도 생각해야 하고 남편의 장례식을 생각해야 하니까. 그리고 그 밖에도……."

"엄마, 제발 그만해요. 듣겠어요."

엄마는 차가운 시선으로 날 쏘아봤다.

"네가 책임질 일을 하지 않았길 바라야 할 거야. 알겠니?"

"내가 어떻게 알 수 있어요? 나도 우리가 왜 여기에 왔는지 몰라요."

나는 벽에 걸린 시계를 쳐다봤다. 얇고 까만 초침은 시계 문자판 위를 움직이는 거미처럼 보였다. 초침이 12에 도달하자 분침이 떨리며 약간 앞으로 뛰었다.

"가게에서 뭘 훔쳤어?"

"제발. 당연히 아니죠."

"학교를 빼먹은 거야?"

"그만해요! 그런 적 없어요."

"그렇다면 엄마가 직장에 있지 않고 왜 이곳에 앉아 있는지를 설명할 수 있어?"

엄마는 들을 수 있는 사람들에게 자신이 직업을 갖고 있다는 사실을 항상 언급했다. 허리에 문제가 생긴 후에 몇 년간 실직 상태였기 때문에 직업을 가지고 있다는 것은 엄마에게 많은 걸 의미했다.

엄마가 힐끗 벽에 걸린 시계를 쳐다봤을 때 시계는 11시 10분을 가리키고 있었다.

"앞으로 30분이야. 그 이상은 안 돼."

엄마는 손을 펴서 무릎을 감쌌다. 그때 엄마가 침묵에 잠겼다. 나는 뭐라고 말해야 할지 몰랐다. 불투명 유리의 반대쪽에서 바닥에 의자 긁히는 소리가 들렸다.

"엠마." 엄마가 말했다.

"네?"

"너 대마초를 핀 건 아니지, 그렇지?"

바로 그 순간, 불투명 유리문이 열렸고 브리트 헨릭손 교장 선생님이 햇볕에 보기 좋게 그을린 얼굴을 내밀었다. 선생님은 자루처럼 생긴 얇고 밝은 색상의 여름 원피스를 마른 몸에 걸치고 있었다.

"오셔서 아주 다행이에요. 잘 오셨어요!"

선생님은 뒤로 한 걸음 물러서서 문을 열었다. 엄마는 인사를 하며 앞으로 나갔고 나는 주저하며 엄마 뒤를 따랐다. 브리트 교장 선생님은 내 손을 잡으며 부자연스러운 미소를 지었다.

책상 건너편 회전의자에 우리 학교의 심리학자, 프로이트 박사라고도 알려진 지그문트가 앉아 있었다. 바싹 짧게 자른 까만 머리와 숱이 많은 턱수염, 후덕한 몸집은 근엄한 독일인 심리학자라기보다는 말괄량이 삐삐의 아빠와 더 비슷했다. 지그문트 옆에는 엘린이 앉아 있었다. 그녀의 볼은 빨갛게 상기되었고 바닥을 내려다보고 있었다.

"고맙다, 엘린. 넌 이제 가도 된단다. 다른 일이 있으면 알려줄게." 브리트 교장 선생님이 말했다.

엘린은 일어서서 눈을 리놀륨 바닥에서 떼지 않은 채 방을 떠났다.

"방이 많이 답답하죠." 교장 선생님이 말했다. "지그문트, 창문 좀 열어주시겠어요?"

교장 선생님 말이 맞았다. 방의 공기는 탁했고 땀에 젖은 오래된 양말 같은 냄새가 났다. 지그문트는 다소 힘겹게 의자에서 몸을 들어 올려 창가로 뒤뚱뒤뚱 걸어갔다. 그리고 창문을 열어 작은 방으로 여름이 들어오게 했다.

"창문을 여니 낫네요." 브리트 선생님이 재잘거리듯 얘기했다. "레몬에이드 좀 드시겠어요?"

나는 고개를 끄덕였지만 엄마는 손을 들었다.

"전 괜찮습니다. 빨리 직장으로 돌아가야 하거든요."

선생님은 고개를 끄덕이고는 주스를 하얀 플라스틱 컵에 따라서 내게 건넸다. 컵은 교내 식당에 있는 컵과 같았다. 난 그 사실에 놀랐다. 선생님과 교장 선생님은 진짜 그릇을 사용하고 교무실과 교장실에서 쓰는 모든 것은 더 멋지고 훨씬 어른스러울 거라고 상상했었다.

브리트 교장 선생님은 자루처럼 생긴 원피스를 다시 매만지고 의자 끝에 조심스럽게 앉았다. 그렇게 하지 않으면 의자가 부서질 것을 염려하는 것처럼 말이다.

"엠마, 어쩌면 넌 이미 오늘 네가 왜 여기 있는지 알겠구나?"

나는 고개를 가로저었다. 내가 어떻게 그것을 알겠는가?

브리트 교장 선생님은 목을 가다듬고 아래를 쳐다봤다. 분명히 이 상황에 당황하고 있었다. 지그문트는 아무 말 하지 않고 그저 수염을 쓰다듬었고 갈망하는 눈빛으로 창밖을 보았다.

"엠마가 무슨 짓을 저질렀나요?" 엄마가 물었다.

"아니, 아닙니다." 브리트가 말을 시작했다. "엠마는 잘못된 일을 하지 않았어요. 우리 선생 중 한 명이…… 어떤 선생이 엠마에게 치근거린 것을 알게 됐습니다."

"뭐라고요?" 수레국화의 푸른색 지갑을 쥐고 있던 엄마의 손이 풀렸다. 지갑이 바닥에 떨어지며 쿵 소리가 났다.

"교과목 중 하나인 기술 선생입니다. 그는 사실 상당히 괜찮습니다. 하지만…… 우리가 들은 정보에 따르면, 그가 또한…… 엠마, 어쩌면 네가 얘기를 하고 싶겠구나? 내 말이 맞니? 그가 너에게 치근댔니?"

나는 대답할 수 없었다. 입안이 모래로 가득 찬 것 같았고 단단한 덩어리가 목구멍에 자리를 잡은 것 같았다.

"엠마." 지그문트가 비음의 독일 억양으로 말했다. "무슨 일이 있었는지

애기하는 건 아주 중요하단다. 너 자신의 안전과 이 학교의 다른 어린 학생들 모두를 위해서. 그가 너에게 가까이 접근한 적 있니?"

나는 잠시 주저하다가 고개를 끄덕였다. 엄마는 쉭쉭 소리를 냈고 바닥에서 지갑을 집어 들었다.

"그가 무엇을 했지?" 브리트 선생님은 한층 더 부드러워진 목소리로 물으며 앙상한 손을 내 손 위에 올려놓았다. 나는 대답하지 않고 손을 빼냈다. 두 개의 반점을 가진 아주 작은 무당벌레가 테이블 위를 기어 내 레몬에이드 옆으로 왔다. 뭐였더라, 내가 뭔가를 바랄 수 있을까, 아니면 이 무당벌레는 등에 무늬를 더 가져야 했을까?

"엠마, 미안하구나. 하지만 우리는 알아야 한단다. 그가 네게 키스했니?"

무당벌레는 가장자리 쪽으로 기어갔다. 이제 아주 가까워져서 나는 그것을 만질 수 있었다. 무당벌레가 내 손가락으로 올라오려고 하는지를 알아보려고 내 손을 뻗었다.

"엠마." 브리트 선생님의 목소리가 고집스럽게 계속 이어졌다.

"그가 네게 키스를 하거나 어떤 식으로든 널 만진 적 있니?"

나는 무당벌레에서 시선을 떼지 않은 채 고개를 끄덕였다. 그 방은 조용해졌다. 아주 조용해서 밖의 분주한 거리에서 지나가는 자동차 소리와 학교 운동장에서 아이들이 웃는 소리까지 들을 수 있었다.

"넌……." 브리트가 망설였다. "너…… 성교를 했니?"

성교. 나는 몸서리쳤다. 그 말이 전염병처럼 들렸다. 나는 손가락 끝으로 그 작은 주황색 곤충을 쿡 찔렀다.

"네." 내가 말했다. 네.

무당벌레는 방향을 바꿔서 다시 레몬에이드가 담긴 유리잔을 향했다.

불투명 문이 우리 뒤로 닫히고 엄마는 외투를 입었다. 엄마가 숨을 쉴 때마다 쉭쉭 소리가 크게 이어졌다.

엄마의 얼굴은 벌겋게 상기되었고 지갑으로 가슴을 단단히 누르며 날 향해 돌아섰다.

엄마가 무슨 말을 할 거라고 예상했는지는 모르겠다. 아마도 이 모든 상황이 힘들었다거나 한낮에 학교에 오느라 귀중한 시간을 잃었다고 짜증낼 거라 예상했던 것 같다.

엄마는 경고 없이 날 때렸고 나는 몹시 당황했다. 잠시 그 방이 빙빙 돌았고 그다음 내 볼에 타는 듯한 고통이 퍼졌다.

"더러운 년." 엄마가 말하고 무거운 걸음으로 교장실을 나섰다.

한네

경찰서로 돌아가는 도중에 길을 잃었다. 길을 잃은 이유가 페테르와 이야기를 나누고 속이 상해서였는지, 아니면 병 때문이었는지 알 수 없다.

어쩌면 그냥 날씨 탓이었을 것이다. 눈이 내려 몇 미터 앞을 보기 힘들었고 건물들은 전부 눈안개로 둘러싸였다. 거리명은 보였지만 그 거리가 어디로 이어지는지 기억이 나지 않았다. 마치 쿵스홀멘의 전체 지도가 기억 속에서 지워진 것 같았다.

눈은 목 주위에 몰래 들어와 녹아서 가슴 아래로 흘렀다. 손은 얼고 가슴속 깊이 주먹이 자리한 것처럼 갈비뼈 뒤 어딘가에 공포가 도사리고 있다. 거리에서 지나가는 사람들에게 물어보는 건 쉬운 일이다. 유모차를 끄는 젊은 여자도 있었고 테니스 라켓을 어깨에 둘러맨 남자도 있었고 심지어 어느 아파트 건물 밖에서 부끄러운 줄 모르고 애정 행각을 벌이는 커플도 있었다. 하지만 난 그럴 수 없었다. 경찰서로 돌아가는 길을 찾을 수 없다는 것을 내 자신에게도 인정할 수 없었다.

바람에 쓰고 있던 모자가 벗겨지고, 작고 단단한 눈송이들이 볼에 몰아쳤다. 온통 세상이 하얗다. 사방이 눈과 얼음이다. 차라리 그린란드에서 이누이트 족과 있는 편이 나을 정도로 추웠다.

흔히 재앙으로 끝났던, 극 지방을 정복하려고 시도했던 사람들을 생각했다. 아문센, 앙드레, 스트린드베리, 난센. 하지만 그중에서도 클레우스 포르스는 200년간 소식이 끊어진 노르웨이 이주민(982년 노르웨이 에리크가 섬에 상륙하여 그린란드라 명명하고 985년부터 이주가 시작되었다. 500년간 정착하여 살아가던 이들은 1500년경 본국과 교역이 끊어지면서 버티지 못하고 점차 사라졌다—옮긴이)들을 찾기 위해 1728년에 그린란드로 떠난 덴마크-노르웨이(1536년부터 1814년까지 존재했던, 덴마크와 노르웨이의 연합 왕국—옮긴이)의 군인이었다.

탐험을 계획할 때 그들은 노르웨이의 젊은 남자들이 스키를 타고 미지의 대륙 여기저기를 별 무리 없이 탐험할 수 있으리라고 판단했다.

포르스는 대략 군인 스무 명과 죄수 열두 명, 매춘부 한 무리, 말 열두 마리를 이끌고 북대서양을 건넜다. 그들은 도착하자마자 자연뿐만 아니라 자기 사람들과도 피할 수 없는 투쟁을 시작했다. 포르스의 사람들은 폭동을 일으켰고 그가 폭동을 진압하자 탐험대원은 괴혈병과 천연두로 죽기 시작했다. 말도 죽었다. 포르스는 날카로운 얼음 덩어리 위를 걸어서 대륙을 건너려다 두 차례 실패했다. 결국 그린란드의 원주민조차 거주지를 버렸고 덴마크의 귀족과 가족들을 그 대륙으로 이주시키겠다는 포르스의 꿈은 송두리째 무너졌다.

세상을 길들이겠다는 인간의 욕구는 어디에서 오는가? 이 욕구는 결코 자연에 국한되지 않는다. 인간은 우리 사회와 가까운 관계의 양쪽에서 서로를 지배하기를 원한다.

오베도 마찬가지라고 생각한다. 그는 날 길들이는 데 자신의 인생을 소비했다. 하지만 성공하지 못할 것이다. 난 극지방의 빙하 같기 때문이다. 난 고집스러운 냉기로 그를 지치게 만들어 그가 나 대신 군림할 다른 사람을 찾게 할 것이다.

내리는 눈 속에서 눈을 깜박였다. 온통 하얀색투성이인 주위에서 내 시선을 고정할 수 있는 랜드마크가 될 만한 건물을 찾으려고 다시 노력했다. 오베에게 전화를 하면 그는 모든 걸 중단하고 차에 올라타 날 데리러 올 것이다. 그 사실을 알고 있었기 때문에 거의 전화를 할 뻔했다. 내가 일을 망쳤을 때 항상 그래왔던 것처럼 날 구하러 올 것이다.

몇 초 후 눈발이 가늘어지고 성 에리크 병원의 친숙한 윤곽이 보였다. 심호흡을 했다. 이제 내가 어디 있는지 정확히 안다. 그리고 따뜻한 경찰서로 돌아가는 방법도 안다. 하지만 무시무시하고 날 무능하게 만드는 무력감에 사로잡혔다. 그것은 내가 다시 책상으로 돌아와 창밖으로 쿵스홀름스가탄을 내다보고 있을 때에도 날 놓아주지 않았다. 뜨거운 차를 연거푸 세 잔을 마셨는데도 여전히 너무 춥다.

힐끔 페테르를 쳐다봤다. 그는 몇 미터 떨어진 곳에 내게 등을 보이고 컴퓨터에 눈을 고정한 채 앉아 있다. 새어가는 금발 머리는 축축했다. 그가 앉아 있는 자리의 터무니없이 얇은 스니커즈 바닥 주위에 작은 웅덩이가 생겼다.

차라리 암이라면 좋겠다. 그랬다면 그에게 말할 수 있었다. 하지만 초기 치매에 걸렸다고 말할 수는 없다. 특히 막 침대에 함께 쓰러졌던 사람에게 그런 말을 할 수는 없다. 그것은 성적 접촉으로 전염되는 질병보다 천 배는 나쁘다. 어떤 면에서는 더 수치스럽다. 자신의 마음을 잃어가고 자기 안에서 길을 잃는 것은 역겹고 혐오스럽다. 나는 천천히 식물인간이 되어가고 있다. 그리고 아무도 식물인간을 원하지 않는다.

오베만 빼고.

어쩌면 그것이 사랑일지도 모른다. 무슨 일이 일어나든 서로를 위해 그곳에 있어주는 것. 고린도전서의 구절이 생각난다.

사랑은 모든 것을 참으며
사랑은 모든 것을 믿으며
사랑은 모든 것을 바라고 견디느니라.

하지만 나는 오베가 날 참고 견디길 원하지 않는다. 단지 홀로 남겨지기를 원할 뿐이다.

어쩌면 그린란드에 가는 게 나을 것 같다. 아직 시간이 있을 때 그동안 실현하지 못했던 여행을 하는 것이다. 하지만 난 그린란드가 아니라 그 모든 일이 시작되었고 아마도 끝나게 될 장소인 경찰서에 앉아 있다.

구닐라는 희망을 포기하지 말아야 한다고 계속 얘기한다.

희망을 포기하는 것이 훨씬 수치스러운 일이다. 심각하게 아픈 어느 누구도 희망을 포기하지 말아야 한다. 포기는 가족과 의사를 배신하는 용서할 수 없는 행위다. 그렇다. 모든 문제가 풀릴 수 있다고 믿고 모든 질병이 치료될 수 있다고 믿는 사회 전체에 대한 배신이다.

구닐라는 삶이 계속되는 동안에는 희망이 있다고 말한다. 누가 알겠는가. 어쩌면 내일 과학자들이 치료법을 찾아낼지.

하지만 희망을 품을 힘이 없다면 그땐 어떻게 해야 할까?

희망은 아픈 사람들이 용기와 감사하는 미소를 갖고 매달리게 하는 전복된 구명보트에 불과하다. 구명보트를 놓는 행동은 분명히 무모할 뿐 아니라 불충한 행동이다.

하지만 난 충성하는 것에 질렸다.

점심을 먹고 지역 경찰관이 작성한 엠마 보만의 심문 기록을 검토했다. 정확히 꼬집어낼 순 없지만 뭔가가 거슬렸다. 우리 이론과 일치하지 않는 게 있었다. 가령 예스페르 오레의 집에서 발견된 여자가 엠마 보만이 맞는다고 추정한다면 오레는 왜 그녀를 살해했는가 하는 질문이 여전히 남는다. 그들이 정사를 나누었고 그가 그녀를 제거하길 원했다면, 그는 그렇게 감정적으로 처리할 수 없다. 그렇다면 어째서 그녀를 그런 식으로 죽였을까? 머리의 배치, 눈꺼풀을 떠받쳐서 뜨게 하려고 했던 것. 그런 것들은 모두 범인이 희생자를 아주 극도로 증오했다는 의미다. 그리고 오레가 엠마 보만을 그토록 증오한 이유를 이해할 수 없다. 적어도 내가 그 둘에 대해 갖고 있는 아주 제한된 지식으로는 알 수 없다.

또한 오레가 정말 엠마 보만을 죽이기를 원했다면 왜 자신의 집에서 살해했을까? 그리고 살해 후에 왜 시신을 숨기려고 애를 쓰지도 않았을까? 그녀가 발견되는 즉시 자신이 노출된다는 사실을 틀림없이 알고 있었을 텐데.

마지막으로, 그가 격노해서 아니면 아마도 순간적인 정신증 발작의 영향을 받아서 살인을 저질렀다면, 어째서 지갑이나 휴대전화를 두고 집을 떠났을까? 한겨울에 돈과 휴대전화 없이 어디에 가는가?

밖이 어두워지기 시작했고 강림절 양초의 노란 불빛이 창에 비쳤다. 고요함이 사무실에 내려앉았다. 간간이 조용한 대화 소리가 들렸다. 산체스의 책상에서는 그녀가 컴퓨터 자판을 치는 소리만 났다.

계속 수사 보고서를 대략적으로 훑었다. 예스페르의 동료와 친구의 증언을 읽었다. 그에게 정신적인 문제가 있다는 암시를 주는 내용은 없었다. 폭력적 행동이 언급되지도 않았다. 이 또한 문제다. 이런 유형의 범죄는 개인사가 평범한 건강한 사람이 저지르는 일이 아니다. 심각한 폭력 범죄는 뭐라고 부르고 싶던 간에 일종의 경력이기도 하다. 대개 잘못된 젊은 세대의 일탈 행동이나 어린 시절의 범죄 또는 동물이나 어린아이 대상의 폭력 등 뭔가 신호가 있다. 거친 섹스를 선호하고 여성 속옷을 좀도둑질하는 예스페르는 충분히 정상적인 범주로 여길 수 있다. 우리는 대부분 더러운 작은 비밀을 가지고 있다. 살인을 하거나 다른 사람의 머리를 잘라내는 사람은 극히 일부다.

그런 행동은 아주 일탈적이어서 완전히 다른 설명 모델이 필요하다.

그리고 중국인이 아닌 칼데론이 있다. 대관절 나는 왜 그를 중국인이라고 했을까? 요즘 흔히 있는, 어리석은 일이다. 내 병이 심각해지면 나는 내 인생에 처음으로 정말 재밌어질지도 모른다. 보호자를 두 배로 웃게 하고 이유식을 먹다가도 목에 걸리는 그런 환자가 될지도.

어쩔 수 없지. 산체스는 칼데론의 수사 보고서를 아주 세세히 검토하고 칼데론 가족과 다시 얘기를 나눠봤지만, 오레와 어떤 연결고리도 찾아내지 못했다.

산체스의 책상 부근에서 일어난 소란에 난 생각에서 빠져나왔다. 만프레드가 팔을 휘두르며 큰 소리로 이야기하고 있었고 몇 초 후 페테르가 그들에게 다가갔다. 만프레드는 코트를 끌어당겨 입고, 산체스도 마찬가지로 코트를 입고 휴대전화를 주머니에 넣은 다음 재빠른 동작으로 책상에 전등을 껐다.

페테르는 몸을 돌려 내게 걸어왔다. 그의 몸에는 어떤 신경성 활력이 있었다. 나는 즉시 뭔가 일이 일어났다는 것을 알았다.

"오레의 집 근처에서 죽은 남자가 발견됐대요. 한네, 당신도 가겠어요?"

우리는 예스페르 오레의 집에서 400미터 정도밖에 떨어지지 않은, 소규모로 나무가 우거진 지역에 있다. 내리던 눈은 거의 그쳤고 경찰차

367

의 불빛이 하얀 풍경을 휩쓸고 있어 황혼의 빛깔이 푸른빛으로 바뀌었다. 나뭇가지들은 내린 눈의 무게로 신음 소리를 내고 있었고 걸을 때마다 발밑에선 뽀드득 소리가 났다. 만프레드는 푸른색과 흰색의 경찰통제선을 위로 들고 밑으로 들어오라고 내게 손짓했다. 산체스와 페테르는 이미 10미터 정도 떨어져 모여 있는 무리 앞에 있었다. 경찰 통제선 밖에서 상황을 궁금해 하는 구경꾼들이 거칠게 서로를 밀었다. 한 명은 따뜻한 장소로 뛰어들었고 다른 사람은 휴대전화로 사진을 찍었다. 제복을 착용한 경관들이 이곳에 볼 것이 없다며 집에 돌아가라고 구경꾼들을 재촉하면서 그들의 접근을 막았다.

큰 나무 아래 경관과 과학 수사관이 모여 있는 곳에 가까이 가자, 눈 밖으로 불쑥 튀어나와 있는 '모래'라고 적힌 친숙한 녹색 상자가 보였다. 겨울에 길에 뿌리는 모래 같은 것을 보관하는 컨테이너다.

"아이들이 그를 발견했답니다." 만프레드가 내 눈을 쳐다보며 말했다.

"왜 언제나 아이들이 시체를 찾아내는 걸까요? 술래잡기를 하다가 시체를 찾았어요. 아이스캔디처럼 꽝꽝 얼어 있었죠."

모래 상자 주위에 모여 있는 무리에게 다가갔다. 친숙해 보이는 얼굴들에 고개를 끄덕이고 안에 숨겨진 것을 보려고 애썼다. 컨테이너 바닥에 있는 한 남자의 윤곽만 겨우 알아볼 수 있었다. 그는 청바지와 가벼운 스웨터를 입은 채 태아의 자세로 누워 있었다. 검게 변한 피와 성에로 덮인 얼굴은 이상하게 익숙해 보였다.

예스페르 오레였다.

엠마
2주 전

임시 공구통을 헤집었다. 망치와 끌을 가져가기로 결정하고 가방에 집어넣었다. 0도에 가까운 기운이라 두꺼운 재킷을 입고 겨울 부츠를 신었다. 그리고 아파트를 떠나 발할라베겐으로 걸어 나가 택시를 찾았다.

모자를 쓰고 장갑까지 꼈는데도 얼어가고 있다. 모피 코트와 다운재킷을 입은 몇몇 사람이 개를 끌고 지나갔다. 돌풍에 그들은 몸을 웅크렸다. 차들이 많이 보이지 않았다. 확실히 택시를 미리 불러놓는 편이 나았겠지만 난 택시 회사의 예약 시스템에 흔적을 남기고 싶지 않았다.

10분 정도 지나서 가까스로 택시를 세웠다. 차의 앞유리가 작은 얼음 결정으로 덮여 있다. 택시 운전사에게 예스페르의 집에서 몇 블록 떨어진 주소를 주었다. 조심하는 편이 낫다. 요리에라는 이름의 운전사는 아주 수다스러웠다. 그의 질문에 간결하게 대답하면서 그가 그 의미를 알아채기를 바랐다. 알아챘는지 잠시 후 조용해졌다. 이후 차 안은 엔진 소리와 라디오에서 나오는 클래식 음악 소리뿐이었다.

그는 어떻게 그럴 수 있었을까? 어떻게 몇 달 동안이나 이중생활을 할 수 있었을까? 아니면 몇 년이었을까? 예스페르는 나와 지내면서 어떻게 동시에 다른 여자와 지낼 수 있었을까? 가능한 한 오랫동안 모든 사람을, 어쩌면 나만인지도 모르겠지만, 사람을 바보로 만들려고 한 것은 그에게는 그저 게임이나 스포츠 같은 것이었을까? 그는 진짜 날 상처주고 내 인생을 망치길 원한 것일까?

아직도 답을 모르지만, 질문은 많다.

그리고 나만 당했는지 누가 알겠는가? 어쩌면 그가 바보로 만든 여자가 더 있을 수 있다. 나는 택시의 차가운 유리창에 볼을 대고 눈을 감았다. 스톡홀름 여기저기에 나처럼 쓸쓸한 아파트에 있을 다른 사람들을 상상해보려고 애썼지만, 전혀 떠오르지 않았다. 상상할 수도 없었고 사실이라고 믿고 싶지도 않았다. 어쨌거나 그는 어떻게 그럴 시간이 있었을까?

택시는 붉은 나무집 앞에서 속도를 줄였다. 요금을 현금으로 지불하고 추위 속으로 나갔다. 요리에가 그 밤 속으로 사라지자 모든 것이 고요하고 조용했다. 멀리서 개가 짖었다.

좁은 길을 따라 걷기 시작했다. 걷기 시작하자마자 물웅덩이에 발을 디뎠다. 얇은 얼음막이 귀에 거슬리는 으드득 소리를 내며 깨졌다. 세기가 바뀔 무렵에 지어진, 양쪽으로 늘어선 저택들의 창에는 불이 들어와 있다. 집마다 고유한 이야기를 지닌 가족들이 있을 것이다. 그 크고 아름다운 집에서 사는 그 사람들은 행복하겠지? 하지만 물론 그건 말도 안 된다. 돈과 힘이 행복을 보증하는 건 아니다. 그렇지 않은가?

예스페르의 집으로 가는 교차로는 너무 작아서 하마터면 놓칠 뻔했다. 아마도 1950년대쯤에 지어진 것 같은 이 부근의 집들은 앞선 집들보다 새 집이었고 약간 작았다. 인도는 나뭇잎 더미로 덮여 있는 데다, 성에가 군데군데 끼어 위험하게 미끄러웠다. 오른쪽의 집들 위에 뜬 보름달은 잘 익은 과일처럼 완벽하게 둥글고 금빛으로 일렁였다.

나는 즉시 그 집을 알아보았다. 한때 차고가 서 있던 땅에서 검게 변한 그루터기가 불쑥 튀어나와 있고 희미하게 나는 나무 탄내가 어떤 일이 있었는지 얘기해주었다. 푸른색과 흰색의 경찰 통제선이 거대한 선물을 둘러싼 리본처럼 타버린 건물을 두르고 있다. 통제선이 바람에 약간 펄럭인다. 가슴속에서 심장이 두근거렸다. 비록 내가 상상했던 방식은 아니었지만 적어도 나는 그의 인생에 어느 정도 영향을 주었고, 그에게 연결되어 있었다.

'당신이 자초한 일이야'라고 생각했다. 이렇게까지 될 필요는 없었다.

현관의 창문에서 불빛이 반짝였다. 불빛이 없었다면 그 집은 나무가 우거진 언덕에 어둡게 놓여 있었을 것이다. 아주 잠깐 망설이다가 대문을 열고 입구를 향해 갔다. 늘어지고 얼어붙은 여름 꽃들이 고개를 숙인 채 좁은 자갈길에 줄지어 서 있고 그 뒤로 널찍한 잔디밭이 있다. 황량한 산비탈에 드문드문 보이는 향나무와 소나무가 눈에 잘 띄었다. 아주 멋진 들판은 아니었다. 원예는 그의 관심사가 아닌 게 분명했다. 하지만 또 한편으로는, 그가 실제로 어떤 것에 관심을 가지고, 그가 정말 누구인지 내가 뭘 알겠는가?

금속으로 된 초인종 버튼에 손가락을 대자 냉기가 몸속으로 흘러들었다. 잠시 아주 중요한 어떤 일이 막 일어나려는 것 같은 기분이 들었다. 마치 이 버튼을 누름으로써 돌이킬 수 없는 결정을 하려고 하는 것처럼 말이다. 나는 말도 안 된다는 듯이 그 생각을 옆으로 밀쳤다. 이 일은 오래전에 시작되었다. 내가 오늘 이곳에 서 있는 것은 예스페르가 내게 그런 짓을 했기 때문이다. 자연스런 결과다.

하지만 어쩌면 이게 그가 정확히 원한 것일까?

이 생각에 신경이 쓰였고 그 필연적인 결론에 따르지 않기 위해 내가 할 수 있는 것을 해야 한다. 대신, 초인종을 눌렀다. 즉시 집 안에서 성이 난 듯 윙윙 소리가 들렸다. 내 심장은 이제 요동치고 배에 경련이 일어났다. 그가 문을 열 경우 무엇을 하게 될지 모르겠다. 우린 결국 대면한다. 말해야 할 것을 전부 기억하는지, 내 자신을 믿을 수 없다. 메모를 써오거나 좀 더 준비를 했어야 했는지도 모른다.

나는 내쉰 숨이 작게 흰 구름으로 변해 바람에 사라지는 모습을 보면서 손가락을 초인종에 놓은 채 현관 계단에 잠시 서 있었지만, 아무 일도 일어나지 않았다. 초인종을 다시 눌렀다. 깊고 흉한 구멍을 뚫으며 윙윙 울리는 초인종이 적막을 깨뜨렸다.

주변을 둘러봤다.

길 건너에 있는 집은 완전히 어두웠다. 그리고 바다 쪽으로 멀리 떨어진 곳에 집이 몇 채 더 있다. 불이 켜진 창문이 몇 있고 연기가 올라오는 굴뚝도 하나 있었지만 그 외에는 만물이 고요했다. 사람이나 차는 보이지 않았다.

몇 분 후에 돌계단을 내려가 하얀 치장벽토 집의 짧은 면을 돌아다녔는데 그곳에 지하실 유리창 두 개가 지면에 가까운 낮은 위치에 있었다. 나는 쭈그리고 앉아서 안을 살짝 들여다봤다. 공간의 끝에 열린 문을 통해 흘러들어오는 희미한 불빛 외에는 전체가 어두웠다.

잠시 후 세탁기의 윤곽이 어둠에서 보였다. 창문들을 살펴보며 건물 주위를 계속 돌았다. 집은 비어 보였다. 집에 경보 장치가 되어 있을 가능성도 생각했다. 하지만 경보기가 울린다면 확실히 들을 수 있지 않을까? 또한 경보 시스템을 경고하는 어떤 표지나 스티커도 보지 못했다.

집의 짧은 면에 있는 지하실 유리창으로 돌아갔을 때 그곳이 완전히 시야에서 가려졌다는 점이 눈에 띄었다. 이쪽 면은 가지가 제멋대로 뻗은 소나무가 있는 작은 언덕 뒤에 있어서 안에서는 이쪽을 보기 힘들었다. 보름달이 나뭇가지 사이에서 빛나며 내가 하려고 하는 일에 딱 적당한 빛을 제공한다. 다시 유리창을 통해 안을 들여다봤다. 세탁기는 유리창 밑의 편리한 위치에 있었다. 그것이 도움이 될 것이다. 조심스럽게 끌과 망치를 가방에서 꺼냈다. 나는 창문을 통해 어떻게 들어갈지 아무런 생각이 없다는 것을 깨달았다. 끌과 망치를 사용해 창문을 비틀어 열어보려고 했다.

통하지 않았다. 나무에 보기 흉한 깊은 상처만 만들었을 뿐이다.

나는 이마에서 땀을 닦아냈다. 그리고 나서 망치를 들어 올려 망설이다 유리 가운데를 마구 두드렸다. 유리 파편이 땅 위에 그리고 지하실 바닥에 나뒹굴었다. 나는 계속해서 망치를 치켜들었다. 유리창 틀에서 마지막 단 하나의 유리 조각까지 연거푸 쳤다. 그 후 기진맥진해서 엉덩이를 땅에 대고 털썩 주저앉았다. 다가오는 발걸음이나 화난 목소리가 들리는지 숨을 죽였다.

아무 일도 일어나지 않았다.

전과 똑같이 고요하고 조용했다. 마치 하늘이 천 개의 작은 조각으로 부서져서 내 발치에 내려앉은 것처럼 보름달이 땅에 흩어진 유리 파편 위에 비쳤다.

나는 창문 옆에 앉아서 어두운 방 안을 자세히 들여다봤다. 발을 디딘 채 세탁기로 뛰어내리기만 하면 된다. 잠시 망설이다가 끌과 망치를 다시 가방에 넣고 가방을 지하실로 던졌다. 바닥에 쿵 하는 둔탁한 소리를 내며 가방이 착륙했다. 그리고 나서 나는 안쪽으로 기어가 창턱에 앉아서 창틀에 몸을 버티며 아래로 뛰어내렸다.

예상했던 것보다 훨씬 손쉬웠다. 예스페르의 지하실에 서서 이곳에 좀 더 일찍 오지 않았던 것을 후회했다. 희미하게 세제와 흰곰팡이 냄새가 났다. 세탁기 옆에 건조기가 놓여 있고 구석에 빨지 않은 세탁물 더미가 있다.

특별히 화려하지는 않다.

문을 열 때 손의 상처에서 피가 나는 것을 보았다. 창문을 통과해 안으로 들어올 때 알아차리지 못하는 사이에 베인 게 틀림없다. 피는 방울방울 떨어지지 않고 흘렀다. 엄지와 검지 사이에 깊은 상처가 났다.

세탁기 옆 수납장에 가서 문을 열었다. 그 안에 바구니가 있었다. 바구니에는 속옷이 가득 차 있다. 나는 작고 흰 속옷 하나를 선택했다. 그것으로 상처 난 손을 감싼 후에야 그것이 무엇인지 알 수 있었다. 여자 팬티였다. 난 몸서리쳤지만 해야만 한다고 결정했다. 나는 집 안으로 향했다.

좀 놀랐다. 집 안 상태는 약간 나빠 보였다. 흰 벽은 변색되었고 단단한 나무 바닥에는 긁힌 자국이 있다. 바닥 여기저기에 조각들이 빠져 있었다. 하지만 가구는 전형적인 예스페르의 스타일로 수수한 덴마크 디자인이었다. 인테리어 디자인 잡지에서 볼 법한 램프도 있었는데 빛나는 크롬과 광택제를 칠한 표면이 달빛을 반사했다. 동물과 벌거벗은 여자의 큰 흑백 사진이 벽에 걸려 불이 켜져 있다. 심장이 칼에 찔린 듯했다. 우리 집이었어야 했다.

나는 갑자기 이 집에 기어들어온 이후 내 목 어딘가에 박혀 있던 눈물에 제압당했다. 까만 가죽 소파에 주저앉아 있는데 저절로 눈물이 흘러내렸다. 부드러운 달빛이 바닥으로 쏟아졌다. 퀴퀴한 담배 연기가 배어 있는 축축한 냄새가 공중에 맴돌았다. 결국 이곳에 온 게 그렇게 좋은 생각이 아닐지도 모른다. 모든 것이 그의 집에서 아주 훨씬 더 확연하게 느껴졌다. 그의 배신이 훨씬 크게 다가왔고 이해할 수 없다고 느껴졌다.

방을 둘러봤다. 사진 하나가 선반에 놓여 있다. 예스페르와 한 무리의 여자들이 해변에서 찍은 사진이었다. 여자들은 모두 비키니를 입고 있는데, 날씬하고 아름다우며 작고 맵시 있는 가슴을 갖고 있다. 내 젖통과는 완전히 달랐다. 갈색 머리의 여자가 예스페르에 가장 가까이에서 있다. 너무 가깝게. 아주 가까워서 친구 이상이라는 사실을 알았다.

외면했지만 배에 다시 경련이 일어났다.

그 갈색 머리의 여자, 그녀는 그가 자신을 속이고 있다는 사실을 알고 있을까? 그녀 역시 자신이 유일한 사람이라고 생각하도록 현혹당했을까? 어쩌면 그녀에게 말해주어야 할까? 그때 그녀는 날 알지도 모른다는 생각이 떠올랐다. 예스페르는 갈색 머리의 여자를 위해 나를 떠났고, 어쩌면 우리 모두를 속이지는 않았을지도 모른다. 어쩌면 그녀는 예스페르와 만났을 때 자신이 무엇을 하고 있는지 정확하게 알았을지도 모른다. 심지어 그녀가 고의적으로 날 교묘히 몰아냈는지도 모른다.

다른 여자.

너무나 빠른 이별과 그 과정에서 전혀 설명이 없었던 이유를 설명할 수도 있다. 갑자기 그렇게 될 수밖에 없었다는 것을 깨달았다. 아름다운 갈색 머리의 여자가 예스페르를 빼앗아간 게 틀림없다. 그녀가 그 사실을 알았든 몰랐든 그녀야말로 내가 그를 잃게 된 이유다. 나는 그녀에게 갑작스러운 분노를 느꼈다. 선반에 놓인 사진을 쓰러뜨리자 사진은 바닥으로 떨어졌다. 유리 깨지는 소리가 방에 메아리쳤다. 나는 뒤돌아보지 않고 그 자리를 떠났다.

부엌에 있는 것들은 모두 새것이고 광이 났다. 광택제를 바른 검정 수납장은 손잡이가 없어서 문을 가볍게 눌러야 열린다는 사실을 알아내기까지 시간이 좀 걸렸다. 그릇들 역시 검정색이었고 접시와 오목한 그릇 사이에 가느다란 와인 잔이 있다. 작고 흰 코끼리가 그려진 까만 쟁반 두 개가 샤워 호스를 닮은 크롬 수도꼭지 뒤쪽에 세워져 있다.

손으로 스테인리스스틸 조리대 위를 쓸었다. 부스러기 하나 없고 먼지 한 점 없다. 그저 차갑고 편안함이 결여된 깨끗한 금속판이다. 이 부엌이 드라마에 나오는 부검실과 구별되는 유일한 점은 까만 식탁과 그 위 벽에 걸려 있는 그림이다. 확신은 없지만 눈사람을 그린 것 같았다. 아주 잘 그린 그림은 아니다. 부모여야만 그런 그림을 사랑할 수 있다. 눈사람 위에 '예스페르를 위해'가 제멋대로 푸른색으로 휘갈겨져 있다.

당연하다. 이렇게 된 것이다. 그 여자에게는 아이가 있지만 예스페르가 아빠는 아닌 것이다. 그들은 예스페르와 내가 만나고 있을 때 만났음에 틀림없다. 그는 그녀에게 가기 위해 날 떠났다.

그들에게 가기 위해.

냉장고는 광이 나는 수납장 문 중 하나 뒤에 숨겨져 있다. 냉장고에 무엇이 들어 있는지 살펴보았다. 우유, 주스, 버터, 달걀, 코르크 마개를 닫아놓은 화이트 와인 반 병. 특별히 흥미로운 것은 없었다. 맨 밑 선반에 남은 음식을 보관한 플라스틱 용기가 있다. 살짝 뚜껑을 열었더니 구석에 케첩이 말라붙은 미트볼과 마카로니가 있었다.

플라스틱 용기를 식탁에 놓고 다시 냉장고로 가서 와인 병을 꺼냈다. 그것을 마카로니 옆에 내려놓고 잠시 생각에 잠겼다. 나비매듭으로 묶어놓은 늘어진 아이비 옆 창문에 아이팟이 꽂힌 작은 오디오가 있었다. 나는 전원을 켜고 실행 목록을 검색해 무작위로 노래 한 곡을 선택하고 플레이를 누른 다음 식탁에 앉았다.

내가 차가운 미트볼을 먹고 예스페르의 샤도네이를 마시는 동안 프랭크 시나트라가 날 위해 크리스마스 캐럴을 불렀다. 그가 〈행복한 시즌〉을 노래할 때 내 안에서 격렬한 분노가 다시 살아나는 것을 느꼈다. 윤이 나고 번창한 그의 삶이 작은 내 아파트에서의 은둔자 같은 내 존재와 얼마나 다른지, 전에는 이렇게 확실히 느껴본 적이 없다. 이건 공정하지 못하다. 누군가 그에게 그것을 이해시켜줘야 한다. 그 누군가가 바로 나다.

그의 침대는 넓고 푹신했고 럭셔리하게 느껴졌다. 침대에 누워보니 길게 누워도, 옆으로 누워도 충분할 정도로 넓었다. 침대 시트에서는 희미하게 비누 아니면 향수 냄새가 났다. 침대 옆 협탁에 미스터리 책 몇 권과 경제 저널 두 권이 놓여 있다. 나는 부드럽게 침대 옆 서랍을 뽑아 내 안을 살펴봤다. 휴대전화 충전기와 립밤, 그리고 윤활유가 있었다.

다시 한 번 내 안에서 뭔가 뒤틀리는 것을 느꼈다. 배가 수축했고, 익숙한 덩어리가 목구멍에 자리를 잡았다. 나는 내가 찾아가고 있는 진실에 너무 가까이 갔다. 이제 호기심에 대한 대가를 치러야 했다. 알고 있다는 사실은 전에 상상만 할 때보다 훨씬 고통스러웠다. 물론 예스페르가 어디에 있고 그가 왜 내게 연락하지 않는 건지 알고 싶었다. 하지만 그와 다른 여자의 사진을 보고 싶은 건 아니었다. 그들의 시트 냄새를 맡고 그들의 더러운 세탁물을 뒤지고 싶지는 않았다.

눈꺼풀 뒤에서 눈을 누른 눈물이 흘러내렸다. 나는 얼굴을 거위 털 베개에 묻고 흐느꼈다. 내가 아주 오랫동안 견뎌왔던 절망을 터트리면서.

깨어났더니 밖에 빛이 있었다. 처음엔 어디에 있는 건지 몰라 멍하다가 손을 봤다. 상처를 싸매고 있는 흰 팬티가 피로 완전히 물들어서 말라 있다.

앉아서 부드럽게 임시 붕대를 풀었다. 적어도 더 이상 피가 흐르지는 않았다. 막연하게 혐오감과 내가 잃은 아이가 생각나 슬픔을 느끼며 침대 헤드 뒤에 피가 묻은 팬티를 밀어넣었다.

일어서자 몸이 얼마나 뻐근한지 느껴졌다. 창가로 걸어가는데 내 몸이 더 이상 내게 복종하고 싶어 하지 않는 것 같았다. 시간이 얼마나 됐는지, 또는 얼마나 오랫동안 잤는지 전혀 알 수 없었지만, 밖에는 태양이 떠올랐고 세상은 하얗게 빛나고 있다. 눈이 보이는 모든 것을 얇게 덮고 있다. 멀리서 차 한 대가 다가오고 있었다.

몇 초 동안 그곳에 서 있은 후에야 무슨 일이 벌어지려 하는지 이해했다. 이제 한 블록도 떨어지 않은 검은색 SUV는 예스페르의 차였다. 나는 공포에 빠져서 방 주위를 둘러보며 가방과 코트를 황급히 집어 들고 계단을 달려 내려가 지하실로 돌아갔다. 내게 시간이 얼마나 있는지 알 수 없다. 1분? 30초? 뒤를 돌아보지 않고 가방을 창밖으로 던지고 기어올라가 밖으로 나갔다. 내 상상이었을지도 모르지만 내가 일어선 그 순간 문이 쾅 닫히는 소리를 들었던 것 같다.

나는 몸을 돌려 소나무와 집들 사이로 뛰어 바다가 향한 쪽으로 달려갔다. 1분 후에 예스페르의 집을 환히 볼 수 있는 작은 언덕 위의 오두막을 보았다. 지저분한 창문을 통해 안을 들여다봤다. 정원용 가구가 층층이 쌓여 있고 고장 난 바비큐가 구석에 있다. 바닥 가운데 오래된 소파가 외롭게 있다. 나는 몸을 돌려 오두막이 딸린 집을 찾았다. 버려진 집처럼 보였다. 바닥 아래쪽에 있는 창문들은 판자가 대어져 있고, 홈통의 윤곽처럼 보이는 물체가 집의 측면에서 웃자란 풀 위에 내린 눈

밑에 가려져 있었다.

버려진 집을 떠나면서 막 중요한 발견을 했다는 것을 깨달았다.

청구서가 늘어났다. 불과 며칠 사이에 거의 두 배 정도로 높아진 청구서 더미를 바라보며 부엌 식탁에 앉아 있다. 무엇을 해야 될지 모르겠다. 팔 수 있는 보석이나 귀중품이 남아 있지 않다. 어떤 이유에선지 내 침대 위에 늘 걸려 있던 값나가는 그림조차 사라졌다. 나는 파스텔 색조로 축구공 주위로 모여든 축구 선수들이 그려진 아이 같은 그림을 떠올린다. 그림을 물려받았을 때 들은 말이 맞는다면, 그 그림은 적어도 30만 크로나의 가치가 있었다. 하지만 예스페르가 가져가버렸기 때문에 이제 중요하지 않다. 나는 예스페르의 집에 있는 동안 파삭파삭한 그리운 옛 맛을 먹고 울다가 그의 침대에서 자버리는 대신에 그림을 찾아 집을 뒤졌어야 한다는 생각이 들었다.

창문 밖에는 눈이 내리고 있다. 곧 크리스마스가 될 것이다. 엄마 없이 맞이하는 첫 번째 크리스마스다. 아직 어떻게 축하를 해야 할지 아무런 생각이 없다. 크리스마스는 내게 그다지 중요하지 않다. 전통적인 축하에 더하여 고작 테이크아웃 피자와 영화 작품을 빌리는 정도라면 전혀 중요할 게 없다. 어쩌면 훨씬 잘된 일일지도 모르겠다. 크리스마스에는 약간이긴 해도 감지할 수 있는 불안감을 유발하는 뭔가가 있기 때문이다. 아이였을 때도 그런 느낌이 있었는데 그때의 불안감은 다른 종류였다. 엄마와 아빠가 슬퍼하지 못하게 하는 내 재능을 인식하는 방법과, 가장 중요한 것은 부모님이 취해서 시끄러워지고 변덕스러워졌을 때 모습을 감추는 방법에 대한 걱정들이었다.

손으로 청구서들의 무게를 가늠하면서 잠시 생각에 잠겼다가 다시 빵 보관 용기에 넣었다. 뚜껑은 흐느낌처럼 들리는 끼익 소리를 내며 닫혔다.

욕실로 가서 빗을 집어 들고 긴 머리를 빗었다. 거울에서 날 응시하고 있는 이 여자가 누군지 모르겠다. 거울 속 여자는 나보다 나이 들어 보였다. 억울해 하고 약하며 여성스럽고 굴종적인 모습. 구조되고 보호되어야 하는 시대극의 여인 같았다. 화가 났다. 내가 절대 원하지 않았던 것이 바로 약함이기 때문이다. 눈을 감고 그 화재 후에 느꼈던 지배욕과 힘의 느낌을 떠올렸고 힘, 초점, 대담함을 되찾아야 한다는 사실을 깨달았다. 난 내면이 그리고 어쩌면 외면도 달라져야 한다.

거울 밑에 오래되고 뒤틀린 손톱 가위가 있다. 이 가위는 손톱을 자르지 못하고 구부리기만 할 정도로 아주 무디지만 난 가위를 집어 들고 머리를 단단히 움켜잡고 내 맘대로 톱질하듯 자르기 시작했다. 머리카락이 창밖의 눈처럼 바닥에 떨어졌다. 나는 날 잠그던 자물쇠를 차례차례 까뭉겠다. 머리카락이 천천히 바닥을 덮고 거울 속 여자는 내 눈앞에서 변신했다.

처음엔 그 모습이 마음에 들지 않았다. 급사 소년의 커트로 시작해서 나중에는 나이 든 여자 사서처럼 보이게 했다. 더 짧게 자르기로 결정했다. 조심스럽게 작은 가위를 가지고 다시 머리 주위에서 내 맘대로 작업했다. 엄지와 검지가 타는 듯했다. 하지만 결국 만족스런 결과를 얻었다.

마침내 난 다른 사람이 되었다.

페테르

　어둠이 빠르게 스톡홀름에 내려앉았다. 유르스홀름 교외 지역에서 쿵스홀멘에 있는 경찰서로 운전하며 가는 동안 교통 상황은 더 안 좋아졌다. 녹색 모래 상자에서 얼어붙은 예스페르 오레의 시체를 생각하고 있다. 성에로 덮인 피 묻은 얼굴. 그리고 내가 죽음에 부딪힐 때마다 항상 나타나는 안니카 누나의 이미지가 눈앞에 보였다. 아주 오래전 그해 여름에 바위에서 햇볕을 쬐던 안니카 누나. 막 곡선을 띠기 시작했던 마른 몸, 마른 헤더 위로 맴도는 담배 연기 냄새, 그리고 내 발바닥의 얇은 피부를 뚫는 날카로운 바늘의 느낌.

　어머니에게 누나가 절벽에서 몰래 담배를 피웠다고 말하지 않았다면 어떤 일이 있었을까? 오늘 살아 있을까?

　어머니가 그 일은 누구도 탓할 수 없는 사고였다고 거듭해서 말한 걸 보면 내가 누나의 죽음에 죄책감을 느끼고 있다고 의심한 것 같다. 그 말을 거의 만트라(짧은 음절로 이루어진, 사물과 자연의 근본적인 진동으로 되어 있다는 소리나 주문—옮긴이)처럼 되풀이했다. 하지만 안니카 누나가 자신의 자유 의지로 죽음을 향해 헤엄쳤다고 인정하기에는 너무 고통스러웠기 때문일지도 모른다.

안니카 누나는 내게 인생이 영원하지 않다는 사실을 가르쳐준 첫 번째 사람이었다. 그리고 다른 사람들의 죽음이 이어졌다. 7B반에 붉은 머리의 남학생 페테르는 모페드를 몰고 나무에 부딪혀 4주 동안 뇌사 상태에 빠졌다. 그 애의 아버지는 인공호흡기를 떼고 이후 가방을 챙겨 태국으로 떠나 다시는 돌아오지 않았다. 함께 경찰학교에 다녔던 마리에는 스물다섯 살에 암에 걸렸다. 그녀는 심지어 호스피스 병동에 누워 있을 때에도 모든 사람에게 곧 돌아오겠다고 약속했다.

그다음은 물론 어머니.

어머니가 돌아가신 후에 나는 숫자 세기를 멈췄다. 내 주위에 있는 사람들이 다 죽는 것 같았다. 끔찍한 기분이었다. 다음은 내 차례라는 기분이 들었다. 그리고 살인 사건을 수사하고 테이크아웃 피자를 먹으며 텔레비전이나 따분한 인터넷 포르노를 보면서 시간을 보내는 모든 일들이 실제로 의미가 없는 것처럼 느껴졌다. 하여간 아무도 날 그리워하지 않을 것이기 때문에 차라리 웨스트 브리지에서 뛰어내리는 편이 낫다. 수면의 잔물결이 멈추자마자 난 잊힐 것이다.

그것은 사실이다. 지구상에 날 믿는 사람은 아무도 없고, 정말 날 필요로 하는 사람도 없다. 내 동료도 그렇고, 야네트도 그렇고, 알빈도 그렇다.

정말 그렇게까지는.

그렇지만. 우리는 자신을 죽이거나 맥주를 마실 수 있다. 그리고 그 선택이 다리 또는 술집 사이에서 선택하는 것일 때 난 항상 술집을 선택했다.

산체스가 증거가 붙어 있는 보드 앞에 서서 머리를 포니테일로 묶고 나서 입을 열었다.

"3시가 막 지났을 때 아멜리에 획베리라는 사람에게 전화를 받았습니다. 유르스홀름의 스트란드베겐에 사는 열 살짜리 아이 알렉산데르 획베리의 엄마입니다. 알렉산데르는 친구 폰투스 예르로프와 함께 모래 상자에서 오레의 시신을 발견했습니다. 아이들은 오후 내내 놀았고 알렉산데르가 막 그 상자에 숨으려고 했을 때 오레를 발견했다고 합니다. 모래 상자는 오레의 집에서 서쪽으로 360미터 정도 떨어져 있고 나무가 우거진 지역에 있습니다. 오레의 집에서 그곳까지 걸어가는 데 7분 정도 걸리죠."

산체스는 보드에 핀으로 고정된 지도를 가리켰다.

"거기서 얼마나 누워 있던 거지?" 만프레드가 물었다.

"부검의는 아직 말할 수 없다고 해요. 먼저 부검을 해야 되는데, 시신이 녹아야 할 수 있답니다. 적어도 하루는 걸릴 거라고 하네요."

"부검의가 말할 수 있는 건?" 내가 물었다.

"머리와 이마에 상처가 있어요. 구타를 당했거나 어떤 다른 유형의 외상으로 고통받았습니다. 그리고 아마도 얼어 죽은 것 같아요."

나는 한네를 쳐다봤다. 강림절 양초가 있는 작은 창 옆에 앉아 있는 그녀는 이상할 정도로 차분했고 고요했다. 한네가 전혀 아파 보이지 않는다는 생각을 하며 암으로 피폐해지고 쇠약해졌던 어머니의 몸을 떠올렸다.

"좋아. 오레는 엠마 보만을 살해했어." 만프레드가 말하며 조끼가 배를 위태롭게 조이도록 거대한 몸을 쭉 폈다. "그렇다면 대관절 어떻게 그는 모래 상자에서 죽게 된 거지?"

방은 잠시 침묵에 빠졌다.

"숨어 있었을까요?" 산체스가 의견을 제시했다. "부상을 입고 범죄 현장에서 달아나던 중이었고 혼란스러웠던 거죠. 어쩌면 누군가와 마주쳐서 모래 상자에 숨었을 수도 있고요. 그 후에……."

그녀는 침묵에 빠졌다. 환기구에서 시스템이 윙윙거리는 소리만 들렸다. 8시였고 동료 대부분은 이미 집에 돌아갔다. 가장 먼 쪽에 형사 한 사람만 자신의 컴퓨터 앞에 앉아 있었는데, 뭔가에 몰두한 것 같았다. 쿵스홀멘의 불빛들이 까만 겨울 하늘에서 반짝 빛났다.

"오레가 엠마 보만을 죽였다. 그게 우리 이론이지." 만프레드가 계속 말했다. "그는 그녀의 머리를 절단했어. 성냥을 받침대로 써서 눈을 뜨게 하고 지갑과 전화, 코트 없이 달아났지. 심지어 냄새를 맡을 여자 팬티를 가져가지도 않았어. 그러고는 모래 상자로 기어들어가서 죽었어. 기쁘게 사건 순서를 말끔히 정리했군. 누가 검사에게 전화하겠어?"

산체스가 크게 한숨을 쉬었다.

"선배는 항상 그렇게…… 지독하게 비판적이어야 하나요. 그게 사건이 진행된 과정은 아닐 거예요. 전 단지 증거에 들어맞는 설명을 찾으려고 하는 거예요……."

"문제는 우리에게 어떤 증거도 없다는 거지. 우리는 심지어 오레의 집에서 발견된 여자의 신원조차 몰라. 대체 정말 무슨 일이 있었다고 어떻게 말할 수 있을까? 자네, 대답할 수 있겠나?"

산체스는 팔짱을 끼고 입술을 꼭 다물었다. 천장을 올려다봤다. 눈을 깜박인다. 한동안 그녀는 울음을 터뜨릴 것만 같았다. 우리 모두가 얼마나 압력을 받고 있는지 안다. 그녀가 안되었다는 생각이 들었다. 그녀는 최선을 다하고 있다. 그녀는 언제나 최선을 다하고, 그것이 그녀다. 개는 개가 아닌 다른 것이 될 수 없다. 그리고 산체스는 오직 산체스일 수밖에 없다. 언젠가는 그녀도 명석한 형사가 될 것이고 아마도 그것이 만프레드를 자극하는지도 모른다.

"그거 알아요? 난 선배에게 이런 취급을 받을 이유가 없어요. 지금 솔나의 법의학 부서에 가서 법치학자를 만나러 갈 거예요. 필요한 거 있으면 전화하세요."

그녀는 몸을 돌려 홀 아래로 사라졌다. 그녀의 날카로운 구두 소리가 점차 사라졌다.

"그럴 필요 있었어요?" 그렇게 물으며 만프레드의 눈을 쳐다봤다.

"세상에, 린드그렌. 나한테 그 이론을 인정한다고 말하지 말라고."

"산체스는 최선을 다하고 있어요."

만프레드는 천천히 고개를 저었다.

"미안하네만, 그걸로 충분하지 않아."

그는 일어서서 의자 뒤에 걸린 코트에 손을 뻗으며 얘기했다.

"난 집에 가서 몇 시간 동안 아프사네와 교대해야겠네. 무슨 일 생기면 전화해. 전화가 없으면 두세 시간 후에 돌아오겠네."

그는 날 한네와 남겨두고 느릿느릿 움직이며 떠났다. 그녀의 회색 눈이 무겁게 내게 머물러 있다.

"뭐라고 했어요?" 내가 물었다.

"아무것도요. 그저 궁금한 것뿐이에요……. 당신들은 항상 이렇게…… 서로에게 아주 엄격한가요?"

난 어깨를 으쓱했다.

"이건 개인 발달의 한 과정이 아니에요."

나는 그녀의 얇은 얼굴에서 희미한 미소를 얼핏 봤다.

그 방은 잠시 침묵에 빠졌다. 등불이 깜박이고 한네는 밖의 차가운 불빛을 간직하려고 애쓰는 것처럼 눈을 감았다. 갑자기 그녀의 얼굴은 더 나이 들어 보였다. 세월을 극복하면서 아름다움은 전혀 줄지 않고 그저 나이만 들고 더 피곤해 보였다.

"어때요?" 내가 물었다.

그녀는 눈을 뜨고 킥킥대기 시작했다. 장난스럽게 소리 내어 웃는 모습이나 눈을 굴리는 모습 속에 있는 뭔가가 다시 그녀를 십 대와 닮아 보이게 했다.

"당신 재밌어요. 난 괜찮아요."

"난 당신이 말했던…… 것을 생각하고 있었어요." 내가 재빨리 말했다.

"걱정 말아요. 난 이 수사에서 살아남을 거예요."

마침내 그녀가 내게 얼마나 중요한지 알게 되었다는 듯이 더 이상 내 자신을 통제할 수 없었다. 그녀는 내가 진심으로 원했던 첫 번째이자 유일한 사람이고, 그 점이 그녀를 다른 무엇보다 중요하게 만들었다. 전에는 깨닫지 못했을 뿐이다. 아마도 그녀가 자신이 아프다고 말했기 때문에 난 이제 우리가 함께할 시간이 무한하지 않다는 사실을 깨달았다. 함께할 시간은 며칠에서 몇 주로 구성되는, 얼마간의 짧은 순간들로 줄어들었고, 훨씬 더 일찍 끝날 수 있다.

"사랑해요, 한네." 내가 말했다. 그리고 그 말을 한 순간, 나는 아마도 내 인생에 처음으로 진심을 말했다는 사실을 깨달았다.

한네의 눈이 반짝거렸다.

"오 페테르. 당신은 몰라요. 우린 10년 동안 만난 적도 없어요."

"아뇨. 난 알아요. 그리고 그때도 난 당신을 사랑했어요. 너무 어리석어서 그것을 이해하지 못했을 뿐이에요."

눈물 방울이 볼을 타고 흘렀지만 그녀는 개의치 않았다.

"그건 더 이상 중요하지 않아요." 그녀가 속삭이며 무릎 위에 조용히 놓인 자신의 손을 내려다봤다.

"난 아프고, 그래서 우린 함께할 수 없어요."

"당신이 아파도 상관없어요. 내가 당신을 돌볼 수 있어요. 당신을 돌봐주고 싶다고요."

그녀가 내 눈을 쳐다봤다.

"내 말을 믿어요. 당신은 할 수 없어요."

방의 다른 쪽에 있던 형사가 내던 달가닥 소리가 더 이상 들리지 않았다. 그가 일어서서 가죽 재킷을 당겨 입고 책상의 등불을 끄고 그 방을 떠났다.

"아뇨, 난 할 수 있어요."

한네는 한숨을 쉬고 머리 위의 등을 응시했다. 밝은 불빛에 그녀의 눈 밑 얇은 피부가 푸르스름한 무지갯빛을 보였다. 물고기의 배처럼.

"제길, 페테르. 당신은 고집 센 아이 같아요. 난…… 기억을 잃어가고 있어요. 곧 내 이름도 잊어버릴 수 있어요. 당신은 내 보호자가 될 수 없어요. 확실히 이해할 수 있겠죠?"

"기억을 잃어가고 있다고요? 어떻게? 알츠하이머 같은 건가요?"

한네는 머리를 손에 묻었다.

"가야겠어요." 그녀가 날 쳐다보지 않은 채 일어섰다.

"기다려요! 같이 갈까요?"

그녀가 몸을 돌렸다. 손을 허리에 짚고 천천히 고개를 저었다.

"아뇨. 포기해요! 소용 없을 거라고 난 분명히 얘기했어요."

그녀가 화가 난 건지, 그저 내가 너무 집요한 건지 알 수 없었다.

그녀는 증거가 붙어 있는 보드 앞에서 멈춰 서 있다.

엠마 보만의 사진을 한참 들여다보다가 마침내 몸을 돌려 작별 인사를 건넸다.

밖의 어둠은 훨씬 더 검고 짙어 보였다. 창가에 서서 한네를 찾았지만 보이는 건 사람이 없는 거리에 다가오는 제설기뿐이었다.

기억을 잃어가고 있다는 그녀의 말이 사실인지 궁금했다. 하지만 그녀가 왜 그런 거짓말을 하겠는가?

갑자기 내 안에 슬픔이 가득 찼다. 잠자리에서의 그녀의 날씬한 몸과 새벽빛에 은은히 빛나는 어깨의 주근깨를 생각했다. 우리가 사랑을 나눌 때 그녀가 얼마나 탐욕스러웠는지, 그리고 사랑을 나눈 후 좁은 침대에 함께 나란히 누워 이야기할 때 얼마나 거침없이 크게 웃었는지를 떠올렸다. 그녀가 가볍게 코 고는 소리가 아직도 들린다. 그 소리는 잔잔한 바다에 정박한 삐걱거리는 보트를 떠올렸다.

안전한 소리.

하지만 무엇보다도 그녀와 함께 있을 때 내가 어떻게 느끼는지를 생각한다. 얼마나 믿을 수 없을 만큼 활짝 마음을 열고, 연약해지고 가벼워지는가.

깃털처럼.

다시 그렇게 될 수 없다고 누가 말하는가? 일어날 수 없다고 누가 결정하는가?

어머니는 팬 아래에 서서 담배를 피우면서 인생은 상실이라고 말했다. 우리 모두 태어날 때 가지고 있던 천진난만함을 잃고, 사랑하는 사람을 잃고, 건강과 육체적인 능력을 잃고, 그리고 궁극적으로, 물론, 우리 자신의 삶을 잃는다.

늘 그렇듯이 어머니가 옳았다.

만프레드가 9시경 전화를 걸어왔다. 흥분한 그의 목소리에는 내가 잘 아는 목적의식 같은 것이 있었다.

"사무실에 있나?" 그가 물었다.

"네, 왜요? 곧 나갈 건데요."

"베리달이 안엘리카 벤네르린드의 친구와 얘기를 했다네."

나는 엠마 보만의 사진 옆에 걸려 있는 안엘리카 벤네르린드의 사진이 붙어 있는 증거 보드를 훑어봤다.

"그런데요?"

"그녀가 뭐라고 했는지 짐작도 못할 걸세. 지금 경찰과 함께 경찰서로 가는 중이야. 20분 후면 그녀와 이야기를 나눌 수 있을 거야."

안니에 베르트란드는 키가 작고 금발에 마치 체육관에서 바로 온 것처럼 운동복을 입고 있다. 우리는 1층에 곰팡이와 세척제 같은 냄새가 나는 작은 취조실에서 그녀를 만났다. 만프레드는 세븐일레븐에서 커피와 번을 가져왔지만, 그녀는 빵을 먹지 않는다고 설명하며 정중하게 거절했다. 요즘은 글루텐이나 설탕, 우유를 피하는 것이 엄청나게 유행인 것 같다. 산체스 역시 페이스트리를 힐끗 보기만 해도 배가 바로 풍선처럼 부풀어 오른다고 주장하며 사양했다.

"와주셔서 고맙습니다." 만프레드가 얘기했다. "보통은 이 시점에서 사람들에게 와달라고 요청하지 않습니다만, 예스페르 오레의 집에서 벌어진 살인 사건 수사가 중요한 단계에 있고 시간을 낭비하고 싶지 않아서요. 안엘리카 벤네르린드와는 어떻게 아시는지 말씀해주시겠습니까?"

"고등학교 때부터 친구였어요. 그 당시에 우린 꽤 어울렸죠. 하지만 요즘은 한 달에 한 번 정도 만나곤 해요. 그녀는 여전히 브롬마에서 살고 있고 올스텐에 있는 유치원에서 일하고 있어요. 전 시내에서 살고 있죠. 그녀에겐 빌마가 있어서, 시간이 많이……."

그녀의 목소리가 사라졌다.

"빌마는 그녀의 딸인가요?" 만프레드가 물었다.

"네. 빌마는 제가 본 애 중에서 제일 귀여운 아이랍니다. 정말 열정적이죠. 겨우 다섯 살이에요."

"안옐리카는 빌마의 아버지와 같이 살지 않습니까?"

"네. 그는 미국인이에요. 뉴욕에서 살죠. 빌마는 사람들이 실수라고 말할 만한 아이였어요. 안옐리카는 휴가지에서 크리스를 만났고 그 둘은 절대로 정말 진지한 관계를 원한 건 아니었어요. 하지만 그녀는 임신했을 때 빌마를 낳기로 결정했죠. 아이를 좋아하니까요."

만프레드가 공책에 뭔가를 적었다.

"안옐리카 벤네르린드의 새 남자 친구에 대해 말씀해주시겠습니까?"

안니에 베르트란드는 고개를 끄덕이고 커피를 한 모금 마셨다.

"네, 그건 물론 일급비밀이었어요. 제가 유일하게 비밀을 알고 있는 사람일지도 몰라요. 그녀는 예스페르 오레와 데이트했어요. 제 생각엔 꽤 진지했던 것 같아요. 그는 심지어 빌마도 만났죠. 하지만 그들은 예스페르를 집요하게 추적하는 언론을 고려해서 남의 눈에 띄지 않기를 원했어요. 전 안옐리카가 부모님에게 말하지 않았다고 생각해요. 아시겠지만 언론에서는 그가 엄청난 바람둥이라고 하잖아요. 아마도 항상 타블로이드지에서 그의 기사를 읽는 안옐리카는 그다지 즐겁지 않았을 거예요. 하지만 전 그들이 실제로 상당히 행복했다고 생각해요. 어쨌든 그녀는 그렇게 말했어요. 제게 진지한 관계이고 예스페르가 자기 인생에서 처음으로 사랑에 빠졌다고 자신에게 얘기했다고 했어요. 그는 그녀와 살면서 함께 인생을 만들기를 원했어요. 다시 시작하는 거죠. 그는 심지어 사직할 생각도 했어요. 아주 큰 압력과 정밀한 조사를 받으며 사는 것에 넌더리가 났죠. 그들은 이번 주에 멀리 떠날 예정이었어요. 어딘가에 오두막을 빌린 것 같은데 어디인지는 이야기하지 않았어요. 그들은 아마도 모든 것에서 멀어지기를 원했던 것 같아요. 홀로 남겨지기를요."

만프레드가 조용히 내 눈을 쳐다보고 공책을 작게 탁 소리를 내며 닫았다.

엠마
8일 전

　나는 머리를 쓸어 올리고 눈물을 흘렸다. 머리를 잘라서가 아니라 마침내 항상 마음속 깊이 일어나리라고 알았던 변신을 마쳤기 때문이다. 그것은 운명처럼, 우울하기도 하고 동시에 참으로 아름답게 느껴지기도 했다. 그리고 결국 나비로 변했던 유리병에 넣어 갖고 다녔던 애벌레를 떠올렸다.

　아빠한테 애벌레는 어째서 애벌레로 계속 있을 수 없는지 물어봤다. 아빠는 그것은 선택이 아니라고 말했다. 변하거나 죽거나, 그것이 자연이 돌아가는 방식이다. 그리고 여기에 변화되고 다른 모습의 내가 있다. 더 이상 엠마가 아니라 다른 누군가로, 더 강해지고 희생자가 되기를 거부하는 누군가. 자신의 삶에 힘을 가지고 있고 자신을 배신한 이에게 복수할 누군가.

　나는 잘린 머리카락을 쓰레기통에 버리고, 청구서를 전부 집어 싱크대에 넣었다. 그리고 맨 밑 서랍에서 성냥을 찾았다. 잠시 주저하다가 청구서를 불태웠다. 불은 빠르게 견인력을 얻고 불꽃은 잠시 걱정스러울 정도로 높게 타올랐다가 점차 사라졌고 내 빚은 완전히 타버린 잔해만 남았다. 솜털 같은 종이 잔해는 검을 꽃잎을 생각나게 했다.

욕실은 따뜻하고 습했다. 나는 콜 펜슬로 눈에 까만 라인을 두껍게 그린 후 거울에 비친 내 새 얼굴을 점검했다. 엠마는 사라졌다. 그녀는 죽거나 없어졌다. 아니, 그저 패자가 되는 것에 넌더리가 났다. 거울 속의 소녀는 다른 사람이다. 갑자기 그것이 얼마나 즐거운지 깨달았다. 어떻게 보면 예스페르가 사실 지금 나를 만든 것이다. 그의 배신이 날 강제로 변신하게 한 것이다. 내가 애벌레라면 그는 자연이었다.

그리고 지금 내가 있다.

짐을 쌌다. 꼭 필요한 것들만 배낭 속에 집어넣었다. 앙네타 이모가 살아 있었던 마지막 크리스마스에 이모에게서 받은 울 속옷과 따뜻한 양말, 그리고 한때 아빠의 것이었던 쌍안경. 선원이었던 할아버지에게 받은, 조각된 손잡이가 있는 아빠의 큰 칼. 그때 전화 메시지 소리를 들었다. 한 통뿐이었다. 경찰에게서 온 것이다. 그들은 다시 나와 약혼반지에 대해 얘기하고 싶어 한다. '얘기'라는 말이 짜증났다. 마치 우리가 둘러앉아 뭔가 괜찮은 대화를 나누는 것처럼 들린다. 예를 들어 가장 최근 휴가나 도심 안쪽의 주택 가격 같은. 그것이 취조라면, 그들은 그냥 그렇게 말할 수는 없을까?

변하든지 죽든지.

부엌으로 가서 창문을 열고 아래를 내려다봤다. 차가운 공기가 작고 반짝이는 얼음 결정으로 가득 찼고, 부엌으로 소용돌이쳤다. 눈이 내 피부에 얇은 막처럼 앉았고 바로 녹았다. 아래 어딘가에서 시계가 사라졌다고 생각한다. 비록 시계를 찾지 못했지만 그것이 진실이라는 것을 안다. 전화기를 움켜잡고 창밖으로 손을 뻗었다.

손을 놓자, 전화기가 공중을 떠돌았다. 몇 초 후 아래 마당에서 부딪히는 소리를 들었다.

난 더 이상 전화가 필요하지 않다.

"어떤 종류의 침낭을 찾으세요? 기온이 얼마나 내려갈까요?"

어떻게 대답해야 될지 모르겠다. 침낭을 어떻게 사용할 의도인지 정확히 설명할 수 없다. 잠시 그녀가 날 이상하게 쳐다보고 있다고 생각했다. 아마도 내가 자른 머리 모양이 이상하거나 화장이 너무 강하기 때문일 것이다. 하지만 내 상상임에 틀림없다. 스웨덴 인구의 절반이 이렇게 하고 다니지 않나? 그녀는 분명히 어떤 식으로든 다른 사람들과 다르게 날 보고 있지 않다. 그저 자신의 일을 하고 있을 뿐이다.

"이맘때쯤 야외 기온에 견뎠으면 해요." 생각한 김에 재빨리 대답하고 예스페르의 지하실 창문을 통과해 기어들어갈 때 얻은 상처를 약간 할퀴었다.

"그러죠." 연한 금발 머리를 포니테일로 묶은 여자가 고개를 끄덕이며 말하고 나서 창가 옆의 선반으로 갔다. 배낭과 얼음 깨는 송곳들 옆에 다양한 종류의 침낭이 줄지어 있다.

"이걸 추천해드리고 싶어요." 그녀가 노란색 침낭을 가리키며 말했다.

"이 침낭은 합성 직물로 만들어져 습한 환경에서도 잘 견뎌요. 영하 10도 정도의 낮은 기온에서도 사용할 수 있지만 그땐 단열 처리가 된 속옷과 모자를 착용하셔야 돼요."

난 그녀가 말하고 있는 내용을 정확히 이해하는 듯 고개를 끄덕였다.

"그걸로 하겠어요."

"다른 건 필요한 거 없으세요?"

"잠시만요. 확인해볼게요."

나는 목록을 꺼내서 필요한 물품들을 크게 읽었다. 10분 후에 몇천

크로나 더 가난해져서 거리로 나왔다. 내 돈이 전부 사라졌다. 음식을 사고 차를 빌리는 데 필요한 몇백 크로나가 내가 가진 전부였다.

눈발이 달라졌다. 작고 날카로운 결정 대신에 이제는 커다란 솜털 같은 눈송이가 조용히 땅으로 떨어졌다. 역시 어두워지고 있었고, 회청색 실안개가 도시를 덮고 가로등에 불이 들어왔다.

자금이 없는데도 난 강하고 가볍게 느껴졌다. 정확히 무엇을 해야 될지 안다는 사실이 대단히 안심이 되었다. 난 광장의 식료품점에 가서 필요한 것들을 챙겼다. 지금 나는 틀림없이 여자 노숙자처럼 보일 것이다. 큰 비닐 봉투 두 개를 질질 끌고 머리는 쭈뼛 서 있다. 하지만 아무도 날 보지 않는 것 같았다. 어쩌면 난 진짜 보이지 않게 됐는지도 모르겠다. 프로도가 절대 반지를 꼈을 때처럼.

오늘은 렌터카 회사에서 카운터 뒤에 여드름 난 남자들 중 어느 누구도 인사를 건네지 않았다. 그들은 분명히 날 알아보지 못했다. 잘된 일이다. 아주 다행이다. 내 큰 가방을 보지도 않고 페테르는 (이름표에 그렇게 쓰여 있다. 마치 우리를 친구로 만들어주는 것 같다) 내 이름과 주소를 컴퓨터에 입력했다.

"얼마나 오랫동안 사용하실 생각입니까?"

"하루요." 사실 아무 생각도 없었지만, 하루라고 대답했다. 딱 하루 동안만 빌릴 수 있는 돈을 갖고 있다.

그가 내게 차 열쇠를 건넸다.

"차가 어디 있는지 알고 계신가요?"

"찾을 수 있을 거예요."

거의 집으로 돌아가는 느낌이 들었다. 모든 교차로와 샛길이 친숙하다. 몹시 캄캄했지만 정확히 어디로 가고 있는지 알고 있다. 세 블록 떨어진 곳에 차를 세웠다. 예스페르의 집에 너무 가깝게 주차하는 것은 어리석을 것이다. 지나친 관심을 끌 수도 있다.

하지만 내가 가려는 곳은 예스페르의 집이 아니다. 대신 난 언덕 위쪽에 있는 버려진 집으로 걸어갔다. 땅에 처박힌 난파선처럼 눈 속에 있는 어둡고 음울한 집. 조심스럽게 새로 내린 눈의 하얀 카펫 위를 살금살금 기어 정원에 있는 작은 오두막을 향해 갔다. 내 뒤로 선명한 자국이 남았지만 눈이 계속해서 내리고 있다. 곧 이쪽으로 아무도 지나가지 않은 것처럼 내 발자국들을 지워줄 것이다.

오두막에 들어가기는 어렵지 않았다. 플래시를 사용하지 않았는데도 나무 계단에 놓인 플라스틱 제라늄 화분 밑에 놓인 열쇠를 찾는 데 1분도 걸리지 않았다. 눈으로 덮인 만발한 제라늄이라니 이상해 보였다. 꽃은 조화였지만 뇌가 받아들이기를 원하지 않은 것처럼 기묘하게 어울리지 않았다. 연약한 핑크색 꽃의 이미지와 두껍게 쌓인 눈이 서로 모순됐다.

갈색 머리의 여자에게 키스하는 예스페르처럼.

오두막 내부는 어둑했고 곰팡이 냄새가 났다. 내가 갖고 온 가방들에 맞추기 위해 티크 의자들을 다시 배열해야 했다. 힘을 들여 꾸러미들을 옮기고 나니 팔이 아팠고 영하의 기온인데도 땀이 났다.

노란색 침낭을 오래된 낡은 소파에 신중히 펼치고 작은 공간 가운데에 섰다. 음식을 구석의 정원 테이블에 놓고 나머지 꾸러미는 그릴 밑에 집어넣었다. 그리고 한 손에 쥔 쌍안경으로 임시 침대에 앉아서 창밖을 쳐다봤다. 내리는 눈 때문에 아무것도 보이지 않았다.

뒤로 몸을 기대고 눈을 감았다. 내 의식의 표면 바로 아래에서 뭔가가 일어나서 자신을 알리려고 몸부림치며 숨어 있다. 중요한 뭔가가.

그러자 기억이 났다.

예스페르는 붐비는 버스에서 내 옆에 서 있었다. 우리는 서로를 보고 있지 않았지만 곁눈질로 그가 미소 짓고 있음을 감지했다. 일종의 게임이었다. 우리는 마치 모르는 사람들인 것처럼 그곳에 서 있었지만, 잠시 후 그는 손을 아래로 몰래 움직여 부드럽게 내 허벅지를 쓰다듬었다. 그리고 이제 더 중요한 부분이다. 난 반응할 수 없고 그의 터치에 느끼는 대로 드러낼 수도 없다.

그의 손은 바지 속으로 또는 치마나 스웨터 아래로 옮겨가며 내 피부에 살짝 스친다. 손으로 더듬는 게 아니라 모두 우연히 벌어진 일인 것처럼 그저 가볍게 닿을 뿐이다. 그러면 난 몸을 약간 펴고 다리를 벌려서 그가 나를 좀 더 쉽게 만질 수 있게 한다. 그는 내게 바짝 다가서고, 그래서 난 그가 단단해졌음을 안다. 그렇다. 그 일은 그렇게 일어나게 되어 있다. 우리는 붐비는 버스 한가운데에서 부딪히고 휘청거리며 욕망에 의해서만 서로 매인다.

그리고 난 지나가는 말처럼 그에게 힐끗 시선을 던진다. 마치 실제로는 그저 우리가 어디에 있는지를 알아보려고 확인하면서 창문 밖을 쳐다보는 것처럼. 우리의 눈이 마주치고 그의 얼굴은 내 얼굴처럼 표정이 없고 무심한 듯 보일 것이다.

하지만 계획대로 흘러가지 않았다. 이번엔 아니었다. 내 엉덩이에서 그의 손을 막 느꼈을 때 우리 앞쪽 어디선가 목소리를 들었다.

"예스페르. 허 오랜만이군."

내 뒤에서 몸이 얼어붙은 그가 즉시 손을 뗐다.

"어이! 어떻게 지내?"

양복을 입은 사십 대 남자 하나가 인간의 바다를 뚫고 구불구불 헤치며 다가와 예스페르의 옆에 섰다.

나는 예스페르가 사라지는 것을 느꼈고 즉시 우리가 서로 알고 있다는 사실을 드러내는 말을 한마디도 하지 말아야 한다는 것을 알았다. 이것은 그의 다른 인생이다. 그의 실제 인생. 직업과 친구와 과거와 미래가 포함된 실제 인생.

예스페르와 내게는 오직 현재만 있다.

"…… 좋아. 그리고 확실히 오스트리아의 다른 곳과 비교해보면 비싸. 하지만 괘씸하게도 가치가 있지. 넌 어떤지 모르겠지만, 전세 비행기는 어지럽더군. 넌 고급과 진짜만 추구하지. 장크트 안톤에서 그걸 찾을 수 없을 거야. 거긴 원래 그렇거든. 그리고 음식이 있지. 프랑스 요리는 정말……."

예스페르의 지인은 스키와 뛰어난 레스토랑, 여자 마사지사들이 아주 작은 토끼털 치마를 입고 테이블 사이를 순회하는 아프레스키(스키를 타고 난 후, 스키장 호텔 같은 곳에서 갖는 모임―옮긴이)에 대해 잡소리를 계속 늘어놓았다.

"그런데 넌 어때? 너희는 휴가 기간 동안 뭘 했어?"

몸이 굳고 다리는 통제할 수 없을 정도로 떨리기 시작했다. 난 델 정도로 뜨거운 커피가 1리터 정도 들어 있는 보온병에 손을 뻗었다. 더러운 창문을 뚫고 먼지투성이의 달빛이 들어왔지만 좁은 오두막은 너무 어두워서 난 스틸 보온병을 찾아 더듬다가 수프 깡통을 엎었다.

그는 너희라고 했다.

예스페르의 친구는 그가 뭘 했는지를 묻지 않고 그들이 휴가에 뭘 했느냐고 물었다. 왜 좀 더 일찍 생각하지 못했을까? 아마도 그게 얼마나 중요한지 알아채지 못했기 때문일 것이다. 너희는 예스페르와 친구들, 또는 어쩌면 동료들일 수도 있었다. 너희는 어느 누구든 될 수 있다. 하지만 사실은 그것이 아니다.

너희는 갈색 머리의 그 여자였다.

너희는 예스페르가 날 떠난 이유였고 다른 모든 것이 엉망이 돼버린 이유였다.

난 잠깐 망설이다 일어서서 창가로 가 옷소매로 유리창 두 장의 아래쪽을 문질렀다. 눈은 그쳤다. 정원은 순백의 달빛이 펼쳐져 있다. 눈은 덤불과 나무에 몇 센티미터로 두껍게 쌓였다. 예스페르의 집은 바로 아래에 있다. 불빛이 창문에서 유혹적으로 마구 쏟아져 나왔다. 매우 아늑해 보였다. 예스페르와 친구가 버스에서 얘기했던 스키 여행 광고처럼.

나는 즉각 그들을 알아봤다. 그들은 부엌에 앉아서 먹고 있었다. 쌍안경으로 그들 가족의 목가적인 집을 아주 가까이 들여다보자 몸서리가 쳐졌다. 예스페르는 내 쪽으로 등을 보이며 앉았고 갈색 머리의 여자가 반대쪽에 앉아 있다. 그녀는 티셔츠를 입고 있는데 예스페르와 한창 어떤 토론을 벌이는 중인 것 같았다. 그녀는 그를 향해 몸을 앞으로 숙이며 흥미진진한 몸짓을 하면서 고기 조각으로 보이는 것을 포크로 찍었다.

여섯 살 정도로 보이는 금발 머리 여자애는 그녀 옆에 앉아 있다. 그녀의 딸이 틀림없다.

갑자기 아픔을 느꼈고 가슴에 묵직한 덩어리가 다시 돌아왔다.

한네

구닐라는 줄곧 내가 가져야 하는 책임감에 대해 얘기하면서 날 담요로 감싸고 차를 올려놓았다.

"그 사람이 널 좋아하고 너도 그 사람을 좋아한다면 난 네가 그 사람을 밀어내려고 고집을 부리는 이유가 이해 안 돼."

"하지만 난 아프잖아요." 내가 주장했다.

"오, 제발. 그만해. 몇 년 동안 더 이상 나빠지지 않을 수도 있어. 그때까지 혼자 여기 앉아 있을 거야? 나와 프리다와 함께? 그러지 말고 자기 인생을 위해 뭔가 해야지. 그렇지 않을 거면 차라리 오베에게 다시 돌아가 함께하든지."

오베와 파르가탄의 따분한 아파트를 생각하면 기분이 나빠진다.

"오베와 사는 일은 절대 다시 없을 거예요."

구닐라가 한숨을 내쉬고 맞은편 의자에 푹 주저앉았다. 한 손으로 좋지 않은 허리를 문지르면서 초에 불을 붙이고 하품을 했다.

"이게 정확히 오베가 원하는 거야. 자기 연민에 빠져 있는 거. 아무것도 시작하지 않고 여전히 그와 함께 있는 것처럼 행동하는 거 말이야. 자신을 벌하려고 하지 말고 인생을 즐겨."

그녀의 말을 곰곰이 생각했다. 내가 내 자신에게 지나치게 엄격할지도 모른다는 생각은 완전히 새롭다. 난 항상 반란을 일으켰던 사람이었다. 적어도 오베가 날 강제로 굴복시키기 전까지는. 엄격한 사람은 내가 아니라 오베였다. 그는 반항적인 십 대인 내게 아버지다. 하지만 어쩌면 구닐라의 말에는 뭔가가 있다. 난 내 자신에게 아무것도 허용하지 않는다. 내 병을 인생에 참여하지 않으려는 변명으로 사용한다. 주먹에서 모래가 흘러내리고 난 그것을 멈출 수 없다.

 "난 그냥 내 병으로 그에게 부담을 줄 수 없다는 말이에요. 그가 내 간병인이 될 거라고 생각할 수 없어요."

 "세상에. 말도 안 되는 소리 하지 마. 그는 성인이야. 그 사람이 자기와 함께하길 원한다면 스스로 결정할 수 있다고. 자기는 솔직하게 병이 있다고 말했어."

 난 대답하지 않고 뜨거운 차를 마셨다.

 어쩌면 그녀가 옳을지도 모른다.

 "그래서 내가 어떻게 해야 된다는 거예요?" 잠시 후에 내가 물었다.

 "지금 당장 인생을 변화시키는 어떤 결정도 할 필요가 없어. 데이트 좀 하고. 자신에게 네가 원하는 것을 느낄 수 있게 해. 모든 걸 아주 진지하게 받아들이지 마. 자기는 결혼을 하지도 아이를 갖지도 않을 거야, 그렇지? 너와 그 사람은 서로를 좋아하고 함께 시간을 보내고 싶은 중년의 두 사람이야. 그게 다야."

 "하지만 그것 역시 문제예요. 난 그에 비해 너무 나이가 많아요. 그 사람은 좀 더 젊은 여자를 만나야 해요. 가족을 꾸려야죠. 아시겠지만 그 밖에 이것저것이요."

 "그 사람은 가족을 원하는 것처럼 보이지 않아. 어쩌면 가족은 그의 것이 아니야. 게다가 이미 아들이 있어. 맞지?"

난 그가 절대 인정하고 싶지 않고 얘기하고 싶어 하지 않는 알빈을 떠올렸다. 페테르에게는 내가 이해하지 못하는 부분이 아주 많이 있는 데, 이상한 게 아주 많다. 하지만 어쩌면 인생이 원래 그런 건지도 모른 다. 사람들은 이상한 선택을 하게 마련이고 타인을 완전히 이해하기란 불가능하다. 때때로 그들을 그 모습 그대로 그저 받아들여야 할 때가 있다. 실제로 그건 오베도 마찬가지다. 비록 우리는 아주 오랜 시간을 함께 살았는데도 난 그가 왜 그런지 정말 모르겠다. 내가 확실히 알고 있는 것은 더 이상 그를 참을 수 없다는 사실뿐이다. 난 충분히 참았다.

"어쩌면 우린 데이트할 거예요." 내가 말했다.

"어쩌면이란 건 좋은 거지." 구닐라가 말하며 고개를 천천히 끄덕였다.

구닐라가 지하실에 빨래를 널기 위해 자리를 뜬 후에도 난 계속 부엌 에 남아 따뜻하게 깜박이는 촛불을 응시하며 내게 온 적 없는 아이를 생각했다. 큰 아파트에서 자란 적 없는 아이, 학교에 들어가거나 스카우 트에 가입한 적도 없는 아이. 무릎이 까져서 집에 온 적도 없고 비디오 게임을 하거나 용돈을 더 달라고 요구한 적도 없다. 학교를 졸업한 적도 여자 친구나 남자 친구를 가진 적도 없고 집에서 떠난 적도 없다.

난 너무 늦게 될 때까지 아이를 그리워하지 않았다. 하지만 후에 너무 나이 들었을 때, 존재하지 않았던 것에 대한 슬픔이 찾아왔다. 때때로 거의 저녁 식사 자리에서 오베와 나 사이에 물리적인 모양으로 구체 화되어 우리가 서로 닿지 않게 해주는 것 같은 느낌이 들었다.

난 부엌 식탁에 놓여 있는 노트에 손을 뻗었다. 한 장을 찢고 펜을 들었다. '페테르를 계속 보기'라는 제목으로 목록을 적었다.

플러스 목록에 써 내려갔다.

동료
좋은 섹스(마침내!)
진정한 사랑(?)
내 자신을 위해 내가 선택한 것

잠시 생각하고 마이너스 목록에 계속 썼다.

내가 안 좋아질 경우 / 안 좋아졌을 때 복잡해진다.
그가 날 다시 배신할 경우 / 배신했을 때 견딜 수 없게 된다.

난 잠시 더 나아질 것 없는 목록을 쳐다봤다. 그리고 초 위로 가져가 불을 붙였다. 불꽃이 타오르고 열꽃이 확 올라와 내 얼굴에 부딪히자 내 두려움과 희망이 재로 변했다.

막 촛불을 껐을 때 휴대전화가 울자렸다. 만프레드였다. 그는 막 계단을 날아오르기라도 했는지 숨이 가쁜 것 같았다. 하지만 그의 말을 들으니 뭔가 다른 이유가 있다는 것을 알았다. 흥분, 그리고 어쩌면 스트레스의 기미가 느껴졌다.

"예스페르 오레가 안엘리카 벤네르린드와 관계를 갖고 있었어요. 그리고 그녀 역시 죽었다는 것을 배제할 수 없어요. 수사팀이 30분 후에 모일 거예요. 올 수 있어요?"

경찰서로 가는 길에 페테르를 생각했다. 그는 10년 전 그날 밤 왜 모습을 드러내지 않았는지 설명한 적이 없다. 얼마나 이상한가. 그에게 언젠가

403

왜 그랬는지 물어보고 싶다. 아직도 화가 나서가 아니라 무슨 일이 있었는지 이해해야 하기 때문이다. 그가 내게 수치를 남기고 우리 가족의 휴가에서 얻은 스티커들이 덕지덕지 붙은 낡은 여행 가방 두 개와 함께 날 인도에 버렸을 때 그는 도대체 무슨 생각을 하고 있었을까.

자체 정의의 성격을 가진 그 사건은 내 인생을 크게 변화시켰다. 하지만 그는 내게 어떤 설명도 한 적이 없다. 내가 받은 것은 그가 날 상처 입힐 수 있기 때문에 나와 살 수 없다고 쓴 그 형편없는 편지뿐이었다.

날 어떻게 상처 줄 건지 물어보고 싶다. 택시가 경찰서 입구 앞에 섰을 때 그의 배신이 충분히 쓰리지 않았던 건가, 하는 생각을 하며 차창 밖을 쳐다봤다.

아주 검고 짙어서 거의 만질 수 있을 것 같은 어둠 속으로 나갔다. 난 이누이트 족을 생각했다. 그들은 극 지방의 밤을 두려워하지 않는다. 그들은 얼음 위에 누워 토실토실하고 실 꾸러미처럼 생긴 동물 하나가 수면으로 올라올 때까지 물개의 숨구멍 옆에서 기다린다. 작살을 던질 적당한 순간을 기다리면서.

아니 좀 더 정확히 말하자면 데인 족이 오기 전까지 그렇게 했다. 이젠 심지어 그린란드의 가장 멀리 떨어진 곳에서도 영화와 맥주가 전부라고 들었다. 그리고 가장 작은 마을에서도 텔레비전이 나온다.

7년 전에 실제로 우리가 그곳에 가야 된다고 가까스로 오베를 설득했다. 우리는 누크까지 가는 비행기 표를 예약했고, 쿨루스크를 거쳐 이토코르토르미우트로 가는 교통편도 예약했다. 샤를리에를 위해 개를 봐주는 사람을 구하고 오베는 2주간 휴가를 냈다. 하지만 그때 에디트 사건이 일어났다.

에디트는 레지던트 과정의 의사였고 오베는 정신의학 부분의 고문이었다. 나는 곧 그녀가 그 이상이었다는 것을 깨달았다. 그가 그녀에 대한 이야기를 하던 모습과 항상 그녀의 이름을 언급하던 모습, 그리고 이름을 발음할 때 첫 번째 음절을 늘여서 부르던 모습에는 뭔가 있었다.

에에에디트.

난 그가 곧 그녀에게 싫증을 내리라는 사실을 알았다. 그는 항상 그랬다. 특히 충분한 지적 자극을 제공하지 않는 젊은 여자에게. 지저분한 늙은 남자였음에도 여전히 그의 자만심은 그의 지적 능력을 반영할 수 있고 그것을 확인해줄 수 있는 누군가를 필요로 했다. 그리고 보통 젊은 여자들은 그것을 할 수 없었다.

그리고 내가 예측했던 그대로 되었다. 몇 주 후에 그는 에디트 얘기를 더 이상 하지 않았다. 하지만 우리가 그린란드를 향해 떠나기 이틀 전 밤에 그는 침실로 와서 내 뒤에 섰다. 짐을 싸는 중이라 그가 내 어깨에 손을 가볍게 올려놓았을 때 나는 그를 등지고 있었다.

"한네, 난 갈 수 없어."

난 조심스럽게 방한용 내의를 개서 침대의 여행 가방에 넣었다. 몸을 돌려 그의 눈을 쳐다봤다.

그는 날 놓고 창밖을 내다봤다.

"에디트가 유산을 했어."

에디트의 경우, 내가 힘들었던 점은 그녀가 내 남편과 섹스를 했다는 사실이 아니었다. 많은 여자들이 그와 섹스를 했다. 난 할 수 없었던 임신을 그녀가 했다는 점이 힘들었다. 그녀의 젊은 육체는 실제로 오베의 아이를 기꺼이 낳으려고 했었다.

하지만 에디트는 정말 오베와 나 사이에 아무것도 변화시키지 못했다.

우리 관계는 그대로였다. 그저 그린란드에 가지 못했을 뿐이다. 그리고 그 일이 있은 후에 난 더 이상 그와 함께 어딘가를 가고 싶다는 생각이 들지 않았다. 이제 난 그린란드에 대한 내 집착이 다른 것이었는지 의심이 들기 시작했다. 그린란드는 내 인생에서 절대 이루지 못했던 것들 모두에 대한 일종의 상징이고 그 나라 자체는 내가 한때 가졌던 희망과 욕망을 상징한다는 의구심이 든다.

사무실은 크리스마스트리처럼 복도 멀리 불이 켜져 있고 마치 모든 사람이 어떤 중대한 일이 일어났다는 것을 알고 있는 것처럼 활기차면서도 긴장감이 흐르는 분위기였다. 만프레드와 페테르는 서로 이야기하는 중이었고 정보 분류를 도왔던 수사관 베리달은 주머니에 손을 넣고 방에서 큰 원을 그리며 서성거렸다.

페테르가 손을 들자 난 답으로 고개를 끄덕였다. 그를 너무 많이 보지 않으려 애쓰고 있다. 내가 무엇을 느끼는지 그가 알아챌까 봐 두려운 것 같다.

오베는 항상 내가 무엇을 생각하고 있고 느끼고 있는지 날 보기만 해도 알 수 있다고 주장했다. 그리고 해가 지나가면서 난 그 말이 사실이라고 믿기 시작했다. 거의 항상 그가 옳았기 때문이다. 하지만 지나고 보니, 그것이 그가 나에 대한 지배력을 행사하는 다른 방식일 뿐이었다고 생각한다. 그는 날 통제하는 것에 매우 사로잡혀 있었다. 그는 내가 자기 허락 없이 독립적인 사고를 할 수 없다고 믿고 싶어 했다.

"안옐리카 벤네르린드와 엠마 보만은 둘 다 예스페르 오레와 관계가 있었어요." 만프레드가 말을 하며 얇은 종이컵에 갓 내린 커피를 부었다. "우리가 아직 찾아내지 못한 희생자가 적어도 한 명은 더 있을 수 있다고 가정해야 돼요. 오레의 집 주변을 내일 아침 다시 수색하고 수색 반경도 더 넓힐 거예요. 베리달이 그 일을 맡았어요. 그 지역에서 더이상 시신이 발견되지 않기를 기도해야겠어요. 시신이 또 발견되면 상황을 결코 만회하지 못할 테니까요. 산체스가 오레와 칼데론 살인 사건의 연관성을 찾아보려고 작업 중이고, 그 외에는 오레의 집에서 발견한 여자의 신원에 대해 법치학자의 확인을 기다리고 있어요. 몇 시간 후면 결과를 알게 될 거예요."

"빌어먹을 사이코패스." 베리달이 중얼거렸다.

만프레드가 내 시선을 잡아챘다.

"한네, 당신은 뭐라고 하겠어요? 오레는 사이코패스였을까요?"

난 어깨를 으쓱했다. 예스페르 오레를 만나보지도 않고 그런 결정을 할 수 있다고 생각하는 만프레드에 우쭐하기도 하고 걱정도 됐다. 난 사람들이 종종 그런 실수를 하도록 내버려둔다. 심리학자와 행동 과학자들은 보고서를 읽는 것만으로 사람을 진단할 수 있다고 사람들은 생각한다. 마치 사람의 정신 건강에 대한 평가를 통신강좌에서 배울 수 있기라도 한 것처럼.

"사이코패스는 잘못 사용된 말이에요. 우리는 요즘 모든 사람을 사이코라고 부르죠."

"지금은 빌어먹을 심리학 강좌를 들을 때가 아녜요." 만프레드가 말했다.

"그게 내 전문 분야죠." 내가 말했다. "그리고 내가 빨리 진술하기를 당신이 원한다고 해도 난 그것을 포기하지 않을 거예요. 우리가 그에 대해 알고 있는 내용을 기반으로 했을 때 그가 사이코패스였음을 뒷받침하는 것은 실제로 아무것도 없었어요. 여러 여자와 자고 변태적인 섹스

407

를 선호한다고 살인을 좋아한다는 의미는 아니에요. 그리고 직장에서 개자식이 되는 것 역시 특별히 비판적인 것도 아니고요. 분명히 그는 그 여자들을 죽일 수도 있지만 그가 그런 짓을 할 수 있다고 제시할 만한 것들이 그의 과거에 많지 않았어요. 그게 내가 말할 수 있는 전부예요."

"좋아요." 만프레드가 말했다. "하지만 당신 생각은 어떻습니까?"

난 잠시 곰곰이 생각하고 칸막이 보드로 가서 오레와 칼데론, 그리고 실종된 여성들의 정보를 응시했다. 이곳에는 날 괴롭히는 뭔가가 있다. 드러내고 싶어 하지 않으면서 표면 아래 숨어 있는 뭔가가 있다. 그게 불만스럽다.

"뭔가 어긋나는 게 있어요." 내가 말했다.

"오, 그러지 말아요." 만프레드가 매섭게 말했다.

난 그를 무시했다. 손가락으로 서류들을 훑었다. 엠마 보만의 배경에 관한 서류 앞에서 멈췄다. 쇠데르말름의 카펠그렌드에서 성장. 카타리나 노라 스쿨의 초등학교 졸업. 클로즈 앤드 모어 사에서 3년 전에 일을 시작함. 올해 9월에 어머니 사망, 아버지는 정확히 10년 전 5월에 사망.

"여기예요." 내가 말했다. "여기에 있어요!"

하지만 내가 막 내 생각을 표현하려 했을 때, 전화벨 소리가 울렸다.

만프레드가 손을 들어 내 말을 막고 전화를 받았다.

"그래." 그가 말했다. "좋아. 확실하대? 수고했어, 곧 보자고."

그는 전화를 끊고 전화기를 책상에 올려놓고 손으로 자신의 목 뒤를 움켜잡았다.

"산체스였어요. 살해된 여자는 안옐리카 벤네르린드로 확인됐어요."

엠마
일주일 전

오두막에서의 첫날 밤. 난 눈을 감고 그들이 주장했던 대로 침낭이 훌륭하기를 바랐다. 지금까지는 괜찮다. 하지만 난 모자와 코트를 모두 입고 내 노란색 폴리에스테르 고치 속에 움직임 없이 누워 있다.

내가 꼭 나비 같다고 생각했다. 변신이 일어나서 내 운명으로 정해진 것을 할 수 있기를 기다리면서 때를 기다리고 있다. 난 짧은 머리 다발을 만지작거리면서 올가와 마노르가 날이면 날마다 희망 없이 반복되는 음악을 들으며 매장 여기저기로 돌아다니는 모습을 떠올렸다. 그들이 안됐다는 생각이 들었다. 그들은 우리 속에 사는 동물에 불과하다. 나는 무한히 자유롭다. 무일푼에 버림받았지만, 난 자유롭다. 그리고 곧, 아주 곧 난 내가 시작한 일을 끝마칠 것이다.

계획은 간단하다. 갈색 머리의 여자와 아이가 집을 떠날 때까지 기다렸다가 예스페르에게 가서 이야기할 것이다. 그를 위협해야 할지라도 그에게 들려줄 것이다. 그리고 이번에 그는 도망가지 못할 것이다. 난 진실을 알 자격이 있다.

내가 정말로 알지 못하는 그 이후에 무슨 일이 있어났는가. 하지만 그를 다치게 하지는 않을 것이다. 난 괴물이 아니니까.

괴물은 거짓말을 하고 기만하는 사람이다. 자신의 즐거움을 위해 망가뜨리고 파괴하는 사람. 폭격으로 완전히 파괴된 도시나 화재로 타버린 숲처럼 다른 사람의 삶을 황폐하게 만든 사람.

괴물은 그 모든 짓을 저지르고 그것을 즐기는 사람이다.

예스페르처럼.

엄마는 내게 남자를 조심해야 한다고 말했다. 남자들은 항상 뭔가를 쫓는다. 그 말은 그들이 내게서 뭔가를 훔쳐가고 싶어 한다는 것처럼 들렸다. 내 존엄성이나 어쩌면 내 독립성을. 엄마가 내게 진실을 말해주기를 바랐다. 그 반대가 진실이다. 사람은 자신이 가깝게 들여보내준 남자들을 절대 없앨 수 없다. 마치 그들이 여자의 인생에 꽉 달라붙는 것처럼 말이다.

예스페르. 우디.

나는 가는 곳마다 그들을 데리고 간다. 그들은 내 생각 속에 있고 내 꿈속에 있다. 내 몸조차 그들을 기억한다. 그들의 체취, 내 피부에 느껴지던 그들의 부드럽고 따뜻한 피부의 감촉, 그리고 내 귀 옆에서 들려오던 낮은 신음 소리와 거친 숨소리.

난 먼지처럼 그들을 씻겨 없애주기를 바랐다. 비누와 물이 내가 의식에서 지울 수 없는 것들을 없애주기를 바랐다. 어떤 신비로운 방법으로 그들을 만나기 전으로 시간을 되돌릴 수 있기를 바랐다. 내가 아직 희망으로 가득 차 있고 내 인생이 어떻게 될지에 관해 확실하고 순진한 비전을 가지고 있던 때로 다시.

뭔가 내 볼을 간질여서 잠에서 깼다. 밤사이에 서리가 낀 지저분한 창문으로 회색의 빛이 스며들어왔다. 오두막 안은 영하인 게 틀림없지만 난 춥지 않았다. 딱딱하고 너무 짧은 소파에서 하룻밤을 보내니 목과 등이 아파왔다.

녹초가 되어 일어나 커피가 들어 있는 보온병에 손을 뻗어 금속제의 컵에 뜨거운 액체를 따랐다. 바닥은 얼어붙을 듯 차가웠다. 난 즉시 스키 바지를 당겨 입었다. 그러고 나서 손에 쌍안경을 들고 창가로 갔다. 창문의 안쪽에 있는 서리만 보인다. 소매로 약간 문질렀다. 하늘은 좀 더 눈이 올 것처럼 흐릿한 청회색이었다. 예스페르의 집 쪽으로 아래 언덕은 눈이 두껍게 쌓였고 새로 내린 눈에는 누가 건드린 흔적도 없었다. 사람 하나, 썰매를 타는 아이, 심지어 개 한 마리조차 밤사이 내가 숨어 있던 장소 근처 어디에도 없다.

재미있다.

그들은 부엌 식탁에 앉아 아침을 먹고 있다. 어제와 정확히 같은 곳에서. 마치 그곳에 밤새 앉아 있다가 고기를 시리얼로 바꾸기만 한 것처럼. 어린 금발 머리 여자애도 있다. 여자애는 줄무늬 잠옷을 입고 있고 그 여자는 스파 광고에서나 볼 법한 두툼한 흰색 가운을 입고 있다. 예스페르는 여전히 내게 등을 돌리고 앉아 있다. 마치 내가 이곳에 있다는 것을 알고 몸 전체로 날 조금도 신경 쓰지 않는다는 것을 입증하려고 하는 것처럼.

'당신은 내게 등을 돌릴 수는 있지만 달아날 수는 없어.' 난 생각했다. 난 지금 가까이에 있다. 손을 뻗치면 그와 그의 완벽한 인생을 만질 수 있다. 그것을 찔러서 카드로 엉성하게 만든 집을 무너뜨리듯 부술 수 있다.

그 생각을 하자 기분이 나아졌다. 오래되고 녹이 슨 그릴 아래 밀어 넣었던 가방에서 빵과 햄을 꺼냈다. 그리고 우린 모두 함께 아침을 먹

411

는다. 아니, 뭐라고 부르고 싶던 간에 말이다. 난 내 아침을 먹으면서 그들이 그들의 아침을 먹는 모습을 지켜본다. 잠시 후 예스페르가 부엌을 떠났다. 여자와 아이는 남아 있다. 5분 후 그는 운동복을 입고 다시 돌아왔다. 아직도 식탁에 앉아 있는 갈색 머리의 여자는 가운이 벌어지도록 몸을 뒤로 젖혔고 예스페르는 몸을 앞으로 숙여 그녀의 가운 아래 젖가슴을 손으로 만지며 그녀에게 키스했다.

난 쌍안경을 무릎에 내려놓고 주먹을 꼭 쥐고 눈을 감았다. 손에 생긴 딱지를 너무 세게 긁어서 딱지가 떨어지고 따뜻한 피가 바닥에 방울방울 떨어지기 시작했다. 이상하게도 매번 딱 그만큼 아프다. 그가 날 기만했다는 것을 안다. 그건 새로운 소식이 아니다. 난 그들의 집에 가서 그들을 함께 봤다. 그런데 왜 아직도 이렇게 끔찍하게 많이 아픈 걸까? 어째서 그 고통에 대해 내 자신을 방어하는 방법을 배우지 못하는 것일까?

다시 쌍안경을 집어 들고 예스페르가 집에서 바다를 향해 조깅하는 모습을 얼핏 보았다. 그 후 그는 시야에서 사라졌다. 그리고 지금 부엌은 비어 있다. 컵 하나가 여전히 식탁에 놓여 있다.

나는 쌍안경으로 집의 옆면을 따라 위층의 창문을 향해 올라갔다. 예스페르의 침실에는 커튼이 쳐져 있지만 그 옆 창에서 어린 여자아이를 다시 보았다. 아이가 무엇을 하고 있는지 알아내기는 불가능했지만 금발의 작은 머리가 점프를 하거나 주위를 달리는 것처럼 방에서 위아래로 움직이고 있다. 그리고 아이 역시 사라졌다. 집은 사람이 없이 빈 것처럼 보였지만 난 그들이 그곳 어딘가에 있음을 안다.

난 휴식을 취하기로 결정했다. 구석에 서 있는 낡은 빨간 플라스틱 양동이에 소변을 보고 이를 닦고 손가락으로 짧은 머리를 빗었다. 그리고 소파로 돌아가 작은 창문 밖을 응시하며 기다렸다. 30분쯤 지나자 예스페르가 돌아왔다. 그가 다시 조심스럽게 달려서 돌아오는 것을 봤다. 마치 길이 미끄러워서 넘어질까 봐 염려하는 것 같았다. 그는 출입구 쪽으로 향하기 전에 멈춰 나무에 대고 약간 스트레칭을 했다.

일요일이다. 멋진 교외에 사는 행복한 가족은 일요일에 무엇을 할까? 박물관에 갈까? 성공한 친구들을 초대해서 오믈렛과 스무디, 막 구워 낸 사우어도우 빵으로 야심찬 브런치를 즐길까? 새로 내린 눈으로 눈사람을 만들까?

그건 나였어야 한다.

그곳에 앉아 있을 사람은 갈색 머리의 여자가 아니라 나였어야 한다.

이제서야 내가 그녀를 얼마나 많이 증오하는지 깨달았다.

그날은 하루 종일 별다른 일이 일어나지 않고 지나갔다. 난 샌드위치를 먹고 온기를 유지하기 위해 주위를 움직이려고 애썼다. 커피는 떨어졌고 소다 음료로 바꿨는데 다행히도 밤사이 얼지 않았다.

갑자기 마음속에 인형극 〈펀치와 주디〉처럼 엄마가 불쑥 나타났다. 잘 모르겠지만 예스페르처럼 엄마가 속내를 드러내면서 살지 않았기 때문이라고 생각했다.

출근하던 어느 날 아침 병원에서 전화가 왔다. 처음에 난 전화를 받아야 할지 말아야 할지 몰랐다. 이미 늦은 상태였고, 늦은 도착은 벌점이나 최소한 비에르네의 기분이 안 좋아지는 것을 의미했다.

자신을 의사라고 소개하는 그 여자는 엄마가 아프다고 알려주었다. 엄마는 지난 밤 응급실에 실려갔고 더 자세한 검사를 하기 위해 입원했다.

"엄마는 어떠세요?" 난 어깨와 귀 사이에 휴대전화를 끼운 채 현관을 다시 닫고 계단을 내려가면서 물었다.

"아직 어디가 안 좋은지 정확히 모르지만 안정되셨어요. 생명에 즉각적인 위험은 없지만 어머님이 몹시 걱정하면서 계속 당신을 찾으세요."

"엄마가 절 찾는다고요?"

엄마가 내게 전화한 지 몇 달이 흘렀지만 엄마가 날 그리워한다는 말을 쉽사리 믿을 수 없었다. 엄마가 아프고 혼자 있을 때조차 엄마는 날 그리워하지 않았다.

"네. 당신이 찾아와주기를 바라세요."

난 대답하지 않았다.

"면회 시간은 2시에서 6시예요." 의사가 계속 말했다. "당신이 올 거라고 환자 분께 말씀드릴까요?"

"네, 갈게요." 내 자신이 그렇게 말하는 것을 들으며 거리로 나갔다.

전화를 끊고, 난 전철역으로 급히 갔다. 겨울이 지나간 바람을 맞고 상쾌한 봄 햇살에 눈을 가늘게 뜨면서 축축한 땅 냄새와 지난해의 썩어가는 나뭇잎 냄새를 맡으며 숨을 들이마셨다.

어머님이 몹시 걱정하면서 계속 당신을 찾으세요.

혼란스러웠다. 즉시 병원에 가야 한다는 것을 알았다. 최소한, 왜 엄마가 갑자기 그렇게 날 보고 싶어 하는지를 알아내려면.

엄마는 밝은 복도의 끝에 있는 병실에 혼자 누워 있었는데, 내가 그동안 봐왔던 다른 병원의 병실처럼 보였다. 바퀴 달린 작은 테이블이 달린 침대와 그 옆에 크롬 의자, 벽에 설치되어 있는 텔레비전, 옷장 몇 개와 싱크대. 수도꼭지가 달린 벽 옆에는 의무적으로 비누와 손 소독제 병이 걸려 있었다.

엄마는 혼자 침대에 앉아서 뭔가를 읽고 있었다. 내가 무엇을 기대하고 있었는지 잘 모르겠다. 나는 엄마가 좀 더 심각한 상황일 거라고 생각했다. 어쨌든 운동복을 입고 앉아서 타블로이드지를 보는 엄마는 아니었다.

"엠마, 얘야!"

엄마는 돋보기를 벗고 탈색된 머리를 이마에서 쓸어 올렸지만 일어서려는 움직임은 없었다. 음식 냄새가 복도 밖에서 났다. 점심 시간이 다 되었다.

"안녕. 몸은 어때요?"

난 가방을 내려놓고 재킷을 벗고 침대 옆에 놓인 의자에 앉았다. 엄마는 타블로이드지를 다리 위에 걸쳐진 노란색 병원 담요에 내려놓고 움푹 들어간 눈을 내게 돌렸다.

"이런 곳에서 참고 견뎌야 한다니 끔찍해."

엄마는 내가 한 질문에 답을 피하고 있었다.

"정말이오?"

엄마는 기침을 하고 손을 배에 올려놓았다. 마치 고통스럽다는 듯이.

"그들은 아침 6시에 우릴 깨워. 6시라고. 상상할 수 있겠니? 그리고 계속해서 급히 여길 나가. 항상 다른 사람들이야. 기차역에서 자려고 애쓰는 것처럼 말이야. 그리고 모두 이민자들이지. 그들이 이러는 건 도울 수 있어서가 아니라 우리가 이해할 수 있게 스웨덴 말을 하지 못해서야. 의사소통할 수 없는 누군가를 어떻게 돌볼 수 있겠니? 그리고 어젯밤에 이 방에 다른 여자가 있었어. 그 여자가 너무 크게 코를 골아서 잠을 한숨도 못 잤다. 난 야간 근무자에게 내가 소리에 얼마나 예민한지 설명했지만 그들은 다른 방이 없다고 주장했단다. 결국 수면제를 요청해야 했지만 그들은 그것마저 거부했어. 마치 헤로인을 요구하는 마약 중독자인 것처럼 나를 다뤘단다. 미친 짓이지. 사는 내내 일을 해서 세금을 내고 나서 마침내 도움이 필요할 때 이처럼 대접받다니."

난 엄마가 일하지 않았고, 실제로 성인이 된 후 대부분의 기간 동안 일을 할 수 없는 장애 상태였다는 사실을 일깨우지 않았다. 엄마는 투 툼한 손을 눈가로 옮겨서 보이지 않는 눈물을 훔쳤다.

"오, 엠마. 나이 들어서 아픈 건 재미없어. 그건 말해줄 수 있어."

엄마는 기대하는 눈빛으로 날 쳐다봤다. 마치 내가 동조해주기를 원하는 것처럼. 하지만 난 아무 말도 하지 않았다. 무엇을 말해야 할지 몰랐다. 간호 조무사 한 명이 쟁반을 들고 병실로 들어왔다. 그녀의 유니폼은 검은 피부에 비해 눈부시도록 하얗다.

"내가 무슨 말을 했지?" 엄마는 속삭이며 그 여자에게 고개를 끄덕였다.

"오늘 환자분은 유동식이에요." 그 여자가 말하면서 쟁반을 침대 옆 테이블에 내려놓고 미소 지었다.

엄마는 대답하지 않았다. 엷은 갈색 수프를 혐오스런 눈빛으로 슥 쳐다봤다.

"이건 사람이 먹기에 적합하지 않아. 내가 이걸 먹기를 기대하는 걸까?"

엄마는 숟가락으로 수프를 젓고 나서 옆에 쟁반에 내려놓았다.

"무슨 일이 있었던 거예요?" 난 다시 시도했다.

엄마는 그건 중요하지 않다는 듯이 손을 휘휘 저었다.

"말할 수 없대. 내 배 속에 뭔가 있나 봐. 넌 이곳에서 보살피는 사람 수를 생각하면 그들이 좀 더 빨리 날 진단할 수 있을 거라고 생각하겠지."

엄마는 내게 일그러진 미소를 지었다.

"하지만…… 언제 집으로 갈 수 있어요?"

엄마는 어깨를 으쓱했다.

"이 상황에서 유일하게 긍정적인 것은 가지고 있는 것에 감사하게 된다는 점이지."

엄마는 날 쳐다봤다. 엄마의 눈은 아주 움푹 들어가서 색을 결정하기 불가능했다. 엄마의 볼은 벌겋고 부풀어 오른 듯 보였다. 마치 입에 목화를 잔뜩 넣고 있는 것처럼 보였다.

"우리에겐 서로가 있어, 엠마." 엄마는 말하며 내 손을 잡았다.

엄마가 달에 간다고 말했다면 차라리 덜 놀랐을 것이다. 지난 5년 동안 우리가 서로 본 것이 아마도 두 번이었을 것이다. 우리에게 서로가 있다는 엄마의 말은 무슨 뜻이었을까?

엄마는 깊게 한숨을 내쉬고 한 손으로 거의 감각이 없어질 정도로 내 손을 아주 세게 움켜잡았고, 자유로운 손으로 다시 보이지 않는 눈물을 닦아냈다.

"기억하니, 엠마? 우리 아주 행복했지. 네 아빠와 너와 나. 그 후 네 아빠가…… 사라졌을 때 우린 서로 위로했지. 난 아빠가 없어도 우리가 강한 작은 가족이라고 생각했단다. 우리는 최선을 다해 서로를 도왔지. 우리가 겪은 문제들은 우리를 훨씬 강하게 만들었던 것 같아. 그런 일들이 사람들을 더 가까이 묶는다고들 말하잖니. 그렇지?"

나는 의자에 돌처럼 꼼짝하지 않고 앉아 있었다. 내 귀를 믿을 수가 없었다. 우리가 행복한 가족이었던 때가 있었던가? 그리고 아빠가 자살한 후 우리가 어떻게든 더 가까워졌다는 말은 절대적으로 헛소리였다. 적어도 물리적으로 내가 엄마와 가까워졌던 때는 내가 저녁 식탁이나 욕실에서 기절한 엄마를 침대로 끌고 가야 할 때뿐이었다. 내가 엄마를 도왔던 때는 엄마의 숙취 때문에 나가서 담배와 펩토-비스몰을 사왔던 때가 유일했다. 그리고 엄마가 날 도왔던 적은…… 난 엄마가 그랬던 적이 있는지 떠올릴 수 없었다.

"난 아무것도 후회하지 않는다." 엄마는 흐느꼈고 이제 난 진짜 눈물을 봤다. 눈물이 살찐 볼 아래로 유리구슬처럼 굴렀다. "하지만 네 아빠가 우리와 좀 더 오래 함께했으면 했어. 그는 정말 굉장한 사람이었고 우리는 서로를 아주 많이 사랑했어."

엄마는 간신히 들릴 만한 목소리로 마지막 말을 했다. 엄마와 아빠가 싸우던 기억이 내 시야의 가장자리에 그림자처럼 비치는 것 같았다. 간신히 인식할 수 있지만 여전히 그곳에 있다. 더 이상 존재하지 않는 삶의 파편들. 부엌을 가로질러 날아다니는 접시들. 고함 소리. 한밤중에 이웃의 신고 때문에 문을 두드리던 경찰. 부엌 바닥에 흩어진 유리 조각들 위에 누워 있는 끝장난 푸른 나비.

잠시 동안 난 이의를 제기해야 할까 의문이 들었다. 그 비좁은 아파트에서 실제로 어땠는지 엄마를 일깨워야 하는지. 하지만 무의미한 짓이다. 엄마가 아주 조심스럽게 공들여 만든 그 이야기는 바뀔 수 없다는 사실을 알았다. 엄마의 세계관은 우리 사이에 서 있는 코끼리 같아서 우리가 현실적으로 서로 이해하는 것을 방해하고 있다.

난 갑자기 피곤해졌다. 그저 집에 가서 눕고 싶었다. 더 이상 병원 침대에서 내게 그리고 자신에게, 그리고 어쩌면 듣게 될 누군가에게 거짓을 하고 있는 살찐 여인을 생각하지 않고 싶다.

"이제 가봐야겠어요."

내 목소리는 속삭임에 가까웠다.

"벌써?"

엄마는 마치 누군가가 버튼을 누른 것처럼 즉시 흐느낌을 멈췄다. 난 고개를 끄덕이고 일어섰다.

"직장에서 회의가 있어요." 난 거짓말했다.

복도를 따라 걸을 때 엄마가 내게 어떻게 지내는지 물어보지 않았다는 사실이 생각났다. 엄마는 내게 최소한의 관심도 보이지 않았다. 마치 내가 그곳에 있지도 않은 것처럼.

나는 추워서 와들와들 떨고 있다. 때때로 예스페르와 여자 또는 아이를 방의 가장자리 바로 뒤에서 얼핏 본다. 집중력을 잃지 않고 그 집을 관찰하는 일은 생각보다 힘들었다. 그리고 쌍안경은 무겁다. 몇 시간이 지나자 팔이 쑤셨고 손가락은 추위로 뻣뻣했다. 벙어리장갑을 계속 끼고 있으려고 했지만 쌍안경을 잡을 수 없어서 선택의 여지가 없이 장갑을 가방 속에 넣어야 했다.

그 여자와 어린 소녀가 그 집을 떠나 길을 따라 가버리기를 그리워할 지경에 이르렀다. 땅거미가 내리기 시작했다. 하늘은 여전히 흐렸지만 풍경은 어두워졌고 창문은 타오르기 시작했다. 여자와 아이는 빨간 볼보에 올라타고 시내 방향으로 차를 몰고 떠났다.

천천히 추위 속에 몇 시간 있어 뻣뻣해진 다리를 펴고 일어섰다. 그들은 나갔다. 그것은 틀림없이 그 집에 예스페르가 혼자 있다는 뜻일 터였다. 난 창가로 몇 걸음 걸어가 쌍안경을 들어 그 집을 바라보았다. 갑자기 열파가 내게 엄습했다. 내 손은 부드럽고 따뜻하게 느껴졌다. 내 볼은 상기되고 심장은 내 가슴을 달아나고 싶어 하는 것처럼 거세게 두근거리기 시작했다.

그는 노트북을 앞에 두고 책상에 앉아 있다. 그의 옆 조리대에는 와인

한 잔이 있다. 샌드위치가 접시에 놓여 있다.

　시간이 됐다.

　나는 그의 집 현관 계단에서 초인종에 손을 올리고 서 있다. 드디어 그 시간이 되었다. 지금 이 필연적인 것을 막기 위해 내가 할 수 있는 것은 아무것도 없다. 어쩌면 이것은 오래전에 정해졌다. 예스페르가 그날 밤에 사라지면서 유발한 연쇄적인 사건들의 논리적인 결론일 것이다. 그렇다. 그렇게 되어야 한다고 내 자신에게 말했다. 그것이 이 일이 시작된 이유다. 난 부엌에서 약혼 기념 저녁을 위해 카나페를 만들며 서 있었다. 그것이 시작되었던 때에.

　그가 시작했다.

　그 생각은 내게 힘을 주었다. 초인종을 눌렀다. 문을 통해 윙 울리는 소리가 들렸다. 예쁜 소리는 아니다. 딩동이나 섬세한 소리가 아니라 좀 더 공격적으로 으르렁거리는 소리. 충분히 자주 들어야 할 경우에는 미치게 할 그런 소리였다.

　처음에는, 그가 들었다고 생각하지 않았다. 아무 일도 일어나지 않았다. 그때 문이 열리고 그가 서 있다. 그 자신이 왕인 사람. 그 위대한 사람은 내 삶을 박살내고, 조금의 후회도 없이 똥으로 만들어버렸다. 오늘 그는 그리 대단해 보이지 않았다. 그의 머리는 내가 기억했던 것보다 더 새었고, 그의 얼굴은 심신을 쇠약하게 만드는 질병으로 고통받고 있거나 오랫동안 잠을 자지 못한 사람처럼 가라앉고 피곤해 보였다.

　"안녕." 내가 말했다.

페테르

만프레드는 한가운데에 서서 시선을 한 사람 한 사람에게 두면서 거대한 돌기둥처럼 요지부동으로 서 있다. 그의 얼굴에는 기묘한 뭔가가 있다. 원초적인 뭔가로 먹이를 뒤쫓는 포식자를 떠올리게 한다.

"저런." 베리달이 웅얼거렸다. "결국 엠마 보만이 아니었어. 이제 다른 여자, 안엘리카 벤네르린드에 집중하는 게 낫겠어."

"아니," 만프레드가 말했다. "아니야. 뭔가 옳지 않아. 여자 두 명이 오레와 정사를 가졌어. 둘 다 사라졌지만 단 한 명의 살인 희생자만 있지. 그리고 오레는 바로 지금 냉동 가재 한 팩처럼 솔나에서 녹는 중이고."

한네가 일어섰다. 천천히 증거가 붙은 보드로 걸어가 서류 하나를 가리켰다. 그녀가 만프레드 옆에 서자 우스꽝스러울 정도로 작아 보였다. 하지만 말을 꺼내자 그녀의 목소리는 깊고 낭랑했다.

"엠마 보만의 어머니는 오레의 집에서 여자가 살해되기 석 달 전에 죽었어요. 그리고 아버지는 10년 전 5월에, 미구엘 칼데론이 살해되기 넉 달 전에 죽었죠."

그 방은 잠시 정적에 빠졌다. 경비 요원이 복도를 지나가다 안을 들여다보고 인사를 건넸다. 열쇠가 딸그락거리며 부딪히는 소리가 계단 아래로 사라졌다.

"무슨 말을 하고 싶은 겁니까?" 만프레드가 물었다.

"정신적으로 연약한 사람의 경우, 사랑하는 사람의 죽음이 정신 건강에 문제를, 심지어 정신병을 촉발할 수 있어요. 그리고 난 그녀의 부모의 죽음이 살인 사건이 일어났던 때와 아주 근접해서 일어났다는 이상한 점을 발견했어요. 어쩌면 그건 우연이 아닐 거예요."

난 한네가 증거가 붙은 보드 앞에 서 있을 때 어찌나 자신 있게 보이는지 감명을 받았다. 그녀라는 사람 전체에서 어떻게 그런 침착함과 권위를 물씬 풍기는지. 기억에 문제가 있다면 이런 모습은 증거라 할 수 없다.

"이 수사는 이상한 우연들로 가득해요." 만프레드가 말하며 의자에 털썩 주저앉았다. "예를 들어 엠마 보만과 안옐리카 벤네르린드가 둘 다 오레와 관계를 맺었죠."

"우린 그것을 알지 못해요." 한네가 조용히 말했다. "둘 다 그와 데이트했다고 주장했지만, 그들의 관계를 확인해줄 목격자는 없어요. 안옐리카 벤네르린드의 친구는 안옐리카가 오레와 자신이 관계를 갖고 있다고 말했다고 했어요. 그리고 엠마 보만은 오레가 자신의 약혼자였고 그가 그녀에게 약혼반지를 사주었다고 주장했죠. 하지만 보석상의 감시 카메라 비디오에는 오직 엠마만 보였죠. 그 외에는 아무도 없었어요. 그리고 물론 그는 그 관계를 부인했고요."

"그건 본질적으로 놀라운 일이 아니에요." 산체스가 말했다. "그는 여자들에 대해 매우 비밀스러웠으니까요."

"엠마 보만의 이모와 다시 얘기를 해봐야겠어요." 만프레드가 그녀의 말을 중단시켰다. "엠마의 실종 신고를 했던 사람이야. 베리달, 그녀에게 연락해줄 수 있나? 그리고 그녀가 깨어 있다면 여기로 데려오라고."

베리달이 고개를 끄덕이고 손에 휴대전화를 쥐고 방을 떠났다.

만프레드가 다시 한네를 향했다.

"엠마 보만이 이 범죄와 관련이 있을까요?"

한네는 어깨를 으쓱했다.

"전 가능하다고 생각해요. 하지만 그녀의 부모님이 살인 사건 바로 전에 돌아가셨다는 사실 외에는 그 견해를 제시할 만한 특별한 게 없어요. 엠마와 칼데론 사이에 어떤 연결점이 있는지 아는 게 있나요? 살인 시점 외에요."

만프레드가 가슴 위로 팔짱을 꼈다. 눈을 감았다.

"우린 그런 종류의 연결점을 찾아보진 않았어요."

"어쩌면 했어야 해요." 한네가 말했다.

"우리가 했어야 하는 건 아주 많아요." 만프레드가 숨죽여 중얼거렸다.

발걸음 소리가 계단에서 다가왔고 몇 초 후 베리달이 다시 들어왔다.

"이모는 깨어 있었어. 그녀를 데려오라고 차를 보냈지. 20분 후면 이곳에 도착할 거야."

엠마 보만의 이모가 도착하기를 기다리면서 난 만프레드와 밖에서 담배 한 대를 피웠다. 그는 한네에게도 나가자고 했다. 그녀는 어깨 위에 코트를 걸치고 밖에 노트를 데려가려고 하는 것처럼 작은 공책을 가지고 갔다.

경찰서가 금연 구역이 되면서 뿌리 깊은 니코틴 중독자였던 우리는 해로운 습관을 실행하려면 강제로 발코니나 거리로 나가야 했다. 우리는 뜰이 내려다보이는 2층의 작은 테라스로 갔다. 눈으로 덮인 테라코

타 화분 두 개에 심긴 키 큰 식물은 이미 죽어서 재떨이 기능을 했지만, 오래된 과일 나무 옆에 떨어진 과일처럼 그 옆에 꽁초들이 떼 지어 쌓여 있다. 도시 위의 까만 하늘에는 별도 없었다. 추위가 볼을 따갑게 내리쳤다.

"엠마 보만과 안엘리카 벤네르린드에 대해 말했던 거요." 만프레드가 말을 시작하며 한네를 돌아봤다. "그들이 예스페르 오레와 관계를 가졌다고 주장했다는 거 말입니다. 정확히 그게 무슨 뜻이죠?"

한네는 투박한 건물들 건너 도심으로 눈길을 돌렸다. 그녀는 공책을 만지작거리며 말했다.

"정확히 말한 그대로예요. 우리는 그들이 진실을 말하고 있는지 거짓말을 하고 있는지 알 수 없다는 거죠."

"그들이 왜 그런 거짓말을 했겠어요?"

한네는 어깨를 으쓱하고, 쓴 웃음을 짜냈다.

"사람들은 왜 거짓말을 할까요? 아마 좀 더 자극적으로 보이거나 관심을 끌려고 하기 위해서, 아니면 그들 스스로 그걸 믿고 있을 수도 있고요."

"이젠 이해가 안 되는군요." 만프레드가 말하며 담배에 불을 붙였다.

"망상으로 고통받고 있을 수 있어요. 망상은 정신병 환자 사이에서 특이한 건 아니에요. 실제 생활에서 만난 적도 없는 누군가와 관계를 가졌다고 믿는 사람들의 예가 많아요. 심지어 그런 현상에 대한 의학 용어도 있어요. 연애망상이라고 하죠. 종종 이런 망상으로 고통받는 사람들은 유명 인사나 막강한 실력자와 저돌적으로 사랑에 빠지고, 때로는 그들과 몇 년 동안 함께 살고 있다고 확신하기도 하죠. 심지어 결혼을 하고 아이가 있다고 믿기도 하고요."

"유명 인사나 막강한 실력자. 자기가 일하는 회사의 CEO 같은?" 내가 물었다.

"정확해요." 한네가 말하면서 내 눈을 마주 보았다. "그리고 그들은 사랑이 응답을 받았다고 믿어요. 비록 그렇지 않은 경우에도 말이죠."

그 순간 한네가 내게 직접 말하는 것 같은 기분이 들었다. 내 안의 뭔가가 깨졌다. 부츠 밑에 마른 가지처럼 부서졌다. 아주 짧은 순간, 지난 며칠 동안 일어났던 모든 일이 내 상상이 아닐까 궁금했다. 우리의 전화, 그녀의 집에서 보낸 그날 밤, 그리고 쇠데르멜라르스트란드에서 했던 눈 속의 산책. 친밀감의 뚜렷한 느낌은 그저 내 뇌가, 내 인생에서 다른 어떤 가까운 관계의 부재에서 생각해낸 무언가일 수도 있고, 또는 내가 절대 갖지 못할 빛의 무게를 줄이려고 만들어낸 건지도 모른다.

만프레드가 벽에 담배를 비벼 끄고 시계를 봤다.

"15분 지났어요. 엠마의 이모가 몇 분 안에 도착할 거예요. 안으로 들어가죠."

육십 대인 레나 브로그렌은 극도로 과체중이었다. 그녀는 발목까지 오는 텐트처럼 생긴 꽃무늬 튜닉과 보풀이 뭉친 레깅스를 입고 있다. 그녀의 다리 주위에 바싹 붙어 서 있는 작은 강아지처럼 생긴 털 부츠가 그녀의 발을 감싸고 있다. 그녀가 우리에게 인사를 건넸을 때 그녀가 얼마나 겁먹은 것처럼 보이는가에 관심이 갔다. 그녀의 두 눈은 우리를 번갈아 쳐다보며 깜박였고 그녀는 손에 쥐고 있는 담뱃갑을 만지작거렸다.

"여기서 담배를 피워선 안 되겠죠?" 그녀가 물었다.

그녀의 목소리는 이상하게 밝으면서 명료했고(그녀는 어떤 합창단에서도 긍정적으로 기여할 것이다), 큰 몸과 초췌하면서도 빛나는 얼굴과 극명한 대조를 이루었다.

"죄송합니다." 만프레드가 말했다.

그 여자가 고개를 끄덕이고 날 쳐다봤다.

"꼬맹이 엠마. 그 애가 지금 뭘 한 거죠?" 그녀가 조용한 목소리로 묻고 두터운 턱이 흔들리기 시작할 정도로 고개를 천천히 저었다.

"그녀가 뭘 했는지 전혀 모릅니다." 만프레드가 말하며 레나 브로그렌에게 왜 그 밤에 요컨대 10시 이후에 전화를 받게 된 건지 설명했다.

"젊은 여성의 살인 사건을 수사하던 중에 엠마의 이름이 나오게 됐죠."

"엠마에 대해 저희에게 조금 말씀해주실 수 있으세요?" 내가 덧붙였다.

"엠마는…… 다정하고 예의발랐어요. 많이 시끄럽게 떠들지 않았죠. 사실 전혀 아니었어요. 우리는 그 애가 어린 꼬마일 때부터 함께 시간을 많이 보냈기 때문에 전 그 애를 잘 알고 있답니다. 하지만 우리의 꼬맹이 엠마는 항상 사회생활을 잘하지 못했어요. 그리고 군이 죽은 후에, 엠마의 엄마예요, 내 동생이죠. 그 애는 아주 내성적인 성격이 되었어요. 어떻게 해도 연락하기가 어려웠어요. 전 대개 베르타베겐의 아파트에 찾아가서 그 애가 잘 꾸려나가고 있는지 확인했죠. 그러겠다고 군에게 약속했거든요. 하지만 최근에 갔던 두 번은 그 애를 보지 못했어요. 안에서 인기척이 들렸는데도 그 애는 문을 안 열었죠. 전 죽은 여자의 얼굴을 보고 바로 긴급 직통 번호로 전화했어요."

그 여자는 숨을 헐떡이며 계속 얘기했다.

"그 애는 죽지 않은 거죠. 그렇죠?"

"네, 네." 내가 말했다. "예스페르 오레의 집에서 발견된 여자의 신원이 확인됐어요. 엠마가 아닙니다."

레나 브로그렌이 눈에 띄게 안도했다. 그녀는 의자에 더 깊숙이 몸을 파묻었다. 고개를 끄덕이며 이마에서 땀을 닦아냈다.

"엠마는 왜 고등학교를 자퇴했나요?" 한네가 물었다.

그 여자는 혼란스러운 표정이었다.

"그 애는 고등학교를 자퇴하지 않았어요. 시작도 하지 않았죠. 기술 선생과의 경악스런 일이 있은 후에 그 애의 평정심이 무너졌어요."

"기술 선생과 무슨 일이 있었나요?" 내가 물었다.

"대리 선생이었던 그가 엠마를 성폭행했어요. 물론 그들은 그를 해고 했지만 그게 무슨 소용이겠어요. 피해는 이미 일어났는데. 자신이 책임 져야 하는 열다섯 살짜리를 이용하는 것을 상상할 수 있으세요? 어떤 괴물이 그런 짓을 하죠? 하지만 신은 신비로운 방법으로 움직이시죠, 그렇지 않나요? 어쨌든 그 자식은 죽음으로 끝났으니까요. 살해됐죠. 끔찍한 이야기지만, 전 그가 안됐다고 생각하지 않아요. 요즈음 우리는 범죄자들을 너무 애지중지해요. 그렇게 생각하지 않으세요? 당신들은 하루 종일 이런 일들을 하니 틀림없이 생각……."

만프레드는 그녀의 말을 부드럽게 중단시켰다.

"대리 선생, 그의 이름이 뭐였습니까?"

그녀는 잠시 주저했고 기억을 더듬는 것처럼 보였다.

"그들은 우디라고 불렀어요."

한네는 몸을 앞으로 숙여 손을 레나 브로그렌의 팔에 가볍게 올려 놓았다. 공감하는 몸짓이자 기대와 호기심의 몸짓이었다.

"우디? 별명처럼 들리네요. 레나. 그의 진짜 이름이 무엇인지 기억하 세요?"

그 여자는 여러 차례 눈을 깜박였고 잠시 난 그녀가 울기 시작할 거라고 생각했다.

"아뇨." 그녀가 말했다. "물론 뭔가 외국어 같았는데. 그래요, 그는 이민자였어요. 내가 그 얘기를 했던가요?"

"미구엘 칼데론?" 한네가 제안했다.

그녀의 얼굴이 확신에 찼고 그녀는 몸서리를 쳤다. 턱을 꽉 다문 채 천천히 고개를 끄덕였다.

"칼데론. 맞아요. 그거였어요."

엠마
일주일 전

예스페르는 급히 현관문을 잡아당겨 닫았다. 하지만 내가 더 빨랐다. 문이 채 닫히기 전에 몸에 꼭 맞는 부츠를 신은 발을 문틈으로 끼워넣었다. 비와 낙석에도 끄떡없는 튼튼한 부츠였다. 인터넷에서 산 휴대전화처럼 생긴 작은 플라스틱 기계를 꺼내 그의 손에 대고 빨간 버튼을 눌렀다.

예스페르는 날카롭게 비명을 지르며 안쪽 바닥에 쓰러졌고 문이 열렸다. 난 재빨리 주위를 둘러보고 슬며시 따뜻한 현관으로 들어가 문을 닫았다.

전기 충격기는 위험한 것이 아니다. 사용 설명서에 분명히 그렇게 쓰여 있었다. 단지 전기 충격을 당한 사람을 몇 분 동안 무력하게 할 뿐이다. 건강한 사람이라면 잠시 불편할 뿐 절대 몸에 해롭지는 않다. 예스페르는 건강했다. 그는 건강하고 성공한 사람이다. 그리고 건강하고 성공한 사람들이 으레 그렇듯 자신이 얼마나 행운아인지 알지 못한다. 그래서 그를 일깨워줘야 한다.

나는 전기 충격기를 주머니에 집어넣고 예스페르의 옆에 털썩 엉덩이를 내려놓았다. 플라스틱 끈을 꺼내 그의 두 손을 등 뒤에서 단단히 묶었다. 그는 식식거리며 침을 뱉고 몸을 약간 움직이기도 했지만 실망스럽게도 실제 저항이라고 할 만한 행동은 없었다. 너무 쉬웠다. 나는 예스페르와 바닥을 구르며 죽을힘을 다해 엉켜 싸우는 모습을 머릿속으로 수없이 그려보았다. 그런데 그는 지금 아이처럼 무력하게 바닥에 누워 있을 뿐이다.

더 이상 그가 섹시하거나 매력적인 사람이 아니라는 생각이 들었다. 과대망상이 심해져 결국 자신을 삼켜버린, 그저 아주 약한 중년 남성일 뿐이었다.

"전기 충격기는 위험하지 않아요. 전기 충격기를 사용할 수밖에 없었어요. 우리는 얘기를 해야 하니까. 당신은 내게 설명할 것이 있어요." 나는 말했다.

남자의 두 다리에 약하게 경련이 일었고 입에서는 침이 흘렀다. 그 모습에 몸져누운 노인이 생각나 마음이 편치 않았다. 그때 그가 기침을 했다.

"제발 날 좀 풀어주시오. 고통스럽군."

"미안해요." 내가 말했다. "하지만 꼼짝 말고 내 얘기를 들어봐요. 그 후엔 당신이 원하는 대로 해도 좋아요."

예스페르는 대답하지 않았다. 그냥 무력한 모습으로 바닥에 누워 있었다. 그의 가슴은 위아래로 들썩거렸고 눈은 내 모습을 담지 않으려는 듯 감고 있었다. 나는 코트를 벗었다. 코트를 접어 몸을 숙여 그의 머리 밑에 넣어주었다. 그러고 나서 그의 옆에 바닥에 앉아 그의 머리를 부드럽게 쓰다듬었다.

"뭘 원하는 거요?"

그의 목소리는 속삭이듯 작았다.

"이유를 알고 싶어요."

"무슨 소리를 하는 거요. 이유라니?"

그는 혼란스러운 듯했는데 나는 그것이 예상보다 오래가는 전기 충격의 여파 때문이라고 생각했다.

"왜 나를 떠난 거죠. 내 돈과 그림은 왜 가져갔어요. 날 해고한 이유는요. 어째서 내 고양이를 죽인 거예요. 왜, 왜, 왜!"

"난 당신이 무슨 얘기를 하는지 모르겠소."

그의 목소리는 밖의 얼어붙은 땅처럼 거슬리고 적대적이었다. 마치 내가 여자 친구가 아니라 집을 털러 들어온 도둑이라도 되는 듯 말이다. 그렇게 말해서는 좋을 것이 없다는 사실을 알려주려고 전기 충격기를 꺼내 충격을 가했다. 그는 사타구니를 차인 것처럼 크게 움찔하더니 끙끙대며 미동도 없이 누워 있다.

"함부로 날 무시하지 마. 당신은 편리할 때만 날 장난감처럼 가지고 놀았어. 그러고는 차버렸지. 내가 알고 싶은 건 왜 그랬냐는 거야. 그게 지나친 요구야?"

예스페르는 대답이 없었다. 하지만 숨을 쉬고 있다는 것은 알 수 있었다. 엉덩이 주변 바닥이 젖기 시작했고 현관 바닥에서 문 쪽으로 젖은 지점이 커져갔다.

"당신은 우리 아이를 죽였어." 나는 낮은 목소리로 말했다.

그가 작은 소리를 냈다. 기침 소리 같기도 하고 감추려고 애쓰는 공허하고 헛웃음 소리 같기도 했다.

"난 당신이 무슨 얘기를 하고 있는지 모르겠소." 그는 같은 대답을 되풀이했다.

다시 전기 충격을 가할까 했지만 좋은 생각이 아니라고 결정했다. 그를 다치게 하고 싶지는 않았다. 단지 꼭 내 생각을 알려주고 싶었다. 그리고 그가 이유를 설명해주기를 바랐다.

"어째서 내게 연락하지 않았어요?"

예스페르는 깊은 숨을 내쉬더니 바닥에 쓰러진 후 처음으로 날 쳐다보았다. 눈에는 핏발이 서 있었다. 시선이 나와 천장 사이에서 불안하게 흔들렸다.

"그 편지를 쓴 게 당신이었소?" 그가 물었다.

"그래요."

"난…… 당신에게 연락하지 않는 게 최선이라고 생각했어요."

그는 한숨을 쉬고 바닥에서 새우처럼 몸을 말았다. 짧은 정적이 있었고, 그 후 그는 다시 말하기 시작했다.

"당신 이름이 뭡니까?"

"이봐요. 알잖아요. 내 이름은 엠마예요."

"제발, 엠마……."

눈물이 그의 움푹 들어간 볼을 따라 흘렀고 그는 계속 말했다.

"내 얘기를 들어줘요. 그럴 수 있어요?"

"물론이죠."

난 벽에 기대고 가슴 위로 팔짱을 끼고, 돌연 주도적인 그의 모습에 호기심과 매우 불안함을 동시에 느꼈다.

"당신은 우리가 서로 아는 사이라고 믿는다는 것을 알아요. 우리가…… 서로 가깝다고 믿고 있죠. 하지만 그건 사실이 아니에요. 난 당신을 전에 만난 적이 없어요. 당신이 기억하는 일들은…… 절대 일어나지 않았어요. 난 당신을 배신하지도, 속이지도…… 당신 고양이를 죽이지도, 그게 무엇이든 간에 하지 않았어요. 그 모든 것은…… 당신 머릿속에 있어요. 이해하겠어요? 당신이 상상해낸 거라고요. 우린 절대…… 당신과 나. 우리는 전에 만난 적이 없어요. 어떻게 해야 당신이

432

내 말을 믿을지 모르겠지만…… 엠마, 난 당신이 진짜 나쁜 사람이라고 생각하지 않아요. 난 정말 그렇게 생각해요."

난 그의 옆 바닥에 누워 볼을 차가운 돌 타일에 댔다. 내 얼굴과 그의 얼굴은 고작 몇 센티미터 떨어져 있다. 난 그의 말이 전부 순전히 거짓말인지 아니면 그가 실제로 그렇게 믿고 있는지 궁금했다. 어쩌면 이것은 억압의 한 형태일 것이다.

"우리가 약혼했던 날, 당신은 날 떠났어요. 당신이 왜 그렇게 갑자기 사라졌는지 알 수 없지만 갈색 머리의 여자와 관련이 있다고 추측해요. 당신이 몰랐던 건 내가 임신했었다는 사실이에요."

그는 대답하지 않고, 그저 눈물을 흘리며 누워 있다. 난 계속했다.

"날 떠난 건…… 난 그건 이해할 수 있어요. 사람들은 그러니까요. 이해해요. 내가 이해하지 못하겠는 건 당신이 왜 다른 모든 짓들을 했냐는 거예요. 왜 당신은 날…… 파괴한 거죠?"

그의 얼굴은 찡그림으로 일그러졌고 그런 그가 아주 비참해 보여서 난 그의 볼에 손을 가만히 올려놓았다.

우리는 차가운 바닥에서 완전한 침묵 속에 잠시 그곳에 누워 있다. 그의 숨소리가 약간 진정되었고 그가 흐느끼는 소리는 점차 작아졌다.

"들어요, 예스페르. 모든 건 다시 괜찮아질 거예요."

그는 고개를 끄덕였다. 침 한 줄이 입꼬리에서 바닥으로 흘렀다.

"모든 건 다시 괜찮아질 거요." 그가 조용히 말했다.

"우리는 서로 사랑하니까요." 내가 말했고, 눈물과 콧물이 범벅이 된 그의 볼에 키스했다.

"우린 서로 사랑하니까." 그가 따라했다.

바로 그 순간 누군가 현관 계단을 올라와 문이 찰칵 열리는 소리가 들렸다.

고개를 돌리자 그곳에 그녀가 서 있었다.

갈색 머리의 그 여자는 비명을 억누르려는 듯 손으로 입을 막았다. 그녀는 한마디 말도 없이 현관 밖으로 천천히 뒷걸음질 쳤고 난 튀어 올라 그녀에게 달려갔다. 그녀 주위에 향수 냄새가 맴돌았다. 난 갑자기 내가 어떤 모습으로 나타나야 했는지를 인식했다. 샤워를 하지 않아 냄새나고, 머리는 쭈뼛 서 있다.

난 그녀의 손목을 움켜잡았고 그녀는 균형을 잃었다. 그녀는 육탄전 보다는 쇼핑에 더 적합한, 날렵하고 높은 굽의 검정 가죽 부츠를 신고 있었다.

"도대체 이게 무슨?"

그녀는 새되고 놀란 목소리였다. 나는 아마도 그녀가 이곳 전실에서 절대 보고 싶지 않았던 사람일 것이다. 그녀는 틀림없이 자신이 이미 날 노련하게 압도했다고 여기는 것 같았다. 우린 빙빙 돌면서 서로를 반대 방향으로 끌어당겼다. 그녀가 계단 앞에 있던 바로 그 순간 난 그녀의 손목을 놓았다. 그녀는 그네 밖으로 점프하는 아이처럼 날아갔다. 그녀가 지하실로 가는 계단에 부딪히면서 죽어가는 동물처럼 참혹한 비명을 질렀다.

계단 중간쯤에 누워 있는 그녀에게 몇 걸음 다가갔다. 그녀의 갈색 머리카락이 부채처럼 펼쳐져 있고 빨간 지점이 빠르게 돌바닥에 커지고 있다. 난 그녀 옆에 쪼그려 앉아 그녀를 지켜봤다. 그녀가 아직 숨을 쉬고 있는지 알 수 없었지만 피가 그녀의 머리에서 계속 흘러나왔다. 피바다가 바닥에 만들어지고 있고 작은 강이 터졌다. 그것은 폭포처럼 계단 아래로 흘렀다.

난 일어섰다. 방이 앞뒤로 흔들린다. 이건 계획의 일부가 아니었다. 원래 다치는 사람은 아무도 없어야 했다. 난 예스페르와 얘기를 하려 했을 뿐이다. 그 외에 다른 건 없었다. 난 현기증을 없애려고 눈을 감았다.

예스페르가 비명을 질렀다.

"그만해요! 그녀는 이 일과 아무 관련 없어요. 대신 날 때려요. 내가 당신의 편지와 메시지에 답을 했어야 했어. 당신이 원하는 것을 내게 해요. 하지만 안엘리카는 건드리지 말아요. 제발. 엠마. 제발."

그 방은 점점 더 빠르게 돌고 있고 난 갑작스런 욕지기에 압도당했다. 피 냄새와 오줌 냄새가 날 둘러쌌다. 난 그 여자에게 다시 시선을 던졌다. 그녀는 전처럼 움직임 없이 누워 있다. 그녀의 발 옆에 금속의 뭔가가 반짝거렸다. 차 열쇠였다. 난 그것들을 집어 들고 여자의 몸을 전실 바닥 위로 잡아끌었다. 그녀가 살아 있는지 확인하기 위해 그녀의 얼굴을 걷어찼다. 그녀가 약하게 쿨럭였다.

"제발, 날 놔줘요. 제발…… 내가 미안해요. 내가 전화를 했어야 해요. 제발 날 용서해줘요!"

예스페르의 목소리가 마치 관 속에서 나오는 것처럼 멀리서 들렸다. 난 그에게 대답해야 할 아무런 이유가 없었고 솔직히 뭐라고 말해야 할지 몰랐다. 모든 게 잘못되었고 난 이곳에서 나가기만을 바랄 뿐이다. 바닥에 누워 있는 예스페르의 여윈 몸이 보인다. 두려움과 죽음의 냄새가 나는 이곳에서 달아나야 한다.

하지만 그럴 수 없다. 아직은 아니다.

난 내게서 예스페르를 빼앗아간 이 여자에게 그녀가 이기지 않았다는 것을 보여줘야 한다. 그녀는 그가 사랑하고 속한 사람이 누구인지를 봐야 한다. 비록 강제로 그녀에게 보여줘야 할지라도.

"지켜봐요." 내가 속삭였다. "지금 자세히 봐요."

한네

새벽 5시에 오베에게서 문자 메시지가 왔다. 뒤척이며 자다가 그 소리에 잠에서 깼다. 바닥에서 휴대전화를 집어 메시지를 읽었다.

사랑해.

그게 다였다. 위협도, 집으로 돌아오라는 애원도 없었다. 난 어둠 속에서 빛나는 화면을 응시했다. 그 문장이 얼마나 진부하게 들리는지 놀랐다. 마치 그 말은 의미를 잃은 것 같았다. 그 말은 가공식품처럼 조작되고 아무 맛이 없는 것처럼 느껴졌다.

일어나 앉았다. 대기실의 불편한 소파에서 몇 시간을 보낸 터라 등이 아팠다. 다른 사람들은 밤새 일하고 있지만, 난 잠시 누워야 했다. 항상 그랬다. 오베는 그것이 재미있다고 말했다. 내가 특정한 시간에 먹고 자야 되는 아이와 비슷하다며 날 놀렸다.

하지만 실제로, 그렇다. 난 잠을 자지 않고 연장된 시간 동안 일할 수 없다. 그것은 내가 성격이 나빠서가 아니다. 분명히, 그건 아니다. 가장 단순한 연결점을 만들기 위해 명료하게 생각하는 능력을 잃어버리고 있기 때문이다.

그리고 난 지금 바로 그것이 일어나게 할 수 없다.

그녀는 어디로 사라졌을까? 예스페르 오레와 그의 여자 친구를 살해한 그 여자?

그 여자…….

사실은 그녀의 이름이 기억나지 않아 좌절감이 커지고 있다는 것을 깨달았다. 마치 자는 동안 그 이름이 사라져버린 것 같다. 내가 딱딱한 소파에서 자는 동안 대기실의 숨 막히는 공기 속에 녹아들어 연기 속에 사라진 것이다.

자세를 바로하고 카디건을 당겨 입었다. 창가로 걸어가면서 맨발에 닿는 바닥이 차가웠다. 밖의 어둠 속에 외롭게 눈송이가 빙그르르 돌며 지나갔다. 주변 건물들은 어두웠고, 밤에 어슴푸레 빛나는 신호등처럼 유리창만 여기저기서 희미하게 불이 켜져 있을 뿐이다.

3층의 회의실은 정신없이 바삐 돌아가고 있다. 만프레드와 산체스, 베리달이 그곳에 있고 알지 못하는 다른 사람들도 여남은 명 있다. 내가 그 방에 들어가자마자 페테르가 내게 걸어왔다. 그는 손을 내 어깨에 가볍게 올려놓았다.

"몸은 어때요?"

그의 가느다란 모습, 숨김없는 소년 같은 얼굴. 그의 손의 가벼운 접촉. 그 모든 것들이 내 자신을 방어할 수 없을 만큼 내게 영향을 미쳤다. 날 약하게 만들고 동시에 안달하게 만들었다. 마치 내 몸이 뭔가 급한 신호를 보내고 있는 것처럼. 뭔가 중요하고 필연적인 것이 막 일어나려고 한다. 일종의 자연재해다. 내 몸 전체가 그것을 느낀다.

난 몸을 떨면서 본의 아니게 뒷걸음질 쳤다.

"좋아요. 좀 피곤하지만요. 뭔가 찾아냈어요?"

437

페테르가 동료들을 쳐다보며 고개를 끄덕였다.

"엠마 보만의 직불 카드 내역을 조사하고 있어요. 안옐리카 벤네르린드가 살해되기 이틀 전에 엠마는 스포츠 용품점에서 3,000크로나를 썼어요. 거기다 차를 빌리고 반환하지 않았죠. 오레의 집에서 몇 백 미터 떨어진 곳에서 그 차를 찾았어요. 그리고 그보다 몇 주 전에 오레의 차고에 화재가 발생했던 그날 밤에 그녀는 페인트 가게에서 1,500크로나를 지출했죠."

"가솔린?"

"우린 그렇게 생각해요. 전국에 안옐리카 벤네르린드의 차를 지명수배했어요. 빨간 볼보 740 스테이션왜건이에요. 우린 엠마 보만이 그 차를 사용해 범죄 현장에서 달아났을 거라고 확신해요."

"엠마 보만의 아파트에는 가봤어요?"

"네, 하지만 비어 있었어요. 수색영장을 받고 몇 시간 전에 수색했어요. 지독히 엉망진창이었어요. 빈 아이스크림 포장지와 종이를 잘게 자른 조각들이 가득했어요. 부엌 바닥에는 말라버린 스파게티가 있었고 거울에는 케첩이 얼룩져 있더군요. 베개도 전부 바닥에 떨어져 있었고요. 수사관들이 아직 그곳에 있어요. 그녀는 지금 어디 있을까요? 무슨 생각 있어요?"

난 방 건너 밖을 내다보았다. 동료들이 집중하는 모습을 관찰했다.

"그녀가 안전하게 느끼는 어딘가에 있을 거예요. 그녀의 배경을 다시 살펴볼게요. 어쩌면 거기에 뭔가가 있을 거예요."

내 방식대로 서류 더미를 조사하며 몇 시간이 흘렀다. 밖이 밝아오기 시작했다. 화강암처럼 차갑고 단단한 새벽이다. 복도는 사람으로 붐볐고 갓 볶은 커피 냄새가 그 방에 퍼졌다. 소음 수준이 올라갔다. 누군가 내 앞에 컵 하나를 내려놓았고 난 위를 쳐다보지 않은 채 감사의 표시로 고개를 끄덕였다.

10시경 산책을 했다. 살을 에는 바람이 내 코트를 열고 눈송이들이 내 얼굴에서 녹아내렸다. 나는 새로 내린 눈을 밟으며 그 지역 주위를 터벅터벅 걸었다.

뭔가 중요한 것을 읽었지만 연결을 하지 못하는 그런 느낌이 다시 왔다. 순백의 눈이 내 망막에 새겨졌고 볼은 추위로 따끔거렸다. 그리고 그 표면 바로 밑 어딘가에 통찰력이 반짝이고 있다. 난 안다. 단지 연결 짓지 못하고 있을 뿐. 부끄럼을 타는 동물처럼 내 의식의 가장 어두운 구석에서 뭔가가 숨어 있다가 도망갔다.

경찰서 건물로 돌아갔을 때 마침내 그것이 내게 왔다. 잊을까 봐 두려워진 나는 경비원에게 가서 펜과 종이를 빌려야겠다는 갑작스러운 충동을 느꼈다. 아냐, 난 기억할 것이다. 내 자신을 믿기로 하고 급히 엘리베이터를 향해 갔다. 반쯤 뛰어서 복도를 통과해 동료들에게 갔다.

"카펠그렌드." 나는 손에 커피를 들고 한가운데에 서 있는 만프레드에게 말했다. "엠마 보만은 카펠그렌드에서 자랐어요. 그리고 그녀가 도난 반지에 대해 경찰에게 취조를 받을 때 그녀는 오레가 카펠그렌드에서 살고 있다고 말했어요."

"그런데요?"

만프레드는 혼란스러운 표정이었다. 산체스와 페테르가 우리에게 다가왔다. 그들은 조용히 날 지켜보고 있다.

"그녀는 환상과 실제를 섞고 있어요. 어떤 이유에선지 그녀가 자랐던 카펠그렌드의 아파트는 의미가 있어요. 우린 그녀가 집같이 느끼는 장소를 찾아야 해요. 안전한 곳. 카펠그렌드가 그런 장소일 수 있어요."

그 순간 산체스가 손을 들었다. 그녀는 피곤해 보였고 오래된 화장은 번져서 눈 밑에는 다크서클이 있었다.

"또 다른 문제가 있다는 걸 아세요?" 그녀가 조용히 말했다. "안옐리카 벤네르린드에게는 다섯 살짜리 딸 빌마가 있어요. 빌마 역시 실종 상태예요."

엠마
일주일 전

거리는 조용하고 고요했다. 어두워지고 있는 하늘에서 크고 무거운 눈송이들이 내렸다. 빨간 볼보가 집 앞에 주차되어 있다. 난 예스페르의 팔 윗부분을 단단히 잡고 그 차를 향해 인도를 걸었다. 진달랫과 식물 덤불에서 멈춰 눈으로 내 자신을 깨끗이 닦아냈다. 난 차가운 흰 눈에 얼굴을 묻고 문질러 피를 닦아냈다. 예스페르는 내 옆에 서 있다. 개처럼 헐떡이며.

그 여자에게서 가져온 차 열쇠를 꺼냈다. 차 문을 열고 그에게 잇따라 전기 충격을 가하고 그를 조수석으로 내리눌렀다. 그는 아무 말도 하지 않았다. 그의 얼굴은 완전히 감정이 빠져나가 있었고, 눈은 젖어 있는 까만 돌과 비슷했다.

검정 가죽 인테리어는 닳아서 마구간 같은 냄새가 났다. 몇 시간 만에 처음으로 난 숨을 쉬었다. 가슴에 느껴지는 경련의 통증이 조금 풀어질 수 있도록 아주 조금.

"엄마는 어디 있어요?"

뒷좌석에서 목소리가 들렸다. 잠시 난 놀라움과 두려움으로 마비되었다. 그 후 뒤로 몸을 돌려 강렬한 시선으로 소녀의 얼굴을 쳐다봤다.

잠시 우리는 서로를 조용히 탐색했다. 아이는 막 잠에서 깬 것처럼 보였지만 겁먹은 것처럼 보이지는 않았다. 그저 호기심에 차 있을 뿐이다. 아이 뒤로 짐칸에 여행 가방들이 얼핏 보였다.

"엄마는 병원에 가야 했단다." 내가 말하며 차를 출발시켰다. "예스페르와 내가 널 돌봐줄 거야."

"빌마." 예스페르가 굵은 목소리로 말했다.

"닥쳐!" 내가 그에게 말하면서 다시 한 번 전기 충격을 가했다.

그는 꿈틀거리며 머리를 앞으로 숙인 채 앉아 입 밖으로 침을 흘렸다.

"예스페르도 좀 아프단다." 내가 뒷좌석을 향해 말했다. "우리가 집에서 그를 돌봐줄 거야."

차 안은 이상하게 조용했다. 난 아이가 질문을 퍼부으며 항의할 거라고 생각했지만, 아이는 조용히 눈을 크게 뜨고 앉아 있다.

"네 이름이 빌마니?" 내가 대화를 시도했다.

아이는 대답하지 않고 손가락을 빨면서 어두운 창밖을 내다봤다.

"손가락을 빨면 안 돼. 손가락에는 먼지와 박테리아가 있거든." 내가 말했다. 너무 엄격하게 들리지 않도록 애썼다. 그녀는 조용히 백미러에서 내 눈을 쳐다봤다.

"음, 내 이름은 엠마야."

침묵 속에 몇백 미터를 운전했다. 스트레스 때문이었는지, 방향을 잘못 틀었다. 친숙한 길이 아니었다. 집들은 사라지고 눈으로 덮인 나무와 광대한 들판이 나왔다. 사람이라곤 전혀 보이지 않았다.

내가 어디에 있는지 전혀 모르겠다.

"엄마를 보고 싶어요!" 아이가 갑자기 소리 질렀다.

난 망설이다 라디오를 켜고 생각했다. 아이에게 조용히 하라고 말하려고 몸을 돌렸다. 하지만 내가 미처 몸을 돌릴 새도 없이 예스페르가 내게 몸을 던져 날 핸들에서 밀어내려 했다. 그를 구속하던 것에서 빠져나온 게 틀림없었다. 그의 손이 자유로웠다. 그는 핸들과 브레이크를 찾아 더듬었다.

내가 우발적으로 가속 페달을 눌렀을 때 차가 미끄러져 둔덕 위로 날아 자작나무로 달려갔다. 귀청이 터질듯 쾅 소리가 나고 플라스틱 타는 냄새가 차 안에 퍼졌다.

예스페르는 머리를 창에 댄 채 내 무릎에 누워 있다. 유리에 커다랗게 금이 갔다. 거미줄처럼 보였다.

난 반사적으로 몸을 돌렸다.

여자아이는 놀랐지만 다치지는 않은 것 같았다.

살며시 예스페르의 목에 손을 대고 맥박이 있는지 찾았다. 하지만 아무것도 느껴지지 않았다. 그의 머리에서 계기판으로 피가 흘렀다. 뒷좌석에서는 빌마가 숨 쉬는 소리 외에 아무 소리도 들리지 않았다.

예스페르를 부드럽게 흔들었지만 그는 반응하지 않았다. 숨을 쉬지 않았다.

어둠이 내린 밖을 내다봤다. 보이는 것은 눈으로 덮인 덤불과 들판뿐이다. 내가 예스페르와 함께 갈 수 없다는 사실을 서서히 깨달았다. 그를 뒤에 남겨둬야 했다.

하지만 길 한가운데에 그를 눕혀놓고 떠날 수는 없다.

난 암흑같이 어두운 바깥을 응시했다. 멀리서 정사각형 상자에 적힌 하얀 글씨가 보였다.

'모래.'

아이는 내 침대에 누워 평화롭게 자고 있다. 마치 어젯밤 사건들은 벌써 희미해진 것처럼 말이다. 충돌 사고와 예스페르의 시체. 난 차에서 그를 끌어내 여러 번 시도한 끝에 가까스로 모래 상자로 밀어넣을 수 있었다. 그 후 우리는 아무 일도 없었던 것처럼 계속 운전해서 단데뤼드 병원의 주차장에 있는 수백 대의 차 사이에 주차를 했다. 내리는 눈이 빠르게 금이 간 유리와 주저앉은 앞부분 위로 보호 담요처럼 덮였다. 전철을 타고 잠시 이동하는 동안 아이가 물었던 유일한 질문은 어디로 예스페르를 데려갔냐는 것이었다. 난 차분히 그 역시 엄마처럼 똑같이 병원에 가야 했다고 대답했다.

아이가 날 믿었는지는 알 수 없지만 아이는 아무 말도 하지 않았다. 그저 심각하게 고개를 끄덕일 뿐이었다.

빌마의 작고 창백한 얼굴은 무시무시하게 완벽했다. 둥근 볼, 길고 까만 속눈썹, 반쯤 열린 사랑스런 입. 난 부드럽게 아이의 볼을 만졌다. 피부는 부드럽고 따뜻했다.

아주 아름답다고 생각했다. 매우 완벽하고 훼손되지 않았다. 빌마는 정말 작은 기적이다. 단 한 가지 문제가 있다. 이 아이는 내 것이 아니다. 내 아이는 죽었고 영원히 잃어버렸다. 우리가 만나기도 전에 사라졌다.

그날 밤, 난 아이의 옆에서 잤다. 아이가 뒤척이면서 작고 강한 발로 날 찰 때마다 난 잠에서 깼다. 하지만 어떤 느낌이 내 안에 뿌리를 내렸다. 내가 놀랍고 독특한 무언가의 일부라는 느낌. 이 아이, 모든 아이들은 삶의 의미라는 느낌. 내 옆에 있는 작고 토실토실한 몸속에 존재의 핵심이 끼워져 있고 진실이라 할 수 있는 뭔가가 아주 동그랗고 연한 푸른색 눈 속에 있다는 느낌이었다.

어쩌면 난 아이를 계속 가질 수 있을지도 모르겠다는 생각이 들었다.

우리는 함께 달아날 수 있을지도 모른다. 아무도 우리를 모르는 곳 어딘가에서 다시 시작하는 것이다.

어쩌면 빌마는 실제로 내 것이 될 수 있다.

빌마가 나보다 먼저 일어났다. 내가 눈을 떴을 때 아이는 침대 옆 협탁에서 내 귀걸이 하나를 만지작거리고 있었다. 아이의 팔은 창백해서 거의 대리석처럼 보였다.

"배고프니?"

빌마는 대답하지 않았다.

"여기서 기다리렴. 가서 먹을 것을 가져올게."

난 부엌으로 갔다. 냉장고는 텅 비어 있다. 말라버린 양파와 썩은 버터 한 덩어리밖에 없었다. 식료품 저장실을 뒤졌다. 크래커도 없고 시리얼도 없다. 어린아이가 좋아할 만한 것은 아무것도 없다. 냉동고 역시 거의 비어 있다. 하지만 가장 밑 칸에 뭔가 보였다. 나는 몸을 앞으로 숙여 유리병을 꺼내고 부엌 서랍을 열어 숟가락에 손을 뻗었다.

빌마는 바닥에 고분고분하게 앉아 내가 찾은 아이스크림을 먹고 있다. 옷과 카펫에 흘렸지만 난 개의치 않았다. 아주 완벽하다는 생각이 들었고 다시 그 생각이 떠올랐다.

빌마가 내 것이라면 어떻게 될까.

난 욕실로 가서 거울을 들여다봤다. 짧은 머리는 위로 똑바로 뻗쳐 있다. 검은 화장이 충혈된 눈 밑 창백한 피부에 번졌다. 핏자국이 내 목과 팔을 덮고 있다. 난 몸을 비누로 문지르고 샤워기로 갔다. 뜨거운 물이 내 어깨를 따라 흘렀다. 지저분하고 엉망인 것들이 씻겨 내려갔다.

부엌에서 칼 종류가 들어 있는 서랍에서 딸그락거리는 소리가 났다.

빌마가 부엌을 탐험하고 있는 것 같다. 나가서 아이가 무엇을 하고 있는지 봐야 한다는 것을 알았다. 그 순간 부엌에서 흥분한 비명 소리가 들렸다. 그리고 빌마가 소리쳤다.

"내가 보물을 찾았어요. 보세요!"

난 물기를 닦고 몸에 수건을 둘렀다. 부엌으로 갔다. 빌마는 흥분한 것 같았다. 위아래로 방방 뛰고 있었다.

"보물을 찾았다고?" 내가 물었다.

"보세요!"

처음에는 아이가 뭘 가리키고 있는지 이해하지 못했지만, 그때 바닥 여기저기에 널려 있는 현금 뭉치를 봤다. 맥이 빠져 무릎을 꿇고 주저앉았다. 작고 빨간 고무줄이 지폐 뭉치를 묶고 있었다. 그리고 갑자기 난 이해했다. 내가 물려받았던 돈이다. 흔적도 없이 사라졌던 그 돈. 고무밴드가 눈에 익었다.

"어디서 이것들을 찾았니?"

내 목소리는 다른 사람에게 속한 것처럼 울려 퍼졌다.

"저기요."

빌마는 오븐의 왼쪽에 있는 좁은 수납장을 가리키며 깡충깡충 뛰었다. 베이킹 시트를 보관하는 곳이다. 틀림없이 그 수납장을 연 이후 몇 달은 지났다. 사실 난 마지막에 수납장을 열었던 날을 정확히 안다. 그것은 예스페르와 내가 약혼 기념 저녁 식사를 하기로 되어 있던 그날 밤이었다. 난 오븐으로 카나페를 만들려고 했다. 몸을 앞으로 숙여 그 어두운 공간을 응시했다. 눈이 적응하기까지 몇 초가 걸렸다. 안에는 묶음들이 더 놓여 있다. 난 그것들을 꺼내 셌고 잠시 곰곰이 생각에 잠겼다. 모든 돈이 여전히 그곳에 있는 것 같았다.

"어떻게……? 문이 열려 있었니?"

빌마는 잘난 체하면서 고개를 저었다. 아이의 턱과 티셔츠에 커다란 아이스크림 자국이 있다.

"내가 열었을 때 그 보물이 있었어요."

난 고개를 끄덕이고 무슨 일이 벌어졌는지를 알아내려고 애쓰면서 차가운 바닥으로 무너졌다. 예스페르가 그 돈을 다시 넣어두었던 것이 틀림없다. 하지만 왜 그는 그 돈을 부엌의 수납장에 넣었을까? 내가 이해할 수 있는 유일한 설명은 그는 실제로 내가 그 돈을 찾기를 원하지 않았다는 것이다. 그는 일부러 숨긴 것이다.

내가 미치기를 원했던 것처럼.

그 길고 좁은 문을 막 닫으려고 했을 때 어둠 속에 숨겨져 있는 다른 것을 얼핏 보았다. 쟁반같이 생긴 것이 벽에 기대어 똑바로 서 있었다. 난 안을 더듬어 그것을 움켜잡았다. 가장자리는 나무로 만들어졌다. 부드럽게 그것을 밝은 곳으로 끌어당겨 내 앞 바닥에 놓았다. 이해하려고 노력했다.

랑나르 산드베리의 그림이었다.

나는 기억을 탐색하며 다시 욕실의 거울 앞에 서 있다. 내가 돈과 그림을 부엌의 수납장에 넣고 기억하지 못할 수 있을까? 뭔가 펄럭였다. 어두운 부엌의 희미한 기억. 내가 수납장 앞에 쭈그려 앉았을 때 내 손에 느껴지던 그림의 무게.

내가 미쳐가고 있는 것일까?

난 화장실에 앉아서 소변을 봤다. 내가 그 모든 걸 꿈꾸고 있는 게 틀림없다고 결정했다. 대신 엄마를 생각했다.

엄마가 내 질문에 대답을 해준 적이 없다는 사실을 떠올렸다.

녹색 수술복을 입은 여자는 위로를 하려고 손을 내 팔 위에 올려놓았다. 그녀는 젊었다. 아주 젊었다. 그녀의 이름표에 소라야라고 쓰여있다.

"엠마. 지금 바로 올 수 있어서 다행이네요. 어머님이 계신 곳으로 안내해드릴게요."

우리는 아무 말 없이 복도를 따라 걸었다. 창밖으로 나무 꼭대기들이 보였다. 연약한 초록색 나뭇잎들이 바람에 춤을 췄다. 부서진 구름들이 푸른 하늘을 가로질러 서로를 추격했다. 우린 부엌 같은 곳을 지나쳤다. 둥근 합판 테이블에 검정 플라스틱 꽃병이 놓여 있고 꽃병 안에는 시든 수선화가 꽂혀 있다. 커피와 전자레인지로 데운 저녁 식사 냄새가 복도로 새어나왔다.

간호사의 발걸음은 조용했지만 단호했다. 그녀는 어떤 문 밖에 멈추고 날 돌아봤다.

"안에 들어가기 전에…… 경고해드릴 것이 있어요. 어머님은 인공호흡기에 연결되어 있어요. 인공호흡기 도움을 받아 숨을 쉬고 계시죠. 튜브와 기계들 때문에 약간 무섭게 보일 수도 있지만 그것 때문에 어머님이 고통스럽지는 않으세요. 모르핀을 많이 투여해서 그다지 고통을 느끼지는 못하실 거예요. 하지만 그 때문에 어머님과 의사소통이 어려울 수도 있어요. 항상 의식이 있는 건 아니세요."

"엄마가 절 알아보실까요?"

간호사는 미소 지었다. 내 질문이 어리석기 때문인지, 아니면 그저 호의를 보이려는 미소였는지 알 수 없었다.

"어머니가 깨어나면 당연히 알아보실 거예요. 아시겠지만 어머님의 정신에 문제가 있는 건 아니니까요. 단지 몸이……"

그녀는 문장을 완성하지 않은 채 놔뒀다.

"엄마를 만져봐도 되나요?"

"물론이죠. 어머님께 말하고 손을 잡아도 돼요. 키스해도 되고요. 그건 위험하지 않아요. 따님은 어머님께 해가 되지 않을 거예요. 하지만 말씀드린 것처럼 얼마나 의식이 있으실지 모르겠네요. 어머니의 병이 지난 며칠간 간부전과 신부전으로 진행돼서, 어머님은 현재 몹시…… 약하세요."

멀리서 난 간병인의 도움을 받아 복도에서 비틀거리며 걷는 한 노인을 볼 수 있었다. 노인은 링거 막대를 끌고 있었다. 삶의 마지막 정거장처럼 보이는 모습이다. 하얀 병원 복도와 윤이 나는 리놀륨 바닥, 그리고 스테인리스스틸로 된 조정이 가능한 침대. 기계의 쉭쉭 소리만 간간이 침묵을 깨뜨린다.

내 옆의 간호사가 병실 문을 열었다. 난 물어봐야 할 것 같아서 그녀의 팔에 손을 올렸다.

"엄마가 다시 깨어나실까요?"

"그건 말씀드릴 수 없어요."

그녀의 짙은 갈색 눈이 내 눈을 쳐다봤다. 그리고 내게 짧게 미소 짓고 몸을 돌렸다. 그녀는 조용한 흰색 신을 신고 복도로 사라졌다.

반쯤 가다 다시 날 향해 돌아봤다.

"간호사실에 있을 테니까 필요한 게 있으면 부르세요."

고개를 끄덕이고 방으로 걸어 들어갔다.

거의 엄마를 알아보지 못했다. 마치 엄마의 몸 전체가 부풀어 오른 것 같았다. 엄마는 원래 몸이 컸지만, 이건 의미가 달랐다. 엄마의 몸 전체가 액체로 부어 오른 것 같았다. 윤이 나는 피부는 투명하다시피 빛

449

이 났다. 엄마를 만지면 구멍이 생길까 갑자기 걱정이 됐다. 풍선에서 물이 나오는 것처럼 액체가 전부 흘러나올 것 같았다.

튜브들이 엄마에게 연결되어 있고 유일한 소리는 엄마의 가슴 안팎으로 공기를 공들여 주입하는 인공호흡기의 쉭쉭 소리뿐이었다.

난 그 충격을 받아들일 준비가 전혀 되지 않았었다.

우리 관계가 그렇게 된 이후로 난 어떻게든 영향을 받지 않을 거라고 생각했었다. 하지만 난 틀렸다. 몸 전체가 떨리기 시작했고 내가 의자를 끌어당겨서 엄마 옆에 앉았을 때에는 식은땀이 났다. 저항할 수 없는 낯선 기억들이 허를 찔렀다. 우리가 공원에서 훔친 나무에 크리스마스 장식을 하던 엄마와 아빠, 나. 내가 보석처럼 간직하는, 사랑과 친밀함의 드문 순간 중 하나로 날 꼭 안고 내 침대에 누워 있는 엄마. 향기롭게 맥주와 담배 냄새가 나는 엄마의 숨결. 그 냄새에도 불구하고 엄마의 애정에 말할 수 없는 고마움으로 가득 차서 엄마의 얼굴에서 3센티미터 정도 떨어진 내 얼굴을 감히 돌리지 못했다. 유리 조각과 마르고 튀어나온 나뭇가지들로 둘러싸여 바닥에 죽어 찢긴 푸른 나비.

난 커다란 보라색 멍을 피하려고 조심하며 엄마의 팔뚝에 손을 부드럽게 놓았다. 엄마는 반응하지 않았다. 엄마의 얼굴도 부어 있다. 특히 눈 주위. 과연 눈을 뜨거나 감을 수 있을지 알아내기도 힘들었다.

내 눈물에 깜짝 놀랐다. 눈물이 볼을 따라 흘렀다. 닦아내려고 하지도 않고 눈물을 흐르게 내버려두었다. 췌장의 염증과 간부전이라고 했다. 그리고 그것이 음주 때문인지를 물었을 때 의사는 그저 고개를 끄덕이며 그것이 배제될 수 없다고 설명했다. 그리고 많은 알코올 관련 질병들이 이 부서에서 끝난다고 말했다.

엄마 위로 몸을 숙였다. 얼굴을 엄마 가슴에 댔다. 가슴이 산소호흡

450

기와 함께 들썩거리는 것을 느꼈다. 그리고 문득 꼭 알아야 할 것이 떠올랐다. 아주 오랫동안 날 괴롭혀왔던 질문을 할 기회가 다시는 없을 것이다.

난 엄마의 노란색 담요로 얼굴을 닦아내고 목을 가다듬었다. 엄마의 팔을 더 단단히 붙잡고 엄마의 얼굴을 가까이서 살폈다.

"엄마, 엠마예요."

부은 얼굴은 어떤 반응도 보이지 않았다. 난 엄마의 피부가 내 손가락 아래에서 하얗게 변하고 부자연스럽게 빛나는 피부에 내 손톱이 반월형의 작은 자국을 남길 정도로 세게 엄마의 팔을 잡았다. 다른 손으로 엄마의 얼굴을 토닥거렸다. 어쩌면 너무 세게 만졌는지 모르겠다.

"엄마, 엠마예요."

엄마의 눈꺼풀 한쪽이 씰룩거렸다. 그것이 반사작용인지 아니면 엄마가 내 말을 듣고 있는 것을 의미하는지 알 수 없었다. 난 몸을 앞으로 숙였다. 입을 엄마의 귀에 댔다.

"엄마, 난 알아야 해요……."

마치 내가 엄마의 볼을 꼬집은 것처럼 인공호흡기가 쉬익 하는 소리를 내고 엄마가 꿈틀거렸다.

"엄마, 꼭 말해줘야 해요……. 솔직하게요. 내가 뭐가 잘못된 거죠?"

페테르

이런 수사를 하다 보면 어머니께 조언을 얻고 싶을 때가 있다. 난 증거를 붙여놓은 보드 앞에 어머니가 손을 엉덩이에 짚고 얼굴엔 굳은 표정을 하고 서 있는 모습을 상상한다. 경찰이 그녀 주위를 가득 메워도 전혀 흔들리지 않는다. 사실 어머니는 약간 냉소적인 방식으로 대단히 통찰력이 있었다. 어머니는 말을 듣자마자 거짓말을 간파할 수 있었고 어떤 것에 동의하지 않을 때 거리낌 없이 말하는 걸 두려워하지 않았다. 다시 말해서, 불편했다. 그리고 기득권층의 눈엣가시였다. 적어도 그 것이 어머니가 보이고 싶어 했던 모습이다.

한네는 내게 어머니를 많이 떠올리게 했다. 냉소적인 모습을 제외하고.

이상했다. 왜 전에는 그런 생각을 하지 못했을까?

책상에 앉아 서류 더미를 분류하고 있는 한네를 대강 훑어봤다. 심지어 육체적으로도 닮은 데가 있었다. 머리와 곱게 그린 까만 눈썹이 어딘가 비슷했다. 그리고 그녀가 움직이는 방식, 웃을 때 마치 하늘 전체가 자기 말을 듣기 원하는 것처럼 고개를 뒤로 확 젖히는 모습까지.

정말 그렇게 간단한가? 내가 어머니와 사랑에 빠졌던 것일까?

난 사랑은 반사작용이라고 생각한다. 우리가 잠자거나 먹는 것처럼 그냥 하는 무언가. 어쩌면 우리는 집처럼 익숙함을 느끼는 대상과 사랑에 빠지는 것이다. 사랑은 실망투성이 이전의 인생을 떠올리게 한다.

만프레드가 내게 와서 주먹으로 옆구리를 가볍게 치며 얘기했다.

"똥 씹은 표정이야. 뭐 문제 있어?"

난 생각에 잠겨 그의 불편한 접근에 미소 지었다.

"고맙군요. 우리 언제 나가요?"

"특별 기동대 팀과 협상가가 30분 후면 이곳으로 올 거야. 듣자 하니 카펠그렌드의 건물은 비었다더군. 그 아파트는 철거하기로 되어 있어서 이웃은 걱정할 필요가 없어. 자네도 우리와 함께 가겠나?"

"계속 그 입을 다물겠다면요."

그는 크게 콧방귀를 끼고 뒤에서 날 마구 쳤다.

"가자고, 린드그렌. 자네도 어쨌든 남자잖나."

카펠그렌드의 아파트 건물은 어두웠다. 보아하니 버려진 것 같았다. 맨 아래층의 창문에는 합판을 가로질러 못질이 되어 있고 합판 밑에는 유리의 뾰족한 조각들이 끼어 있었다. 우리는 만프레드의 차에 앉아 있다. 산체스와 만프레드, 한네, 그리고 나. 어둠 속 저쪽 어딘가에 특별 기동대 팀이 숨어 있다. 그들은 이미 아파트를 수색했는데 다수의 빈 병과 오래된 포르노 잡지 더미, 바닥에 지저분한 담요 몇 개 외에는 비어 있었다. 아이의 흔적을 찾지는 못했지만 우리는 엠마가 이곳에 모습을 드러낼 경우에 대비해서 잠시 기다리기로 결정했다.

한네의 견해는 이제까지 모두 맞았다.

평소처럼 모리세이의 노래가 라디오에서 나왔지만 볼륨이 아주 낮아서 거의 가사를 알아들을 수 없다. 넌 사랑에 빠져봤다고 할 수 없어,

산산조각난 인간의 뼈 위에 내리쬐는 햇빛을 보기 전까지는.

그게 사실일까? 그녀는 사랑 때문에 그런 짓을 했을까?

혼자 걸어가는 몇몇 사람들이 바람 속을 지나갔다. 베일을 쓴 여자 두 명이 예트가탄에서 서로 팔짱을 끼고 걸어오고 있다. 어쩌면 모스크로 가는 길인지도 모른다.

만프레드는 초조해하며 손가락으로 핸들을 두드리면서 어둠 속을 응시했다. 카멜 헤어 얼스터 코트 소매로 앞유리의 안쪽에서 물방울을 닦아내며 한숨을 내쉬었다.

"그녀는 오지 않을지도 모르겠어요. 엉뚱한 장소를 지키고 있는 것일까요?"

대답이 없다.

홀로 자전거를 타고 지나가던 사람이 뒤뚱거렸다. 바로 그 순간 내 휴대전화가 울렸다.

야네트였다.

보통 난 바로 음성사서함으로 돌리지만 이미 그녀의 전화를 네 번이나 받지 않았고, 지금 다른 할 일이 없었기 때문에 전화를 받기로 결정했다.

"지금 당장 와야 돼요!" 그녀가 숨이 넘어갈 듯 말했다.

"무슨 일이야?"

만프레드가 미심쩍은 얼굴로 날 돌아봤다. 지금은 가족 문제를 토론하기에 적합한 때가 아니라고 여기는 그의 생각을 즉시 알아챘다. 하지만 야네트는 그런 고려 사항들을 절대 신경 쓰지 않았다.

"알빈이요." 야네트가 흐느꼈다. "그들이 걔를 데려갔어요."

"알빈을 데려갔다고?"

"그래요, 경찰이 데려갔어요."

"경찰이? 어째서?"

"그 애가…… 그들이…… 찾았어요……."

"진정해. 무슨 일이 있었던 거야?"

걱정과 당황스러움이 뒤섞였다. 이런 일은 야네트의 아주 전형적인 수법이다. 중요한 일이 한창 진행되던 순간에 전화해서 내가 모든 걸 중단하고 와주기를 기대한다. 그녀는 내가 해야 하는 일에 대해 절대 아무것도 이해하지 않는다. 설사 내가 이 직업으로 15년 동안 매달 그녀에게 돈을 보내주고 있다 하더라도 말이다.

동료들의 눈이 내게 박혔다. 하지만 알빈의 얼굴이 마음속에 떠올랐다. 십 대의 야윈 몸과 숱이 적은 머리 사이로 불쑥 튀어나온 귀. 야네트의 귀. 그리고 알빈이 한 손에 스케이트보드를 들고 다른 손에는 식료품 봉지를 든 채 파르스타 내 집으로 찾아왔던 날 밤에 했던 말을 기억한다.

엄마하고 싸웠어요. 여기서 지내도 돼요?

그 후 알빈의 눈, 야네트가 아이를 데리고 밖의 차로 향할 때 내게 지었던 표정, 그리고 날 보지 못하도록 내가 어떻게 커튼 뒤로 급히 숨어 버렸는지를 생각했다.

내가 그 애를 위해 갔던 적이 있었던가?

"경찰들이 그 애의 가방에서 마리화나를 찾았어요. 페테르. 그리고 지금 그 애는 스코고스의 끔찍한 갱들과 감옥에 갇혔어요. 당신이 뭔가 해야 해요. 당신은 어쨌든 그 애 아빠잖아요. 당신이 뭔가……."

그녀의 목소리가 가성으로 올라갔고 난 본능적으로 그 날카로운 소리를 피하기 위해 전화기를 귀에서 떼어냈다.

"그래, 대관절 내가 뭘 하기를 바라는 거야?" 내가 소리쳤다.

나는 내 무릎에 있는 전화기 너머에서 그녀의 고함 소리를 들었다. 차 안의 모든 사람이 들었다. 그녀가 결혼 초대장을 내 책상 서랍에서 발견했을 때와 같은 비명이었다. 바닥이 안 보이는 분노와 혐오감으로 가득 찬 깊은 수렁에서의 비명이었다. 그리고 갑자기 마치 내가 그녀의 눈을 통해 내 자신을 보는 것 같았다. 난 그녀가 나라고 생각하는 괴물을 본다. 그녀 혼자 알빈을 키우게 내버려둔 척추 없는 생명체.

잠시 후 난 어머니의 목소리를 들었다. 약하고 약간 굵은 목소리. 오랜 시간이 어머니에게서 날카로움을 빼앗아가버린 것 같다.

"책임감, 페테르. 네가 책임을 져야 할 때가 아닐까?"

"갈게." 내가 말했다.

내가 차에서 내릴 때 한네의 눈이 날 따라왔다. 그녀는 문을 열고 따라와서 내 팔을 잡았다.

"난 당신이 계속 있었으면 좋겠어요." 그녀가 정중하게 말했다.

"그럴 수 없어요." 내가 말하고 그녀의 눈을 쳐다봤다.

그 상황을 설명해야 된다. 알빈과 야네트에 대해, 그리고 언젠가 갚아야 하는 빚에 대해 말하고, 그날이 왔음을 설명해야 한다. 어쩌면 그것이 단지 오늘은 아니지만, 올 거라는 걸 난 항상 알고 있었는지도 모른다.

"부탁할게요." 한네가 말했다. "그녀가 곧 이곳에 모습을 드러낼 거라고 확신해요."

"가야 해요." 내가 다시 말했다.

예트가탄에서 술집을 지났다. 어둠 속에 빨간 네온사인이 온기와 망각을 약속하며 깜박였다. 갑자기 맥주 한 잔이 간절했다. 파르스타에 있는 경찰서로 바로 가거나 한네에게 돌아가는 대신에 그 온기 속에서 그저 맥주 한 잔을 마시기를 갈망했다. 인생을 항해하는 방법을 끔찍하게 어렵게 만드는 그 모든 선택에서 도피처를 갈망했다.

그건 잘못된 것이다. 그걸 알고 있다. 해야 할 일은 곧장 전철역으로 가거나 어쩌면 한네에게 돌아가는 것이다. 그녀가 부탁했던 것처럼. 하지만 여전히 난 이 지점에서 움직일 수 없다. 난 아무 선택도 하지 않고 그곳에 서서 커다란 유리창으로 술집 안을 엿보고 있다. 사람들과 텔레비전에서 중계되는 스포츠를 보고 있다. 비닐로 덮인 소파에서 어둑하고 노란 계열의 전등 불빛에 반짝이는 맥주잔들을 보고 있다.

안으로 들어가는 것은 선택 사항이 아니다. 그것은 어떤 것도 해결하지 못할 것이다. 내가 남긴 작은 자존심을 잃게 할 뿐이다.

그럼에도 불구하고.

맥주 한 잔. 약간의 맥주 한 잔.

그것이 무엇을 다치게 할까?

엠마

빌마를 이해할 수 없다. 난 아이를 내 집에 자리 잡게 하려고 온갖 수단과 방법을 다 쓰면서 일주일을 꼬박 보냈다. 아이에게 책을 읽어주고 팬케이크를 만들어주고 만들기 활동을 했다. 우린 칼라플란에서 비둘기에게 먹이를 주고 게르데트 공원의 눈밭에서 노는 개를 관찰했다. 그리고 누군가 초인종을 울렸을 때 침대 밑에 숨어 침묵 게임을 했다. 하지만 빌마는 더 가까워지기는커녕 점점 친해지기 어려워졌다. 이상한 방식으로 자신에게 빠졌다. 아이는 몇 시간 동안 그냥 자신의 손을 보며 앉아 있거나 체계적으로 종이를 아주 작은 조각으로 잘라서 주위 바닥에 꽃잎을 뿌리듯 던졌다.

우리는 예스페르의 사진이 나온 신문 옆을 많이 지나쳤지만 빌마는 그것들을 보지 않았거나, 봤더라도 이해하지 못했다. 난 '살인 사건으로 수배된 유명한 CEO'라는 제목 위의 사진들을 볼 때 얼굴을 돌렸다. 그의 눈을 쳐다볼 수 없었고 그가 내게 했던 모든 짓을 생각하고 싶지 않았다.

빌마는 지난 며칠 동안 자다가 겁에 질려 소리를 지르며 깼고, 악몽에서 깨어나도록 내가 가볍게 흔들면 엄마를 찾으며 날 밀어냈다. 아이를 다시 안전하게 느끼게 해줄 수 있기를 바랐지만, 어떻게 해야 할지를 몰랐다. 그렇게 감사하지 않는 아이에게 여러 차례 화가 났고 그 애는 단지 아이일 뿐이라고 스스로에게 일깨워야 했다. 아이가 이 상황에 처하게 된 것은 어쩔 수 없다. 인내심을 잃지 말아야 하는 어른으로서 내 책임이고 내 의무다.

우리는 유일하게 빌마의 기분을 좋게 해주는 맥도날드에 가는 길이었다. 아이는 끈적끈적한 작은 손으로 내 손을 잡고 지난주에 그 보물을 어떻게 찾았는지 재잘거리고 있었다. 수면으로 떠오른 돈과 그림에 긍정적인 것이 하나라도 있다고 생각했다. 재정 문제가 해결되었다. 최소한 짧은 기간 동안은. 그렇다. 그 그림을 찾아서 행복하다. 그림은 내게 많은 의미가 있었다. 그림의 가치 때문만이 아니라 다소 이상한 면에서 그림은 날 내 과거로 연결해주고, 내 어린 시절로 가는 다리였기 때문이다. 더 이상 존재하지 않는 세계로. 엄마와 이모들, 그리고 즐거운 티파티로. 달콤하면서 약간 탄 시나몬 빵과 담배 연기 냄새, 앙네타 이모의 거대한 가슴 사이에 끼여 무릎 위에서 느꼈던 안전한 느낌으로.

칼라플란에 눈이 내린다. 크고 양털 같은 눈송이가 물을 빼낸 분수를 덮는다. 커다란 나무들이 그 광장과 도시에 거주하는 모든 생명체를 지키는 것처럼 조용하고 진지하게 원형으로 서 있다. 인조 크리스마스트리와 장작 부대가 철물점 밖에 줄지어 서 있다. 사람들은 펠퇴베르스텐 쇼핑몰로 흘러들어갔다 크리스마스 선물 가방을 들고 흘러나온다. 그 모습에 올해 엄마가 돌아가셨기 때문에 선물을 주지도 받지도 못하겠다는 생각을 떠올렸다. 크리스마스는 오겠지만 지금까지와는 다른 크리스마스일 것이다. 모퉁이에 있는 가게에서 '다섯 살짜리 아이 유괴'라는 표제를 봤다. 그 사진은 빌마처럼 보이지는 않았지만 그래도 난 아이를 좀 더 단단히 붙잡고 끌어당겼다.

"해피밀 시켜도 돼요? 제발, 해피밀을 먹고 싶어요. 제발요."

"좋아." 사실 난 생각하지 않고 말했다.

어쩌면 빌마에게 자신이 무엇을 먹을지 결정하게 하는 것은 좋지 못한 생각일지 모른다. 나쁜 식습관을 갖게 될 수도 있다.

"그리고 밀크셰이크도요? 제발요."

잠시 망설였다. 빌마의 식단은 나중에 걱정하기로 결정했다. 빌마가 좀 더 말을 잘하고 내게 우호적인 순간을 이용하는 것이 더 중요하다.

"물론이지."

우리는 시끄러운 식당에서 조용히 먹었다.

빌마의 옷에 이미 있던 아이스크림 자국에 프렌치프라이의 케첩과 기름 자국이 더해졌다. 그곳은 사람으로 붐볐고 습했다. 식당 바닥은 고객들이 짓밟아 진창이 된 갈색 눈이 두껍게 덮여 있다. 갑자기 여자 하나가 넘어졌다. 그녀의 쟁반에 있던 음료수 하나가 미끄러져 빌마 쪽으로 쏟아졌다. 난 음료수가 빌마에게 닿기 바로 직전에 그것을 잡았다. 복슬복슬한 코트를 입고 스키 모자를 쓰고 있던 그 여자는 뒤에 작은 아이 둘을 데리고 있다. 그녀는 깜짝 놀라며 손을 입에 가져다댔다.

"오, 이런. 죄송합니다. 딸아이는 괜찮은가요?"

처음에 난 그녀가 무슨 말을 하는지 이해하지 못했다. 그 후 난 활짝 웃었다.

"걱정 마세요. 다 괜찮아요."

뭔가 따뜻한 기운이 얼어붙은 내 몸에 퍼졌다. 난 방금 벌어진 작은 드라마를 완전히 감지하지 못하는 것 같은 빌마를 쳐다봤다. 아이는 머리를 옆으로 갸우뚱하며 작은 손가락에서 소금과 기름을 핥고 있다. 아이의 금발 곱슬머리는 엉클어져서 어깨 아래로 드리워졌다.

딸아이는 괜찮은가요?

집으로 오는 길에 그 생각을 떨쳐낼 수 없었다. 빌마가 진짜 내 것이 될 수 있다면 어떨까. 다시 돈이 생겼으니, 어쩌면 가능할 수도 있다. 우리는 멀리 어딘가로 도망갈 수 있다. 아마도 노를란드. 숨는 거다. 고양이나 작은 개를 사서 키우는 거야.

빌마의 악몽이 사라지고 그 애가 날 완전히 믿기까지 분명히 어느 정도 시간이 걸릴 것이다. 하지만 결국은 그렇게 될 거라고 확신한다. 아이에게 시간을 주기만 하면 된다.

난 다시 빌마의 손을 잡았다. 전처럼 끈적거렸다.

"우리 언제 엄마를 보러 가요?" 아이가 물었다.

내 속에서 짜증이 확 타올랐다.

"모르겠는데." 난 정직하게 말했다. "엄마가 다시 좋아지면."

"하지만 엄마는 언제 다시 좋아지는데요?"

"그것도 모르겠구나. 오직 의사만 알겠지."

"우리가 의사 선생님한테 물어볼 수 있어요?"

갑자기 아이가 칭얼대는 것을 더 이상 참을 수 없었다. 난 이 질문들에 천 번쯤은 대답했다. 어쨌거나 얼마나 오랫동안 엄마에 대해 계속 물어볼까?

"아니, 우린 물어볼 수 없어. 왜냐하면……."

난 내 아파트 건물의 입구를 보고 갑작스럽게 말을 중단했다. 밑에 있는 내 다리가 부러진 것 같은 기분이 들었다.

집 밖의 거리에 주차된 순찰차에 경찰이 여럿 있었다. 문 밖에서 이야기를 나누고 있는 어두운 색상의 옷을 입은 사람들. 저면 셰퍼드 두 마리가 보도를 쿵쿵거리고 있다.

우린 급히 다시 칼리플란으로 향했다. 빌마는 이제 투덜대고 있다. 아이는 집에 가서 보물을 보고 싶어 하고 어디에도 가고 싶어 하지 않는다.

"아야, 가위가 아프게 해요." 내가 서두르려고 애쓰며 아이를 잡아당기자 아이가 칭얼댔다.

"무슨 가위?"

빌마는 집에서 가지고 놀던 큰 부엌 가위를 주머니 밖으로 빼냈다.

"내가 자르던 거예요."

"너 미쳤어? 주머니에 가위를 넣었어? 넘어지면 어떻게 됐겠어! 가위가 널 찔렀을 수도 있어."

난 아이의 손에서 가위를 빼앗아 내 주머니에 넣었다. 익숙하지 않은 느낌으로 채워졌다. 빌마가 스스로를 다치게 할까 하는 두려움. 이런 것이 부모가 되는 것과 같을 거라는 생각을 했다. 그리고 왠지 만족감 같은 게 느껴졌다.

전철역으로 내려가기 전에 뒤쪽을 힐끗 봤지만 우리를 따라오는 사람은 없어 보였다. 내 아파트 건물 밖에 있는 사람들은 멀리 있어 별로 위협적으로 보이지 않았다. 걷는 속도를 늦췄다. 숨을 내쉬었다. 빌마의 팔을 움켜쥔 손을 풀었다. 아이는 아무 말도 하지 않고, 작은 입을 꼭 다물기만 했다.

"아이스크림 먹어도 돼요?" 빌마가 신문 가판대 옆을 지날 때 말했다. 아이의 연한 푸른색 눈동자가 내 눈을 마주 봤다.

"날씨가 정말 추워." 내가 시도했다.

"전 안 추워요. 더워요. 아이스크림 먹어도 돼요? 제발요."

아이가 내 팔을 잡아끌었다.

난 한숨을 내쉬었다. 가게에 가서 아이스크림을 사줬다.

지갑에는 고작 300크로나밖에 없다. 아파트를 떠날 때 돈을 더 가져오지 않았고 이제 되돌아가기엔 너무 늦었다. 차라도 있어야 적어도 운전을 해서 도시를 떠날 수 있지만 애석하게도 이 돈으로는 차를 빌릴 수도 없다.

우리는 전철역으로 내려갔다. 빌마는 아이스크림 아랫부분에서부터 위로 먹고 있다. 아이스크림이 코트 위로 뚝뚝 떨어졌다. 커다란 바닐라 웅덩이가 가슴에 흘러내렸다. 난 그것을 무시하기로 마음먹었다. 보다 시급한 걱정거리가 있다.

중앙역으로 가는 열차가 역에 들어와 열차에 올라탔다. 우리는 창가 옆에 서로 마주 앉았다. 빌마는 이제 아이스크림을 다 먹었지만 여전히 입에는 아이스크림 막대가 있다. 아이는 막대가 두 조각으로 갈라질 때까지 빨고 씹었다.

외스테르말름스토리 역에서 열차가 정차하고 복슬복슬한 겨울 코트를 입은 여자 하나가 탔다. 그녀는 어떤 투명 포장막을 씌운 종이를 나누어주며 열차의 차량을 통과해 지나갔다. 종이에는 '제발 내 딸을 도와주세요. 딸은 뇌성마비를 앓아 장애가 있고 우리는 휠체어를 사거나 오데사에서 물리치료를 받을 돈이 없습니다'라고 적혀 있다. 난 사진을 봤다. 열 살 정도 되어 보이는 소녀가 웃는 표정으로 안락의자에 앉아 있다. 그녀의 치아와 안경은 작은 얼굴에 비해 훨씬 커 보였다. 그리고 팔과 다리는 마치 경련을 일으키는 것처럼 휘어졌다. 그녀의 다리는 더 작은 다른 몸에 달려 있어야 할 것처럼 이상할 정도로 얇아 보였다.

개 한 마리가 그녀 옆에 서 있다.

"이 아이가 제 딸이에요."

그 여자가 갑자기 내 옆에 있다. 그녀의 억양과 푸른 눈은 누군가를 떠올렸고, 갑자기 조각들이 딱 맞아떨어졌다. 그리고 난 정확히 어디로 가야 될지 깨달았다.

난 그 여자에게 사진을 다시 돌려주고 고개를 저었다. 가슴속에 심장이 뛰는 것을 느꼈다.

"죄송합니다. 전 돈이 없어요."

우리가 안으로 들어갔을 때 올가는 청바지를 접고 있었다. 마노르나 비에르네는 보지 못했다. 아마도 그들은 창고에 있을지도 모른다. 어쩌면 휴식 시간일지도.

올가는 날 꽉 안아주었다. 그녀의 향수 냄새가 그녀 주위에 무겁게 맴돌아 재채기를 할 뻔했다.

"너한테 무슨 짓을 한 거야?"

그녀는 연한 푸른색 눈을 크게 떴다. 그녀가 전철에서 봤던 그 여자와 얼마나 비슷해 보이는지 난 깊은 인상을 받았다. 그저 억양뿐 아니라 외양도 자매라 할 정도로 닮았다.

"무슨 말이야?"

그녀는 손으로 내 짧은 머리를 쓸어내렸다.

"너 남자 같아 보여, 엠마. 너 남자처럼 보이고 싶은 거야?"

내가 대답을 하기 전에 마노르가 뒤에서 불쑥 나타났다. 그녀는 손을 살며시 내 어깨에 올려놓았다. 내가 뒤로 돌아보자 그녀는 날 안았다.

"너 멋져 보여." 그녀가 내 귀에 속삭이듯 말했다. "올가 말은 듣지

마. 너무 미안해. 네가 해고됐다는 소식을 들었어. 그들은 정말 멍청해."

그때 그들이 빌마를 알아챘다. 올가의 이마에 주름이 나타났다.

"얘는 빌마야." 내가 말했다. "내가 보살피고 있는 애야."

"그럼 너 일자리를 구한 거야?" 올가가 말했다.

난 고개를 끄덕였다.

마노르와 올가는 빌마를 쳐다봤지만 아이는 내 동료들에게 흥미를 잃은 것처럼 보였다. 대신 그녀는 매장을 탐험하고 있다. 옷 선반 아래로 기어들어가고, 도난 방지 꼬리표를 만지작거리고, 계산대의 여자 머리핀과 귀걸이를 분류하면서 돌아다니고 있다.

"그냥 임시로 하는 거야. 저 애 엄마가 아프거든. 그녀가 회복할 때까지 저 애를 돌볼 거야."

마노르와 올가가 고개를 끄덕였다. 난 올가를 향해 몸을 돌렸다.

"난 저 애한테 쇠데르텔리에에 있는 워터파크에 갈 수 있다고 약속했어. 너도 알다시피 미끄럼틀과 파도 그런 거 있잖아. 다시 네 차를 빌릴 수 있을까, 올가? 내일 돌려줄게."

"물론이지. 그나저나 주차할 곳을 찾는 게 골치 아플 텐데."

올가는 눈을 굴렸다.

"정말 고마워."

그녀를 따라 직원용 휴게실로 들어갔다. 그녀는 자수용 금실과 라인석으로 싸인 가방을 붙잡았다. 그 안을 뒤적거렸다. 담배 한 갑과 탐폰 상자, 헤어브러시를 꺼내고 나서야 원하던 것을 찾았다.

"여기 있다. 내일 오후까지만 가져와줘. 오늘은 쓸 일 없어."

난 열쇠를 받아들고 그녀와 짧게 포옹을 했다.

"고마워. 넌 참 다정해."

그녀는 바닥을 내려다봤다. 갑자기 당황한 눈치였다.

"그만해. 별것 아니야."

우린 다시 매장으로 갔다. 빌마는 청바지 매대에 앉아 마노르가 청부지를 접는 것을 돕고 있다. 마노르가 미소 짓자 빌마는 소리 내어 웃었다. 아주 한가로워 보였다. 차라리 공원이나 운동장에 앉아 있는 편이 나아 보였다.

난 그들에게 갔다. 빌마의 볼을 쓰다듬었다.

"이제 가자, 애야."

"싫어요. 난 일하고 있어요." 그녀가 반대하며 용케 아주 단호한 소리를 냈다.

올가와 마노르가 소리 내어 웃었다.

"정말 사랑스런 아이야. 내가 집에 데려갔으면 좋겠어."

마노르의 까만 두 눈에 뭔가 반짝였다. 물론 그녀는 정확히 무슨 일이 있었는지 모른다. 내가 빌마를 내 집으로 데려갔다는 것을.

막 떠나려고 할 때 녹색 파카를 입은 한 남자가 매장 안으로 들어왔다. 그는 우리에게 걸어왔고 우리의 눈이 마주치자마자 난 그를 알아봤다.

누군가 내 배를 세게 찬 것 같았다. 내가 만났던 기자 안데르스 옌손이었다. 예스페르 오레의 삶과 경력을 파괴하는 것을 전문적으로 했던 사람. 내 동료라고 말할 수 있을지도 모르겠다.

그가 빌마를 보고 날 봤다. 그리고 그가 알아차렸다는 것을 알았다.

난 몸을 돌리고 바닥에 차 열쇠를 떨어뜨렸지만 다시 줍지 않았다. 대신 빌마의 손을 잡고 매장에서 도망쳐 전철역으로 향했다.

한네

페테르가 떠났다. 그는 그 전화가 걸려온 후 차에서 내렸고, 내가 있어달라고 부탁했는데도 떠났다. 난 놀라지 않아야 한다고 생각했다. 그가 언제 내 부탁을 들어준 적이 있었던가? 그가 앞으로 나와서 자신이 약속했던 것을 지킨 적이 있던가?

차 안의 공기는 무거웠다. 산체스와 만프레드는 의미 있는 시선을 교환했지만 아무 말도 하지 않았다. 난 그들이 무슨 생각을 하고 있는지 궁금했다. 그들 역시 페테르의 갑작스런 폭발에 놀랐을까? 그리고 전철역을 향해 어둠 속으로 재빨리 사라지던 그의 모습에 놀랐을까?

"페테르는 가끔 그래요." 만프레드가 마치 내 생각을 읽은 것처럼 요령껏 말했다.

난 대답하지 않았다.

"제 생각엔 뭔가 일이 벌어진 게 틀림없어요." 그렇게 말하는 산체스의 시선이 오랫동안 내게 머물렀다.

그들은 알고 있을까? 난 궁금했다. 그들이 페테르와 내 관계가 직업적인 것 이상이었다는 사실을 감지했을까?

"우린 그가 없어도 잘해낼 겁니다." 만프레드가 계속 얘기했다.

"왜 그 사람을 변호해주세요?" 내가 물었다. "그는 사라졌는데, 당신은 그것이 완벽하게 일반적인 일이라고 생각하는 것 같아요. 하지만 그런가요? 정말 그래도 괜찮다고 생각하세요?"

대답이 없다.

우리가 아무 말 없이 잠시 그곳에 앉아 있는데 만프레드의 전화가 울렸다. 그는 뒷주머니에서 전화기를 꺼내기 위해 큰 몸을 들어 올려 전화를 받았다. 오랫동안 듣고 있다. 전화를 끊은 그가 날 향해 몸을 돌렸다.

"목격자 하나가 30분 전에 그녀의 전 직장에서 엠마 보만과 빌마를 봤답니다. 오레의 기사를 썼던 기자로 그녀를 전에 만났던 사람이랍니다."

"우린 뭘 해야 되죠?" 산체스가 말했다.

"출발해야지." 만프레드가 말하며 차에 시동을 걸었다.

"잠깐만요." 내가 말했다. "좀 더 여기 있을 수 없어요? 난 아직도 그녀가 이곳으로 올 거라고 생각해요."

만프레드가 내게 피곤한 표정을 던졌다.

"우린 엉뚱한 장소에서 찾고 있어요. 이제 돌아가야 해요."

"아뇨. 난 있겠어요."

"우리와 함께 가요." 만프레드가 날선 목소리로 말했다. 난 차 문을 열고 내렸다. 어두웠고, 진창이 된 눈 윗부분이 딱딱하게 얼었다.

"난 여기 있겠어요." 만프레드에게 내가 말했다.

만프레드와 산체스가 시선을 교환했다.

"원하는 대로 하세요." 만프레드가 말했다. "하지만 당신이 집에 가서 몇 시간이라도 잠을 잘 기회를 가져야 한다고 생각해요. 어쨌거나 여기서 혼자 할 수 있는 일이 없을 거예요."

그 후 차는 배기가스를 뿜어내며 사라졌다.

몸이 얼어붙을 것처럼 엄청나게 추웠다. 추위가 축축한 겨울 코트를 관통했고 난 장갑과 모자를 모두 차에 두고 내린 사실을 깨달았다. 다행히도 공책을 갖고 있다. 그것은 코트 주머니 안쪽에 안전하고 온전히 있다. 수사팀의 이름과 신체적인 설명이 적혀 있는 내 메모를 만프레드와 산체스가 읽고, 결국 내 문제의 정도를 알게 되는 것이 추위보다 훨씬 더 두려운 일로 느껴졌다. 입에 담기도 민망한 수치는 다른 모든 것을 능가한다.

치매.

기억 진료소의 하나의 사례.

식물이 되어가는 중.

주머니 속에 손을 넣고 꽉 쥐었다. 병이나 볼 에는 추위를 생각하지 않으려 노력하면서, 대신 이누이트에 집중했다. 그들은 겨울 지나 겨울의 혹독한 추위를 어떻게 견뎌내던가. 설사 몇 달 동안 완전한 어둠 속에 살더라도 낚시를 하고 사냥을 하며 살아가는 그들의 모습을 떠올린다. 또한 그들이 바다의 여신 세드나에게 어떤 희생을 치르고, 여신은 그들이 심연 속으로 들어가지 않고도 어떻게 바다 동물을 잡게 해주는지 생각했다.

아무 일도 벌어지지 않고 30분이 흘렀다. 난 옷에 달린 모자를 당겨 쓰고 손을 주머니 속으로 찔러넣었다. 무엇을 해야 하는지 확신하지 못한 채 그 자리에서 발을 굴렀다. 카펠그렌드의 집은 빈 채 앞에 어둡게 서 있고 합판 뒤의 유리 조각들은 달빛을 받아 날카로운 이빨처럼 반짝였다.

만프레드가 옳을지도 모르겠다. 아마도 난 구닐라의 집으로 가야 할 것이다. 프리다를 산책시키고 침대로 기어들어가 알람 시계를 맞추지 않고 자는 것이다. 오늘을 잊어야 한다. 내 벙어리장갑과 모자가 여전히 뒷자리에 있는 그 차를 떠나던 페테르를 잊어야 한다.

오베에게 전화를 할까 하는 생각이 잠깐 머릿속에 떠올랐다. 하지만 이렇게 혹독한 추위 속에 혼자 있는 이곳에서조차, 그것은 진지한 선택 사항처럼 느껴지지 않았다. 파르가탄의 그 감옥으로 돌아가느니 차라리 카펠그렌드의 버려진 집 밖에서 홀로 밤새 머무는 것이 낫다.

예트가탄의 번쩍이는 불빛을 향해 걷기 시작했다. 무엇을 해야 할지, 집으로 가야 될지 아니면 계속 있어야 할지 확신하지 못하며 술집 밖에 서 걸음을 멈췄다.

그때 그녀를 봤다.

그녀는 손에 어린 여자아이를 붙잡고 획베리스가탄을 걸어가고 있다. 그녀의 발걸음은 느리고 거의 질질 끄는 것 같았다. 그녀는 시선을 땅에 고정했다. 선택을 해야 한다는 것을 알았다. 그녀에게 말을 걸어 내 자신을 알려야 할까, 아니면 그녀를 그냥 지나가도록 둬야 할까?

아이의 발걸음도 무거웠다. 아이는 엠마의 팔을 당기면서 진창이 된 눈에서 부츠를 끌고 있다. 마치 자유로워지고 싶어 하는 것 같았다. 아이는 모자도 쓰지 않은 채, 잠그지 않은 외투를 입고 있다.

아무것도 하지 않는다면, 어떤 일이 그 소녀에게 벌어질지 알 것 같았다. 아이는 오늘밤 얼어 죽거나 어딘가에 숨겨질지도 모른다. 그리고 나면 아이를 다시는 찾지 못할 수 있다. 하지만 엠마에게 다가가려면 목숨을 걸어야 할 것이다.

하지만 어쨌거나 내게 남은 목숨이란 게 어떤 건가? 이 수사가 끝나면 내가 해야 할 일이 무엇이 남겠는가?

기억 진료소?

난 엠마와 아이에게 다가갔다.

"예스페르 오레가 당신에게 한 짓을 알아요." 내가 말했다.

엠마 보만은 걷다가 얼어붙은 듯이 멈추어 경계하는 눈초리를 내게 발사했다. 아이 역시 걸음을 멈췄다. 입을 벌리고 날 응시했지만 아무 말도 하지 않았다. 아이의 금발 머리는 마치 몇 주 동안 빗지 않은 것처럼 어깨 위에 엉킨 채 늘어져 있다. 외투는 여러 가지 색의 무지갯빛 반점들로 덮여 있다. 아이의 자유로운 손은 주먹을 쥐고 있고 난 아이가 엄청나게 추위에 떨고 있다는 것을 알 수 있었다.

"뭐라고요?" 엠마가 말했다.

"그가 당신을 배신하고 기만했다는 사실을 알아요. 그는 다른 사람에게도 같은 짓을 저질렀죠."

그녀는 눈을 껌벅이며 밤하늘에 크고 무겁게 걸려 있는 달을 올려다봤다.

"당신 누구예요?" 그녀가 물었다.

"그냥 예스페르와 그가 한 짓을 잘 아는 사람이에요."

"좋아요. 그런데 여기서 뭐하고 있어요?"

그녀의 목소리가 귀에 거슬렸다. 난 그 안에 있는 눈물을 감지했다.

"음, 내가 여기서 하고 있던 건," 내가 말했다. "난 한 남자를 기다리고 있어요. 절대 오지 않을 남자……."

그녀가 내 눈을 쳐다봤다. 천천히 고개를 끄덕였다.

"무슨 말인지 완벽히 이해해요." 그녀가 글자마다 강조하며 천천히 말했다. 난 살며시 손을 그녀의 팔에 올려놓았다.

"이리 와요. 우리가 이걸 해결할 거예요."

그녀가 신경질적으로 주위를 둘러봤다.

"우린 가야 해요."

"그냥 안에 들어가서 몸을 좀 녹일까요?" 내가 제안했다. "당신은 영원히 달아날 수 없어요, 엠마."

내가 그녀의 이름을 말하자 그녀의 시선이 딱딱해졌다. 내가 실수했다는 것을 알아챘다.

"당신 진짜 누구야? 당신 경찰이야?"

"아뇨, 난……."

"빌어먹을 손 우리한테서 치워." 그녀가 말하며 예측하지 못한 힘으로 내 손을 떼어냈다.

난 그녀의 눈길을 끌려고 애쓰면서 그녀에게 한 걸음 다가섰다. 하지만 그녀가 더 빨랐다. 날 세게 밀쳤고 난 속수무책으로 얼어붙은 도로변으로 쓰러졌다. 우두둑 소리가 내 턱에서 났고 입 안은 즉시 피로 가득 찼다. 타는 듯한 통증이 어깨에 퍼졌다.

나는 그녀의 다리를 부둥켜 잡고 그녀에게 매달렸다.

"날 내버려둬, 나쁜 년아." 그녀가 비명을 지르며 발길질을 해댔다.

그러고 나서 그녀가 날 올라탔다. 내 눈을 쳐다보며 내 가슴에 걸터앉았다. 그녀의 손에서 뭔가가 빛났다. 난 그것이 무엇인지, 이제 어떤 일이 벌어지려 하는지 알지 못했다. 그때 봤다. 그녀는 손에 큰 부엌 가위를 들고 있었다. 가위가 내게 내려올 때, 인생이 멈춘 것처럼 느껴졌고 놀랍게도 모든 게 또렷하게 보였다. 엠마의 얼굴에 나타난 분노. 입을 벌리고 조용히 우리를 지켜보는 빌마. 가로등 아래 반짝이는 내 머리 옆에 있는 눈의 결정들.

그리고 다른 게 있다.

술집의 창문 안쪽 테이블에 앉아 손대지 않은 맥주를 골똘히 쳐다보고 있는 페테르.

가위가 내 코트를 뚫었을 때 그가 위를 올려다보고 날 봤다. 그의 시선에 경악과 놀람이 섞여서 드러났고 그가 튕겨 일어나면서 맥주가 쏟아졌다.

그게 다였다.

오직 고통과 보도의 단단한 냉기만 존재했다. 난 눈을 감았고, 즉시 감각을 마비시키는 피로에 휩싸였다. 고통은 점차 사라지고, 거위 털처럼 푹신한 감각으로 바뀌었다. 마치 새로 내린 눈에 누워 있거나 무중력 상태로 단단한 돌바닥 위로 몇 센티미터 떠 있어서 주위에서 일어나고 있는 일에 완전히 관심이 없는 듯한 상태 같았다.

기쁘게도 모든 것이 조용해졌다.

그리고 이 가운데에 난 어쨌든 느꼈다. 내 영혼 주위에 따뜻한 손 같은 페테르의 존재를.

엠마
네 달 후

난 작은 방에 앉아서 창밖을 바라보고 있다. 두꺼운 유리창 건너에 있는 나무들에서 작은 초록색 눈이 얼핏 보였다. 아래 거리에 임신한 여자가 뒤뚱뒤뚱 걸으며 지나갔다. 남자가 여자의 팔을 부축하고 있다. 여자는 곧 출산을 앞두고 좀 걸으라고 밖에 보내진 것 같다. 산부인과 병동은 옆 건물에 있다. 더 멀리 빨간 벽돌의 큰 건물 뒤로 바다를 언뜻 볼 수 있다. 청회색 바다의 물결 가장 높은 부분에 거품이 보인다.

그들은 밖이 춥다고 했다.

안에서 바라보는 것이 실제보다 훨씬 따뜻해 보이고, 훨씬 매력적으로 보인다고 말했다. 난 그 말이 사실인지 아닌지 판단할 수 없다. 내가 이 벽돌 건물에서 밖에 나간 지 정확히 7주가 지났다. 7주 동안 난 같은 창문의 밖을 응시하면서 나무의 작고 단단한 싹들이 불룩해지고 철새가 돌아온 것을 관찰했다.

문을 두드리는 소리가 들렸다. 우르반이 고개를 쑥 들이밀었다.

"커피 한잔 마시겠어요?"

"차 주세요, 고마워요." 내가 커피를 마시지 않는다는 사실을 절대 학습하지 못하는 그가 놀라웠다. 몇 주일 동안 우리는 매일 함께 있었는데도 그는 아직도 내게 커피를 마실 건지 물어본다. 하지만 그건 우르반의 아주 전형적인 모습이다. 그는 예리한 지성을 가지고 있고 분명히 내게 관심을 가지고 있지만 가끔 헷갈려 한다. 때때로 그가 진짜 존재하지 않는 것처럼 그의 생각들은 방황하는 것 같다.

그가 사라지고 문이 한숨을 쉬듯 닫혔다. 몇 분 후 그가 돌아왔다. 한쪽 팔 아래에 공책을 끼우고 차 두 잔을 들고 있다.

"차예요."

"대단히 감사합니다."

그는 내 맞은편 의자에 앉아서 금속 테 안경을 쓰고 손으로 까칠하게 자란 수염을 문지르고는 자신의 공책을 들여다보았다.

모든 것이 상당히 우습다. 그는 허울을 유지하려 애쓰는 것 같았다. 마치 우리 관계가 오로지 의사와 환자로 규정된 것처럼 말이다. 그는 진실을 부인하고 있는 것 같다. 난 미소 지었다. 이 상황이 몹시 우스꽝스러운 건 어쩔 수 없다. 바로 며칠 전에 우린 내 침대에서 더 이상 가까워질 수 없을 만큼 가까이 누웠다. 그리고 이제 그는 단지 임의로 배정된 의사처럼 내 의료 기록을 살피는 척하고 있다.

그가 내 눈을 다시 쳐다본다.

"뭐가 그렇게 재밌어요? 내가 뭔가 놓쳤나요?"

난 고개를 저었다.

"아뇨, 그냥……."

난 말을 끝맺지 않았다. 그게 어떤 의미인지 알고 있기 때문이다.

우리가 이 춤을 추게 된다면, 그 후에 그와 관계를 맺게 된다. 어쩌면 그는 자신이 한 행동에 죄책감을 느낄지도 모른다. 그리고 이 일이 드러나면 심지어 해고될 수도 있다. 그가 그 일이 절대 일어나지 않았다고 가장하는 편이 낫다고 생각한다면, 그러면 난 그저 받아들여야 한다.

그는 안경을 벗고 공책을 테이블 위에 올려놓는다. 내 눈을 쳐다본다.

"그래서, 오늘 기분은 어떠세요, 엠마?"

난 젖가슴을 내밀고 스웨터가 한쪽 어깨 위로 약간 미끄러지게 했다. 마치 우연인 것처럼.

"글쎄요…… 우리 어디서 시작할까요?"

한네

이곳은 내가 상상했던 영원의 모습 그대로다.

모든 것이 하얗고 조용하고 윤곽이 뚜렷하지 않다. 그리고 항상 존재하는 추위는 날 괴롭히지도 않는다. 그것은 짙은 남색 깊이를 곱씹으며 그저 전설 속 바다와 새들, 세드나 여신처럼 그저 그곳에 있을 뿐이다.

쿨루수크의 묘지가 내 앞에 펼쳐져 있고, 흰 나무로 간단하게 만든 십자가 너머로, 바다가 자연을 관장하듯 자리하고 있고 수평선에 하늘과 맞닿아 있다. 토르수우트 투노크 해협의 잔잔한 수면에 산이 비치고, 거대한 청록색 빙하가 표면에 떠다닌다.

이누이트의 십자가에는 이름이 없다.

누군가 죽으면 그들의 이름은 갓난아기에게 주어지고 인생은 계속된다. 난 그 점이 마음에 든다. 나 역시 언젠가 갈 때가 되면, 금으로 적힌 명문이 있는 부피가 큰 화강암 대신 이름 없는 하얀 나무 십자가를 원한다. 어쩌면 난 이 언덕에 묻힐 것이다. 절대 녹지 않고 누군가를 받아들이려면 땅을 열어 조각해야 하는 이 얼어붙은 땅 위에.

페테르가 내 옆에 서 있다. 그는 팔로 내 허리를 감싸고 해협 건너를 응시하고 있다. 그는 내가 아주 오랫동안 꿈꿔왔던 나라를 방문하기 위해 전 세계의 반을 여행해, 나를 따라 이곳에 와주었다. 난 행복감에 전율을 느꼈다.

내 배에 생긴 깊은 가위 상처는 이미 치료되었다. 하지만 의사는 운이 좋았다고 말했다. 믿을 수 없을 정도로 운이 좋았다. 내 공책이 주머니 속에 없었다면, 공책이 부분적으로 가위를 막지 않았다면, 나는 아마도 오늘 살아 있지 못했을 것이다. 아주 강력한 공격에서 몇 밀리미터 차이로 살아남았던 간은 예민한 기관이다.

난 내 질서 의식과 통제력을 잃는 것에 대한 두려움 덕분에 살았다.

우스운 일이다.

그것은 페테르가 술집 밖으로 달려 나와 엠마를 제압하고 도움을 요청할 충분한 시간을 마련해주었다.

페테르는 엠마가 체포되고 빌마를 안전하게 데려간 후에 그날 저녁 늦게 알빈을 보러 갔다. 하지만 그는 여전히 내게 아들과의 관계가 그렇게 된 이유를 말해주지 않을 것이다. 그건 내가 받아들여야 한다. 이해하는 법을 배워야 한다. 그가 내 병을 이해하는 법을 배워야 하는 것과 똑같이.

그의 눈을 쳐다봤다. 약간 미소 짓고 있는 것 같다. 모르겠다. 어쩌면 그저 강렬하게 밝은 빛에 눈을 가늘게 뜬 것일지도.

그는 내가 나아지기를 바라고, 나는 그 사실을 안다. 그는 병으로 날 잃고 싶어 하지 않는다. 그러나 그의 바람대로 되지 않을 것도 안다. 어느 날난 망각 상태에 빠져서 정확히 그가 두려워하는 상태가 될 것이다.

하지만 오늘은 아니다.

그리고 정말 문제가 되는 게 오직 그 하나만은 아니지 않나?

감사의 말

이 책을 쓰는 데 도움을 주신 모든 분께 진심으로 감사드립니다. 특히 출판인 사라와 편집자 카타리나, 그리고 발스트룀 & 비드스트란드사의 모든 분과 에이전트 알란데르 에이전시의 아스트리와 크리스티네에게 감사드립니다.

덧붙여 이 책의 원고를 읽고 통찰력과 사실에 기반한 여러 중요한 방법으로 법의학에서 경찰의 수사 절차까지 모든 부분에 관한 지식을 기여해주신 모든 분께 영원히 감사드립니다. 특히 에바 본 보엘상, 마르틴 크사트로스, 시나 엔네호브, 크리스티나 올손에게 감사합니다.

마지막으로 이 책을 쓰는 동안 저를 이해하고 격려해준 가족과 친구들에게 감사의 말을 전하고 싶습니다. 당신들의 사랑과 인내가 없었다면, 이 책은 없었을 것입니다!

카밀라 그레베

옮긴이 서효령

이화여자대학교 과학교육과를 졸업했고 외국계 기업에서 오랫동안 근무했다. 어렸을 때부터 관심이 있었던 번역에 뜻을 두고 글밥아카데미를 수료한 후 현재는 '바른번역'에 소속되어 번역 작업을 하고 있다. 역서로는 '아르네&카틀로스 시리즈'가 있다.

약혼 살인

1판 1쇄 인쇄 2016년 4월 22일
1판 1쇄 발행 2016년 4월 29일

지은이 | 카밀라 그레베
옮긴이 | 서효령
펴낸이 | 김영곤
펴낸곳 | (주)북이십일 아르테
문학출판사업본부본부장 | 신우섭
미디어믹스팀장 | 장선영
편집 | 임세은
미디어믹스팀 | 김성현 이상화
문학영업마케팅팀장 | 권장규
문학영업마케팅팀 | 김한성 최소라 엄관식 김선영

출판등록 | 2000년 5월 6일 제406-2003-061호
주소 | (우 10881) 경기도 파주시 회동길 201(문발동)
대표전화 | 031-955-2100 **팩스** | 031-955-2177 **이메일** | book21@book21.co.kr
홈페이지 | www.book21.com **블로그** | arte.kro.kr
페이스북 | facebook.com/21arte **인스타그램** | instagram.com/21_arte

아르테는 (주)북이십일의 문학브랜드입니다.

ISBN 978-89-509-6482-5 03890